《北京文学》 编辑部 编选

又起京华

新北京作家群作品精选

上

北京联合出版公司
Beijing United Publishing Co.,Ltd.

图书在版编目（CIP）数据

文起京华：新北京作家群作品精选 / 徐则臣等著；
《北京文学》编辑部编选 . -- 北京：北京联合出版公司，
2025.7. -- ISBN 978-7-5596-7176-9

Ⅰ . I247

中国国家版本馆 CIP 数据核字第 2025M6Z047 号

文起京华：新北京作家群作品精选
作　　者：徐则臣等　著
　　　　　《北京文学》编辑部　编选
出 品 人：赵红仕
策　　划：林曜堃
责任编辑：孙志文　牛炜征
封面题字：刘　恒
营销支持：张　楠
内文插图：王晓冰
封面设计：曲　洋
版式设计：豆安国
责任编审：赵　娜

北京联合出版公司出版
（北京市西城区德外大街 83 号楼 9 层　100088）
北京华景时代文化传媒有限公司发行
北京文昌阁彩色印刷有限责任公司印刷　　新华书店经销
字数 446 千字　　880 毫米 × 1230 毫米　　1/32　　23.75 印张
2025 年 7 月第 1 版　　2025 年 7 月第 1 次印刷
ISBN 978-7-5596-7176-9
定价：136.00 元（全二册）

编委会

缓慢而必要的进步

刘恒

以进化论的眼光看待小说，它可以被当成一个特殊的"物种"。这个比喻不恰当，但也并非完全不恰当，我只使用貌似恰当的那一部分。小说穿越语言的丛林进化而来，由部落篝火边零碎的呓语，膨胀到如今大江大海般的规模，其内核与样貌演进之巨，跟猴子变成了人差不多。

所以，小说是有祖宗的。无论其优劣美丑智愚壮弱，必有基因可循。辉煌的小说恍若横空出世，骨子里却是基因搭配和天然调试的结果。丛林险恶，无名之辈尸横遍野。只有搭配适宜、调试均衡的幸存者，才能凭借强大的基因为自己杀出一条血路。那些长生不老的小说，是一册又一册语林豪杰的纪念碑。

少年时代常在山间行走，每每在不同的村口撞见神态雷同的傻子，连口涎和鼻涕垂落的长度都类似。我很困惑，他们是亲戚吗？长辈告诉我两个原因：一是有病不治，二是近亲结婚。有病不治可以理解，近亲造爱造出傻子，搞不懂。成年之后在古书里读到：同姓相婚，其生不繁……渐渐懂一些了。其实并不真懂，只是依稀觉得这或许与基因有关罢了。

　　想当初，第一批四条腿的猴子从树上爬下来，怀着恐惧和饥饿感奔向了远方。留在树上的猴子还是猴子，远行者却变变变，竟然变成了人。直立、工具、火……促成优美变化的条件很多，但是有一个条件至关重要。那些勇敢的公猴子和母猴子不仅开拓了食物的边界，还幸运地融合了新鲜而陌生的基因，将交配的领地无限地扩展了。所谓杂交优势，指的就是这个吧？猴子和猴子的差别，最终转化成了猴子和人的差别，无非是前者死活下不了树，后者死活下了树而已。古今中外的小说，其演化的逻辑也无不如此。我无须举出近便的例子，具备一般阅读经验的人都有能力认定，有些小说仍旧攀在树上自娱自乐，另有一些小说已经斗胆落地并走了出去，且走得很远很远了。

　　我的本意是，小说需要不断地学习，其本质与虚荣无关。学习是为了生存！知识的远端融合固然有益于智力的繁殖，其根本目的却是为了产出新的生存技能，以适应复杂的环境。我们经常听见有人夸张地哀鸣：小说死了！那么，它是怎么死的呢？语言癌变，病死了？落入人工智能的圈套，被谋杀了？出门迎头碰上飞奔的互联网，给撞死了？或者是自恋过甚发了疯，坠楼上吊抹脖子吞安眠药了？总之，它活不下去了，文绉绉的说法应该是：小说在残酷的信息爆炸的竞争环境中逐渐丧失了生存技能。

但是，小说没死，或许离死还远，活得不痛快却是真的。不过，活得再不痛快也别回到树上去，那会让你更不痛快，而且十二万分地丢人。动物园有前车之鉴。那么怎么办呢？学习！向祖先学习！向近在眼前以及远在天边的聪明的家伙们学习呀！信息爆炸的困境是有限的，因为语言的丛林像宇宙一样漫无边际。在我看来，文字就是麦子、是水、是氧气……小说同志吃喝不愁，离蹬腿儿撒手翻白眼儿还早着呢！加油吧！毫无疑问，石头能削出斧子和镰刀，木头能钻出火来，绳子疙瘩能化为文字，小说也必能长出翅膀在未来的天空翱翔。

但是，结局仍然无法避免：衰老和死亡。这是进化的必然，也必定是小说的宿命，更是操弄小说的智力劳动者的宿命。所以，我们寄希望于年轻人以及更年轻的人，寄希望于崭新的光彩夺目的波浪一样不断涌现的智力成果。我们将为此而骄傲。但是，我们不能过度骄傲。我们不能成为智识领域的种族主义者，不可蔑视观念不同、流派不同、水准不同而同在地上行走同在纸上书写的兄弟姐妹们。哪怕有的家伙真的返祖爬回树上去了，也应报以真挚的同情和适度的劝慰。从生物多样性的角度来说，这有利于物种的整体进化，当然也是人间常态和知识界的常识。我重申我的比喻不太恰当，却并非完全不恰当，我只使用也希望他人使用其中稍许恰当的那一部分。

在海量信息的围困之中，静心书写是一种突围，静心阅读也是。《北京文学》的新栏目以"新北京作家群"命名，在这面朴素的旗帜之下，各路勇士们将提供进取心和创造性的证明。我期待文章内外的人彼此坦诚凝视，透过文字领略独孤之笔滴落的心血，以及那些遥远而陌生的目光里流淌的心声。

2022 年 11 月 17 日午后

匆匆于杭州西溪工作室

目 录

紫晶洞

———

徐则臣

认识齐桑纯属偶然。我们的翻译因急性阑尾炎住院了，临时请的翻译要后天上午才能从圣保罗赶过来。按行程安排，这两天就是瞎溜达，没翻译，吃喝拉撒我们用英语也应付得了。但我不想浪费，来都来了，我想看看乌拉圭的紫水晶矿。众所周知，乌拉圭的紫水晶与巴西的齐名，颜色甚至更胜一筹；也是众所周知，我老家连云港市东海县是世界上最大的水晶矿石交易中心，乌拉圭的紫水晶和紫晶洞是交易的重头之一，所以，无论如何得看看。这是个专业的事儿，没翻译真不行。拐了几个弯才找到齐桑，他长住蒙得维的亚，现在做导游。听说我要看紫水晶矿，一口回绝了。他不接这一单。为什么？他之前可是数一数二的矿山翻译，据说中国人来乌拉圭找水晶矿，都找的他。

　　"对不起，"他在电话里说，"戒了，不接矿山的业务。"

　　"我不买矿，一块指甲大的水晶都不会下手，"我向他保证，"就是好奇，文化意义上的，故乡意义上的。实在不行，我见一下小师弟总可以吧。"

　　我打听了，齐桑北大西语系毕业，比我低六届。后来去圣保罗大学读研究生，就留在了南美。

他在电话那头沉默了三秒钟："好吧。只导游，不导购。"

我们直接在阿蒂加斯会合。城市周围分布着大大小小的水晶矿，我们要去的是拉斯托雷斯矿，靠城市更近。碰巧齐桑做矿山翻译时在拉斯托雷斯待过一段时间。

乌拉圭不大，但他从首都开车过来，也是从南跑到北，午饭后才赶到。简单吃点东西，我们就进了山。齐桑个头不高，戴一副深度近视镜，非必要不开口，跟我见过的导游不一样。导游是嘴巴上装了弹簧的一群人。他对此的解释是："我本质上是个翻译。"他说得没错，我们去了拉斯托雷斯的第一家大矿，矿主就说，齐翻译来了啊。那个大肚子的乌拉圭人像熊一样抱住了他。他们有两年没见了，就是在阿蒂加斯，齐桑做了最后一次矿山翻译。

拉斯托雷斯炮声隆隆，工人在炸石开山。炮声间隙里充斥着嘭嘭嘭的打钻声和咔咔咔的切石头声与打磨声。这座山有大小好几家公司在开采水晶。流程都一样：先察看山体，湿润的地方用手提钻往里打，遇到岩石，继续钻，如果有水从钻孔和石头缝里流出来，那就意味着有了。千百万年前的火山运动时，水晶洞就被包裹在这些玄武岩里，火山岩有孔，水一点点渗进包裹其中的水晶洞，洞里便封存了大量的水。洞被打穿，水流出来，工人就明白找到了水晶矿。接下来是往钻孔和缝隙里放炸药，"嘭"一声，山石裸露出来，如果你运气好，第一眼就可以看到晶芽在太阳底下发出耀眼的紫蓝色幽光。剩下的就是想办法把规则和不规则的球体从石头中剥离出来。球切开了，便是两个紫水晶洞。

　　这是露天矿场的开采。另一种是地下矿洞开采，像穿山打隧道那样，在山体里寻找。当然有迹可循，紫晶洞就分布在一条条古老的火山熔岩流上。正在开采的矿洞有危险，矿主也视之为商业机密，齐桑就带我参观了几个废弃的矿洞。水晶矿脉已采尽，留下了曲折阴森的地下迷宫。咳嗽一声，无数的方向对我回应，仿佛离去的工人们还在劳作。我在地上捡起一颗破损的晶芽，应该是从母体上被碰撞脱落的。擦拭掉尘灰，晶尖依然凛利，颜色醇酽深紫，尽管只有小拇指头大小，盯久了，整个人也能坠入其中，如同纵身跃入蔚蓝的大海。

　　齐桑从事矿山翻译也属偶然。开头只是帮朋友一个忙，相当于我们的翻译紧急去了医院，托他应个急。他对紫水晶知之甚少，但熟悉南美历史地理文化，来客是台商，想投资开挖一座矿山。老先生有钱有文化，齐桑肚子里的墨水和谈吐对了他的路子。齐桑就从临时工转成了正式工。一则薪水高，这行业暴利，一个上好的紫晶洞开采出来，打磨包装好，运回台北、广州等地，几十倍就翻上去了。谈妥一个项目的薪酬，够他在圣保罗的巴西人外贸公司干上一年，外加哼哧哼哧翻译两本西语小说的稿费。另一个原因，他的确被水晶给迷住了。这东西太神奇。台商盯着他不放，在其位谋其政，他觉得应该补补功课，就找了些资料，看完又逛了一家水晶博物馆，就是在看展中他被一块水胆水晶给镇住了。

　　他从手机里找出那张照片。一块白水晶六棱柱原石，高三十二厘米，初看相当普通，下半段还有杂质，但是，他把顶端放大，再大："看见没？"他问我。我瞪大眼，水晶到了顶端已经成了棱锥，在一个倾斜的锥面上，有一个小空间，在那个封闭的小房子里，有个泡泡模样的东西。

"水。"齐桑说，"一滴水。"

你能想象吗？那确确实实是一滴水，一滴现在还可以在那个封闭的空间流动的水。当水晶形成时，碰巧包裹了一个气泡，而这个气泡里恰好有一滴水，行话叫"水胆"。千万年了吧。就是说，这滴水已经存在了千万年，不增不减，不大不小，只要这块水晶不破碎，这滴水将继续存在千万年，永世存在下去。

"你知道我当时什么感觉吗？"

我等他说下去。

"我觉得我老了。时间，时间……"他举着手机，咽了口唾沫。那灵魂出窍般的表情好像又回到了博物馆。"太伟大了。我觉得我老得不行。我觉得我太渺小了。一个人实在不值一提。完全不值一提。玉环飞燕皆尘土，我必须做点有意义的事才行。"

"做水晶的业务？"

"对，我当时就这么想的。我要跟伟大的时间在一起。"紫水晶的着色过程也让他心驰神往。紫水晶就是一种石英，因为暴露在放射性物质中数百万年而改变了颜色。数百万年里，石英逐渐吸收存于周围岩石中的自然辐射，这种辐射搅动石英中的铁原子，以可见光的形式燃烧掉多余的能量。正是这种放射性物质使水晶变成了紫色。铁的浓度越高，颜色就越深。又是时间的力量。我以为他要继续感叹，他却把目光从悠远的地方收回来，手机锁屏装进了兜里："那会儿到底年轻，少不更事，轻狂。"

"那是理想主义。"转折有点突兀，但我还是顺着鼓励他。

齐桑一笑："哪有什么理想主义，想当然耳。"

尽管各个采矿点大同小异，我还是兴味盎然地逐一看过。矿主一茬茬地换，都是一锤子买卖就走，像那个大肚子乌拉圭人似的矿主极少。他是当地人，财大气粗，天时地利人和之便，一承包就是好几座山，可以常年待在这里。其他小老板只能见好就收，换个地方再赌一把。山也如此，挖完了就是挖完了，剩下一座空山。开掘过的地方就是一片废墟，坑坑洼洼里积满泥水。在山里，没有一条道路是好的。但就财富而言，越乱的山，出的水晶洞就越多，挣的钱也就越多。

既然可以和伟大的时间并肩作战，同时又财源广进，为什么半道放弃了呢？在老家我听那些出来买矿的老板说过，好的翻译可遇不可求，他能把钱之外的所有问题都摆平，抓住了千万别撒手，待遇你提就是。

"待遇是不差，"齐桑说，"但也有你不想干的时候。"

"嫌数钱辛苦？"

"师兄，要不，再找一家矿看看？"

难言之隐，强迫人家说就不合适了。我跟着他看了一家矿主的库房兼操作间。一铁桶一铁桶的紫晶洞运到库房，都糙得很，每个球体后面都附着了沉重的岩石。工人必须酌情把多余的石头层切掉，再打磨，越接近包裹晶簇层的玛瑙层越好。紫晶洞运出去，是按等级和重量卖的，没人愿花冤枉钱。当然，如果开采时下手太狠，有伤及晶簇层之虞，那工人必须在玛瑙层外边加固一层水泥。库房一片喧嚣，五个工人，高压冲洗、岩石切割、球体打磨、水泥加固、审美加工，各司其职。光线暗下来，矿主打开简陋房顶上的几盏大灯，整个库房一片璀璨，无数的晶芽发射出明亮的紫色光芒。那是光的世界，是时间的世界，也是美轮美奂的童话一般的世界。但齐桑说，该回了，山路难走。

我们在阿蒂加斯的一家酒店住下。晚上在附近的酒吧聊到半夜，齐桑问我这几年国内的状况，我则对他的海外生活好奇，还聊了我们共同关心的母校。我们俩都喝高了。我顺嘴又一问，为什么罢手？他大着舌头说，师兄，明天告诉你。

第二天本想睡个懒觉，不想马路上举办游行的庆典，把我从床上薅了起来。去餐厅吃早点，齐桑已经在座。饭后回程，我们先同行一段。到分手的路口，齐桑没拐弯，而是跟着我继续走。

"昨晚答应过的，"他说，"带师兄去看我最后工作的一个矿山。"

他没忘。

那座山在我回去的半道上。同样千疮百孔。钱是有味儿的，全世界的矿主们都带着钻机和铲斗扑过来。我们在泥泞的山路上绕了一圈又一圈，停下来，面前是一部分坍塌的山体。齐桑指了指，就它。跟其他尚未开采、已经开采和已经采尽的山没有任何区别。

"有区别，"齐桑说，"这座矿里的水晶质量更高。"

所谓质量高，就是开采出的紫晶洞球体更大，形状更规整，大恐龙蛋似的紫晶球数不胜数；晶芽颗粒更大，紫颜色更深也更纯净。一句话，拿下这座矿，等于拿下其他的五座矿。从出了第一批料开始，各路矿主闻到了味儿，就鱼贯而来。

所谓矿主，并非一定要买下这座矿山，只要他能从具备开采该矿资质的当地人那里租借来开采权就行。有资质并不代表你有能力开采。财力、器械、招工、产品加工流通、资金回笼，这套程序当地人能完整走完的没几个。所以外地人揣着钱就来了。

齐桑是跟着一个中国老板来的，前一座矿刚开采完，老板赚了一笔，让他有信心参与这座矿的竞争。他们是排着队和当地人谈判的团队之一。老板和他带着礼物敲开了镇长的家门。镇长就是握着开采权的那个人。齐桑说，显而易见，他们的价码最高。离开时，镇长让自己的六个孩子从高到矮像琴键一样站到大门口欢送他们。

开采设备进入工地。工人们跟着几条矿脉深度掘进。齐桑还记得几年前的现场，告诉我那些坍塌的山体中曾有过怎样曲折的坑道。采出的晶洞真的漂亮，齐桑比画着。涉足这行业几年，他也是见过世面的行家。他向我要了一根烟，坐在一块石头上抽起来。

我们脸对脸抽了两根烟，他决定跟我说。

一个翻译会受雇于好几个老板。因为老板不是长年待在乌拉圭或者巴西，有钱了、有空了、有头绪了，他们才会从四面八方赶过来。中国老板大部分时间待在国内，过了雨季，开采和运输条件好了才会过来。齐桑受雇过的另一位东南亚老板私下里找到

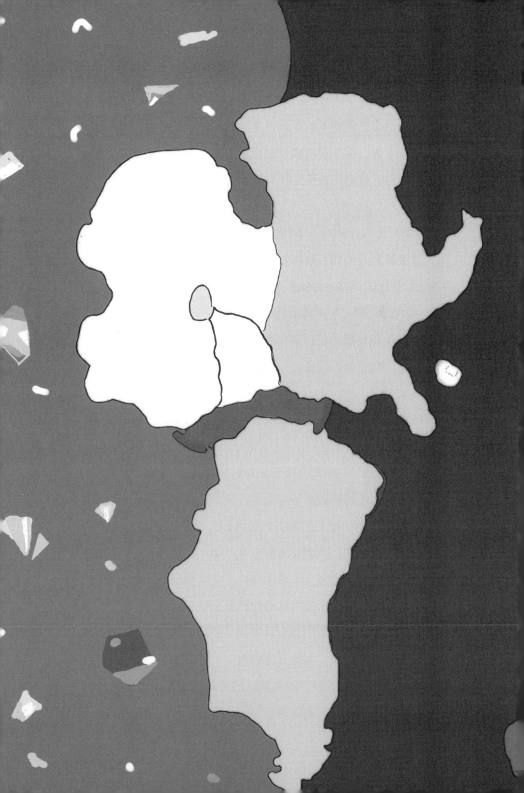

他。按规矩，长驱直入的全面开采已经开始，该矿主也有足够的能力运行下去，他人再觊觎是相当不妥的。但那位东南亚老板就是动了心思。他把两捆美元往齐桑面前一拍，说：

"拿下。"

"拿不下。"齐桑一口回绝。

老板把美元推到齐桑面前，在刚才放钱的地方摁下一张银行卡："那是你的，这才是镇长的。用这个拿。"

"还是拿不下。"齐桑站起来要走。

老板起身更快，已经到了门口，回过头说："再想想。你只需要和那个狗屁镇长沟通好，确保出了问题我可以接手。其他的跟你没关系。"

齐桑盯着那两捆美元坐了一个小时，拨通了镇长的电话。

"难吗？"我问。

"盯上了钱，一切都变得无比容易。"

齐桑说，他的确就干了那么多。接下来采矿按部就班继续进行，顺利得让他怀疑那两捆美元是假的。他觉得是自己想多了。谁都可能心血来潮，东南亚老板更有可能。这个喜欢穿花衬衫的老浪子，经常在酒吧里为了某个乌拉圭美女甩出一大把钞票，唯一的要求就是让对方坐到他对面让他看上半小时。

那天雨后初晴，中国老板独自去了矿场。他想催促工人把大雨耽误的工期补回来。就是日常的监工，齐桑不必跟着。他在短租的房子里读爱德华多·加莱亚诺的《火的记忆》。下午三点，工头给他打来电话：矿道塌方了。

"有人伤亡吗？"他问。

"没有，人都在。"

"赶快通知老板。"

"找不到老板。"

"打电话。"

"不通。"

"他不是在矿场吗？"齐桑觉得后背一凛。

"不见了啊，"工头声音怯怯的，"刚有人说，好像看见他进过矿道。"

齐桑刚从歪躺的旧沙发上坐直了，现在跳了起来，扔下书开车就往矿场跑。一边开车一边吩咐工头带人全力清理矿道，接着要打电话报警，拨出键按下之前又停住。他一遍遍说服自己，这种事报了也没用。的确没用。

山山水水地开到矿场，车上被糊了一层厚厚的泥浆。工人们还在清理，他们下手谨慎，担心一铲子碰到不该碰到的东西。好在矿道坍塌的部分不太长，又靠近出口，清理难度不大，天黑时就收拾利索了。除了干的湿的泥土和大大小小的石头，别无他物。齐桑紧张得衣服湿了干、干了又湿，矿道重新敞开的那一瞬间，他觉得腰酸背疼。经验丰富的工头判断，是连日的大雨让被掏空的山体不堪重负。很有道理，可是老板去哪儿了呢？

"去哪儿了呢？"我也同问。

"悬案，"齐桑捡起一块石子在手心里盘，"我也想知道他去哪儿了。"

"再没出现过？"我隐隐觉得这故事似曾相识。

齐桑摇头："这几年我几乎把所有矿山和做这行的翻译都问遍了，没一个人见过他。"

"然后，那东南亚老板就接手了这一片？"我用手对着眼前坍塌的山体废墟划拉一圈。

"不然呢？"

"你继续给东南亚老板做翻译？"

"不然呢？"

有两分钟我们都没出声。

我在记忆里使劲儿翻找，想把某件事给打捞出来。然后听见齐桑幽幽地说：

"水晶真是个神奇的东西。"

第二次听他感叹。我笑笑："既然神奇，为什么又放弃了呢？"

齐桑的瞳孔立马放大，现出了敬畏的眼神。

"给东南亚老板只干了二十三天，我就辞职了，再不做矿山业务。"

第二十三天下午，他陪东南亚老板视察矿场。矿道里阴凉，但粉尘太多，老板一路用花衬衫捂住鼻子。正在作业的一个工人在前头叫他们，说发现了一个奇怪的紫晶洞。一座山的肚子里全是紫晶洞，有什么好大惊小怪的。东南亚老板没理会，捂着鼻子往外走。齐桑一个人过去。粉尘已落定，工人的头灯在那个被打坏半边的紫晶洞上一晃，紫光勾勒出一个转瞬即逝的轮廓，酷似一张人脸。他让工人放下机器，用自己的头灯去照。的确挺像失踪的中国老板嘴巴之上的面部侧影。嘴巴以下岩石层和玛瑙层还在。

他的心跳开始加速。他看那个发现紫晶洞的工人，一对眼他就知道那工人也这么看。他对工人做个手势，别吭声，继续作业，小心、完整地把它切割开来。他从口袋里掏出所有的零用钱，塞到工人的裤兜里："收拾好给我。别让第二个人知道。"

傍晚东南亚老板回城时，他留了下来，跟着怀抱紫晶洞的工人进了操作间。那工人担心出差错，给晶洞保留了厚厚的一圈岩石层。操作间的工人都下班了，齐桑和那工人开始忙活。他们先把岩石层切薄，继而打磨，让岩石层和玛瑙层保留足够安全又合理的厚度，最后才是从上到下对称着切开那个紫晶洞。紫晶洞包裹体都是球，对称切开后大多是一模一样的两个凹洞，洞内生满密密麻麻大小不一的紫色晶芽。紫晶洞之美，既在晶芽，也在整个洞的轮廓。破损的那一半被放置一边；完整的那半个晶洞，不唯色泽醇酽幽深，晶芽雄壮，其轮廓的不规整恰到好处。岂止是像，简直就是失踪的中国老板的侧脸。在齐桑的想象里，如果以紫晶洞的形式给中国老板做一个侧影，就应该是这样，只能是这样。那个侧脸的紫晶洞让乌拉圭工人直哆嗦，嘴里念念有词。他认为是神在显灵。

"我在操作间对着那个紫晶洞坐了一夜。"齐桑说，"抽了两包烟，身上被蚊虫叮出了五六十个包。一分钟都没睡着。"

天亮时，他给东南亚老板写了一封辞职信，压到老板常坐的椅子上，背着完好的那半边紫晶洞开车出了山。乌拉圭工人趴在操作台上睡得正香，呼噜声惊天动地。

齐桑的车在前头，送我到路口。本想摁个喇叭就此别过，他下车了。那就来个他乡遇故知的拥抱，一个师兄师弟的拥抱。他把手机打开，从图库里找出一张照片，说：

"还是应该给师兄看一看。"

侧脸的紫晶洞。的确非常像一个男人的侧面像。我表示感谢，再次握住他的手。

齐桑说："我终于把它说出来了。"

回到北京，处理完工作上的事，我回了趟老家。找到做水晶生意的朋友，说起乌拉圭的紫晶洞。朋友说，你真是离开老家太久了，城西高老板的事你没听说？我说好像听到过那么一耳朵，怪不得这事似曾相识。

两年前，我老家做水晶生意的高老板在乌拉圭失踪，活不见人死不见尸，在当地也报过案，始终没头绪。至今还是悬案。老家倒是风传过一阵，各路消息都有，猜测五花八门，但高老板人间蒸发的结果是确凿的。我可能就是那阵子回老家时风闻了一丢丢。我跟水晶缘分薄，水深水浅完全不明白，高老板于我也只是传说中的暴发户，听完也就过了，没往心里去。

朋友不信鬼神，只对撞脸感兴趣，奈何我手中又没有照片，他一拍桌子，直接去高老板家。他认识高老板的弟弟，也是做水晶生意的，在水晶城有半层楼的铺面。

高家对高老板的下落已不抱希望，但还是很配合地拿出他们能找到的所有高老板的纸质和电子相片。翻了大半个小时，有一张侧面特写，我把它放到朋友眼前。

"怎么说？"他问。

高家人也凑过来。

"形神兼备。"我说。

朋友和高家人此刻反倒怀疑了。我理解，这事听起来是不怎么靠谱。我决定向齐桑求助，请他把紫晶洞照片发我。乌拉圭是半夜，他还没睡，叮当两声，连着两条微信回过来。第一条是一句话：

"师兄，当时我就是听说你是东海人才决定见你的。"

第二条是图片。我还没来得及下载好清晰的原图格式，扎在我手机屏幕上方的一群脑袋就发出了惊叫。

我把高清照片在众人面前再巡回展示一遍，惊叫声又起。高老板的老母亲扑上来要抓我的手机，被两个孙子拉住了。

我回齐桑："收到，谢谢师弟。高老板全家也表示感谢。"

过一会儿，他回："给我个高家地址。"

半个月后，我正上班，高老板弟弟电话我。

"谢谢徐老师，"他说，"也务请再次代我们全家感谢齐老师。"

"实物像吗？"

"像不像他都是我哥。"电话那头带了哭声。

我给齐桑发微信感谢，告诉他紫晶洞收到。短信被退了回来。再试，又退。

他把我拉黑了。

徐则臣，作家，现居北京。著有长篇小说《北上》《耶路撒冷》《王城如海》《夜火车》，中短篇小说集《跑步穿过中关村》《如果大雪封门》《北京西郊故事集》等。曾获鲁迅文学奖、老舍文学奖、中国好书奖等多个奖项，2019 年凭长篇小说《北上》获第十届茅盾文学奖，后被改编为同名话剧、音乐剧和电视剧。

评论：

在地球的每个角落与中国重逢

——《紫晶洞》与徐则臣的域外奇遇系列小说

李蔚超

　　中国人在地球上的奇遇，这一系列短篇小说，徐则臣写了十篇，《去波恩》的火车情缘，《中央公园的斯宾诺莎》的中年危机，《瓦尔帕莱索》的浪漫邂逅，《玛雅人面具》的宿命故事，短是十分短，万字上下，每篇风格各异，相互呼应。当人们尚未恢复对暌违三年的世界的好奇时，徐则臣让异域的风景、气温，食物的味道，人的声音、体温，扑面向我们涌来，裹住我们日渐离散的心灵。十则故事，十处异域一角，十个仿真的小说时空，一组短篇小说，前前后后，徐则臣写了十五年。这是十篇极为精湛巧妙的短篇小说，我并无把握，今天世界上还有没有好作家，愿意以及能够像徐则臣一样钻研短篇小说的技艺，并完成得如此令人迷醉。

　　《紫晶洞》在这组小说中排第九。这趟环球之旅，叙事人"我"，化身戴上面具的作家"徐先生"，由白俄罗斯、印度、美国、智利来到位于南美的乌拉圭。到底是一位思想成熟、技艺精湛的小说家，一个对地理空间保持足够敏锐的塑造者，徐则臣的海外中国人小说显然是自觉的艺术探索。经历《耶路撒冷》《北上》的徐则臣早已不止于"抬眼看世界"，在他的文学王国里，中国与世界拥有悠长而确切、亟待探寻的联系，他坐拥世界时空版图，随时可用虚构在宇宙中安置"虫洞"。当然，今天中国作家笔下漂洋过海的中国故事并不罕见，邱华栋就在此领域早有探索，他与徐则臣一样选择了长篇虚构历史、短篇讲述当代的途径。然而，徐则臣富有新意的创造依然清晰可辨，如果说长篇小说是于湍急的河流里溯源中国与世界的关联，那么十则短篇小说便是将"星星之火"撒向了欧洲、非洲、美洲，带领我们在世界上的每一个角落与中国重逢。

说到这里，似未说尽这组小说的好处。那么，再说说短篇小说之短与"重逢"。

《紫晶洞》里，作家"我"先与物相逢。"我老家"连云港市东海县是世界上最大的水晶矿石交易中心，乌拉圭的紫水晶和紫晶洞是连云港交易市场上的主角，在中国这个全球化进程下最大的世界市场和世界工厂中，物的流通无比丰沛，中国人也便生出寻"洋"根的兴趣。随后是与人相逢，在水晶矿上做翻译的"北大校友"同为江苏人氏，他成为"我"乌拉圭奇遇的向导，同时，这个人物也是短篇小说的叙事线索，顺"人"摸"瓜"，异域空间中的人、事、物便能有迹可循——类似情节设置反复出现在域外奇遇系列中，徐则臣通常以旅人与移居他乡的中国人的相逢开始"我"的讲述。

人的相逢，意味着中国面孔、中国基因、中国元素、中国本身在世界各处一再照面。玛雅人的面具，背后隐藏着一张酷似中国人的脸。南美大陆的纵深处的紫晶洞里，镌刻了一张死去的中国男人的脸。在离中国最遥远的国度，瓦尔帕莱索的吉卜赛女人的身体里，遗留下了中国人的"种子"——"你走不掉"，吉卜赛女人向"我"宣布神秘的预言……世界与中国，深刻地、隐秘地、无所不在地联系着，乃至交融着。于是，相逢成了重逢，"乐莫乐兮新相知"变成了"似曾相识燕归来"，中国与世界，既是新相知，又是旧时交。重逢的人，构成了新的景观，新的媒介，讲述、携带、传递并创造新的经验，这是短篇小说选择"重逢"为叙事要素的根本原因。就在我写下这段文字的时刻，批评家李敬泽正在上海交大重新解读卞之琳先生的《断章》，一首现代诗歌的名篇，他说："人本身是新景观，人本身也是新媒介，而这就是现代社会的新经验。"这样的认识十分深刻，徐则臣恰好借助了人的景观与作为人的媒介，才使短篇小说如此高效率地呈现人的经验，他的眼光无疑是现代性的一种表征。

人的相逢，不断使小说产生蓬勃萌发的新鲜感。在新媒介的作用下，人类神经并不是日趋敏感，而是愈加钝感，麻木的神经需要光怪陆离的奇观构成的强烈刺激和短暂的爆破力，来唤醒或换取人的关注。徐则臣不打算打造奇观，他必须不动声色，又必须引人入"胜"，否则，小说这门艺术的可能性在哪里呢？

徐则臣回到了小说的传统手艺——制造悬念。奇遇系列的短篇小说，统一弥散着森森鬼气，倏然闪烁着憧憧人影，每一则故事包裹着不止一个谜团。仅就《紫晶洞》而言，失踪的中国老板，是否死于觊觎紫晶洞的东南亚商人之手？贪婪的巴拉圭矿主是否是实际的行凶者？那个奇怪的紫晶洞里为何出现一张酷似失踪的中国老板的脸孔？证明"时间的伟大"的紫水晶，怎能这么快就结晶了失踪的中国老板的脸？"北大师弟"何以要和"我"绝交？失踪的中国老板是否同样来自江苏东海，是不是就是作者老乡的高家兄长？太多的疑虑促使我们必须重返小说，抽丝剥茧，盘问到底，顺路领略短篇小说含蓄丰赡的意义表达。

我们也将在这组小说中与徐则臣小说世界的人物重逢。曾为他带来鲁迅文学奖短篇小说奖奖杯的《如果大雪封门》，徐则臣会主动提醒健忘的我们，当初的主人公林慧聪从"穿着破旧黄军大衣、倚在当代商城门口的银杏树上、一脸干涩的空白的南方放鸽少年"，变成了《斯维斯拉奇河在天上流淌》里旅居明斯克的青年艺术家。这不是召回"同人"的简单动作，而是一则关于中国人在世纪之初的二十年的现实寓言："跑步穿过中关村"的中国青年，继续保持奔跑的姿态和速度，很可能跑到地球的任意角落，他们的命运，在这个变动不居的时代发生了翻天覆地的变化。

我一再强调的"重逢"，决计不是"重复"。充满艺术耐心和拥有丰富叙事技术的徐则臣时刻不忘享受"炫技"。现在说说结尾。似乎人人都知道短篇小说结尾的重要性，十篇小说，无一例外地拥有精心设计的结尾，它们保持理解的弹性空间，可黑可白，暧昧不明，即使制造意外，也是耐人寻味的意外，而非炸裂式的震惊时刻。也就是说，徐则臣的短篇小说，使我们不能大惊小怪地诧异或恐惧，他让我们相信，有一些根本性的联系是轻易不变的，是宿命纠葛的，是终究无法摆脱的。于是，尽管《紫晶洞》的结尾，"北大师弟"把作者"我"拉黑，然而，彼此之间神秘而坚固的联系，甚至超越"伟大时间"的力量，早已不是微信拉黑所能切断的。不得不说，徐则臣让我们对今天正在"逆全球化"的世界，保持了审慎的乐观。

四轮学区房

孙睿

一

　　刚开始没想到是吃麻辣烫的，太饿了，从外面看着像能吃饭的地方，米乐和老婆便推门往里走。一进来，就想打喷嚏，呛得又打不出来。空气中，一个个香辣分子在翻滚。老婆一屁股坐到桌前，顾不得味道沾在衣服上将久久不散，扒拉着挑选。坐下后米乐意识到，他俩好久没有面对面坐下，像谈恋爱时候那样吃顿饭了。

　　店开在胡同口，狭长的桌子，其实也不长，顶多四五米；当中间儿掏空，摞进去一溜长方形钢筋锅，彼此靠钢板隔开，做成两排，煮着穿好的串儿，荤素都有，五花八门，竹扦冲外，伸手即取。这种店傍晚前做旁边学校中学生和逛胡同游客的生意，现在已经晚上九点多，除了看店伙计在墙角刷手机，店里没别人，是另一种缘分让米乐和他媳妇坐到了这里。

　　两人各守一锅，小火轻煮，空调吹出冷气，汽化的风肉眼可见。老婆一言不发地吃着，面前摆着撸下的扦子，长短不一。长扦三块一串，短扦两块——米乐发觉自己扫一眼桌面大概就能乘出吃了多少钱的能力退化了。两人都太累了，下午来这边看房，东跑西颠，看了六套，快看吐了。

九月份孩子就要上小学了，还有一个多月。目前孩子跟着他俩住回龙观，幼儿园也是这边上的，家楼下。老婆觉得，幼儿园哪儿上无所谓，就当上着玩，小学不能再凑合，必须去城里。回龙观属于昌平，挨着朝阳和海淀，算不上远郊，但比起二环里的东城西城，叫城外也不为过，这边都快到六环了。什么时代的人都想当"城里人"，过腻城里日子往城外搬的那种另说，家长更是希望自己的娃能做个"城里孩子"，恰好米乐老婆和孩子的户口在城里，进城上学成了这个家庭的不二之选。

当然米乐也有别的想法，他不认为孩子去城里上学就高枕无忧。他敢这么认为是有充分依据的，他从小学到高中都是在西城区上的，也不是班里所有人都考上大学了，甚至有后来进了工读学校的，前途如何，更靠孩子自己。同样他也不觉得留在昌平上学就输在了起跑线上，他的大学同学里，有一个就是昌平考上来的，学号一号，因为入校分数最高，后来年年领奖学金，还保了研。但米乐不愿跟老婆掰扯这些，他的不做主性格，让老婆成了当家的人。

说起来，其实他老婆连原汁原味的北京人都算不上，米乐才是北京的"城里人"。小时候在西城长大，家住西四胡同，后来那片拆了，父母在回龙观买了房，米乐跟着搬了家。户口随房子走，迁到了昌平，化身"城外人"。而他老婆，大学毕业留了京，幸运地进了给解决户口的单位，单位在东城，于是不仅成为新北京人，还拥有了令很多城外北京人羡慕的东城区户口，只不过是集体户。后来两人认识，结了婚，也在回龙观买了房——为了离米乐父母近，更因为这里的房价还能接受——老婆仍把户口留在单位。一开始米乐以为老婆嫌麻烦，懒得挪，直到几年后生了娃，给孩子上户口的时候，才弄明白老婆的良苦用心：孩子户口不在昌平上，上东城的，跟她一起，落集体户，将来是东城学籍，可以上东城的学校。大家普遍认为北京的好学校都在东、西城和海淀，所以这三个区的学籍格外珍贵，没有的心向往之，想辙往里钻，有学籍的则沾沾自喜不形于色。还有个插曲，备孕期间，老婆让米乐把他名下那套回龙观的房子卖掉，她研究过政策，必须父母双方都没有北京房产，孩子才能落集体户。就这么着，米乐把自己名下的那套房子卖了，租了两年房子，等到孩子在集体户里有了自己的户口页，才和老婆又在他父母的那个小区买了套二手房。那时候房价每年都在涨，为了孩子的户口，搭进去两人多年的积蓄，只因为老婆认为当个"城里人"洋气。

　　老婆七年前布好局，事态按预期发展着，上礼拜小学录取通知书下来了。儿子成了一名北京东城区的小学生，不出意外，将在东城接受九年义务教育。从回龙观到这所小学，二十公里出头，还有一段高速。不走高速的话，有三十三个红绿灯，早晚高峰开车少说要一个半小时，再遇上一起交通事故，时间就没谱了——若事故双方都是送孩子的家长，也是有麻利儿解决的可能。走高速倒是能避开些红绿灯，但进出高速口的时间不稳定，赶上没装 ETC 的车或手机忘带了无法扫码付费、身上也无现金的车主，这条车道何时能通车就看他什么时候能变出过路费了……这些特殊情况暂且放置一旁，按八点到校计算，逆推，六点二十必须出家门，刨去洗漱吃饭时间，不到六点就得起床，大人还要伺候孩子穿衣吃饭，只能起得更早。于是问题来了：住昌平的儿童和家长，每日该如何不这般辛劳地去东城上学？

老婆曾试想，卖了回龙观的房，在学校旁边买一套，然后把自己和孩子的户口从集体户里迁出来，落户东城，一劳永逸；米乐乐意的话，户口也能从父母的本儿上挪过来，四十岁了，早该独立出来了。想法很美好，现实被低估。同样新旧的房子，东城一平方的单价差不多是昌平的三倍。现在米乐一家三口住的是一百二十平方的小三居，换成东城同档次的房子，包括税费里里外外都算上，要添八百万。知难而退，老婆降低预期，不行就住老破小，窄点儿也认了，孩子的教育胜于一切。看了两套不到八十平的两居，一算差价，仍要添三百万。钱是一方面，关键是卖了自己住得顺心又舒服的房子，在陌生的地方买个不那么如意的房子，是不是风险有些大？没有哪个普通家庭能在买房卖房上像打麻将出牌那般随意，即便是在北京，也尤其是在北京。

加之房产市场突然低迷，房价走向扑朔迷离，成交周期变长，房子也不是说卖就能卖成的，肯花钱倒是容易买到，但很可能刚买到手就贬值。如此一来，换房的想法只能搁置。保险一些的做法是把自家房租出去，在学校旁边租套房。今天看的这些出租房，有中介联系的，也有老婆在闲鱼找到的业主直租的。看房用眼睛看，身体和情感不免也会参与其中，幻想未来至少六年带着孩子生活在这里：三副肉身的安放是否恰当合理（卧室舒不舒服），三张嘴能否被满足（厨房能不能激发烹饪食物的热情），三个灵魂栖居于此可否相安无事（几年后将迎来儿子的叛逆期）……六套看下来，身心俱疲。

小店墙上的货柜摆着各种饮料，老婆偏偏拿了一瓶红牛，拉开就喝。以前她从不碰这玩意儿，认为所谓的提神就是杀鸡取卵，把体内残存的能量榨取出来。那么，现在她是要把仅剩的一丝力气逼出来，然后还要干点儿什么吗？米乐猜不出老婆接下来还想干什么——再看一套房？或是仅仅为了有力气回家？还是不甘回家后就这样一无所获地睡去，夜深人静的时候仍要展开人生思考？

眼前的事实，让米乐确信了一件事情，这是近八年里他和老婆第一次吃麻辣烫。以前她特好这口，自打有了孩子，两人吃东西就不怎么考虑自己了，只吃适合孩子吃的东西，孩子现在六岁半，加上备孕和怀孕的时间，八年里两人渐渐没了"自己"。

此刻老婆两眼直愣愣地盯着锅里，嘴里机械地嚼着，一手握着红牛，一手搓捻着空扦子，显然脑子里琢磨着什么。这神态让米乐陌生。老婆从小聪慧灵敏，在学习、考试、就业、升职的道路上，向来无须大动干戈便攻城拔寨，不说硕果累累，至少是一帆风顺。如今被卡住了，不是主观世界被难住的卡，而是那种物质世界的卡——老婆想的可能是：自己的家庭为什么突然卡在底层中产向高阶中产进军的路上？

在不添钱的情况下，回龙观的房租只能在东城区租个六十平左右的老破小。客厅小得转不过身，家里那台七十五英寸电视搬过来都放不下——米乐和老婆都喜欢周末在家看个电影。为了让电视有地儿放，也得租个面积大的房子，那就只能添钱。添多少合适？无限制地添，好房子有的是，再大的电视也能搁进去，但这不是米乐家能过的日子。老婆虽说事业顺利，但挣的也有限，在出版社上班，不是什么大社，做出爆款书的概率渺茫，年薪远没到过日子可以不算计。米乐至今自由职业，做平面设计，收入取决于活儿多活儿少，曾经红火过，这两年客户相继流失，不知道好好的一家公司怎么就做不下去了。米乐的活儿也随之减少，世界越来越新，他越来越老，在发展新客户上缺乏手段，已由只喝单一麦芽改为调和威士忌也觉得还不错了。

老婆定了一个标准：在保证生活品质的情况下，房租尽可能地少添。尽可能地少，也有一个范围，所以连看了六套。连将将满意的都没有，首先就是感觉小。房子住惯了宽敞的，再换紧凑的就难了。米乐老婆以前没觉得三口人住五十多平有多挤，甚至还觉得敞亮，她自己家当初就是一套五十多平的房子，她还有一个自己的房间，让很多同学羡慕，但那是二十多年前。现在她和米乐看了一套九十平的两居都觉得窄，就这还要每月添四千多；若想租一套和回龙观的家一样面积的房子，少说要补八千块，超标了。也正应了那句话：一分钱一分货。越活越觉得这话准，世界就是这么构成的。

六套里有一处平房令米乐夫妇印象深刻，房本面积三十多，号称能住五口人，两间十余平的房子打通了，加了挑高，做成复式，下面的三十多平隔出客厅、厨房和卫生间，客厅只留一条过道能站直身子，其余空间留给楼上复式，从沙发上起身都得猫腰。房主说，人多数时候在客厅里是坐着的，这么设计是合理利用顶部空间。楼上的复式部分，拆分成两间半，老两口一间，中年夫妇一间，半间留给上中学的孙子住。现在孙子考上大学，可以住校了，一家人没有必要挤在这里，准备往城外搬。看房的时候，米乐老婆盘算如果是自己家搬过来，先不说人能不能要得开，就是家具都摆不下。这家的柜子有个特点，都直通房顶，极尽盛放之能事。经过楼梯的时候，米乐老婆不知道自己碰了哪里，一扇木板弹出来。原来这片看似楼梯支撑物的木板也是柜门，楼梯下面的空间从高到低依次被用作大衣柜、短衣柜、袜子柜和杂物柜，房间里见不得一立方厘米的浪费。连柜门上都没有把手儿，门是磁吸的，按下去则弹开，再按就吸上，刚才就是米乐老婆不小心顶到柜门。房主人笑着介绍说，面儿上什么都不露，省地儿。笑中透着说不上是得意还是无奈。这一刻，米乐老婆体会到住城外的好了。

但米乐知道，对老婆来说，东城学籍是更好的东西。现在终于等来这一刻——媳妇累了也烦了的时刻——他可以把存在心中许久的那个想法说出来了。

"倒是还有个方案……"米乐不知为何话一出口感到一阵心虚。

"什么方案？"老婆翻起不抱希望的眼睛。

"弄辆房车。"

"现在卡在房子上，怎么还想着弄什么车！"老婆似乎觉得米乐把握不住重点，随后马上意识到房车是可以住人的，转而说："弄了以后呢？"

二

大学毕业离校那天，米乐想，以后可他妈的不用考试了。这么一想，步伐都轻盈了。现在四十岁，竟遭遇了哈姆雷特的困境：孩子的小学到底是去东城上，还是留在昌平？这道题没有补考，选错了就……就怎样并不知道，也没有人能告诉他。

做这同一道题，米乐和老婆的解题思路不一样。不同于老婆在跨城中寻求解决方案，米乐是先有方案，然后为这个方案在现实生活中找到有力支撑。方案就是他跟老婆所说的"弄辆房车"，直觉告诉他可以这样做。

米乐现在和父母住同一个小区，隔着几栋楼，相互都有个照应。幼儿园接送孩子，当米乐和老婆顾不上的时候，他父母可以代劳。老两口把孩子接回来，还能给孩子弄口饭，米乐他俩几点回家都无所谓了，孩子睡爷爷奶奶那儿也行，第二天老两口再给送去幼儿园。父母眼瞅着奔七十了，不是这个今天头晕，就是那个明天胸闷，米乐也能照顾到，去医院检查他开车接送方便。所以他不想打破现状，觉得孩子小学在家附近上也没什么，父母依然可以帮着接送。但老婆的底线是，别的怎么都行，学必须去东城上——尽当爹妈的最大努力成全孩子。因为她就是这么长大的，然后从一个四线城市考到北京，当初她妈不输孟母，为了她上学，也曾三迁。

　　让孩子住学校旁边，已是大势所趋，在这个"规定动作"下，米乐便想到了房车。他一直就想弄辆房车，可以开到哪儿玩到哪儿，需要工作了——他的工作有台笔记本电脑就能完成——车里就能干。有卡座和桌子，不比咖啡厅差，窗外还有风景。可以说，是孩子上学的新问题，正好撞上他的旧心愿。

　　然后今天看完房子，也可以说在看房过程中，甚至说在第一套老破小看到一半的时候，"时机到了"的想法就开始在米乐脑子里闪现。他想，与其在"砖窝"里睡觉，还不如在"铁桶"里睡，反正都是个小。不就是为了离学校近吗，把房车停学校门口，没有比这更近的睡觉的地方了。相当于给小平房装上轱辘。每天放学先开着房车接孩子回家，小学特别是低年级，三点多就放学，这时候路上不堵，四十多分钟就能到家。在家写完作业吃完饭，坑够了，该睡觉的时候，就让孩子往房车上一躺，米乐把车开到学校门口——晚上不堵车，四十分钟用不了就能开到。孩子瓷瓷实实睡一晚上，米乐早起给孩子做饭，车上有电磁炉和冰箱，孩子妈愿意陪睡陪吃也行，车里三张床，足够睡下，比那复式平房的卧室，更让人有想躺在枕头上的愿望。

　　如果是搬来东城，米乐不忍心只搬自己的小家，而把父母留在回龙观。这样一来，不仅开销翻倍，父母也得挤老破小。现在老两口住着百十平的两居室，在一层，不用爬楼，关键是窗前还有个小院子。院子算公共面积里的，因为搬来得早，那时候物业管得不严，老爷子在落地窗前开了个门，直通小院，方便打理草木，省了物业的事儿，这地界儿慢慢也就算自己的了。进入四月，院里的那株树仿佛懂得感恩，不用催就按时开花，白中泛粉，围住树冠密密一团，阳光下尽情盛放。引来蜜蜂，路人也在树前拍照，老爷子坐在窗前泡茶，得意地看着外面。打开窗，风吹过，花瓣会飘进窗里——三四月还不必关纱窗。米乐爸会特意让花瓣就那么散落在窗前的茶几和藤椅背儿上，放那么几天，等花瓣蔫瘪了再扫走。花期一个月，落光后小绿果就冒出来，一周后能看出是杏。到了五月中，杏的个头儿大了，坠弯枝条，有人摘着吃。米乐爸看到会拦下，让他们捡掉在地上的吃，这种杏熟透了，不酸。自打搬进这套房子，米乐家就没在吃杏上花过钱。等杏的热乎气儿过了，轮到杏树旁的那些灌木展示，开出一大朵一大朵的花，红彤彤不免艳俗，绽放的热情仍让人忍不住问问这是什么花，很多时候米乐爸故意站在院子里，等着回答：月季。真要搬了家，在北京二环里找到一处窗前有杏树的房子就难了。这是米乐给"弄辆房车"找到的理论支持。

但老婆听完米乐的计划后，第一反应就是不靠谱，这也是她的直觉。完全在米乐预料中，她这些年越来越保守。米乐当然也理解，这种保守从某个角度说，是母爱所致，本质出于对孩子安全的考虑。但米乐这么做——如果房车计划能成行——也不是说就没有父爱了。恰恰这是米乐要传递的父爱，不要被生活中那些貌似坚固的东西困死，如果甘于受困，那些东西会越来越坚固。老婆的保守从另一个角度看，跟对房车的不了解也有关系。

米乐从技术角度给老婆普及了房车知识，告诉她里面床的尺寸，如何取暖、洗澡、做饭，以及一些先行者已经在房车里过上怎样的日子。说着打开手机，调出几条短视频，让老婆看人家怎么在车上过日子，有游荡在城市中的，也有开到荒郊野地一住就是个把月的。

老婆敏锐觉察到蹊跷："你不是为了孩子上学，你准备了半天，是你想弄辆房车玩吧？"

米乐承认他是爱看那几个房车播主的视频，正是因为平时关注着，关键时候就用上了："人家成年累月在车里生活，咱们就是让孩子睡个觉、吃个饭，比换房简单多了，风险也小。"

老婆随之问了几个她关心的问题，包括车得多少钱、车牌好不好上、冬天睡觉怎么办，以及米乐能确保每天晚上和早上都像他说的那样守着房车吗？米乐张口就答，新房车从十几万到上百万的都有，开了两三年的二手房车是新车的六到七折，他觉得买辆二手的就行，甲醛味儿散干净了，孩子睡在里面踏实。车牌可以用家里这辆车的，把现在这辆ix35卖掉，开八年了，孩子都长大了，没有上学这事儿，也该换辆大点儿的车。冬天则还在家里睡，可以提早一个小时出门，让孩子在车上洗漱吃早饭，早高峰之前赶到学校。最后米乐保证道："既然我提出这个方案，我肯定不会缺席。"

"万一呢，万一你有事儿，或者出差不在北京？"老婆像一位象棋大师，考虑的不光是眼前这步，还有很多步。

"你也可以开，练练就行，C本以上都能开。"米乐不是留后手，是鼓励老婆，他觉得这是一次机会——把老婆从盲目内卷的势头里拽出来。让她除了惦记"孩子不能输在起跑线上"，心里也装些别的事情进去，比如想想能开着房车去哪儿过个周末。

他早就对老婆的一些做法不认同了。孩子刚进入幼儿园小班，就被老婆送去学轮滑和识字班，因为别的孩子都报了，不是报这个班就是报那个班，于是他们的孩子也不能在家傻玩了，搞得大人孩子都没了周末。和老婆相比，米乐比较佛系，他觉得怎么都行，他就是这么一路长大的——走一步说一步，没有肝脑涂地为一个明确目标过度燃烧自己。大学毕业后，他一直从事自由职业，说不清是性格导致就业，还是就业方式塑造性格。总之就这么过来了，从毕业第一年能养活自己，到后来买了房、结了婚，老能接些活儿，也就没想过找个稳定工作。他和老婆就是接活儿认识的，那时候她刚毕业做实习编辑，需要找封面设计，没资源，就在网站上转，看到米乐的设计稿，给他留言。当时米乐已经做了三四年自由设计师，接了她的活儿。一来二去，见了面，谈起恋爱，常一起吃着麻辣烫聊图稿的完善方案，后来确立了关系。从一开始她就是甲方，所以最终意见都是她拿，慢慢地，这种模式渗透到生活中：蜜月旅行去哪儿、空调买几级能耗的、晚上吃什么……要孩子的事情上也是如此，老婆张罗，米乐配合。以及后来的卖房、给孩子落户，总设计师都是老婆。但设计来设计去，米乐愈发觉得她现在有点儿像参加场地自行车赛的运动员，进了赛道，不管不顾，一圈圈猛蹬，从场外看，仿佛用显微镜看一个不会停下来的电子，也像驴拉磨。

"我不开，那么大一玩意儿，摆弄不了。"老婆依然沉浸在低头猛蹬中，"万一撞了，耽误孩子上学——你这么说了，你就得保证接送。"

"我保证！"

老婆看着米乐，似乎不太相信。

米乐颇为正式地说："咱们不能再一条道走到黑了，一直卷下去，没出路，越活越累。"

"你想说什么？"老婆没听出这话跟保证每天接送孩子有什么关系。

"有辆房车能让神经放松一下。"米乐又取了一瓶啤酒，打开给老婆倒了一杯，"学会让自己放松，享受一下生活。"

"一点儿不享受，开房车只能让我更紧张。"老婆的红牛已经喝完，似乎有了力气，没拒绝啤酒，端起喝了一口，回归主题，"先说你怎么保证接送孩子。"

人是需要阳光、空气和大自然的。如果有了房车，送完孩子可以把车开到一个自己愿意待下去的地方——估摸是五环外某处不那么现代的地方——泡杯茶或咖啡，在车里开始工作。每天接送孩子对米乐来说不是忍辱负重，而是激动人心的新生活开始了，无须保证。他如此告诉老婆。

老婆考虑的已不只是好几步，是十好几步，问以后上中学怎么办，还睡车里？米乐说那是六年后的事情，现在的人连六天以后的事情都无法把握，用不着想那么远，没准三年后教育政策就变了，这几年生育政策已经发生重大变化，而且六年后房价指不定什么情况，摸着石头过河吧……老婆又有担忧，说："要都这样，一家一辆房车上学，学校门口停得下吗？"这种考虑米乐不是没想过，他现在自信地告诉老婆："想想咱们家得下多大的决心，才能用房车当学区房，而且我又不用上班，有时间这么干，别的家长里有这条件的少吧——真要是不得不参与竞争，得扬长避短，不是一起同频内卷。"

两人很久没有这么聊过了，或许是难得吃了一顿只有两个人的饭——还是年轻时最热爱、现今久违的食物——近半年压在老婆心头的烦闷消散了许多。她又起身拿了一瓶啤酒。

米乐也聊得浑身清爽，觉得老婆似乎已被说动，同时不忘肯定老婆："不是每个住得远的孩子都有一个能让他们拥有城里户口的妈，放心吧，学校门口不会遍地是房车的。"

后来两人打车回的家。原因有二：累得不想多走一步；现在九点半了，正好可以考察一下这个时段从回龙观到这里的路还堵不堵。以后这个时间，就是儿子躺在房车里，从家出发的时间。

北二环路边的写字楼依然灯火通明，还能看到有人在窗口里移动。夜色下，这些楼体黑黢黢的，仿佛泥潭被竖立起来，还隔出一个个格子，像鸡蛋盒装鸡蛋一样，装下一个个人。坐在出租车的后排，米乐揽住老婆的肩，老婆顺势将头靠在他的肩上。两人很久没有这样过了。

脸颊感受着老婆的发丝，米乐觉得今天自己又进行了一场提案——关于房车的提案。他依然记得，十几年前，给老婆——那时候连女朋友都还不是——的封面设计稿第三次提案成功后，两人一起吃了顿饭，饭后也是这样把老婆送回家的。

三

在正式"弄辆房车"前，米乐先租了一辆，拉着老婆孩子出去玩了一趟。这是老婆的主意，她需要获得足够的安全感，才能认可这个方案——如果这趟出行令她不满意，米乐想，难道她还有别的备选方案，而不是完善房车方案的不足之处吗——她做事习惯手拿把掐。

米乐照着日后想买的那种车型租了一辆：驾驶室头顶有一张床，车尾放置着一套上下铺，下铺一米三宽，上铺八十，卡座和茶桌那里放平也可以变成一张儿童床，俩大人一个孩子睡这车上绰绰有余。大人睡觉择床，孩子不择，进了房车，来不及脱鞋，就挨个床上打滚，还问："以后可以永远不回家睡觉了吧？"

房车加柴油，自重也大，提速有顿挫感。米乐开了几公里后意识到这个问题，便不像开自己家车那样狠踩油门了，缓缓给油后平稳了许多，及时遮掩了这个可能会被老婆挑出来的瑕疵——车开在路上忽悠忽悠的，孩子能睡安稳吗？米乐想象得到老婆可能会这样说。

因为是体验车为主，米乐没有把车开到太远的地方，游山玩水不是此趟出行的主要目的。三口人在六环外的河边停下车，米乐支上车侧身的阳光棚，架好折叠椅和户外餐桌，摆出水和吃的，弄成室外小客厅。先给老婆营造出舒适惬意的感觉，是第一步。

房车不远处就是贯穿京津的一条河道，有人在河边钓鱼，河对岸停了几辆私家车——都是天津的牌照,看样子过了河就属于天津——大人孩子正在烤炉边生火,青烟冒出来,引得孩子们一阵欢呼。米乐也不甘示弱,拉出房车的燃气灶,拧开自带的油瓶,取出洗切好的半成品菜,准备给儿子和老婆——两人此刻已拿着捞鱼的笊篱到了北京这边的河边——炒俩菜。饿不着,还能吃得比家里好,是米乐的第二步。

吃完饭,米乐又为老婆展示了如何在车上用水——把碗刷了。然后自己在地上画出三个车位,练习了揉库倒库,将来在二环里并不宽敞的街道上他得频繁做这两件事情。老婆最关心的还是睡觉——休息得好坏,直接关系到孩子未来的身高乃至择偶——所以当晚米乐把车开到了儿子的学校门口,停在空车位上,老婆要实地考察此处是否适合睡觉。

当有车辆过往、老婆觉得噪声有点儿大的时候,孩子已经睡着,响起微弱的鼾声。米乐关掉车内照明灯,只留下氛围灯,和老婆面对面坐进卡座,仿佛置身小酒吧。米乐取出备好的威士忌,倒了两杯,放进冰块。

“怎么样?”一杯递给老婆,米乐觉得孩子上学的事儿就算搞定了。

“你确定晚上就睡这儿了吗?喝了酒可不能开车。”老婆仍不踏实。

米乐冲着孩子正在睡觉的床铺——驾驶座头顶的那张床有安全防护,人不会睡着睡着掉下来——甩头说:“能睡着,已经说明一切,不需要挪窝了。”

说完，米乐起身，拉上那张床的遮帘，孩子隔在里面，车里顿时变成米乐和老婆的二人世界。

夜色深沉，晚风轻柔。威士忌的颜色跟焦糖色的环境光融为一体，冰块在杯里一点点消融，恰到好处没有音乐——如果放着背景音乐，反而会提醒老婆此刻还有孩子在车里睡着觉。两人仿佛回到热恋，生活中的那些烦恼消失了。

喝到第二杯，米乐给老婆抱到床上。她没想到他依然抱得动她。

米乐欲要亲热，老婆拦下："外面还过车呢！"

"它过它的，帘都拉上了。"米乐又喝了一口酒。

"万一有城管呢？"

"城管不管这个。"米乐拧亮床灯，关掉氛围灯。

"那也不行！"

"怎么不行了？"

"不安全。"老婆及时坐起来，"再弄出个老二，我可崩溃了！"

"我带了。"米乐取出早已备好的东西。

第二天一早，孩子刚睁眼，老婆就问睡得怎么样，有没有感觉到过往的车声？孩子说梦到超级飞侠带他去火星执行任务了，今晚还想在这儿睡，火星上没玩够。米乐征求老婆意见，房车要不要多租一天，进一步体验？老婆说不用，也就这样了，没必要再多花一天租金。

随后，米乐快马加鞭卖了自己家的那辆车，在开学前接手了一位已放弃追求"诗和远方"的自媒体播主——此人曾靠着这辆车走遍新疆当过"网红"——精心改造过因而用起来更人性化的房车。老婆是文科女,除了最后把握价格——在米乐谈好价格的基础上又砍下两千块——也没怎么在选车的事情上参与。

车开到家后,老婆用酒精喷壶给车内边边角角都喷了一遍。儿子迫不及待要到车上睡觉,并在睡着前已将床铺的围板粘满奥特曼贴画。"四轮学区房"的生活就这么开始了。

四

开学两周了。升级为小学生的家长,米乐没怎么感觉到身份的变化,除去接送占用了一些时间。不过也乐在其中,孩子送进学校后,房车就成了他的世界,可以满怀激情地——他真的感觉到一种冲动——待在里面做任何事情,连带也会对工作重新产生热情。之前无论在家还是去咖啡馆工作,都让他厌倦,中年人更需要保鲜。

白天,米乐会把车开到愿意驻足的地方,通常是城外。哪怕是早高峰,出城方向也不堵,用不了一个小时,一个有树有河看不到高楼大厦的世界就会出现在眼前;然后泡杯咖啡,靠在卡座上——虽然没有家里的沙发大,却能给人注入活力,仿佛充电桩——开始这一天属于自己的生活:坐久了可以下车去河边打水漂,顺便把肩膀也活动了;有一次他甚至做了一套广播体操——他有轻微的肾结石,大夫让他多喝水多蹦——一切在城里看来不合时宜、想象不到的事情，在这里都可以发生。包括他倾心已久的钓鱼活动，几年前置办的装备，终于派上了用场，运气好的时候，午饭问题能靠着大自然的恩赐来解决。

生活节奏重新回到自己手里。享受到莫大的自由，也让米乐在下午三点接孩子的时候，是笑逐颜开的。

九月中旬是北京最好的季节。天空柔媚，风清云静。这天米乐刚完成一稿设计，准备钓会儿鱼，找到一片潮湿的土地，用树杈挖起蚯蚓，手机响了，连响两下。米乐站起身，掏手机，老婆叮嘱过他，听到手机响能看就第一时间看——刚从幼儿园进入小学的孩子还不习惯新环境的要求，容易出事儿。

米乐点开手机，果然是班级群的消息。教语文的班主任先发了一张十几个同学站在黑板前的合影，后发的是一段文字，解释合影内容：以上孩子在拼音声母默写中全部写对，希望再接再厉！米乐看到有自己儿子，挺满足，儿子也争气——在他妈那儿没有给开着房车上学的生活留下话柄。米乐想，要不要发个大拇指或庆祝的表情，进而觉得不妥，班里三十五个孩子，有一半多的孩子没在合影上，不能在别的家长面前太嘚瑟，便继续自己的事儿。

挖到蚯蚓，挂上鱼钩，竿往河里一甩，米乐心情欢畅。这时候班级的微信群又响了，米乐很想知道别的家长会作何反应，急忙点开。映入眼帘的并不是一个简单的表情，也不是类似"真棒"这种无关痛痒的话，是段只读一遍并不能全部体会其中用意的文字——米乐读了三遍。意思并不复杂，只是米乐又读了两遍，才确信是他第一遍读出的那个意思——他没想到，有人敢这么直截了当地和老师说话。

话的大意是：不应该公布默写全对的孩子的合影，这某种程度上等于变相在给孩子排名，教委说了，不应该公布学生的成绩和排名，尤其小学生，一年级开学才三周，这么做不太合适。

群里每位家长都给微信名做了标注，不是这个妈妈，就是那个爸爸，说话的这位是个妈。米乐点开这位妈妈的头像——不像有些妈妈用孩子照片或个人游山玩水的照片做头像，她的头像暗昧不清——放大后依然是看不真切的一团东西。

米乐相信，很多家长将和他一样，等着看老师如何回复。虽然全对的孩子里有自己儿子，但米乐仍觉得这位家长说得在理，甚至认为班里有位敢于呼吁的家长是这个班的幸运。

直到米乐收拾了鱼竿，准备开车去接孩子了，群里也没有班主任的回复。其他家长也没有发言的，这种事情，站哪边说都有点儿拱火的意思。米乐猜群里人多嘴杂，老师应该是跟那位家长私信沟通了。

在米乐往城里去的时候，手机响了，正好红灯，赶紧点开看，班主任在群里说话了。她说刚才在给别的班上课，抱歉回复晚了，发合照没有别的意思，就是想让家长们了解孩子在学校的情况，督促孩子从入学初始就养成当天学习内容当天消化的习惯，这次默写拼音有同学一个也没写出来，应该及时让孩子知道小学和幼儿园不一样了——有很多孩子上过幼小衔接，对学习已经有了准备，但仍有孩子不明白上学的目的——进了校园不是来玩的了，今天的合影远谈不上排名，也不是优劣对比，以后到了三年级功课量上来了，不用排名，学习差异自然会显现出来。

米乐知道，关心着群里对话的家长已经越来越多，虽然没有一个人说话。没过多久，那位妈妈又回复了，更希望老师发一些孩子在学校运动、吃饭、上课的照片。老师也很快回：会发的。

这时候米乐也开到学校门口，准备接孩子了。他记住了这位妈妈孩子的姓名，把儿子接上车后，让儿子指给他看，叫那名字的孩子是哪个。儿子对着学校围墙外杂乱的人群看了半天，说没找到。米乐把今天的合影给儿子看，儿子挨个叫出人名，没有那个名字的学生。往家开的路上，米乐问这同学在学校表现怎么样，儿子说跟他不熟，两人座位不在一个方向。

在父母那儿吃晚饭的时候，老婆在饭桌上表扬了儿子，把默写全对的合影调出来给爷爷奶奶看。老两口看完异口同声："好孙子！"老婆说："台上一分钟台下十年功。抓紧吃饭，吃完刷两套十以内加法题。"

第二天，米乐又在群里看到数学题全对的孩子的合影，儿子仍在里面，想必老婆也会看到。他把这张照片和昨天的照片作了对比，有十一个孩子昨天也出现了，另几张是新面孔。后来群里一直没有人说话，米乐想：也许那个孩子今天也在照片上，所以妈妈看到照片没有反对，或者知道说了没用，扭转不了老师的意愿，索性闭嘴。

隔天，晚上吃饭的时候，老婆突然问儿子，是不是班主任向你们承认错误了？儿子说他也不知道。老婆问，老师说话时你认

真听了吗？儿子说认真听了。老婆说那老师说什么了？儿子说老师说得太多，想不起来。米乐问老婆，学校里怎么了？老婆说班里后来建了一个纯家长群，老师不在里面，有家长听孩子回家学舌，说老师主动承认了错误，再问承认了什么错误，孩子又学不到位，所以群里就动员所有家长都问问自己的孩子，看有没有能说清楚这事儿的。说罢，老婆把米乐拉到群里，让他"时刻准备着"。准备什么，米乐一头雾水，老婆说，跟班里同步就是准备着。

进群后，米乐查看了群成员。那个熟悉的却看不清是什么的头像安静地显示在列表中，不知道为什么，米乐看到后有种心安的感觉。然后又在群里看有没有这个名字男生的父亲，没有找到，之前在班级群里他也没有看到这孩子父亲的微信。大概是男性不愿意过多参与育儿的事情，就像自己也是刚刚加入这个家长群，米乐这样想。

后来都很晚了，一位女生的母亲在家长群里说，孩子睡觉前告诉她，班主任今天在课堂上向大家保证，以后不给大家拍合影了——老师承认的可能就是这个错误。于是家长们纷纷发言，找孩子确认老师是否说过这话，均得到肯定答复。有人说，难得遇到这么开通的老师，能主动向孩子承认错误。米乐想，肯定也有失落的家长，真不发照片了，就不知道自己孩子还是不是班里前十名了，比如他的老婆。但他没有问老婆是不是这样想的。

后来几天，果然没再看到班级群里出现满分孩子的合影。饭菜却又出了问题。

　　先是傍晚的时候，一位妈妈在家长群里说自己家孩子说今天某同学的菜里——学校用统一的餐盘打餐——出现了蛐蛐。她"艾特"了那位同学的妈妈，请她问问孩子是不是有这么回事儿。没等当事人妈妈回复，别的妈妈就证实了这件事儿，她们的孩子也都看到那位同学的餐盘里出现蛐蛐。群里一下炸锅了，虽然蛐蛐出现在某一个人的餐盘里，但饭菜都是用大保温桶装盛的，这意味着大家的饭菜里都沾染了蛐蛐。其中一位爸爸分析——也可以说是火上浇油——蛐蛐都在石头缝儿里、草窠里，躲着人，能进到厨房的，只能是蟑螂。一时间，屏幕上出现不同妈妈发出的呕吐表情。

　　众人揭竿而起，各种对于学校饭菜的抱怨发在群里。有人说孩子的餐盘上出现过饭嘎巴儿，卫生不过关。有人说看着那些饭菜就难吃——老师会把每日饭菜拍照发到班级群——米饭暗沉，肉的颜色也浊浑，肯定是冷冻很久的。有人接话：是的，孩子说肉都嚼不动。另有一位妈妈说，有一次孩子跟她说，午餐吃的是蜗牛，她也没多想，还觉得伙食标准挺高，现在想想，肯定是菜没洗干净才出现蜗牛的。马上就有妈妈问，那孩子把蜗牛吃了吗？

　　这时候，那个头像不清的妈妈说话了，她问，退伙行吗？并艾特了群主。群主也是位妈妈，兼职班级家委会，算是家长们和学校沟通的代表，她说先跟班主任私信沟通下。

　　在家委会妈妈和老师沟通的当儿，"蟑螂"当事人的家长在群里回话了，已问过孩子，确有此事。孩子发现异物后，举手报告了班主任，班主任走过来，将异物取出，随口说了个"蛐蛐，给你换一份"，便将餐盘端走，又端来一份新的。有家长问，真的是端来一份新的吗，还是端走又端回来了？马上有家长说，这有什么区别，蟑螂和菜出自同一个保温桶。随后又有家长说，同事的孩子在别的年级，刚才问了下，那个年级的饭菜里也屡屡出现异物。于是群里达成共识：饭菜问题已根深蒂固。

家委会妈妈发来和班主任沟通的结果，班主任说这个问题各个班级都向学校反映过，但老师的职权有限，就是教课，无法插手餐饮管理，今天发生的事情，她会向学校汇报，其实老师们吃的也是这些饭菜，早想彻底改进。班主任同意不想在学校吃午饭的同学退伙，家长中午十二点把孩子接走，一点半前把孩子送回学校就行。米乐看到这里，问老婆接不接，午饭他可以提前备好，带孩子在房车上吃——虽然这样会耽误他去郊区钓鱼。老婆犹豫着，不知道接走合不合适。这时候，头像不清的妈妈先在群里说话了：我接。

随后班委会妈妈做了一个接龙，让接孩子的家长报名，她会把名单转给班主任，明天学校安排老师把这些孩子送到学校门口，由家长带走吃午饭。看到有五位家长参与了接龙后，米乐老婆也报了名。作出这个决定后，孩子爷爷赶紧又熘了个肝尖，炖了锅牛肉胡萝卜——特意做八成熟——放凉后装进餐盒；明天中午米乐在房车上用电磁炉稍作加工，孩子的午饭就有了。

五

一位男老师带着二十几个高矮不一的孩子走出校门，二十几位横跨老中青的家长领走自己家孩子。米乐把儿子接上车问，不都是你们班的吧？儿子说就八个是他们班的，还有别的年级的。

米乐打开刚刚热好的炖牛肉和熘肝尖，现蒸的米饭给儿子盛了一碗，爷儿俩坐进卡座面对面吃起来。吃了几口，儿子说没有学校的饭好吃，明天还想在学校吃。小孩的好吃跟大人的好吃标准不一样，米乐也没纠正儿子，只是让他明天中午接着出来，爷爷会给他做更好吃的东西。对米乐来说，退伙是一种行动，是行动就要彻底，直到学校更换午餐供应商——目前提供午饭的是一家食品公司，从家长们收集到的信息看，这家公司从原料到食品卫生、从烹饪到餐具洗刷，处处糊弄事，堪称恶劣，已不是需要改进的问题，必须解除合作。

吃到一半，儿子指着窗外的前方说，那是我们班的。米乐扭头望去，马路斜对面停了一辆吉普车，后备箱盖扬起，一个小男孩正坐在折叠座椅里，用后备箱靠近右尾灯的一边儿当餐桌。左尾灯那边儿坐着一个女的，估计是孩子的妈妈，戴着墨镜，头靠在车体上，晒着太阳。米乐问那同学叫什么，儿子说出名字，米乐听了心中像被火光闪了一下，正是他打听过的那个名字。

那个孩子刚好吃完饭，妈妈从保温杯里倒水给他喝，然后收好折叠椅，后备箱盖一扣，领着孩子过了马路。把孩子送进校门，妈妈又回到吉普车，掀开后备箱，站着把孩子没吃完的饭菜吃了，然后驾车离去，是辆老款吉普。她全程戴着墨镜，米乐猜不出她长什么样。

儿子也吃饱了，老婆嘱咐过米乐，吃完就回学校，不要在车里逗留太久，尽量合群，别弄得跟和学校作对似的。送完儿子，米乐回到车里发了会儿呆，不到三个小时后又要接孩子了，他没有时间开着车再去别的地方了。儿子的退伙拴住了他，不过他也心甘情愿，为了"行动"而牺牲部分自我，是理所应当的。

第二天，米乐把儿子接到车上后，看到男老师还带着儿子班的那孩子站在校门口，墨镜妈妈没来接他。天色暗沉，风也大了，说话就要下雨，米乐让儿子把那孩子叫车里来。男孩上了车，米乐给他拿来碗筷，叫他和儿子一起吃。小孩不见外，也确实饿了，拿起就吃。俩孩子还不太熟，各吃各的，米乐撮合两人认识，想让儿子在学校多交朋友，跟所有人打成一片才好。米乐问小孩叫什么，小孩报出名字，儿子说，爸爸你不是知道他的名字吗？米乐赶紧接上话，说我问的是小名。男孩又说出小名，叫Sting。儿子笑了，说，你叫死拧吗？Sting说，英文，Sting，不是死拧。米乐问这名字谁起的，Sting说我妈。米乐问你妈妈是做什么工作的，Sting说她是唱歌的，有乐队。米乐——知道美国有个著名摇滚歌手就叫Sting——问Sting，那你爸爸是做什么的？Sting说我爸工作忙，住在别的地方。米乐大概清楚为什么群里没有这孩子爸爸了。

雨点渐渐沥沥落下，打在房车顶篷上。昨天那辆吉普车这时候开到学校门口，墨镜妈妈下车找孩子，米乐打开防蚊虫拉门，孩子探出身子喊："妈。"

墨镜女把吉普车开上马路牙子，停在房车旁。米乐跟她打招呼，说俩孩子一个班的，怕孩子等不到她着急，就把孩子带车上了。墨镜女摘下墨镜——笑眼角已能看出鱼尾纹，脸上没有这个年龄女性过多人为干预的那种湿肿——赶忙致谢，见孩子已经吃上，更是不好意思。米乐说现成的粗茶淡饭，两人搭伙更有食欲。妈妈赶紧去吉普车里取来保温桶，摊开摆在桌上——米饭没有再往桌上放——让俩孩子一起吃。分体保温餐盘里分别盛着鸡蛋西红柿和牛肉炒芹菜，米乐能看出这是一位不擅厨艺或对吃没什么讲究的妈妈。Sting 扫了一眼盘里说，我妈老做鸡蛋西红柿。妈说，你老点我才老做。米乐儿子率先扒了一勺，说好吃。Sting 说，没有你家的菜好吃。米乐儿子又扒了一勺，说你家的才好吃。

米乐主动介绍了为什么会开着一辆房车出现在这里，以免 Sting 妈妈觉得奇怪，或认为他们一家子为孩子上个小学劳师动众。Sting 妈听完说，都不容易，全为了孩子。米乐问她，昨天在吉普车后面吃饭的是 Sting 吧？Sting 妈说，对。米乐问，你们住得远吗？Sting 妈说，开车单程十五分钟，没必要把时间浪费在路上，现在天气也不冷，就让 Sting 先这么吃着，早点儿吃完还能回教室趴桌上睡会儿。米乐说，以后来我车上吃吧，反正我们天天在这儿，慢慢天也冷了。Sting 妈说不用麻烦，米乐说不麻烦，俩孩子一起吃还能有个伴儿。Sting 妈说，那饭我做，我那儿用火比你在车上方便。米乐没有拒绝。

　　米乐也不好意思袖手旁观真让 Sting 妈做饭，所以第二天餐桌上特别丰富，已经摆不下了。Sting 妈带来三菜一汤——不输学校的标准——米乐也备了两个菜，再来俩孩子都吃不完。米乐儿子和 Sting 吃完，两个大人把他们送进校门，回车打扫各自孩子的剩饭。Sting 妈做的是牛排、蒜蓉粉丝蒸白菜，还有盛了半只鸭子的老鸭汤，里面煮了萝卜，用心了。米乐心想，真要是这么客气下去，做饭也该内卷了。他夹了一块切好的牛排说，做这个挺费事儿吧？Sting 妈说，用空气炸锅做的，肉放锅里，喷点儿油，扣好盖儿就行了。又说，其实自己不怎么会做饭，从网上现学的，以前都是姥姥姥爷给孩子做，现在上了学，儿子跟她住，她才把做饭一事纳入日常。Sting 妈问米乐是做什么的，可以每天以这样的方式等儿子，挺带劲的。米乐说，做设计，书、海报、产品 logo、包装盒，都做，现在不能挑活儿了。Sting 妈说她是做乐队的，尤其生了孩子，有演出就去，也不挑活儿。说完笑了。

　　米乐问了乐队的名字，Sting 妈说很小众，报出名字，米乐果然没听说过。Sting 妈说做得不好，一直默默无闻，说完又自嘲地笑了。典型的北京女的。随着各自孩子的剩饭见了底儿，两人的闲聊也结束了，客气告别。

　　晚上爷爷又做了好几个菜，儿子没怎么吃，说中午吃顶了。爷爷很骄傲，说我做的饭有那么好吃吗？中午饭都是爷爷准备，米乐只负责最后一道工序，将八成熟变成彻底熟。孙子回答爷爷，没那么好吃，还是 Sting 妈做饭好吃，吃得下午上课直打嗝。米乐老婆听到，问米乐怎么吃起别人家的饭，米乐简单说了经过，还说，弄孩子都不容易，车上有地儿，互相方便一下。老婆立马说，她家的饭卫不卫生呀？米乐说，肯定卫生，人家自己孩子也吃。老婆又问，那孩子叫什么呀？开学不足一个月，家长和家长、家长对班里，尚都不熟。儿子说，叫 Sting。老婆拿起手机，在群里翻这"名字"的家长，似乎要找到照片相相面，方决定能否继续搭伙。米乐知道老婆找不到，就让儿子告诉妈妈 Sting 的大名。儿子话音未落，妈妈就跟被点着了似的："他妈呀！"

"他妈怎么了？"儿子不理解自己妈妈的反应。

"他妈做饭好吃！"米乐赶紧接过话，给老婆递眼色，示意打住，他知道老婆怎么想的。

话题被终止，但事情在老婆那儿远没结束。就他俩的时候，老婆说不愿意让儿子跟那孩子接触，怕受影响。他妈群里质疑完老师，还去学校找校长给老师告状——所以班主任才会在班里向学生承认错误——这么掐老师，老师肯定对她孩子没好印象，老跟那孩子在一起，咱孩子也没好果子吃。米乐听到很多闻所未闻的信息，问找校长这事儿是哪儿听来的。老婆说，学校怎么一个小地方还能有不透风的墙？米乐觉得既然老师向孩子们承认了错误，说明这孩子的妈没做错。老婆说，话不是这么说，对错单说，关键是做法太鲁。米乐对这事儿的理解不是"鲁"，是纯粹，Sting 妈是搞摇滚的，直截了当，道出很多人的心声。这样的人理应受到呵护，现在却成了大伙"对面的人"——从老婆接下来的话里，米乐听出来，老婆和另几个妈妈似乎达成统一战线，认为 Sting 妈在拉着全班躺平，她们不接受自己的孩子这样，正商议对策力争让这个班的孩子跟上全国六岁半儿童的节奏。作为这个"不躺平"组织的人，米乐老婆认为不宜跟 Sting 妈走得太近。

米乐发现他和老婆想事情经常想不到一块儿去了。一个纯粹的人，哪怕不被尊重，至少不该被排挤，米乐是这么想的。他有点理解不了现在的世界和现在的老婆，老婆后面的那些话，已让他听不进去。

直到老婆说了一句话，把米乐拉回到正在进行的对话中："你要是不好意思谢客，就让儿子继续回学校吃饭，她不可能还让她孩子去你车上吃吧？"

米乐没想到老婆能为此牺牲孩子的"食品安全"，更对老婆在"行动"上如此不彻底和是非观的错乱而扼腕。他觉得不能再佛系下去，该摆出态度了，说："不怕儿了下回从学校的饭里吃出个灶马儿？"

"灶马儿是什么？"老婆小时候只知道书本和教室。

"以前北京的公共厕所里全是这玩意儿！"米乐说完，起身去叫儿子。该出发去学校门口睡觉了。

米乐打开一听啤酒，踏踏实实喝了一口，仰靠在房车的卡座里，一条腿搭到对面座椅上。这是他最舒服的姿势。其实不是姿势有多舒服，是爱一个人这么待着。

车外有蛐蛐叫，二环里都快没有老北京人了，竟然还有蛐蛐。儿子正在米乐身后的床上睡着觉，车里三张床，儿子想睡哪张看心情，米乐就睡儿子挑剩的那两张。到了这个岁数，米乐貌似对诸多事情已无所谓，其实很有原则，用内力控制着生活，以防沾染、滑离、坠落。

现在米乐调出 Sting 妈妈的歌，匹对上耳机，喝着酒听起来。刚才开来的路上，儿子睡前突然唱起歌，吐字不是很清，米乐听了一个大概，好像唱的是：1、2、3、4、5、6、7……do、re、mi、fa、sol、la、xi 什么的。米乐问儿子是音乐课教的吗？儿子说不是，跟 Sting 学的，他妈会写歌。现在儿子睡着了，米乐还记得 Sting 妈妈乐队的名字，在音乐平台搜到这个乐队。成员四人，Sting 妈是主唱兼词曲创作，另外三位男性分别负责吉他、贝斯、鼓，有三千多粉丝——知名乐队的粉丝都好几十万——去过欧洲巡演，拿过两个独立音乐的奖，成立快十年了。米乐一算，组队的时候 Sting 还没出生，乐队到现在也没有出名，却还能搞下去，说明 Sting 妈靠这个能养活自己，也说明她是真喜欢干这个。

歌词多是英文的，曲调晦暗，伤惋迷蒙，适合晚上听，也和她头像挺搭。米乐以己度人，猜可能到了他这个年龄无论男女，都生活在迷离扑朔的日子里，因此从头到脚都跟通俗明朗无缘。听到一首像把人按进水里的歌，沉闷压抑，米乐不仅不觉得难听，还感觉情绪恰到好处。突然吉他亮音响起，像一只手伸进水里，把溺水的人拉了上来，世界豁然开朗。

听到这儿，米乐有些坐不住了，有种东西被唤醒。他来到车外，需要将这种东西释放，或在夜空下任它生长。随着乐曲的进行，鼓的韵律清晰起来，有种整装待发的感觉，米乐竟然跟着做起开合跳——平时他也常跳，心态和心率都不想过早衰老。

跳了不知道多少个，乐曲结束，米乐停下来，踱步深呼吸，平复心跳。往前走了十几步，又往回返，下一首歌已经开始。一转身，看到一个人推着自行车站在房车旁。米乐走近，看清是谁，吓一跳，Sting 的妈妈。米乐摘掉耳机，说，是你呀，太黑没看清。Sting 妈说，刚才喊了你两声，你戴着耳机没听见，听什么呢？米乐说，你们乐队的歌。说完停掉耳机，手机里果然传出她再熟悉不过的曲调。然后解释说，孩子睡前唱了你们的歌，Sting 教的，我就正好找你们乐队的歌听听。

米乐意识到 Sting 妈这个时候出现在这里很意外，问她来这儿有事儿吗？Sting 妈说她刚好排练结束，骑车回家，看到米乐在锻炼，就停下打个招呼。米乐说，你们的音乐挺耐听。Sting 妈笑了。两人谁也不再说话，乐曲在夜色中放着，闪烁的路灯好像打在舞台的灯光。

Sting 妈突然说，过几天国庆长假，乐队会在河北某城参加音乐节，邀请米乐带孩子来玩，她也带 Sting 去，音乐节在湿地公园，可以野营。米乐应诺。

六

老婆说不用订她的票，不想跟 Sting 家走太近，以免日后麻烦。但孩子想去，米乐就开着房车带儿子去了。

Sting 跟着妈妈前一天就到了办音乐节的城市，组织者怕国庆假期路上拥堵，提早把参演的乐队接来。大型音乐节都不让露营，也不让带水进场，这个音乐节规模小，乐队名气都不大，为了吸引更多人来看，取消了这些限制。演出当天，组委会在每支乐队的休息处都搭起天幕，架好折叠桌椅，摆上吃的，场面工作做足，让乐手们发朋友圈，宣传音乐节，吸引更多乐队日后来演出。

米乐带儿子是演出当天下午赶到的，找到 Sting 妈妈所发照片上的紫色天幕。一路上，看到乐迷们五颜六色的头发、千姿百态的衣服，儿子跟米乐说，这些人"泰裤辣"——这是他上学后学到的一个流行词。米乐说，你长大了也可以这样。

儿子和 Sting 会师，还有一些乐队的亲友也带来孩子，小朋友们在草地上玩起"木头人"。大人们似乎刚吃完饭，桌面上摆着组委会派发的盒饭，已经吃空，还没收拾。Sting 妈介绍了米乐和大家认识，吉他手递来一听啤酒，米乐打开，跟手里有酒的人都碰了一下。

天气已经不热，有人把椅子搬到天幕外面，找阳光晒。米乐用啤酒和在场的人打完招呼，也搬椅子找了片阳光，从这里能望到舞台，离演出还有一会儿。

大人们窝在沙滩椅里，说着无关紧要的话；孩子们在不远处玩耍，对游戏中的犯规者明察秋毫。如果几日后这些人不需要上班上学，生活简直无可挑剔。

一阵不小的风刮过，吹翻桌上的空餐盒，盒盖儿被卷走。

Sting 妈起身去捡，没等弯腰，塑料盖儿又被刮走几米，吹到孩子们脚下。一个男孩看 Sting 妈奔盒盖儿而来，他俯身去捡，刚伸手，盖儿又往前窜了窜。于是孩子们争先恐后去捡那盖儿，风似乎有意和他们做游戏，又卷起盖儿向前。孩子们的兴致更高涨了，像一群蜜蜂追讨敌人而去。终于，一个大点儿的孩子捡到了——或者说抢到了。Sting 妈撑着营地的黑色大塑料垃圾袋来接，拿着盒盖儿的孩子扣篮一样将斩获物投入袋中，扬扬得意，仿佛球场上的 MVP，其他孩子有些沮丧，吵着要再玩一次。Sting 妈说，那咱们一起去捡垃圾，把地球上的垃圾都捡干净。

当儿子告诉米乐他要去捡垃圾的时候，米乐一开始没听懂，但儿子已经跑走，去追大部队了。米乐就拿着那听啤酒，在后面跟着，看到 Sting 妈拖着大号黑色塑料袋，像个丐帮帮主，指挥着五六个孩子，把出现在草地上的垃圾一一捡起，汇总到她的袋子里。

这也太摇滚了吧？还是哗众取宠？米乐拿不准，保持着距离，跟在后面。

孩子们为了收获更多战利品，开始创造垃圾。儿子跑来，管米乐要啤酒罐，米乐一口喝完，孩子喜悦地拿过罐子去上缴。有孩子走到露营人面前，问吃了一半的食物要不要扔掉，被问者微笑着摇摇头。好在只带了一个黑色袋子，很快就装满了。Sting 妈把袋子放到垃圾回收处，带孩子们去浇花的水龙头下洗手，然后回到营地。

组委会的工作者正举着小摄像机采访乐队其他成员，见主唱回来了，镜头冲向 Sting 妈。采访者是个小姑娘，问，刚才听乐手说，乐队解散过几年，前年又重组，都出于怎样的考虑？Sting 妈反问，他们——看向三位男乐手——怎么说的？采访的小姑娘说，他们说听您召唤，他们就回来了。Sting 妈笑了，说，你听他们瞎掰呢，当年解散也不是我召唤的，还是散了。小姑娘追问，那您说是为什么呀？Sting 妈说，当年觉得干这个没希望，挣不到什么钱，只能解散，后来该结婚的结婚，该生娃的有了娃，班也上了，折腾一圈发现还是干这个好，不用看人脸色，自己喜欢什么样的音乐就做什么，不用讨好任何人。现在靠乐队能养家吗？小姑娘又问。乐队的人听到这个问题都笑了，Sting 妈说，那就看过什么日子了。小姑娘最后举着话筒问道，说来说去还是因为发自内心喜欢音乐喽？对，Sting 妈说，离不开。

这时候几十米外的舞台上传来一声吉他的失真声，演出即将开始。观众席已聚集了千把人，前排的乐迷舞动着几杆大旗，乐队主唱说着感谢音乐节和乐迷的话来暖场，鼓手在恰当时机搞了段 solo（独奏），气氛被点燃。采访团队去拍摄演出现场。Sting 妈乐队的乐手们拿出乐器，开始热身——具体就是热手热嘴——Sting 妈咿呀嘿吼地开着嗓子，他们第四个出场。

随后 Sting 妈和吉他手合到一起，一个演奏一个唱。第二支乐队开始上场，舞台上没了动静，米乐能听到 Sting 妈唱的就是那天晚上儿子在房车里唱的歌：1、2、3、4、5、6、7……do、re、mi、fa、sol、la、xi。Sting 和儿子跑过去，跟着他妈一起唱起来。唱着唱着，Sting 妈灵机一动，添了两句词。新词在两个孩子的演唱下，出现一种美妙的效果，米乐听到也为之一动。旋律朗朗上口，另外几个孩子也加入进来，Sting 妈闭了嘴，现场成了童声合唱团。

这时候来了组委会的人，让乐队去候场。Sting 妈征求乐手们的意见：要不然让孩子们也上场？鼓手说，靠谱！Sting 妈让孩子们去征求各自家长的意见。儿子跑来问米乐，米乐说，只要你愿意，当然行。

乐队的四个大人先上了场，第一首歌是展示乐队风格的英文歌。第二首歌换成中文的，唱至一半，Sting 妈冲后台一招手，孩子们上场了。她领唱了几句，随后就将麦克风冲向孩子们。乐队降低了器乐演奏成分，只留下贝斯铺着节奏，孩子们的声音被突出，唱出："1、2、3、4、5、6、7，不是你在班里考第几，1、2、3、4、5、6、7，它们是 do、re、mi、fa、sol、la、xi……"米乐听出一身鸡皮疙瘩。在这种声音下，空气也仿佛被净化，观众发出和之前不一样的欢呼声。

Sting 妈举着手机，站在 Sting 身旁，拍摄着这一幕。米乐也从台后呼哧带喘跑到观众区，挤不进去，就在最后一排，正面拍摄这个场面。

孩子们反复唱着那句歌词，乐迷们也跟着唱起来。乐队索性停止任何演奏，成了孩子的清唱，现场上千人挥舞着手，跟着孩子们一起唱。

这时候，米乐的手机响了一声，是微信，他没理会，继续拍摄。

随后不到一分钟，老婆电话进来，米乐没接，拍摄没停。响了十多声后断了，马上又打过来。孩子已唱完，鞠躬谢幕离场，米乐接了电话。

"你疯了吧！"老婆开口喷火。

"怎么了？"米乐以为家里出了什么事儿。

"你看看群里！赶紧给我把孩子拽下来！"老婆的声音盖过现场巨型音箱发出的声音，直撞耳膜。

米乐在房车里连住十天了，平时他只是晚上陪孩子睡在学校门口，周末和孩子还是会躺到家中的床上，现在他已经第十一天睡在车里了。那天他在儿子班级群里看到 Sting 妈妈发的视频，是她从台上拍的孩子们唱歌，只拍了 Sting 和其他孩子，有意避开了米乐儿子。老师也在这个群里，显然，她想让老师和部分家长看到这一幕。米乐老婆看完后有种直觉：自己儿子也在台上。于是炸了。加上视频确实不小心扫到另一个孩子的胸口以下，露出有限的衣服，这让米乐老婆确认了那就是自己的儿子，于是被引爆了，给米乐打去电话。

米乐那天也被点着了。孩子们的童声如天籁，直钻心窝，辅以歌词，听得他热泪盈眶。加上现场上千人的合唱，让米乐觉得"这样才是对的"，然而老婆的电话在这个时候不合时宜地来了。不知道触碰到米乐的哪根神经，或者说击穿了他，窝在缝儿里的那个更真切的米乐钻了出来，他选择拒绝错误的声音——比如老婆说出的那些话——让正确的事情变得更对，于是就把自己从正面拍的那条视频也发到了老师所在的班级群。视频中，儿子和

Sting 与另几个孩子，坦荡地站在台上，唱着"1、2、3、4、5、6、7，不是你在班里考第几……它们是 do、re、mi、fa、sol、la、xi……"台下上千双手跟着他们的节奏挥舞。

然后米乐的电话和微信就被老婆打爆了，让他赶紧撤回视频。米乐没有撤，手机那头儿的老婆表现出比台下乐迷更疯狂的激情。

接下来，米乐就没再回家睡过觉。如果没有孩子，他会开着这辆车，去到一个什么地方，过上那么一段时间。但现在他做不到，因为孩子，他还要接送。他能做的，就是在车里先凑合一段时间；也幸好有了这辆车，让他在这样一种时刻里，能有个地方一个人待着，可以把前前后后的事情好好想一想了。

孙睿，作家、编剧、导演，北京电影学院导演系硕士毕业，以写小说为主，也写剧本。已在《北京文学》发表中篇小说《斗地主》《发明家》，入选 2019 年《北京文学》优秀中篇作品、2022 年《北京文学·中篇小说月报》优秀中篇选载作品。

评论:

"后新写实"时代的"摇滚"
——评孙睿的短篇小说《四轮学区房》
孟繁华

　　读孙睿的小说总是怀着一种兴奋的期待,孙睿在看似平淡无奇的叙述中,总是在积聚巨大的能量,这个能量在等待时机,在恰逢其时又出其不意的时候轰然爆发甚至爆炸。于是,那些看似无关紧要的叙述,这时则像闪光的碎片一样飞上了天空金光闪闪。如果在夜晚,它照亮了满天星空;如果是白天,那就是羊群一样的云朵。总之,那是一些赏心悦目的惊奇,是人们希望看到的事物。

　　小说起始于讲述者米乐和他老婆坐在胡同口的一个麻辣烫店里吃饭。他们"好久没有面对面坐下,像谈恋爱时候那样吃顿饭了"。他们看了一下午房,实在是走累了。九月份孩子就要上小学,还有一个多月。目前孩子跟着他俩住回龙观,幼儿园也是在这边家楼下上的。米乐老婆觉得,幼儿园哪儿上无所谓,但必须到城里去读小学,这是她不可撼动的信念。于是他们必须要在学校附近找到一个"学区房"。"学区房"是一个时代巨大的符号和诱惑,它意味着一种无比的优越甚至财富,意味着孩子可以接受最好的教育和艳羡的目光。当然,那也是一种未做宣告的"意识形态",这"意识形态"一直隐藏在社会的最深处,它从未出现又无处不在,它有一只"看不见的手",这只"看不见的手"魔法无边,只差将"学区房"送向云端。

　　米乐老婆不是北京人，米乐才是北京的"城里人"，小时候米乐就在西城长大。他老婆是大学毕业留了京，进了给解决户口的单位，单位在东城，于是不仅成为北京人，还成为拥有东城区户口的人，只不过是集体户。后来两人认识，结了婚，也在回龙观买了房——为了离米乐父母近，更因为这里的房价还能接受——老婆仍把户口留在单位。一开始米乐以为老婆嫌麻烦，懒得挪，直到几年后生了娃，给孩子上户口的时候，才弄明白老婆的良苦用心：孩子户口不在昌平上，上东城的，跟她一起，落集体户，将来是东城学籍，可以上东城的学校。米乐在家里是"佛系"的，但"佛系"的米乐只是不喜欢争执或强势而已。在"学区房"问题上，他们多次讨论无果，无论买多大的房子，哪怕是八十平，要填进去的钱也是他们难以或不愿承受的。他们计算的认真，无论怎样评价都不过分。特别是米乐的老婆，她太精于算计了。米乐也在想办法，一个"奇异"的想法诞生了——

　　他想，与其在"砖窝"里睡觉，还不如在"铁桶"里睡，反正都是个小。不就是为了离学校近吗，把房车停学校门口，没有比这更近的睡觉的地方了。相当于给小平房装上了轱辘。每天放学先开着房车接孩子回家，小学特别是低年级，三点多就放学，这时候路上不堵，四十多分钟就能到家——这个通勤时长对于北京的学生族和上班族来说已经算比较理想了。

　　这是一个可以获得"创意奖"的想法，不管它是否靠谱，但就小说提供的情况而言，你不能说米乐的想法没有合理性。如果按照生活的逻辑来说，买房车做"学区房"不啻为天方夜谭，那种像吉卜赛人一样居无定所的漂泊生活，无论是北京人还是外地人，无论如何是不能接受的。但是作为小说的整体构思，"四轮学区房"太有想象力了，它既有喜剧性更有荒诞性——是什么力量把人逼到了这等地步。米乐终于实现了自己的想法，他买了一辆房车。在试用过程中，他还和老婆体验了夫妻生活。米乐貌似对诸多事情无所谓，其实很有原则，他是在用内力控制着生活，以防沾染、滑离、坠落。比如这辆房车，就是不甘卷入过度内耗生活的证明。

有趣的是儿子上学后，儿子妈就没怎么出现，只有米乐开着房车接送儿子。这倒不是把儿子妈写丢了，这是在为"做乐队的Sting妈"的出现或者为小说后来的情节做铺垫。米乐和Sting妈的接触是循序渐进的，是从抵抗学校伙食卫生问题开始的，他们的孩子一起在房车里吃饭。Sting妈不是那种张扬的"异端"，她喜欢做乐队，生活也不求奢华，只要过得去就可以。接触了Sting妈之后，"米乐发现他和老婆想事情经常想不到一块儿去了。一个纯粹的人，哪怕不被尊重，至少不该被排挤，米乐是这么想的。他有点理解不了现在的世界和现在的老婆，老婆后面的那些话，已让他听不进去"。这个转变预示了米乐和老婆婚姻的某种危险。特别是国庆长假，Sting妈的乐队在河北某城参加音乐节，邀请米乐带孩子来玩，她也会带Sting去，音乐节在湿地公园，可以野营。米乐答应了。孩子在这里获得了无与伦比的快乐，米乐在组委会工作者采访Sting妈时终于解开了自己的心锁——

小姑娘追问，那您说是为什么呀？Sting妈说，当年觉得干这个没希望，挣不到什么钱，只能解散，后来该结婚的结婚，该生娃的有了娃，班也上了，折腾一圈发现还是干这个好，不用看人脸色，自己喜欢什么样的音乐就做什么，不用讨好任何人。

是什么力量改变了米乐，改变了他对老婆的看法，改变了自己的选择？当然是自由。米乐内心实在压抑得太久了。于是那个"四轮学区房"也成了米乐作为男人的"自己的一间屋"。

按说米乐老婆没有错，她按照自己的生活轨迹和理想设计生活、规划儿子的未来，她有什么错呢？米乐对她不厌其烦的事无巨细的讲述，从某些方面塑造了她的性格，她过的就是"后新写实"的生活，她就是池莉《烦恼人生》中的女印家厚。她的生活轨迹和设计不需要什么诗意，她只需要生活在世俗世界中，不了解精神世界是多么重要。米乐与老婆最大的不同，就在于米乐对自由的强烈渴求，他们没有生活在一个频道里；这就为米乐的"出走"积聚了足够的势能。到最后我们甚至感到，米乐不出走都不行了。米乐在Sting 妈的感召下，从"后新写实"境遇迅速跨越到"摇滚"世界，他要有驾驶房车可以随时"去远方"的自由。米乐已经想清楚了，但米乐老婆却未必能够想清楚，因为她确实也没什么错。人性的全部丰富性和复杂性，魅力就在于它的不可穷尽。

春天果然短暂

——

马小淘

一

我妈告诉我，胡铁刚再婚了。听到胡铁刚这个名字，我甚至反应了一下，大概有十年没有人提起过他了。他是我姑父，准确地说是前姑父。这些没有血缘的所谓亲戚关系，听起来是那么回事，其实链接非常脆弱的，比如舅妈、姨父、姑父、婶儿，只要我真正的亲戚和他们离了婚，他们立马就失去了亲戚职称，如果有新亲戚被提拔上来，他们简直算得上不带走一片云彩。

十几年前，我姑姑坚决地和胡铁刚离了婚。我妈曾在电话里苦口婆心地劝，彼此外边都没有人，没什么原则性的问题，又有孩子，胡铁刚好歹不是个坏人，凑合凑合一辈子就过去了。姑姑非常沉稳地听着我妈在电话里输出，临了只说了一句：我和他实在没有共同语言，我的心已经粉碎了。

我清楚地记得这句有点琼瑶的台词，也记得我妈当时脸上的表情——震惊、不解、心疼，非常复杂。此前的一两年，我姑就在电话里罗列了很多离婚的理由。比如胡铁刚异常自私，大夏天买个小西瓜回家自己吃，等她和孩子回去时只剩下一垃圾桶西瓜皮；比如胡铁刚胆小怕事，邻居家的狗总在他们家门口撒尿，让他去找邻居说说，他推三阻四，其实就是不敢；比如他脚臭还不爱洗；比如他呼噜声特别大……听起来当然没有包二奶、养小三、赌博、嫖娼那么糟心，但是细想也确实很难一起生活。我妈本着宁拆十座庙不毁一桩婚的腐朽思想，总是劝我姑要心胸开阔。劝不动的时候，她也会突然厉声呵斥我姑，当时都说这个人除了老实没什么能耐，不是你自己急三火四要结婚的吗？

每次放下电话我妈都和我爸复盘一遍，我爸总会隔空数落我姑一番，虽然我姑根本听不见。我妈第一次告诉我爸说我姑动了离婚的念头时，他几乎想也没想就给我姑打了电话，因为他认为我姑一定是被胡铁刚欺负了，比如家暴之类的。他要第一时间了解情况，为他妹妹做主。然而事情并没有他想象的那么鸡飞狗跳，只是鸡零狗碎而已。感情还行的夫妻其实对严酷的婚姻生活缺乏认识，他们以为只有暴力、黄赌毒让人绝望，并不知道还有水滴石穿般的失望。

我之所以掌握了这么多细节都是假装不经意蹭听的。毕竟那时候我还在读中学，他们认为我不该懂这些。但是我对姑姑的事总是格外上心，中学时的我正在叛逆期，几乎讨厌过身边所有的亲戚，比如我舅舅爱随地扔烟头，我小姨说话基本不算话，我舅妈总喜欢烫各种让人毛骨悚然的丑头，但我从来没烦过姑姑，也可能是因为我们不生活在一个城市。

小的时候姑姑带过我，我三岁到七岁的四五年中，姑姑住在我家。彼时，十九岁的姑姑没考上大学，或者更准确地说是根本没有参加高考，我爸说她不喜欢学习，上课就头疼，到食堂就自动康复，问她学校怎么样，她说白馍馍做得不错。那时我爸已经和我妈结婚五年，并且安顿在了他们读大学的北方城市，也是我妈的老家。有一天忽然收到了我爷爷即将到访的电报，而后没两天我爷爷就出现了，还带着我姑姑。据我妈说，我爷爷言简意赅地告诉我爸，家里要翻修老房，没地方住，让我姑在我家先住一年。我爸要带着我爷爷玩两天，我爷爷勉强玩了一天就返程了，留下了并不是十分痛快的我爸和有点不知所措的我姑。

姑姑是我爷爷家唯一的女孩，我爸作为她的大哥，比她大了十来岁，其实两人并没有太多共同成长的经历。她当时一嘴中原口音，在语言面貌非常接近普通话的我们那儿，一听就是外地人。最关键的问题是，我们家当时住的是一屋一厨，根本没有多余的地方做我姑姑的闺房。最后还是我妈找了一层层关系租了我们家一楼的一小间房，我们家住二楼，姑姑住一楼。我总是在一楼和二楼两头乱窜，找到了一种住别墅的感觉，虽然那其实是个邻居无数的筒子楼。那时候租房这事并不普及，所以姑姑的房子算是借的，给单位交一些钱，借那间房。现在回想，借这间房可能也给我爸妈造成了不小的经济压力。但不知道是工作不好找，还是他们心疼姑姑，反正那几年姑姑并没有上班，主要就负责看着我。

当时我还没上幼儿园，白天都待在我妈单位的托儿所，我性格有点孤僻，能感受到阿姨们并不十分喜欢我。于是，我从托儿所退学，和姑姑在家待了一年。那一年我们俩总是形影不离，十九岁的她和三岁的我。

据我妈说，那时候的故事有两个版本。我们院里的人总看见我欺负姑姑，诸如当众哭闹非要买烤鱼片；诸如把皮筋一头绑树上，一头让姑姑拽着；诸如把娃娃塞进姑姑洗袜子的盆里，姑姑洗着洗着露出一只手，吓得踢翻了盆……反正是任性的我和无奈的她。而我姥姥家的人总看见因姑姑的失误而遭罪的我，比如我在前边跑，姑姑在后边追，即将抓住我的瞬间她没控制好力度把我推倒了；比如她把我抱在沙发上换裤子，我推着她的肩膀大头朝下栽下去了，我姥姥说她当时听到咚的一声，不敢相信那是我头部触地的响动，几乎展开了我即将变成一个弱智的恐怖想象。两个版本应该都是真的，我一直是个暗搓搓调皮的鬼心眼小孩，我姑姑也多少有点粗心大意。这些事我都不记得了，但我隐约知道即使是三岁，我也明白我在家里的优先级排在姑姑前边，作为我爸妈的嫡女，我清楚自己的优越性。所以那时候我常常威胁她——我要告诉我爸妈你对我不好。

其实姑姑对我特别好，纵容溺爱就是我能真切感觉到的好。那时候流行一种儿童羽毛球，球拍是一个圆形的动物脸，球能吸附在球拍上，两人对打时可以直接将球吸着接住。我没注意过别人是怎么玩的，我和姑姑玩的时候我只负责站着，姑姑会瞄准我的球拍把球打过来。所以我四岁正式上了幼儿园后为此出了丑，老师问谁会打羽毛球，我跃跃欲试，被选中后我直挺挺站好，等着对方将球精准投喂。老师和小朋友被我的僵直姿态震惊了，让我到场边稍事休息，我看到大家满场奔跑奋力接球，才明白我其实不会玩这种球。

　　姑姑接送我上幼儿园，回家的路上会给我买一盒巧克力豆，我妈说表现好的时候可以买，姑姑认为我每天表现都很好。我和姑姑都不喜欢喝牛奶，我妈却每天逼着我俩喝，姑姑总是表情痛苦地咽下去，我有时候会想办法倒掉。我长大了依然没习惯喝牛奶，每次拒绝我妈，她都会说"和你姑一样"。

　　幼儿园阿姨告诉我妈我发不好"平翘舌"，经常数出"一二山是"的发音。这其实是东北小孩非常容易走上的邪路，并没有什么可大惊小怪的，但是我妈却异常心焦，作为大学老师，她坚持说一口比较标准的普通话，不能接受我不"三"不"四"的发音。于是我妈每天反反复复地教我数数，我姑也跟着配合示范，结果我妈发现姑姑说的虽然不是"山是"，却好像是"森似"，"四"勉强可以，"三"实在是另一种噩梦。于是我妈革除了她助教的身份，号召她和我一起学习，一时间走廊里总是回荡着我和姑姑一起努力"思安三、思义四"的饶舌声。

　　那几年我和姑姑一定还发生了很多故事，只是我已经记不大清楚了，我能有打羽毛球和一起"三"一起"四"的印象，都已经被认为记忆力超群了。谁能指望一个四五岁的孩子记下事情的全貌呢！想起姑姑，好像有很多记忆在我脑海里盘旋，却又想不起什么具体的。

　　我只记得姑姑走那天，我们并没有道别。就是平平无奇的一天，去幼儿园接我的是爸爸，不是姑姑。到家后，妈妈说姑姑回老家了，奶奶给她找了对象。我号啕大哭，不能接受从此要孤身面对两个统治阶级。妈妈抱着我安慰了很久，还承诺她放暑假会带我回老家找姑姑。

姑姑那次回家就是奔着胡铁刚去的，两人彼时刚刚相识，即将迎来热恋。

此前姑姑也曾回过一次老家，也是号称回去见对象，却在我爸的暴跳如雷中收场。那次好像也是我奶奶张罗的，奶奶二十一岁生下我爸，在她眼里女人过了二十头等大事就是结婚生子，姑姑再蹉跎下去可不是开玩笑的。姑姑被召唤回去相亲，却没相中对方。我奶奶向我爸告状，说我姑挑三拣四，在城里待几天就不知道自己是谁了。姑姑一言不发只在电话里泣不成声，我爸本着没有调查就没有发言权的严谨态度回了趟奶奶家。他去见了见我姑的相亲对象，没忍住对我奶奶大喊大叫了一番。那不是个傻子吗？你给你亲闺女相了个傻子！第二天我爸把我姑领回了家，回来后我爸我妈我姑三人揶揄了我奶和那个傻子好几天。我问谁是傻子。他们说大人的事少打听，又忍不住告诉我，姑姑差点要和一个傻子结婚。

我奶奶认为，我爸阻挠我姑的婚事，是希望她能在我家干活儿，是自私自利。但事实上我妈那时候并不忙，也觉得我姑做事粗枝大叶，并不指望她真干点什么。然后，我奶奶不屈不挠地给我姑推介了胡铁刚，两人先通了信，互寄了一张照片，一来二去就真产生了所谓的爱情。

胡铁刚的家在另外的镇上，此前和我奶奶家并无交集，反正是通过七拐八拐的介绍和我奶奶搭上了关系。他是三代单传，家里还有一个姐姐，据说家庭条件不错。奶奶见他浓眉大眼，几乎可以算是一眼相中。不过，有了病急乱投医能凑合傻子的前情，奶奶的相中也不具备什么参考价值。姑姑怕胡铁刚也是个呆头呆脑的大傻子，和奶奶说要先通信了解。于是，那阵子我总看到姑姑靠在床边，一盏小小的台灯，她在读信。这个春心荡漾的场景过于清晰了，越清晰就越可疑，我总有些怀疑它是假的，是我成年后幻想出来的。

　　反正不久之后，姑姑和胡铁刚就建立了比较明确的恋爱关系，然后姑姑就走了，对我来说是不告而别，对大人们来说大概是一切按计划进行。

二

　　好在放暑假的时候，妈妈真带我回了奶奶家。其实幼儿园是不放暑假的，暑假是作为老师的妈妈的暑假。那个暑假过后我就要上小学了，上了学就会拥有属于自己的暑假。

　　来迎接我们的除了姑姑还有胡铁刚。胡铁刚身材微胖，面白无须，头发是自来卷，看起来既不铁，也不刚。我觉得他名字起得文不对题，他看起来特别像个主食，叫胡馒头、胡豆包之类的可能更合适。我妈假笑着打量了他一番，没有显露出明显的好恶。他说起话来吐字发音不太利落，词语在嘴里好像经历了过度咀嚼，都连成了一片。我揣测我妈不会十分喜欢他，毕竟她那么喜欢普通话。

待了几天，我妈就回去了，说是让我在奶奶家玩，过一阵我爸来接我。于是，我彻底放飞自我，每天招猫逗狗，当然大部分时间还是小尾巴似的跟在姑姑屁股后边，也少不得常常和胡铁刚接触。

我妈走后，姑姑又郑重地把胡铁刚介绍给我。好像他头几次的亮相都是彩排，这回才是正式公演。他们要去市里逛街，我忘了是原本就计划带着我，还是我看不出眉眼高低没拿自己当外人，反正胡铁刚来接姑姑的时候，我自动跟了出去。

"他是姑父。"姑姑颇有些严肃地对我说。

"我知道啊，他不是叫铁刚嘛！"我自以为懂事地转向胡铁刚，"胡姑父好！"

"不用带姓，就是姑父。"姑姑纠正着我自以为是的礼貌。

后来想想，这中间的微妙差异还真有点意思，有胡姑父，就好像还有王姑父、刘姑父、李姑父似的，带了姓的姑父立马降了档次，不是亲姑父了。那时候他俩其实还没领结婚证，这简单的介绍足以证明姑姑对他的认可。

我们先是骑了自行车，而后坐了大巴，到了市里。姑姑很有些得意地告诉我，胡铁刚在市里上班，是自行车厂的质检员。我们先是逛了大集，又逛了百货公司。姑姑好像对百货公司更感兴趣，而我喜欢大集。胡铁刚给我买了糖人、糖稀、糖葫芦，还让我骑在他脖子上。细密的汗珠隐约渗出他卷曲的头发，我能听到他有些粗重的呼吸。他既诚恳又局促，大包大揽卖力表演一个称职的姑父。

"姑父你累吗？"

"不累。"他发音含混又语气坚定地回答。

我迅速被感动，认为他是个善良的大人。我妈不让我吃糖人、糖葫芦，她说那些东西不卫生，也不许我玩糖稀，她认为糖稀这个东西就不应该存在，除了拉低人的气质毫无其他意义。所以，对我来说，那是一个打破禁忌、忘乎所以、所有愿望都被满足的好日子，我沉浸在放纵的快感中，非常幸福。

姑姑也有收获，胡铁刚给她在百货公司买了一本蓝粉花封皮的笔记本，在大集上买了两个发夹。两人一路上一会儿羞涩地对视，一会儿默契地看向远方。我觉得姑姑和平时不太一样，她时不时发出过分清脆的笑声，有点做作，又有点紧张，而胡铁刚的笑是无声的，他巴结地看着姑姑笑，好像贴了一张微笑面具，时刻保持着笑容可掬。毫无疑问他们都很快乐，空气中涌动着糖果般甜美的气息，初夏的天空碧蓝如洗，所有人都兴高采烈。

下午我们去一个公园划了船，湖水被船桨划破，忽然传来青蛙咕咕呱呱的声响。我被青蛙叫催了眠，恍恍惚惚在船上睡着了。等我醒来时，已经在归途的大巴上。姑姑抱着我，我的腿搭在胡铁刚腿上，两人咕咕哝哝说着悄悄话，看起来不是在议论是非，就是在互诉衷肠，当然我基本确定是后者。即使睡了一觉，我依然感到疲惫，看他俩演了一天的青春恋爱戏，我好似一个丧失了新鲜感的旁观者，觉得在这对爱侣旁边有点寂寞。

第二天傍晚，我奶奶问我对胡铁刚印象怎么样。我不能完全听懂奶奶浓重的口音，需要姑姑翻译一些关键词。我说，胡铁刚是个好人，给我买了很多好东西。姑姑一边翻译一边温柔地看着我。

而我忽然意识到糖人、糖葫芦都已经新陈代谢了，糖稀也玩完扔掉了，胡铁刚对我的大方只留在了昨天，如今什么也没有剩下。还是姑姑比较聪明，和花钱买吃的比起来，买物件更容易得到持久的快乐。我坚持要看看姑姑昨天买的发夹。姑姑从裤兜里掏出一块手绢，手绢里包着那两个发夹。

"给我戴上试试呗？"我倚在门框上，提出的其实不是申请，而更像一种要求。

"这个不适合小孩。"姑姑略有些为难地看了我一眼。

说实话，我几乎是有些震惊的。姑姑极少拒绝我的要求，可以说她的一切都愿意和我分享，我也把对她的侵略当成了一种日常。一般我只要说给我看看、给我试试，她都会说给你吧。而且那两个发夹一个是紫色的叶子形，一个是一串彩色的心，真没看着多成熟。客观地说，"不适合小孩"基本不成立。

"我又没说要，就给我看看总行吧？你现在怎么这么抠啊？"为表不满，我有点阴阳怪气地说。

姑姑把发夹递给我，其实我相中了那一串彩色的心，以为只要稍加暗示，姑姑就会主动把它送给我。

情况和预料的出入略大，我只轻描淡写地扫了两眼，故作姿态以掩饰自己的小心思。我迅速把发夹递回到姑姑手里，眼睛看向了别处。姑姑似乎也想回避我，接过发夹往外走。不知道是我递得不结实，还是她接得太草率，那个紫色叶子形的掉到了地上。姑姑已经启动的双腿有了行走的惯性，一只脚说时迟那时快地踩了上去。都不用捡起来，定睛一看，我就发现紫色的发夹裂开了。

姑姑捡起发夹，对着门外抬头细看，月光从发夹的裂口清冷地穿过。

"噢，踩坏了吧！不舍得给别人看，掉地下踩坏了吧！"我一时有些尴尬，竟选择用起哄来掩饰。其实我心里非常内疚，我知道紫色发夹的意外是我非要侵占它的私心造成的。但我不敢面对，又想假装和自己无关。我看了一眼就还回去了，我只是想看一眼，是姑姑自己没拿稳，并且踩上去的也是姑姑本人。我是目击者，不是嫌疑人。

可能不算报废，但至少也是重伤，发夹以一种残酷的姿势躺在姑姑的掌心里。

"哈哈哈，踩坏了！"不知道我为什么要假装幸灾乐祸，好像不说点什么无法证明自己无辜一样。

忽然，我看到姑姑眼里的泪水。她捡起发夹，热泪盈眶，默默走了。

月光清亮，姑姑伤心的背影被拉得有点长。背影上看不见眼泪。忽然来了一阵风，院子里只有一棵树，树梢上的叶片缓缓抖动，发出的声音好像一声声轻轻的叹息。

我感觉非常糟糕，为了掩饰窘迫，抓了几个奶奶刚炸好的丸子喂狗。狗为突然的好运欢欣狂吠，奶奶愤怒地端走了装丸子的盆，还对着我说了句大概是令行禁止的话。翻译不在，我没有听

懂，全靠意会。

没过多久，姑姑牵着我去吃晚饭。她好像已经整理好了情绪，无辜开裂的紫色发夹好像从未存在一样。我们谁也没有再说起过它，不是仅仅那天晚上那个暑假，而是一直。直到我上高中谈了恋爱，男朋友送我一条十四块八的手链，我一下子想起姑姑包在手绢里的两个发夹。那晚姑姑的泪水一下子涌上我的眼眶。

三

再后来，姑姑和胡铁刚结婚了，姑姑生了个女儿，姑姑去缝纫机厂上班了，和胡铁刚一起在市里生活。我上了小学、初中、高中，隔几年过年时才见姑姑一次。我们好像变得生分了，一方面姑姑有了自己的孩子，是别人的妈妈了；一方面我渐渐长大，学业繁重，不再是一个需要陪伴和照顾的小女孩了。

我最后一次见胡铁刚，大概是小学五年级吧。也是春节，二叔生了二胎，姑姑心思都在她三岁的小女儿身上，家里好几个五岁以内的小孩，我和他们只是血缘上的亲人，因为年龄差距根本玩不到一块儿。大人们进进出出忙着张罗过年，我发现我没那么喜欢奶奶家了，小时候喜欢的那些土路，那些苹果树，那些奔跑的鸡鸭鹅狗，都变得乱哄哄的。我忽然无法忍受农村的厕所，也看不惯很多乡亲有随地吐痰的坏习惯。在热烈的节日氛围中，我时不时装出有点兴奋的样子，其实有些形单影只。同样略显格格不入的还有胡铁刚，据说他不太擅长家务，于是姑姑请示了我爸我妈，让他带我去了县城。他又胖了一些，可能是太白，显得不太结实。

"姑父你这肚子好像也能生个孩子。"我拿食指戳了戳他凸起的腹部，他敞怀穿一件藏蓝色的羽绒服，里边是一件紫红的毛衣，应该是姑姑织的。

"再过几个月就生了。"他腼腆地笑笑，以最大可能的幽默配合着我。

县城大集上暴土扬长，有一种既喜庆又糟心的热闹，胡铁刚含混的口音让我几乎听不清他在说什么，只是嗯嗯啊啊地敷衍着。我已经对糖人、糖稀、糖葫芦都没什么兴趣了，并且非常自然地认同了我妈的观点，它们确实看起来卫生情况存疑。胡铁刚问我要什么，我显得犹犹豫豫，异常矜持。最后，他给我买了一兜黑枣和一个纸灯笼。

我一路吃着没洗的黑枣，发现其实所谓讲卫生也不过是一种心理状态，你觉得它脏，它才脏。我拉着姑父温暖干燥的手，像握着一块暖烘烘的大砖头。

再后来，姑父这个形象在我记忆中就模糊掉了。我上了初二之后就没有真正的假期了，爸妈告诉我，我的任务只有学习，其他所有事情与我无关。连看一集电视剧都必须配以自责的表情，我也确实没心思关注别人的日子。偶尔听到关于姑姑的消息也不过只言片语。到我考上了北京的大学，不辱使命地完成了学习任务，才在复盘中拼凑出了姑姑那些年的经历——姑姑下岗了，缝纫机慢慢退出了普通家庭的日常生活，当然也就不需要缝纫机厂生产那么多缝纫机了。胡铁刚也下岗了，也没有那么多自行车需要他质检了。我无从深究到底谁先谁后，我妈也记得并不十分牢靠，总之安稳体面瞬间崩塌，变故仓皇劈面而来，坚决要扫他们全家的兴。我记得我妈有一阵总去邮局寄包裹，都是给姑姑的衣服和床单被罩之类的。但哪怕寄的都是香奈儿，大概也难以抚慰姑姑的崩溃吧。姑姑给街道办扫了一年院子，又在饭店里刷过碗，最后做了家政，比较稳定地当了住家保姆，那家的孩子是个哑巴。胡铁刚开了一阵中巴，干过保安，还和我姑一块儿刷过碗，都是干一段就被辞了，间歇性地打着零工。所谓贫贱夫妻百事哀吧，两人之间的不痛快也在两手空空时凸显出来。准确地说，主要是姑姑不痛快。胡铁刚已经被失业打击得心力交瘁，不理解姑姑为什么还有闲心嫌弃他吧唧嘴、抖腿、打呼噜。

　　拉锯了几年，姑姑带着女儿从胡铁刚的房子里搬了出来，租了一间平房。这中间，我爸我奶都曾试图力挽狂澜，我奶的理论是包办婚姻都能生儿育女一辈子，怎么自由恋爱还说散就散呢！我爸的逻辑是胡铁刚不曾跌破底线，他虽然烂泥扶不上墙，但至少还是一堆泥，不是什么更脏的东西。甚至他认为胡铁刚非常无辜，是姑姑没事找事。他对姑姑说，他原本就是个不争气的东西，又不是忽然变坏的，你当初选错了，现在就该吞下苦果。姑姑平静地听了他们的意见，然后一意孤行拽着胡铁刚去了民政局，变成了离异妇女。

　　姑姑离婚后我曾经问我妈，为什么非让姑姑回老家，怎么不让她在我们这边结婚呢？她要是嫁到这边，也许就是另外的故事了，我也可以常常见到她。

　　我妈特别无奈，她说当时大家都挺保守，把户口看得挺重。"你记得咱们楼下那个脸色焦黑的老于吗？有癫痫，三十多了也没对象，老是面目狰狞地蹲在院里。他们家人竟然来找过我，问我能不能让你姑和他交往。当时我就急了，直接翻脸把他们撵出去了。想什么呢这帮人！但是我也意识到现实有多势利，农村户口，没有学历，没有工作，虽然你姑姑是干净立整的，可找上门的都是些乱七八糟的玩意儿。后来你姑喜欢胡铁刚喜欢得五迷三道的，你爸看不上胡铁刚，但我觉得两个年轻人挺真挚的，我们不该干涉。谁知道这个胡铁刚，还真是恨铁不成钢！最后哪儿哪儿都指望不上。"

四

　　我大二那年的寒假，和我爸一起去了姑姑家。那时候姑姑已经攒钱买了两限房，算是从低谷中重新扑腾了回来。虽然那房子谈不上装修，四面白墙配水泥地，陈设简单，毫无个人情趣、特色，仿佛随时准备撤离。更重要的是，也无法违心地说整洁，地面上有毛球和水渍，踩上去黏糊糊的感觉让人心中一凛。卧室、客厅、阳台都放有大小各异的纸箱子，纸箱子外部有肉眼可见的灰尘，窗台上放着书本、蜡烛、塑料袋、一碟剩菜，有的抽屉没有关严，插线板上有一层浮尘，桌子上有抽纸、卷纸、手提包、针线盒以及各种凌乱小物，椅子背上搭着各色衣服，门口的穿衣镜不干不净，似乎正在朝照妖镜进阶，整个房子好像小偷刚刚离去的盗窃现场。姑姑穿着一身浅紫色运动服出来迎接我们，看起来清清爽爽，简直是淤泥中的花朵。

姑姑拍了拍我的头，我冲她笑笑，我们彬彬有礼，像历史剧里两个上朝的大臣，端庄正派，说面和心不和简直也可以。然后，我们一起吃晚饭，说了很多无关痛痒的话。席间我爸又习惯性地批评了姑姑好几轮，从她家脏乱差的环境推导出她自暴自弃的结论，他天生就是一个心眼还行、做派烦人的大哥，不由自主爱给别人上课，把所有好意表述得不怀好意。

"姑，你家真是不太利索。你还号称干家政的，工作能力令人担忧啊。"回去的路上，我半是好奇半是没话找话地对姑姑说。

"就是每天都在收拾屋子，回家就不想收拾了。不然我整天除了收拾屋子就没别的事了，一辈子都在重复收拾屋子。正好你妹假期去她爸那儿了，我就彻底不收拾了。"

我好像有些理解了，却依然觉得姑姑家太乱了。

第二天，我们一起逛了街，我看上任何东西她都觉得太贵了。我们去了百货大楼，我相中一件外套，已经比北京便宜不少了。我正打算掏钱，姑姑却和服务员拉扯上了价格。我几乎是落荒而逃，觉得在商场讲价有点难堪，伤害了我少女的虚荣心。逛了俩小时，我渴了。我要买两瓶饮料，姑姑说她一点不渴，并且一把按住我的钱包，执意为我那瓶结账。我喝着姑姑买的饮料，傻乎乎地冲姑姑笑，一时间不知道说什么好。

我们漫无目的地在商场转着，我不敢看任何具体的东西，目视前方，几乎可以称之为巡逻。转到商场顶层，发现有个小型录像厅。一个小包间，三小时，可以点一到两个电影，三十五块钱，赠果盘。我邀请姑姑看电影，她表情犹疑，显露出既有兴趣又想拒绝的神色。

"我们好像没一起看过电影呢，看一次嘛。"我挽着姑姑的手，发现她手指很是粗壮，摸着既有安全感又让人心疼。

而后我们又为了谁掏三十五块钱撕扯起来。姑姑有一种长辈的执拗，好像让我花钱是不道德的。我不得不苦口婆心地告诉她，我虽然还在上学，却已经有些收入了，我想请她看电影。

我们看的是《泰坦尼克号》，那个录像厅的片源实在有限，除了武打，就是爱情，没太多选择的空间。这片子我六七年前看过影碟，姑姑却是第一次看。杰克和露丝那经典的船上飞翔姿态，让我想起多年前和姑姑、胡铁刚一起逛大集的时光。胡铁刚把我高高举过头顶，大抵是为了巩固在姑姑心里的地位，彻底占领她的芳心，他对我也爱屋及乌有些谄媚。

姑姑哭得乱七八糟，到后来杰克沉入水底，她几乎是在呜咽。我小心翼翼坐在旁边，非常轻地往嘴里塞了一片苹果，其实我不是真想吃，我是每每无所适从时就做出声东击西的举动。苹果还没有咽下去，我也哭起来。为了姑姑，为了胡铁刚，为了爱情，逝去的爱情就像留在对方手里的把柄，让人饱受折磨、黯然神伤。

电影结束，姑姑泪眼模糊抬起头突然打掉我放在嘴边的手，

"跟你说过多少次了，咬指甲不卫生。"那个瞬间我仿佛穿越回了四岁，一下子感到了熟悉的踏实。

我们说起一些我小时候的事，姑姑说有一年春天，我们去江边野餐，带了面包、香肠，坐在草地上。然后忽然下雨了，我们跑着去躲雨，我爸戴着一副那时候流行的大墨镜，边跑边抱怨天气预报不准。我记不得姑姑说的春天野餐了，但也能轻易想象那画面。春天总是特别短。

"姑你为啥非要离婚呢？"

"害怕，我一想到以后就害怕。我们当初都太小了。他没见过女的，我没见过男的，糊里糊涂就感觉爱得可深了。后来一想爱他啥？不知道。我们从来没有一起做过一件年轻时候曾经谈论的事情，除了生孩子。当然了，谈恋爱还是挺好的。我记得我从你家走的时候正演《红楼梦》呢，还没播完我就回家了，你奶奶家又没有电视，我刚回来时天天琢磨林黛玉和贾宝玉怎么样了。但是我能见到胡铁刚，挺高兴的，也就不那么惦记电视了。但是日子一长，发现他的脑子就是一团糨糊。你哭了，他问谁欺负你了；你翻个白眼，他觉得你是困了；你说钱不够，他说那别买了。干保安嫌累，开车嫌苦，和他一起下岗的给人装空调挣了钱，问他去不去，他说怕摔死。老说等他以后有钱了，老盘算一夜暴富。又懒又笨，还自私，我就越来越烦他，觉得什么忙帮不上，还总添乱。我在外边当保姆还挣钱呢，我在家伺候他能不抱怨吗？让我最后下决心的是，有一次你二叔送来一只烧鸡，他随便夹了一块给孩子，自己把两个鸡腿全吃了，我不需要他把鸡腿留给我，但他至少要分给孩子一个吧。我再看他，觉得就是头猪。"

"婚姻这个炼丹炉把你烧成火眼金睛了。奸懒馋滑，随波逐流，没有责任感。和这种男的走到半路就已经对目的地产生了恐惧，对吧？"

"对，还是你们有文化的会说。"

"你不能依靠他，又不想领导他。干脆算了吧！"我那时正是意气风发的年纪，热衷于对各种事评头论足。

"我发现，我不惦记这个人了。年轻时候担心他吃饱了吗，他累吗，后来我发现他无论如何也能吃饱，他根本不会累着自己，日子再紧，他也呼呼大睡。我对他的牵肠挂肚都没了。也未必是他多么不好，但我就是忍不住想修理他、数落他。我变得特别厉害，我发完脾气静下来想一想，也不知道自己在干什么，再这么过，互相折磨，对他也不是好事。"

"姑父辜负了你。"

"我倒也没觉得自己被辜负，也不想总结。他没做什么坏事，只是不好，不香不臭的。"姑姑皱着眉，努力和我说清复杂的心情。

"最好的办法就是他也做自己，你也做自己，你们分头做自己。"

"很多人都觉得是我不对，觉得我非要离婚是瞎折腾。说别人都是这么凑合过来的，我太矫情了。我不明白为什么所有人都说不可以离婚。"

"可能他们那些人觉得，家庭有利于社会稳定。"

"我又不是离婚后去打砸抢，我一个人也依然遵纪守法啊！并不是要有一个男人才是一个家，我和你妹也是一家人家。你不知道我离婚之后晚上没人打呼噜，吃饭没人吧唧嘴，那个安静啊，刚开始我都忍不住停下来仔细听，真没怪动静了，都有点不敢相信。解脱了，离了心里透亮多了。农村里很多老太太，挨了一辈子打，也就那么过来了，最后儿孙满堂，七十八十的时候也会办个寿，好像和和美美的，还挺心满意足的。但我不想过那种生活。"

"姑，以后我给你办，在五星级酒店，给你办个大寿。你好好活！"

"我不稀罕那个。"

我觉得姑姑就是温水里最机警的青蛙，在被烫死之前跳出来了。别的青蛙还都议论她，你看她一惊一乍的，跳出去干啥！

五

"你知道胡铁刚结婚了吗？"我忍不住给姑姑打了视频电话。

"我告诉你妈的！"姑姑脸上竟然是掌握了第一手情报的得意和炫耀。

"你怎么知道的？你还偷偷关注人家？"

"你二叔告诉我的。他那个破房子拆迁了，得了点钱，就找到了对象。非常好啊，我也希望他能有好日子过。"

"人家拆迁了，你后悔不？哈哈哈哈哈哈。"

"那你可太不了解你姑了。"

她像祝福路人一样祝福前夫的新婚，大概只有不和他一起生活，才有可能谅解他。

我想起几个月前与姑姑一起吃饭，她穿着我妈给她买的白衬衫黑裙子，端庄得像个退休干部，让人想不到她做过缝纫机、扫过大院、刷过碗，最终赖以谋生的工作是保姆。我问她考不考虑找个男朋友，她说前几年认识了一个，但是对方有个女儿总是提防她，她处了一阵觉得没意思，就算了。姑姑在手机相册里翻出那个前男友的照片给我看，一个白胖老头戴个眼镜，智商不高又很爱思考的样子。十几年来，那是我第一次听说姑姑的情感生活有了风吹草动，却竟然已经是过去式了。

生活好像不曾给姑姑留多少余地，很多事她自己说了都不算，她仿佛攥着一把受潮了的火柴，费劲心力，也照不亮前路。她想安稳上个班，但她下岗了；她想扫个大院，都得到处赔笑脸。唯有婚姻是她自己选的，她喜欢过胡铁刚，后来不喜欢了，于是她干脆利落为自己做了一次决定。

我觉得姑姑可能还是挺寂寞的，建议她去上老年大学。

"我不喜欢上学。"姑姑不屑地表态。

"老年大学不一样，都是消遣，画画、写字、唱歌、跳舞，还可以交朋友，不排名、不考试，也没人让你考老年研究生，没压力。"

"那也不上，我从小就不喜欢学习，也不喜欢画画、写字、唱歌、跳舞，老了也不花钱找罪受。"姑姑撇撇嘴，一脸拒绝，"我有那闲工夫，还不如再找点活干，你不知道，我可有劲儿了！"

　　姑姑把头发往耳后掖了掖，我发现她鬓边有了明显的白发，眼角也已经有些耷拉了。一看就是被生活折腾过的样子，地位、伴侣、钱，她一个都没有。在陌生人眼里，她可能很不起眼，乏善可陈。姑姑年轻的时候，我们院里邻居说她长得像栗原小卷。我记得栗原小卷演过一个叫《生死恋》的电影，她在里边打了网球，死于爆炸。

　　吃完饭，姑姑送了我一幅十字绣，她一针一线给我绣的。三朵颜色各异的大牡丹，说实话，乍看我觉得挺难看的，但是我揽在怀里假装很喜欢。走出饭店，我忍不住把十字绣又拿出来看了看。从前，姑姑并不多么心灵手巧，女红一般。我知道十字绣都有图纸，几乎不算原创，却依然感觉到了姑姑的气息。那三朵大牡丹，并得凡俗饱满、不管不顾、勇敢赤诚，好像要用尽力气盛放出一个热闹的春天。

　　马小淘，硕士毕业于中国传媒大学。曾获在场主义散文奖新锐奖、西湖·中国新锐文学奖、储吉旺文学奖、郁达夫小说奖、百花文学奖等。十七岁出版随笔集《蓝色发带》。已出版长篇小说《飞走的是树，留下的是鸟》《慢慢爱》《琥珀爱》，小说集《章某某》《火星女孩的地球经历》《有意思的事多了》，儿童文学《被猫带走的夏天》，散文集《成长的烦恼》《冷眼》等多部作品。

评论:

这一代人说爱的方式

——马小淘短篇小说《春天果然短暂》读后感

李蔚超

我读过马小淘《春天果然短暂》的"未刊本",没经过最后一道修改,其中赫然可见一些暴露感情的表达,这些语句出自叙述者"我"——马小淘小说惯用的"犀利少女",这位少女每每以天真而毒辣的语态呈现深情,情感刺激力度往往比较巨大。于是,继去年夏天读完她的中篇小说《骨肉》的百感交集之后,我再次被她的小说所感动,一种潜藏记忆的情感被唤醒,一种源自"同代人带来的震动"。我承认,感动我的因素可能也包含着同为在东北长大的女性的"地方路径"。我对小说提出读者建议,建议标题改为《我姑》:这篇小说的女主人公就是"我姑",叙事视角来自天真、犀利、毒舌的"我",在东北,"我姑"是普遍的家常称呼,在中国式大家族中,姑姑是非常重要的家庭成员,是父系家族中履行母职的不二人选。这部以姑姑为主人公的小说,让我想起了我的五位姑姑,她们无一不是含辛茹苦,却又平和得仿佛人生本就该如此。

马小淘很礼貌地回复我:"谢谢您。"

以《春天果然短暂》为题,是对"我姑"人生的归纳,是针对"我"的观察、理解所发的议论。作为一个东北下岗女工,"我姑"过着可想而知的艰难生活,小说的戏剧性体现在挑战"常识"的情节——对于爱情这样的奢侈品,"我姑"是坚定的追求者和捍卫者，如同春天是四季中短暂的美好一样，"我姑"的爱情也难逃"果然"。小说最动人的篇章是在"我"见证下的"我姑"与姑父在爱情中的情态，以及"我"对"我姑"的孺慕之爱。这一切关于爱的讲述，包裹在"犀利少女"的叙事风格中，显现出被批评家们辨别出的表里反衬的双层性①。

2017年，写下马小淘作家论的刘大先敏锐地辨识出我称之为"犀利少女"的独特语言风格，并命名为"吐槽腔"②，认为它是应对"文艺腔"而来的："这是一种纯粹快感式的嬉戏，并且是单向度地呈现，因为并不求得读者对这些词句及其所要表达的观念的回应。这样的词句是被动的、二手的，不是要继承发扬什么，也不是要反对抨击什么，而主要是一种娱乐精神。"2017年的刘大先还无法预感到"吐槽"将成为"一门手艺"，"笑对需要勇气"，当"吐槽"被娱乐工业孵化、培养，迅速成为风靡南北的青年时尚与大众文化时，我们还来不及追认马小淘"吐槽腔"的叙事风格的原创价值。

尽管刘大先和我都是吐槽类节目的忠实观众，在进行理论评论时，刘大先要对马小淘的文学提出更高的社会伦理："内倾性的消极反抗、反资本的方式并不具备革命性。因为它是脆弱的，只有破坏和虚弱的作用，却没有生产力，它的脆弱只有躲在'爱'所构建的毛坯屋中才能得以安身立命。"我充分尊重与理解刘大先严肃的批判立场，对于马小淘，我们可以将她置于反讽、调侃、冒犯的革命性脉络上来批评并鞭策，她做得很不彻底、很不正大，即便是触及重大的议题，她也迅速"宅"进"爱的毛坯房"里。然而，表达爱，确认爱，寻找爱，祭奠爱，"笨拙、刚毅、自闭、永不掉头、一条道走到黑"③决绝般的信仰，今时今日，何其重要。影视剧、弹幕和社交平台中，爱似乎变得稀有、干涸，它们待价而沽，被调侃、被耻笑、被误解，而那些关于爱的表达、演绎和探讨，大多是以放逐爱为代价，以索取安全感为目的的自我捍卫。一个时代的人们如何爱、如何生活、如何日常，是何等重要的文学命题。

许多年来，恰如刘大先所概括的，马小淘的小说以爱为信仰。当然，她追寻信仰的方式是文学的，用一种"倒行逆施"的反证方式。从《毛坯夫妻》《章某某》到《骨肉》，她在小说中树立的爱的偶像，统统都是在爱的皈依之路上铩羽而归的失败者。同时，无数次讲述爱的偶像的破碎的犀利少女，则以辛辣泼皮的吐槽腔祭奠她的偶像们，致敬她的偶像们，从而让自我转化为爱的信徒。就以这篇《春天果然短暂》为例，"我姑"的"漫长的季节"是凛冬，或残秋，然而，她却宁可将一生中最美好的有爱的春天，斩断为不容将就的短暂，理解并爱这样的姑姑，是"我"在言说、确立自己的爱的信仰。

马小淘并不是这个时代独一无二的"孤勇者"。当《孤勇者》这首在小学生中风靡的游戏动画片主题曲在 2022 年的世界杯赛场上响起时，我听到回旋的副歌的核心词是爱，"爱你……爱你……爱你"，反复吟唱，直到曲终人散。我明白了孤而勇的人们需要一首歌、一篇小说，告诉他们，他们依然有爱的选择余地，他们并不孤独，他们何其勇敢。在这个议题上，作家得坚持。这或许是我被马小淘的小说燃着和感动的原因，她用文学，用吐槽腔的说爱方式唱着和陈奕迅一样的歌——"人只有不完美值得歌颂"，吐槽腔"犀利少女"就是马小淘的"不完美的讲述者"，唯其如此，她才能够反复说爱。

现代科技尽其所能地为人类维系住青春的肉身和漫长的生命，心灵呢？或速老或速朽，或停止生长。马小淘和我是同代人，我们即便不能说青春不再，也肯定是少女不了了，然而《春天果然短暂》里的"我"却天真如旧，天真得近乎"作文腔"。我建议马小淘做些修改，她立刻反问我，这是不是太文艺腔了？于是，我不再干涉作家的创作自觉。我被马小淘说服，"犀利少女"的吐槽腔，是马小淘认真抉择后的叙事语态，是最坚定的说爱方式。

注：

① 徐勇、徐刚：《"宅女"的世界——马小淘小说论》，《西湖》2013 年第 1 期。马兵，《"沉重的肉身"——读马小淘〈失重〉》，《文学港》2018 年第 1 期。

② 刘大先：《新城市青年的情感结构——论马小淘的自我做戏与内倾反抗》，《当代文坛》2017 年第 5 期。

③ 马小淘：《琥珀爱》，安徽文艺出版社 2014 年版。

中间人

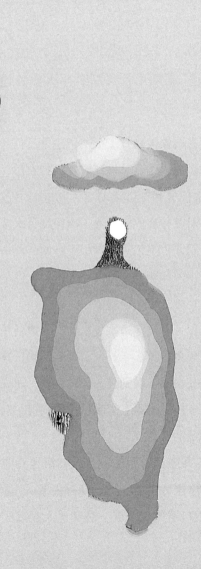

常小琥

天都黑了。行李箱的密码锁被她拧了个遍，还是没打开。她以前出现场可不带这个笨东西，因为总被深度部派到农村，她习惯从地摊淘几件T恤、牛仔裤和杂牌运动鞋，塞进旧书包，上面再掏个窟窿眼。它们平时就待在固定位置，确保她每次接到选题拎上就能走。不用行李箱，也是怕逃跑时很不方便。现在她有了一份正常工作，可这笨东西却像死守着自己的内部，像是终于等来了复仇机会，存心不让她上班一样。

　　程蝶能得到智库的工作，是被池边拉进来的。池边曾是《大观园》首席摄影记者，红黑色脸庞、半长发、大眼凹陷，有着近两米的身高。如今他已经变白了，跳到公关部做高管，还说服了老板亲自面试程蝶。不过疫情把她封在了刚租的房间里，双方只能通过视频会议来消除彼此的疑虑。

　　当面前一下子弹出八九张戴口罩的脸，她在摄像头前神情木然，不知该去看谁。"你这么瘦了，下巴颏都尖了。"她听到池边在喊自己，只有他用口罩兜着下巴，被其他人投以监督的眼神。

　　"程蝶你好，池边总说你在各部门的口碑不错，说你很擅长和地方打交道。"她很难分出是谁在讲话，好半天才确认是中间的假发男。"我们的核心业务是深耕政府关系，对接的是部委和央企核心决策层。你能否讲讲，和他们往来的心得。"

"我已经给忘了。"她说。

众人在屏幕上一齐定住，像是死机一样。

"程蝶是有新闻理想的人，"池边解释着，"我是说当年她可是深度部的'稿王'。"

"那就讲讲你过去的采访吧。"假发男换了个语气，让自己显得随意一些。

耳边冒出轻轨驶过时的淡淡钝响，她偏过头，目光望向窗外。车身如幻灯片在眼前更迭，她却能看清里面的每一个人。她点了支烟，把打火机往电脑前一摔，脸转回来："不好意思，我都忘了。"

"程蝶，我了解你。"池边终于也戴上了口罩，"要是你还想改变现实社会，在外部无法推动，就要从内部和它连成一体才能根治症结。"她对着屏幕吐了口烟，继续以一脸的木然神情，提出想去新疆、内蒙古挖掘典型案例，想做深入的产业调研。这下轮到池边不吭声了。很快假发男就不见了，一个个口罩也消失殆尽。

程蝶决定放过那个行李箱，她知道自己老毛病又犯了。就像当年第一次接选题去某地级市做扶贫调查，先要搭晚班机到天津，再换次日最早的航班飞别处。她彻夜在航站楼里查资料、核实线索时，浑身上下连嘴唇都在颤抖，怕把选题弄折了被深度部开除。是靠中间人给的录音和地址她才有了第一焦点，写出一篇四千字的报道。后来她知道每迈一步，定能感应到有人在离自己很近的未知里，那就像存在于海底的讯号，她的任务就是把他找出来。她也知道那不是颤抖，而是感应失灵后的恐惧在涌动。如今这些不会出现在身体里了，她在努力放下记者的工作，这阵子就做得不错，必要时她会对自己说一句"我已经忘了"，不管用的话，就多说几遍。

为智库出差的几天里，有次她和甲方开了一整天会，刚回酒店就收到池边发来的链接。那是她采过的一起案件，如今稿子还压着没发，却被改编成了电影。从海报和预告片里，她看到自己挖出的人物关系，连同受害教师的死因全被剔除，只剩下埋尸过程充作卖点。她坐到房间的地板上，嘴里不断念叨"我已经忘了"，可褪不去的是身体的记忆。伴随一股气闷在胸口，剧烈的心悸又来了，很快两眼还闪出金光熠熠的玻璃纹，她知道自己随时会失去意识，赶紧点开手机通信录，但是没有拨出去。她扒在水池上拼命洗脸喝水，接着坐马桶上深呼吸，想这样硬扛过去。很快她感觉左边半个身子已经发凉了，深深的濒死感也开始蔓延。扛到凌晨三点钟，她也没有打电话出去，她又扛过去了。

程蝶又回到了梦里，辞职后她失眠加剧且多梦。她梦到未来有个组织，奉行尊老反哺的道德传统，并宣扬应由老年人统治世界。不过很多老人长期没有子女陪伴，机构就渗透进每一个社区每一户人家，以帮助老人的名义实行经营。

这是她第二次做这种梦了，梦中，妈妈和姥姥都在家里。她放学回家后，看到姥姥正招待着一个戴眼镜的年轻女人。那女人和姥姥无话不谈，但是程蝶从没有见过她。接着，妈妈跟姥姥起了点争执，组织很快派人把妈妈带走了。那些人像是洪流一样倾泻而来，她站在凳子或者是石阶上，看到姥姥脸上的神情异常复杂。

一睁开眼，程蝶立即拿出记事本，写下记忆中的每一个画面。在这本子里，她已记下很多个梦了，有的相互间还有联系。她不知为何总梦到那里，只觉得那个家又是如此真实可信。她写字时空出手抹去脸上的泪水，可它们还是一颗一颗掉下来。

那是一起跨越了二十年的悬案。当时的《大观园》杂志卖得很好，调查上也舍得花钱，加上又是震动南北的大突发，所以同时派出文字组、视频组和社会组三队人马奔赴南方某省的方清县，看谁先出稿子。深度部里全是清一色的老爷们儿，他们看到程蝶会相互打听，有谁知道她是什么来头，或者总编怎么弄来个小丫头。不过很快大伙儿就忘了这么个新人，因为她总是要独自去扫街。

没人会在一座城市里，扫遍可能与事件有联系的每一条街，但是程蝶可以，她相信这样能找到所有她想找的人。有其他媒体前辈曾跟着她扫了几天，在一栋十层高的居民楼里，他们像过筛子一样，敲开所有三十户家门却没有任何线索。当她还要去扫另一栋楼，前辈劝她放过自己，这不是核心人物，发条小快讯这么折腾没有意义。直到当事人出现时她几乎要给他跪下了，不过人家并不愿意讲，她是勉强进入对方家里采访的。后来程蝶再也没见到那位前辈，她知道了很多人只要问过就算完成任务，很多人已不敢敲门，或者说，他们没有那么在意这件事，他们甚至比采访对象更乐于早早了事。

所以在社会组抢发两篇快讯后，程蝶的编辑问她，你还要扫到什么时候？等她拎着水果站到涉案者家门前，屋里早没了人影，当地已经把家属"圈"起来了。程蝶告诉编辑，如果家属能知道什么，这案子早就捅出来了。而且她很反感写博同情的稿子，反复消耗别人的情绪也很不道德。她决定掉转方向去找第二落点，以凶手宋平江为核心人物，做独家采访。

那几天，她总穿一件黑色帽衫，在夜晚低着头走出旅馆。她和混街面的年轻人聊天，知道这里以前迁过来很多人，还有本地帮派各自的势力在哪儿，以及那家叫夜郎自大的KTV。在路口拉脚的车夫会告诉她，街上的路灯被砸坏了，他看见有人被打伤，隔天地上仍满是血迹。她每次回来还要经过一家便利店，坐在昏黄灯光下，听一位眉发俱白的奶奶讲起，过去大伙儿到哪儿买布料，或者是她远在天边的孩子，后来老人仿佛是在等她回来。

白天的路面积满红色泥巴，程蝶嚓嚓嚓地走来走去，两只球鞋全湿透了。她把扫街范围圈定到一条商业街上。宋平江在这儿有四五个商铺，可整条街的商铺加起来有几十家，她只能一家家从头扫到尾。在一个大院子里，她找到了挂着锁的夜郎自大。她透过一面玻璃大墙，向里探看好一阵才出来。这时马路对面又走来三三五五的老记者，他们抽着烟，满脸沧桑，却如沐春风。他们一齐看向她，问她扫到独家了吗？她伸出舌头舔掉嘴边的汗，摇了摇头。她问，你们这么多人要去哪儿？打头的前辈说我们烟快抽没了，一起去烟店买烟。程蝶不可置信地数出一共八个记者，结伴买烟。牛！她说。她看着他们以统一的姿态扭动身体，扭进街尾的窄陋的烟店。

中午天空又飘起牛毛细雨，程蝶最后也扫到了烟店里。老板正用烟盒在包装箱上摆出"旺"字形。她问他认不认识宋平江。对方的脸一僵，说不认识，我就是个卖烟的，接着转身去擦柜台。随后程蝶被包装箱绊了一下，把刚搭好的"旺"字碰散掉，她蹲下身去捡地上的烟盒，捡得很慢。

"很多路灯被砸碎了，街面不太平吧？"程蝶问。

"街面不太平喽，生意就不好做嘛。"老板应着话。

"这里很多人租他家的铺面，人家生意就很好做。"她说。

"他让老婆去收租，他在方清一共有四个老婆，租他铺面的人能不多嘛。"

老板抬手朝旁边比画起来。"那院子一大片全是他转租给别人的，每天都是什么样子的人进进出出，从外面看得可清楚了。"

"那隔壁 KTV 是他哪个老婆管着的？"

她搬板凳在老板身旁坐下，水汪汪的大眼睛一弯。

"哎呀，说了不认识嘛，我参与这事不太好，你到别家去问。"老板把手一摆。

"那我买两条烟，有生意总不能不做吧。"她又挑起了烟。

"挑完就快走吧，我要关门了。"

"我充个电再走行吗？"她用手机付了烟钱。

"充电可以的。"

不等对方反应过来，程蝶又拿出个笔记本插上电，然后走到店门前打电话。

外面雨势渐大，老板看到一个小姑娘站在雨雾里做采访，看到她挂着雨水的脸和打卷的稀疏短发，还有脏运动鞋和裤子上的泥。

老板娘来送饭时，他们请程蝶一起吃饭，她和老板娘像是一家人那样聊闲话。老板听她说明天还要来，忙说，我给你个号码，你不要讲是从我这儿问的，也别管他是谁，你自己打电话，能问到你就问。程蝶放下筷子，掏出便笺本记号码，刚记一半，看见有个体形彪壮的记者堵在门口，正抱着相机咔咔换镜头。

程蝶像被人打破美梦一样，把本子收回去，两眼发直地迎向池边。她上次被这帮视频记者坑过，采访中他们突然把她扒开，举起镜头就对着人家录，她赶紧躲到一边，否则就变出镜记者了。这帮人还特毁采访对象，不出镜的还能聊几句，出镜的马赛克没打好就播出去，好像唯恐当地人看不出来。

"你也跟这儿扫街呢？"程蝶抢先对池边发问。

他说了声是，把镜头安装好。她又问他有线索吗。他说没有，我刚扫完后面那排，就剩这条街没问，那家人跟你说啥有用的了？她也说没有，面如生铁。池边笑笑，你说没有就没有。

程蝶和夫妇俩作别后，走出不远黑帽衫已被雨淋湿大半，她用两手护着书包继续赶路，却又被池边叫住。

"你是要回旅馆吧？"她发现他一直在后面盯着自己，便眯起冷眼瞪回去，然而刚走出这条街手机又响了。

"你先别动，我开车送你回去。"

她来不及拒绝，就看到一辆墨绿色的日产 SUV 迎面驶来，霎时停到跟前。"这是当地政府借我们开的，为了缩短采访时间。"池边解释着。

副驾驶上，程蝶抱着书包，头扭向车窗，像个游客那样，或者像是随时要跳窗的被绑架者，看着自己扫过的街巷，在雨中飞逝而过。池边时不时就瞥她一眼，刚才她如梦初醒的样子，也吓到他了。

"来这种地方跑新闻，还是男记者好混。买条烟一递，再点个火，人家总会讲点儿有用的东西给你。"

"你们不就会递个烟吗？要是递烟有那么重要我就找个人递烟。"

她两脚交叉踩在车座上，一只胳膊搭着膝盖，终于闭上眼睛。

"当然还有高招儿了。"他说，"我们去被害教师的女儿家里采访她，还跟她吃了顿饭。这么集中人力干个一两天，每人都能有稿子写。咱们合伙吧，你远离队伍会漏掉信息的。"

"算了，我又不是写小说的。有那工夫我不如多踩踩点儿、找找人。"

她知道那是怎么回事，记者们被集中安排到某个地方，跟家属聊上一小时，运气好还能拍几张不赖的照片。可这些人回去却要在网上扒资料，拼出的故事没一句是自己问的。在她看来那都是既不核对消息源，也不用交叉印证的小说。就是这样的小说，你家发完了我家发，谁也不会落空。所以他们愿意找同行一起出现场、交换消息、组团采访，就连吃住也不分彼此。所有人在这样的绑定关系中，竟还生出了安全感和暧昧情愫。

池边一时不知该怎么对她说。他边开车边找烟，用点烟器的时候，看到她那双运动鞋，把车座蹭得到处是泥。

"我的意思是，嫌犯虽然人被抓进去了，但是还没有判呢。"他反复嗽着干糙的嗓子，两道浓烟从鼻孔里排出，"至于他那些个同伙，有的被抓，还有的被保出来了，就藏在县城里。这儿到处是他们的关系，而你还住在他老婆开的旅馆里。"

他又扭头看向她，不知她是否睡着了。

"凶手那边是知道你的存在的，你出去就会被人盯上，可你知道自己要找的是谁吗？你还是搬到酒店，和大伙儿住在一起吧。不要报道新闻事件，却把自己弄成新闻事件了。"

"看好你的路，别看我。"她说，"我当然知道要找谁，我等的就是他们。"

池边果然把方向开反了。他长按汽车喇叭，驱赶着挡在车头的人。他们只要看到这辆墨绿色 SUV 和车牌，就知道不要招惹车里的人。

"宋平江，宋平江。"程蝶继续闭着眼，嘴唇开开合合，像是把这名字含在舌面上，"我可是为了你才待在这鬼地方，你只能被我写进稿子里。"

　　池边不敢再多话了，随着程蝶的口令，他们的车才从这座县城的神经末梢里绕出来，终于她把他带到了案发地——方清一中。程蝶睁开眼睛，从大门口望过去，和上次来这里不同，操场已被市政隔离围挡圈起来了。两人在车里又看了一会儿，池边才开回到她住的旅馆，他眼看着她走进去后离开，他要去把车洗干净。程蝶等他开远后，也没换件衣服，又跟做贼似的溜出来，到街上重新打车。

　　程蝶坐出租车再次回到一中，她先让司机围着学校兜圈，看到没有保安追上来，她就把刚买的香烟送给司机，让对方等在大门外，她要溜进去为自己的独家拍几张案发现场的照片。雨过天晴后，在茂密的香樟树阴影覆盖下，整片球场在一股水锈气味中显现出幽沉的绿色。她看到绿色的某部分已经塌陷，地下闲置着挖掘机和脚手架，还有裸露的赭红色石块和反着天光的水坑，像血一样腐浊在泥里。她能感觉到教师的尸骨仍埋于脚下，感觉到身处火葬场或走失在城市郊外的荒原才有的哀伤。但那感觉又是不一样的，从寂静的树林背后，她还感觉到有亡魂在异动。她举着相机，可是手指总不听使唤，被保安从操场轰出去时，她也没使出力气按动快门。

　　其实不论哪个口的记者，不论他入行多久，采访十次里十次全被人家轰出来，多少会有点心理障碍，甚至是抑郁情绪，但程蝶却还能像执行战术包围一样继续推进。她高中毕业做过零岁儿童英语的课程销售，每天要求自己签下五个客户，为此下班到家后还要挨个儿打电话回访。即便是全天都被人挂电话，即便整个人沮丧到抬不起头，她也要把情绪调整到饱满状态，以兴奋的语气微笑着对下一个电话说："我是您的程蝶。"

后来经理发现，压了一年攻不下的客户被程蝶签了年单，还有人是指名冲她来的。他理解不了一个高中生怎么能做到销冠，于是召集老销售们来办公室看她打电话。他们围着程蝶站成两圈，看到她在自己面前立了一面镜子，手中拿着电话和名单。只要跟客户通话，她就对着镜子随时调整笑容，那张脸完全浸浴在幸福的暖意里。

程蝶之所以身怀绝技，要感谢自己是在阳台里长大的。不到五岁起，她就被老人锁在房间，或者是被封在阳台的铁栅栏里。那时姥爷退休后找了一份银行打更的活儿，姥姥要去伺候姐姐的女儿坐月子，所以白天程蝶就蹲坐在窗台上，那张圆滚滚的如同向日葵的脸，笑嘻嘻地求着过路人跟自己说话，这样就不那么害怕了。晚上独自过夜时，她总要给同学和亲戚们打电话。程蝶是在阳台和电话里，知道她还没出生父母就离婚了，知道他们从没回来过。后来由于亲戚们投诉和触目惊心的电话费，两位老人不得不赶回来看紧她，或者把电话线拔掉再走。

程蝶当上学习委员后，每晚更要打电话给同学了。因为作业是老师独创的，只有她能找到正确答案。一晚打十几通电话那是正常发挥，赶上个把笨的或者打到外班家里，也要一视同仁讲到通宵，生生把家里打成了辅导热线。前脚姥爷拔电话线，她后脚就能接上，她害怕别人找不到自己。到了期末开家长会，教室里坐的全是同学父母，唯独她的座位上还是自己。班主任的保留节目，是让单科成绩全校第一、总成绩全班第一的学习委员做班级发言，这时所有父母会离开他们孩子的座位，向程蝶走来。她在讲台上，看到一下子有这么多父母望着自己，问她怎么做才能把孩子培养成像她一样？她告诉这些父母，应该怎样培养孩子。从别人需要里获得的短暂满足，令程蝶觉得自己活在世上是有价值的。

好在爸妈每月会给程蝶打两次电话，一个从上海打来，一个从北京打来。不过通话还是在大人之间进行，即使爸妈并没有问，姥爷也每次都要冲墙宣布这孩子又考了第一名。电话那边通常要维持相当久的一段缄默，以致连姥爷都怀疑电话线又被老伴儿拔了。程蝶让他们把话筒还给自己，因为有过长期独自面对黑夜，面对无声电话的训练，她能听出那边的人哪怕最微乎其微的动静、鼻息、抿嘴以及话筒倒手，或者是某种难言的情绪。终于爸爸给出了回答，他说这个年龄段的女孩学习再好都不算数，你们也不要再让她给别人解题了，因为她还没有经历过真正的难题。

程蝶在妈妈那儿就幸运多了。虽然女儿一断奶，欧阳婷就去了上海，班主任至少还见过她一面。那是欧阳婷为了给自己开影楼，专程回哈尔滨联络业务，她不打招呼就拎着两袋零食去见了班主任，班主任还没张嘴谈程蝶的情况，她就离开学校赶往舞厅了。欧阳婷的客户和男朋友正在那里等她，她请他们喝酒，和他们在台上蹦迪斗舞，喝到杯子一碰就碎了，斗到只剩她在台上闭着眼招魂，没有人敢接近她。欧阳婷斗到第二天才回家，她躺在床上睡觉时，程蝶在旁边拉她的胳膊摸她的手，叫她起来陪自己玩。她以为妈妈死了。

在观察欧阳婷睡觉的过程中，程蝶终于摸到了妈妈的眉毛、眼窝、鼻子和嘴巴，她还摸到了她柔软的耳朵和长发，还有她的汗毛，她坚硬的膝盖骨和脚指甲。她开始明白，为什么人们不信铁栅栏里的胖丫头是欧阳婷的孩子，也明白了妈妈为什么不愿回来。

欧阳婷从前在中央大街的维纳斯影楼做模特，她和金发碧眼的俄罗斯模特一起身穿婚纱，在橱窗里站一整天，也不落下风。后来程蝶被老人带到中央大街，她坐在小推车里，隔着一面玻璃大墙，把里面的模特认作是妈妈。那时欧阳婷早被台湾老板带到上海总部，成为店里最年轻的首席摄影师。

只要欧阳婷不和男朋友出去玩，她就会拿着一套影集一本小说看上半天。程蝶写作业时（由于长期被关在阳台，她习惯了像猴子那样撇开两腿蹬着椅面而坐），妈妈也这样靠着窗台，游离的目光，望向天空想着什么。她还会一句一句给女儿讲海明威的《老人与海》，或者对着没头没尾的剧本说个不停，程蝶几乎要听睡着了，但那时她体会到了前所未有的安全感。尤其是妈妈还会手把手给她改作文，那些句子跟妈妈一样美，就连老师都讲不出来。班主任问程蝶，你妈这次是不准备走了？然后她又让程蝶站到讲台上，读给全班同学听。

可是欧阳婷并不知道，有些问题是女儿解决不了的。比如有同学整天像幽灵一样缠着她，她们不明白班主任凭什么喜欢一个没家教的学生。她们把程蝶堵住，问她为什么不去死。她将这些事埋在心底，也认真地思考过这个问题，因为第一个想让她死的人是爸爸，这令她更怀疑自己是否被这个世界欢迎。

欧阳婷终于又要离开了。走时她告诉女儿，你和别人不一样，你要知道你是没有爸爸的姑娘，所以必须加倍努力，要变得比别人都优秀。程蝶很激动地问欧阳婷为什么要说她没有爸爸。欧阳婷看了女儿良久，眼神慢慢灰暗下来。

"你就当他死了吧。"

"可他又不是真的死了。"

后来一想起这次谈话，程蝶只能追问自己：为什么我没有爸爸？他会出现呀，他过年前后还是会打电话的。她终于碰到了一道无解的题。

夜晚扫街的程蝶如鱼回大海般敏锐。只要看见谁不像好人，她就走过去叫声兄弟，问人家宋平江。路边有辆蓝色力帆车，露出一条文有蓝莲花的胳膊，一只脚搭在反光镜上，她也要凑过去问你认识宋平江吗？好一会儿，车里探出一张瘪脸，眯缝起眼问，你找他干吗？程蝶笑着递了支烟，对方收回脚，笑呵呵地打量她。小姑娘，你一个人大半夜的到处瞎转什么？司机用极轻甚至带有要挟意味的语气说，先上车呀，进车里来我再告诉你。程蝶转头四望，望向空洞闷热的夜幕，好像要得到某人应允。然后她压着步子绕过车尾，拽开车门和司机并排坐下。哎哟小姑娘，你不怕吗？瘪脸兴奋地挂挡给油，随着力帆车一直倒一直倒，程蝶掏出打火机为自己点烟。烟点着了，打火机火苗却还在车里燃烧。司机猛打方向盘，她就那么举在手里看着火，身体像把利剑一样硬挺挺插在座位上。

瘪脸找了个路边摊停下。他喝几杯酒，程蝶就跟着喝几杯，跟着他进入那个肝胆俱裂的酷热夏天。那天晚上他们和当地人抢砂场。他们穿着塑料雨衣、骑自行车、手挽手连成排，看着对方站在挖掘机的铲斗里撞过来。中午还一起喝酒的兄弟，为了抵挡冒着白烟的水泥车，冲了上去，于是血腥、暴力、屠杀，接踵而来。

程蝶面带微笑，全身僵直地握着杯子，有几次她马上就要呕吐。

"我们那时还是学生呢。"瘪脸咽下一口酒，双眼覆满液体，"这里的人平常各忙各的，其实他们全是从那个时间里走过来的，还有人永远停留在那一刻，来不及和家人打一声招呼。我上次去买家具，看老板和我差不多岁数，直接问他那晚在干什么，就和你刚才问我一样。他看着我愣住了，然后说自己是沿哪条巷子翻墙跑掉的，他回忆时还是惊魂未定的。"

瘪脸语气轻柔且平缓，像是怕程蝶听不懂一样。

"我们和姓宋的是两拨人，那家伙放高利贷搞得整条街乌烟瘴气。"他不等她喝，又灌起自己，酒从嘴里溢出来，但始终面带笑意，"以前我卖砂石料很赚钱的，谁想到后来欠下三百万债，姓宋的有很多手段，我干脆把厂子抵给他，不然怎么会混到开黑车。"

"你是从死人堆里走出来的，你和同学们手挽着手，相信自

己做的一切。"程蝶放下酒杯，头伸过来，望着那张瘪脸，"如今那片砂场依然存在，你也比任何时候都需要它，我知道它的位置，为什么你连路过那儿都不敢了？"

"我把自己看成一个幸存者。你知道那是什么？就是你本该死掉的，但你却活下来了。"他替她重新倒上酒，另一只手去掏手机，"只要成了幸存者，一切都不是问题了。"

"本该死掉的人却活下来，是会被当成幸存者的。他们要用一生的时间去学习，证明自己配得上这个身份。"程蝶叼着烟，把那个打火机拿在手里摇了摇，打火机已经没气儿了，她起身和瘪脸对火点烟，"今天和老哥同为天涯沦落人，我们不醉不归。"

"我有个哥哥帮宋平江做过生意，我把他给你喊来，他应该能回答你的问题。"

程蝶像是接收到了某种感应，体内的血一涌，立马拍起桌子，又加两瓶啤酒，还提出要包他的车。瘪脸颇为动情地拨着号码，然后大声说有个女记者正在我这儿喝酒。程蝶起酒瓶时，他很快又变回了轻声应话，坐姿也端正多了，她还感觉到对方的目光在她身上刮了几遍。

程蝶伸胳膊拿过来手机，说："这位大哥，我们在这里等你喝酒，他不太能喝。"

"我在家哄小孩子睡觉呢。"电话那头传来文质彬彬的低语，"大记者，你没有家人吗？"

程蝶僵住不动，任由对方慢慢把手机拿走。

瘪脸要送程蝶回去，可她不愿让中间人知道自己住处，加上对方又认识宋平江的人，她还不清楚他到底是哪一边的。如果是白天，她回去还能立刻换地方，可现在两人套话套到凌晨两点半了，她也不能说自己要换一辆车。

程蝶只好一点一点指路，像是不认得旅馆位置。她也问起了大哥的名字，以及在哪里发财。瘪脸却把车停住，指向路边，他问，你真的住在这里面？程蝶赶紧下车辨认一番，接着挥手转身。她慢慢走上台阶，却没听见力帆车开走，那一刻她后脖子又凉又麻，怕瘪脸还要跟着自己上电梯。她开始向后瞥，直至完全回过头，发现对方还在车里看她。她奶声奶气地道了声拜拜，一口气跑向电梯，猛按电钮。进房间后程蝶把灯全打开，快速翻了一遍衣柜和床底，检查有没有人藏在里面。

程蝶从没见过爸妈一起回家。她爸隔两年或者三年回来一趟，通常是在过年前。为了给她一个完整家庭的印象，他会在老丈人家里住上两天，和老人睡在同一张床上。

姥爷对程蝶说过，你爸在大城市很不容易，他是个很好的画家。可那次她等来的是个手缠纱布、牛仔裤挂着血、一条腿还有畸形的矮子，这个怪物一钻进门就瘫到沙发上，嘶吼着命令他们："快给我酒！"

她看到姥爷找出保存多年的酒，坐在男人身旁，怕打扰他似的慢慢拧开瓶盖，倒满一杯后看着他，男人对着酒杯垂下头。他掏出一支烟夹在指间，错开脸看向程蝶，用那只缠着纱布的手指向她说，你拿打火机给我点上。程蝶从没碰过什么打火机，她只用过火柴，在老人拜菩萨的时候她替他们点香，而且对于火本身，她有一点害怕。这样的命令让她感到羞耻，她立刻为自己辩解，没有人教过我。男人用那双坚硬又浑浊的眼睛盯着她，你连打火机都不会用，连烟都不会点，你会什么？她会什么啊？他来回瞧着祖孙两人。程蝶看到姥爷朝自己走来，把一个打火机塞进她手里，并且把她推向那个男人。

程蝶在男人跟前站定，像点炮仗一样把脸别过去，匆匆打出几下火星子。男人就这样失去了亲近女儿的机会。他也扭开脸，把烟从紧绷的嘴里拔出来，甩手让她离自己远点，说一看你就没有家教。男人把那杯酒一口喝掉，两只凸起的眼球就要爆裂，咧开的嘴终于也冒出了血。程蝶两手颤抖着，她把打火机摔到地上，跑回自己的房间，趴到铺满考卷的床上哭起来。

她把她的卷子一张张收回去，这时听到猎枪上膛的声音——男人正用拳头咣咣砸屋门玻璃。她绝望地看见镶在框格窗上的毛玻璃，蠕动着胶体般的人影，并随着颤响忽大忽小。男人让程蝶把门打开，说你不开门我就把手剁下来。这时她眼见有块玻璃就要碎了。可是她已不再恐惧，她感到的是愤怒和委屈。如果电话在自己身边就好了，为什么要往屋里跑呢？她应该跑出这个家的。外面一下变得安静，蠕动的胶体也不知去向，接着传来"咕咚"的闷响。男人又说只要开门让我看你一眼，我立即就走。程蝶没听到姥爷的动静，这回他没来劝她开门或者把她推出去，她担心起了老人。她不能让他真的把屋门砸碎。

程蝶把门打开，看到男人跪在自己面前，看到姥爷坐在沙发上，闭着眼抽起了烟。男人睁大那双浑浊的眼睛望着女儿，等着她对自己说些什么。程蝶什么也没有说，她看了一眼墙上的挂钟，快速走过他们中间，坐到那个每天陪伴和拯救她于绝望海底的电话前，郑重地拿起话筒。于是解题热线又接通了，那声音清澈天真且饱含笑意，像是有人在溪边弹奏木吉他。男人用胳膊抹掉滴在地上的血，一跛一跛地从她身后离开。姥爷掐灭烟，把年货和行李送到外面，关上了家门。这次男人没有和他们住在一起，他也没有再回来过。

后来程蝶再提起这事，程德理没有承认，好像喝醉的人是她，不清醒的人是她。如今程德理已经把画展开到美国纽约，整个人的修养早就上去了。他并不记得自己以前是个什么样的人，做过什么样的事，很多时候要听别人描述他才能知道一点。

程蝶一觉醒来后点开录音文件，却总也听不清昨晚讲过什么，那些话语像是被系统抹掉一样。池边又在催她过去，某报的首席转机经过这里，要来一起喝酒，他觉得她该听听前辈的理念，她回了句已约到人采访了就没再理他。然后她找出烟店老板给的手机号，拨通后听到是个中年女人的声音，有点重鼻音。她微笑着道明来意，却被女人直接挂断了。扫街得来的线索大多是这样混乱无效的。

赶稿时瘪脸司机发来定位，说大哥正在这儿谈事。程蝶跳到窗前，摘下没晒干的 T 恤、内衣和运动鞋，用吹风机加热。她被一对母女的对话吸引，争执不休的声音徘徊在巷子上空的屋顶，她一句也听不懂，却伴同着紧密交织的话语，凝望天光下的江面。玻璃都有了她的温度，手指还被吹风机烫出了泡，也没觉得疼。

程蝶重回街上，连日的风雨晦暝后，灼烈的阳光把她的皮肤晒出一段又一段红印，全身痒刺刺的。她赶到一中后门街对面的茶楼里，那是一座飞檐翘角的灰色砖木建筑，县城各路人马会集在此。

程蝶上去后，被请到十来个人中间坐下，瘪脸说他们都是开黑车的弟兄，都是一中毕业的，让程蝶尽管布置任务，他撺掇他们陪大记者说话。有人告诉她："你是我认识的第一个走进茶楼的外省人。""我们认识吗？"她睁大眼问。那人说："我盯你很多天了，你从不换衣服的吗？"程蝶露出一脸的惊讶，然后像是鼓励一个少年那样微笑着。接着她拿出便笺本，翻起上面记录的线索。她看到大伙都围了过来，于是像教幼儿学英语一样，告诉他们该如何开口发问。很多司机不敢开口，有的怕被翻后账，有的和保险公司签了保密协议，但是他们看着程蝶的脸，谁也没有办法对着那双眼睛摇头，编也得编点儿什么告诉她。只有坐在角落里的窄脸小胡子一言不发，这人面白如纸，穿米色夹克衫，戴一顶鸭舌帽。他并不动手喝茶，只是冷冷地看着她把司机调教成记者。

有人学会了发问，他问大记者："你见过我弟弟吗？"瘪脸对程蝶解释，这个司机是一个从犯的哥哥，从老家赶过来的，二十多年前案发时，他弟弟是给宋平江开车的。程蝶说："我没见过你弟弟。你能带我见他一面吗？我想问问他：你亲手埋人了吗？你能杀人吗？"程蝶看着那人亮棕色的皮肤，还有他细脖子上像勒痕一样深的皱纹，不知该说什么，刚才还学习发问的司机们也全低头抽起烟。"对不起，我没法让你见到弟弟，他们还到处抓我呢。"那人听了用手捂住上半张脸，泪水顺着手掌滑落，哭声令整座茶楼都静下来。

鸭舌帽起身离开，程蝶发现他的右臂衣袖是空的。瘪脸送他出去后，返回来把她拉到一边，告诉她那人就是跟宋平江合作的大哥，他同意把电话给你了。程蝶把号码记下后，特意指着便笺本又核对一遍，如同在验假钞。

回去后程蝶想起监视她的家伙，想起"没人能走进来"这句话，以及那些开口发问的司机和戴鸭舌帽的独臂男，她感到深夜中电话线另一端的缄默终于有了回应。在沉寂无声的大海深处，为她传来了超低频信号，或者说她又成功寻找到能证实她存在的人。她得救了。程蝶跑进洗浴间，拿着手机又对了一遍刚记的号码，然后反复开合颌骨，让正在抽缩的面部神经恢复微笑功能。

和早晨一样，她又听到自己被回绝了。她对着镜子大口呼气，确认那张笑脸足够令人满意后，又拨给了瘪脸。她以特有的美好嗓音，以虔诚的抱歉姿态询问对方我到底哪里做错了。瘪脸不得不打断她说，大记者你不要这样，是我们该跟你道歉，我大哥还是不想接受采访，他说这么做会给我们惹事。

程蝶决定立刻换个新住处，她迅速捡起帽衫和 T 恤穿上，带着破包窜出了这家旅馆。她找到池边和大队人马驻扎的酒店，却扑了个空，前台说那伙人都去附近一间酒吧了。

程蝶还是头一次见到，有那么多前辈跟着舞曲扭动大脑袋或者以泪洗面。别说是她，连店家也看傻眼了，他们也从没招待过记者旅游团。池边拉她过来逐个引荐，天各一方的记者，把每次出差当成互帮互助的干预治疗，或者是久别重逢的派对，专等交完稿找个地方纵情玩上两天。

派对是按大学排名定的座次，中央全是各省文科状元，或者北大、人大新闻学院毕业的前辈。有人问程蝶在省里排第几，她没有回答，而是很自觉地坐到靠门的沙发边沿，不过没碰酒精。她的目光越过自己的运动鞋，木然地看向对面一双不断晃动的白色高跟鞋。那是个中年女记者，换上了超短裙和晃眼的珍珠项链。程蝶想不出那些玩意儿是怎么被她带过来的。

池边猜骰子输了，作为惩罚，他回忆起去过某市的招待所，有个女孩住在那里的时候被强奸了。记者全被所里的人拦在外面，情急之下他踹开招待所大门就往里闯，声称自己是女孩舅舅，是来讨说法的。见到那女孩时，她始终用僵冷的眼神盯着他看，令他完全无法抬起头直视。他说我只有在取景器里才敢看女孩的样子，拍到照片后我留给她点钱就走了。池边在程蝶身旁边说边捂脸哭，她却如同一尊木像般纹丝不动，或者是背后的发条转到头了，反正眼睛都不眨。他又说干了二十多年记者，攒的几万块全给采访对象了。在看到程蝶那副神情后，他终于把嘴闭上。

"给钱很正常呀，有老人跪在报社门口，我也会给的。"穿高跟鞋的女记者大声说，"这和成长环境有关，越是出身底层的人，就越对这片土地爱得深沉。"

　　她正看向程蝶这边，一双长菱形眼睛，眼线勾得令其更显锋利。

　　"但如果你受过优质教育，有着清白的家世，你对自己的智力是骄傲的，你就会秉持专业主义。很早以前倒是有过几个泥腿子很能写，他们总在阴谋论里找成就感。不过像这种大地的孩子，如今已经灭绝了。"

　　程蝶又听人聊起宋平江的案子，以及他们在找一个被泼了硫酸的女孩。有人说那不是宋平江干的，还有人说那也不是女孩。接着那女记者踩着高跟鞋，径直走向她："你为什么来这里？"程蝶不明白在问她什么，僵笑着说："我没有玩你们的游戏。"对方双眉紧皱，菱形长眼显出六个角，程蝶也木着脸，慢慢站起身。这时她听到手机铃声，看到是独臂男打来的，转身跑到酒吧外接电话。

　　他说："因为弟兄们一直在身边，我告诉他们不要见你，但实际是我要见你。晚上八点钟在一中门口见，现在我们互删对方的通话记录，你也不要再打给我了。"对于这样做的潜在危险，程蝶顾不了太多。她返回酒吧跟池边打个招呼就要走，却撞见前辈们正在合影。也许是池边的劝解，女前辈招手让程蝶站到自己身边："孩子，你跑调查赚不到钱还不玩个开心？别搞得自己苦大仇深的。"但是她知道她的热线被人叫醒了，她的任务是再迈一步证明海底存在着信号。刚才被逼问的时候，她没有说出来。

　　欧阳婷和程德理是在少年宫学画时的同学。后来她报考北京电影学院，文化课成绩全市第二，却没有人通知她去艺考。那年

　　夏天她也没问父母要钱，是逃火车票去的北京。她先去了一趟天安门，在那里，她感到自己的心要被震碎了。然后她找到了电影学院，在空旷的校园和排练场里走来走去，看到告示栏上有个老师的住址，她在电影院里看过对方拍的电影。她直接去了那人的家里。欧阳婷说我想考导演系，文化课已经通过了，但是恐怕没有下一步的机会了。老师看着她没有说什么。她就在对方面前讲起自己对电影的想法，以及中国导演有什么问题，讲到肚子也跟着叫唤起来。老师一直看着她，等到房间里终于安静下来，他才说，我马上要出国了，上海有个制片主任是我朋友，你去他的新剧组吧，现在就去。于是欧阳婷看着老师写了两页纸的推荐信，写到天都黑了。她拿着那封推荐信出来后当即就回老家了。

　　欧阳婷回到少年宫继续学画。她注意到了那个身患小儿麻痹症、用边角料学画的矮子。班里很多孩子愿意跟着他画，大家还会为他买画笔和颜料，欧阳婷也给他花过钱。她听说楼上有个省美协主席，出国给罗马教廷画过宗教画，当即从矮子的画里选了一幅卷成捆，拉着他在家属院里，逐门逐户地敲门，终于找到主席家里。主席见是这么两个孩子来胡闹，一边托词自己着急去开会，一边把他们往门外轰。欧阳婷说，我不是来求你什么的，你看一眼他的画我们就走。于是矮子拖着那条瘸腿，小心翼翼地把画往人家地板上铺开，主席弯下腰看过后，交给他一把钥匙说，以后我的画室你随便用。欧阳婷看到矮子接钥匙时站得端端正正，她看到一条神奇的伸缩自如的腿。

　　在程德理的死缠烂打下，他们走到了一起。但是欧阳婷的父母认为这个男人的画一文不值，腿还有先天残疾，于是就把女儿锁起来了。毕竟当时轰轰烈烈追求欧阳婷的男人，黑白两道能排满整条中央大街，他们是亲眼见到过的。但是欧阳婷还是在年三十的夜里和程德理私奔了。她父亲发疯一样去程德理老家找女儿，不过再见到自己孩子时，她已经成了人家的老婆。

领证之后，欧阳婷发现尽管程德理天赋异禀，但是如果两人都去画画，迟早要一起饿死。她只好在婚纱影楼里做模特，挣钱来支持程德理创作。他们还开了个美院培训班，尽管程德理没念过大学，但并不妨碍欧阳婷召集艺术家朋友和黑白两道的追求者，到这里报名交费。他们喜欢关照欧阳婷，喜欢为她画肖像，画她俊美分明且带有音乐性的五官轮廓，画她眼光中流露的笑意与怅惘。他们还喜欢听她念北影老师为她写的推荐信，然后大伙一起走入对未来泰然乐观的勇气里。当然更喜欢的还是听她批评程德理的画法，令自己可以少走很多弯路。

不过好朋友与追求者，终于也要离开这里。程德理眼看着他们相继去北京、上海任教，办展，自己的画在老家白送都没有人要。他把欧阳婷的工钱拿来酗酒，白天黑夜都处于酒精中毒的痴心妄想里，没一秒钟是清醒的。那令他忘记了自己会作画，忘记了小儿麻痹症，令他能把酒瓶摔碎后也捅到别人的腿上。反倒是欧阳婷待在画室的时间更多，她总在那里看朋友们寄来的杂志、邀请函，还有为她而作的画稿。她已无法忍受被封在玻璃橱窗里，无法忍受混杂着酒气和呕吐物的颜色，她向往着胶片里的世界，向往重回北京，向往进摄制组。好在他没有动手打过她，在她建议他该换种画法的那一刻，他守住了最后的理智。

欧阳婷有朋友在北京圆明园站住脚后，写信讲述他们每天在画家村都做了什么，信上还说这里都是货真价实的艺术家，北京是艺术家的天堂。程德理看到这封信立刻就清醒过来了，他说，你快给他们回信，说咱俩一起去北京找他们会合。这时他终于认识她了。欧阳婷说，上海也好，北京也好，我也很想去，但现在问题是我怀孕了，我们要有孩子了。

程德理想过他将来有奖有钱有地位，就是没想到自己还能有孩子。他提醒欧阳婷，你最不喜欢小孩，你也讨厌孩子的，刹那间他像是捡起了碎酒瓶子，像是攥住了救命稻草。再说我们是艺术家，艺术家怎么能生孩子呢？当然了肚子是你的，我也没办法强迫你。欧阳婷不再看程德理了，他说得对，自己讨厌小孩，可不知为何她忽然很想要这个孩子，似乎是肚子里传来的感应，令她觉得自己就能把他养大。两人僵持了很久，彼此都感觉自己像是个贼，他们是从哪里偷来的孩子，商量不出该怎么把他解决掉。

后来欧阳婷又把父母给她的钱拿了出来。她说，你先去北京，我留在这里生孩子，等我把孩子生下来就去北京找你。程德理接过了钱，却不愿接受这样的安排，因为他不善与人交际，独自到北京是打不开局面的。在两人共度的最后一个夜晚，欧阳婷忽然起身问他，你的小儿麻痹症遗传吗，咱孩子也得了这病可咋办？那就送儿童福利院去。程德理直挺挺躺在床上，坚硬的眼球不眨一下，他顿了好久又说，生的孩子是这个病，最好不要他。

蓝灰色夜幕下，程蝶赶到一中大门口，看到独臂男按照约定，正伫立在道旁的堡坎上。他空洞的衣袖随风拂动，像是被缠住线的风筝。他见她出现随即转身走开，她就跟在三十米外的沙石路上。他身形瘦长，一只脚交替另一只脚前行，步态像在走钢索，她还没见过哪个男人这样走路。很快她也走进冷暗的梦意里，只能凭乱响的沙石声辨认对方在哪儿。她不知哪一脚踩过去会坠落海底，不知自己何时会被人做掉。像往常那样，她把通信录某个号码提前调成一键拨通。很快她就感到淤积地下的孤魂，以及令血液倒流的战栗，那熟悉的老朋友又从心底袭来。

两人走到一座僻静的凉亭前，独臂男让程蝶坐进那排扇形的条凳，他守在出入口。偶有路人经过，他就急俯下身，像是某种无脊椎动物一样，吓得程蝶也跟着抽动小腿。起身时，他从夹克里取出小瓶装的水递给她。她接住水瓶后，见他用左手伸向右兜去掏另一瓶。她拧开瓶盖递回给他。他摇头笑笑，熟练地用槽牙咬掉瓶盖，仰头喝水。

程蝶闻了闻那瓶水，透过一片昏昏暗暗的灰沉，她听到身后窸窣声如有动者，她想都没想就按了一键拨号，然后闭眼咽下一口水。肩膀感到压力时，心里反倒豁然起来，总算是要这么死掉了。睁开眼睛时，看到亭子里的树影，她才想起一墙之隔的操场上，那些久久生长的香樟树和毛竹，以及被弃置在尸骨上的石块、积雨和挖掘机。

独臂男告诉她，那件案子发生在二十多年前，当时自己手里有三十来个弟兄，很多人还是转业老兵。宋平江从外面来做生意，本地没人搭理他的，他怕惹上是非，也就无所谓我少一条胳膊，很多事要请我出面，我把他当成亲弟弟对待。随后他又讲起怎么帮宋平江打通关系，怎么替他收账、经营 KTV，怎么铲平敌对帮派的人，包括搞定讨工程款的受害者。

"有一对老两口曾在店前卖咸菜，谁路过我们门口就停下来跟他们买咸菜。宋平江几次找到我，让我叫弟兄把摊子掀了，你说好笑不？混江湖是讲道义的，再说这商品品类也不形成竞争嘛，平常我也要买一点回去吃，那滋味现在还很馋嘴巴。"月光下，程蝶看他把空瘪的右袖放在怀里，像在安抚一只伤残的猫。"后来是宋平江自己把摊子给砸了。当时我和弟兄们都站在店里，隔着大玻璃看，看两个老人被他踹到地上。他让我觉得自己是个人渣。"

又有人路过时，独臂男不再伏下去了。轻风在亭内游弋，程蝶也不去管一键是否拨通。她闻到了可能是樟树、毛竹和野菊花的香气，晕染在空气中。

"我跟宋平江去外地招坐台小姐。他让我带人把那里扫掉，我就是那场仗进去的，谁能晓得对方也有后台。我让他找当地公安局一个领导解决这事，应该是有的谈，他却说我给你点钱吧。可想而知那几年我在里面遭了多少罪。"

"你一出来就离开宋平江，又要在方清做正行，一定很难熬吧。中间发生了什么，能让你为道义付出这么大代价？"

"那不是道义不道义的问题了，这家伙没人味的。"独臂男继续说，"我出来那天他领弟兄们给我接风，我们在餐馆喝了很多酒。他想让我知道，这些年没有人敢不听他的，我能看出他不再需要我了。我还听见他说'有个老师真他妈的烦人，我两个挖掘机就给他埋掉了'。当时我以为他在吹牛，也可能是想警告我吧，反正我认识的宋平江没胆量干这种事。后来我在电视上看到寻人启事，看到全县组织搜山，我都没往他身上想。"

他拿出手机，让程蝶在身边坐下，给她看家属展示死者生前批改的作业。

"我不认识这人，但我也是从一中毕业的，他也算是我的老师。你说说看，人怎么能杀老师呢！"

水瓶被他捏得嘎嘎作响，两人肩并肩沉默着，倒像是她陪着他坐在这里。

独臂男用左手把鸭舌帽正了正，站了起来。

"以前 KTV 有个姑娘也为他做事，我负责看场地，她管店里的生意。我好几回想提醒她离开的，可是没找到机会我就进去了。在里面听说她后来被人泼了硫酸，我知道这准是宋平江找人干的。"

"我能见到她吗？"程蝶猛然瞪大眼睛，令对方一怔。

"她叫赵清华，你去农业银行问问，我前女友在那儿做出纳员，她们是闺密。别的就不清楚了，因为等我出来她们早不在了。"独臂男看着她笑笑，半转过身，"大记者，再过两天我就去别的地方了，你采访要注意安全，有事情随时打给我。"

"咱以后也是有大哥罩的了。"程蝶跟了上去，"不是让我把你手机号删掉吗？"

"我要回去哄小孩睡觉，她晚上是我来哄的，今天为见你算是破例。"独臂男快步走了出去，袖子继续跟在身后，"我跟她说起你，她说这个姐姐很没有安全意识，她让我不要删你的手机号。"

程蝶独自站在凉亭里，没有跟出来。她打开手机，看到一键拨通的号码确实打了出去，但是并没有人接。

程蝶踉跄着往酒店跑。由于体内肾上腺素分泌过多，疼痛感正侵袭她的神经和膝关节。不过能为自己的特稿挖到这么核心的信息，她觉得就算是刀山剑树横在前面，爬也能爬过去的。

她边跑边联系编辑留好版面，跑到酒店大堂等电梯时，手机突然蹦出池边打来的电话，接通后却听不到他的声音。

"程蝶人在哪儿？你们《大观园》是不是还来了个叫程蝶的，她已经发了一篇六千多字的稿子，比你们之前写的都长！"

随着闷雷般的咆哮声响彻头顶，她没有进入电梯，而是听着手机移步到楼梯井，探身向上望，想知道自己名字从哪儿传过来的。

"报社上上下下好几层楼呢，那么多人我们认识得过来吗？反正我没听说过这个名字，欸，施越，你知道吗？"

"我只知道这次就来了我们几个，我们大家都站在这里了。"

程蝶从手机里听到池边和高跟鞋女记者在答话，她抱着包转身就往大门外跑。她知道视频组整天在前方跟他们混在一起，她知道前辈们为了保护稿子在给自己打掩护。

程蝶跑着跑着又停下了，她想起自己根本无处可去。他们只要查身份证号就能找到她住过哪儿，回旅馆等于自投罗网。她翻出教师女儿的电话，决定先把新证据告诉受害者家属，对方也同意她来家里当面说。一小时后程蝶找到了教师女儿的新家，可是没进院门就被对方堵住了，她说这里没你的事，以后别再来我家了，还一直把程蝶撵到巷子口。很快那些打过交道和答应见面的人，也都把她的电话拉黑了。晕头转向中，程蝶摸到了个墙角慢慢向下出溜，她两腿交叉着，像个野孩子那样坐到地上。她感到这里到处都在驱逐自己，而且所有人变得太快了。

她又打给独臂男，告诉对方麻烦来了，可我不会交出任何东西。她发了那么长的稿子！她噘起嘴，学老头的语气。我还有篇八千字的没发呢，吓唬谁啊？独臂男说：在我们见面前，有人问我程蝶电话是多少，我说我早把这人删掉了，他们让我小心点。我没想到他们会抓你，我原本以为你们是一条道上的。程蝶捂住了自己的嘴，好一阵后，才道出一声对不住。他说，大记者我懂的，你是在帮我们，你都不怕我怕什么？凌晨三点钟，瘪脸开着那辆力帆车，找到还坐在地上的程蝶，将她转移到城边村的一户人家里落脚。

自从程蝶在毛玻璃上见到程德理变成胶体，之后很多年里她都怕这样被人跟踪。尤其在夜晚或者是独自回家的时候，她不受控制地去想有人要破门而入，接着会回想家里的刀放在哪儿。那种恐惧感一直隐藏在她心底，从没告诉给任何人。特别是每次下补习课走夜路，她总要不停地回头，即便到了家楼下也不敢上去，老人必须在阳台或者楼道喊她的名字。如果他们把这件事忘了，她就连滚带爬地跑上去，然后又气又怕地问："为什么没人叫我名字？"她需要有人在黑暗中回应自己。

初中时程蝶有了手机，这样每次回家，她可以提前打开通信录，按到一键拨号的位置，深吸一口气就往家跑。她学会了瞬间开锁，关上家门后把灯全都按亮，她要翻遍衣橱和床底，确认没人藏在屋里，才筋疲力尽地又把灯一个一个闭掉，蹲在床角不再出去。直到念大学她都是这个样子。程蝶曾在电话里把这个秘密告诉妈妈，欧阳婷听到后问她，那以后你怎么办呢？

后来她就有了一份几乎每天都要出差的工作，有时一周要出差好几次。她穿上那件黑色帽衫，在乡间或者湖边低头赶路，要么就死死抱着书包窝在跨省大巴里。大概一年之后，她把出差当成是回家，也学会了如何在危险处境和脆弱的信任关系中获取安全感，这反倒帮她克服掉了对于过去的恐惧。

那时她也会跑一些商务选题，早晨飞到上海采访，半夜再落地回北京的住处，两地间往返如地铁通勤般频繁。但人在上海时的感觉很特殊，可能是因为和妈妈同处于一座城市。回北京后的落空感尤为强烈，哪怕只有两三天，也让她突然间不知该怎么生活。她租的公寓被几条胡同围着，晚上也要穿过一条幽闭的巷子。那时她已无惧黑暗或者什么胶体人，但还是习惯从手机里调出一键通话。程蝶没有一个能随时打电话的朋友，所以依然是把妈妈的名字攥在手里。直到有一天，她怔怔地看着通信录上"欧阳婷"三个字，终于相信就算自己真的出事，妈妈也无法赶过来。

程蝶搭了辆黑大巴，连夜去采无人再跟的被泼硫酸的女子。她又像只猴子那样屈膝而坐，身边挤满了沉睡的打工者和蛇皮袋子塑料桶。她用衣服的连帽遮住脸，低头瞄着反光镜里的售票员，一分钟也不敢睡着。凌晨三点池边发来消息："哥儿几个先撤了，我替大伙传个话，后面的稿子全靠你了。"

一到那座小城，她就给每家银行打电话，终于从一家分行职员那里问到了独臂男前女友的手机号，当时对方正在度蜜月。这位沉浸在幸福里的新娘子，并不同意让闺密接受采访，可是当程蝶说起独臂男，当她说到一半时新娘子叫她停下来。她说自己可以帮这个忙，希望她能彻底了结。

不过当地政府也找到了这名女子，还安排了知名媒体的专访，采访地定在她开的茶舍。摄制组允许程蝶先采，她们就趁着工作人员布线、摆机位时，匆匆交谈。

程蝶在方清每天见很多人，但这个女子始终留存在她脑子里，就像是两人一起走下来的。她本以为对方不会出现，或者说并不真实存在，所以当她见到这个几乎为特稿从天而降的受害人，问什么似乎不重要了。自己仿佛是赶过来陪她，听隔壁不断有工作人员走动，陪她静候枯燥又残酷的电视采访。

她们待在强制冷的包间里。当铅白色阳光从天空直射下来，女人立即挪动藤椅，她脸上被硫酸腐蚀的地方长出了红色增生，那是从肚皮切下一块缝到头部的，所以对温度极为敏感，一出汗就刺痒难当。程蝶一直在吸溜鼻子，那件又馊又潮的帽衫快结冰了。她提到她们通过电话，但是被对方拒绝了。女人说我不太记得，我有正常的生活。她说，网上总有人说我是宋平江的妈咪，是埋尸案的帮凶，那些天要不是闺密看着我，我可能早自杀了。她还告诉程蝶，因为你找到我闺密，所以我才来见你。

"你这回需要很大勇气。"程蝶指指隔壁，"看到的人可不只是网民。"

"那家伙肯定要判死刑的，他是唯一能伤害我的人。"女人的嗓音粗哑有力，乌亮的双眸透出赴死般的决心。

"你对自己要求很高吧，我去夜郎自大看过，那里散落着和这儿墙上一样的员工守则。"

"我外公是来到这里支援建设的教师，60 年代那里被划为西南大三线，家里本来希望我考到北京念大学的。赵清华嘛。"

"你是教师家庭长大的？"

赵清华面无表情地点头。

"给他们丢脸了是吧？"

"你是有家教的孩子……我们组倒有几个名牌大学的记者，不过只有我能找到你。"

赵清华快速看向门口。有店员站在那儿说外面又来了记者，请示她该怎么办时，她紧盯着店员的脸。程蝶知道她一直在崩溃边缘控制着自己。

"有个报刊社的来找我，我没接受，后面再来多少记者我也不管。你是为了写深度访谈才找到我，既然答应你，今天我就给你一个独家。"

赵清华一边泡茶一边告诉程蝶，自己是高考失败后去的夜郎

自大，在那里她总能把客户维护好，宋平江给她的工钱也比别人多，还答应她随时可以离职复读。她说她确实想象过，把她们的店做出西餐厅那种调调。他也会因为她一句话，亲自把门口卖咸菜的赶走。

程蝶一动不动地注视着对方，这令赵清华随之加快了语速。

"后来宋平江拿出一半股权，找有背景的人合伙。店里也添了客房、桑拿和游戏机房，棋牌室里还有轮盘赌，耍两把几万块就扔进去了。那时店里保安队都是全套装备，很多来耍的也是有头有脸的人。表面上我负责歌厅，客房部不用我管，可他们都知道找我签单，从不给钱。"

她歪着头看了看程蝶，脸上恢复几分往日做大姐大的信心。程蝶眨眨眼睛，朝她轻轻点头作为回应。

"那伙人到处去抢生意，客房一晚的翻台能冲到五。我记得有个 VIP 客户，他非要我们小姑娘用身体开啤酒瓶。"赵清华垂下眼皮，话越讲越轻，沙哑含混的嗓音听上去像是重感冒。"那女孩不敢抬脸看我，她为自己感到羞愧。我当时想跟他们拼了，但我只能说'大哥你看她是真不行了，你饶了她吧，让我送她去医院吧。'那人说'我在你店里消费，想把她关起来也可以，用链子拴起来也可以。'"

程蝶张圆嘴巴，说了句脏话。

"我站到那女孩身边没动，看着一队弟兄冲了进来。后来才知道那人的肾被打坏了，连摘除手术加找肾源我记得用了三十万，宋平江赔了对方五十多万。那天后我总想找个机会辞职，或者和他好好谈一谈，不过那时我已经很难见他一面了，店里也越来越不对劲。歌厅一晚上的流水少说要十几万，可是一到账上就变成六七万，我看来要的人也不少，就找到财务室去问，会计不说话，我就明白了。接着我听说长包房的地上还找到了注射针头，我就知道这里待不下去了。"

接着赵清华讲起了宋平江的眼光。她写了很长一封辞职信交到他手里，KTV 的事情都写进了信里。他张大嘴笑着问寒问暖，那双凸眼珠像轮盘赌的钢珠一样乱转。他把酒杯举到两人中间说，以后你遇到任何问题都可以告诉我。为这句话，她跟他喝了一杯。养伤期间我一再反思，自己在他眼里到底是什么，还是他忘了对我讲过的话？偏偏轮到我的脸被泼硫酸。赵清华摇摇头，两眼发直地看着程蝶。你说他是怎么想的？程蝶错开目光，没有回答她。后来我明白了，他也是没有办法，我的离开让他无人可用。我不等伤口愈合，离开方清跑到这儿创业，就为证明在信里的话，我能开一家比他更好的店。直到有一天，我在灯具城取样品，忽然有人从背后伸过来一只手帮我抬。我回过头，又看到那双凸眼珠对着我的脸乱转。他咧着大嘴说，你还和从前一样，喜欢亲力亲为。我居然不好意思地也跟着笑了。

工作人员推门进来，对两人比画手势示意还有五分钟。程蝶看到赵清华又低下头整理头发，直到确认遮住了脸颊和脖子才松口气。程蝶告诉她，我觉得你很美，对于美我可是相当于质量鉴定的。赵清华把椅子掉转，背对程蝶。她一手按下衣领，一手撩起厚重长发，露出自己的后脑。程蝶星眼圆睁，看到那里面连成片的焦痂像沥青似的一路下灌。她随即扭开脸，手捂住嘴，喉咙里一股一股地往上顶。

"你别吐我身上，很贵的衣服。"她重新整理自己，"我不需要你来理解我，我只想互相帮个忙，也好证明我的清白。"

接着她又为程蝶泡起了茶，如同完成最后的仪式。程蝶注意到窗外恣意且深沉的银紫薇花，像是点燃的白色火焰，紧紧顶在玻璃窗上。赵清华还在固执地洗茶滤茶，直到有人推门说，你快点，后面还有别的媒体要采，她才把沏好的茶端到程蝶面前，请她品尝。

"你想过去拍影集吗？"程蝶问。

"什么影集？"赵清华喝下一杯茶后，慢慢看向程蝶，"宣传片吗？宋平江以前也把明星在店里的合影挂出来……"

"我是说为你自己拍的影集。"

赵清华攥着杯子不放，显然还是没懂。

"我可以介绍一位摄影师给你，我想她能拍出你最美的一面。"

"摄影师，你是指隔壁那些人吗？可是喝完茶，我就要站在摄像机的镜头前了。"

"你是想打马赛克、做变声特效，躲在屏风里对这个世界自我辩白，然后指望有谁来理解你是怎么回事吗？"程蝶把茶杯"吧嗒"撂在桌上，撸起双袖，脸上显出严厉和不解，"你好不容易走出来，就该继续走到一切理解之外，不指望任何人承认，否则这些疤不是白长了吗？"

"那你又知道哪个摄影师能拍好我？你了解人家多少呀，有没有在他那边拍的样子，拿出来看看？"

"我们是不能拍照留影的，万一被坏人认出来怎么办！"

"你是说，你在人家那里一次影集也没拍过，但是你想让我过去拍？"

"不好意思，她确实没给我拍过，我们之间也从没提到过拍照的事。我只是觉得你这么美，值得她来为你拍一套影集。"

赵清华看着程蝶，随后站起来，直到程蝶也跟着起身，她还在久久地注视她。

"你看，等你离开，我还是要独自面对他们的。出了这个门，一样也有很多现实的问题等着你回去弄清楚，你最好再跟那个摄影师谈一谈。"

见程蝶两眼发直，不应声，赵清华握了一下她冰冷的手，先一步朝门口走去。

"我讲的是给我拍影集的事，我等你回音。"

回去的路上，程蝶一直在想该怎么和欧阳婷说，她已经一个月没有和她联系了。她不知道就这样把人介绍过去，会不会显得太刻意，会不会又令妈妈感觉不自在。她去过天南海北很多叫不上名的村镇，只有妈妈发出邀请时，才会去上海找她，否则即便接到商务选题，也要避免见面，不好影响妈妈的生活。但不管怎样，哪怕终日像环绕信号塔一样经过妈妈的城市，采访时也会踏实很多，仿佛她们真能感应到彼此的位置。

这次她犹豫起是否可以借道停在上海，可惜没人教她该怎做。还是编辑告诉她你别去方清，直接回北京吧。她问对方是不是哪里又有新选题需要我了。编辑说没有地方需要你，是当地和北京联系，说你们有记者还在我们地界上，她又回来了。她说没有关系，那样我也多采了个人，然后像是推延刑期一样，请求对方不改道行不行，她想按原路线回去。编辑提醒她，你最好能自己改道，你不改道，会让双方都很难看的。程蝶知道她的流程终于走完了，只能继续身为记者的路途。她说我明白了，随即放下手机。眼看客运车就要开过省界，司机却急停到了路边。几名便衣走上车，叫出程蝶的名字，接着他们把她请了下去，一路领着她进了高铁车厢。被带上车时，程蝶注意到那是辆墨绿色的日产 SUV，她坐过那辆车，但是车牌变了。程蝶的报道发表后没过多久，那件案子也终于完成了终审，所有案犯都得到了应有的惩治。

程德理到北京发展半年后，画还是没卖出去，但他认识了个985 大学物理系的女学生。女孩遇见他就彻底迷恋上了艺术，研究方向也从物理系转到了西洋美术鉴赏。她长得细眉细眼，优雅逼人，戴着金边眼镜，终日和他在圆明园村的一排排平房、鱼塘和小树林里搞学术交流。程德理的朋友和欧阳婷关系更近，他们认为自己有义务把看到的都告诉她。

当时的欧阳婷每天是数着日子过的，眼瞅就要熬到预产期，可以和程德理在北京团聚，却得到他早与别人同居的消息。她没有去联系他，而是亲手起草了一份离婚起诉书，然后挺着大肚子，走上初冬的哈尔滨大街，赶在法院下班前递交了起诉书。回家路上，欧阳婷没有了力气，忽然一阵心慌后，打起冷战来。她知道自己孕期低血糖又犯了，伸手去解口袋上的扣子，却没能把糖拿出。她靠住身后的一棵树，随着巨大的肚皮不断往下坠，人也跟着两眼黑蒙，上嘴唇发麻。她觉得自己就要死了，想干脆躺倒在地上，但为了护住肚里的孩子，她背靠着树慢慢地往下出溜，让自己的身体能歪下去。不知过去多久，欧阳婷抬起了眼皮，满面流淌着汗水，看到矗立在对面的新开业的婚纱影楼分店。银白色阳光下，一张色彩明亮的舞蹈中的模特像浮现在眼前。冷风中，她对着熟悉的玻璃橱窗里模糊的影子，笑着将水果糖放进嘴里。程德理在北京收到传票后，也写了六七封长信，他拿着这沓信在朋友们或者是法官面前朗诵并忏悔，他不想和女学生在一起，他想回到欧阳婷身边。

关于程蝶是如何来到这世上，两边各有不同的版本。欧阳婷说在她出生几天后（三五天或者一星期），程德理才知道她们母女俩在哪儿。欧阳婷盼来的重逢，是一个烂醉如泥的人，被几个朋友架进病房，晃晃悠悠飘到她的面前。他完全失去了和她交流感情、道明原委的能力，她也看明白了他的意思。程德理的版本则是强调他在程蝶出生前及时赶到，既然是欧阳婷选择生下女儿，他求她就看在女儿的分儿上让他留在这里继续照看，然而欧阳婷不肯给孩子一个完整的家。自己到底是以怎样的方式来到世上？程蝶想不通为什么连她的出生时间，都有全然相反的逻辑冲突。他们的回答远比深夜中无声的电话更难辨认，就像两人共建了一条螺旋状隧道，任她终生追询不休。

但是作为孩子，程蝶从懂事起就对妈妈怀有某种愧疚。她从小就知道要不是因为自己的存在，妈妈当初本可以一起到北京，不会离婚，不会放弃画画。她不明白为什么会有这种想法，更无从求证。直到念中学时，程蝶在欧阳婷的 QQ 空间里看到一篇她写的博客。她最喜欢看妈妈形容风景的句子，可那次她看到妈妈是在描述一段感情。妈妈并没有指出这个人是谁，但那篇文字堆叠着祷告式的发自心灵深处的执念，也刻写着遗憾与深情的真实状态。很快欧阳婷就发现程蝶进入了自己的空间，于是把她给屏蔽了。

后来程蝶去上海见欧阳婷。在一间摄影棚里，她很想站到妈妈的镜头前当一次模特，或者是她们拍一张合影，为了这次会面，她费力把自己装扮体面。不过欧阳婷却和男朋友提议，带她去东方明珠塔吃晚餐。妈妈的男友是个高大俊朗的阳光男孩，他和程蝶聊得很投入，用餐时很照顾她，他们对待她也很友好。欧阳婷每次换新男友，都要把程蝶叫到上海，她要用女儿试验对方的心意。也只有在这样一种作用下，程蝶才可以和妈妈开心地吃上一顿饭。她极力表现出自己对她男朋友很满意，不要破坏她的感情，好像自己的意见至关重要。那次在旋转餐厅，男孩去为她们取餐，程蝶眺望着黄浦江的烂漫夜景，她感觉到欧阳婷在久久地注视自己。她抬起头，和妈妈的目光相接时，触碰到她游离的目光背后，所有的沉重与幽暗。

池边跳到智库后，专接各部门的单子，战友们也都是大媒体做传播出身，或是在大报的海外站干了十几年的站长。程蝶入职时他带她参观钉在墙上的感谢信。那些前辈在二楼的平台上盯着程蝶，看到那张木然的脸始终没有出现变化。

智库的年轻人同样对她充满好奇。在日料店用餐时，总有人说看过她写的报道，不过作为同龄人，他们理解的调查记者，写的全是20世纪遗留下的各种烂事。程蝶看他们问来问去，也无非是"很危险吧""哎呀这个事我可做不了"或者"那地方还蛮有意思的"，很快她就为自己点上烟，连抽个好几口。有个女孩兴奋地说，我老家的实习单位，局长拿你的稿子训底下人，当地系统里所有部门都在谈你那篇稿子。她点开收藏夹刚要展示，却发现文章已被智库锁死。随后众人闷头吃起了饭。有个组长终于还是没忍住，问她，你为什么要转到我们这儿？程蝶把烟蒂使劲捻灭在碟子里，"我姥爷以前常说，钱难挣屎难吃，王八好当气难生。我想知道这个屎到底有多难吃"。

智库要推广"飞上星球"项目，对外宣传的全是智慧学校教育场景，畅想到千年以后了，可是每次领导开会，不仅半个产品转化不出来，连上星球去干啥都讲不圆。于是他们指定程蝶根据这个畅想编故事，她知道自己有编造事实的能力，但要她去写一个根本不存在的东西，着实要消耗些精力。那几个月，她每天的加班单都填到夜里十二点，而且整个过程异常煎熬。

好在每天有两个小时的午休，一到时间程蝶就溜到办公楼背面的树林里，找个长椅坐满这两小时。那季节树林里已是落叶尽散，同事们能看见她独自待在裸露且幽深的树丛中，有时候撒开两腿抽着烟，有时候吃上两口三明治。她试图想明白，自己这个不再执着于独家调查的"稿王"，是否还有活下去的价值。

她又做梦了，梦到和同事登上一座脱离大陆架的孤岛，海水是红色的。夜晚大家坐院子里吃饭，商量玩一场死亡游戏。组长讲解规则时，那双戴眼镜的大眼珠死死盯着她看，仿佛随时要把她推进海里。她将桌边的叉子藏到身上，选择与一个身形瘦小但很灵活的女生搭档。在只剩三个人的时候，他们相互干掉了对方。后来她惊讶于梦中自己会如此清醒，且毫不愧疚，她甚至能真切感觉到。程蝶不知道她怎么又像幽灵一样，感觉不到自己是个真实存在的人。思来想去她只能得出一个理由，她做得还是不够好。

元旦三天假期她都没出智库大门。其实她也不是无处可去，欧阳婷和新交往的马来小男友正在上海跨年，她可以面带微笑地加入他们的二人世界，和扫街一样，没人能拒绝微笑的程蝶。程德理本就在北京，他们相距不过两个城区的距离，她也可以去拜访他和那个女人，况且他们邀请过她几次了。但是程蝶谁那里也没有去，过去二十三个新年没有，这一次也不会有。姥姥姥爷去世后，她也不想背叛从前过年的习惯。

她记起深度部有真实的案例，于是打给了主编施越。自从她来智库做这种事，还没跟报社的人联系过。电话接通，起初她还能笑着介绍在智库报过的调研课题，可是对方并不吭声，她几乎能看见她那双菱形眼睑。这时窗外腾起壮丽烟火，组合成若干文字，在夜空中瞬间绽放。她继续提这个案子，说以媒体视角看确实无法成立，但如果用商业逻辑去包装，想请您把握一下有没有可操作空间。然而那边依旧没有响动，程蝶以为是手机没电了，还把音量不断按大，如同身体机能退化，她已无法听出电话里无声的响动。

忽然跨年烟火重新燃起，反衬得写字间里幽晦如海。

"你是跟我来真的吗，程蝶？还是故意玩儿我呢。"施越终于发出声音，比礼花炸裂还来得刺耳，"你可是我最好的记者，你到底在做什么？"

她闭上眼，感觉一道天雷从头顶劈下来。

"程蝶，"施越继续叫她，如同昨日有选题要派给她，"你判断可以就是可以，如果你觉得不好，就是哪里出了问题。"

"我知道这个案例是不及格的，"她对她唠叨着，"一定是我哪里出了问题。"

施越开始不断地给程蝶打视频通话，像是要把她从深海里拉回来。

"程蝶！你还好吗？"接通后她终于看见她的脸，反而压低声音，低得像在哄小孩子入睡，"如果你愿意，可以来我这里。我说的是来我家。"

她正对着手机屏幕，脸上的微笑已经复旧如初。

"新年快乐。"程蝶说。

"新年快乐。"施越说。

"稿王"这称呼是施越叫起来的，或者说程蝶是在她手下成为"稿王"的。《大观园》这种日报，深度部的稿子是时出时发，所以既要抢突发还要保深度。凡在这儿跑新闻的都叫调查记者，但是整个部门二十来人，算上人物组和核心组，那十年里面除了程蝶，已经没有人做真正意义上的调查了。往往她一人的发稿量能顶上全部门，而且每一篇都是独家，每一篇都能在快讯上抢先发稿。

程蝶对尺度没有概念，她相信事在人为。某地一个杀人案子，漫天雨雪中，她穿着冲锋衣爬过悬崖和深山，一户户拜访，看到了放着的遗体。女主人住堂屋，让客人晚上住东屋。村里的习俗要把死者衣服扣子都剪掉，女人在堂屋里边哭边剪扣子，程蝶夜里能听见细细的呜咽和扣子滴答滴答掉落地上的声音，感觉到一个人灵魂消亡的时候，这些声音陪着他走向遥远。她还采过一位卖波罗蜜的老人，他儿子在县城教书，刚犯了事。她看着老人在路灯下把所有波罗蜜剥开，看着那些还是青色的波罗蜜。她也曾徒手开荆棘，直入一片无人森林，那里有座狼狗把守的木屋。煤矿坍塌后，女人利用死去的男人和媒体做筹码，跟煤老板要价。男人妈妈却求媳妇快点安葬，炎炎烈日下，她儿子的遗体正在迅速腐烂。

那时程蝶格外关注各地警方通报，每天刷各级法院和省公安厅的官网，她听到恶性事件就冲动，这种冲动会唤起她很多想法。有前辈一起抽烟时问她，群里一来选题，我资料都没查完，你已经把选题接了，你怎么觉得自己能做出来？她说我没觉得能做出来，我就是想去。即使编辑不让去，发不出稿子的选题，她也要去现场看一看。她倒觉得他们有种胆怯，但不知道他们怕的是什么。也正是在这种亢奋和好奇心的驱动下工作，她获取到活着的真实感。

后来前辈们见她又在发稿，说外面看咱公众号，以为深度部就你一个记者呢。不过程蝶和中间人迅速建立的信任关系，确实让他们震惊，她天然有种让人开口讲话的能力。所以即便是多人联手卧底，独家也总在她这边突破。很快大家知道，程蝶采过的人就不用再跟了，那就成了她的独家。

尤其在施越空降过来后，深度部一直靠程蝶竞争总编奖。每次总编室来人问，施越就让她挑一篇自己的稿子递上去，她几乎每个月都获奖。那时就算别人闲着，施越也要指名把选题交给她做。有次她到机场过安检了，编辑却叫她回去——有前辈卧底一无所获。编辑把施越的聊天记录转给她：叫程蝶回来，把你们所有中间人电话都给她，她的选题以后再做。

程蝶觉察到发稿滞后，是在改版后每一次接突发。她只能和别人一样等上半个多月，或者又有新改版，借此去跟编辑扯皮。没人保证再改版，旧稿就翻篇了，大家只想蹭着发一篇。有时程蝶甚至觉得，这些稿子哪怕晚上一年发出来也可以，至少到了那天她会好受些。可她没想到前辈们还习惯了这种节奏，年三十夜里，她问编辑有人去现场吗。得到的答复是人都过年去了。在她看来，他们宁可在家耗上七天，所有人都等着在群里和朋友圈奔走相告：又改版了！

那时有件案子的发稿还没听到动静，程蝶人在外地，采访对象瞒着自己的律师打电话给她。他说他们不让我把真相告诉记者，说我们利益诉求不一样，但是我就想告诉你。程蝶只能反复给施越打电话，她近乎哀求自己的主编："蓝星急着发稿，我当事人按住没说就是为了等咱们，已经做到这份儿上了，你给我句话再开会行不行？"施越始终默不作声，程蝶太明白这代表什么了，她从手机里听到前辈们在会上报新选题。她只好让对方把消息给蓝星，趁那边还没改版。

为了交差，前辈们还能写点法律类的解释报道，他们的"稿王"反而到了发不出稿子的地步，甚至越是她的选题越容易被砍。然而总编奖程蝶还要照领不误，一想到那些中间人和采访对象，想到他们为了什么来见自己，她感觉到羞耻。

后来施越组织部门聚餐，在公园湖心岛的一家餐厅，她看到程蝶又半闭着眼，像尊木观音似的坐定。她刚在广东茂名一个村子被困了半个月，在无任何线索的情况下，采齐各方当事人，也写出了独家报道，但还是被施越把稿子砍了。

她过去拍拍她的肩，两人走到湖边，先后抽起了烟。

"你终于不用出差了，每个月花那么多钱，我要找社长才能报销。"施越说，"我们快养活不起你了。"

"我能养活自己，我这就走人。"程蝶说。

施越没有回应什么，只是对着绿沉沉的湖面，狠吐了口烟。程蝶也叼着烟在她身后，湖中她们的倒影重叠成一种微妙的平衡。

前辈们在餐位上一起望向两人，程蝶发现站在这半弧形的岛边，往哪儿去都走不远，她背过身，只留施越笑着朝他们摆摆手指。

"这样也好。"施越说,"你想去哪个媒体?"

"我不打算做这行了。"程蝶说。

施越扭过头,皱起那双菱形眼睑,盯着程蝶的脸看,然后重新转向对岸。

"还以为我们要多个竞争对手了。你有没有朋友,推荐给我。"

"我没朋友。因为所有人都会是竞争对手,他们随时能把线索从我这儿抢走。"

施越长吁一口气,并拢踩着高跟鞋的脚蹭下去。

"我倒很想给我们的蝶蝶做个采访,你从不问问自己需要什么样的生活吗?你可以去买东西,去吃点好的,或者交个男朋友,别再想什么独家了。"

"我也不知为什么,总感觉自己已经完了。从早晨起这一天就无比漫长又艰难,有时明明天气很好,我却看什么都是黑的。我从不去想什么生活,也没有想要的东西,因为有人见过我一面后,就会哭着讲起这世上没有第二个人知情的秘密,有些还是很私密的事,我也并不需要写。但我知道那是只会交给我的信任。"

施越别过头去。她也想站起来,像程蝶那样随意走动,但她的屁股已经坐到高跟鞋上,脚也麻了。她只能去看程蝶的鞋,那双在方清就见过的脏球鞋,同时任由她把烟灰吹到自己脸上。

"就像上次那案子本来需要我们推进,能做的我都做了,如果稿子那时能发出来,法院根本不敢判那么草率。"

"我就知道，说来说去你还是在这儿等着呢。"施越掏出一个证件夹，举起胳膊递给程蝶。她看了看接到手里，那是张骨岩岩的黑脸，和姓名一起被塑封在黑色皮套里，只是肖像照上的封膜破裂，才让锋锐的双眼更显清楚。"你认得杨帆吧，我在《名报》的搭档，两年前自杀了，他的工号永远地停留在了那一年。"

程蝶捧着员工证，盘起腿坐到施越身边。

施越双臂环抱住膝盖，故作轻松地看向湖水。

"我那时喜欢按自己的想象介入事件，问不出来的话就找个办法替代，快速成稿，所以我整体绩效是最高的。杨帆感情投入太多，采访周期也远比别人要长，很多时候人还会迷失在里面。"她示意程蝶帮忙扶自己起来。程蝶把烟叼在嘴里，站到她身后，用力架起她。"其实今天我们是为你而来。你也知道，这里老人能留这么久，他们的职业感很抵触介入事实的态度。大家看你跟谁都想共情，越到危险的地方你越兴奋，都担心你介入太深，也走不出来了。"

程蝶紧闭着嘴点点头，把烟弹进湖里，又把黑色证件夹丢给施越。

"这个记者我可以不当，你去告诉他们，我从事的绝对不是不职业，我绝对是个好记者，我没有盲目投入感情，也不会把自己卷到事件里。"

她扭头走开，很快又折身回来，和她面对面对视。

"我怕的是我的作品出不来，你记住了。"

程蝶在智库唯一一次请假，是她要上法庭。深度部只有她的稿子被起诉过，而且官司打到离职后还没判。起因是某美院教授，在他的博物馆落成之际，却看到自己从研究生学历造假、大学期间离婚、写"揭发美院资产阶级路线信"并冒充同学签名、卖假画被免职，到他建了个"赝品博物馆"，那些过往写得比他记忆中的还要完整。

冒牌教授先起诉《大观园》对自己构成了恶意想象罪，官司一打起来就追着程蝶要证据，要她每个采访对象的联系方式。程蝶知道她的稿子没问题，但还是有点害怕，她不再是报社的记者，但如果官司输了，倒霉的却是深度部。

当程蝶带着满身烟味坐上被告席，她直瞪瞪地盯着原告律师在对面念诉状书（冒牌教授对外宣称自己被气病了，没有出庭）。这人长着犁沟一样陡峭的脸，烫着卷发，倒三角眼很像某种啮齿类动物，他手中握着一支笔，以倦怠又不容置辩的语气提醒法官，被告发表这篇失实报道前，并没采访我当事人。这种没有职业道德的三流记者，和她恶意想象的无知行为，只会破坏舆论环境，伤害更多需要帮助的人。程蝶把身体紧贴住座椅靠背，那姿势像在静候一场电刑。

她注意到对方用的那支红色钢笔。尽管看不见红钢笔正记着什么，只知道它在小本本上飞速运转，但是在白纸上划出的每一道粗粝的杂音，足令她身上的血越来越凉。举证环节，程蝶的律师要她来证实稿件中的采访源。其实对于信源的交叉论证和发稿依据，没有比《大观园》更严苛的，但她现在必须把全部采访录音交出去。她在审判席前拿起报纸，每念一句就放一段录音文件，找出哪个字对应的是几分几秒到几分几秒，接着回答原告方的质疑，找死她也要把写到的事实出处全部交齐。

此前她从没认真读过发表过的报道，也不转发自己的作品，她总认为调查到的猛料全被编辑删掉了，或者写法被改得过于难看。现在她第一次以审视的立场重见这些文字，每读一遍还会因过快或者过慢，被律师打断、确认、要求重念。当她听见很久以前，自己与每一位中间人和当事人的声音，如同又回到午夜梦醒时的那个城市。无数个电话里的空寂世界，还有在海底闪现的幽微信号，透过四周的黑色音箱变成巨大回响，完全被公开在法庭上。她感觉到某些发凉的部位正被肢解，感觉自己的器官正暴露在众人面前。录音停顿间隙，她又听到了丑陋粗暴的钢笔在作响，她知道那些借以藏身的信号以及所有意义都没什么不一样了。

程蝶回到自己的房间里，盘腿坐到地上。她仍保有跑调查留下的习惯，采完坐地上就写，随写随传给后方，有时一坐下就是一整天。现在她不用再出现场，也没人催她交稿了。她小心地把一套指甲油端出来，蘸上黑红和香槟沙两种颜色，在指甲上反复刷，刷完手指甲又刷脚指甲，刷到指甲盖比指头还要厚，刷到天光在窗外彻底逃匿。按心理医生的要求，她开始努力学习生活，学着做个正常的女孩子。她觉得这个年龄的正常女孩的生活，就是刷指甲油。

她还为这个房间添置了鹅绒沙发、人体工学椅、瑜伽垫、一把古典吉他和随处可见的酒瓶。书桌上散乱地倒着闹钟、耳塞、滴眼液、几盒药片和一架很旧的卡片机。她甚至还养了只猫，这也是遵循心理医生的建议。房间很静，除了可以听见轻轨在经过，还能感受到猫爪正挠着沙发绒面，隔壁男女在私语，以及程德理接连发信息令手机不停地嗡嗡振响。以前她把他设成消息免打扰，任由他发什么也不去管。自从做了该死的心理咨询，她只好把他从通知栏拉回来。

"程蝶，你和我同事打官司的消息在美院传开了，影响很不好。我们当年在圆明园合办画展，他的为人我最清楚，你这样搞他让我很受困扰。请你理解一下。"

"程蝶，我最新的代表作还要请人写画评，圈子里如果知道你是我女儿，会以为是我站在你的背后。人家也认识你妈，你总不至于让她跟着一起难堪，再说这样纠缠下去对你也很不利。"

"程蝶，你很多地方都像我年轻的时候，这一点很好，说明我对你的成长带来了很大影响……"

她绷直手指飞速划着屏幕，拉下了上百条未读，一部分是日常问她是否按时吃饭或者谈没谈朋友，一部分是交流对生命的哲思，还有很多是在跑调查的深夜，发给她看自己刚完成的油画。此外免不了要回顾过去，重在表达为人父对于家庭的责任和辛酸，以及看到她长大成人是何等欣慰。程蝶越发猛烈地甩动手指，以至于指甲油滴到屏幕上，很快花成了一片。

程德理留下的恐惧感又回来了。尤其当她从梦中惊醒，睁开眼看到时间停在凌晨两三点钟，她会感觉自己置身于一个全新的世界。这让她立刻想到那些来自家庭的恐惧，仿佛门外和窗前随时会出现从前的胶体人，濒死感又充满她心里。

程蝶已经换掉好几拨心理医生了。她觉得聊上四十分钟就要付一千块钱的咨询师，不仅没见效果，而且费用越贵的反而越没兴趣听她倾诉。但她只能求助他们，以前每次出差回来，她的情绪都会陷入崩溃后的深渊里，所以一到北京就要先找心理医生。现在她明白了，反正都是没救，不如找个价格低廉的新手，至少能解决最基本的需要——有人看着她。

最近她约的初级咨询师，是位素面朝天，梳马尾辫的中年女性。对方果然只顾着在她身上反复观看，一时不知该说什么。

"我按你的要求把家里装饰了一遍，买来新毯子和桌布，到处摆上用不着的东西，总之一进门就能感觉到温馨的气氛。我还报了个吉他班，年底能弹会三五首曲子。我也开始练习瑜伽，不过这对我来说太难了。"程蝶的脸云集了不少化妆品，十指上贴满闪闪发亮的美甲。她戴着圆耳环，穿深蓝色高腰连衣裙，胸前还挂了个金属项圈，瞪大两只文着美瞳线的眼睛，一动不动。"该做的我都做了，可还是没感觉到哪怕好受一点。"

"如果把这些看作完成作业，你确实是个好学生。可这么做是为了让你有生活场景，能感受到我喜欢什么颜色、爱听什么音乐，不然在你心里永远没有一个自我画像。"咨询师将目光从她脸上移开，低头看向桌面，"现在我更看不到你有任何自我存在的表现了，这才是我要帮你解决的终极问题。"

程蝶怔怔地仰视着咨询师的头上，对着窗外的天空乐了一下。

　　"那你别费劲了。我的存在根本就是个错误，只有不停地去做正确的事，只有像动物一样不断进化，才能抵消这个错误。"

　　"你已经把全区的诊所跑遍了，虽然嘴上是在倾诉，可不论我怎么问，你都不肯把真实的脆弱的东西暴露出来。也许那本就是你的秘密，而我也可以说你没有任何问题，然后看着你离开这儿，再去换个咨询师。反正浪费的也不是我的钱。"

　　她习惯了调查别人，不喜欢被人调查，所以每次见咨询师，都抱着你别想从记者嘴里套出一句实话的态度，还总以为对方看不出。这让咨询师们认为她很狡猾，甚至怀疑她的动机。没有人知道怎么回事，没有人知道她已在无意识中潜匿了所有的自我。

　　"不是我有意骗你。以前我可不是这副样子，那时候谁都愿意和我聊点什么，我以为那是我招人喜欢，所以只有为别人调查真相，才感到自己活着是正确的。后来我明白了，人家是需要用我，如果我写的报道帮不到他们，也没人真喜欢我。"她晃了晃头，接着拉下头发盖住耳环，又用手捂住项圈。"我就这样了，反正从小到大我都这么讨人厌就是了。"

　　"要为别人的利益奋不顾身来确认自我，要通过他们的反馈才能感受到内心的巨大缺失，我从没见谁是这么填补空虚的。"咨询师说，"活在这种相处模式里，任何人到你这儿都是错位的，因为你模糊了情感投射的界限。你能把自己先豁出去，那是勇敢的情绪占了上风，可你始终没有给予爱的能力。我觉得你该去认识这方面有些能力、心理健康的人。"

"我没有能力？我没什么能力？"程蝶把脖子往前伸，"采访时哪有什么爱不爱的。"

"准确说是没有理解纯粹的情感的能力。你能共情那些比你更不幸的人，因为采访中的共情相对容易。但如果是关心个体本身而非事件中的人，或者进入一段亲密关系，你却无法完全站到他人立场上。所以就算有人对你再好，如果不能给予爱，你对自我依然没有觉悟。"

"照你这意思我是怕了不成？我对爱没有感觉，不代表给不起。人家喜欢我，我就要为对方做事情，爱不爱我都会尽心尽力去做，这跟工作是一样的。你有事需要我，我也努力帮你，对待朋友是这样，对男朋友也是这样，这是我做人最基本的自我要求。"

程蝶走到诊所楼下，快速翻出香烟，猛吸几口。深秋的铜色斜阳从地面反射到脸上，晃得她两眼发花。她为从嘴里说出"男朋友"感到气愤。交男朋友有什么用？这些人连听到我的出差地都要大呼小叫，关键时刻他们能干什么？我就是比他们好用。吸烟时有美甲很不顺手，她干脆一个个抠干净，扔进垃圾桶。

回到房间后，她将装饰物都堆到公寓外的垃圾站，还把吉他、瑜伽垫，甚至连带部分家具一起清空，像是儿时的必要程序那样，折腾到晚上。她只留下了那只英短猫，她需要它证明自己存在给予爱的能力。喂猫粮时手机又响起来，在昏暗的空荡荡的房间里那铃音异常刺耳。只要瞄一眼来电所在地她就知道，是从前采访过却没有发稿的当事人来找记者，可她已不敢再和人家联系。尤其现在还被律师和咨询师坐实了，她只能利用采访对象，否则无法作为真实的人活着，那意味着即便父母给予过爱她也理解不了。她用壁纸刀划着涂在脚趾上的紫色甲油，对着猫食盆，背靠白墙席地而坐，望着手机屏幕忽亮忽灭。那些曾苦苦追寻的海底信号，她已不敢回应了。那一夜，隔壁情侣都没有出声。

程蝶的猫是从门头沟的流浪猫救援组织领来的。她搭了一位志愿者的车同行，但没有坐对方的车回去，而是在村子里度过了一个周末。关于如何照顾这只猫，志愿者给她很多建议，两人还约好一起去救助流浪动物。志愿者是个做程序员的赤峰小伙，高头大马的身形，却长着慈眉善眼，他梳着时下少见的规整的偏分发型，笑起来像是小学课本里的少年，或者神似演员陆毅。程蝶很少被那样注视过，也就是柔情脉脉的眼神里面全都是她。她为智库出差时，偶尔会将自己的猫寄养在男孩家。她在外地通过传来的监控画面，看到男孩为自己的猫洗澡，看到他安抚猫的情绪，看到他问她什么时候回来。

每当程蝶站在机场或是高铁站里，男孩都会早早地等候，不会让她在深夜中独自赶回公寓，不会让她再时刻准备按下通信录里的一键拨通，甚至回到房间里，她一度忘记了检查衣橱和床底。

程蝶当然知道男孩的用心，但她无法接受他的感情。两人约好去圆明园附近一所大学走走，穿过曲折缠绵的小道，他们坐在墨绿色长椅上。此前她没有过这样的经验，顶多是被人约在包厢里采访时，遭受过几回性骚扰。对着眼前潋滟的湖面，对着远处的古塔和圆明园画家村，程蝶劈着腿抽起烟，两只手比画了一下午，向男孩诉说着他们之间为什么不可能。男孩看着霞光下被渲染般烂漫的湖心，慢慢变成幽蓝的冰面，没说什么就同意了，他希望能在这里多待一会儿，离开后便结束这件事。两人一起坐到晚上，伴着月光、青草香和幼鸟啼叫，程蝶一根接一根抽着烟，反复回想刚刚讲过的话，那些已在脑子里被重塑无数次的过去，就这样对一个人打开了。她的追问并没得到男孩给个什么说法，仅有的回应是他那仍旧柔暖温顺的目光。她并不知道该怎么做，两人就这样肩靠着肩，昏昏沉沉地坐了个通宵。黎明破晓前，程蝶起身的一刻对他说，我们在一起试试吧。

　　他们相处起来很简单，重要的是程蝶生平第一次感到自己被时刻关注，男孩喜欢微笑着看她，她也要求他这样做。他没有什么主意，两人往往在路边站半小时，都没想好去哪家餐厅吃饭。这种感觉不错，在秋意融融的午后，在婆娑起舞的银杏树下，男孩一次次等待她做决定，她也装起了傻。这时的她能听到落叶掉到地上的声响，闻到空气里的蛋糕味道，感觉到阳光正透过空隙在自己身上摇曳。

　　男孩还陪她一起去做心理咨询，帮她买药。她也会在他的注视下打电话质问施越，稿子怎么还发不出来，或者和池边对骂，要他别再逼自己去挽救快解约的客户了。夜晚他们在房间里肆无忌惮地做爱，她喜欢坐在他的身体上，紧抱起他粗壮的颈部，亲吻那双眼睛，然后朝他的嘴里不停地吐口水，仿佛她憋了很多口水。她兴奋起来的叫声很高，而且脏话连篇，远远盖过隔壁情侣的水平。

　　更重要的是，程蝶可以和一个人谈论自己的梦了。她把那本标为《黑梦》的记事本念给男孩听，或者干脆对着他回忆起昨晚的梦境。比如她梦到自己站在比肩膀还高的窗台前，当时胶体人已经追赶到身后，她只能在不同的楼宇间跳来跳去，直至身体突然坠落。男孩不懂这些到底代表什么，但听得还算投入，讲到具体的情景也会问上一两个问题，但他们的交流也仅限于此。除了等待她作决定和安抚流浪猫的情绪，男孩从不主动问及她内心深处的感受。好在当她又被噩梦惊得起身大叫，昏昏沉沉的他也会跟着一起叫嚷（多半是被她吓到的），接着她倒在他的怀里，哭着睡去。

　　程蝶从不觉得有人会喜欢自己。如果提供不了价值，也就没有人需要她。她也感受不到别人如何喜欢一个人。所以当一个男孩纯粹只是喜欢她本身，她还是没有能力理解。但至少在这样的过程中，程蝶能感觉到自己正朝一个完整的状态前进。虽然仍不知道给予爱为何物，但她发现在这个健康又简单的男孩身边一段时间后，她开始有能力改变自己，或者说接近成为正常人了。所以对于程德理又一次邀请她去家里做客，程蝶没有回绝，她不会带上男孩同去，甚至不会告诉对方自己去哪儿了。

　　程德理定期要举办家族聚餐，这个团体也越发需要吸纳新成员，所以他把程蝶的回归看作是件大事。但是程蝶却失联了，夫妻俩在房门前脚都站僵了，后来不得不劝散所有亲朋好友，只剩他们在房子里，走也不是，留也不是。那是程德理在宋庄的工作室，一个宽绰且锈迹斑斑的仓库。阳光从头上的平顶天窗倾泻而下，在这里他们的五官和身影全被拉长，显得壁垒森严。正在两人推诿着谁去给家门上锁时，程蝶才像个闯入者那样猝然而至。

她微笑着走来，坐到两人对面。又见胶体人，此时他双眼鲜耀，体魄更胜当年，那只残脚也穿上了皮靴。可是他动也不动，只歪坐在椅子上紧紧地看着程蝶，像是审视一幅旧作，看她喝起桌上的红酒。

"你别光看我喝。"程蝶检查着酒瓶背面的花字，随手又开一瓶，"我知道你的酒量。"

"我早就戒了。"程德理苦笑着，像被谁扳扯脖子那样，费力地错开脸，"我已经很久不喝这东西了。"

"你戒酒了。"程蝶郑重地点头，陷入深思。"想起来了，以前我去美院采访，你在课上也这么说过：我痛恨自己酗酒的那段日子。对了，你站上教室讲台，穿得溜光水滑，别提多干净了。你猜怎么着，我也恨那段日子。"

酒喝得过快，她被呛得咳嗽着，用纸巾擦了擦嘴后，快速抹了把脸。

"程蝶，"程德理面露遗憾，那具胶体陷入一种舒服的坐姿中，不再看那幅画，"你还好吗？"

"你别让她喝下去了。"女主人把热好的饭菜又端上来，看到扔满桌子的纸团，"那些酒本来也不是给她准备的。"

"我能怎么做？"程德理仰起头小声说，"她喜欢喝你就让她喝吧。"

女人伸长胳膊，远远地给程蝶的碗里放了一块肉。

"我以前从不碰酒精的，不论多难的时候，我知道我都能解决。"

程蝶对着杯子微笑。那是只手工切割的水晶杯，透过花纹，她看着女人锥桶般的脸，那紧绷着头骨的脸皮上，细眼半睁。她还看她的金边镜架，下面有一只朝天鼻，吸溜时刀片般的嘴唇微微撇起，像是什么也没发生。

"那你这次真是来对了。先把酒杯放一放，我来介绍，你阿姨现在是 985 大学的博导，她整个家族都是国内社会学的泰斗，以后你有采访方面的问题可以多请教她，不要犯上次的错误了。"

"你不要太说教了，并不是程蝶做得不好。"女人支起两肘，手轻托着下巴，用锋利的目光正视着程蝶。她身上巨大的白色西服垫肩，也鼓了起来。"新闻学本就是取样片面的应用类学科，加上体裁受限，单凭事件不能教人形成完整的辩证思考过程，也产生不了有影响的学术成果。这不是她的错误。"

程蝶咧起嘴乐，红酒顺着嘴角淌了出来，她用手背一擦。

"那我可真是错过太多了。不过忘告诉你们，我已经辞职了。"

"你离开也是好事，现在谁还要你们记者呀？一个事件出来，还不如拍个视频传播快呢。再说你们问得太差了，一发杀人犯的新闻，就问什么样的家庭教育会导致这种问题儿童。"程德理眼中忽又流露出从前那种挫败感，声音也瓮声瓮气的，在仓库里震得人两耳刺痒。

"看，你伤心了？还是你比任何人都恨不得把我们取缔了，你不知道怎么回事儿吗？"程蝶来回看着两个人，拿出烟，点着了自己的火。"你每天给我发那么多信息问我在忙什么，你到底知不知道我是干什么的，还是要监视我？"

程蝶很想把酒瓶摔碎，插到胶体人的残脚上，随便哪一只都行。但她提醒自己现在不一样了，她已经是个正常人了。

"那我就给你汇报一下，你们油画系的老教授见我了，还有那个合伙人、故宫研究员，连美院恢复高考后第一届研究生，他在台湾当教授的同学都打电话告诉我，这个烂人是怎么骗小姑娘的。他们不信我是程德理的女儿，人家说从没听老程提起过自己有女儿。他们问我为什么不找你，那个畜生干的一切你是最清楚的。"

女主人回到自己的房间，说要去给程蝶找礼物。

"程蝶，我们是很想帮你，看你现在这样我也很难过。那时你还太小不记事，为了看你，我要回老家去面对两个老人。"程德理说。

"我都记得，而且那记忆可太深了。"程蝶又吸了一大口烟，她的嘴开始发麻了。

"那你倒是说说，哪个男人离了婚还能回来和老丈人睡在一张床上？他们会认为他们姑娘跟我这个婚是离对了。"程德理在黯然神伤中，缓慢地眨动眼皮。

程蝶没有回答。她扭头扫了几眼仓库，这里摆着很多自动运转的农具和铁皮牛马，仓库中间还吊起一台电视机，里面播着当年画家村的影像资料，能看到年轻时的程德理在里面看书作画，能看到村子被拆毁时，他们是怎么被赶出去的。

"这些年见过那么多采访对象后，我相信你当时是真诚的。我的意思是那确实很难，我自己也做不到这样反复地互相折磨，就为给孩子留下完整的家庭记忆。"

"其实你应该感谢你阿姨的。"程德理快速扭转脖子，后仰着看女人是否回来了，"那时我被当成骗子和盲流，整天把她揍得鼻青脸肿，再那样下去就危险了。是她告诉我，你们已经成了跟我纠缠不清的业障，要想从根本上破掉，我必须积极地改变这种状态。所以每隔一段时间我就去看你们，和你们待上一两天。哪怕当时她已经去上海了。"

程蝶点了点头，朝对面做出举杯敬酒的动作，将剩下的酒一饮而尽。

"你觉得管用吗？"她抬起了左腿，把烟在球鞋鞋底捻灭。

"这我可说不好。不过那次回来后，我把酒也戒掉了，很快就被邀请到纽约做个展，一瞬间把你妈和她的朋友全甩在了身后，包括你所谓的那些美院教授。"

"这还有什么说不好的，你这不是挺明白吗？所以那几年你回家看我，是因为别人说我们是业障？"

"至少你们是我唯一没有打过的女人。程蝶，我知道你受到太多过去的影响，我现在看你就像是看当年的我。你自己意识不到他们有多危险，真的，不要再写下去了。"

"你为什么非要提过去不可呢，那和我现在有什么关系？我已经完成了自我改造，进化成了希望成为的样子，过去对我并没产生什么影响。"程蝶两脚一蹬，把椅子向后移开，她不知为何想起了赵清华，她以她的姿态站起来，"照你的意思我应该感谢你没有打过我妈。"

"亲爱的，你听到了吗？"程德理向另一个房间呼唤着，吓程蝶一跳，"这才是我的女儿。"

程蝶在惊恐中看到，女人展开双臂朝自己小跑过来。她不由自主地又坐回去，被女人像是对待流浪猫一样紧搂住脖子。她们两个脑袋贴在一起，谁也没讲话。

那阵子施越时不时就邀请程蝶参与分享会和颁奖礼。比如什么"年度十大作者"之类的，要她和驻华使馆公使、自媒体博主、投资人、小说家或者知名教授，共处上千平方米的大厅，在数千人面前谈古论今。可这样频繁登台，令程蝶更加厌恶自己。

施越又为程蝶办了场"深夜故事会"。候场时两人在书店后院抽烟，程蝶提前喝了点酒，穿着玫瑰色皮鞋，在草坪的白色石阶上溜达。施越递给她一份报纸，上面有篇压了她很久的报道。程蝶停下来拿住，翻来覆去地找，还是施越指了出来。

"你们发了智障女童性侵案，那篇诱拐儿童自杀案也该发了吧？"

"你到这儿是跟我逼债来的？早问过了，那案子还需要更大的进展。你怎么还跟在职时一个德行，没见这么办事的。"

程蝶嘴里叼着烟，把报纸一卷塞进书包，点了点头。

施越凑过来轻轻推她，盯住她看。

"喂！没问题吧你，还是又吓我呢？"

她嘬着腮帮子，又吸了口烟，同时用手接住掉落的烟灰。

"你要不要回来？回来的话待遇都好谈。"

程蝶看看她，笑笑。施越侧身面对书店的玻璃门，看着在里面摆椅子的店员。

"如今的小孩儿连你们那个时期都没经历过。报的全是什么退休模特队、67 岁产妇这些选题，把我恶心坏了。能不能发是一回事，但他们甚至连质疑的好奇心都没有。"

施越走向书店的玻璃门，她随时准备上场介绍主办方。

"我说，像这种场合，你以后能不能找别人？我知道你是好意，你只要别压着我的稿子就行了。"程蝶一边用嘴咬住烟，一边闭着嘴讲话，"我刚才喝得有点儿猛，保持清醒是奢侈，就怕上了台给你胡说八道。"

"你觉得没必要做大众传播，可是你一走了之，就等于把空间让给那些垃圾继续传播。这个时代出名是必要的。"施越向前一步，玻璃门自动开启，她回头示意程蝶跟上，"这是一条更难的路，但总要有人去承担，你要做那样的人。"

"别他妈的废话了，就这一次。"程蝶把烟头扔到地上，打了个嗝，"我不是动物园里的展品。"

现场来了很多年轻男女，他们妆容精致，克制中仍显兴致勃勃，像在看 T 台秀一样谈论着投影上的事件。为了配合主题，书店还把灯光调暗，制造出瘆人的音效。程蝶看到池边也坐在下面，面无表情地瞥着她。这次演讲她没有告诉他，因为智库对这件事特别敏感。她在台上轻微摇晃着，因为要讲述的调查过程是随采随写给编辑的，在脑子里有些零散，所以开始部分她进入得比较艰难。突然，身后投影出一张女孩的特写，那是程蝶用手机在她家拍的。施越站在电脑旁，对着她指了指。她回头注视着女孩打了马赛克的脸，女孩的一部分也映到了她身上，仿佛令她的脸也有了温度。程蝶咬着嘴唇，瞪大眼睛，那双含混着麻醉和忍耻的眼，一眨不眨。她俯下身把皮鞋脱掉，光脚站到台上，对着话筒说了句，我必须说爽了。

我记得那是近十年前，我正洗澡的时候，编辑在群里喊来选题了，有没有人去现场？因为我刚连着做了两个选题回来，一直没休息过，所以站在喷头下面就想装死，可点进去却看到是这个案子，刚好又没人接，当即回复说我去。编辑说你看看机票吧，然后我头发没干就出门了。

那个采访全程只有我自己跟进，手里也只得到一个线索，没有线人，也没有警方的消息，什么相关信息都没有我就杀过去了。落地后我凌晨两点坐了辆黑大巴，下车后又找了个司机，终于赶在天亮前抵达村子，我要尽快进村问路。当地村民不会讲普通话，我们谁也不明白对方在说啥，只能比画着两手一个接一个找人。受害女孩家的平房看起来破旧又脆弱，连砖体都熏黑了，还被几栋四五层的自建楼围成了低洼涝地，我走过几次才认对了门。

我敲开红色的大铁门，先见到了女孩的小姨陈沫，她也带着外甥女刚回家。当天小曹宏拿到了残疾证，可以证明她本人是"智力二级"残疾。因为在外打过工，陈沫可以和我正常交流，她说曹宏幼时偷跑到河边玩，溺水后导致严重脑损伤，从此这孩子就不正常了。平日里陈沫住镇上，女孩跟外婆一起生活，老人有时去餐馆打短工，上周就是小姨带女孩去县医院做的流产，然后陪她在家坐月子。这是小曹宏半年里第二次做人流，上次是在镇卫生院。她只有 12 岁，穿着红色帽衫，光着小脚丫。她的短发像稻草那样乱，脸上有个塌鼻子，嘴很大还有些前突，天真的圆眼睛倒是很吸引人。墙角是张铝架床，床腿垫着碎砖块，蚊帐下挂着很多衣服。曹宏坐在床沿扭动身子，嘴唇翕动着笑，我挨着她聊天，她也知道跟我回话，这样几次三番后，我们能理解彼此浅显的意思。

　　我捡起散落在地上的布娃娃和生字本，还有几张线条混乱的蜡笔画，放到床头上，用枕旁的旧手机压住，听见陈沫发愁她什么时候才能回到学校。她讲起姐姐姐夫如何在互相折磨中逃离了这个家，一个住到省城的工厂，另一个起初会寄些钱和日用品，现在早消失了。上回出事，女孩妈妈来做过笔录，这次他们谁也没露面，这些东西还是她自己花钱买的。为防止小曹宏再跑出去，外婆一直把她关在屋里，连大铁门都要上锁。这时曹宏也跟着嘟囔着，我才知道她不是在笑，是肚子疼得哼唧。陈沫告诉我，没关系，她不懂怀孕流产是什么，说完起身走开。我仰头打量这间砖房，可很快又放下相机低下了头，手捂住脸。曹宏继续扭着身子，看向被铁栅栏隔住的小窗外，弄得我也跟着晃动起来。

陈沫拿来一沓化验单、B超片子和收据，展示给我拍照，上面显示在小曹宏子宫里有个十周大的胎儿雏形。她说本来大夫用的药物流产，可那脏东西死活出不来，到第三天她疼得实在受不了，才打全麻做了刮宫。小曹宏进手术室时很乖，因为陈沫告诉她，这次勇敢进去了，妈妈就会来看她。好在从手术室出来时她已经迷糊了，她把小姨的那些话给忘了。

这时我的肚子倒是叫唤起来，陈沫二话没说就去灶上烧水。我告诉她，家里发生这样的事，我不想添乱。她说我们这里有客人不留饭不像话的。然后我跟她到院子里，看她在菜地摘上海青、番薯叶、茄子还有一些黄豆、黄瓜。我不由自主地原地一转，注意到村子坐落在山脚下，远处是群山淡影，花花绿绿的有种甜腻的美。陈沫边择菜边和我寒暄，她身形玲珑，皮肤白里透着点绯红，脸上有着南方女性特有的立体五官，尤其是修长的睫毛和清湛的眼眸还带点书卷气。她问我从哪儿来的、家里怎么样、有几口人，言语间夹杂着很多"啊哦嗯"的，试图以此降低谈话的密度。于是我又绕田埂兜了一圈，觉得眼前景象似曾相识，各家在四面起的小楼，令我想起梦中跳过的高高低低的楼宇。我告诉自己，扫了那么多年街，这次已经不是采不采访的事儿了，我就是挖地三尺也要把他给扫出来。

陈沫还为我从院子里现杀了一只鸡。趁她忙活的工夫，我转回女孩房间，也顺着后窗向外望了好一会儿。各位有所不知，我从小就对关在后窗的生活有着充足的经验，我知道在那儿能看到什么，或是一种怎样的心情。此时曹宏一直按着那个旧手机，但我看屏幕上显示没有插卡。

我去厨房帮忙煮饭，陈沫在灶上把切好的鸡放进蒸锅。她说手机是姐姐留下的，曹宏喜欢用它给亲戚们轮番打电话，弄得人家实在烦了，外婆就把里面的卡取走了。我当时没有说什么，因为说什么都已经晚了。

吃饭时我把鸡腿夹给小曹宏，问起她的作息情况，那几天有没有什么异常举动，还有警察怎么说的。陈沫说该问的我都问过了，然后放下碗筷，对我摊开胳膊，还是重复那句：她一直都被锁在屋里。陈沫讲起这些时显得焦躁不安，我是说可能有点恐惧。她其实什么也吃不下。

我想她也还是个女孩，也有自己的生活要打理，这都是人之常情。可随着谈话深入下去，她却哭出了声，还说外甥女闯祸了。我当然没懂她的意思。直到她终于讲起一件事，大致意思是村子里的乡亲都在骂小曹宏是妓女，我才意识到这顿饭的用意。我转身摸了摸曹宏，小声问陈沫，我想出去抽支烟，你愿意陪我吗？

如果采访对象哭了，我是不懂安慰人的，每次都僵在他们身旁看着，等他们自己平息下来。我跟着陈沫来到院门外三百米的河滩附近，站在一片绿茸茸的杉树林中。她也跟我要了支烟，她比我抽得可凶多了。她说曹宏录了五个小时口供，回忆有谁碰过她那里，那就是说了五个小时的梦话。要不是我拿出诊断证明，警察还以为我们是到派出所搞事情来的。我叼着烟不言语，以为陈沫会讲下去，她却止住话头，忽然跟我说起自己以前是如何被强奸的。我一动不动地叼着烟，听她说这件事一直瞒着父母、姐姐，瞒着自己老公，从没告诉给任何人，她不敢想这种事后面有多可怕。我看着她，为让她知道自己可不是在做一件蠢事，我用尽力气对她微笑。

我找嫌疑人也要像扫街那样问遍所有村民，那时警察也在抓人，所以很快他们都对我闭口不谈了，认为这件事是全村的耻辱。连着一天半下来我的招儿都用尽了，也没能突破一个人。我还问到小曹宏念书的学校，老师一见我扭头就跑，倒是那里的孩子能用普通话聊上几句，可他们根本讲不出什么，仅有的印象是她在放学路上，蹲到一户人家院门前拉屎，同学们走过时都装看不见她。他们捂着嘴对我做呕吐状。后来户主用铁锹把屎铲回她家，扔到大铁门上，骂了一晚上。

我再路过小曹宏家，还是想回去看一眼，心里面好踏实些。我买了点面包和新衣服给她送过去，然后站铁门前打电话给陈沫，让她给我开门。她说她回自己家了，门被反锁上的，只要用三长两短的暗号拍门，曹宏就知道给你开门了。我说这她哪能听得懂。陈沫说，她听得懂。

我故意对着铁门乱拍一通，片刻过后，曹宏果然还是出来开门了。

我领着她进了屋，东西放地上后，坐到她跟前，看到又被她攥起来的旧手机。我可以感受到她所承受的孤独，她甚至不知道什么是孤独，不知道自己的真实处境。现在终于只有我们俩，不受任何影响地待在一起了。我说，姐姐给你买新袜子了，你先把手机放下，自己换上呗。我看着她脱掉塑料拖鞋，吭哧吭哧地穿起袜子。我又问你吃过饭了吗？姐姐给你带好吃的了。她摇头，说姐姐谢谢你，外婆回来带饭给我吃。我再问她，你是不是又想打电话呀，她不再摇头。我就是……我就是看不得她打电话却听不到回音，看不得她拿着手机焦灼的样子。我问她你想打给谁呀？她说，想打给妈妈，告诉她我会种葱了，可外婆说妈妈在城里赚钱很辛苦，不许我去烦她。曹宏说这话时一本正经得像个成年人，好像这道理比不能偷跑出去，比她什么时候来月经，或者什么是怀孕流产还重要。我说小妹妹你是不是身体难受，想找妈妈说话呀？她把头垂下，重复着我会种葱了，接着又按起那些早已褪色的数字键，删了重按，按了又删。这时苍白的阳光直射进她的毛发中，照进她的耳蜗、她的后脖颈，我知道她很多天没洗澡了。和我一样。

我说姐姐给你打，用姐姐手机打给妈妈吧。我拿走她的手机，在通信录里还真找到名为"妈妈"的号码，又去看了来电显示，里面全是叔叔阿姨之类的名字，甚至还有些是乱按的符号，可是没有拨出过"妈妈"。

小曹宏对我摆手说不行，可我还是把那串号码打到自己手机上。很快那边就传来中年女人疑心的长长的一声"喂？"，不知为什么我反而不敢开口，急忙把手机递到曹宏耳边，好像她比我更明白。她的手抠着脚上的新袜子，瞪大圆眼睛，也轻轻回了声"喂"，随后脸上显出紧张也可能是羞愧的神情，跟着又说："妈妈，对……"那边却变了个男人讲话，他很不客气地问你是谁？我看曹宏的眼睛在找我，随即跟男人说，我找曹宏妈妈。可对方直接挂断了。

我们俩半天没有动静，她看起来比之前更无神了。我也说不清当时怎么没再打过去问清楚，换作以前我肯定会这么干。也可能我更希望那女人不是我们要找的人，我希望这手机号本来就是错的。

很快外婆就赶回来了。这个身强力壮的女人，手里拎着大塑料袋，很多饭菜混着装在里面。老人对我说了句让你破费了，然后把塑料袋摊开在曹宏面前，埋怨陈沫不等她回来就跑掉了。曹宏抓着属于她的饭菜，念叨着"妈妈接电话了"，老人没说什么，而是找出筷子敲她的手。

看着饭汤在桌面上慢慢延伸，我知道我该离开了。起身时我像发现被偷了一样翻起书包掏着兜，把身上的钱抓到手里，可是就要拿过去时，我意识到老人一直侧身瞟我，脸色并不好看。我又把钱放回去，独自往大铁门走。迈出院门时，我转过身，越过跟出来的老人，瞧见曹宏还在看着我。

我在村头眼睖转到天擦黑了，终于有位大婶还算有点女性的良知，她告诉我亲眼见到有个老头儿跟那小女孩，手拉手往山上去了，她还给了我个外号，叫什么"老牟存"。我只能模仿这个发音再找别人指路，就这样从山下一家家问到山上。那条山路崎岖坎坷，沿途容易被芒草类植物划到，但我的步子不能慢下来。我还听见不知是什么鸟叽叽咕咕叫个不停，见到叫不上名的东西爬在湿滑的路上，山腰处还经过了几个坟头。我无法想象小曹宏是如何走过这片荒野之地的。终于我问到一间露头的黄泥垒成的土坯房，我记得全村住家都翻修成了砖房，只有那户还是毛毛糙糙的破土房。

我在那儿见到了黄坚强，我现在居然记得他叫什么，提到这名字我就觉着恶心。进屋见那人第一眼时，我们都知道彼此为什么站在这里。他有八十了吧，个头儿跟我差不多，皮糙肉厚的，还有点内翻足。身上油污污的衣服直泛亮光，穿着凉鞋的脚趾缝里全是泥。他站在半明半暗的黄土房里，眯缝眼一眨不眨地盯着我的脖子，咧嘴笑出满口黄板牙，像是在欢迎我。

由于还是听不懂他讲什么，我拿手机叫了辆网约车。司机赶到后我说我哪儿也不去，只想问老人几个问题，请你当我的翻译。司机看在路费之外又多加二十块钱的分儿上，跟黄坚强聊了两句，知道他没结过婚，独自住在山上。

我开始在屋外转悠，观察周围有没有女包，这种人都有点变态的癖好。但我却在屋后的土堆上，看到两排细香葱。我想诈黄坚强一下，又叫司机过来，让他问黄坚强，是不是强奸了那个小女孩？司机听后满脸惊愕，反倒教训起我，他说你怎么能问一个老人这么无礼的问题，你到底走不走啊？

"你问！快问！问出事儿了我担着。"我这么一吼他反而不再多话，在我面前结结巴巴地讲起方言。

我死盯着黄坚强的脸，还悄悄挡住了屋门。

"我不行的。"他极为冷淡地，甚至是不无遗憾地说。"我去找小姐，小姐都不跟我那个，因为我没有能力，硬不起来。"他拍了拍自己的下体。

司机在我们中间来回扭头，慢慢后退，可当我看向他，他也不再动了。

"问他，你带曹宏来过这里吗？问他！"我说。

"我有电话卡。"黄坚强那张像淤泥一样的脸，左右两边向不同方向蠕动着。"她来这里我教她打电话，还花了我很多电话费。"他说。

我站到山坡上抽起了烟。金色月亮像是淬炼过的巨大火球，在我头顶寂静地沸腾着。山体落差原因，从脚下的路延伸到沟底，再到村子深处的曹宏家，直线也就七八里地，但我却绕了太远的路。我知道就算黄坚强什么也没做成，至少是个强奸未遂，想到他只是其中一人，想到全村侵犯过小曹宏的人，可能有几十个，我能感到脖颈处的动脉在抽搐，我想干脆放火把那间丑陋的房子烧掉。但是司机过来了，他显然平静多了，说可以送我回到住处，天一黑就走不下去了。他接过我递的烟，还告诉我女孩子抽烟不好。暮色将至，已是一片沉寂的山下却嘈杂起来，我问司机，村里是在赶夜集吗？他对我说，不知道，这年头发生什么都他妈的不奇怪。我感觉弥漫在山林里的那些呼喊声，像海浪一样在我耳中汩汩流淌。司机又催我上车，他说再等下去就要因小失大了。我让他先走，我说我多远的夜路都走过，而且今天的月亮这么大、这么亮，我指了指天上。

后来不知道谁干的好事，我不能再跟进调查。回到曹宏家，陈沫告诉我，那晚的动静是派出所连夜在给全村做DNA筛查，挨家挨户通知乡亲们去抽血，不过他们说DNA只能锁定曹宏这两次的怀孕。她显得异常憔悴，甚至是不堪重负。我看到小曹宏在屋里朝我咧嘴笑，她换上我给她的新衣服，人也干净多了。我说，他们早这么做就没怀孕的事了，DNA筛查可比我的采访管用多了，你还有啥好担心的？陈沫说现在麻烦更大了，筛查锁定了村支书的亲戚，是个断手的养着大狗的秃子。她指了指房顶，那人就住上面的自建楼里。我站起来，后退几步，顺着她指的方向望过去。从那栋楼向下看，正对着的就是这座院子。那上面的人要是嫌犯，不单是她们，连我的一举一动也早在对方的监视下。

陈沫躲在厨房朝我招手，你过来吧，别再去看他们了。她说她们要送曹宏去福利院了，这样对大家都好。我径直走到她身前，脸几乎贴上脸了。你就不能小点声？这种事至少让她妈妈做主吧。她说就是她妈妈的意思，我们下午到那里会合。帮她跟政府争取一些权利，这已经是全家能做到的最好结果了。我们都没有再说话，只看小曹宏把头藏在新衣服里笑。

我问陈沫，你不是很关心她吗？为了她能把那么大的秘密告诉我，在医院她也很听你的话，你们一起生活才是最好的结果。这时陈沫已面带愠色。她说把这种弱智儿收养到自己家，我怎么去跟我老公说？现在谁都知道她把全村搅得天翻地覆，谁都知道她是妓女，我又怎么跟我的公婆说？我能做的也只是定期回来看看她，这种孩子生下来就是个错误。

那是陈沫在我面前最大声的一次，我看她几近狰狞的脸，全无之前的书卷气。

小曹宏说要见妈妈了，她说小姨要带她见妈妈了。

那孩子讲的不是梦话，你我心知肚明。我说，送去福利院，她的一生就无解了，她说什么别人都会认为是梦话。那里没有人关心她，没有人爱她，遇到过的怪物还会重新找到她。

陈沫朝我翻了个白眼，她已经懒得理我。

她又问我干什么去，我说我要把那座楼拍下来。

她说你在院子里拍是一样的，不是必须去那里。

我说这没什么，两步路的事。

我还没摸到铁门，前面就爆出炸雷似的石头撞击声，接着是连成片的生硬的钝响迎面而来，我意识到是有人踹门。我回头看向陈沫，她低下头说，好几天了，你别开门，忍忍就过去了。我没听她的，只是把门闩挪开，瞬间就拥进一群村民，他们像鬣狗一样用身体逼迫我，继而发展成推搡，同时把我围了起来。

现在想起来，被那么多目露凶光的眼睛盯着，脖子后面还能感到有人骂我的热气，那种不太标准的广东土话，我已经能听懂一些了，可是我一点都不怕。明面的暴力并不可怕，我早已能平心静气地看着那些村民，对他们一个一个微笑。相比起来，我更怕像现在这样，面对你们坐在台下，隐形的危险才是危险。

那可能是这座院子最热闹的一次聚会。他们把小曹宏家挤成了密不透风的墙，我想我该替她好好招呼这些乡亲。他们说："终于抓到你的现行了！"他们让我快滚，是我写的稿子害村子在全国出丑。他们把小曹宏的屋子也堵住了，有人说："自从你来，这个妓女就成了兴风作浪的祸害。"看着这些胶体人，我知道他们当中肯定有强奸犯，我调查这么多天也没找出一个，稿子反被他们用来污名化小曹宏。我意识到越跟这帮人纠缠，越对她造成伤害。

我横跨了几步，把村民和屋门隔开。我说，既然我是这件案子的独家记者，那么我也可以作为信源，可以把自己当成中间人，将这里发生的一切告诉后面来的记者。我不信有人会对我做什么，他们只敢欺负连残疾证都没有的智障女孩。很快就有人说："这么多年我们和曹宏外婆都是朋友，乡亲们怎么照顾她们一家，对你也是这样。"我的身前让出了一条路，那条路直通铁皮大门外面。

我转过身，却没找到小曹宏在哪儿。我是顺着声音，看到她又攥起那个手机，背对着我，或者说背对我们所有人，蜷曲身体，面向窗外的栅栏求救。我听到她终于拨出了妈妈的号码。

后来我被带回旅馆，吃了一星期方便面没出门。在旅馆那几天陈沫告诉我，小曹宏还是被送到另一座城市的福利院去了，她在那儿可以住上单间，还有人全天陪护，安抚她的情绪，帮助她适应集体生活。她说她不会再像以前那样被同学堵在厕所了，也不用再讲那些吓人的梦话。不过那里两个月才能探视一次，也只有她父母才有这个权利。后面她开始讲个不停，而且话越赶越快，我让她别这样，没人要怪她什么。之后随着当地部门调动大批警力持续地进行取证和侦办，这件案子的强奸犯也得到了应有的判决。这些日子我自己也试图弄清楚，我对小曹宏到底算什么，是真诚的关心还是利用她。我想我对她的关心应该是真诚的吧。

老实说，所有能为程蝶做的事男孩都做了。她也知道他付出了多少努力，尤其是两人相处的时候，他让她感觉不到自己有多怪。这令她很想保护这份努力，也试图对这份关系更加宽容。加上人又是一种无聊的动物，再深刻的记忆迟早也淡漠掉了。那些日子她好像真会忘记写过哪篇稿子，他们是谁杀了谁，谁又在躲避着什么，一些去过的地方印象也含糊不清了。

但是总会有一天，要么通过梦境，或者鬼知道又是什么触碰到写过的细节，让她的身体引发刹那的感觉。有次贵州突发了空难，拉媒体群时她假装记者混进去，看到所有人排队要遇难家属的电话。有个前辈人在现场，她问他怎么没有第一时间跟到坠落地，没人问目击者，专家又在哪里？对方说当地部门的人正在那里守着，我们只能待在一个小方格里等着开发布会。她又问人家，你的基本技能呢，偷偷溜过去还用教吗？前辈说，"稿王"，假如现在编辑喊人接选题，你觉得你还会来吗？她死死盯着那句话，没有回复。

程蝶只有一个手机号，不时就有人打过来说自己是网约车司机，然后像猜谜语似的问她还记得吗，当年你在潮州采访内衣工厂的案子，租过我的车。她认识最多的中间人就是司机，她会记起是怎么发展他们帮忙套消息，又怎么把那里的司机都培养成了记者。她在青州报了个独家，隔段时间几乎全青州的人都来找她，也是当地的中间人和老乡们在传她的号码。有时候，她觉得自己好像就是在等他们来找自己。

终于她还是跟过去有了联系，她也很想知道那些老朋友有了什么变化，还是又遇到麻烦了。其实他们只是想寻求法律援助，或者咨询监护权之类的问题，她可以随时帮忙查个法条、告诉对方怎么填隶属部门。这个过程中她发现很多事情里的人都有交集，她知道自己仍能感应到来自海底的信号，而且比从前更加强烈。电话那头的人也会奇怪，这姑娘解答问题怎么像是微笑的客服，他们会觉得来自她的关心是不一样的，所以也愿意对她讲述自己的处境。就和当初跑调查一样，有的人是遇到麻烦找她，有的人只想跟她聊一聊。

不知不觉里，求助程蝶的人已经跟她毫不相干。有的人想在公众号引起关注，有的人要发个自我申诉，不知什么该写什么不该写，总之他们都找她去写。她还跟儿时接打辅导热线一样，教他们怎么把法例写进诉求里，提醒人家平台很不利的一面，可他们实在不想把问题传给下一代，而且就算没有她也会找孩子或者亲属帮忙。那么程蝶会对他们说，我帮你写。

有位大哥的新房子渗水了，他每天在自己公众号上说这座楼建筑工程质量有多差，想不到反给自己招来了开发商的起诉，对方张嘴就向他索赔几百万。程蝶走出智库去见大哥，他当时人已经结巴了，她只能边劝边写，并且鼓励他还没出庭别弄得跟输了一样。后来也没顾上请假，就陪大哥一起去见了律师。

她还听过对方第一句话就是"我想杀人"。那个人支吾半天才说自己得了艾滋病，他说给你打电话是因为我特别想报复村人。这话吓得她心跳都跟着紊乱了，想起很多杀人犯被无视后的惨剧。她问对方为什么这么想报复。那人说只有这么干，才会有人关注我。她立即告诉他，你真犯事，会让所有人骂你。这令他陷入了沉默。

那人住的村子很小，只要他走在路上，就会看到各家立刻拉上窗帘。村支书还教一帮小孩，成天跟着他指指点点，弄得他好像是在游街。为了能出去打工，他找医生写了张证明，坐大巴车到城里应聘保安。在他已经通过面试后，却被村里的老乡撞见，没过多久经理就告诉他，这里不能录用你。程蝶说，你想办法搬到别处吧。他说，家里有个九十多的老汉儿躺在床上。他还说他是一个会积极生活、会赚钱养活自己的人，这种病是有补助的，可他不要那个补助，他就想让全村人给他道歉。

她建议他去收集证据，找法律援助起诉他们。但是这很复杂，他得学会用法律报复他们，如果自己学不明白，就让亲戚的小孩去学。那人咯咯笑着，他说，第一个嫌弃我的人，就是我的家人，所有亲戚都跟我断绝了来往。后来，程蝶也没办法了，她又跟他讲了很久。到最后，他也有些被讲烦了，终于答应老汉儿活着的时候先不弄事。他说，其实能跟你聊一聊也好，以前没有人听我讲这些的。一个人让全村道歉，自己也觉得好笑。程蝶说，其实只要让村支书付出代价，其他人对你自然就改善了。那人说好，那我就去报复村支书。

程蝶写起申诉书就没有停下过。她在给客户做考察的车里写；受邀到德国参加海外发布会，坐在大教堂的角落里也要写；要是陪男孩去 Livehouse 看朋克乐队，他跟着台上高唱，她就坐到路边写；赶上出差回来又不想回家，她就躲到咖啡店里写，写到店家打烊把她赶出去，就找个最近的链家继续写，没人知道她在哪儿。为了素未谋面的人们，她的申诉书越写越多。她把手机闹钟调到最大声，打个盹被叫醒后又可以写到天亮。那些自述总会引发公众舆论，起初谁也不知道是她帮忙代笔，可随着每一篇的阅读量都超过了她在深度部的报道，有人把她的来头放进文章或者是事件里。于是在很多短视频和评论区，可见无数程蝶浮出水面。前辈们发现后会互相问，程蝶怎么干起这种事了？

男孩并不反对程蝶做这些事情，但只要是跟他在一起，只要看到他的自足和健康，看到他生命里没有任何阴影，她就感觉到恨意，她每天都要想这是为什么。从一些关于亲密关系的播客里，程蝶听到她最好是跟安全型男孩在一起。可很悲哀的是，不论男孩如何耐心地包容，她对他还是没有感觉，因为她始终会被残缺的人和伤痕更重的心灵吸引。这不是男孩的问题，但那时候她把全部责任都怪到他身上，甚至还对他的家庭破口大骂。直到有天男孩的眼神终于变了，他用要亲手掐死她的冷酷眼神直视着她，虽然只有很短的时间，但是她知道自己成功了。

池边终于还是找到程蝶，她人在美国出差，他在智库的办公室里。他让她提前赶出一份报告，她戴着蓝牙耳机随口答应。他又问你那边是凌晨吧，程蝶停止敲击键盘，拿起手机说是凌晨，我还在倒时差。她说你有话就直说吧。

"你到底是什么目的？"池边问。随后听到她按响打火机的声音。

"你最好说明白点。"她说，"我现在很困。"

"有人看你写的负面文章，发在自己的空间里。"池边压低声音，好像他那边才是黑夜，"他们说你想把客户据为己有。"

"说下去，你忍很久了吧。"程蝶没有骂人。"他们是谁？"她问。

"别跟我玩儿采访那一套。智库甩给你写的软文、让你审的合同我都帮你推了，一有出国调研的机会我就派给你，原想着过两年你会正常起来，提升境界。可是你怎么还到处乱炸啊？"

"池边，你还记得自己也是深度部出来的吗？"程蝶问。

"什么意思？"池边问，"这跟深度部有什么关系？"

"我从不连累任何人。"程蝶说，"连施越都管不着我写什么。"

"在智库干一天就不能私发外稿，谁是为你付费的客户，就要为谁写作，我这么说够明白吧。"池边说，"快去把负面全删了。"

"不好意思我删不过来，那些也不是我的空间。"程蝶说。

池边不说话了，他们知道彼此在讲什么。

"你做梦吗？"程蝶又问。

"你疯了吧！"池边说。

"在方清时，你回忆自己冲进招待所，那个被强奸的女孩盯着你看，后来你会梦见她吗？说说，池边。她看你的时候你做了什么？你说说。"

程蝶再到上海出差，可以大方地找到欧阳婷的住处了。她又换了个上海男友，是个身形瘦小，头发油黑，两眼幽深的中年人。尽管是不请自来，男人还是给她们烧了一桌子菜。他还能和程蝶谈论眼下的社会议题，并且适时地和她站在一边，教育欧阳婷两句。程蝶看到，欧阳婷到现在还是个需要被照顾的孩子。在自己女儿和男朋友面前，娇声娇气地表达着喜欢什么样的模特。程蝶也意识到，自己从小也没跟她一起生活过，完全不知道她爱吃什么，有什么忌口，为什么忽然哭了，或者哪句话是真的。她上洗手间回来，看到上海男人一边哄她一边开着玩笑，你能不能像程蝶那样自理一点啊！她站着看他俩笑，自己也跟着笑。

吃完那顿饭，两人走上露台抽烟。头顶是浓云翻墨一般的天空，又有从西太平洋汹涌而来的季风灌进身体。但她们还是站在那里，谁也没有要离开的意思。

程蝶学起了欧阳婷撒娇的样子，她喜欢模仿她。

"看得出来，上海男人就吃这一套。"她把烟叼在嘴里，双手用力鼓掌，"老实说，我为你高兴，你终于得到了自己想要的东西。"

妈妈看着女儿，神情有些哀伤。

"我只有这样了。我不想生活再有什么变动。"

程蝶望着不远处银亮的苏州河，忽然想到如果没有其他冲突的话，她和妈妈在一起生活，应该会比较快乐，随即转过身，挡在她的身前。她以一种笃定的神情，把她的外衣拉链慢慢拉好。

"你没做错什么。这才是纯粹的恋爱感觉，这才是聪明人，你们两个都是聪明人。"她重新把烟夹在指间，安慰着妈妈，"你教会我念的每一句话，我学着写下的每一行字，包括你决定出走以及留在这里，这本身就令我受益至今。"

欧阳婷拿起烟盒，犹豫着要不要再接着抽一根，却还是没有点上。

"可惜你没见到那家伙的样，还有他发过来的短信，当初他也是这么求你复婚的？"程蝶问。

欧阳婷向前迈出一步，轻靠着阳台的玻璃围栏，低下了头。

"身边朋友告诉我，你爸找到的是一个可以彻底改变他的女人。我也不愿像当年对他那样，去对待别的男人。人都是要转变的，你说呢？"

程蝶凑到她身边，背靠围栏，扭头看她。

"没错，我就变得比他更优秀了。还记得吗？你那时跟我反复灌输这个观念。"

她打着火机，为妈妈点烟。她笑着看向女儿，摇摇头，示意上海男人不喜欢身上有烟味。

"你什么时候开始不给我打电话了？我记得小时候你总给我打骚扰电话。"欧阳婷问女儿。

程蝶转过身，和妈妈站开一段距离。她面对着风，在哆嗦中独自抽着烟。

"什么时候开始的呢？"她仰起头，朝天上吐出一口烟，"应该是知道，你是好不容易才跑到上海这个地方来的，也是我慢慢知道，上海到底有多远的时候。"

"有机会还是打电话吧。我有很多手机号，你不会打扰我的。"欧阳婷说。

"能够吃上这么一顿饭，已经胜过打十通电话了。"程蝶说。

"对了，之前有个叫赵清华的，来找我拍过写真，她说是你的朋友。"

程蝶乐了。

"赵清华。刚入行的时候我采过她，她真的来这里了？看来她比我有勇气。"

"那我真要谢谢你了。我已经很久不拍婚纱和什么写真了，我现在玩街拍艺术，以后不用介绍客户给我。"

程蝶点点头。她的烟已经全部抽完了，可她仍然靠着围栏不动。

"其实她拍的也算不上什么写真，她让我把身上的疤痕拍出来，为了把她拍好看，我可是费了好大一番力气的。"

云雾的尽头终于撕开一条金黄色的裂隙，程蝶望向天边，对着河面如同睡着一样。欧阳婷轻轻横起手机，把女儿迷人的侧影和前方的景象拍进自己的相册里。

回到智库后，程蝶赶上前辈们挤在二楼平台上鼓掌叫好。她艰难穿过狂欢人群的推搡，才见到即兴舞蹈中的池边，他的身体像是能嵌进任何容器里的流动的胶体。两人移步到办公室，他还是很兴奋，连说我们太重要了。他给程蝶看自己的手机里沿海省领导的秘书发给他的短信，对方询问某公众事件，从公关角度看怎么说更好，并试探他能否接这个单子，帮忙做整体规划。

池边两手发抖，编辑出满屏文字，却不敢点发送，他让程蝶准备好去服务这个案子，而这正是她之前被警告不要再碰的事件。"你觉得作为一个记者能解决什么问题，如果认识这样层面的人，你不是能引导他吗？"他给了她一个说法。

门外还能传来众人的欢呼雀跃，带有一种近于船夫号子的鼓动性，或者是某种申请出战的聒噪，连带着程蝶都感觉到脚下的地板在震动。

"你公关了个什么烂事？我们不能接这个单子，也没有人会接的，这种事天王老子也圆不回来，接了也是黑在手里。"程蝶说。

"沿海省给的单子我能不接吗？现在媒体环境这样，我们盈利状况却这么好，你多赚点钱不好吗，我对你大不大方？我拉的单子你不用说话，去把方案写完，这以后就是我们的宣传点。"

"去你的吧池边，"程蝶说，"你可真是丑大发了。"

从智库辞职后，程蝶把猫留给男孩便不辞而别。她住进了旅馆，她还是喜欢住在旅馆里，能随时离开的感觉。不过现在她身边堆满了从农村寄来的土特产。那些她采过和帮过的人，家里有什么就送她什么，从烘好的鱼干到新鲜的龙眼，还有方清的独臂男寄来的很多的桃子，他去开桃园了，想请她帮忙写宣传语。有时身患艾滋病的村民又过过来，他倒是安慰起了她。因为房子漏水吃官司的姐姐，也把判决文书转给她看。对方说自己胜利后，公众号也成了很多人维权的根据地，大家都指望拿着她的判决接着打官司。程蝶又坐回到地上，整个人和围绕她的烟雾混在一起，听大姐叫她妹妹。当时我找过很多人，你是唯一过来听我倾诉的，所以我有义务来告诉你，你帮了多少人。

从程德理发的短信中，程蝶像是找线索一样，拼合出了另外一段过去。那还是她念小学的时候，已经在上海定居的欧阳婷，与女儿多次通话之后，考虑到她应该是需要一个完整的家庭，决定独自去找程德理，两人想试着谈谈复婚的事。

两个从未同时出现在程蝶面前的人，选择到另外一座城市，在一个陌生的地方会面。按照程德理的说法，那天他们之间什么也没有发生，只是随便聊了一下。所以整件事好像和程蝶毫无关系。她也无从想象，两人之间原本的感情要有多么深，才能在分手多年后仍存有回头的余地。或者说自己更像是作为一个理由，让他们去触碰未来在一起生活的可能。

可那不是一次为复婚准备的会面，倒成了一场蓄谋已久的诀别。欧阳婷见到程德理仍在酗酒，她耐着性子说，自己在台湾老板的总店做首席摄影师，有足够的钱养家。她知道他还是一幅画没卖出去，她让他不必发愁了，他们可以带上程蝶一起到上海生活。程德理死死地盯着欧阳婷看，两眼眨都不眨，同时他像他妈的中弹了一样，嘴里不断往外吐白水。他说了什么早就忘了，大概是要容自己想一想，或者是和博导女友道别之类的鬼话，欧阳婷只好又和他定个时间。但是当天晚上他人就没影儿了，欧阳婷也在夜里赶回了上海。程德理觉得那晚就是一场噩梦，他至今都无从考证真实性。但是据两人的朋友说，那晚确有其事，因为程德理转身就去找小姐了。

程蝶再次感觉到了梦中才有的无望后的失重感。她发现自己完全不了解欧阳婷，或者说不明白父母的人生为什么总在蓄意远离她。后来还是施越的电话拯救了她，她告诉她，又有埋尸案在等着你。

于是程蝶进入了一个白雪皑皑的梦境。她从斑白、辽阔硕长的冰川不断滚落着，摔向万劫不复的红色山体下，直至身上分不清是血是泥。她始终平静地闭着双眼，像是习惯了在无休无止的滚落中延伸自己的轨迹。

雪山脚下的市郊住着男孩全紫云，他父亲在十七年前一去不返，此后这家人没有得到他们一家之主的任何音信。如今警方终破悬案，全紫云陪着姐姐，被便衣和村民领到国道边，等那个首犯在平台下指认现场。他站到土坡上，看着一具遗骸被挖出来，看着警车把半截身子从他们面前带走。男孩随即呼唤着程蝶，他相信她能帮到自己。

程蝶陪着男孩去看从前的老房子。那里面的布置现在看也算得上精致，最显眼的一排宽大的牛皮转角沙发，是他父亲用货车从县城运进山里的。男孩讲起这里一件件家具是怎么拉回来的，它们至今还摆在原处时，程蝶可以想象这是一个爱家的父亲，并且这个家有多需要他。那时男人靠倒卖旧车赚了一笔钱，他对儿子承诺，一定会供他念大学的。

年幼的全紫云很会念书，是班级课代表兼中队委，但他父亲去上海出差回来，没多久便消失了。全紫云说他在本地没有任何

关系，没人知道他们是谁。听到这儿程蝶也感觉到悲伤，不仅是
为一个人失去了父亲。仝紫云从小就整天听别人说，你父亲是黑
吃黑被人做掉的，有些话他也差点信了。

　　仝紫云把车开到山下一个无人经停的路边。两人下车后，朝
雪坡上爬，程蝶摔了跤，他把她拉起身，搀扶着一起走。接近雪
山垭口的地方有一道沟，他告诉她，爸爸就是从这里被挖出来
的。他仰卧在翻开的土里，冰草穿过了脸和骨头，腐烂的衬衫也
被顶起。仝紫云又弯腰比画着说，他们只挖了半条胳膊深人就找
到了，还是警犬嗅到的，狗就能找到。他讲话仍带有那股少年特
有的倔劲儿，告诉她，尸骨上的冰草是土里长的，那不是硬化
路面底下的东西，与其说凶手杀人后埋尸，倒不如说是扔到路
边的。

　　仝紫云直起身，两手交叉着握到身前。他中等个头，长着浓
密的剑眉，在雪地中，两眼锃亮，一脸肃穆。他说后来自己拿上
铁锹，又挖出一条深沟继续搜，想找到父亲的痕迹。可他只获得
了一条小腿骨和一只紫色尼龙袜，袜子里包着一块还算完整的脚
骨。直到入土安葬，老人的遗体依然残缺得厉害，仝紫云认为是
其他骨头埋得太浅，被狼叼去了。"其实当年是可以找到的，对
吗？"他仰起脸，对着无边无际的蓝天和雪山，喃喃低语着。

　　那样站了好一会儿，他偏过头，轻轻地问程蝶："我有个事
很好奇，为什么死掉那么久的人，他的皮肤却还是湿漉漉的？"
程蝶站在他身边，开不了口，因为男孩的话听上去没有任何情
绪。但他怎么可能没有情绪，他父亲一个人被扔在雪山上十多

年，没人在乎他们一家人。这件事情让程蝶知道了，她就在意。

她提出想看他父亲的样貌，但是家里的传统，人死后要把所有照片烧掉，不能留的。他说妈妈和外婆去世时，也把最后的照片烧掉了。在他记忆里，爸爸的模样没再出现过，也就越发模糊。妈妈总说，爸爸的脸这边像姐姐哪里，那边像他哪里，他能够感觉到他大致的样子。但他说他和爸爸更像，因为他是家里唯一的大学生。

家人对父亲的一致评价，是他每天穿着黑西服白衬衫，戴上海牌手表，像个板板正正的白面书生。他是个会打扮自己的人，不会因为住在农村就不好好生活。全紫云的表达很有条理，包括跟她描述起从小到大同学怎么欺负他，或者骂他爸干了哪些坏事，有人甚至说他在卖假钞，在贩卖枪支毒品。

出事的头一年，警察就通知他们人抓到了，可那家伙只承认尸体埋在山上，但没有具体地点。找不到尸体就无法定罪，全紫云一家先后报了五次案。这些年，他们和凶手生活在同一个市的两座县城。

那时全紫云和姐姐还在念中学，在如此之大的雪山面前，一家人根本无从找起。十几年过去，参与这案子的很多人都已死去。起初是他奶奶牵头报案，后来是大伯接过责任，再后来是他母亲，可直到几年前她去世也没见到自己男人的尸骨。这期间，全紫云行进在一片巨大的无人区里，围绕着两座主峰寻找父亲。也正是这样日复一日的追寻，让自己对父亲的思念得到了安慰，内心也愈加清澈、笃定，直至父亲的存在于他成了某种信仰。他相信他是一个很好的人，按照自己心中的方式行事，和这里的人不一样，他怎么可能会去干坏事。别人越这样说，他就越认为那是诋毁。

全紫云开车带程蝶去见姐姐。大学毕业后，他们做起了卖粉条的大学生创业项目，也是因为这个项目，还被县里发了奖。他更娶上市里的老师，生下儿子。程蝶问他，你奔波至今总算有了结果，还有什么不甘心的？他说关于父亲的流言始终存在，还有人说他利用受害者身份当网红，在外面玩女人。加上卖粉条是扶持不起来的，老婆又在跟自己闹离婚，他已无力追寻下去，想把这件事托付给她。他说我就靠你了程老师。程蝶说，你想走的这条路和从前挖雪山不同，它可长了。

再一次，她在冰封雪盖中像一只蝴蝶那样，拂过山峦、毡房和经幡，拂过银光熠熠的赤岭古道和如海般静默的杉树林。这回她要为一个死去很久，连长相都没见过的人正名。全紫云的父亲和程德理同龄，她不能让这个人被杀后，他的一生还要被污名化，连家人都跟着活在阴影里。虽然是阴阳两隔的联系，但她能感受到那并非是热爱什么，而是想到所有人都说他被埋在雪山上，但他儿子就是找不到父亲在哪儿。想到全紫云带她去埋尸地，指给她看是在哪儿发现的父亲，在天寒地冻的雪山垭口，她能感受到所有复杂性背后的沉重和悲伤。

程蝶带上指认现场的照片包了辆车，去找凶手的村子。此时警方还没抓完人，通缉照壮观地列了几十个人头，很多是一个村的亲戚。主犯身上背着多条人命，却只交代了埋尸案一起，人已被羁押。放回去的团伙又全躲进家不敢出门，有几个逃犯还藏在村里。至于施越给的线索，十个人里已经死了九个，想摸到个活口太难了。更令她心里发怵的是，那些村子比想象中偏远多了，司机把车开进三省交界的山里，还要经过一段无人的盘山路，才进入一座在大雪中的寂静村庄。她走在村里的街道上几乎见不到人，就算跟谁聊起来，也全是凶手的亲戚。

至于更多的从犯，全分散在不同的乡县，县与县之间又隔着好几座山。开车几小时到达后，才知道还有很多重名的村子。她问村民知不知道九几年有个村死了个人，他是被你们这儿的人杀的？就这样吓跑好几个司机后，程蝶找到团伙中负责扛子弹的喽啰，对方告诉她，听跟仝紫云父亲一起卖车的人说，从没有见过他的车。这令程蝶也开始怀疑，那人的真正身份到底是什么。

她问到一个在建材厂上班的年轻人，他爸爸当年传言被埋在郊外的寺庙附近，也是同一伙人干的。他说那伙人会先把自己搞进去，这是他们的惯用手段，这令本地人感到害怕，因为进去后很快又出来了。

小伙子还告诉程蝶，他爸爸死的时间和她要找的人，他们的死亡时间非常接近。她问对方，你父亲死前去过哪里没有？他说去过一趟上海。这个回答令程蝶汗毛倒竖。他们到上海到底有没有做什么，也许他干了坏事，也许他没有干，他还是一个好父亲。程蝶意识到，这个案件里的人她无法推测，但是如果继续追问下去，或者把这些可能性告诉男孩，他十几年朝思暮想的父亲，是个自己根本不了解的陌生人。程蝶完全知道，那会是什么在等着男孩去承受。

这次的扫街在人迹罕至之境完全失效。程蝶用去一周时间，几乎扫遍整座县城和所有村镇，但是没有任何人知道她找的是谁。在她就要垮掉的时候，一位村支书为她联系到另一起枪击案的受害者。那是个很有学问的人，在东欧国家念过大学，他请她到自己的饭馆里谈话。

那人矮矮壮壮的，头上缠着块灰毛巾，戴一副方形茶色眼镜，还留着浓密整齐的全脸胡。程蝶道明来意时，他安静得像是一块紫色砂岩。然后他用低沉有力的嗓音，讲起那个首犯在上世纪是如何靠挖金起家的，讲起那座城市的人民和背后的历史。随后他挽起白衬衫的衣袖，给她看自己的右臂，臂弯上仍留有一道长达十几厘米，像是被刮刀掏豁的流弹疤痕。他同意她对着自己拍照，回忆起那个枪手，说自己最远逃到了海南，如今又被请回来讲学，这里还是需要他的。

到了时间，那人起身后慢慢进入里面的单间。程蝶面对着那壁画，大口吃着为她准备的饭菜。她从没有吃得那么急过，一度伏在餐桌上面，胃难受得流出了眼泪。她不得不停下来，张嘴喘着粗气，隐约听见那人喉咙里吟唱出柔婉的歌词。她扭头望着窗外，怔怔地看着一片巨大的如同棉絮般的金灰色霞云，在头顶铺满天空。

在那人的帮助下，程蝶可以向一个神秘人提问。对方在20世纪末的挖金潮下，去西藏开了个加油站，后来家道中落。他不加微信不接电话，程蝶只能发短信一遍遍地提问，然后他把凶手家族的组织结构，以及严密的继承制度给她理清楚。他说老大如果死了，他的儿子就是老大，全家人都要扶持这个儿子。他的回答不带任何情绪或者留有余地，程蝶只能跟他交换线索，才能获得下一个答案。后来她直接问他，是否认识全紫云的父亲？她问这个人是干什么的。对方停顿了一段时间后，发过来一个精确到乡镇的地址。

程蝶再次出发前，打电话给全紫云。她记得今天是庭审的日子，问他那边是怎么判的。

"我看他们就是走了个过场，这么多年声势浩大地走了一个过场。"全紫云的声音高开低走，模糊不清起来，"首犯压根儿没出庭，他雇了北京、上海的大律师，申请保外就医。"

"你律师怎么说？"程蝶问他。

"人家就说这是最后一次了，不再给你判了，我花一万块钱请的法律援助跟我说这些。"比起之前谈论父亲，感到现实压力的全紫云过于激动，像在迁怒于她，"我还要把车卖了，找律师打离婚官司，我老婆把儿子带走了。"

程蝶知道，与这类人的亲密关系很难建立。她也知道在对方心里，那个十几年间在雪山下寻找的父亲形象，有多牢不可破，绝不能被人改变。

"你还能不能找到消息了？"全紫云见她半天不回话，主动发问。

"我肯定能找到人，我有线索！"她只好跟他说一些笼统的方向，又把下面的行程讲得很满，生怕男孩对自己失望。

"我知道你肯定能做成，我看过你做的案件，还有你在读书会上的演讲视频。"仝紫云说，"你能不能先写个什么东西，可以让你们单位证实这个事情，我用这个东西……"

也许是信号问题，两人的对话有了一段不短的中断。

"我觉得走到这一步，后面的路，还是要由你来做决定。"重新通话后，她的心情也平复多了。"你要找的东西到底存不存在，我给你时间想，你想好了就告诉我。"

"我听你的。"仝紫云说。

程蝶打了辆出租车，来到与世隔绝的荒郊野外。昏天黑地里，车子爬行在大雪封山的村路上，开到一段陡斜的泥坡就过不去了。出租车是从市区开出来的，司机没带防滑链，他拿出千斤顶和两个简陋的链子，花了一小时才安到轮胎上。可那东西根本起不到什么作用，他们没开多久链子就掉了，司机只好下车重来。很快他就意识到自己根本不该开上山，干脆把链子一扔，敲着程蝶这边的玻璃说，旁边村子是有村民铲雪，车才能上去，你要去的地方路上连个人影都没有，那儿有什么吸引你非去不可？程蝶看着司机，不知该怎么回答在她身上发生的一切。那人捡起链子，坐进车里，他说，要么你跟着我的车回去，要么我给你撂在这儿，自己走上山，你决定吧。程蝶一言不发，她没说可以加钱这样的话，因为她已经没有什么钱了。而且她也感到精疲力尽，不知道是不是因为年纪大了。

她的手挪向把手，要去抠开车门，司机侧身看着她，我吓吓你的，别哭呀。你把路指到这么个鸟不拉屎的地方，这一趟是不是换了好多辆车？她闭着眼，点了点已经低下的头。也就是说，你是被一辆一辆车带到这里的，我明白了。他对着手机的群聊说，我发个位置给你们，谁有防滑链就快开车过来，你们说的那个记者，那个姑娘坐到我车上了。程蝶睁开眼，转头看向司机，他打着方向盘说我再试一下，这个事总要进行下去嘛。程蝶不知对方在她身上发现什么了，会有这样的转变，接着是一阵颠簸，出租车开过了泥坡。她把这归结为某种神迹，和无数同路人之间才有的神迹，闪现在自己身上。司机告诉她，已经有当地政府组织的救援队在前面准备接力了，听说他们还在关注这个案子，我们这里是有希望的，别让他们看到你哭喽。

程蝶抹了抹脸，远远地听到有狗或者是狼在叫，看到沿路黑压压的树林。她把头向前探，透过已经结冰的挡风玻璃，发现自己和悬在空中的像是淬炼过的金色月亮又见面了。

最终，仝紫云父亲被害一案得到了公正的判决，他也邀请程蝶故地重游，请她一起品尝当地的粉条。

常小琥，生于1984年，北京作家。出版小说《如英》《收山》《琴腔》等，中短篇小说见于《上海文学》《北京文学》《当代》《十月》《收获》等刊物。

评论:

重新选择笨拙

——评常小琥《中间人》

刘复生

我无端想起鲁迅对于《孩儿塔》的著名评价："这《孩儿塔》的出世并非要和现在一般的诗人争一日之长，是有别一种意义在……一切所谓圆熟简练，静穆幽远之作，都无须来作比方，因为这诗属于别一世界。"

在很多方面，《孩儿塔》和《中间人》并不具有可比性，但它们有一个共同点，都不够精致，或者说，不够纯文学。不过，作者似乎对此并不在意。于是，现实过于强硬和执拗地介入了。结合他的创作履历，不难发现，他绝不缺乏高明的纯文学能力，但至少在写作这篇小说时，他决定重回笨拙。他忽略了行业标准，刻意将未经打磨的现实原料纳入文本。它们仍保持着粗糙的纹理和腥涩的气味，刺激着读者的直接经验而不是"审美经验"。小说借由深度调查记者的目光，表现出某种非虚构的凌厉。

重新选择笨拙，造成阅读上的粗粝感，正如在数码技术成熟的时代，故意用胶片拍电影，以追求颗粒感，逼近生活本身的质感。当然，如果仅仅是"再现"，像古典现实主义一样，以某种道义立场批判现实，比如底层文学曾经做的那样，问题倒变得相对简单。

直指现实症结，并不是常小琥的目标。他要把握更深一层的现实。从这里我们可以看出他的"狡猾"。召唤那些直接的现实经验，并不是最重要的，它们只是背景和磁场。深度调查记者的身份，的确提供了一个独特的叙事角度，为新闻事件涌入文本打开了方便之门。

小说的重心其实是主角程蝶，更准确地说，是我们和现实的关系。程蝶所调查和参与的那些案件都困难重重，甚至她的深度报道也未能发表，那些调查故事最终都烂尾了。但正是在这一系列烂尾中，程蝶这个人物清晰起来了。在她身上，我们看到了现实更为惊人的一面。

主角并不是传统意义上的英雄，她外表坚强，却挣扎在崩溃的边缘，不断和自己做斗争。

程蝶是个"精神病人"。小说真正完整的故事线索，是她的精神分析意义上的生命史，以及她的治疗史。在我看来，所谓原生家庭的不幸，只不过是作者的障眼法，程蝶内心深处真正不可逼视的创伤性内核，还是来自现实，童年情结不过是被激发的叠加因素罢了。

真正的创伤在于历史本身。程蝶正是被他人的苦难所逼压，巨大的羞愧和莫名的负疚，造成了她的忧郁症和无法克服的心理障碍，也沉淀为无法和他人建立亲密关系的病源。对此，她试图用职业性的拒绝共情，或专业主义的故作冷漠，来加以掩饰和对抗。这种来自历史的创伤，那些教条主义的精神治疗师恰恰是无法触及的，反倒是不太专业的"初级咨询师"凭借本能的敏感一语道破天机。程蝶的"精神病"的真正根源绝不在于个体的成长经验，而在于现实。过量的现实矛盾转入内心，无法被有效吸纳的剩余导致了"神经官能症"。她难以建立"健康"的自我，无法将自我安顿在象征秩序之中。

　　程蝶这个人物形象，也很难被妥帖地安顿在文学史的谱系之中。

　　表面上看，这类人物自成体系，他们或狂或狷，愤世嫉俗，和现实秩序凿枘难合、格格不入。20世纪80年代后期开始，延续着批判理想主义的余波，呼应着中国式后现代主义，逐渐由批判性的政治颓废，过渡到价值虚无的放浪形骸。这条线索，贯穿在王朔、王小波直至朱文、韩东的演化脉络中。与此并行的另一条线索，是重建理想主义基点的努力，但它往往表现为个体的道德姿态或遗世独立的意志，面对错综复杂的现实矛盾，只求守住独立不迁的自我，已经不再有介入的美学勇气，难以对现实进行总体化的社会剖析。

　　新世纪以来，对虚无主义的反动，使文学走向了对实质性价值的追寻。一是左翼文学的复兴，这表现为底层文学对某种政治信念的反顾。二是保守主义的回归，重回社群主义的主流价值，在共同体秩序中确立人生依据。正如《北上》一样，沿着运河开启寻根之旅，从20世纪80年代的精神流浪中回归共同体，从而终结焦虑，重新确立在现实秩序中的稳定感。

　　程蝶是个新人。或者说，新人诞生之前的过渡形式。她不再接受虚无，又找不到对抗虚无的价值凭靠；她拒绝空洞的外部批判与超然物外的道德姿态，却难以看到改变世界的物质性力量。她只是不甘心，无法说服自己与生活妥协。她能够找到的支撑，只是权宜代用的陈旧话语，如新闻理想主义。

　　她告诉自己，只管行动就好了。不能停，不能思考。把自己强行放置到矛盾的世界之中，这种行动性显现了这个人物形象的可贵品质，也暴露了她的内在软弱。小说充满了行动的决心，也充满了无所不在的无力感。

我认为，这正是这篇小说无法精致的原因。它有太多的郁积，它被一种狂暴的倾诉性的激情所控制。小说甚至突兀地插入了一大段第一人称独白，在书店的主题活动现场，"她俯下身把皮鞋脱掉，光脚站到台上，对着话筒说了句，我必须说爽了"。应该说，从小说的整体结构上来说，这段独白太长，但我特别理解，它在情绪上是对的。

内心坚定的人不必多讲话，话语失控往往因为言不及意。对于程蝶来说，生活已经破碎，却不知去哪里寻找新生活。曾经的各种版本的理想主义都不能给予解药，无法拯救，也无法逍遥。这导致了深深的无力感与沮丧感，但是，它也孕育着新的主体，悄悄等待着破茧时刻。程蝶（成蝶）这个名字，或许有些寓意吧。

这篇小说，只是一系列调查的记录，那些冤屈，以及它们所提示的现实矛盾，解决起来困难重重。英雄主义，哪怕是悲剧性的牺牲，都遭受不断的挫折。没有情节剧式的阅读期待可以兑现，所有的卡塔西斯都被阻断，无果而终。最后，只剩下深陷心理危机却总不甘心的程蝶，孤独地站在没有灯光的舞台之上。

当然，你也可以说她并不孤独，毕竟还有那么多人同样不甘心。我们在小说中看到了那么多人的不甘心，即使池边、施越们也并未完全放弃，这是他们劝程蝶接受现实的原因，从中我们不难看出爱护和体谅。他们还是值得信任的。

何况，还有那么多的力量，正在形成普遍的诸众。

雕 像

——

张天翼

一

　　我 16 岁时，有一个"展友"。他跟我差不多年纪，住在城市另一边，他父亲是位策展人，因此大大小小的展，他都消息灵通。我跟他在一次美术馆暑期活动中相识，从此结伴去看各种展览，画展、摄影展、雕塑展、装置艺术展，等等，每次都约在展馆门口见面，有时合租一个讲解器。

　　当时我认为他跟其他青春期男孩不一样。他喜欢读书，不爱喝碳酸饮料，不急着炫耀自己，可惜他是个胖子，后颈有褶，两腿因内侧肉多，走路时略往外撇。虽然他双眼颇有神采，耳垂形状也不错，但无补于大局。一个外表不出众的少年，如此渴望美、谈论美，在略显惨烈的对比中，有种奇特的吸引力。

　　有次一起看威廉·透纳画展，我走在他身后，盯着他后颈的褶，发现它两头上翘，像一条抿嘴发笑的曲线，上面皮肉里，又刚巧有对称的两点凹陷，像眼睛，合起来是个讳莫如深的笑。他仰头看，感叹道："真美，你瞧那半透明的海水。"他脖子上"眼睛"和"嘴巴"的表情，随皮肉扭动而变化。从此，笔记本里我给他的代号是"笑颈"。

那时我当然已开始琢磨"爱"，我坚信，人没法爱上自己觉得滑稽的人。所以我跟笑颈相处时反而轻松。他有点傲慢，有一点点装腔作势，幸好还都在温和不刺伤人的范围内。每次从展馆出来，我们都找个地方坐下来，公园或者饮料店，热烈地交换意见，选出自己最喜欢的一样展品，一幅画或一座雕像。

转折发生在一个春天。城中有新展览，展出大西洋底一艘沉船上打捞出的物品，我约他一起看。早晨我正乘地铁赶往博物馆，笑颈打来电话说，家里临时有事，今天他不能去了。我说："我先去，你等有空了再来。这次我们分开看，一样可以讨论。"

那个博物馆我和他去过很多次，常设展览在一、二楼，三、四楼的四个展厅，用来布置世界各地博物馆送来的特别展览。沉船物品年代约为公元 3 世纪，装酒的耳瓶、装食物的陶罐、调料罐、钱币、乐器、鹰骨笛、占卜盘、项链、脚镯、厨具、床榻构件、外科手术刀、银葡萄酒杯、红玉髓小瓶，等等，大部分是船员的生活用品，还有三座有不同程度受损的雕像。

保存最完好的是一件青铜雕塑"熟睡的爱神"，孩子靠在大石上，甜睡正酣，缺了一只手和一只耳朵。另一座大理石雕像，叫"掷标枪的人"，他残缺得太严重，没有头，标枪也丢了，只剩一只紧握的拳头，半截肌肉隆起的胳膊，一块巴掌大的胸脯，以及一只用力弯折的赤脚。人们用几块白色立方体代替失去的身子，按身体部位，把残块摆得高低错落。

第三座石雕有头和脖颈，一段披着布料、带右肩的躯干，一截左手肘，一条连着肚脐和腹股沟的右腿，一段屈起的左膝盖。他胸口处压着一只宽大的狮爪，膝盖则被一只鸟爪擒住。可惜那脸上没有五官，整个面部被粗暴地抹平了，犹如在火灾中毁容的受害者。

展柜旁的说明牌上写道：这座雕像塑造了一个正与狮鹫搏斗的青年。有学者推测这艘船上本来还有涅墨西斯①的雕像，因为在希腊神话中，狮鹫是厄运女神涅墨西斯的同伴。

我再凑近点，近到鼻尖贴上玻璃，渐渐从那没有脸的脸上，看出一种梦幻似的、冷静坚定的神情。即使只剩肢体残块，也能在脑中勾勒出震撼人心的英姿，感受那股生死悬于一线的紧张感。我小声嘀咕："不知道打赢了没有？……"

巡场的安保员背着手，远远说："请与展柜保持距离，谢谢。"

我答应着，快步走开，走出老远，假装去看边角柜里一字排开的钱币。等到那阵羞窘消退，我又踅回去，立在"与狮鹫搏斗的青年"的柜子几米外。柜子有四面，我对着每一面，都凝望了十几分钟。所有肢体都呈现出极用力的样子。我看的时候，自己的手臂也忍不住暗暗使劲。

一出博物馆，我就给笑颈发消息：很好看，你快找时间来看。笑颈回道，好。其后几天，我一直在等，不断温习对雕像、调料罐、厨具的印象，像每天给插花切去腐根，努力为之保鲜。只等笑颈说"我也看了"，我就可以拔开瓶塞子，把想法一泻而出。

那时我年纪还小，对自己的判断缺乏信心，一定要找到赞同者才能安下心，选了样东西，要听到别人说可以，才觉得真的可以，做完一件事得父母夸好，才认为真是好。我觉得观赏的快乐，很大程度上寓于意见的往还，快乐会在热烈讨论中，达到平方甚至立方的效果。

学校课间的时候，我在笔记本上画出雕像残块的形状，再用铅笔在上头画线，画出我对残缺部分的猜想：他双手可能抓住了狮鹫的翅膀，屈膝撞向对方肚皮，被巨爪挡住……

等了三个星期，才等到笑颈的电话，他说："那个沉船物品展，我去看了。"我说："太好了……"正要拔瓶塞子，却听他用冷淡的语气说："我不喜欢。"

"为什么？"

"那不是艺术。一堆当时人的日用品，盆盆罐罐的，考古价值是有的，没什么艺术价值。我本来就不想去看。"

"怎么没有？罐子上的纹样没有艺术价值吗？古希腊陶罐上画了婚礼、运动会、阿伽门农……"

"你知道我对工艺美术的看法，那是伪艺术。"

"……你觉得那几座雕像怎么样？"

"就那座青铜小爱神还可以，但也不值我的票价。剩下那个，只剩几块残骸，一只手、半个脑袋，没法判断好坏。"

"掷标枪的人确实……不过那个跟狮鹫搏斗的雕像，即使残缺不全也很美、很震撼。你不觉得？"

笑颈顿了一下："什么？跟谁搏斗？"

"一座大理石雕像啊，有头、躯干、腿，腿上踩着一只鸟爪，就在东边，很大一个展柜……你没看见？"

那头沉默了好长时间，他以诧异但肯定的声音说："没有，我没看到你说的那个东西。"我也惊得说不出话。他补充道："因为你说喜欢，所以我看得特别仔细，转了好几圈。你肯定记混了，把别的展览上的东西记成那里的。"

挂了电话，我马上去搜这展览的报道、图片。没有，真的没有，没有一篇报道提到"与狮鹫搏斗的青年"。博物馆官方网站的特展页面，列出几十张展品图，我找到了钱币、占卜盘、脚镯，找到了"掷标枪的人"，在展厅的全景照片里，取代"与狮鹫搏斗的青年"，挨着"掷标枪的人"陈列的，是一个沉船复原模型。

三天后我亲眼看到了那具模型。它独占一个书桌大小的开放展台，影子映在几步外"掷标枪的人"的展柜玻璃上。它是真的，不是博物馆拍错了图。我在展厅里绕了一圈又一圈，最后在船的展台四周转来转去，绝望地蹲下盯着地板，想看地面是不是有隐藏的活动盖板，把"与狮鹫搏斗的青年"吃了下去。

上次那个安保员又背着手过来："不要抠地板砖，谢谢。"

我起身，对他说："您好，请问这个展览的展品都在这厅里吗？"

"当然。"

"上次我来，在这个位置看到一座石头雕像，叫'与狮鹫搏斗的青年'，是不是搬走了？主办方撤掉了？"

　　他看着我，语气跟笑颈一样："什么搏斗？跟谁搏斗？雕像就这两个，一个小孩一个大人。我天天巡场，没见过你说的那玩意儿。"

　　"怎么没有？上次我跟那个展柜的玻璃凑太近，你还过来提醒我保持距离。"我大步跑到最近的一个展柜处，模拟当时的姿势，把鼻尖贴上去，"我当时就是这样，这样。"

　　安保员摇头："不记得，这地方每天来上千个人，除非有人把展柜玻璃撞碎，或者随地大小便，否则我哪能记住！你离得太近，保持距离，保持距离。"

　　等他走开，我在占卜盘的柜子边颓然坐下来。只要闭上眼，我就能在黑暗里看见它，残损五官的脸、手肘、胸腹上的肌肉线条、肚脐、腹股沟、大腿、鸟爪紧抓的膝盖。就像我五岁时外婆去世了，有好几年我不明白，为什么一闭眼外婆就是活生生的，会说会笑，睁开眼，这世上就哪里也没有外婆了？

　　不远处一个小孩说："爸爸，古时的人就喜欢这样的雕像吗？只有手和脚？"

　　我虽然心情奇差，但仍被逗得嘴角一动，无声发笑。睁开眼，只见一个中年人手牵一个小女孩，站在"掷标枪的人"前面。那父亲说："当然不是，这雕像本来是完完整整的，有胳膊有腿，有手有脚，跟你一样，只是在海底待得太久，很多部分被海水冲走，还有一些被海豚叼走当玩具了。"

　　女孩肃然思考一阵，发表见解："也许小人鱼捡到它，立在花园里，别的人鱼嫉妒，把它砸坏了。"

那对父女离开后，我注意到那里还有一个坐轮椅的参观者。他年纪不大，至多比我长三四岁，展柜里的射灯灯光映在他脸上，他面对展柜，双手扶膝，扬起脸，好像在留神听空中传来的声音。

我慢慢起身走出几步，换个角度看，少年脸上有种恍惚的神情。他按下扶手上的按钮，轮椅转向，在地板上嘶嘶滑动，改为面对沉船模型。

我蹑足走过去，在那人右边站定，斜着眼打量，原来他双手扶在膝盖上，是在触读一本盲文册子——这个展不提供能用耳朵听的导览器，只有文字讲解册，搁在展厅门口架子上，可以自取，他摸读的应该是盲文版本——他是盲人？……啊，太悲惨了，不能走路，还看不见东西。可如果看不见，来这里又有什么意义？他为什么独自出行？他家人呢？

他的手瘦长，手背上显出琴弦似的骨头，指头在凸起的盲文上滑过，只用一个食指指尖读，其余指头向上抬起一点，手的姿态很温柔，好像他摸的是情人的头发。

我看得过于肆无忌惮。接下来无比尴尬的一幕发生了，那人突然侧过头，莞尔一笑："我能看得见，不是盲人。"

我只觉整块头盖骨轰然飞起，张开嘴，先是说不出话，接着又只能一连串说："对不起，对不起对不起，实在对不起……"

那人的目光仿佛在看我，又仿佛停在我脑后某处，看着那块飘在空中的头盖骨，他说："不要紧，我猜你过来是想给我讲解，对吗？"

　　我心生感激，但还是决定不要这个善意的台阶，诚实一点，"不是，我是出于好奇，确实不礼貌，不过你需要讲解吗？我愿意把所有东西给你讲一遍。我还挺擅长描述东西的。"

　　那少年笑了："谢谢。其实上个月我来过一次，发现讲解手册没有盲文版。我虽然不盲，但有几个朋友是盲人。我回去之后给这里的人打电话，他们保证说马上制作盲文版。这次再来，是为了检查他们是不是敷衍我。"

　　他拿起膝上的小册子，像举起一面旗帜似的挥动。我说："原来这是你督促他们做的。真了不起。"

　　那少年怡然微笑，表示领受夸赞。

　　我说："其实我也是第二次来。啊，有件很奇怪的事，上次，就在咱们现在这个位置（我用脚尖踏地，发出咚咚声），我明明记得摆的是一座雕像，名字叫……"

　　那少年接口道，"'与狮鹫搏斗的青年'，是不是？"

　　"对！对对！没错！"我差点尖叫起来，手捂住胸口，"是的，就是它。上次我最喜欢的就是它，我觉得它虽然残缺不全，但还是美得……美得要命，是我见过最有力量、最动人的雕像。我让我的朋友来看，可他来过之后，说他没看到那雕像。刚才我问安保员，他也说根本没那样东西。要不是你，我都怀疑自己脑袋生病，产生幻觉了。"

　　说到这里，我不由自主做了个傻乎乎的动作，伸手去碰他的轮椅——其实我更想碰一下他的身子，以确认这个人真实存在，而不是……

那少年淡淡一笑："我不是幻觉，也不是全息投影，是真的。"

我再次窘得浑身皮肤发紧。他以沉静的声调说："那座雕像也是真的，不是幻觉。你肯定知道，石器、石雕、化石、岩矿标本这些物品，有严格的保存条件，温度控制在 20 ℃，湿度在 40%～50% 之间。结果上月有几个展柜的温湿度控制出了故障，导致物品受损，主办方很不高兴，把那几样东西撤回，重新修复去了。'与狮鹫搏斗的青年'就是其中之一，其实你再多看一遍，会发现不光那座雕像，还有一把青铜手术刀、一个躺椅构件也消失了。"

他解释得合情合理，我的心终于舒展开，余光里看到那个背着手的安保员，问："那为什么安保员也说没见过雕像？"

"他骗了你。"

"为什么？"

"因为这是博物馆工作人员失职造成的，他们当然不愿承认。他的上司和他们都认为，矢口否认比费力解释更好。"

他轻声说话时，我得以光明正大地凝视他的脸。那面貌有一种奇特的矛盾，诚然他头发浓密，脸颊洁净光滑，嘴角也紧绷绷的，但目光和神情偶尔一闪，让他显得既年轻又苍老。

展厅里空荡荡的，没有别的访客，我走在轮椅旁边，我们边走边聊，把展览又逛了一遍。感觉过了很久，又并没过多久……他跟我道歉："对不起，我得走了。"我发现他半垂着头，面色似有异样，心想他毕竟跟健康人不同，身上带着隐疾也说不定，问："你是不是不舒服？"

他调转眼珠，薄雾似的目光投过来，鼻尖耸动，好像要用视觉嗅觉一起估量眼前这人能否与闻机密，随后说："不是。这个馆的卫生间没有残障人士设备，上次我就吃了点苦头。"

我脱口道："我帮你。"话一出口，知道大大不妥，头盖骨又往上窜了半寸，再次连声说："对不起，对不起……"

那少年又笑，这次笑得比之前大一些，嘴唇一咧，里面倏地闪起雪白牙齿的光，我心中掠过荒谬的想法，好像在哪里见过这一幕，或是读什么诗歌时脑中想象过——你的牙齿如新剪毛的一群母羊，洗净上来，个个都有双生，没有一只丧掉子的……同时心里还有一点莫名的放心，牙齿最能暴露人的生活状况，他的牙整齐漂亮，说明生活条件不坏，能让他得到好的照料。

他说："你已经帮我很多了，你都不知道你帮了我多少。我能坚持回去，今天为了来这里，我特地从早起就没吃东西、没喝水。卫生间的事我也投诉了，不过那个不像盲文手册那么好办，过段时间我再来，看他们改造了没有。"他抿嘴微笑，两眉往上一纵，操纵轮椅，掉转方向，朝展厅门滑去，我在一边跟着。

走到电梯口等电梯时，他像忽然想起来似的，从膝头拿起册子递给我："能不能帮我放回架子上？谢谢。"我当然说："好。"

我小跑着回去，把盲文册放回展厅门口的架子上，心里升起一丝预感，赶快回头，果然，那少年不见了，铁青的电梯门正合拢最后一道缝隙。

他先走了。

如果我飞快跑下楼梯，绕到电梯口……

那也许能截住他。

但我拼命克制那种冲动，命令自己站在原地，站得像一座雕像。

我甚至屏息了一阵，生怕呼吸产生的震荡也会动摇意志，直到估算时间，他的轮椅已经开出博物馆，再也无法追寻，我才放松下来，拖着脚走向电梯。

那时我太年轻，脸皮太薄，给自己定了很多严苛的行为准则，尊严脆弱得像一只薄胎瓷器。我认为既然他不愿跟我同行，不想再多交流，我就不能死皮赖脸地跟过去，免得自取其辱。

自从那次关于沉船物品产生分歧之后，我和笑颈的关系慢慢冷下来。连续两次他约我一起看画展，我都推掉了。推掉的原因，一是忽然觉得不需要"展友"了，二是我只要有时间出门就跑到那个博物馆去，盼望幸运再降临一次。

又过了三个月，到了笑颈生日的时候，我在书店选了一盒印得很精致的歌川广重画片，写上"祝生日快乐"寄给他，他打了个短短的电话道谢，但两个月后我的生日，他没有回赠礼物，也没再约我去看展览。等我到外地读大学，我跟他就彻底断了联系，那是我第一次知道，人和人之间的关系会溃于如此微小的不和谐。

二

我一开始读的是社会学系，趁爸妈打离婚官司如火如荼，没空管我，点灯熬油地考了文物与博物馆学的研究生。这门学科的耶路撒冷在意大利，所以我去了意大利。罗马不仅是世界中心，也是修复科学的中心。

由于早早开始生产艺术，到 14 世纪他们已经有了一堆老宝贝需要修复。1506 年人们从旧皇宫的泥土里挖出拉奥孔、大蛇和他的儿子，父子三人总计丢了两条胳膊、一只手，教皇请米开朗基罗来修。老米对此非常谨慎，只画了一幅素描图，就放弃了，谦恭地说不敢随意动它。修复术很快成为一门稳健、蓬勃发展的学科。17 世纪的修复者们已懂得坚守可逆性原则，卡罗·马拉塔负责修复梵蒂冈法路奈吉那回廊时，给每一笔都做了记录。有些损坏来自天灾，1997 年小城阿西西发生地震，圣方济各教堂里 200 平方米的壁画被震毁，墙上 8 位圣人坠地，跌得粉碎，人们收集起 12 万块碎片，用 5 年时间拼了回去。到了当代，意大利人依然是最重视这件事的国家，他们为此制定宪章，给文物修复捐钱的公司能减税免税。

我在中央修复高等研究院学了 5 年。这专业有几种方向可以选，石材、服装、纸制品、乐器等，我当然选了石材，除了考古史、中世纪史、拜占庭史，还要学化学、物理、冶金学、矿物学，听教授讲岩石的劣化机理。成为注册文物修复师之后，我进入研究院下设的工作室，从此过上梦寐以求的、跟雕像日夜相对的生活。

我们的工作间像手术室，也像化学实验室，X 光机、试剂、显微镜、手术刀，还有脚手架、起重架、高压蒸汽机、钻床、抛光轮……

移动一座雕像，可能比移动一个伤员还费事，要先给它定制一个铁架，捆扎固定，挪到运送车上，车低速行驶期间，还要用声学方法探测道路，监控可能出现的颠簸。运进工作间，如果雕像高大，要搭脚手架。用喷雾软化尘垢，一块块初步清洗，再喷一遍表面活性剂，用小刷子、棉签把每条皱褶里的碎屑和污垢弄干净。但铜雕的锈迹不能完全除掉，要通过试剂确定哪些是有害锈，哪些不会恶化，不会恶化的就要保留，不能让雕像紧绷闪亮得像明星打完针的苹果肌。手术刀是用来除掉上次修复痕迹的，绝大部分修复都不是第一次，当然也肯定不是最后一次。钻床也很常用，一些大手术要用它切割合金短棒、打孔，填上环氧树脂胶，实现断肢再植。

在我进工作室那星期，有一组同事刚好完成一项长达十年的任务。一座皇帝骑马的铜像"康复出院"，他们开了个盛大派对，给皇帝和马做了立牌，印了大头照贴满墙，上面涂鸦"再见！等我回来"。修复永远没有最后一次，未来总会有更好的技术和材料，把时间造成的伤害一次次疗治得更好……这简直像爱的隐喻了。

修复术是面向艺术品的医学。有些修复师会爱上他经手的雕像，就像医生爱上患者。一点不奇怪，简直太合理了。整天跟那栩栩如生的胴体厮混，伏在青铜和大理石的腿、胸脯、腹股沟上，注视那些俊美的五官，付出无尽耐心和温柔，夜以继日，很快你会相信他们是被咒语变成这样，在石头金属的皮肤之下，有一个跟我们同样的灵魂。那些小心翼翼的触碰和全神贯注，跟爱共享一副面孔。

有的同事给"自己的"雕像取昵称，等"小胖""无腿""俏臀"被送回去展出，他们会定期探望。有些修复后的雕像因不适合再展出，运入库房收藏，那便是天人永隔。

一个女同事半开玩笑地称她的雕像为男友："我的 17 号难道不是更美、更忠诚、更持久？"

我问："持久是什么意思？"

她说："只要我在他身边，他就总是硬的，永远不会软。"

我交往过几任男友。那几人的嗜好、交往时的窘事，比如接吻时我被对方唾沫呛得咳嗽出来，等等，我都能毫无心理压力地讲给亲密友人。但我没跟任何人分享那件事。

迢遥时间中，坐轮椅的少年模糊得像远古岩壁上徒具人形的画。我不止一次擎起火炬，穿过长长的漆黑洞穴，回去看他。想起自己在电梯前转身走开的那个时刻，不止一次地后悔，当时为什么不追下去。

那处悔恨从未消肿，我甚至能隔着衣服摸到它。

还有更可怕的想法：也许他病情恶化，僵卧在床，忍受褥疮的疼痛，等着被人翻身；也许他已不在人世。

有时我跟自己说，对爱和陪伴的需求，是虚构出来的，要努力克服。某年跨年夜，朋友带我去看一个乐队演出，他们唱弗洛伊德的《我多么希望你在这里》："How I wish you were here（我多么希望你在这里）。We're just two lost souls swimming in a fish bowl（我们只是两个游弋在鱼缸中走失的灵魂）……"人们欢呼着倒数计时，情侣们目光盯紧对方嘴唇，好比枪口瞄准靶子。我问自己，你希望在这里的是谁？答，是那个人。每个许愿的机会，我都留给他。我想要再见到他。

进研究所的第三个夏天，我被派去修复一座 18 世纪的酒神雕像。博物馆的要求是一边修复，一边展出。他们在展厅里造了一个特大玻璃柜，把工具搬进去，我就在里面干活。我也成了展品，游客观赏我骑在酒神大腿上，用软毛刷子蘸药液，涂抹肋间肌。人们看他，但更多人看我。

开始几天，我觉得很难受，虽然玻璃门一关，声音能隔绝大半，但那些审视的目光像一刻不停的噪声，吵得人心乱。后来同事跟我说："你就当柜子外面那些人是雕塑，是用肉做材料、骨头和肌腱当楔子的雕塑。他们会动，是因为透明的修复师要用透明的四轮车，把他们运到不同房间去。"

她真是个天才。从那天起，我彻底坦然了，旁若无人地享受我跟狄俄尼索斯的二人世界。这位酒神是十八九岁少年的样子，一脸憨稚婉变，没有胡须，鼻梁细长，薄唇张开，神情像刚喝了口酒，正琢磨味道，又像聆听身边竖笛的笛声。

他斜倚长榻，一堆石头、布料垫在腰臀底下，堆出极美的褶皱，令他仿佛坐在云层或水流中。那具大理石身体上，处处是千篇一律的美妙线条，头戴一圈叶冠，葡萄果实一串串压在双鬓处，头发打着卷，从颈后垂到带裂缝的胸腔，右手握杯，左胳膊举起，腕子上只有一个平面，左手缺失了。

我用一管唇膏大小的黑光灯扫一遍表面，寻找瑕疵和裂缝，记录下来，然后一一处理。第十二天，我已经进展到了腹股沟的"阿波罗腰带"部分。早晨九点开馆，最先来的是一个夏令营队伍，八九岁的男孩女孩，个个目如晨星，仰头看着我，戳戳指指，那小面颊的完美弧线足能愧死贝尼尼。然后是一群外地游客，全家人穿着花衬衣、帆布鞋，戴着渔夫帽，显然博物馆下一站是海边，每张脸上都洋溢着快走完这一站的急切。

碗里的表活剂没了，得再用水调一些，橡胶手套闷得出汗，直打滑，我脱掉手套，抽了张棉纸，放在两掌中间搓，让它吸汗。外面有一副目光，在玻璃板一米外专注凝望，正如这些天来几千双眼睛。那是个青年，穿一身象牙色西服，右手撑着一根手杖。

我随意一眼扫过去。忽然头皮一麻，打个寒噤。身体里神秘的某一部分，比脑中的人脸识别更快认出来，不是某个他，是"他"。我甚至没有第一时间发现他站着，不坐轮椅。一切外表改变，对那个确凿的内核来说，都微不足道。

我听不见，也看不清，昏沉沉地张开嘴，一种比理智更强劲的力量，把一声大叫从嘴里扔出去，像投枪掷向目标。但传出去的声音太微弱，那人见我瞪他、嘴巴开合，困惑地微微一笑。

不会错了，那个笑刺穿了折叠起来的两处时空。我扔下手里的东西，又嚷了一声。

他误以为我不喜欢被近距离审视，笑里有了歉意，用右手的手杖辅助着，退出几步，要转身离开。这次我掷出的投枪是自己。我迈着梦里演习过的大步，冲刺，冲过去。

一声巨响，一阵噼里啪啦声中，我跟千万块碎玻璃一起掉在地板上。

该死，我忘了，我这个展品跟游客之间不止有空气。这部分梦里可没有。

真是个大场面。远近响起各种语言的惊呼。酒神在身后不动声色地看着，我像鱼缸里蹦出来的鱼一样趴在地上。他人呢？我双手撑地坐起来，腿上手上都扎了玻璃碴，如在荆棘丛中。他人呢？

"女士，你还好吗？"听到那个声音，我一下清醒了，喘气也匀了。咯吱咯吱，他踏着碎片，穿过漫长漆黑的洞穴，微跛着走过来，伸手扶我。

我打量他，他是不是烟雾凝结出的幻象，随时会消散？我问："你记得我吗？"他愕然。血穿过眉毛，滴在眼皮上。他替我"嘶"了一声，抽出口袋巾，按住那道口子。

阴影和嘈杂的声音围上来。沉重的皮靴咚咚砸地，大胡子安保员跑进展厅，大声说："让开，大家都散开。"

我捂着脑门，说出那个城市和博物馆的名字，"九年前你去看那馆里一个展览，我跟你在展厅聊了 75 分钟，那时你坐轮椅……"

他眼中一闪:"哦,是'忒亚号'沉船物品展,我记得了。展品里有一件 3 世纪的天体计算仪。"

虽然疼得要死,我还是笑出了声。急救人员来了,有人扒开眼皮,拿小电筒往里照,说:"不排除有轻微脑震荡,得入院检查。"

我一把揪住他的手杖端头:"这位先生跟我一起走。"

三

救护车驶过街道,驶过 19 世纪的老桥。我坐在淡蓝色的一次性无菌垫单上,擎着两只镶满玻璃的红手,像酒神坐在云端。最擅弹琴的俄耳甫斯,也奏不出此刻我耳中狂喜的音乐。酒呢?酒也有,急救人员看一眼他,看一眼我,用酒精棉给我卸掉血痂睫毛膏。

我总算能看清了,跟九年前相比,他脸型稍有变化,双颊轻微塌陷,带镶边的杏核形眼眶里,目光跟我记忆中一样明亮、柔和。我说:"我叫金②。"他说:"我记得你。你好,我叫伽拉③。"继而微笑,"不是幻觉,也不是全息投影,是真的。"

这是当年他说过的话,说明他真的想起来了。我说:"太好了,你能站起来了……你一定得留个电话给我,因为……因为我得把口袋巾洗干净还给你。"

护士在急诊室里给我修复了破损的表皮,又把我推去,做头部扫描。我以为医生会在屏幕上看见十个庆典合唱团、五十辆嘉年华游行花车，因为它们明明就在我脑袋里唱啊跳啊……没扫出来？可悲的现代科技！

伤口好得差不多之后，我约他吃晚饭。服务生送菜单上来，我问："你们有电梯吗？"伽拉笑了。他说："放心，这次我不会提前离开。"

他讲工作：他受雇于一个基金会，为博物馆展品做立体复制品，并致力于把这个服务推广到其他场馆，有了复制品，盲人参观者就不用仅靠讲解想象艺术品的样子，他们可以亲手触摸圣特蕾莎的脸，用手指摸出她沉迷恍惚、爱欲萌发的表情④，也可以摸出凡·高夜空里的曲线，是怎样盘旋、纠缠……

从少年到成年，他一直在为同一件事而努力，我由衷地说："真了不起。"

吃点心的时候，我终于问出来："那天你为什么没等我，自己搭电梯走了？"

他眨眨眼："我有不得不走的理由。以后会告诉你。"

以后，他认为还有以后。"啊。"我的合唱团集体飙了个高音。

我又问："你记不记得那座雕像？沉船'忒亚号'上的。"

他立即说："记得，'与狮鹫搏斗的青年'。"

我说："那座雕像，后来我再没见过，也没在任何馆藏目录里见过。"

"我也没有。有可能被某个小博物馆买去收藏了，没有公开发布目录，也有可能他们用船运送它过海，再次触礁或是遇到风暴，船又沉了，那雕像回到海底去了……"

他隔一个餐桌看着我，就像隔着一片海。

博物馆重做一个玻璃展柜要半个月，我获得一段意外假期。我邀请他到我的工作室参观。墙上钉着一块双人床大的黑绒布，衬托着前面"取胜的角斗士"大理石立像。一座圣母马利亚的铜像躺在特制的木条架子里，等待清洗。一块亚麻布上放着即将修复完成的布鲁图斯半身胸像，已经用抛光轮磋磨过，只差再打一层晶体蜡。伽拉说："这当然不是原件……不是吧？"我说："是18世纪雅克·帕如的复制品。"他凑近了欣赏鼻翼旁一条细小、精妙的肌肉，叹道："复制品也够美了，是不是不在馆里？"我点头："对，是私人藏品。"

他点头，踱来踱去，眼中闪耀奇特的光。看完所有角落、所有工具，他在最大的工作台前停下来，双手交叠按在杖头上，凝目不动。台面上铺着防水布，摆着两座雕像的大大小小几百块碎片，那是两个月前一间修道院送来的，夏夜的雷雨天，雷击中花园里一座圣徒石像，它倒下来，又砸塌了旁边另一位圣徒——好像神觉得他俩生前苦修还不够，成了雕像也得再受点罪——两位就像遭分尸的受害者，尸块送到了法医面前。

我拧开固定在桌角的照明灯，站到他身边，跟他一起看，也看他。每块碎片都编了号，有一些已经拼到一起，凑成一个膝关节，半个肩膀，两个头颅，一个缺了太阳穴，一个没了下巴颏。他"嘶"了一声："这么难的拼图。"沉思一阵，他伸手指向一个杏子大小的石块，又指向年轻无须的头颅："我认为这块是他的脚掌，是踇趾后面那块踇长屈肌。"

我有点惊诧，他笑着解释："我做了几年复健，每天研究腿脚上这些肌肉。"

我装作刚想起来一样，说："哎，你要不要到我们这里工作？"他缓缓环顾四周，半晌摇头："谢谢。不。"

"不"的理由，几天后他才告诉我。他到博盖塞美术馆办事，我坐在湖边等他，喂鸭子和鸽子。远处的柑橘树夹道上，他撑着手杖，微跛着走过来，像个穿牛仔裤的拜伦。

我们租了条木船，他把白衬衣袖子卷到手肘上，握着桨，一探一回地划动，船走起来，我们乘着熨斗，在绿绸缎床单上滑行。

一棵鹅耳枥以纳西塞斯的姿势探向水面，船从树荫下过，光和阴影在他脸上忽明忽暗地流动。他说："我早年考虑过做修复师，但看着那些雕像总觉得有点难过，好像裂开、破损的是我的身体。"

我点头表示明白。湖中心矗立着一座小型神庙，以爱奥尼克柱支撑，柱廊上有三角形檐墙，庙中的雕像须发卷曲，长袍系在粗壮的腰间，手持有巨蛇盘缠的手杖，那是希腊神话中的医神阿斯克勒庇俄斯。

在离神庙最近的地方，他暂停划桨。我仰望神像，沉默了几秒。他说："想跟神许愿？那得献上祭品，白公牛、黑母羊什么的。"

我伸手往包里摸摸，找到一根香蕉，悠然道："牛羊是宙斯喜欢的东西。医神心眼好，不会挑剔祭品，我觉得送点果实、谷物、花环就行。"

他也掏摸一阵，从裤袋里找到一条燕麦能量棒，递给我："好，现在果实和谷物都有了，说说看，你想跟神要什么？"

我望着他，脱口而出："愿医神保佑你的健康。"这些年所有许愿时刻，我都会加上这句。他张开嘴，嘴唇停在"谢"字的姿势上，却没出声。

……糟糕，我暴露了。他看出那种真挚不能仅用一个"谢谢"来回应。我得分裂出另一个我按住我，才能不跳进湖里逃走。

太可怕了，我正置身命运最狭窄的坑道，灵魂里所有易燃物都堆在眼前。光把燃烧的箭射向湖水，那翡翠的堡垒颤抖、簸荡，又努力抚平自己。

我低下头，水面映出一切，洞悉一切。水里的白衣人说："轮到我了。我愿风神诺托斯吹来一片树叶，落在你头顶。"

"为什么？"

"那时我会说，来，我替你把树叶拿下来。然后我就可以抚摸你的头发……"他向我一笑，阳光在眼皮上闪动，那双眼像阿基米德的镜子，点燃我的船帆、我所有的矿藏。空气里弥漫着熊熊燃烧的味道。

"这点小事我自己来，不用麻烦神。"我边说边从船底捡一片落叶，搁在头上。

他一条眉毛飞起，久久扬着不放，直到确定，才朝我靠近，缓缓伸过手，拂掉那片叶子，小声感叹道："赫柏和雅典娜，也没有这么美的头发。"

后面的话我不记得了，也没听清。我的头颅像等候多时的果实，沉甸甸地落入他手里。他的手落在我头发上，沿颅骨的弧线滑动。他只用一个食指指尖，其余指头略微抬起，像要读出头发上的盲文。

医神阿斯克勒庇俄斯高高望下来，那两个刚才商量祭神的人，此刻却把虔诚献给同为凡人的对方。他的石头面容上，流露出怜悯与宽仁。

后来他几个手指捻动一束发绺，那噬噬声响在我耳边。随后几天，无论在地铁还是街道中心，站在马路上或是灰色人行道上，我总能听见那噬噬声。

四

八月来了，像个从远方赶来赴宴的人。朝霞妙不可言，两千年前某个色雷斯角斗士早起训练，看到的也是这块天空，这样的天色。我每天醒来时，胸中都会涌起狂喜，一想到竟不必带着悬念到死，备感心有余悸。

八月十五日，圣母升天节，我看到了他的手术疤痕，在工作室地板上。夏季正值中途，明亮炎热，云在天空中高高堆起，犹如亚伯为庆典准备的羊毛祭品。人们都去过节了，追随喧哗，去酒神统治的地方，这座建于两百年前的房子静得像个尽头。

　　我把墙上那块黑绒布扯下来，铺在地上，一人一个靠枕，跟希腊人似的斜倚着聊天、吃葡萄。葡萄是他的盲人同事亲手种的，颗粒小，非常甜。雕像们远远近近地站着，像知趣的侍童。

　　后来我说："让我看看。"他就缓缓脱掉衬衣，接着是长裤，灰色平角内裤，整个身体祖露出来：胸脯，腹部，腰，胯下。

　　房间瞬间被一种私密的、葡萄汁液似的清甜气息充满了。他在纯黑色里趴下，我看见沿脊梁有两条长长的伤疤，陷进肉里，好像那儿曾经摔裂了，再拼接起来。

　　他回手点着说："打了六颗钉子，这儿，还有这儿。左边那个小疤？哦，那里插过导血管。"

　　我说："能让你站起来，这医生真了不起，我赞美他。不过要让专业修复师来看，还该用修复颜料上色，再拿抛光轮磨一磨。"

　　他笑道："不对，修复原则是要留一些破败痕迹的。"

　　我闭上眼，双手在空中瞎划拉："尊敬的先生，可否让我这个失明人用手参观贵馆的展品？"

　　"好。尊敬的女士，您是怎么失明的？"

　　"欲望。欲望让我昏天黑地。"

　　我听见笑声。我的手降落，像盲琴师抚上琴弦，顺着弦滑动、摸索，去找第一个音该升起的地方。他的皮肤有点冷，大概是发烧肌体和大理石的中间值。皮下隆起的肌肉规模中等，但形状清秀，不是米开朗基罗的石头大卫，是多纳泰罗的青铜大卫。我的手滑下肩膀的缓坡，进入肩胛间的谷地，在柔软的黏土表面印满手纹。谷地之外，我碰到了一条伤疤的端头。

它像盲文一样凸起。疤痕处的皮肉比别的皮肤敏感，我摸的时候，他动了一下。手"看"到的，跟眼睛看到的不完全一样，因为触觉离爱更近。十个指头上的神经，是直通心脏的热线，现在每条热线都被打得发烫。

而嘴唇"看"到的，又是全然不同的东西。

我像猫喝牛奶似的俯下身，用嘴唇完成抛光和打蜡。我尝到来自午餐罗勒酱里的盐，那盐分如今析出毛孔，又回到我口中。我尝到数年前手术刀锋的冰冷、医用碘伏的辛辣、可吸收缝线的酸涩，尝到薄荷味的缓解疼痛的药膏、理疗师带油脂香气的宽大手掌，以及无数已错失的、我宁愿用一只手一条腿去换取在场资格的那些时刻……直到他翻过身来。

"金，睁开眼睛。"白昼最后的光线里，他的脸成了银灰色。他低声说："谢谢你看到我。"

多年后我已明白那一句的深意，而在那个傍晚，我认为"看到"是指玻璃笼里的我从游客群里认出他。

我们朝对方靠近，直到近得不能再近，还嫌不够，想从表皮下冲出去，挤进对方皮肤里。

我铺平自己，他挪动肢体，慢慢覆盖上来，就是让人在冬夜感觉最舒服的毯子的重量，再重一点便成负担，再轻一点又不够有安全感。我低声问："这样是否会不舒服？"他摇头。眼眶的柔和曲线之下，两道门无声打开，光仿佛是从门后深邃的宫殿里来的，在那里，永生不老的神祇守卫一口泉，泉眼里喷涌出让人饮而忘忧的酒。

所以我喝了又喝。他的丝绒酒杯湿漉漉，甜酒加热到刚刚好。舌头如匙，轻轻搅拌。权杖交到了国王手中，钥匙认出它的锁孔。我扬起四肢，像戒指托固定钻石，即使狂欢造成开裂，我也能及时把他箍在一起。

不过，他比预料中更温柔，也更有力。滚烫的长钉一寸寸揳进来，刺穿我，把我们钉合在一起，共享同一种颠簸与战栗的频率。

我从未感觉如此完整，比完整更完整。两个形状完全不同的生命，却能紧密地拼合，这简直是魔法和赐福。我需要发明一门新语言，才能形容那种感觉。

然而在小小的死亡里，恐惧也来了。我怕某天犯了不自知的错，就要失去一切。那一刻我想让体内所有水分变成胶水，把钉子永远固定住，如伊甸园的果核永远含在果肉里，永无离析，永不腐坏。

后来，他起身去倒水喝。我抬头看了看钟，默背时间。将来掌管时间机器的人问我想回哪里，我就会说出这一刻。

他回来挨着我躺下。我瞧着他，他青白如石雕，有些部分是萤石，有些部分是方解石，窗外路灯光照进来，给身体镀了金箔，让他像个真正的快乐王子。

夜晚的头颅沉重地垂下，倚在海面上，黑发披散。安宁慢慢滴落，像葡萄糖水注进城市的静脉，所有疲乏都能因之复原。一滴，一滴，一滴，直到我们在甜水水底睡去。闪闪发光，他跟我挨碰着的肌肤闪闪发光。

五

博物馆的玻璃笼修好了，我回去干活，继续为酒神服役。每晚闭馆时，伽拉来接我，一起吃饭。饭后找一家露天屋顶酒吧，喝酒，吃冰激凌。

最常去的一家在西班牙阶梯附近，调酒师是锡耶纳人，圆鼻头，薄嘴唇，胡须头发给脸镶了个方框，我们第一次见到他，就忍不住以闪烁的目光互打眼色。等那人离开，我抢先说："卡拉卡拉。"他低声道："是，简直跟那位皇帝的胸像一模一样。国家博物馆该查查雕像还在不在馆里。"

后来每当我们想去喝那家的酒，就说："今晚去卡拉卡拉家吧。"

那酒吧的椅子不是当代样式，是文艺复兴时期流行的但丁椅，椅腿交叉成前后两个"X"，他白衣白裤地坐在上面，手杖靠在一边，犹如年轻的执政官。

夜深了，木桌底下，我们把鞋子踢到一边，两个脚踝相贴，继而赤足相叠，足心那一小块是温热的，皮肤来回摩擦，发出轻微的沙沙声。无论周围多嘈杂，我都能听到那声音。

偶尔我叉开脚趾，夹住他的跟腱上下滑着玩，他说："小心，那里修补过一次，不结实……"

周末我们坐两个多小时火车，到维罗纳去看歌剧节，演出在一世纪建造的阿莱纳剧场举行。

开演时，人们举起领座员发的、插在纸卡里的手持蜡烛，烛光一朵一朵，如灵魂被音乐点燃。

男高音演唱《爱情灵药》里的咏叹调：

> "她爱我，是的，我看到了，我看到了，
> 感受到她的心一瞬间的跳动，
> 我的叹息混合她的叹息，
> 天啊，我愿一死，别无所求……"

那段时间隔壁工作室迎来一批"新患者"，我是说，新雕像。七座石雕，个个残缺不全，有的少腿，有的缺鼻子。有几座损毁严重，碎块乱糟糟堆在一起。考古现场的摄影师给荒草中的石雕拍了照，照片极具美感，我请同事把图传过来，印了一份当装饰画贴在公寓墙上。

厨房里飘出牛奶的香气，伽拉不嫌麻烦地做"杰拉朵"（Gelato），用的是 16 世纪美第奇家族招待西班牙国王的做法。

他用小锅加热淡奶油和牛奶，把打碎的芒果泥倒进去，慢慢搅拌。我过来巡视一番，十分满意，赞道："尼禄为了一碗浆果冰激凌，不惜让人爬阿尔卑斯山取雪，你要是把这玩意儿献给他，他绝对会抛弃彼得罗纽斯，让你做他的第一宠臣。"

"我才不给尼禄做冰激凌。我已经有我的国王了。"他转头看一眼我贴的图，"有一张贴歪了……不是那个面包师傅，是那个没鼻子的石匠。"

我指向一张："这个？你怎么确定这个是面包师，那个是石匠？"

他悠然道："因为我知道这些人的来历，他们都是同一个国家里的公民，那个国家……"

那个国家的故事，就像大部分故事一样，发生在很久以前，国王和王后一直没孩子，他们找到一位女巫，酬以重金，求她想想办法。女巫指点王后在满月的午夜到一座神庙去，神庙里有一座男孩石雕，她要王后在月光照到石雕头顶时，把它浑身每个地方都抚摸一遍，然后把它脚下砖缝里长出的一束草带回去，煮汤喝下。

王后照办了，不过她身材有点胖，弯腰吃力，只草草摸了雕像的下身，少摸了一只脚，就气喘吁吁地直起身来，拔下那束草，回宫去煮汤了。

十个月之后，她分娩了，负责助产的贵妇战战兢兢地把婴儿放到国王怀中，那父亲脸上的欣喜还没完全绽开就僵住了，孩子只有一只右脚，左边半条小腿以下，什么也没有。

第二天，国王下令：全境所有公民都要舍弃身体的一部分，把自己弄成残缺的人。国王自己割下左边耳朵的耳垂，王后切掉了双脚的小脚趾，她对丈夫说："这下也好，我可以穿上更尖的高跟鞋了。"

首相大人则削去了他那著名的鹰钩鼻的鼻尖，这残缺明晃晃地摆在脸上，足以为民众做表率。

人们在指定诊所外排起长长的队伍，让医生为他们做切割手术。很多人选择了王后的做法，切下一个小脚趾，这是最不妨碍容貌的残缺。

手术完毕，鉴残官员当场把截下的部分扔进铜盆里烧掉，确保该人不会再找个诊所偷偷把脚趾缝回去，并检查伤口，鉴定无误，就会发放一个"残缺证"。

如果没有这个证件，哪儿也去不了，什么也做不成，面包坊不许卖面包给没有残缺证的人，旅馆也不能擅自接待无证者，否则面包师傅、旅馆老板就要被押去接受惩罚性质的残体手术，先抽签，抽到"鼻子"切一块鼻子，抽到"手"剁一只手。

当然，一切规则都留有余地，只要给监督抽签的人悄悄送点钱，他就会帮你在木签子上做个记号，保证你抽到"脚趾""耳垂"这样最轻的手术。

反过来，也有心眼坏的人给做木签的人送钱，是为了让他所忌恨的人抽签时抽到"胳膊""腿"。

在首相的建议下，每个自觉去做残体手术的人，奖励一枚金币和一只母鸡。于是，还没等王子满月，这个国家里就没有完整的人了。

王宫里的人比外面的人残损得更厉害，因为国王喜欢那些能把王子衬托得更"健全"的人。服侍王子的侍从里，有人缺一整条胳膊（他缺的是左臂，跟另一位缺右臂的一起干活），有人缺一整条腿（国王赏了他一条青铜铸的腿，他送回老家挂在家里墙壁上）。

这些人"好看"归好看，做事毕竟效率低，油炸孔雀、烤小猪这样沉重的大菜，靠一只手没法端，所以在御厨房、御马厩正经干活的人们，是只缺一根手指、一个耳垂的"正常残缺人"……

我第一次听到这故事，听得哈哈大笑："这么说，咱们发掘出的缺胳膊少腿的雕像，其实是那个国家人民的真实面貌？"

伽拉怡然道："是的。"

我随手往照片里一指："那位右手举短剑、左胳膊只剩半截的大胡子武士是谁？"

哦，那是赫赫有名的"无畏者"马库斯。他十岁时，父母听说王宫里喜欢用残缺人，就求医生从肘部切掉儿子的左手，等伤口痊愈，找门路、托关系，将其送到宫中打杂。后来马库斯因机智敏捷，强壮过人，被选拔出来，送到专门的武士学校修习。

单手一点不影响揍人，毕业时他拿了全校第一。再后来他成了王宫卫队队长，再再后来他参军入伍，从骑兵队长升到百夫长，再一直升到军团长，骁勇善战，这座雕像记录的就是马库斯在战斗中的英姿。

这故事可以一直讲下去，每当我们看到残缺的雕像，就给它在残缺国里安排一个职位，一段历史，渐渐国家里有了将军、猎人、女祭司、哲学家、吟游歌手、铸甲工匠……

有时我们回到他租的公寓，古老的庭院，门扇高大厚重，外墙刷成淡淡水仙黄，院里栽种柑橘树、三角梅。他住二楼一个房间，三面带窗，家具很少：老式四柱床、工作桌、沙发、书架。地上和架子上放着他收集的雕像复制品，大一点的，韦罗基奥的"抱海豚的小天使"跟真品一样高，最小的圣母院三头狗能放进核桃壳。

我们坐在小阳台，喝水果味的便宜起泡酒，吃外卖比萨。黄昏织满红雀的翅膀，云和大地之间，闪耀无穷光彩，教堂尖顶、楼房把天幕的底端固定住。人间的灯光亮起，建筑都像黄金与蜂蜜铸造成的，天色慢慢加深，直到变成一种深邃、纯净的幽蓝色，犹如一件质地极好的晚礼服，衬起一串串珠宝。

他走进浴室，再出来，清爽地躺下去，像一枚磁石，我所有神经末梢的针尖都指向他的方向。他伸手调暗灯光，秋夜最香甜的部分，在棉布床单上浓郁起来。茵佛岛和湖、子夜与正午、蜂箱、茅屋、九行豆角、林间草地、蟋蟀和帷幕，都在那里。我从未见过有人把爱与美表达得如此动人心弦。⑤

那让我在其他任何时间、任何地方，只想起身逃离，一路狂奔回去。

六

然而，即使我认为我跟他已亲密无间，他身上仍偶尔闪现神秘不可解的部分。

　　有一次在地铁站里，我们遇到了抢劫犯。时间已近午夜，月台上只有我和他等车，一个头发染成红色的高个青年远远走过来，他身穿撕掉袖子的 T 恤，露出两条用大块肌肉和文身装饰得很豪华的胳膊。

　　我并没起警惕之心，那人路过我身边，突然伸手来拽我的单肩挎包，理直气壮得就像从衣架上拿自己的外套。

　　如果他要钱包，或者手机，我就给他了，但挎包里有电脑，那里存着多年辛苦拍回来的文物图片，还有没写完的论文，我尖叫一声，死死拉住挎包皮带不放，那人扬手给我一拳，我应声倒地，脑袋嗡嗡直响，伽拉大吼一声扑上去。

　　我从没想到那温和的外表下，有这样勇猛的爆发力。那红发人被闪电般一拳打在脸上，连退几步，捂着脸，露出极惊讶的表情，显然入行以来很少受到抵抗，何况这抵抗来自一个跛子。只听嚓的一声，他手里亮出一把弹簧刀，威胁地朝前一刺，伽拉不退反进，手杖一抡，准确击在持刀的手腕上，刀子被打飞了，落到站台下的轨道里。

　　那人怪叫一声，挥拳打过来，伽拉晃身躲开，手杖顺势击中对方侧腹部，但吃亏在一条腿不便，发力时站不稳，反被那人一扑，合身倒地，两人在地上翻滚，打成一团。

　　在最混乱的时候，也能看得出伽拉打得颇有章法。这期间有短暂一刻，他甚至占了上风，用膝盖和手肘压制住对方，另一只手挥出漂亮一拳，"砰"地揍在他脸上。

　　我猛然觉得这一幕很熟悉，在什么梦里见过似的……混战告一段落，红发青年寻到机会，兔子蹬鹰似的双脚一蹬，蹬在伽拉胸腹处，把他踹到一边，自己一骨碌翻身爬起来，一面骂脏话，一面掉头逃走，跑进月台入口，急促的足音远去。

　　伽拉喘着气去摸手杖，支撑着站起来，手捂肋部，摇摇晃晃。我过来扶他，他端详我的脸："嘴唇破了，别的地方没事吧？"

　　我仍因骇惧而颤抖："没事。下次你不要……万一那人掏出的不是匕首而是枪，怎么办？"

　　他微微一笑，好像淌血的眉脊和颧骨不是他的："下次的事，下次再说。咱们去趟医院。我的肋骨断了两条，左边第四和第五。别怕，骨头没错位，用胸带包扎固定就行……"隆隆车轮声由远及近，隧道墙壁被车灯照亮，原本要上的那班地铁驶来了。

　　急诊处医生的诊断："肋骨断了两条，左边第四和第五。骨头没错位，用胸带包扎固定就行了。""用不用打石膏、用不用住院？""女士，这是轻伤。这几天你抱他记着从背后抱就行了。"

　　从医院回家的出租车上，我问他什么时候学的打架。他倒是给了个答案，不过我现在不记得了，只记得当时我觉得说服力有点恍惚。另一样让我惊异的，是他对受伤和疼痛的反应，镇定得仿佛那是家常便饭。我在心里试着解释：因为他曾在伤病中度过很多年，挨过很多刀和针线……那点疑惑一闪即逝。谁会舍得怀疑一个刚为自己涉险负伤、脸色泛白的骑士？

第二天早起，我照照镜子，这样去伺候酒神，我像是个被酒神醉后殴打的女奴，遂自拍一张，特意调了调照片颜色，让淤青和嘴唇上的血口子看起来更鲜艳，然后把图发给博物馆负责人，告诉他昨晚遇上了劫匪。

很快，博物馆的女主管打电话过来，反复确认我是被劫匪打了，而不是被家暴。她慰问我的伤势，最后还悄声承诺："你随时可以找我帮忙。"听得我心头温暖。十分钟之后，我就告别了展品身份，办公室主任派另一个同事接手修复工作。

跟同事做完资料交接，她问："有没有什么来自前任的忠告？"

我说："有个秃顶老男人会在每周五下午来，站在最近的地方盯着你一边看一边揉搓他的乳头，我投诉过，但管理员说摸自己的胸不算性骚扰，你记着跟他比中指。地下一层的纪念品商店，可以吃免费曲奇。午休的时候，你去院子里的餐吧，跟咖啡师雅各布提我的名字，他会给你免费做一杯超级棒的手冲——我免费帮他修复了他奶奶留下的圣母像。还有……"我指一指脑门上还能看出痕迹的疤，"记住你跟观众之间不止有空气，还有玻璃。"

虽然伽拉说他不用照顾，我还是以此为借口，搬进他的公寓。他遵医嘱平卧休息，躺在沙发上看书，跟我弈棋，用熏火腿下酒。我买来颜料、画笔、画板，画出我想象中的残缺国王后、国王、王子，以及诊所里人们排队做手术的情景。

我们整天待在屋里，杂货店送来面包、果酱和油浸蘑菇罐头，花店送来订的百合。我嘴角的瘀痕逐渐散开，变成紫红青黄混杂的一团。朋友们发来的泳池派对邀请、周末的登山野餐会，等等，我都推掉了。他说："抱歉，让你陪我一起禁足。你会觉得烦闷吗？我习惯了，但你……"

爱一个人要同时爱他的生活方式。我抢着说："怪我，这个怪我，你出生时我就该在产房里。等你开始有了第一把轮椅，我就该推着你去花园，给你讲所有你看不见的东西，陪你在房间里玩乐高。"

他笑道："听起来像《秘密花园》里的玛丽和柯林少爷……谢谢，可惜我年纪比你大，除非买通时间机器的管理员，否则即使你一剪脐带就狂奔过来，也没机会看我出生。而且比起乐高，我更喜欢拼图，几千块的拼图，越多越好。"

……一些甜美的蠢话，是不是？

我偶然跟一个出版社朋友讲起残缺国的故事，她看了我的画，表示很喜欢，邀请我跟伽拉把它完成，做一本图像小说。

于是我们有了新玩法，他把故事讲下去，由我来配图。有时我也提供灵感，有时他把自己构思的画面讲给我。

他说：

　　王子长大了，长成一个健康活泼的小男孩，有只假脚也不妨碍他一跛一跛地跑来跑去，跟侍童、仆人们捉迷藏。陪他玩的是最不健全的那群人，所以王子每次都赢，倒也不用靠作弊。

正像国王、王后期待的那样，由于从小见到的人都有各种各样的残缺，他以为人都是这样，丝毫不觉得自己有毛病，也不因少一只脚而自卑。当然，没人敢告诉王子这些残缺的来历，否则就会被拉去做切掉脑袋的手术。

当某件事被严禁谈论，没几年人们就会忘记它的前因后果，只觉得做残缺手术是最正常的事，而且它对身体大有益处，全国人民都是主动去做的。

王子有一只镶红宝石的金子做的脚，陪父母出席庆典活动时用，一只轻便的胡桃木做的脚，平时练习骑马打猎时用。

到他能读书的时候，国内学者们已经写出一万册著作，论述残缺何以是哲学与美学的最高境界，诗人们创造了一万首诗，赞美身体上各种残缺的疤痕有怎样的诗意，描述美人脱下假肢、戴上假肢的动作如何优雅……"

我说："凡是单身的王子，必定需要娶位王妃，这是一条举世公认的真理。那么残缺国的王子在哪儿遇到心上人？舞会上，御花园，还是博物馆里？"

"是在树林里。"

"号角呜呜，人呼犬吠，狗群在马匹旁边跟着跑动，像一小片涌动的带斑点的海洋，猎鹰待在专门的马车里，驯鹰师跟在一旁不时打着呼哨，安抚猎鹰。国王出猎，八岁的王子骑一匹小马，跟在皇家猎手的队伍里。

中午，人们在林中空地搭起营帐，剖开猎获的牡鹿和兔子，把内脏分给猎犬，剥皮，洗净，架在火上烤。王子独自回到自己帐篷里。他在毡毯上坐下，脱掉左脚皮靴，解开小腿上的皮带，卸下木头假肢。

脚咣当落在一边，那一声让他心里舒服了点。假肢和小腿末端之间，垫着一块王后亲手缝的丝绸棉垫，不过皮肉还是磨破了，白绸布上面有斑斑点点的血。

男孩允许自己嘶嘶地小声呻吟一会儿，然后用一条腿站起来，单脚蹦着，跳到帐篷角落里，那里有一口木箱。

他掀开箱盖，准备拿一块备用棉垫，发现备用义肢、备用靴子和手杖之间，亮起一对眼睛。

他没吓得跌倒，也没尖叫，只是把木箱盖推到后面，让它全部敞开，往后跳一步，稳稳地立在一条腿上，说，出来。

钻出来的也是一个孩子，瘦高灵巧，头发比冬天的草地还短，脸脏成一层面具，一对灰绿色眼睛在帐篷的阴影里闪光。王子说，你是谁？在这儿干什么？

孩子大大方方地直视王子，说，昨晚我听继母跟我爸商量今天要把我带到森林深处扔掉，我觉得自己滚蛋比被扔了强，我会逮知更鸟，找甜浆果，给母狗接生，用柳条编马鞭子，还能教会你的鹦鹉说"殿下万岁"，而且我吃得比鹦鹉还少，你让我睡在马厩或者厨房都行。

王子静静听着，不置可否，他喜欢那对猫似的眼睛，但出于必要的矜持，他假装犹豫一阵，慢吞吞地问，你的残缺在哪儿？给我看看。

那孩子脱下裤子，在这里。王子盯着那双腿之间的空白，眼睛和嘴一起圆了。他没注意到大腿旁边攥紧发抖的手。

她说，你那儿有两颗果子，一枚鸟嘴，对不对？瞧，我什么也没有。

她赌这男孩从没见过另一性别的全貌。

她赌赢了。

他凑过去瞧，真诚地说，天哪，你缺了这玩意儿会不会不方便？你闻起来像块面包。为什么你的疤长得……长成了一道缝？他差点说出心里话"长得那么好看"，他背过一百首歌颂疤痕之美的诗句，此刻统统涌上心头。

她努力克制慌乱（虽然她只比他大一岁，但在这个年龄段，女孩多一岁能比男孩多出三岁的智慧）。她说，如果刚出生就……割掉，就会……长成这样，我能提上裤子了吗？

王子问，你有没有名字？

她想了想，摇头。打昨晚就没有了，我爸既然不要我，那我也不要他取的名字。

他说，好，我给你取个名，叫猫仔吧，我一直想养只猫，可爸妈总也不让。她眼珠一转。叫猫仔不如叫豹仔，豹子能跟你打猎，给你带回猎物。

男孩嘴里念叨"豹仔"，边念边琢磨，她已经以欣然上任的姿态，主动从箱子里拿出新的棉垫和木脚，蹲下身，来，我帮你装上。他只觉两个小手摸在他皮肤上，手指轻盈得像蜻蜓的脚，手心比绸缎还软，他一句话也说不出来了……

日影在地板上无声移动。

我们像是沉浸在荡起涟漪的、熔化的黄金里，在一种丝绸般触感的愉悦的氛围中。花静默地吐出香气。时间踮着伶俐的足尖跑过去。

七

跟伽拉在一起时，我始终怀着无法言明的忧悒。他走进任何一个房间，那里的灯光都会变亮，连空气也相应变得清甜。我确知他在城市的哪个地方，知道跑过哪些桥和街道就能找到他，就能抚摸他、抱住他，可我仍觉得朝不保夕。就像人在意识到哭之前，眼泪已提前涌出。

比失去更坏的是必将发生的变化，不再清澈，不再亲密，不再信任……我已站在峰顶，不管朝哪个方向走一步，都是下坡，都是通往低谷的路。

每次跟他紧贴，连接在一起，我都有种疯狂的欲望，想要在那一刻化成石像，或者置身于庞贝那遮天蔽日的火山灰下，成为时间洪流里的标本。

我要跟他永远待在博物馆的绳圈中间，人们将感动于这雕像凝固了如此激越的瞬间，称为杰作，小心翼翼地维护，摄影师绕圈拍摄，游客买票参观，每隔几十年，修复师们用小刷子清洁指缝和衣褶⋯⋯

甚至不必收在博物馆里，就露天放着好了，把我跟他搁在市立玫瑰园的树下、广场喷泉里，摆在大市场的拱廊尽头、火车站月台上，立在教堂后面的公共墓园中，让我看到情人们在花丛里亲吻发誓，在车站告别拥抱，在墓前喃喃说着他们以为只有墓里的人才能听到的话⋯⋯

一百年，几百年，我们会经受风沙、酸雨、微生物侵蚀，但总能一次次修复、加固，直到这颗行星的文明走到尽头。

我让相熟的古玩店老板帮忙搜罗，买到一柄藏剑手杖，花去两个月薪水。这手杖制于19世纪，杖头包裹手工雕錾花纹的银片，内部掏空，嵌入铜管，杖头可以向上拔起，抽出一把60厘米长的、纤细得像根刺的短剑，能用来防身。他欣然接受了。

十月，我们去了奇维塔韦基亚，那个小城距罗马半小时车程，当地航海博物馆请他做一次关于展品复制技术的交流。会议结束，馆长带我们在馆里参观，骄傲地展示了一些两千年前水手们用的东西。下午，我们开车到海滩去，海边有一座建于1068年的圣塞维拉城堡，柔和的金色日光里，那外墙呈现出极淡的珊瑚粉。

盛夏虽已过去，海水还是很暖，我们脱掉衬衫长裤，穿着内衣下水游了一会儿。游泳是伽拉唯一胜任有余的运动，因为水没有一个平面时刻强调他双腿的参差。后来我们回到沙滩上，湿漉漉地散步，走到灌木深处，坐在草地上聊天，衣服扔在一旁。

再后来，我们躺倒在草中——当你在情人身边，你就老是想拉着他躺下。苔藓散发香气，鸟叫，风吹不止，我们像两个赤身肉搏的角斗士一样，搂抱着翻个身，草叶在身下簌簌作响。不远处，海的灰色呼吸一起一伏，像一条永远充满诱惑，令人安心的退路。

我伏在他胸口，一动不动，想象这里打开一扇门，肋骨像翅膀一样张开，把我容纳其中。我问："豹仔跟她的男孩什么时候会躺到一起？"

"豹仔并没睡到马厩里，她成了王子最信任的侍童，夜间睡在他卧房外面，白天陪他骑马、玩球，在河上乘船看人打鱼，一起坐在炉火边，一面吃榛子，一面听少一只手的老仆讲故事，果壳抛进火堆，爆起火星。连圣诞节他舅舅送的、雕刻精美的杏仁糖小屋，他都跟她分享。

他俩最爱玩的游戏是跳方格，王宫花园的紫藤廊架下有一条长长的方砖地，男孩脱掉假脚，豹仔则把小腿向后弯折，用手绢拴起来，也摇摇晃晃地单脚站立。

他们先掷骰子，决定步数，总是一个人跳得快些，另一个人一步步追上去，有时他跳过她身边时，她突然伸手去推，他双手乱舞，终于歪倒时，一伸手揪住她的衣服，把她也拽得一起倒下去，在落花和青苔上滚成一团。

一个雪夜，豹仔在起居室值班，雪片沙沙地扑在窗棂上。她听到卧室里的床隔一会儿就响上一阵，她悄悄推门进去，拔开绣花床帏，男孩在枕头上转过头来。

豹仔问，你想要什么？男孩说，我冷。

他深棕色的头发围着脸颊，看起来就像她妹妹，那个继母生的、享尽宠爱的天真的妹妹，她恨她占去更大块的牛肉、更白的面包、更新的衣服，可雪天时妹妹钻进她的被窝，她也会紧紧搂抱她，用面颊暖热她的鼻尖。

豹仔爬上巨大的四柱床，它如此华丽，十个猎户卖一百条狐狸皮的收入加起来，也不够买这么一张床，可对一个孩子来说，它太大、太冷了。镶金边的睡袍也不管用。她摸摸他的腿和脚，越靠下越凉，那条残缺的腿像一条冰柱。

她轻轻挪动身体，在被底找到合适位置，收拢双臂，把他的腿搂在胸口。

他俩都一动不动。过了很久，男孩说，豹仔，你胸口为什么这么软？

豹仔说，是脂肪。殿下，跟你一起吃饭，让我变胖了。

男孩并不觉得她胖，但他太暖、太舒服了，就像被云朵包围着，他说，那我希望你再胖些。他竟朦胧地感到一丝奇异的羞涩。一种直觉，超越了蒙昧的认知，提前到达真相。

在汹涌袭来的睡意中，他合着眼说，你那样不舒服，我不冷了，你过来吧，躺在枕头上。

清晨，独臂仆人进来，挂起床帏，看到两个孩子额头相抵，在一片雪白里亲密地贴着，睡得像一个豆荚里的两颗豌豆。

　　男孩睁开眼，头从枕上抬起一点，轻轻摆一摆下巴，示意仆人出去，不要吵醒豹仔。"

　　他忽然呻吟一声："我的背疼……"

　　伽拉支撑起身子，说："金，我的背疼，奇怪……"那不是王子的话，是他的。

　　我起身查看，只见他后背皮肤上有七八条草叶划伤的血痕，四周隆起、发红，像被极细的鞭子打过。等回到停车的地方，他的背已经整片肿起来，隆起大块小块的山丘，看上去有些可怕。

　　我让他在后面座位上趴下，自己坐上驾驶座，脚底猛踩油门，同时一手操控方向盘，一手拽出安全带的铁头，摸索着往槽里塞。他轻声呻吟。我不断抬眼看后视镜，那窄窄一条里，他侧过脸看我："没事，过敏而已。"

　　我问："有没有觉得喘不过气？胸口难受吗？喉咙有没有异样？"他说："都没有，不用那么急，你超速了。别看我，看路，车祸可比过敏更要命。"

　　我转而盯着电子地图上的里程，不停报数，"五公里……剩三公里了……还有两公里……好了，转弯就到。"

　　急诊处医生说："没事，只是植物导致的过敏。""用不用住院、用不用包扎？""女士，这是最轻微的过敏反应。过敏原？可能是荨麻、天荷芋、蝎子草，也可能是鬼知道的什么虫子……反正下次滚草地之前，建议穿件衣服，或者，开个房间去。"

他看看我，一脸"我连姿势都能猜到"的似笑非笑，我想争辩，又闭上嘴。

做完注射，回到公寓，已近午夜。到这时，我才有空换掉衬衫底下被体温烘得半干的胸罩、内裤，衣服上有海盐的微微腥气。他伏在床上，像工作台上等待修复的雕像，抗过敏药让他很快入睡。

我用小刷子蘸着药水，一点点抹在他后背表皮上，想象自己的手是灭火直升机，把水泼向燃烧的山丘，那两条旧疤则是翻滚在火焰山谷的大蛇。

夜里他体温上升，呼吸滚烫，好像火从毛孔烧进去，烟从嘴巴鼻子冒出来。我从冰箱里翻出冻豌豆袋子，拿毛巾裹起，敷在他脖颈两边、腘窝处，每隔五分钟挪块地方，又轻轻把他手臂往上推，把冰袋塞到腋下。

他始终没醒，犹如刚成形的泥塑，软绵绵任人拧弄。

等他体温逐渐回落，我在床边的粗毛地毯上躺下，睡一阵，醒一阵，睡得很浅，醒了就爬起来去查看他。毛巾湿了又干。天快亮时，他醒了一下，上方传来被褥的窸窣声，我迷迷糊糊地说："我在这儿。"

床边探出一只手，仿佛从云里伸下来，找到我的头发，一个指头像读盲文似的，轻柔地摸摸。

我抬手握住它，那手心是干燥的，温度正常。不久他的呼吸再次转为沉睡中的悠长节奏。我松开手，那条手臂仍悬在空中，犹如通往不可知之地的奇妙豆茎。我心头一松，闭上眼，轰然陷入沉睡。

好像只睡了五分钟，天光就亮起来。我被一声拖长的车笛声吵醒，听起来是个急躁的司机。他从床上探头，窗户里亮蓝的方形天空在他脑后像个画框，一切恢复明朗、宁静。他裹着被单拖拖拉拉地下床，躺在我身边。"早上好，我的修复师。我的国王。"

"早上好，我的雕像。"我钻到被单底下。他身上药水的气味有点像火碱，像修道院墙上刚完成的壁画，再加上一点小茴香和樟脑味。

那两天我靠近他时，总能嗅见淡淡药味。他撑着手杖在公寓里慢慢走动，赤裸上身，脊柱两侧的肌肉随着腿的动作，轮流凸起，阴影在其上不断变化。他背上几块皮肤发炎破溃，又慢慢愈合，留下新的淡褐色痕迹。

八

那瓶没用完的药水收进了药品箱。失去伽拉以后，我偶尔找出它，涂一点在手腕上，或者洒几滴在口袋巾上（他给我擦过血的那条），再拿口袋巾当颈巾系在脖子上。

皮肤的热力把气味蒸出来，让我觉得他就在房间里，一回头就能看见。

我要做的，仅仅是忍住不回头。

九

十一月是阴沉沉转着念头的麦克白。这个季节的雨最令人心烦，一切光线被腐蚀得生锈、暗淡。我母亲来看我，停留三天。那三天我谎称出差，没跟伽拉见面。一周后他偶然知道这事，问："为什么不告诉我？"

我说："你不会喜欢她。"他摇头，"那是另一回事。你也认为她不会喜欢我，是不是？因为……"他在餐桌上立起两根手指，一点点挪向前，模仿人瘸腿走路的样子。

我说："不，不是的。"是的，我母亲永远不会明白一个清贫的跛子有何迷人之处，她会如获至宝，把这个当成我的败绩，用来证明不按她的意见生活只能越过越惨。

他微笑，笑的意思是不认同但不愿争论。

我虚弱地说："对不起，下次她来我一定约个餐馆咱们一起吃饭。"下次我一定瞒得好一点。

他平静地看着我的眼睛："金，即使她是英国女王我也没兴趣跟她共餐。我在意的是你。真诚一点。"

他跟我说过他小时候父母因事故去世，他不会明白那种根深蒂固的畏葸。我想起某本书里的一句话："跟你不一样的人不会忠诚于你。"反过来亦成立，这念头让我心头绞痛。我决定不再解释，只是再次说："对不起。"

他低头瞧着桌上手指的步伐，它们路过一个木纹的旋涡时跟跄一下，绕过麦片盒，走到我的煎蛋盘子前面，爬上盘子边，呆立一阵，又转身跳下去要离开……

我抓住他的手，两手分握着两条"腿"，操纵它跳上盘子，然后再一步跳到我胸口，再一步跳到我嘴唇上。我吻了他的手指，不止手指。

他也回吻。我以为这事过去了。第二天我下班时收到消息："普罗奇达岛上的朋友邀我参加手工艺博览会，几天后返回。"

公寓里的衣服少了一些，幸好只是一些：两件衬衫，两条裤子，一套稍微正式的上装下装。我跑到装脏衣服的藤篮子前面，刨出他的毛衣，双手捧着，鼻子埋在毛茸茸、空荡荡的胸口。

他一周后回来，像离开时那么突然。我紧紧搂抱他，他又变得是他了，每条衣褶都会呼应我的动作。我后背能感到他每一根手指的力量。

我贪婪地摸他的腮帮、腮上新生的短髭，手指痛饮那独特的皮肤质感，满手甜蜜。他笑道："不是幻觉，也不是全息投影，是真的。"

他拿出在手工艺品博览会上买的礼物。是个珐琅马赛克拼贴盒，有一本侦探小说那么大，精美异常，最上头那面拼出一幅风景画，两边苍翠山崖，中间夹着一道深渊，深渊之上有座桥，两人正从桥上走过。

我打开盒盖，盒里是个更小的盒，再打开，还是个小盒，一共开了五次，最后一个盒子只有一块方糖那么小。

里面什么也没有。我说："我以为里面是……"

"戒指？"

我夸张地瞪眼、摊手："当然不是，我怎么会期待那种东西？我以为里面会是你的肖像⑥。"他大笑。

我假装从小盒里取出一个纸卷，慢慢展开，念那不存在的字迹："你选择不凭着外表，果然给你直中鹄心。胜利既已入你怀抱，你莫再往别处追寻。这结果倘使你满意，就请接受你的幸运，赶快回转你的身体，给你的爱深深一吻。"

他笑着，按《威尼斯商人》的词往下说："亲爱的巴萨尼奥，可是我这一身却是一无所有……"

我们的亲密恢复到跟从前一样。他后脑的短发，绸缎似的圆形耳垂，身体里的黄金和笑声的白银，藏有财宝的岩穴，一切重归于我。可是当他靠在我胸前，我会想起那胸脯下的心曾认为他是不体面的、需要隐藏的。

而他也知道这一点。

至于送一个不装东西的盒子是什么意思？我没有问。

米开朗基罗说："为什么用粗石雕成的形象，比它的创作者寿命更长？而曾几何时，艺术家却化为灰烬？"

人们认为石头坚固，所以他们用石雕把美固定下来。但即使不故意用铁锤击打，它也会从内里崩坏，有一种灾难叫"冻融"，水分渗入石的孔隙，冷时凝固，热时融化，冷热交攻，裂缝越来越大，最后导致开裂，变成碎块。就像一颗心在爱里会遇到的。水一样的温情会冷却，之后再勉力热起来，也会留下裂痕，反复几次，瓦解崩溃的一日就不远了。

十二月，冬天亮出长刀，刺穿街道和呢子大衣。高楼如巨大磨刀石，风在楼间穿过便陡然锋利起来，人们面色凝重，垂头匆匆走过。伽拉所在的团队获得博物馆协会颁发的年度贡献奖，我戴起唯一一副成套的项链耳环，陪他领奖。

新一批等待修复的雕像运来，都是裸体男性，私处都覆盖一片无花果叶，叶子质地有差异，有的是金属铸的，有的是石头的。他们是史上最大的艺术审查案件的受害者。16世纪教会发起"无花果叶运动"，教皇下令梵蒂冈博物馆所有雕像的生殖器都要遮挡起来，不能任由它们诱发情欲。作为回应，意大利各地的神职人员立即动手，给雕像去势，贴上无花果叶，因为亚当夏娃吃下禁果后便是用无花果叶遮体。不少壁画也被涂改。这场运动持续了将近五百年。

我们要做的工作就是摘掉无花果叶，把凿下来的玩意儿再安回去。一同送来的还有一个小木箱，打开，里面全是阳具，看起来像给某种菜品或药品（壮阳药？）搜集的食材。一旦脱离身体，它们显得脆弱可怜，跟小孩不小心摁断的蜡笔头儿似的，一头尖尖，一头截面。有几个因是用榫卯结构跟躯体联结，截面上还有一个小小突出。

有一天几个女同事把它们摆在棋盘上，当成棋子，煞有介事地说："这是国王，这是骑士，这是兵卒……"

"为什么国王的最小？"

"唔，皇室近亲通婚的结果就是先天阳痿。"

当然，那是玩笑话，前贤对该器官的审美与当代人取向正相反，他们认为"小的"才是美的，要谦逊地、温柔地耷拉着，尽量淡化其存在感。阿尔特米西昂海角的青铜波塞冬（也可能是宙斯，学者们还没搞清）胯下好似探出一条海葵触手，卡拉卡拉浴场的大理石赫拉克勒斯两腿间仿佛多长了个脚趾头，韦罗基奥的抱海豚的小天使，睾丸上有一小团蛋黄酱似的东西，那就是天使之茎了。

硕大的生殖器属于蠢货，色欲旺盛显得粗俗，最理想的器官，乃是雕像们那样的细小、松弛、疲软。

难点在于"物归原主"，怎么判断谁属于谁。我们给这箱阳具编了号，它们的状态有微妙差别，大部分困倦，有几个昂扬。伽拉谨慎地给出意见，并以数篇论文为佐证，其中一篇文章作者认为大卫与拉奥孔的阳具之所以那么小，乃因面对科利亚和巨蛇时紧张恐惧，那玩意儿抽抽起来了。同理，皱缩最厉害的一个，就该属于这批雕像里最惊恐、濒临死亡的一位，"被猎犬撕咬的亚克托安"⑦。

夜间，我们给床铺上新买的海蓝色床单，裸身跃入布料的波涛。他的胸膛、臀部、骨盆，在其中涌动闪亮的浪头。我腾身跃上浪尖，应和其荡漾起伏，又夷然滑下来。

我抚摸他那个地方，说："要让我选的话，我最不在意的就是缺这个——如果非要缺一样东西。"他用手背遮住眼睛，边笑边哀叹："女士，你是在委婉地评价它表现不佳吗？"

王子十五岁了，缺半条腿也不妨碍他长得高大、健壮。

某天豹仔随他打猎，他骑红褐色猎马，她骑的是矮一点的灰斑母马。两人穿过森林。他射杀了一头狼，下马检查时，原本闭着眼的狼忽然活了，带着箭跳起来，扑到他身上。只见寒光一闪，她在后面掷出匕首，刀尖正中后脑，扎透脖颈，狼惨嗥一声，她冲过来拔出匕首，又从狼的肩胛间准确地搠进，直刺心脏。狼四爪松弛，彻底断气。

她把硕大的狼尸推到一边，伸手拉他起来，手微微颤抖。他喘着气，两人脸色惨白地互相看，满头满身狼血淋漓。

他们骑马找到最近的一条小河，狼尸搭在马鞍上一路摇晃。她拴马的时候，他急不可耐地脱衣服。他爱干净，厌恶污血的腥气。他脱下猎装外套和内里的衬衣，褪下裤子，露出完好的右腿和戴着木肢的左腿，回头看她，笑道，快把你那血裤子也脱了，又不是没一起洗过澡。

她应着，他们确实经常"一起洗澡"，但赤裸的是他，她是站在浴盆边给他搓背的那个，每次等他洗完离开，她才关上门，跳进剩余的热水和他的气息里飞快洗一洗。

他走入河水，弯腰掬水，没头没脑一通洗。她解开皮靴扣子，把长裤推下脚腕，当年第一次见面，他就见过她赤裸的下身，这部分是她不惮于露出来的，她要守秘的只是棉布紧裹的胸口。

她身上留了件衬衣，一步步走进水中，清洗腿上的狼血，又回来拎起几件带血的衣服，逐件清洗。他蹚着水，步履有点僵硬，哗啦哗啦地走到她身后，说，别动，这儿还有，我帮你。

　　后臀有几个发凉的手指尖碰上来，撩着水，抹掉血迹，她垂头不语，看着水面上映出两个相叠的人影，那血不是狼血。

　　河水表层带着白昼日晒的热度，越往下越凉，她在水下悄悄一踢，人影碎了，再聚拢。

　　他说，好了，干净了。她人生中少有这样承受温柔的时候，仅有的一些，都来源于他，她都当成散碎金子，悄悄收藏起来了。

　　她把衣服裤子拧干，晾到低矮的树枝上。他背对她站在水中，浑身皮肤镀着一层水的光泽，双臂扬起，十指交叉兜在脑后，望着林杪一枚金币似的太阳，又回头看她，似乎不为什么，只是心满意足地莞尔一笑。河水刚好没过他膝盖，让他看上去是个健全少年。

　　她过去跟他并肩而立。流水淙淙，她说："听这水声多好听，我希望我将来有一个盖在河边的木屋，每天听这声音，夏天的中午跳进河里洗澡。"

　　他说："真不错，等你退休之后我会帮你盖屋子，你能不能在壁炉边给我留把躺椅？"

　　她笑道："不一定，到时我会养一条猎狐犬，它会占着炉子跟前最好的位置。"

　　他说："'豹仔'的狗，叫什么名？"

　　她想了想说："叫老虎。"

　　暮色四合，黄昏里的树林、河水和鸟鸣有一种不真实感。树枝上的衬衫被风吹动，倏地扬起，两只袖管凭空舞着，跟旁边她的长裤一下下相撞，每次差点要抱住时，又荡开。

　　她说，回去吧。他转身哗啦哗啦走上岸，双手把湿漉漉的头发抹到脑后。她提着半干的衬衣、裤子过来给他穿，系腰带的时候，他说："你该先穿，瞧你都起鸡皮疙瘩了，冷吧？"她说："我不冷，不是因为冷。"

　　他看着她两腿间的"残缺"，说："豹仔，要让我选的话，我会选缺这个，我最不在意缺这个——如果非要缺一样东西。"

　　她说："让我选的话，我希望你完完整整的，啥也不缺。"

　　她双手忙碌，头正垂在他胸前，他伸手轻轻扶住她肩膀。她抬头看，他眼里有种要命的、一无所知的纯真。"嘿，我跟你加起来，就什么都不缺啦。不要盖小屋了，你要留在宫里，在我身边。咱俩要永远在一起。"

欢愉和哀愁是一模一样的两条岔路，更不幸的是走过去时，还要被绸布蒙住眼睛。在某个面对一千条岔路的时刻，我用汗津津的手抓住他同样汗津津的肩膀，说："告诉我。"

　　伽拉永远比我冷静，即使说话时面颊正埋在我腹股沟里。他说："要我告诉你什么？"

"一切。所有我不知道的。"

"你不会想知道一切，没人愿意。"

"我愿意！来，讲一个你认为我不想知道的。"

"在博物馆第一次见到你那天，我先离开了。你一直问我原因。"

"原因是？"

我盯着他的嘴唇，眼看着答话涌到张开的两唇之间，但他还是等了两次眨眼的时间，才吐出它来："原因是，我等电梯时发现裤子湿了。"

我无法形容听到这句话的心情，只能说："啊……"

他似乎决心把难听的话一次说完："还有，医生建议我再做一次手术。再做一次，有一半的概率可以不再用手杖。"

为什么他认为这个我会"不想知道"？我激动得差点跳起来，"做！为什么不？医生的电话在哪儿？明天就给他打电话。"

他并不兴奋，叹一口气，意思是早料到会这样："我不想做。"

原来这才是我"不想知道的"。我叫道："为什么？为什么！……"他的眼光冷下来。我知道，我又让他失望了。

二月，月亮和云都冻住了，白得阴惨惨。没人会在冬天分手，这违背温血动物的本能。我们吵了一次架，由于没吵透，很快又来了第二次。说是吵架，其实也只比日常对话声音稍大一点。他总是在踏进岔路的下一步，就含着怒气静默下来，我也不得不闭嘴。有时我真想摇晃他的肩膀大叫："跟我吵啊，快点！"

我搬回自己的公寓，幸好还没退租。不过我们仍然每天见面。一股西伯利亚的寒潮吹袭，温度骤降，罗马大雪三日，万神殿、斗兽场、图拉真广场都被白衣军团攻占，整座城匍匐在雪的威权之下。许多学校停课，有的公司放假，有的允许员工在家办公。工作室停工放假，我买了食物和日用品，踏着雪送到他公寓来。

他不回头地说"谢谢"。我站在门口垫子上，拂掉帽子、大衣上的雪。他正站在窗口的书桌边，用手冲壶做咖啡，从中间向外划圈，浇在铺着咖啡粉的锥形滤纸上。咖啡液滴答滴答滤下，等待的时候，他握着壶，倚在窗口看雪。

长方形的窗框住他，看起来像塔罗牌的牌面——"节制"那张牌，天使双手持两只圣杯，相互倒水，试图让两只圣杯的水保持平衡。

我从没想过离开他，或失去他。

就像黄跟蓝已经混成黄绿色，你不可能再让它们退回去，取出一管松石绿一管水仙黄。

不可能。

在沉默中做爱，是最糟的一部分。他并不阻止我，任我像个狂躁的女巫，用手指和嘴唇的法术摆布他身体某些部分，怂恿它背叛他，并召唤出一股叛军似的血液，汇集到那里，好让它响应我、投奔我。他平静得近乎怜悯，我开始后悔，可没法停下来。

他的目光看我又像没看我，他不再是伽拉，他成了自己的复制品，让盲人用手触摸的复制品。

我闭上眼睛。

——女士，您是怎么失明的？

——欲望，欲望让我昏天黑地……

他的手插进我的头发，就像在阿斯克勒庇俄斯的神庙前那样，一个指尖慢慢滑动，读着我发丝上的盲文。是否那天我献错了祭品，或不够虔诚，因此得到的不是神的祝福？……我双手捂脸，软绵绵地跌下来，掉进蓝床单的深渊。

王子坚持要参加马上枪术竞赛，这年他16岁。比赛是为了庆祝他跟最富有的公爵的女儿订婚而举行的。竞技场人头涌动，乐手吹奏喇叭，贵族们身着盛装，依次登场，旗手把旗帜插在场边，旗上绣着各家的家徽和家族格言。

第一个节目是侍从们朗诵主人为王子订婚所作的诗歌，接着比赛正式开始。前两场竞技在几位低阶骑士和朝臣之间展开，第三场则是国王的弟弟"风雅公爵"挑战银鹰家族的骑士。他们各自上马，接过长枪和盾牌，号角响起，两人催马向对方奔去。

后面备战区，豹仔帮王子穿戴铠甲。她用力拉紧胸甲的系带，小声叹气，为什么非要参赛？他们个个比你大七八岁，而且都有实战经验……

他抬着胳膊，让她给系好护手的皮带，对她说："别担心，我只比一场，只跟红龙家那个没鼻子的伯爵比，昨天我看到那混账踹你的屁股，朝你脸上吐口水，还笑嘻嘻，待会儿我要把他刺下马鞍，让他屁股摔八瓣，然后也朝他吐口水，给你报仇。"

他眼里净是信心十足的光亮，一挥手，拉下头盔的面罩。

豹仔蹲下，替他整理胫甲，忽觉脖子一凉，颈巾被拉走了，抬头一看，他正把它塞进胸甲缝隙里。她忍不住皱眉头："你应该带着你未婚妻的信物，干吗拿我的？"

他的脸在面罩后面，但听得出他声音里的温柔和郑重："因为这次是为你而战，我的……兄弟。"

她目送他转身离去，心想这是她收藏品里最大的一粒金子。

格斗场上，坠马的银鹰骑士被人搀扶离去，女士们朝得意扬扬的国王的弟弟抛来鲜花。

王子上马，他未婚妻从高高的皇家包厢里朝他招手。她身穿紫罗兰色天鹅绒礼服、白貂皮披肩，头戴黄金发箍，坐在国王和王后身边，紧挨着国王的官方情妇西番莲夫人。

几分钟后，她那张精巧的小嘴里发出一声惊恐尖叫，王子和红龙伯爵两马交错，长枪同时从盾牌下探出，重重刺中对方，两人都从马鞍滚落，重重摔在沙地上。

喧哗大作，人们冲上去，摘掉头盔，露出口鼻流血、眼睛紧闭的脸。

他们七手八脚把两个人抬走。一条旧颈巾从胸甲里掉出来，落在沙地上，被踩了好几脚，豹仔把它捡回来，收进口袋。

　　三天后的黎明，他醒过来，只觉浑身疼得像被马群踏过，听到床边她用哭哑的嗓子说："嘿，我在这儿。"他瞧着她那张憔悴的脸，说："真抱歉，那家伙……我没来得及朝他吐口水。"

　　她忽然不顾一切地扑上去，紧紧搂住他。他苦笑着叫："哎哟。"

　　忘情的时刻只持续了几秒钟，她很快收回手臂，站直身子，歪过脸在肩头蹭一蹭，说："我去叫他们过来。"

　　他看着她的背影，一股强烈的感觉油然而生：世上除了她，都是"他们"。

　　他跟未婚妻的婚礼，定在半年后。

　　三月，他又去了普罗奇达岛。他走后第六天，我到他公寓里打扫卫生，搞完了，用微波炉热了一份奶酪饺子当晚饭。

　　床边粗毛地毯上，靠里的位置，掉着他的一件衬衫，应该是急匆匆脱下，忘拾起来了。两条衣袖向外撇着，张开怀抱，右袖鼓起，由面料本身的韧度撑住，保持着里面有条胳膊的状态。我每次路过，都小心翼翼绕开它，让它保持原样。

　　夜里，我被楼下响着警笛驶过的警车吵醒，看一眼手机，发现两小时前他发来一条消息：

　　"我爱你。想念你。我会很快回来。"

　　这让我做了个很舒畅的梦。

快乐一直蔓延到第二天早晨，醒过来还在床上自己微笑了一会儿，天空晴朗洁净，洒水车刚开过去，街面上的积水闪闪发亮。想到他可能今天就回，我给花店打电话，订了一束黄百合。将近中午，门铃叮咚一声，花送来了，一大捧金灿灿，香得人晕头转向。

我把花拿到厨房水池边，逐枝截掉花茎末尾的一小段，给花瓶注水，再开一罐啤酒，倒一些在瓶里，这是伽拉常用的方法，能让花期延长几天。

花香弥漫室内，我用镊子一个个摘掉褐色雄蕊，忽觉这也挺像"无花果叶运动"，凿掉雕像的阳具，忍不住笑出声。电话响了，是个陌生号码，我接起来，被告知：伽拉昨夜遇难身亡。

他随朋友驾船出海，遇到风暴，船倾覆。他死在海中。

几年后，我跟笑颈结婚，婚礼前夜，她们拿来百合做的新娘手捧花。我嗅到那股香气，热泪猛地冲进眼眶，簌簌落下。

十

笑颈已经不再有一个带笑纹的脖子，不过我习惯了在心里这么叫他，也就叫下去了。

十几年没见，再看到他，我根本没认出来。那是个业界聚会，外省一座著名博物馆研究院的人们过来跟我们打招呼。一群人乱糟糟握手，自我介绍，我根本没听清任何一个人名。

忽然一张脸晃过来，朝我微笑，我只好假笑作为回应。

那人却没有走开的意思，眨眨眼，好像有点惊奇我不认识他。我有点不耐烦，回身要走。那人在后面说："哎，金！我是……"

他说出自己的名字。我啊了一声，转回来惊讶地盯着他，差点叫道"笑颈"。

我说："你……你变化好大。"他现在是个瘦子，高领黑毛衣，黑西装，底下一双铁锈红的帆布鞋。他说："你没什么变化。"

接下来我以为要走老友叙旧那一套累死人的流程，心里正提前开始哀号，谁知他只是诚挚地笑着点点头，说一句"又见到你真高兴"就走开了。我望着他的背影，他的脖子被质量很好的羊毛面料包裹着，不知道笑脸还在不在。

几天后因为工作上的合作，我又见到他。这次互留了联系方式，工作结束后他请我吃饭，吃饭，喝咖啡，吃饭，喝咖啡……第五次他送我到楼下，我说："要不要上来喝咖啡？"

他一时怔住，像是不相信这么快就能上垒。

我一直用的旧手冲壶，是伽拉的。拿它给别人做咖啡，有种痛快的痛苦。

为了注水稳定，伽拉给壶把缠了几圈麻绳。我每次握在上面，手掌合拢，仿佛再次碰触到他手心的皮肤。

那夜，笑颈没走。他说："十几岁我就爱上你了，我知道那时你有点轻视我……不不，不用着急否认，金，我不在意，我也不喜欢那时的自己。我只希望现在我能让你满意。"

　　等他脱光衣服，我终于有机会看到他的后颈。那是一条勤于锻炼的脖子，皮肤紧绷，不再有褶纹。

　　两个月后他开始找婚礼场地，研究灯光和摆花。我说不用急。他说："我已经晚了二十年。可不能再拖了。"

　　整个过程我完全没过问，桌椅搭配、餐具搭配、乐队奏什么曲目，蛋糕选香草还是巧克力口味，糖霜用粉紫色还是橘色……我都不在意，一概推给笑颈："都听你的，我相信你的判断。"

　　既然不是伽拉，那什么细节，我都不在意了。

　　工作室里有人用抛光轮打磨大理石，很吵，笑颈打来电话，我接通了，听不太清，用手压住空着的耳孔，往外走，听到他说："……你来试一下。"我说："你试就行。"

　　他在那边大笑："我是说试婚纱。亲爱的，这个我没法替你。"

　　试完婚纱，一起吃晚饭时，他聊起蜜月度假地点，从包里掏出笔记本电脑，打开一个演示文档，像做学术报告："与其只去一个地方，不如坐环球游轮，沿途有很多地方能玩。你看，选南极航线，能看冰川、象海豹、企鹅；选波罗的海航线，咱们可以去奥斯陆、斯德哥尔摩、哥本哈根，你不是一直想看挪威国家美术馆里收藏的那座罗马执政官雕像吗？还有斯德哥尔摩的瓦萨沉船博物馆，展览 17 世纪最豪华的'瓦萨号'战舰，当初咱们一起看过一个沉船文物展览……"

　　我摇头："不，不，不，我不要坐船出海。"那个沉船文物展也不是一起看的，是分开看的。

……所以我才会遇到伽拉。

婚礼很成功。婚纱是笑颈从一家佛罗伦萨的古着店租来的，一件上世纪的塔夫绸裙，鸡心领口，长拖尾和头纱上绣着繁复花样，人人都说我穿上它美得像博物馆里的展品。

宴席长桌上的蜡烛是他亲自设计、定制的，做成展翅的胜利女神形状，女神颈上燃起火苗，宛如头颅在火中燃烧。蛋糕则是千层酥加巧克力樱桃浇上萨芭雍奶油，美味极了。他的品味实在很好，样样都选得好。

我母亲和父亲在长桌后面的宾客群中微笑，他们对笑颈很满意，所以难得没有争吵。乐队奏响《花之圆舞曲》，那是我最喜欢的圆舞曲。新郎牵着我下场跳第一支舞。一切完美，没有一点缺憾。

两年后，我跟笑颈离婚。

十一

我最后一次乘船出海，是搜救队带我去的。

在普罗奇达岛上的医院，我见到了伽拉的朋友。他在救生艇上漂流七小时后被救起。他痛哭着说："主桅折断，击中他的头，他落水时已经昏迷……我当时在船的另一端放救生艇，我想赶过去，但浪实在太大了……"

沉船时间是凌晨 2 点左右。我收到的最后一条消息，发送于午夜刚过，12 点 07 分。搜救工作以船沉没的位置为基点，结合风力风向与海流信息，逐步扩大范围，搜索面积达 25 平方公里。事故发生 72 小时后，搜救队宣布行动结束。

我唯一的请求是，带我到沉船地点去看一眼。航程大约两个半小时，船停下来，停在一片跟别处没什么两样的海面上。船长向我轻轻点头，眼中是无声的恻隐。

我走上甲板。海铺开一床无边无际的蓝被单，伽拉躺在那下边。

此时是正午，风平浪静，海水碧清，日光下每一座涌起的浪峰，波纹的每一点闪光，都能看得很清楚。

我翻过船栏杆，纵身一跃，身体冲破海面，一声巨响，就像撞在博物馆展柜的玻璃板上。只要冲开这层软软的屏障，我就能再次跟他同在一个空间里。

海水瞬间吞没了我，水从每一个孔窍涌进来。引力拽着身体迅速下沉，像电梯下行。天光在头顶上方远去，我闭上眼，心头无比澄明。失去意识之前，我愉快地想着，他就在下面某个地方，所以这不是沉没，是踏上了与他重逢的路。

被救上来之后的记忆，损失了一部分，有人给我做人工呼吸，我模模糊糊只感到厌烦，就像赶去约会的路上堵车了。后来，眼前变为一片雪白。白不对，蓝才对，雪地是走错路了，大海才正确。你们都误会了，我不想杀死自己，我只想离他近一点，不行吗？我犯了什么罪被判决不许靠近他吗？几次试图冲出病房未果，护士拿来了束缚带，满脸怜惜，但捆我时毫不手软。

等我恢复到能出院，葬礼已经过去半个月了，棺是空的，放了几件他的日用品。我回到他的公寓，床边毯上的衬衣袖子鼓着，像里面还有条胳膊似的，黄百合早就枯萎腐烂，水臭了，长了绿霉，发黑的花瓣掉在洗碗池里，掉在地板上。

用来摘花蕊的镊子歪斜着搁在一边，我还记得我随手放下它，去接电话那一刻。我的生命，就从那一刻，断成了两截。

第一年，我每分钟都想他。365，乘以 24，再乘以 60。他的双眼在空中射出虚构的目光，像不会落下的月亮，笼罩着我。他站在我每个念头的对面，我滔滔不绝地跟他说话，停不下来。

工作的时候——瞧刚送来这个半胸像，耳垂形状跟你一样，是个可爱的正圆形；捆木架子的铁丝把手指扎破了，伤口还挺深，这几天你得洗盘子啦……

在咖啡店买早餐——你喜欢的这款点心出了新口味，椰子味，尝尝吧，椰子味的总不会太难吃，哦，对，除了那款椰子味的漱口水，你用了一次就扔掉的那瓶……

在超市——油浸蘑菇罐头再买几个吧，你喜欢用它拌沙拉，洋蓟罐头还要不要？……

所有事物都让我想起他。商场、餐馆、出租车里播的歌在唱他，电影里的角色在演他，小说里的故事在哀悼他，按摩师的双手在模仿他……书店客人们纷纷皱眉抬头，店员惊慌地跑过来，跑向一个背后传出痛哭声的书架。这能怪我吗？我只想给同事的小女儿挑一套植物图鉴，结果随手翻开一本诗集：

　　“我将痛苦地等待你，

我将常年地等待你，

你用独特的甜蜜引诱我，

你承诺了用永恒。

你的全部——是无言的不幸，

是照进迷雾尘世的偶然的光，

无法表达的冲动，

还未曾让我知晓。

你用永远低垂的脸庞，

用自己永远温柔的微笑，

用自己那并不稳健的步伐，

像慢慢飞翔的鸟儿的翅膀，

唤醒了我秘密沉睡的感受……

……我不知，你是骤然的死，

还是不可升起的星，

但我将等待你，我的渴望，

我将等待你，直到永恒。"⑧

　　我早该知道，与少年时代一见倾心的人重逢，这种幸运太罕见了，就像独角兽放弃警惕，走出密林，躺卧在人脚边一样，稍一惊动，它就会跳起来消失在幽暗中。

　　这世间最不可解的，是我何以得到他又怎样失去他。为什么闭上眼，他是活生生的，会说会笑，睁开眼，这世上就哪里也没有他了？

我日日夜夜回想。在无数条岔路前，是不是有哪一处只要我选对了他就不会在那天到岛上去，就能避开那场致命的暴风雨……

我困在一幢废弃的楼里，他说过的数千句话，是墙上写得重重叠叠的涂鸦。楼没有门，也没有让人逃走的电梯。

偶有一些事，能让我一时忘忧：成功修复的雕像在美术馆展出首日拉下幕布，看脱口秀表演跟朋友一起大笑，公园里受小孩子邀请互扔雪球，母亲再婚时坐在第一排微笑观礼……

那个叫痛苦的怪物也要小憩，它闭上眼，发出轻轻鼾声，狮鹫似的大爪子松开了，但它又突然惊醒，低哮着再次捏紧我的心。

不疼的时候，人意识不到"不疼"，等再疼起来，才会后知后觉地感叹，刚才偷来的一刻，是多么、多么、多么轻松。

接着愧疚又来了，因为快乐是背着他跟世界偷情。

有没有人抱怨过思念是个累死人的体力活？全部精神肉体都成了燃料，没日没夜地烧。有几回我猛地跳起来，冲进厨房，从刀架上抽出最利的一把刀，低头盯着身体，好像能透过皮肤看到那块肿瘤似的痛苦，它是活的，是只鼹鼠在草皮底下钻动。我得用左手抓住右手，不去尝试一刀刺向它。

我们跟人世隔开了一道深深的海水。我是说，我和伽拉，我们。

接着是第二年、第三年。春夜清新宜人，夏夜可爱温婉，秋夜剔透如一大块水晶，冬夜有朋友带来好酒和好消息。活下去，人生仍不乏美妙的日子，可惜我只能做旁观者。我全身关在一个玻璃笼子里，笼子有手有脚，跟我的手脚一样大。我舌头套着玻璃袋喝酒、吃比萨，戴着玻璃手套跟人握手、抚摸流浪猫。耳朵隔着玻璃罩，听嘴巴在玻璃面具后面发出的笑声。

痛苦像心底的洞，无论多少快乐倒进去，没多久就漏光了。笑的时候，想的还是那个洞。

世上最好的修复师，也修不好那样一颗心。

其实没人能活够肉体的岁数。我们早就死了，在呼吸停止之前死去，在心电图拉成直线之前死去。我们先真正地活些年头，真正地大笑，搂着心爱的腰跳出真正的舞步，离别时流出真正的泪，做爱时到达真正的伊萨卡岛……随后剩下的生活，只是昔日的影子，是复制品。酒已饮罄，我们用水涮涮杯子，喝下去，假笑两声，骗自己那还是酒。

十二

我一直给伽拉的公寓交房租。我定做了一个玻璃罩——真的玻璃罩，扣住床前毯上的衬衫，把它像一件展品似的保护起来。衣袖一直鼓着，保持伽拉脱下时的样子。衣柜里他的卫衣牛仔裤，也都用防尘袋装好。

跟笑颈结婚之后，我每隔半个月以加班为借口，过去做清洁。每隔两三个月，以出差为借口，在那房间里过夜。

不过，我不睡床。我把褥单铺到地上，躺在玻璃罩旁边，裹紧被子，度过长夜。有时我允许自己放纵一下，从防尘袋里拿出他的衣服，嗅着经纬里残存的一点他的气息入睡。

　　这份额外的房租，让薪水里出现一个不大不小的洞，我不得不接一些私活，赚点小钱，把它填上，比如替古董店修复镀金圣餐杯、掐丝烛台、微缩娃娃屋，给珍本书店修16世纪的珠宝装帧福音书、维多利亚时期的彩饰手抄本。虽然我的专业是石材修复，不过坚持自学，疑难处找同行咨询，困难也都能克服。

　　可惜，人不会总那么幸运。那天是结婚两周年纪念日，我不记得，笑颈记得，他在家准备了一些惊喜，蛋糕啊礼物啊，甚至还有卧室里的情趣道具……但我那晚又要"加班"。他非要通个视频电话，我只好紧急布置现场，把伽拉留下的几个雕像复制品摆在书桌上，再拉拢窗帘，挡住街景，最后背靠书桌拨过去，一个甜笑，故作镇定地拿起咖啡喝一口："亲爱的，还没睡呢？……哦，这是我同事的工作台，我过来参观她的进展。"

　　就是那个咖啡杯露了馅。那是我在楼下咖啡馆买的，纸杯上有店名和店标图案。笑颈一搜那家店的位置，就知道我根本不在工作室。

　　半个月后我照旧"加班"，开门时发现锁被撬了，门是虚掩的，推开门，屋里像来过一队缉毒警加三条警犬，能砸烂的东西都烂了，衣柜里衣服变成碎布，扔了一地。那个玻璃罩，就像里面有个迫切要出来的人狠狠撞在上面，碎成了一地玻璃碴。

　　那件我费尽心思保持原状的衬衫，当然也成了烂布条。

　　笑颈并不否认。我一问，他就说了，带着被骗的愠怒委屈、侦破大案的得意，还提前摆出只要我认错，他便不再追究的宽容面孔。我走了一会儿神，耐心等他讲完才提了离婚。

后来，我花一晚上把所有碎片收拾进几个大垃圾袋。房间变得空荡、凄惨。我筋疲力尽地躺倒在地板上，第一百次觉得生命大可于此刻结束。一转头，见床底下有样东西，完整得像集中营里孩子的梦境。

是个珐琅马赛克拼贴盒。我伸长胳膊，把它够出来，捞起身边一块布擦擦，它又变得光亮，跟几年前被送给我时一样。我打开，打开，打开，打开。最后打开那个方糖大的小盒。

我只是为了温习当时情景才打开它，没料到里面竟然有东西。

一张卷起来的纸条。展平，上面是伽拉的字迹，写着短短一句话：

　　　"是的，那天我打赢了狮鹫。"

十三

很多年过去了。我独自写完残缺国里王子与豹仔的结局，画好配图，交给编辑。它成了一本卖得还可以的图像书，隔几年会重版一次。有时书店请作者们做活动，到店给读者朗诵自己的书，我也在受邀之列。

我读道：

　　结婚典礼的日子定在"五朔节"，五月一日那天。四月，豹仔向内廷总管辞职，不告而别。王子待人一向温和，这次却前所未有地大发雷霆，大吼大叫，摔东西，让人们去找。没有结果，没人能找到。

　　某个下午，他呆立在镜前试穿礼服，让宫廷裁作改尺寸。一位侍女进来，说西番莲夫人请他过去。

　　西番莲原是剧院的三流女演员，两年前由国王弟弟引荐，成为国王的公开情妇，十分得宠，很快住进宫里。他随侍女来到她的房间，那妩媚妇人歪躺在长榻上，裙袍下露出一对雪白小巧的脚，一位女画师跪在榻前，正在她右脚少一根尾趾的地方画西番莲图案。

　　她对王子说："你父亲给我一个任务，让我教你怎么应付新婚之夜。"

　　他说："谢谢，不过礼仪老师已经让我排练过两遍，我不需要学什么了。"

　　西番莲嘴角露出轻蔑的微笑。"礼仪算个屁？你们宫里的废物，只知道教那些没用的。"她招招手，刚才传信的侍女走过来，垂头而立。

　　西番莲说："这是铃兰，当年我们天鹅剧院最红的姑娘，只要海报上有她的名字，票准能卖光。"

　　铃兰抬起头，微微歪头看他，嫣然一笑，他才发现她是个明眸生辉的美人。西番莲夫人对他的凝视很满意，说："去吧，铃兰，照我嘱咐你的办。"铃兰便走过来，一只酥软小手拉住他的手，他一跛一跛地跟她去了另一个房间。

门关上，她牵他走到床边，按着他肩膀，让他坐下，她像厨娘削土豆皮一样，飞快把上半身剥个精光，露出形状美观的肩头和乳房。

他惊奇地盯着那一对雪地上的白兔，她笑道："殿下，你没见过女人的裸体？"

他赧然点头："你是第一个。"

她心里荡漾起一丝异样的感觉，再靠近他一点，抓起他双手，压在两座雪山的顶端。等他最初那阵抗拒和颤抖过去，她握着他的手，慢慢揉搓打圈。不，手指不能收得太紧……也不能全不用力，我们女人喜欢感受到温柔不野蛮的力量。

等到确认他领会了技巧，铃兰拿掉他的手，褪掉衬裤。他看一眼她那个女性部位，反而放松下来，笑道："原来你也割掉了。"

铃兰一怔："割掉什么？"

他说："这个啊。"他打着手势，模拟那两个球根和花茎的模样，又指指自己双腿之间。铃兰一旦想明白，就笑得直不起腰。他面现不悦："这有什么好笑？"

铃兰满面是笑的余韵，摇着头："天哪，傻孩子，你以为每个人裤裆里都有一嘟噜肉？不是的，女人生来就没有你们那碍事的玩意儿，用不着割。"

他失声道："没有？生来就没有？……所有女人都没

有？"铃兰点头。他脸色大变，怔了一阵，突然跳起来，冲出房间。

那天晚上，王后在餐桌上问："我儿子怎么没来？"人们到卧室查看，看见枕头上留着一封信。说是信，其实只有一句话：爱你们，我会很快回来。

冬夜，大雪三日，幸好下雪前她已劈了足够的木柴。壁炉里木头燃烧，发出毕剥声，豹仔坐在炉前的椅子上鼓捣针线活，猎狐犬"老虎"趴在她脚边，时而咕哝一声。

她把它当搁脚凳，双脚架在它后背上。老虎乐意让她舒服点，因为它知道她手里缝的天鹅绒棉垫是给它的，它偶尔回头看一眼进度，再惬意地把脑袋放回爪子上。

门上传来一点奇怪的声音，像什么动物在挠门。老虎站起身。她悄声说："老虎，你觉得是鹿吗？还是冬眠醒了的熊？"

声音又响，这次像是动作僵硬的敲门。她趿拉上兔毛拖鞋，过去把门拉开一条缝，老虎朝门外的风雪汪汪叫。有个浑身是雪的人倚靠门框站着，门一开就倒在她脚下。

她赶紧把那人拖进来，关上门。

他只有一只脚，左边裤腿空着半截，身上的粗毛外套四处破口，加上手里那根当手杖用的粗树枝，看上去活脱脱是个乞丐。她双手搅在他腋下，费尽力气把他拽到壁炉前，把缝了一半的棉垫子塞到他脑袋下面，老虎有些不满，喉咙里嘟囔了一声。

他脸色惨白，蜷缩着，哆嗦得说不出话。她又把所有被子抱出来盖在他身上，最后在他身边坐下，替他脱掉前后开洞、底子磨得薄如纸的靴子，将那一条半冰冷的腿抱在怀中。

他渐渐暖过来，脸上有了红晕，眼珠也会转动了。她起身给他倒了杯麦酒。他慢慢拥被坐起，一点点喝下去。她说："酒是秋天在集市上换的，肯定比不上你常喝的那种。"

他说："酒很好。"

她问："你的木脚呢？"

"昨天翻山的时候摔了一跤，滚下去，摔丢了。"

"你是怎么找到我的？"

"你忘了？你跟我说过，如果退休了想在河边盖个木屋。"

"……你找了很多条河？"

他淡淡一笑："也没那么多。"

热血冲上她的双颊，胀得皮肤发痒，但她竭力克制着，问："你爸妈和妻子呢？他们怎么会让你这样在外面瞎晃荡？"

他说："没有妻子，因为婚礼没举行——愿她找到更好的丈夫——我在婚礼前就溜出来了，来找你。"

她苦笑，"殿下，你找我干什么？我已经退休了，我不是你的侍童了。"

他敏捷地一伸手，她躲闪不及，他从她夹衣领口里拉出一条旧颈巾，上面的血迹还没洗掉。她往后跳开，双手捂住脖子，涨红了脸，一时说不出话。

他摇头说："不，你不能退休。没人能从爱里退休，那是一辈子的差事。你这骗子，你从第一次见面就骗了我，你根本没有残缺。"她眼中含泪，映着火光，嘴唇轻轻颤抖。他继续说："因为我从没见过，所以也从没想到这世上存在毫无残缺的、完美的人。而你就是。"

一股无法抵抗的力量在她体内涌动，她像那次等到他从昏迷中醒来一样，扑过去紧紧拥抱他。

他说："你愿不愿意做我的妻子？愿不愿意，赐爱给你眼前这个残缺的人？"

她说："不，在爱里也没有残缺。你是完整的，没有残缺。你是这世上最完美的人。我愿意。"

十四

我相信伽拉会回来，只是不知道他会用什么方式回来。我等着，日复一日，越来越有耐心。镜中的我日渐苍老，而记忆中的伽拉还是个青年，当我想象我们站在一起，或对坐吃饭，脑中情景有点像母亲和儿子。

到了这一年夏天，我还有两星期就要退休。工作室接到个新活，一家海洋勘探公司最近从地中海一艘沉船中打捞上一批物品，要送来修复。对方没给照片，只发来一个表格：希腊硬币、绘着海妖的彩画陶器、金银饰品、色雷斯角斗士的青铜曲面盾牌、带鱼鳍顶饰的海鱼斗士头盔、护肩铠甲，还有一座厄运女神涅墨西斯的青铜像，一座大理石雕像。

这些东西本该那天上午运到，可直到下午六点钟还没来。下班时间早过了，有人掩着嘴打了两三个电话给家人，柔声让他们"等一下再切蛋糕"。我跟几个同事说："你们去吧，都回家去。我在这儿等。"反正我家没有待哺的丈夫小孩，除了一只猎狐犬"老虎"，没人等我回去。

他们走后一个多小时，东西才送来，工人们用推车把一个个板条箱运上楼，满身大汗。他们把每个箱子撬开，让我查验。物品初步清洗过，不是长满藤壶、挂着海藻的样子。硬币十七枚，陶器一件（碎片五块），饰品五件，盾牌一件，头盔一件，铠甲一件（碎片三块）。

我每查点完一箱，就在他们手上的表格里打一个对钩。青铜雕像涅墨西斯保存尚算完好，一只脚掌、一条胳膊缺失，附有断臂半条，等待接上。

咯吱咯吱，最后一个箱子盖撬开，他们把四面木板一块块放倒，雕像的全貌露出。

那是一个人与狮鹫搏斗的景象……啊，不是搏斗，是战胜的那一刻：狮鹫仰面倒地，双翅软垂，两只鸟爪无力地蜷缩，他一脚踏住胸脯，左手扼住咽喉，右手将一柄细长短剑刺进那粗壮的脖子里。

他不再是青年，年纪至少四五十岁了，额头有深深的皱纹，

两颊皮肤微微下垂，在腮边形成纹路。耳垂是正圆形。可惜面部
受损较严重，五官基本被抹平，认不出模样，那没有脸的脸上，
能看出一种梦幻似的、冷静坚定的神情。雕像的躯干基本完好。
虽然不再年轻，他身上的肌肉略微松弛了点，但仍在美观悦目的
范围内，清癯、瘦劲。

我转到箱子另一侧，去看雕像背后。石头脊梁上，有两条长
长的伤疤，陷进肉里，脊椎左边有个指尖大的凹陷。还有一些表
面不太平整的地方，好像那几块皮肤曾破溃了再愈合。

我慢慢伸出手。一只干枯多皱的、手背浮出青筋的手，抚在
石雕的背上。

他的左腿从大腿处折断，断掉的一截腿也在箱子里。这好
办，几根钢钉就能铆接上。日子还长呢，我可以慢慢修复他。

工人见我不说话，问："没问题吧？您看看，有没有丢什么、
缺什么东西？"

我说："没问题。什么都不缺。谢谢你们把他送回来。"我
画上最后一个钩，交回笔，赶紧转过身，不想让别人看到我的眼
泪。他们在身后远去。我在心里叹气，"我会很快回来"？你这
可真不能算"很快"。又想着得叫盒比萨上来，再让花店送一束
黄百合。重逢的第一顿晚餐，吃潦草点不要紧，以后还有很多晚
餐、很多时间。伽拉，咱们有所有的时间。

注：

① 涅墨西斯：厄运女神。她认为不应有人占有过多的好运，因

此常去诅咒那些有福的人。狮鹫负责为她拉着战车。

②"金"："King"（国王）。

③ 罗马诗人奥维德在其叙事诗《变形记》中，讲述了皮格马利翁（Pygmalion）的故事。此人是塞浦路斯国王，擅长雕刻，对人间女性不感兴趣。他用尽技艺与热情，用象牙雕出一个心目中最完美的女子。日夜相对，他爱上了这座雕像。在爱神阿芙洛狄忒的神庙里，皮格马利翁为祭坛献上祭品，默默祈祷。爱神被他打动，赐予雕像生命。当皮格马利翁回到工作室，亲吻雕像时，发现那嘴唇温软如活人。随后她走下台座，成了活生生的女子。两人结为夫妻，幸福地生活在一起。到 18 世纪，人们称这位雕像女子叫"伽拉泰亚"（Galatea）。

④《圣特蕾莎的沉迷》，是 17 世纪意大利著名雕塑家贝尼尼于 1645 年创作的雕像，描绘了修女圣特蕾莎通灵时奇异而神秘的瞬间，现存放于罗马圣马利亚·德拉·维多利亚教堂的一间小礼拜堂。

⑤ 叶芝《茵尼斯弗利岛》，此处选用飞白译文："我就要起身走了，到茵尼斯弗利岛 / 造座小茅屋在那里，枝条编墙糊上泥 / 我要养上一箱蜜蜂，种上九行豆角 / 独住在蜂声嗡嗡的林间草地 / 那儿安宁会降临我，安宁慢慢儿滴下来 / 从晨的面纱滴落到蛐蛐歌唱的地方 / 那儿半夜闪着微光，中午染着紫红光彩 / 而黄昏织满了红雀的翅膀 / 我就要起身走了，因为从早到晚从夜到朝 / 我听得湖水在不断地轻轻拍岸 / 不论我站在马路上还是在灰色人行道 / 总听得它在我心灵深处呼唤。"

⑥ 莎士比亚戏剧《威尼斯商人》中，富豪之女鲍西娅按照父亲遗嘱，用抽签方式选婿：金、银、铅三只小盒子，其中一个放着鲍西娅的肖像，谁能选中它，就可以与她成婚。摩洛哥亲王选金盒，盒中是一个骷髅。阿拉贡亲王选银盒，盒中是一张傻瓜的画像。巴萨尼奥选铅盒，里面放着鲍西娅的肖像和一卷写着诗的纸："你选择不凭着外表，果然给你直中鹄心。胜利既已入你怀抱，你莫再往别处追寻。这结果倘使你满意，就请接受你的幸运，赶快回转你的身体，给你的爱深深一吻。"鲍西娅十分欣喜，她给巴萨尼奥的答话是："我但愿我有无比的贤德、美貌、财产和亲友，好让我在您的心目中占据一个很高的位置，可是我这一身却是一无所有……我自己以及我所有的一切，现在都变成您的所有了。"

⑦ 希腊神话，狩猎女神阿尔忒弥斯在林中水潭洗澡，猎人亚克托安无意中撞见，看得目不转睛。阿尔忒弥斯十分愤怒，把水泼向亚克托安，让他头上长出鹿角，倒地变为一头鹿，他的猎犬认不出主人，一拥而上，把他撕咬致死。

⑧ 诗题《我将等待你》，作者为俄罗斯诗人康斯坦丁·巴尔蒙特，译者童宁。

张天翼，天津人，现居北京，以写小说为业，膝下无猫，养了一棵桂花树。已出版《如雪如山》《性盲症患者的爱情》《扑火》等书。

评论

"我写的，是故事"

——读张天翼《雕像》

岳雯

　　一开始，我们乘着叙事的小船，在平静无波的日常生活的水面上航行。一场展览、一个叫"笑颈"的男孩，透露出一两分属于青春的戏谑和顽皮。然而，当"与狮鹫搏斗的青年"的雕像出现在视野中时，我们知道，一切都不同了。小说的堤坝溃散开去，更多的水涌入，我们来到了故事的汪洋大海。即将被故事淹没的时刻，轻微的战栗老练地伏在后背。身体的感觉清晰地提醒我，那个熟悉的纳兰妙殊，又回来了。

　　张天翼刚出道的时候，用的就是纳兰妙殊这个笔名。最初，她以散文见长，却没有散文气。她是那种很早就在文字中形成了自己的声口与腔调的作家，老天爷赏饭吃那一类。她的散文，仿佛在你耳边小声说话，懒洋洋的，又带着丝丝狡黠与熟稔。即便是平平常常的事情，经她讲来，就平添了叙述的魅力。后来，听说她在写小说。以我目力所及，从非虚构到虚构的转换过程中，或多或少会遇到一些障碍。文体能成全一个人，亦会限制一个人。然而，对于张天翼，这似乎不成问题。像她的散文一样，她的小说成熟老到，完全不见学徒的痕迹，具有极高的辨识度。她没有写我们常见的中规中矩的小说，而是写古怪精灵、机锋百出的故事。那时候，我是她默默的读者，在文学的世界里分享她的纵身一跃与展翅翱翔。再后来，纳兰妙殊消失了，她重新以她的本名张天翼登场。《如雪如山》专注于女性生命经验与性别处境的表达，仿佛一个筋斗云翻身而落，稳稳地停留在坚实的大地上。只是，不知为什么，讲述日常生活的小说读多了，我还是会怀念那个轻盈的、踩着七彩祥云破空而来的纳兰妙殊。

从这个意义上说，《雕像》是新作，于我而言，却是重温，重温一个旧梦，也重温不期而遇的奇妙幻境。像安吉拉·卡特一样，张天翼熟练地从童话、经典文本、神话传说、民间故事里取材。这一次，她从希腊神话中皮格马利翁的故事里获得灵感。那是一个人爱上了自己所造之物的故事。张天翼颠倒了其中的性别关系——小说中的"我"是皮格马利翁的变形，而"我"爱上的，不是自己的造物，而是博物馆展出的一座从大西洋底一艘沉船上打捞出的雕像，叫作"与狮鹫搏斗的青年"。为了强化这一互文关系，张天翼特地给"我"取名为"金"，将青年命名为"伽拉"，看看这一次的国王与伽拉泰亚将碰撞出怎样的火花。

延续了《黑糖匣》的主题，《雕像》仍然事关"深情"和"不妥协"。故事讲述了"我"和伽拉的三次命中注定的相遇。第一次，伽拉于"我"而言是展柜里静止的雕像，"我"却从中发现活泼的生命才具有的神态与能量。是的，对于现代人而言，或许都不需要创造，即使凝视本身，就足以赋予"青年"以生命。于是，当"我"再度来到博物馆时，雕像消失了，一个坐轮椅的少年破开虚空，成为现实。那一刻，"我"只觉得"整块头盖骨轰然飞起"。灵魂辨识出另外一个灵魂，这是张天翼热衷于描绘的"奇迹"时刻。只是，少年很快消失在"我"的视野之外。为什么会消失？少年去了哪儿？张天翼没有说。此处不妨悬置。再一次相见，"我"已经成了文物修复师。是少年时期的奇遇在无意识之间施加的影响吗？也很难讲。但冥冥之中，仿佛只有踏上这条道路，"我"与伽拉才能重逢。伽拉的工作也很有意思，他告知金，他是为博物馆展品做立体复制品。作者在暗示我们，这个活生生有血有肉的青年，不过是雕像的复制品吗？原来，我们引以为傲的生命，不过是无生命物的复制。在时间的沙河中，生命不过短暂一瞬，而非生命体却是永恒，所谓"物是人非"，就是这个意思。某种程度上，这也注定了"我"和伽拉的结局：无论多么狂喜，因为伫立在生命之河的两岸，他们势必会在短暂的相处后迎来长久的分别。关于这一点，他们知道，我们也知道。

张天翼把"狂热的爱恋"与"永失所爱"描绘得极为动人。日常生活破裂了，"我"自愿放逐于人世之外，以痛苦为原料，在想象的世界里与伽拉日夜相处。"深情"让"我"成为一个在他人看来怪异的人。而没有经历过深情的人啊，你们什么都不懂。终于，"我"的守候获得了命运的补偿。雕像再一次被送到已然苍老的"我"的面前。是回归，也是重新开始。岁月流逝，他终于战胜了狮鹫，赢得了自己的命运。现在，"我"还能重新唤醒伽拉吗？故事到此戛然而止，却让人充满了安慰。

在"深情"之外，张天翼还附赠了"残缺"这一主题。故事讨论的是，残缺之于生命，究竟意味着什么？"我"初见伽拉的时刻，可能并没有意识到，正是残缺本身触发了强烈的爱恋。因为残缺，所以"我"不停地在自己的精神世界中补足，而这正是伽拉获得生命的缘起。而少年之所以会消失，我谨慎猜测，大约是伽拉清楚，出于对于完整的渴望，残缺很可能无法承受爱的重量。所以，再次相逢时，伽拉实现了部分的自我修复，他没有坐在轮椅上，而是撑着手杖。可是，我们这些眼盲心盲的人啊，渴望的却是毫无瑕疵的完美无缺。正是在这一点上，"我"在命运的岔路口失去了伽拉。为了说明这一点，张天翼在故事中嵌入了另外一个故事。残缺国里的王子与豹仔就像一道签文。它告诉我们，残缺与完整是相对的。当残缺成为现实时，完整反而成了残缺。唯有强烈的超越一切的爱永恒。而生命本身，就是残缺的。两个故事，犹如两个晶莹的碎片，发出璀璨的光芒，互相折射，彼此照亮。当故事里的故事抵达终点时，故事中的人获得了启悟。乘着华丽、铺陈、绚烂的语言，在迎接故事的狂风暴雨之后，我们也获得了奇异的宁静。

　　这就是故事的美妙吧。故事超出我们的日常经验，不假装模仿人生，也不帮助我们解释人生。故事的冲动深埋在我们的血液中。我们如此需要故事，就像我们的祖先，在故事中通灵，想象一个不可能的世界，在其中安放自己。也许，终有一天，张天翼会像她的导师安吉拉·卡特那样，强悍而自信地宣称，"我写的，是故事"。

大校、上尉和列兵——

西元

再过几年，老刘就五十岁了。他的工作是个不太多见的劳动门类，也不大为人们所了解。如果用不那么正式的话，老刘会说自己就是个写小说的。这天，他正给一个战争题材的小说收尾，突然接到电话说军校时期的同学赵大个子去世了，告别仪式定在三天之后。放下手机，他的脑中一片空白，小说一个字也写不下去了。老刘于20世纪90年代中期从高中考入那所军队大学，差不多是三十年前的事情。大学同学可能不是感情最深的，但绝对是这辈子最了解的一些人。多年过去，同学们的身份都变了，但彼此间仍然像是透明的一样，你会觉得人还是那个人，没有变。可也正因如此，当老刘得知赵大个子去世后，发现自己记忆深处如水晶一般的青春被砸掉一角，并且出现了裂纹。这些裂纹穿越几十年时光，一直延伸到现在，告诉他，他开始老了，裂纹会一路开裂下去，直到某个看不见的将来时刻。

　　从告别仪式回来，时值正午，太阳低低地压在头顶。这座北方城市刚刚进入盛夏，街上少有行人，水泥地面炙热烤脸，飘浮的灰尘像加工机床车削下来的金属碎屑。老刘站在某个立交桥最高处，犹豫着是回办公室继续完成那个注定要以牺牲为结局的小说，还是直接回家。他向东北方向望去，地平线上矗立着高楼大厦，宽阔的高速公路慢慢消失在地平线上。大学毕业后，他被分配到一个山脚下的连队，距市区七八十公里，每次进城办事，都要经过这座立交桥。那时，他曾经想，将来有一天，我要是能住在这附近该多好啊！许多年过去，这个当年看起来遥不可及的愿望终是实现了，而且带自己的儿子上学、看病、游玩时也必定要路过这里。老刘望着辽阔天空下的远方，仿佛不远处就站立着年轻时的自己，正满怀希望地眺望着。

突然，老刘感到一阵眩晕，头顶上方的太阳看起来像一块圆形铁皮。他不得不捂住胸口，背靠着水泥墙坐下来，隐约听见一辆辆汽车从面前驶过。世界黑了好一会儿，很多景象在黑色的幕布上闪过。有童年时打雪仗的画面，有父母壮年时期的样子，有拉练时在大雨中行军的兴奋，有当营教导员时站在队伍前讲话的激昂。另外，还有赵大个子在军校时的一言一行和他刚才闭着眼躺在鲜花里的情景。眼前慢慢恢复明亮，世界又重新有了形状。老刘觉得自己可以站起来了，但他没有，而是仰起头，茫然地望着淡金色的天空，困惑地问自己："你写过那么多生生死死，可你真的都理解了吗？"

一

几天之后的夜里，老刘做了一个掉到深井里的梦。井底的水像大雾一样，只有头顶隐约有月亮般的白光。他使劲向上挣扎着，可总觉后背上攀附着一个黑色的东西，对着脖子吐着热气，把他往井水深处拽。突然间，老刘惊醒了，心脏的位置剧痛，痛得胸口那一片发麻，同时非常恶心，浑身的难受劲儿都在向腹部聚集。他发现自己左侧的胳膊无法动弹，任凭胸腔怎样使劲扩张，都处在窒息的状态。老刘暗想："这是怎么啦？打生出来就从没遇到过，或许再躺一会儿就会好的吧？"可另一个念头马上闪过，他果断告诉自己："这回可能要没命，马上去医院！"于是，他用另一只还能活动的胳膊推醒妻子，拼命坐起来，扶着墙向门口走去。老刘觉得自己像面条一样软，脑袋飘飘然，头一次发现身体还可以如此无力。他被妻子半扛着下楼、上车，最后进了医院的急诊病房。医生问的问题他听不清楚，也无法回答，只得用最后一点力气抬起胳膊，指了指心脏部位，就彻底跌进了黑暗之中。

再有意识的时候，老刘先是能听见声音。有妻子的声音，有其他人的声音，有电子仪器的嘀嘀声，由远及近，忽大忽小。接着老刘开始费力地回忆这是在哪儿，为什么在这儿，记忆里最后的片段是什么样子。把所有的碎片都拼接在一起之后，他对自己说："真悬，差一点就死了。如果真的死了，也就是死在了那个在深井中挣扎的梦里。人这一辈子，结束得太容易，也太突然。"

如游丝的思绪在慢慢凝聚着力量。老刘感受了一下鼻子，还闻得到医院里特有的消毒水味儿。手指尖也有感觉，不锈钢床沿儿是凉的。一根针刺在手背上，一动就疼，肯定是在打点滴。身体似乎没有受到任何损坏。于是，他攒起力量睁开眼，病房里阳光雾蒙蒙的，灰白灰白。先是妻子的脸，很苍白，还挂着泪痕。然后是儿子的脸，看上去不知所措，像是无法理解一个平时看上去还算强壮的男人怎么就一下子变得如此脆弱不堪。还站着几个医生，离老刘最近的中年男医生对他微笑着。那笑容老刘一辈子也忘不了。怎么说呢？只有见识过了无数生死的人才能有这种微笑。这微笑里还透着一股自信，确信老刘这样的病人一定会没事的。原因嘛，也不过是因为他见识过的病人太多了。看到这样的笑容，老刘放心了。他闭上眼，再次攒足力气，这次身体在加速恢复，破碎的世界重新聚合在一起，越来越清晰，越来越有生气。大腿根部传来一阵新鲜的疼痛，不知是为什么。

老刘再次睁开眼，努力克服恶心和眩晕，问道："我这是怎么了？"

中年男医生笑着说："心梗。给你做了紧急溶栓手术，还从你大腿血管进入，在心脏动脉上支了两个架，放心吧，没事了。"

老刘有气无力地问："这种病怎么可能和我有关系呢？我不抽烟、不喝酒，每周跑三次步。"

"原因很多。我这个当医生的，看到的意外实在是太多了。我的世界观肯定和你的不一样。有个常年坚持跑步的，就在晨跑时倒在路边了，最后也没救过来。"

"我这个病严重吗？"

"咋说呢，要看后果，后果严重就严重。你呢，算是死过一回，又活过一回吧。心脏支架过去属于大手术，现在技术成熟了，只能说是微创手术。你要是喜爱运动，今后适量运动也没问题。"

当医生以一种习以为常的表情提到"死过一回，又活过一回"时，老刘没有任何不适，反倒是很喜欢对方这种有一说一的态度。聊过十几分钟，医生有事，便带着其他人离开了。躺到黄昏，老刘对妻子、儿子说："你们都回家去吧，明天还要上班、上课，别耽误了。今晚也早点休息。"妻子觉得不应该走，最起码也要待到明天早晨才行。老刘说道："你们就是待到明天早晨也没什么用。快回去吧，把作业写了，明天上学别迟到喽。"妻子看着老刘很坚决的样子，也就不和他争了。

妻子、儿子回了家，病房里静下来，朝西的玻璃窗明亮了一会儿，照射进来金红色的夕阳余晖。窗外的杨树叶子摇摆着，大大的影子映在墙上，仿佛在演一场鲜活的皮影戏。护士把晚饭送进来，本是一口都不想吃的，可此时却像是想和什么较劲儿似的，端起来大口大口吃，直到肚子填得满满的才罢手。尿意来了，医生只告诉他术后四十八小时不能动弹，却没告诉他该怎么解决这个问题。老刘慢慢侧身下床，大腿根儿上的伤口隐隐作痛，像要裂开似的。他一手举着点滴塑料袋，挪到厕所。回来之后重新躺下，也没发生什么要紧的情况。

入夜，老刘早早关了灯，走廊里昏黄的光线透过病房门上的方形玻璃窗照在地上，隐隐传来值班护士的低语声。周围很安静，旁边的床位空着，好像在告诉老刘，这屋子里只有你一个人。外面的大杨树映衬在月影里，与下午时分大不一样，像个闹腾了一天的孩子，终于累了、乏了，不愿动弹了。老刘的心里像夜色里的湖水一样，似乎很平静，但又一点也不困，在水面之下，又藏着巨大的波澜。回忆的思绪竟然像脱缰的野马那样不受束缚起来。想了很多，他突然意识到，自己这碌碌无为的半生快要在孟浪之中过去了。人生的纱帘被扯了开去，露出它本来的样子，原来这就是自己的一辈子。唉，现在看得是多么清楚！

　　一时间，老刘感到十分悲伤。他想到了妻子，自己对她实在是太苛责了。那些伤人的话是怎样才说出口的呢？老刘简直不相信自己能说出那样的话，很是痛心疾首。还有儿子，难得有几句表扬。自己有什么资格逼着他向着那么高的目标走呢？自己实现那些目标了吗？记得儿子很小的时候，有一次他问老刘："你知道小朋友来到这个世界是为了什么吗？"老刘好奇地问："为了什么？"儿子答："是为了和大人做朋友的。"现在想起这件事，老刘发现儿子当年说得真对，不禁眼睛湿湿的。自己是多么地离不开他们两个呀！意气风发的时候看什么都不满意，到了人生落魄之时才发现，过去没放在眼里的东西竟是那么可贵。

　　随着各色念头乱闯，老刘想到了自己那个未完成的战争小说。小说讲的是上甘岭战役期间，一个连的士兵在坑道里坚持战斗的故事。没有水，他们喝尿。坑道塌了，他们用手重新挖开。敌人用火烧，用毒气熏，他们依然坚持下来，等到大反攻的那一天。坑道里牺牲的人越来越多，三分之一的部分要用来堆放战友的尸体……想着想着，老刘突然像孩子一样泪流满面，哭得无所顾忌，泪水把枕头都打湿了。他发现自己过去所写的那些生生死死简直如同儿戏！自己只是写出了一些令人新鲜惊奇的故事，除此之外，没有写出任何东西。自己远远没有故事里的人物那样坚强，自然也就无法像他们走得那样远，更无法一窥历史黑洞中的秘密。

二

后半夜一两点钟，有位护士推门而入，说道："这个床位要安排病人。"也不待老刘作答，就开了灯，开始铺被褥。不一会儿，三五个人扶着一位老人进来，将其放倒在病床上。老刘自知这晚无法入睡，便坐起来，打量着这一干人，安然地做起旁观者。

老人胖胖的，头发银白，面色中有种粉红色的光泽。他似乎想主宰自己的行动，但无奈浑身无力，周围人也不愿他如此。他抱怨地咕哝着什么话，听不清楚。从旁人的话当中，老刘听出老人今年八十八岁，主要的毛病出在肾上面。送他来的人轻车熟路，很快就把病人用品摆放在床房的角角落落，一切安放妥当。换上病人的衣服时，老人赤身裸体，在刺眼的白色灯光下显得又脆弱又衰老，皮肤布满皱纹和黑斑，接近透明。过了几十分钟，他突然头一歪，嘴巴微张，流出口水，便昏厥了过去。于是，又一阵吵闹，他被推向了手术室。

病房里留下一股不太好闻的气味，是老人兼病人身上常有的那种，此时的老刘感到格外憋闷。他无法再躺下去，悄悄下了床，来到住院楼外的台阶上坐下来。夜晚的风微凉，树上的虫子叫得也不那么响亮了。只坐了两个小时，天就发白了。这期间有好几个人从他身边经过，边走边哭，或站在树下，对着粗大的树干小声哭泣。显然，他们都刚刚失去了亲人。老刘又回到病房，发现对面的床铺被收拾得一干二净。问了护士才知道，夜里来的那个老人去世了，刚刚送到后院的太平间里。老刘呆呆地望着整洁得仿佛从未有人躺过的床铺，脑袋里一片空白。窗台上遗留了一束粉色的花，在晨光的照射下显得孤零零的。

八点钟刚过，办公室的小赵干事打来电话。他说上面分配下来一个当兵蹲连的名额，为期三个月，问老刘想不想去。显然，他还不知道老刘出了意外，此时正在医院里。老刘在心灰意懒的情绪中听完电话，沉默了片刻。如果按这个惯性下去，他觉得自己该对小赵干事讲清自己的情况，然后说去不了了。可也就在此时，他觉得有一道闪电击中了自己。身体里的血肉仿佛黑色的铁块熔成钢水，又被巨型的锤子砸了一下，惊涛骇浪一般地飞溅。老刘一下子改变了主意，他答道："我去！什么时候出发？"

要去的部队在南方，在海边。营区在离市区近百公里外的小村子里，下了高速公路要走上四十几分钟土路才到门口。车子离了公路，拐上颠簸的土路的那一刻，老刘有种被奔涌向前的繁华世界抛下了的感觉，一切都寂静下来，时间也一下子慢了。营区围墙外面有几座红色的两层矮楼，住着当地的居民，多依靠田地为生。楼的一层是小卖部，里面又黑又暗，落满灰尘，货品也不多，无非是方便面、火腿肠、槟榔、烟等东西，显然主要是卖给营区里的战士的。再远处，是密密的树林，几片鱼塘，还有大片大片的果园、茶园、稻田。营区里面长着很高的椰树，路边零星丢着几个无人要的椰果。这里遍布着三层或四层刷着白灰浆的楼房，每栋楼房里住三两个连队。老刘来的这个连队是装步十二连，单独住在一排红砖平房里，房前有晾衣棚、有草坪、有花池。窗户开着，外面下着小雨，营房里有很重的水汽，向外望去，天地间也都蒙在薄薄的雨水中，亮晶晶的。迷彩服摸上去不再像在北方那样又干又硬，尽管没怎么动弹，颈部和腋下还是很快就湿了。老刘上了趟大号，卫生纸又潮又软，失去了韧性，不用力就能扯断。这一刻，老刘意识到，现在是又回到了南方。为什么说"又"呢？老刘年轻时上的那所军队大学在长江下游，在那里待了四年。他这个土生土长的北方人直到毕业才适应潮热的南方气候，前三年浑身上下一直生着大片大片的湿疹，日日夜夜痒得让人胆寒，挠出血也没法解脱，恨不得用刀子把皮肉刮掉一层才得安生。所以，老刘对生活在南方一直有种畏惧心。他怕怎么也晾不干衣服的梅雨季节，怕浓得滴水的闷热空气，怕难得见到阳光一不小心就生锈发霉的角角落落。

　　装步十二连的连长正在休假，指导员叫王大心，上尉军衔。这是位很漂亮的年轻人，高高瘦瘦，身腰挺直，皮肤黝黑，洗得泛白的迷彩服穿在身上就像挂在衣服架子上一样，很贴合，很有精神。你会突然发现我军新式迷彩服原来是给这一类常年处在高强度训练环境中的年轻人设计的，状态安逸的人是无论如何也穿不出这种风采的。新式迷彩服其实也不过刚配发一年多，可这个连队的士兵早把它洗得半旧了，不再是浓绿色，而是呈一种淡黄色。这让老刘有点自惭形秽，因为自己身上的迷彩服还崭新如初，站在他们中间很是显眼，简直有点一个新兵站在一群老兵中间的尴尬。

　　来之前，老刘剃了很短的头发，也按照当兵蹲连规定佩戴上了列兵军衔，看起来年轻了十岁。可他知道，和这些小伙子在一起，自己还是太老了。王指导员很客气地把他的床铺安排在靠窗户的下铺，算是对一位老同志的照顾，并且告诉老刘，连队除了正常训练外，一早一晚要跑两个五公里。老刘如果愿意，就跟着一起跑；如果觉得吃力，也可以留在营房里。老刘笑笑，说体能还可以，能跟得下来。王大心又问他是不是还带着其他任务来的，如果有也可以提供帮助。老刘马上明白了，说道："我不是上级机关来的。我只是个文学创作员，或者说就是个写小说的。我一没权二没势，到这里来，不是要检查你们这个连的政治工作搞得怎么样，也不会看你们的党支部会议记录、政治学习笔记什么的，更不会写成经验材料上报。我就是看看你们是怎么生活的，你们该怎么干就怎么干，把我当成老大哥就行。"王大心如释重负地笑了一下，说："我们连有意思的人和事也挺多的，如果您需要，我可以给您介绍介绍。"老刘说："别您您的，叫你就行。如果我跟不上你们连队的节奏，还请你多帮助。"

　　第二天早上，哨子一响，老刘连忙穿好体能训练服，小跑着出去站队，仿佛又回到在军校当学员时的年代。营房里没有空调，全靠刚刚冲完澡那一小会儿的凉快劲儿入睡，像是在澡堂子里睡了一夜，昏昏沉沉的。到了楼外面，清晨的潮风一吹，竟也很清爽。这感觉和当年一模一样。老刘按照自己的速度跑完了五公里，在乡间小路上遇到了水牛，闻到了粪肥味儿。在浓重的水雾中，战士们把老刘甩下了很远。等跑到终点，队伍在十分钟前就已经带回营区洗漱去了，只有王大心在那儿等他。

老刘说："真是不好意思，还让你等着我。"王大心体谅地说："年龄不一样嘛。二十岁的达标标准和五十岁的达标标准差不少呢。我刚下连当排长那会儿，自认为在大学时体能还不错，能达到八十分的水平。哪知道在这里，人人都得超过一百分，靠加分给连队提高名次。你要是达不到一百分，就算是拽了连队的后腿。那时可上老火了。好在老娘给的身体底子不错，用了不到半年时间也能拿到加分了。要不你一个军官体能都不行，还有啥威信呀？"

老刘问："你是哪个大学毕业的？"王大心说："国防科大，学材料的。"老刘笑着说："很厉害呀，学化学的当指导员啦。"王大心答："唉，也没啥厉害的。大学生多嘛。"老刘问："指导员好干吗？"王大心答："分人吧。像我，体能那一关过了，后面就没遇到过啥困难，连里的老同志也都挺配合。有的人就不行，别别扭扭的，什么都好，就是和别人处不到一块儿去。说到底，把人给整明白了，可比材料化学复杂多了。"老刘问："不觉得自己浪费了吗？"王大心显然也放松下来，答道："啥浪费不浪费的，现在不缺人才，行行业业都卷，连捡破烂都有人和你争。到了这一亩三分地，就把这一亩三分地的事儿干好呗。能把这一亩三分地的事儿干好也不容易！"

老刘又问："啥时候当指导员的？"王大心答："今年第三年了。干了两年排长，三年副连职侦察参谋。真快，一晃毕业八年，都三十了。八年前的事好像就在眼前，又不敢去想。"老刘有点出乎意料，说道："三十了？看上去很年轻！"王大心笑笑。老刘接着说："过去那会儿，本科毕业后先当一年见习排长，戴红牌，一年见习期结束后授予中尉军衔。干得好的，再过两年就能当连队主官。"王大心道："现在的部队可不是过去的部队了。过去是一个营三四个连，现在是一个营六个连。过去是一个旅三四个营，现在是一个旅九个营。每向上走一步都得把脚底板磨出血喽。"

三

老刘还不到五点钟就醒了。脑袋迷迷糊糊的，却似乎还有什么非常紧迫的事情要想清楚，于是瞬间就睡意全无了。他无声地穿好训练短袖上衣和短裤，来到营房外，除了值班的战士坐在楼道口，周围静悄悄的，空无一人。从开着的房门里传出高高低低的鼾声。

这是下连第五天。连队的训练挺紧张，老刘在其他士兵的帮助和宽容下勉强跟随着，每天都精疲力竭。九点半晚点名后，困意就来了，沉沉的，只想倒头便睡。这倒也好，累得什么都无法思考，从前一段时间的沉重思绪里解脱出来了。只是每天早晨醒得很早，没法控制。看来，脑子里的那些事情还在，只是被疲劳压倒了，稍稍缓解之时，就会翻江倒海一般涌出来。

　　沿着柏油路走下去，穿过椰林，是一片很宽阔的训练场。训练场一角挖了很深的坑，注满了水，边缘和底部用水泥砌牢，仿佛一个很大的游泳池。只是这个水池南北两侧并不是垂直的边沿，而是很长的斜坡。清晨，这里水汽弥漫，灰色的水面上零星飘着几片树叶和杂草，站在这里就像站在一眼望不到对岸的湖水边，很容易想到"秋水伊人""在水一方"一类的句子。老刘找了块砖头坐下来，盯着雾气中的绿色浮萍，慢慢想起了一些事情。刚过去的几天里，装步十二连一直在这里训练。也是在这里，老刘头一回见到两栖装甲步兵突击车。可真是个庞然大物，像个能移动的房子，站在它跟前，总会觉得自己这副血肉之躯不过是只小小的昆虫。它突突突地冒着黑烟，钢铁履带毫不留情地碾过任何阻挡它的障碍物。深深的印辙里留着压碎的石块，断裂的木头，还有血肉模糊的蛇或者其他小动物……

　　老刘的任务是全副武装钻进停在浅水中的步兵突击车里，然后关上后门，车子驶过深水，停在对面的浅水中，步兵班的人员下车……动作并不复杂，但是要求一跃而上，并且一跃而下。班里的战士们像头小鹿那样，尽管身上挂满装备，但稍一低头，就从小小的铁门里敏捷地跳了进去。老刘在浅水中仅蹚了几步，拉住把手，拼命把自己拽进舱里，浑身水淋淋地和其他战士挤在一起。只觉心脏在狠狠地跳，撞着胸腔，像只被陷阱捉住的猛兽幼崽。车子里到处是钢铁棱角，肩膀头和胯骨重重地撞了好几下，晚上一看都青紫了。车长、驾驶员麻利地从顶部的圆形舱口钻进来，像泥鳅似的。老刘也曾试过从这里进来，可入口很小，各种仪器、操纵杆、显示屏多得像个小笼子。若不是千万次进进出出，断不会如此熟练，而且稍不注意就会磕破皮肤。各就各位，车子发动，晃晃悠悠地跑起来，一声声水浪拍打在钢板上的声音近在咫尺。当然，这些还仅仅是基础训练。王大心告诉老刘，过段日子部队要到海边去驻训。那时才是真正的海上训练，比现在可带劲儿多了。老刘听说后不禁很向往。

　　老刘心中难得的平静如眼前的水面，目光穿过浮游在水面上、地面上、树林中的雾气，望向远方。突然，他原本很压抑的情绪一振，一个念头冒了出来，并且告诉他，他想要的其实就在这里。晚饭后，老刘找到王大心，说想要找连里的士兵谈一谈，请他帮忙挑些人。

　　第一个来找老刘的是上等兵小赵，河南人，入伍第二年。老刘说："咱们到操场上去，边走边聊。"本来他想在连队的学习室，把听到的用本子记下来，但又怕受访者不自在，不自在也就听不到真心话。老刘问："想继续干吗？"小赵答："想继续干，过段日子，就能戴上下士军衔了。"老刘又问："家里有地吗？"小赵答："有地，不过交给集体种了，自己家不用管。我呢，高中时就一直给县人武部帮忙，送走了几茬新兵。后来上了两年技术学校，毕业那年琢磨着今后干啥，于是干脆把自己也送进部队来了。"这时，老刘觉得该问自己最想问的问题了，于是单刀直入地问道："入伍是要打仗的，打仗是要牺牲的。墙上的标语你们天天见，认真想过吗？"小赵问："认真想过什么？"老刘解释道："我这么问你，假如你明天一早就要出发，而且知道自己可能一去不回。那么今晚，你会想些什么？"

小赵问："你是不是想问我怕死不怕死？"老刘点点头。他看到小赵有点激动，又很平静，仿佛早有准备。老刘一下子意识到，这个部队的士兵早已被此类问题洗礼过了，只是你不问，他们也不会主动对你说。

小赵说："你问的问题嘛，早想过了。其实从我决定入伍的那一刻起，这个问题就解决了。一咬牙，一跺脚，门槛就迈过来了。在门槛那边想问题和在门槛这边想问题是不一样的。你说我穿着军装，到了这个时候，我不上还要老百姓上不成？那我不光不是军人，连男人都不是了呀！"

老刘又问："你的勇气我理解。可你有没有过突然在一瞬间，就不想死了？比如说你一直都不怕死，一直都很勇敢，可突然一觉醒来发现活着很好，或者突然想起了母亲，或者突然发现自己还没有女朋友，连女孩子的手都没碰过。你会不会后悔？"小赵笑了，说："我对我妈说过，要不你就再生一个，这样我就没啥可牵挂的了。要不你快点给我说个媳妇，不要挑三拣四的，留下个种儿就行。"老刘问："那你就不怕对不起媳妇？"小赵说："烈士抚恤金也够她和孩子过一辈子的了。我死了，她改嫁我支持。只有一个要求，孩子得知道他爸是谁，姓还得姓赵。不过，说老实话，枪响了，还由得你想来想去的吗？想那么多，有用吗？"

第二个来找老刘的是叫石头的中士，四川人，入伍第七年。石头个子不高，但很壮实，皮肤黑黑的，脸膛儿油亮。挽起袖子露出粗粗的小臂，显得拳头很黑很大。他是班长，也是步兵突击车的车长。他的回答让老刘多少有点意外。他说："你问的我都想过，可这些对我来说都不重要。我刚入伍那会儿就总是问我的老班长，啥时候打仗啊？怎么还不打仗呢？气得我的老班长一直想揍我。可这七年来，我的信念一直没变过，没打过仗的人生不算完整，仗打起来，我就要当头车，当敢死队。这对我来说就是最重要的，其他问题都得排在后面。我天生就是这个样子，你说我有毛病也行，反正改不了！"

在与战士们的交谈中，老刘会刨根问底地问一些问题。这不仅是对对方的追问，也是对自己的拷问。有关生死的问题，老刘相信每个人都有自己的答案。这些答案是利剑、是盾牌，也是一道道防御工事。当把那些不可靠的防御工事砸碎之后，剩下的才是真正坚固的东西。在老刘看来，摧毁与重建的过程是永无止境的。他问石头："对打仗有了解吗？"石头说："你是在问我知不知道它的难度？"老刘说是。他也明白了，其实双方都知道，用"难度"这个词是不足以形容的，用"血腥"才更贴切一些。石头说："生生死死这些事，我们心里有数。敌人呢，最好先把我弄死，要是不把我弄死，他们可就没活路啦！"老刘点点头，觉得对于石头这样的战士没必要再追问下去了。

第三个来找老刘的士兵叫老梅，广西人，三级军士长，入伍第十七年。这是个精瘦的老兵，浑身上下很整洁、很干净，浓绿色的丛林迷彩服硬生生给洗成了沙漠色。他和老刘在连队的学习室见面，轻轻地，又稳稳地坐在老刘对面，看起来既自信，又超然世外，有点老兵那种把一切都看透了的感觉。能转上三级军士长很不容易，对此他感到很幸运。他当了多年的班长和车长，现在把重任给了年轻同志，自己担任修理技师。

似乎是出于职业习惯，老梅先谈了一些步兵突击车需要改进的地方，有些话说得还很重。老刘也是头一回听说，但他明白，老兵和新兵的差别在于老兵敢讲真话，讲真话是老兵的责任。他把这些记了下来，然后把话题慢慢引到了他所关心的方向。老梅说："死的准备我做好了。人都难逃一死，我也一样。一种死是遗臭万年，人死了家人也跟着挨骂。一种死是生老病死，这种死法大家都一样。还有一种死是死得有意义，不说重于泰山吧，至少不愧对战友，不愧对乡亲，我父母、我儿子知道我死了之后，除了难过，还敢对别人说，他儿子、他老子是个大英雄。也不是谁的名字都能刻在烈士陵园里头，对不对？至少每年清明节都有一群小孩子来看你。山沟田头里的孤坟野墓太多了，过几十年就都得铲掉，能享受这个待遇的人可不多呢！"

老梅说："我们这些老同志要是腿肚子软了，这连队还不完蛋了呀？别说让你死一回，就是让你死两回三回，你也得咬着牙往前顶呀！这么多年，我还没干过打退堂鼓的事情呢。"老刘问："没想过父母亲吗？"老梅答："我们这种人，不怕苦，不怕死，但很难不自责。对家人的愧疚是我一辈子的痛。如果我死了，就是我欠他们的吧，这笔债是没法还的。"

四

这一天下午的科目是"枪械结构及维护"，不用钻车子蹚泥水，是一门难得很幸福的课。车库大棚下面停着一辆辆步兵突击车，两辆车子之间的空地上支着一张野战桌，班长拿着一支步枪和一只枪械维修箱在桌子后面讲解原理。老刘和其他战士背着突击步枪，坐在折叠马扎上，边听边用小本子记。老刘坐在最后一排，屁股后面半尺外就是被太阳暴晒的沙土地，很烫，能把鸡蛋烤熟。老刘头一回感觉到，南方的大太阳底下可不是闹着玩的，真能晒死人，就像北方的冬天一样，真能冻死人。疲劳的身体坐在马扎上，阴凉地里刮着微风，迷彩服难得干爽，浑身有种飘飘欲仙的感觉，眼皮不自觉地要粘在一起。想来其他人也是如此，班长讲一会儿，就会大喝一声，叫起一名新同志提问，或者到前面来示范枪械拆解。

中间休息时，王大心找到老刘，说："我这边有个新兵，你要不要见见？"老刘问："什么样的新兵，很特别吗？"王大心道："入伍第一年，是个列兵。你知道，再好的连队也有不好带的兵。我和这个兵谈过不少回了，谈得很困难。你是老同志，有经验，也有亲和力，要不你和他谈谈，算是帮帮我。另外，好兵千篇一律，挠头的兵千差万别。你也能积累点写小说的素材，怎么样？"老刘多年前当过营教导员，没少和士兵谈心，但也深知这可不是什么好干的活儿，有点像老中医，没有一定，全凭经验。老刘吐了口气，问："他叫什么？"王大心答："羊子。"

羊子的宿舍在第二排红砖房的最东边，房背后是一座矮山。房间很大，住了两个班。此时，屋里只有羊子和他的副班长在。他坐在马扎上，背靠着床铺铁架，腿上摊开一本笔记本，望着窗外山坡上的草木。王大心进了屋，羊子顺从地站起来，叫了声"指导员好"。老刘在王大心的身后默默看着，羊子个头中等，挺瘦，窄肩，像根面条，浑身上下没有哪个地方给你一种笔直的线条感。迷彩服裹在身上，领口、肩部和腹部皱巴巴空荡荡的，像是随便搭上去的一样。他的眼睛和嘴很细小，和其他人相比皮肤发白，不容易给你留下太深的印象。总之，这是一个看起来很瘦弱，不像是个脾气火暴、难以顺从的孩子，甚至有些逆来顺受的感觉。

王大心说："今天来的是一位老同志，虽然戴的军衔和你一样，但人家是下来当兵蹲连的。你呢，有什么话可以和老刘说一说，看能不能谈明白了。"羊子胆怯地看了一眼老刘，点点头。老刘说："坐吧！咱们就瞎聊聊，我呢，也不是啥大官，就是个写小说的。你说啥都没关系，我能帮你解答的呢，就谈谈我的想法；帮不了你的呢，也不会命令你干什么。好不好？"羊子仍是点点头，表情没有啥变化。

三个人面对面坐在马扎上，羊子背靠一排床铺，老刘和王大心背靠另一排床铺，副班长远远地坐在屋子的另一个角落里。老刘问："你的老家是哪里的？家里有什么人？生活怎么样？"羊子答："我家是贵州山里头的。我爸死了，我妈还在。生活嘛，一直很不错。小的时候别人吃糠，我妈给我买饼干吃。你看，我的牙都坏了，就是小时候吃饼干吃得太多了。"老刘道："那生活还不错呀！"羊子道："当然了！小时候，妈妈给我买金手镯、银项链，全村上下的孩子数我最漂亮。你看！"羊子撸起袖子，道："这道痕迹就是金镯子留下的，戴了好多年！"老刘仔细看了一眼，羊子所说的"痕迹"更像是一道道疤痕。他不禁有点怀疑，问："你妈妈是做什么的呢？挣了不少钱哟！"羊子脸上露出很快乐的表情，说："她会做猴头鱼，又酸又辣，冬天吃了一点也不冷。她还活着的时候，每年都给我买新衣服，绝不让我穿大人的衣服。"老刘问："你刚才不是说你的母亲还在吗？怎么又去世了？"羊子脸朝天，想了一下，道："我说错了，她出远门了。"老刘追问："那你和谁一起生活呢？你刚才说你的父亲也不在了？"羊子说："他是死了。我和我妈一起生活。"

　　老刘看羊子一脸认真的样子，虽然明知这肯定不是事实，也不再问下去了。他问："入伍前做过什么？一直在上学吗？"羊子说："是在上学。我妈给我交钱上了一所贵族学校，就在省城的火车站附近。那个学校的老师要求可严了，学不好要挨打的。不过，学到了不少东西。要不是有了这些本领，我恐怕活不到今天。"

　　羊子神态自若，越说越放松。反倒是老刘越问越紧张，他不知道羊子哪句话是真的，哪句话是编的，甚至是自己幻想出来的。羊子那种越来越兴奋的眼神让老刘有点担心。老刘觉得，如果一个人精神上的某个节点出了问题，那么只需把这个节点"焊接"好了，这个人的精神也就痊愈了。大多数人都是这样的。但羊子不是，他的精神像张渔网，像座迷宫，看不出哪里出了问题。

老刘在想，羊子这个孩子要么是脑袋瓜子出了问题，要么是在戏弄人。他预感到这次谈话很可能要碰一鼻子灰，但还是决定往前探探虚实，于是问道："听说你不想在部队干了？为什么要走呢？你不知道国家是有《兵役法》的吗？你不知道部队不是你想来就来，想走就走的吗？你知道你这一走的后果是什么吗？"

羊子漫不经心地说道："这跟我有什么关系？"他的眼神突然变得很迷离，仿佛人还坐在那儿，精神却一下子没了，不知跑到了哪里。那神态就好像刀架在了脖子上，也不会有丝毫恐慌。他慢慢悠悠地说："我已经这个样子了，村子里的人都拿我没办法，你们还能拿我怎么样？"

不过，羊子脸上的表情似乎变化很快，从迷离的状态马上进入很激动的状态。他说："我就是不想在这里待下去了。你们要是逼着我待下去，我就跑到旅部的楼上去，从那里跳下来！"老刘说："没有人要逼你干什么。不过你好好想想，你连死都不怕了，为什么还死活都得离开这儿呢？你看看你的战友们，他们一样的训练，一样的生活，他们不是都好好的吗？"

羊子答道："我就是怕。我怕这些铁床，我怕这间屋子，我怕这身衣服，我怕我的班长，我怕起床号，我怕晚点名。我什么都怕，我一刻都待不下去了。首长，我真的不是在吓唬你，再待下去，我真的会跑去跳楼。"老刘问："你新兵训练不是坚持过来了吗？那么苦的日子你都没怕，为什么现在反倒怕了呢？你静下心来，好好想想到底怕什么，想清楚了，就会发现其实并没有什么可怕的，没有什么困难是坚持不下来的。不当一个拔尖的好兵，跟在队伍后面不掉队也做不到吗？"

羊子说："我的班长打我。"副班长在屋子的另外一角使劲动了一下，马扎发出"咔嚓"一声响。羊子浑身一哆嗦。王大心插进话来说："打人不对，你的班长脾气不好，我批评过他了。我向你保证，今后不会有人再动你一根手指头。"但这话对羊子没有任何效果。老刘说："你认真琢磨一下，你的班长是为了他自己，还是为了你好？琢磨明白了，你也就不恨他了。"

羊子冷笑了一下，甚至是一种嘲笑。他说："为了我好？不瞒二位首长，入伍之前我挨的打可是数不清了。我怕挨打吗？"他鼻子里出了一口气，说道，"你们在骗我。你们当我是傻子，还是你们自己就是傻子？"羊子又冷笑了一下，道，"这位老首长，你多大的官？你是不是不用死？反正不管怎么说，你们要死那是你们的事，跟我没关系，我不想死，我还没活够。"

副班长从屋子那头冲过来，举起拳头就要朝羊子脸上打过去，被王大心和老刘抱住了。羊子的脸微微仰起，似乎也不是很在乎，大有让他打的架势。老刘站起来，把羊子也拉起来，拍拍他的肩，说道："孩子，我就对你说一句话，'人活在这个世上，不光是为自己活着。他也要为别人活着，还要把别人的生死扛在自己肩上'。这句话你好好想想，想通了，咱们再谈。"快走到门口时，羊子在身后说："你们自己骗自己去吧！"这话声音不大，但每个字听得都很清楚。

五

回连部的路上，王大心说："老刘，是不是听得一头雾水？"老刘说："再有一年，我的军龄就三十年了。当年上军校也就是入伍了，新兵训练比现在要苦得多。那三个月，我吃过班长的拳头，也恨过他很多年。可现在不恨了，能理解他了。"

老刘说："写小说写了好多年，我一直在想一个问题，那些在战争中牺牲的人，难道都是被暴力恐吓着去死的吗？肯定不是这样。那么，牺牲一定有它的意义，我的责任是把这些意义找出来。刚才我听了羊子的话，真有种万箭穿心的感觉，因为我的那些所谓意义竟然都说服不了一个孩子。羊子的话难道就没道理吗？如果站在他的立场上，他说的话一点儿都没错，因为没有人愿意去死。你也没法反驳他，他说的是大多数人的心声，因为人都想好好活着。"老刘接着说："我们这一代军人没打过仗，我本人也没经历过战场上的生与死。我有什么资格去告诉羊子该做什么，不该做什么呢？"

沉默了一会儿，老刘说："我坚信牺牲一定有它的意义。尽管我们说不清楚它，但它在你我心里，也一定在羊子心里。"

王大心说："其实，刚才羊子对你讲的是一个幻想中的故事。他还有一个真实的故事。为了这个兵，我专门到他的老家去过一回。我讲给你听，你可以把真实的故事和幻想中的故事对照着一起听，这样你就会明白羊子为什么这个样子了。"他接着说："真实的情况是，羊子从小没有母亲，是跟着父亲长大的。据他村里人说，他小时候，母亲就跟别人跑了。他的父亲喝酒、赌博，是个远近闻名的懒汉。羊子小时候，父亲为了不让他跑远了，竟然用铁链把他锁起来。刚才他跟你说，他的母亲给他买金手镯、银项链大致就是这么回事。这个孩子，小时候的生活不好啊！"

"后来大一点了，他也跑到外面去了。两年之后被派出所送回来了。说是在城里结识了一些坏小子，学会了偷东西，被劳教了半年多。你能猜到他是怎么入伍的吗？他父亲看实在管不了他了，当然也是懒得去管，就对他说：'我养不了你了。县里有个工厂招工，活儿不重，还能挣到钱。你打上背包去吧。'就这样，羊子拿着父亲给的一百元钱，由一个大伯陪着进了县城，才知道自己已经入伍了。说得难听点，这不就是被骗来的吗？奶奶的，都说部队是个大熔炉，可也真的不是什么铁都能炼成钢的啊？部队也要训练，也要考核，也要拿名次，将来也要上战场的呀？"

说着说着，王大心叹了口气，无奈地说道："我一直相信，人心都是肉长的，你掏心窝子对待一个人，对方总会明白的。可是对羊子，我真的是没办法了。跟他谈话时，你能听到很多故事，真的假的都有，听着听着，我自己都被吓着了。有时我心想，我要是他，我可能比他变得更坏，岂止是坏，是仇恨，是残忍。人世间任何一点柔软的善的苗苗在他心里都没生根发芽。这孩子都经历了什么呀？这样的孩子真的不应该再来部队，再上战场了。应该有一个世上最好的人，一心一意地对待他，让他好好地生活下去。我能做到吗？我做不到，我差得太多了。谁能做得到呢？那个世上最好的人是什么样子的人呢？"

"别着急，再好的药也需要身体去吸收，再好的道理也需要时间去磨洗。只要你坚信它是对的，就给它一点时间，让它去发挥效力。"老刘问："对了，你结婚了没有？"王大心答："没有呢。不过有女朋友，大学时的师妹，比我小两岁。她现在在一个北方省会城市的地铁系统里工作，是搞技术的，户口也在那边。"老刘问："那你们可是两地好多年啦！"王大心说："虽说没结婚，也算是老夫老妻了。你呢？年轻时遇到过我这种情况没？"老刘笑笑，说："我是'70后'。刚毕业那会儿也和你一样，女朋友在我那个城市没留下来，回老家省城去了，也是异地了六七年。"王大心眼睛一亮，问道："那后来呢？是现在的嫂子吗？"老刘摇摇头，说："不是。分了。然后都各自闪电结婚了。我们那一代人，还是比较物质的，裸婚啊、裸辞啊，这一类事儿我们是干不来的。"

老刘说："前段时间，她还打电话，说过来出差，想见见面。我说都各自有家有孩子了。快五十岁的人，都不是当年的样子，就不见了，见了难受。也感觉对不起家人。其实我还是有很多话是想对她说的，可要说的太多，人世间的沧桑彼此都懂，不说也罢。"

老刘接着说："我的年轻时代是 20 世纪 90 年代中后期到新世纪的头七八年。就拿我当排长时的那个营区来说吧，当年周围是一片麦田和果园，夏天老兵们拿着麻袋翻墙到外面买桃子回来吃。现在，那里盖了很多商场、写字楼，变成了高科技企业聚集地。每天清晨，在数字行业打工的白领们把地铁站挤得水泄不通。年轻时代离我远去了，生活的潮水对我来说开始平静下来，我才得以把头伸出水面，平心静气地观察这个世界。"

王大心问道："你当年分手容易吗？"老刘抽回思绪，说："不容易呀！之前双方下过几次决心要分开，可坚持几天不见面，就没着没落慌慌张张的，感觉身上一块肉给挖走了。三十一岁那年，我们都知道不能再拖下去了。我拿着部队开的结婚申请书坐火车到她家，心想，只要她敢签字，天上下刀子我也不怕了。可是，我们还是没下得了这个决心。"

老刘说："后来她也来找过我，要求结婚。我咬着牙没答应。送她上了火车，嘴上说今后再见，可都知道这一别是再见不到了。我往离城五六十公里外的营区走，越走越荒凉，就像给亲人送葬回来似的。那感觉，仿佛有个至亲活生生地死在你眼前了。"他接着说："那滋味儿，这辈子不敢经历第二回喽。当年和她经常去一些地方，这么多年过去了，我仍然是不敢故地重游。"

老刘忽然记起了什么，说道："对了，有个问题想和你聊聊，已经问过咱们连不少战士，积累了一些答案。这个问题就是……"

六

有一天下午，快开晚饭了。老刘前胸和后背都已湿透，脱掉迷彩服上衣，只穿短袖训练服，晚风轻抚，难得凉快。肚子也饿了，这种饿的感觉很鲜活，多少年都没有过。连队食堂经常做一种炒广式腊肠，算是这里的特色菜吧。并不是切成一片一片，而是截成一段一段，每段寸把长。基本上不配青菜，全是红得透明的肠，一勺子打到餐盘里，满满当当，四处流油。过去，老刘吃这类菜总会犹豫犹豫，但在这里，却吃得很香，甚至还盼着炊事班多做这个菜。一些战士在抓紧时间洗衣服，然后送进烘干房里烘干。否则拖到明天一早，就得穿又湿又臭的迷彩服。

这是一天当中最放松的时刻。一大群战士聚在连部门口，有站着的，有坐着的，说说笑笑。突然，人群就散了，一些老兵回屋换上便装，往营区外面走。老刘想去看个究竟，遇到了刚换上便装的王大心。毫不夸张地说，王大心现在面如土色，让老刘暗暗吃惊。看到老刘，王大心仿佛抓到了救命稻草，连衣服也不用换了，让老刘跟着自己一起走。两辆勇士越野车停在营区门口，副连长带着四个老兵，先出发了。王大心坐在副驾驶位置上，老刘坐在后排中间，一左一右坐着两个老兵。

车子开出去几百米，王大心一边向路两边张望，一边焦虑地说："羊子，他跑啦！"老刘问："他带了什么没有？"王大心道："他的副班长说，估计他身上只有一部手机，他的行李箱、背包什么的都放在库房里，没动。"老刘问："给他打过电话了吗？"王大心答："关机了。这个小子，是彻底不想听咱们讲道理啦。"羊子的副班长是名下士，坐在老刘的右手边。他有点害怕，又有点委屈地说："唉，跟他在一起两个月都没啥问题，今天下午上个厕所的工夫，人就没影儿了。"老刘安慰道："别难过，两条腿长在大活人身上，他要是铁了心想跑，你哪能看得住？"

老刘又问王大心："咱们这是去哪儿？"王大心答："到附近的公共汽车站、长途汽车站还有火车站转一圈，一个点上留一个人，如果见到了羊子就把他带回来。他什么都没带，大概还穿着迷彩服，很显眼。"王大心又说："旅里要求我们务必于今晚十二点之前找到羊子，如果找不回来，就必须向上级汇报。那样的话，事情的性质就严重了。我这个指导员，估计也干到头了。"老刘说："先不要考虑这些，我觉得情况也没那么糟糕。你先给羊子能联系到的人都打一遍电话，比如他的家人、村里的亲戚、人武部的同志，还有但凡能和他说点心里话的战友。告诉他们当逃兵的后果，如果羊子联系他们，就让他们劝他回来。"

太阳离远方的大树顶端只剩下一两尺高，辽阔的天空里满是灰色的水汽和暗红色的光。公路两边的群山和丛林正慢慢隐入黄昏中。老刘仔细打量着车窗外的每一个路人，或草丛的角落，一无所获。他知道王大心此时的心情，他多年前也经历过不少这样的事。像什么呢？有点像一个人在一点儿征兆也没有的情况下，或者是情绪刚一稍稍放松的情况下，腹部就挨了一拳，身体绵软无力，又喘不过气来。王大心问道："老刘，你过去遇到过这样的事情吗？"老刘答："刚当排长那会儿，被抽到新兵团政治处当干事。新兵嘛，没遇到过什么事，情绪波动特别大，可能一下子就变了。据新兵团的老团长讲，年年都有一两个跑的。我们那年就有一个，半夜跑的。新兵团在山东，在山里面，冬天一来，满眼枯草荒地，夜里外面根本待不了人，会被冻死。那个新兵可真是一把好手，适合当个侦察兵。我们几十个人打着手电筒找了他一晚上，愣是没找到，倒是吓出了几只野兔子。几天之后，他老家人武部来电话，说是已经到家了，家人知道这是大事，把孩子送到了当地政府，求部队把人领回去。"王大心追问道："后来部队把人领回去了吗？"老刘答道："没有。"

王大心很失望，望着车窗外被甩在后面的风景，说道："羊子这个兵，在新兵训练时就是挂了号的。新训结束后，旅里把羊子分到我们连，营里还顶了一阵子。教导员曾对我说：'羊子这个兵是定时炸弹，说不准啥时候就响了，你机灵点，实在不行，就把他退回去。这样，责任就不在咱们了。'唉，那个时候我对教导员说：'给我，也给羊子一次机会，我还想再争取争取。'现在看来，我还是太嫩啦！"

老刘沉默了一阵子，说道："你做得没有错，对得起自己的良心。哪个连队没问题？没有问题那才是见了鬼了。"王大心叹了口气，道："这个道理谁都明白，可真到出了事情的时候，却谁也不会站出来为它埋单。"

不久，车子驶进了城区。周围的光线一下子特别亮，亮得刺眼，各色灯光显得迷离而奇幻。从两栖突击车里钻出来，一下子

来到这里，有种恍如隔世之感。女孩子们简直如同外星生物，在
夜色中银光闪闪，宛若仙女。街道上飘着饭菜味、香水味，只要
在这里站上一小会儿，就断然不想再回那个黑黢黢的、只有柴油
味和汗水味、钢铁一般坚硬的营区了。老刘再一次体会到了这种
青年时代有过的感觉，仿佛丢在角落里的一个老物件，在合适的
时间、合适的地方，又重新发现了它。他琢磨着："如果羊子就
在这人群之中，他会想些什么呢？"

王大心带着两个老兵去了长途汽车站和火车站，一张脸一张
脸地辨认，厕所找过了，连蹲在街边的乞丐也认真打量了一番。
将近十点钟，这个城市的夜慢慢寂静下来，一种冷冰冰又残酷无
比的现实慢慢浸透了他的心。无论如何，他得接受一个现实，在
这茫茫人海中找到一个人是不大可能的了。一会儿焦虑，一会儿
侥幸，一会儿无望，像绞肉机上的刃片一样切割着他的心。他开
始思考找不到羊子之后的事情，好像要穿过一堵墙，看到墙那面
不愿看到的景象。

王大心回到车里面，对老刘说："真是想说点什么，可没必
要了。"老刘说："给羊子发条短信吧。"王大心说："他的手机
一直关着。"老刘想想，说："赌一回吧。如果他对这个世界还
抱着一点希望的话，他会开机的。我觉得，他肯定知道营区已经
炸开了锅。他知道后果，也害怕。他什么都不想听，可一定又想
听到点什么。试一试吧。"

王大心掏出手机，写道："羊子弟弟，我是王大心。哥哥希
望你回来，全连的兄弟也希望你回来。你回来了，就当什么事也

没发生，咱们还做同生共死的兄弟，信守承诺，绝不背叛！你的哥哥，王大心。"老刘说："再加上一条：'如果你想好了不打算继续留在部队，哥哥不勉强你。你先回来，咱们通过正规的程序走。一辈子很长，别给父老乡亲留下一世骂名，也给自己留条后路。'"王大心看了看老刘，老刘点点头，说："加上吧。"短信发出去了。王大心抹了把眼泪，对驾驶员说："咱们在街上慢慢找吧，再努把力。到了十二点就回去。天打雷劈我顶着！"

<h1 style="text-align:center">七</h1>

半夜时分，王大心的手机收到一条短信，是羊子发来的。他写道："你说的话，我能相信吗？"王大心揣摩着对方的意思，是说他的话不可信呢，还是问他说话算不算数？王大心急切地把电话打过去，羊子不接，再打，又关机了。区区一条短信让王大心有了希望，心绪好似一下子跃到山峰。可手机一关，好像又一下子跌到谷底。

王大心回道："哥哥用生命保证，你可以相信我的话。"焦躁地等待了十分钟，羊子回道："你在骗我回去。别找我了，再找，我就去死。"王大心把电话打回去，又是关机。他气得手发抖，真想把手机砸了，然后回营区。

王大心又抹了把眼泪，把手机递给老刘，问："怎么办？"老刘说："别灰心，继续给羊子发吧，我觉得他是想回来。"老刘又说："记得，说真心话，一句假话都别说。"王大心长叹了一口气，说道："妈的，弄死我算了。"他拿起手机，写道："羊子弟弟，哥哥用生命保证还不够吗？一个人的生命最重要，用最重要的东西向你保证还不够吗？"

此时，已经十二点整。旅长亲自打来电话，王大心告诉他，和羊子联系上了，正在争取让他回来，不过，不能保证一定回来。旅长想了想，问："需要旅里做什么吗？"王大心说："如果这个兵能回来，那么将来他的走留要听我的。"旅长说："你是他的指导员，你要是真的想清楚了，我尊重你的意见。"王大心反倒是觉得肩上陡然有了千斤重量，说道："那我就试试看。"不一会儿，营长也打来电话，说羊子和他的新训老班长打过了电话，问指导员的话能不能信？那个班长自然是劝羊子先回连队再说。

来来回回已经发了十来条短信，时间接近一点钟。王大心的心仿佛被锯子一来一去地割着，早已血肉模糊，只剩下一口气了。他把头猛靠在座椅靠背上，叫道："妈的，拼了，就最后一条短信，想回来就回来，不想回来就死个痛快吧！我王大心大不了不干这个指导员，还被你个小浑蛋吓住不成？"他对着手机说道："羊子弟弟，对你的许诺永远不会变。我们以兄弟相称，也以兄弟相待，绝不背叛。这是我发给你的最后一条短信。何去何从，你自己决断。哥哥王大心。"

又过了半个小时，王大心几次想再发一条短信，或者对驾驶员说不等了，回营区去。可最终还是忍住了。这时，羊子发来短信："我在××高速公路收费站，你来接我吧。"王大心大吃一惊，羊子在人生地不熟的情况下，竟然已经跑出去一百多公里了。他忙对驾驶员说："快，咱们去接羊子。"到了收费站，王大心远远看见羊子略显单薄的身影站在灯光下，一时间百感交集。他快步上前，想一把把羊子搂在怀里。但羊子的目光里带着戒备，甚至有几分仇恨。这目光让王大心冷静下来，他拿出一块面包和一袋牛奶，递给羊子，眼睛红红地说："饿了吗？先吃点东西吧。"

回到营区，羊子住进了单独为他准备的房间里。地点在一楼，窗上有铁栅栏，门外有岗哨。羊子坐在床上，身上是迷彩服裤子和短袖训练服，仿佛从未离开过。他微微弓着腰，有点害怕，又有点抗拒，像只刚刚被抓住的流浪猫，随时准备咬人。

王大心和老刘轻轻坐在羊子身边。王大心说："别介意，这是旅里面的要求。你先好好休息，没什么可害怕的了。你是我们的兄弟，不会有人再打你、骂你了。"

羊子突然很愤怒，好像他的一腔赤诚被辜负了似的，说道："我都对你说了，我走，不是因为有人打我；我回来，也不是因为你保证我今后不会再挨打。你还不明白吗？不是因为这个，我入伍前挨的打还少吗？我怕的不是这个。"

王大心问："那是因为什么呢？"

羊子说："我不想在这里待下去，是因为你们在说假话！"

王大心吃了一惊，问："我们说什么假话了？"

羊子说："你们口口声声说你们不怕死，可是人哪有不怕死的。我看你们就是在说假话。你们在骗自己，也在骗别人。你们自己说的话，自己信吗？这个世界上口是心非、两面三刀，见人说人话，见鬼说鬼话，挂着羊头卖狗肉的人太多啦！心里想一套，嘴上说一套，手上做一套。没有一个人对自己说过的话负责，没有一个人信守承诺。"

王大心柔声说道："羊子，我们不是你想的那种人。人都有七情六欲、生老病死、亲人挚爱，谁都不是机器人，谁面对死的时候都要思量思量。是不是呢？你自己难道不是如此吗？你不是也当了逃兵吗？"羊子的话不免让老刘一阵刺痛。他觉得羊子这个小兵有种令人吃惊的偏执，不寒而栗的冷酷，也有种猝不及防的锋利，像一根针，总能戳到别人的隐秘痛处。别人在一点一点去面对那些不能面对的事实时，羊子却毫不留情地把一切都揭开了。或许只有饱尝人间冷暖的人才有如此的内心吧。

羊子冷冷一笑，道："你可真是傻瓜。是的，就算你自己信了，可你能保证别人也相信吗？你真心实意地去死，可你能保证别人也和你一样真心实意吗？你以为你躺在烈士陵园里头了，那些活着的人就会记得你了？别傻了，仗打完了别人就会把你忘了，忘得一干二净。你死了，这世界什么都没变，就像一颗石子扔进河水里一样。人家该怎么过日子，还怎么过日子。所以你好好想想，你把命给了人家，人家却把你忘啦！可笑不可笑？"

王大心耐心地说道："羊子，这个世界也不是你想的那个世界。每个人都有自己的生活，难道你成了烈士，你就成了世界的中心吗？这怎么可能呢？难道你当烈士的目的就是为了这个吗？"

羊子叹了口气，说："我给你讲一件我的事。我第一次离开家时十一岁。身体不好，没力气，到城里挣不到钱，这儿住几天，那儿住几天，饿了拿塑料袋到饭店门口要一些剩饭剩菜填肚子。我和很多大人一起生活过，各种各样的人都有，你可能做梦都想不到。不过，每一段日子都很短，那些大人最终都不见了。有的到外地流浪去了，有的得病死了，有的找到了女人回老家了。后来，我遇到了小树哥哥，他比我大四岁。他教会了我许多谋生的手段，比如捡一些铁器、铜器换钱。我和他在城郊的垃圾场住了很长时间，差不多整整一个冬天。

"他真心对我好，像哥哥一样对待我。有了吃的，先让我吃饱，有了穿的，先让我穿上。我们挣了钱，都放在他那里，但他从不乱花，每隔一段时间，就告诉我，我们有多少钱了。我们发誓，要永远在一起，不求同年同月同日生，但求同年同月同日死。我们还养了一条流浪狗，叫小黑。那是条很聪明的狗，虽然从来不用绳拴着，但它绝不跑远。什么时候回到铁皮房子，它都在那里等着我们。我以为我们可以这样一天天一年年地生活下去。

"那年春天，小树哥哥突然走了，再也没回来。后来垃圾场改造，我也住不下去了。离开的时候，小黑站在门口，摇着尾巴望着我，以为我还会回来。我回头看了看，觉得小黑就是我。我一狠心，回去把它勒死了，省得留在人世间一次一次信任人类，又一次一次被人类抛弃，甚至是杀了吃肉……"

王大心沉默许久，想了想，说道："羊子，无论如何，兄弟们希望你留下来。当然，如果你一定要走，我会信守承诺，让你走。"

羊子说："王指导员，我知道你是个好人。可我真的不能保证自己一定能留下来。当然，就算你不信守承诺也没关系，我是个大活人，想走谁也拦不住。走不了，我还能死，这你总拦不住吧？"

八

无论如何，小兵羊子是回来了。气氛缓和下来，羊子是走是留，还要观察一段日子。据说几十年来旅里也出过几次这样的事，可当晚就把兵找回来的，王大心是头一个。不过，没过几天，连里又发生了一件事，事情的主角竟然是连队主官指导员王大心。来龙去脉是这样的。这一天休息日晚上，王大心外出归来，喝了酒，跑到旅政委宿舍门前，敲开门，破口大骂，把政委骂得莫名其妙又颜面全无。政委一怒之下，把王大心关了禁闭，醒酒反省，那间小屋子就在羊子对面。

老刘是第二天一早才得知这件事的。大家也都很惊讶。王指导员酒量不行，平时不喝酒，不知为什么一下子就喝多了。另外，他也不骂人，别说是骂政委这种找死的事，就是对屡教不改的滚刀肉，他也不会骂。这么多年学生腔是磨没了，但还留着学生官的底色。老兵们打听来打听去，慢慢捋出了头绪。原来，王大心的女朋友来了，不过是来分手的。她把属于王大心的东西带来，还给了他。王大心也把属于她的东西还给了她。这架势，双方是都下了决心。王大心把女友送走之后独自在村子里喝了酒，后面的事情大家都知道。

政委找到了老刘。虽然都是大校军衔，可他比老刘还小了三岁。他说："老刘，请你和王大心谈谈吧，如果没什么的话，就让他出来正常工作。这个小伙子的事情我知道，都是从年轻时候过来的，能理解。"老刘去看王大心时，正值午后，太阳暴晒，营区静悄悄的，都在休息。进房间的时候，羊子从对面窗户里向这边张望。老刘对羊子笑了笑，没说话。

屋子里很热，又不开门，只觉一团浓浓的热气向脸上黏过来。王大心坐在床沿，后背没有平时那么直了，有些垂头丧气的样子。按照老刘的经验，经过一场酩酊大醉的人，此时刚刚熬过身体最难受的时节，正在艰难地一点点恢复。一个漂漂亮亮的小伙子变成这副模样，让人有些心疼。老刘坐在王大心对面的空床板上，默默地望着他。王大心捂着肚子，一阵恶心，忙不迭地站起来，趴在屋角的一只洗脸盆上，干呕起来。什么也没吐出来，只在嘴角挂了一层口水。他擦了擦，晃晃悠悠地又走回来。

王大心难过又后悔地问："你都知道了？"老刘点点头。他又问："我昨晚都骂政委什么了？"老刘说："我哪里知道，管他那些干什么？谁没喝多过？放心吧，骂什么政委都不会跟你计较的。另外，政委也托我给你带个话儿，你要是认识到错误了，就出去正常工作吧。"王大心指了指自己的心口，说："唉，这里真是太疼了。前段日子听你讲分手的事，我还没什么感觉，昨晚

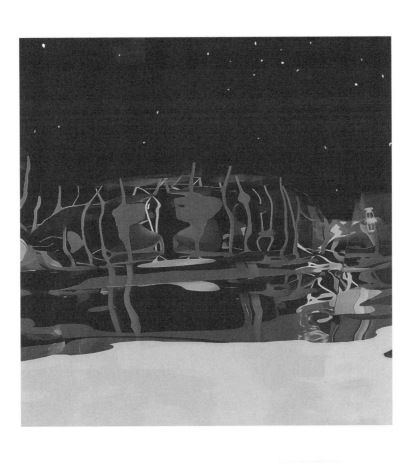

才明白，那可真的是生生要把一个大活人给杀了啊！"

王大心说："从城里往回走的时候，灯火越来越稀疏，也越来越荒凉。到了村子口，我突然不知道这都是为了什么？我突然觉得连队里的那些事情都特别奇怪。和普通老百姓相比，我们实际上都过着一种不太正常的生活。我那种紧绷绷的，一心向前的心态仿佛一座高高的雕像，在一瞬间崩塌了。我在想，前段时间，我还一点儿都不畏惧死亡，琢磨着，怎样的死才有意义，怎样才能死得轰轰烈烈。可这一刻，我的心很不安，我有太多的事情还没想清楚，还有太多的不甘心，还有太多的牵挂，甚至还有太多的委屈。我做不到撒手离开这个世界，我凭什么要去死？我特别后怕，如果那个时候来了命令，我真的不知道自己还是不是个能把一切都豁出去的人。那可真是我最软弱无力的时刻啊！"

王大心长叹了一口气，说道："过去，我一直以为羊子是个没见过阳光的孩子，是个胆怯的人，是个逃兵。他说的话，毫无意义，也毫无道理。只要他见过了阳光，就再也不会那样想了。可是昨晚，我突然觉得，难道羊子说的不对吗？难道不是有那么一两句话，说到了我的心上吗？在那一刻，我难道不是和他一样吗？"

王大心愣愣地看着地面，自言自语地问道："我该怎么办呢？我相信，日子会一天一天过去，终有一天，我又会回到原来的样子，把今天的疑惑忘记。可是，要是再遇到这样的事情，我该怎么办呢？别人遇到这样的事情，我又该怎么办呢？这一切的道理何在呢？"

愣了半天，他抬起头，认真地看着老刘，问道："你说，信仰啊、理想啊，它们都是些什么呢？比如说我吧，相处了十年的女朋友都不要了，只因我不想离开这里。毕业八年了，还是个指导员，更不知道下一次晋升还要等到猴年马月，一年一年过得没什么盼头，可我也认了。我要是离开了呢，可以去我女朋友的那个城市，找一份不那么动荡的工作，下半辈子都解决了，怎么也强过我现在漂泊的状态，更谈不上什么生死了。我没有，因为我有放不下的东西，我良心上过不去，我不想掉队，我更不想当逃兵。"

王大心接着说："这个旅里的人都有一种不说出来的信念，不管遇到什么，都要一起坚持下去，一起去面对那一天。我不能走，否则我对他们一辈子有愧，我后半辈子都得在愧疚中活着。我不想那样。"

老刘道："你说的话，我听明白了。我年轻的时候，怎么说呢，现在看来是个挺物质的人。我那时候觉得活着已经很不容易了，我得先在体制里头生存下来。因此，我哪怕是吃了亏，看到了不公的现象，也忍下来。毕竟，你连生存问题都解决不了，还谈什么信仰，谈什么理想呢？一步步走到今天，年龄不小了，庆幸自己没掉队。"

老刘接着说："可是这几年，不知为什么，我却开始花越来越多的精力想什么是信仰，什么是理想。因为我觉得这个问题越来越重要。是什么让我觉得生活是有意义的？"

老刘陷入了沉思，他说："跟你说这个，并不是因为我把它们想清楚了。实际上，我的困惑远远比想明白的还要多。但有一点我敢肯定，谈信仰、谈理想从来不是一件容易的事。它会给你带来更多的痛苦，但你终究离不开它们。除非你一辈子不知道它们存在过，否则，你总会心有不安，你必须面对它们才行，无论什么样的吃喝玩乐、声色犬马都掩不住它们的声音。"

"别指望它们能给你带来什么好处，也不要因为个人的利害得失或者其他什么眼前的诱惑而左右了你的意志。你珍视它们，仅仅因为你确信它们是对的。"老刘说。

九

海上训练场在驻地东南方向。那里的海滩很洁净，沙子很细，远处的薄雾中，有几座小岛，像水中的一枚枚石子。太阳还没升到头顶，并不毒热，却又明亮万分，天空是刚刚雨过天晴的那种饱饱胀胀的蓝。海面铁灰色，映着黄澄澄的波光，辽阔而又奔放。这里若不是被用来军事训练，一定会成为非常迷人的风景区。

训练场的陆上部分也很大。到这里要走平整的公路，也要走泥泞的土路，还要穿过厚厚的丛林。若不是对这一带地形地貌很熟悉的老司机，是断然找不到这里的。普通人只会认为那些不起眼的稀烂小路通向某个更加不起眼的小村子。只是那些烂泥中的深深的履带印记会告诉你，这一切可不像看起来那样寻常。进入大门，一条条泥路纵横交错，偶尔几辆巨大的履带式迷彩两栖突击车"突突突"地吐着黑烟，晃晃悠悠地驶过，完全不在乎路况。丛林里是一片片用来住宿的帐篷和临时搭建的车库。

这里很热，老刘甚至觉得比上军校时的那个城市还要热。种种潮热，无法一一表述，只说说中午吃饭。本来忙活了一个上午，肚子很饿，可进了帐篷，只觉一团比粥还稠的热气包裹着你，连吸进肺里的空气都夹带着水。辨别不出任何饭菜的味道，似乎所有的味道都只是一种味道，就是热的味道。老刘生平头一回发现，原来热也是有味道的。大颗大颗的汗珠滴进饭里、菜里也顾不得了，一个劲儿地扒拉到嘴里，只想把肚子填饱。后背、前胸、肋下、小腿上的汗珠像溪水一样，以能够感觉到的轨迹流过皮肤，迷彩服下的短袖训练衫像块厚厚的湿抹布一样沾在身上，密不透气。

老刘的旁边坐着羊子。他闷着头吃饭，和谁也难得说话，黝黑黝黑的脖子上满是汗水，宽大的迷彩服仿佛是挂在身上似的。羊子终于答应连队，再也不跑了，安安心心干到退伍。连王大心都感到很吃惊，他反复回忆自己和羊子说过的话，但搞不清楚是哪句说动了羊子。在某个时刻，当你看到羊子非常专注地干什么事情时，他的目光完全是一个好兵才有的，坚韧、执着、可靠、友善。那一刻，你会非常诧异，羊子曾是那样一个不可救药的人。

到达驻训点的第三天，部队开始了海上训练。老刘和羊子在同一个班，也自然在同一辆两栖突击车上。羊子担任步枪手，在副班长带领下的战斗小组里。班里照顾老刘，没给他分配任务。

平时训练时，老刘不用背突击步枪、狙击步枪、反坦克火箭筒或者电台什么的。王大心也在这辆突击车上，但他不参与班里的战术行动。王大心问老刘会不会游泳，晕不晕船或者晕车什么的。老刘瞬间紧张起来，答道："游泳会，在游泳馆里游个一两千米没问题。只是不知在海里行不行。晕船晕车嘛，三十岁之前不知道是啥滋味。可是前些年，和儿子坐了一回过山车，下来之后竟然差点吐了。年龄不饶人啊！"王大心犹豫地说："要不你就别参加海上训练了，因为还有其他的战术课目，没练过的人撑不下来的。"老刘摆摆手，道："我这身体还行，绝不给你们添麻烦。吐过一回，我才能知道吐的滋味嘛！"

　　这一天天气晴朗。天空蓝得辽阔而且奔放，一辆辆迷彩色两栖步兵突击车依次离开海滩。每辆突击车上插着一面小红旗，与深邃的天空相比，只是一片红色的小点，却很娇艳，仿佛一只只要与恶浪拼一拼的红色海鸟。这一刻，眼前的景象不禁让老刘眼睛湿湿的。他和大家一起从后门钻进突击车，舱门封紧。外面传来一阵阵哨声。突击车发动机一下子加快了速度，猛地向前晃了一下，然后前进。不一会儿，又向下沉了一下，并且传来海浪拍打在钢板上的声音。老刘知道，突击车已经到了海上。他仰起脸，突击车的顶舱盖开着，石头穿着橘红色的救生衣站在那儿，半个身子露在外面。一线蓝天从顶舱盖的缝隙里透进来，不时又有片片云彩慢慢滑过。一时间，柴油味弥漫，发动机轰响，钢铁车舱上下颠簸，任何私心杂念都没有，个人的命运都交给了负责指挥、驾驶的战友和这个吼叫着的庞然大物，只希望它更坚固一些，更皮实一些，也更幸运一些。

　　与海上的浪头相比，这个二三十吨重的铁家伙还是太轻了。老刘不觉间屏住呼吸，注意着车子的姿态和自己身体的状况，虽然看不到外面，但也能感到一会儿被向上抛，一会儿又向下跌，像是在太空中失重了似的。尤其是向下坠的时候，突然间脑子里空荡荡的，无依无靠，没着没落，恐慌而又恶心，猛然觉察生命是如此的脆弱，哪里还有什么执着，什么坚持。一想到这种状态还得持续几个小时，就感到阵阵害怕。他收紧腹部，绷住胸腔，把涌上来的呕吐物强压下去。他在心里读着秒，一秒一秒挨着时间。车子里没人说话，在微弱的光线照射下，每个人的脸色灰白，盯着某个地方，都在与眩晕做着斗争。

　　就在老刘抑制呕吐之时，驾驶员先"嗷"的一声吐了。他一手抓着操纵杆，嘴稍一偏，一大口呕吐物便进了挂在旁边的塑料袋里。之后，他一抹嘴，正过身子，眼睛专注地盯着前方观察窗，仿佛什么都没发生。驾驶员吐过之后，站在顶舱口的石头也吐起来，他趴在铁板上，哗哗啦啦地吐着，呕吐物随后被浪头冲走了。老刘意识到，到了海上任谁都得吐，关键是吐了之后绝不能影响正常训练。想到这儿，他抽出塑料袋，大口吐了一阵子，然后系好袋子，挂在脚边。吐过之后，再也闻不到柴油味和其他人呕吐的味道了，反倒是好受了一些。之后几个小时里，老刘恶心了就吐，吐了就好一点，什么都顾不得了。牙花子上挂着早上吃的包子馅里的肉粒。身体越来越软，脑袋迷迷糊糊，嘴巴无力地张着，若不是有尼龙安全带捆着，屁股肯定得从座位上滑下来。

"咣"的一声，突击车停下来。大家站起来，地上溅满了呕吐物，踩上去吧唧吧唧响。石头大声道："一、二战斗小组下车，由副班长指挥。"他弯下腰，扫了一眼老刘，道："老刘，要不你留在车上吧？"老刘昏昏沉沉地抬起头，晕乎乎地摆了摆手。他跟着大家从后舱门跳了出去，腿一软，摔倒在了沙滩上。他连忙爬起来，排在战斗小组最后一名前进。

老刘呛了口海水，咬着牙，小跑着跟在战斗小组后边，盯着最后一名，小心地不掉队。耳边是喘息声、命令声和应答声，一切又杂乱，又有序，各个连队争着尽早到达各自的目标地点。高地上"敌方"的机枪响了，不过不是实弹，而是训练用的空包弹。但枪声一响，气氛一下子紧张起来，脚下的步子也快了许多。老刘脑袋里一片空白，隐约听到枪声，还有各种嘈杂的声音，世界似乎在团团转。他使劲睁大眼睛，只见前面的小伙子们在飞快地向前跑，浅黄色的作战靴踏在沙地上，扬起一股股沙子。老刘什么都不想，也顾不得去想，只是拼尽全力奔跑着，吃力地不被队伍甩下。几百米沙滩上的冲刺几乎要了他的命。当爬到高地上时，他一头栽倒在草丛里，狂乱地喘着气，喉咙里发出嘶嘶的声音。他真怕此时一口痰卡在那里，把自己呛死。

入夜，老刘坐在刚刚挖好的堑壕里，摸出一包单兵战斗口粮，撕开，嚼起来。这一包有巴掌大小，棕色真空包装，里面装了四块压缩干粮、牛肉脯、山楂片、口香糖。压缩干粮和老刘多年前吃过的老式压缩饼干样子差不多，但味道更丰富，也更惊艳。有橙子味、椰子味、青稞味、菠萝味，等等。以至于老刘头一次吃新式战斗口粮时，竟然很惊讶，惊讶于它们的味道已经进化成这个样子了。老刘也注意过其他国家的战斗口粮，都没有压缩干粮。有些国家的口粮里配了饼干和果酱，但是那种又脆又轻的烘焙饼干，既占地方又容易碎，也很不顶饿。老刘怀疑中国的压缩饼干是从战争年代的炒面发展而来的，可他没有考证过。

老刘的身旁是羊子，他也在埋头吃压缩干粮。老刘发现这个小伙子的身体素质倒不差，除了自己的装备外，还扛了一只弹药箱，却一点也不比别人慢，动作敏捷，像只不叫不嚷的小松鼠。从堑壕里探出头，夕阳浸在西面的大海上，只剩下一个半圆。海面缓缓起伏，红红的，黑黑的，浪尖上闪烁着暗暗的金光。潮水拍打着高地下的礁石，远远近近发出浑厚的撞击声。天地间安宁而又肃穆，岛子、船只还有人，显得那么小。

羊子嚼了几口干粮，突然问道："老刘，你想过没有，人死了，就是一摊烂肉，再过些日子，连烂肉都不是，变成泥土，变成沙子。那你说，人活着的时候做过什么，得到什么，还有什么意义呢？拿我来说，将来我死了，就算是躺在烈士陵园了，名字也刻在英烈墙上了，可又有什么用呢？那些东西是给活人看的。对于一个死人来说，我什么都得不到。我都成了一块石头、一把沙子，还会稀罕这些东西吗？"老刘说："死这个问题，都是活人在想，死人是不会想的，对不对？死这道门槛是生者永远跨不过去的。"老刘接着说，"所以，死的意义其实就是活着的意义。我送你一句话，能站着生的人也能站着死，能站着死的人也能站着生。反过来，跪着生的人也跪着死，跪着死的人也跪着生。"
老刘又说道："死这个东西看起来无坚不摧，但其实也不是。它
不能摧毁你一定要坚持的东西。死的好处是，它是一块试金石，
它让你明白，什么是自己真正想要的，什么对你来说并不那么
重要。"

　　老刘说："这些年写战争小说，从方方面面接触到了不少当
年留下来的资料，有的是回忆录，有的是口述记录，有伤亡统
计，也有后勤补充情况汇报，等等。很多年以前，咱们中国军队
有一个别的国家军队都没有的打法，那就是用爆破的方法去炸敌
人的碉堡和坦克。这个办法很有效，但也是迫不得已，因为我们
那个时候几乎没有现代化的反坦克武器和攻坚武器。执行这个任
务的士兵九死一生，很多时候都是抱着炸药包或者爆破筒和敌人
同归于尽。在抗美援朝战争的上甘岭战役中，我方士兵拉响手榴
弹和敌人一起死的事例不是一个两个，而是二十个三十个，在与
敌人搏斗中牺牲的就更是不计其数了。据一个营长回忆，他有一
次夜间从一个坑道口到另一个坑道口巡视，每踏出一脚，都要踩
上一具尸体或者残肢断臂，有敌人的，有我们的，反正脚脚不落
空。牺牲的战士当中为人所知的寥寥无几，大部分都湮没在了时
间长河里。我还看到一个记载，有一个连队上高地接防另一个连
队。可上一个连队的连长、指导员以及所有干部都牺牲了，士兵
活下来的也很少，连立功事迹材料都没人写，也无从考察。每当
我看到这些历史材料时，都特别震撼，这种震撼永生难忘。我不
清楚他们在牺牲之前都在想什么，但有一点可以肯定，他们一定

是把什么看得比生命还重，他们也一定不认为人死了就一了百了了。"

老刘问道："羊子，我一直想问你一个问题。你当初那么想走，可怎么就决定留下来了呢？"

<h2 style="text-align:center">十</h2>

再有十几天，老刘当兵蹲连就该结束了。虽然只有三个月，但经历了很多事情，他觉得自己已经很深地融入了这个连队中。尤其是现在海训正在最紧张的时刻，他对将要到来的离开有些愧疚，好像别人都在肩扛重担艰难向前，而自己却开了小差。唯一能与这种愧疚相抗衡的是，他告诉自己，离开之后并不是更轻松了，前面的路会更险峻。在战争中，如果有一种逻辑能让一个人从死地撤下来，而不去同其他人一道面对死亡，那也仅仅是因为，为了胜利，还有更重要的任务去完成。

乌云下的大海有一种金属样的光辉，一波一波浪头缓缓地由远及近，像一排排移动的堤坝扫过两栖突击车队。那些几十吨重的突击车仿佛铁做的小甲虫，不停地在浪尖和浪谷里爬上爬下。天色渐黑，今天的训练任务已结束。突击车离岸滩越来越近，指挥所白色小楼隐隐可见。老刘抓着安全绳，疲惫的身体慢慢松弛下来。不知为何，眩晕呕吐的感觉无影无踪。等车子靠了岸，心就踏实了。虽然晚上还要连夜保养车子，至少得干到半夜，但只要双脚踏上坚实的土地，就等于是休息了。这一刻的感觉真是奇怪，真的好像打了一仗下来，庆幸自己完好无损，还活着。这种感觉会持续到下一次训练出发前，然后心情再次紧绷起来，迎接各种难以忍受的情绪，直到任务结束后，并且如此无数次循环下去。吃了三天两夜战斗口粮，胃里的饥饿真实而又强烈，只要是刚从锅里做出来的，只要是新鲜的，无论是什么，都是好吃的。此时，脑子里几乎什么都不愿想，堕落到只想各种各样饭菜的地步。还有营房和床铺，虽然有些潮湿，也没有空调，可比战壕、草丛和虫子要强太多了。

王大心坐在老刘的对面，扭着脸，透过纵横交错的钢铁机械盯着驾驶员的一举一动。他一言不发，心里暗自思虑着训练结束后要做的事情。发动机的轰鸣声里夹杂着钢板破开浪头的声音，一天天，一年年，从未改变。这声音就像自己的青春岁月，惊险而又单调。将来如何？不必去想。今天将要过去，夜晚将要来临。夏天将要过去，秋天将要来临。今年将要过去，明年将要来临。发动机不停，我的青春也将继续走下去。他有那么一刻走了神，心里泛起一丝苦楚、一丝惆怅，可旋即就什么都忘了。

羊子坐在老刘身旁，眼皮黏黏的，头靠在老刘肩上，昏昏欲睡。半梦半醒之间，他看到小时候母亲离开家时对自己摆手的画面。真是不可思议，那时他才两岁，怎么可能记得这个画面呢？他连母亲长什么样都不知道。他又看到自己被父亲绑在床头用皮带抽的景象。自己并未犯什么错，只是自己太过弱小，无力反抗罢了。那个懒汉，那个老浑蛋，那个游手好闲的人，跟着他长大可真是可怕的事。他记忆里，竟然没有一件是爸爸对他的好事。

要说一件没有倒也不是真的，有一年春节，他爸爸不知从哪里搞来了钱，给他买了一只玻璃瓶的黄桃罐头，并且温温和和地对待他一个下午加一个晚上，难得没有训斥他。那个笑容他现在还记得："那真的是我爹吗？"还有他进了城，被人逼着偷东西的那段日子。没偷到东西，被打得可真叫惨。可被打了之后，还得留在那儿，他竟然不知能逃到哪里去。还有那个帮助过他的小哥哥，还有那只陪过他的小狗。这世上没人靠得住，连自己的老子都是如此，一到关键时刻，他们就会把他抛弃。他现在过得怎么样呢？眼前这些傻大兵，一个个憨得可爱，可他还蛮喜欢和他们在一起的。

车长石头半个身子露在外面，穿过越来越暗的天空，向四面八方瞭望。此时，他盯着灰色的天空，不自觉地想象着自己正身处战场之中，一枚精确制导炸弹或巡飞弹从侧面，或从顶部飞过来，然后撞穿突击车装甲，在车子的内部爆炸。或者一发穿甲弹从侧面打来，把装甲打个大洞，海水从洞里涌进来。或者履带被炸断……也或者，敌人在海面下。他们无声无息，我们没法发现。石头仿佛看见无数小型鱼雷拖出一道道白色的水浪，像一条条黑色的大鱼，向自己这边游来。当它们撞上突击车的时候，将迸发出巨大的火光……

当然，最有可能的情况是，一部分突击车被击中了，其他的仍然尽全力开动。它们像受伤的猛兽，忍着疼痛，心中却有了更大的怒火。无论枪林弹雨，无论刀山火海，谁也挡不住我们。我班里的士兵一个都不会落下，他们都会与我同生共死。我们的火箭筒要把敌人的工事送上天。不是你死，就是我活。我们的子弹要人命，我们的刺刀要见血……

猛然间，老刘听见金属摩擦与撕裂的声音，比发动机的轰鸣还要巨大和骇人，在狭小的车舱里回响。接着，车身前后晃了晃，仿佛使劲挣扎几下，然后缓缓向一侧倾斜。坐在老刘对面的士兵一下子悬起来，系安全绳的挂在空中，没系安全绳的扑到了对面战友的身上。发动机熄火。只听驾驶员用哆嗦的声音说道："指导员，车底盘，可能，可能剐到礁石了，履带也挂在上面了——"说话间，突击车仍然在继续倾斜，一个大点的浪头打来，海水便从顶舱口飞溅进来，迎头打在老刘脸上，视线模糊。

王大心也是头一回遇到这种事。他问道："这条路线不是走了好多回了吗？怎么就有礁石呢？"驾驶员沮丧而又悔恨地说："是啊！走了好多年了呀？难道是礁石自己爬过来的不成？或许是天太黑了，偏了航。"王大心说："要不，打着火再试一次。"驾驶员操作了一回，突击车反而更加剧烈抖动，打着转儿加速倾斜，吓得他赶紧关闭了发动机。突击车像只铁盒子，被绳子拴着，又被浪头推过来，推过去。王大心抹去脸上的水花，问驾驶员："你估计这车子能不能沉？"驾驶员道："说不好，正在涨潮。如果履带继续卡着，水很快就能淹进来，那时人都挤在一块儿，再出去恐怕就来不及了。"王大心想了想，说道："大家穿好救生衣，依次从顶舱盖出去，三人一组，自行游回岸边。我和驾驶员最后走。"

从顶部出舱口望出去，天已经全黑了。车子里的小灯打开，不时有浪头拍在舱口，又"哗"的一声，居高临下灌进来。老刘的迷彩服湿透了，舱底的积水没过了脚面，而且还在上涨。他的心怦怦跳，想把眼前的形势搞清楚。自己应该服从命令，这没问题。不过，他又觉得命运似乎在把一个难得的机会放在自己面前，自己将得到一些宝贵的东西。可脑袋里一片混乱，这个念头虽然强烈，却又一团乱麻。

大家都在按照王大心的命令，一个接一个出舱。轮到羊子的时候，他双手抓着安全绳，用非常愤怒的眼光看着王大心，说道："我不走，我就留在这儿！"王大心吃惊得说不出话。他大声道："服从命令，没时间跟你解释。"羊子吼道："车子沉了吗？你就要跑？你们就吓成这个样子吗？告诉你！我不走，要走你们一群怕死鬼走！你平时不是说要与突击车共存亡的吗？怎么现在这么着急要走？你在骗人吗？"王大心朝舱口望了望，又看了看舱底的积水，道："车子重要还是人重要？车子没了可以再造，人死了还能再活吗？"羊子一把抱着舱壁上的铁把手，说道："我再跟你说一遍，要走你走。我还告诉你，你如果走了，我将来还要跑，绝不含糊！"

王大心的嘴张了半天，对羊子身后的老刘说："老刘，要不你先走吧。我和羊子再留一会儿，看看情况。"这一刻，老刘突然明白命运给自己安排了一个什么样的机会。他说道："那我也再留一会儿，你看，车子里面还没进多少水嘛！"王大心沉默一下，说："那咱们都到这边来吧，压压重量，把车子平衡一下。"此时，十人离开了六人，车子里还有驾驶员、王大心、羊子和老刘。王大心爬到车载电台位置，报告了车子情况很紧急，请求上级火速救援。

小灯依赖电池里的电力发着光亮。车顶出舱口像张大嘴，随着海浪摇摆。这里仿佛有只天平，摇摆到一侧时，一切是安全的，摇摆到另一侧时，便有一大股海水灌进来。四个人尽力把一切有重量的东西都搬到较高的一侧来，然后把自己系在座位上，静静等待。老刘觉得自己的心也随着车子一左一右向两侧摇摆，忽忽悠悠的。那张大嘴吐进来海水时，这一侧是死，若是什么也没吐进来，这一侧便是生。每当大嘴在死的那一侧猛然哗哗作响时，老刘都似乎刚刚打了一个赌，赌死会在这里退却。这场豪赌惊心动魄，每一次老刘都赢了，可只要输一回，所有赌注都荡然无存。有一个声音在老刘的心里怒吼着："死啊！这次你打不倒我！"

大约四十分钟后，一只救生筏载着技术员老梅来了，还带了一台柴油抽水机。老梅钻进突击车时发生了意外，由于梯子滑，他从入口一下子摔到了舱底部。老梅呻吟着，半天站不起来。王大心爬过去，想扶他起来，老梅摆摆手，脸色惨白，说："没关系，给我两分钟，我能行。"两分钟过后，老梅让驾驶员就位，自己爬出车子，潜到水下去查看情况。又过了十分钟，他趴在舱口，对驾驶员交代了几个技术动作，便又消失在水中。不久，突击车在驾驶员的操作下，向前向后向左向右做了几个较为复杂的动作，然后突然上浮，车身归正了平衡。王大心爬出舱口，这时老梅已经搭救生筏走了……

尾声

　　冬天，老刘给王大心打了电话，知道了以下一些事情。那次成功抢救受损突击车的事情被上报到战区，三级军士长老梅在摔断肋骨的情况下，冒着生命危险潜入水中查找原因，并最终成功让突击车平安归队，为部队避免了一次重大损失，因此，记一等功。上尉指导员王大心临危不乱，组织人员有序撤离，并坚守岗位，为成功抢救受损突击车作出重要贡献，记三等功。列兵羊子表现勇敢，坚守岗位，记嘉奖。本来，羊子刚刚犯下错误，还受了处分，上级是不打算给他任何奖励的。在王大心的一再坚持下，才最终同意给羊子嘉奖。对于这份荣誉，羊子表现得很漠然。但他从奖金中抽出一百五十元买了双皮鞋寄给父亲。羊子对王大心说，不能给父亲寄钱，怕他又赌掉了。

　　还发生了一件事。但读者不要误以为作者是为了给故事加一个大团圆的结局才刻意编造了这件事。虽然这种事在我们坚硬的现实生活当中较少发生，就像一粒种子不大容易在钢板上发芽一样，但它的的确确发生了。王大心和他的女朋友重新走到一起，并且结婚了。不过这一次，不是王大心放弃了自己的工作，而是他的女朋友辞去省会城市地铁系统的职位，来到他身边，在一个职业技术学校做了老师。王大心说，其实还是在漂泊，只不过过去是一个人在漂，而现在是两个人在漂。

　　羊子为什么会留下来呢？他对老刘说，当王大心喝醉了酒，被关在对面房间里时，就决定要留下来，因为他觉得指导员这人说的和做的一样，是可以信赖的。至于老刘自己，他很感谢此次当兵蹲连，因为这让他有机会见识了那些普通士兵的勇敢无畏，也在命运的安排下，与一个生死攸关的问题迎头遭遇。

　　西元，1976年生，籍贯黑龙江巴彦。1994年考入解放军南京政治学院，同年入伍，就读于中国人民大学、北京大学，获文学博士学位。现为解放军文化艺术中心文艺部文学创作员。曾获第二届《钟山》文学奖、第二届中华文学基金会"茅盾文学新人奖"、第三届华语青年作家奖、第七届鲁迅文学奖中篇小说奖提名等。

评论:

信仰的伦理

——评西元中篇小说《大校、上尉和列兵》

崔庆蕾

作为当代文学的重要组成部分，军旅文学自身有着丰富的脉络和厚重的传统。伴随着新生代军旅作家的成长以及时代语境的转换，军旅文学也在进行着书写向度和美学观念的嬗变与更迭。一方面，以宏大叙事的方式进行历史叙事依然是重要的叙事向度，通过对历史事件和英雄人物的打捞，重构历史，歌颂英雄，弘扬革命精神。另一方面，聚焦和平年代军人的日常生活和精神脉动同样成为重要的叙事方向。尤其是后者，不仅仅是随着时代语境转换而产生的内容向度上的变化，而且因为逃离了历史叙事的规训，获得了更开阔的叙事空间和自由度，得以引入更加复杂的观察视角和叙事理念，从而更自由地将观念化、符号化的军人扩展或者还原为本质化的人进行观察和审视，有力地拓展和深化了对于当代军人群体精神世界和军人生活的透视和表达。西元作为新生代军旅文学作家的优秀一员，其写作也在这样一个新的美学形态之中，或者说他也以其新的写作来不断推动新军旅文学的范式更新与发展。他擅长将叙事的镜头聚焦于历史和现实的细部以及人的精神内部，越过宏大而坚硬的历史骨骼和现实岩层，去呈现那些被宏大语汇所覆盖的细节和根部，以及那些驳杂而丰富的人的精神纹理。如同这篇小说，就是在舒展的和平语境下对于军人信仰问题的真切叩问与探索，其在文本中执着追问的对生死问题的看法，不仅在战争语境中存在，在和平年代同样存在，而且变得更为复杂。

几年前，西元曾撰文《中国的历史命运与战争及战争小说》谈战争题材小说，可视为其对于战争小说的一种理论自述。其中谈及战争小说的意义，他认为，战争小说的价值之一是"解决精神性的命题""参与到一个国家民族的精神性建构当中去"。而这种精神性建构，第一个层面就是哲学层面上"如何看待生死"的问题。战争是一个暴力机器，对生命的吞噬是残酷而又常态化的景观，死亡与牺牲是战争叙事中不可回避的场景。如何看待牺牲与死亡，也因此成为战争叙事中的一个重要问题。但在以往的很多战争叙事中，这个问题是被悬空和搁置的，牺牲和死亡往往被美化或简化，信仰的伦理和纹理被遗忘和遮蔽了。其实，这个问题并不因为叙述的简化或者策略性的处理而消失，尤其在文学观念强调关注生命本体的当代，揭示信仰在生命内部生成的伦理与纹理，不仅必要而且往往成为决定作品可信性和感染力的关键元素。《大校、上尉和列兵》这部小说所着力探讨的正是这一命题。

小说从两个路径进入这一命题。一是生命体验，二是文学虚构。小说主人公老刘是一个"写小说的"，在开篇即被一篇正在写作的战争小说所困扰，这是一篇以牺牲和死亡为结局的小说，但如何处理牺牲与死亡，或者说如何理解牺牲与死亡成为一个难题。是什么激发着那些热血英雄慨然赴死，用生命铸就精神雕像？他们如何看待死亡与牺牲的意义？在生活层面，老刘经历了同学离世和心梗事件。同代人同龄人之间因为有着相似的生命刻度和文化记忆而最能共情，同学的去世让老刘深刻感受到岁月的流逝和身体的日渐衰老。而心梗的发生更是让他切身感受到濒死的体验，死亡像一面镜子驱使他反观和反思生命自身。两个方向的事件一实一虚，却指向一个共同的主题：如何理解和看待死亡，如何生成超越生死的精神信仰？西元试图打开宏大叙事的帷幔，敞开被神圣化、同时也被固化的崇高语汇，回到生命和生活本身，看信仰如何生长，又形成了怎样的纹理。

为了探究这一命题，主要人物老刘时隔多年重回部队营地，重新回到那个熔铸崇高精神和信仰的语境。他在三个月的蹲连生活中，采访了多位不同年龄和职级的军人：上等兵小赵、中士石头、军士长老梅以及上尉王大心、列兵羊子。小赵、石头、老梅都是有长期部队生活历练的老兵，他们都给出了简洁而肯定的答案，信仰之于他们已近乎为一种本能，深深植根于精神内部，但他们没有敞开更多关于这一命题的内在复杂面向。而在后两者尤其是羊子身上，呈现了这个命题内部充满歧义、含混甚至矛盾的纹理。

羊子是一名新兵，也是小说的关键人物之一。他从苦难中成长，家庭的不幸使他早早流落社会，尝尽生活悲辛。因为父亲的不负责任而被蒙骗来到部队。他面临的最大危机不是生活的苦难，而是在苦难中失去的对人以及对任何话语的信任，他对营地里有人挂在嘴边的那些崇高语汇的真实性充满质疑，所以他总想试图逃走。如果说老刘对小说主题的思考更多是精神性的，羊子则是切身和经验性的，是来自生命本能的躲避和怀疑。因此，在小说中，当指导员王大心希望通过老刘来说服羊子时，效果并不尽如人意。真正扭转羊子观念并帮助其重建信任和信心的是王大心的行动，王大心在失去爱人后陷入痛苦的深渊而依然坚持留下，以及在海上训练遭遇意外事件时对使命的践行，使羊子重新相信信仰和承诺的真实性，也帮助他重建了对于人的信任和对生活的热爱。羊子从一个逃兵到决定留在部队并主动缓和与父亲的关系，所经历的是信任的重建与信仰的重铸。

通过作品可以清晰地看到，在一个多元化的时代，信仰的熔铸不能仅仅靠外部话语的感染或规训，更需要从生活和生命内部出发建构观念认同和价值逻辑。只有在此基础上，才能真正获得合理性与合法性，才能形成坚固的城堡与强大的生命力。《大校、上尉和列兵》将信仰重新问题化和生活化，在解构中重构了内在伦理，也勘探和呈现了当代军人群体丰富而复杂的精神图景。

香看两不厌

——

杜梨

一

　　香香阁伫立在寿桃山的顶端，是冬宫的心坎儿。宫内的建筑以它为中心，对称排开，形成了众星捧月的格局，统领冬宫、圆明园与畅春园。香香阁有八面三层四重檐，这也就意味着，无论从哪个角度去看，它都长得一模一样。香香阁通高 41 米，坐落在 20 米高的石台基上，内部用八根铁梨木擎天柱支撑，历经几次大地震依然完好无损。

　　香香阁的本意是"佛陀众香之阁"，意为人们求神拜佛的心愿飘到了天上，神明便知晓了一切。前些年，在香香阁的几块匾额后面，还住着五种不同的蝙蝠。在古代建筑艺术里，无疑有着"五福捧寿"的吉祥寓意。可惜，它们很快就随着时代的变化，消弭于天际。

　　第一次听到香香阁的真名儿，我笑得不行。香香阁第一层牌匾"云外天香"也是那么逗，仿佛这匾挂在这里，是要每时每刻都向世人宣告这座小阁是香的。冬宫咖啡里的招牌，那个拥有白、蓝、粉、黄等各种颜色的香香阁奶酪，也是软嫩鲜滑、入口即化。若遇到朋友或者服务员说"你们那座塔"，我一定纠正，这是阁，不是塔。

我活了 28 年，竟然从来都没有听说过香香阁，没想到一来冬宫就被发到了香香阁。

香香阁的小船姐睁大了眼睛，简直难以置信："什么？这不是特别有名吗？北京还有人不知道香香阁呢？"

我仿佛进入了另一个时空。

二

在进冬宫之前，北京对于我来说，只有长城、天坛、故宫、北海、景山和圆明园。父母很少带我出去玩儿，他们忙于工作，疲于奔命。况且，两人的字典里就没有"冬宫"这个词。他们对于北京的认知只有动物园，因为离我们家最近，小时候每周六必带我去动物园看猴儿。他俩不会开车，长城又太远，亲戚来了也往动物园赶。

于是，在我来冬宫上班以前，我只来过两次冬宫。

第一次是大学做暑期兼职，我带一家意大利人转北京。妈妈带着两个儿子来北京玩儿，需要一个北京本地的导游兼翻译。他们个个人高马大，都是米兰医院的医生，称"胡同"为"虎童阁~"（hú tòng 结尾的 g 按照意大利语的发音准则必须发出来，和汉语拼音里的 g 发音很像）。

紫禁城里，我们经过某个殿门，有个陌生男人忽地冲到大儿子面前，昂起头，怒气冲冲地盯着他，恨恨地吐一句："八国联军！哼！他们又来了！"

隔天，我们去了冬宫，这个曾两次受到英法联军和八国联军侵略、盘桓和抢劫的地方。毒日头把我晒成了干柳叶儿，意大利人晒得白里透红，直摇着手叫"Acqua，Acqua"（意大利语的水），一说喝水，我也开始喊，"阿瓜阿瓜"。

我们爬了香香阁，但我将它忘得一干二净，恍惚记得有位菩萨，没想到菩萨从那时就惦记上了我。走到山门处，看看波光粼粼的知春湖，迎面吹来的风擦掉汗粒，游船在湖面上很清凉。

我想起，很久很久以前，我在冬宫划船，给握着湖边榆叶梅树枝的松鼠果仁儿拍照，它满满的瞳仁看向我。我脚踏着小船滑向十七孔桥，果仁儿在我膝头，看着偌大的湖面，有点儿害怕，我和香香阁拍了一张模糊的照片。湖面上的风很凉，带着水草腥味的香，温柔地拂过果仁儿的毛。

这就是我关于冬宫的全部记忆了。

三

香香阁坐落在寿桃山上，寿桃山的前身是瓮山，因它长得像一口倒扣在地上的瓮而得名。耶律楚材很喜欢这儿，给自己取号叫玉泉老人，临死前也想回到这里。

1261 年，元中书令耶律楚材之子耶律铸遵照父亲的遗愿，将耶律楚材及其夫人合葬在瓮山东南麓，并为其修墓建祠。24

年后，耶律铸夫妇也葬在了耶律楚材祠的东南侧。后来，耶律楚材的祠堂被痛恨元代统治的百姓给毁掉了，其墓不知所终。

1750 年，乾隆在瓮山的圆静寺旧址修建大报恩延寿寺，工匠在瓮山脚下挖地基时，发现了耶律楚材的棺木。乾隆赶忙下谕重修耶律楚材祠及墓地，题诗、塑像和竖碑，好好地夸了一下耶律楚材。著名作家叶广芩小时候管耶律楚材的塑像叫"白胡子老头儿"。如今的楚材祠被迁移到了紫薇阁里，属于文物修复的部门，经常有游客闯进去，想一探究竟，进去以后才发现啥也没有。

乾隆第一次南巡，就看中了杭州开化寺六和塔，十分想拥有。六和塔是北宋开宝三年（970 年）吴越王建的，塔身高约 60 米，平面八角形，周围有十三层木构外檐。回京后，他以为母祝寿的名义下令，仿照其形制，在寿桃山修建了一座高九层的大报恩延寿塔，取"殿宇千楹，浮屠九级"之意。

不料，1758 年 9 月 10 日，工匠们修到第八层，延寿塔即将建成时，塔身却出现了坍圮迹象，工匠们只能遵旨停修。

乾隆忽地写了一首《志过》，在日记里发誓永不建塔，觉得这是上天在明示他"自满福招祸"，大概有点不可高声语的意思。他命令工匠把建好的塔给推倒，仿杭州六和塔与武汉黄鹤楼的形制，取两者之精华，重新造了一座阁，并取名为香香阁。

就这样，前后历经 15 年，初代香香阁终于面世，它只有三层，依旧保持了平面八角形的格局，外檐四层，内檐三层，八角攒尖顶。

1860 年，英法联军火烧冬宫，木质的香香阁被烧毁，其中供奉的千手观音铜胎佛像一并被毁，寿桃山上只剩下了大报恩延寿寺的残骸。直到 1890 年，慈禧挪用了北洋水师 78 万两白银，按照原样重修了香香阁。五年后，二代香香阁正式上线。

1900 年 8 月 15 日早晨，慈禧和光绪从紫禁城出逃，中午到达冬宫，在乐乐堂内用膳休息，又从冬宫逃至西安。当天下午，沙俄军队首先占领了冬宫，英军与意大利军也相继进驻。

17 日，八国联军统帅瓦德西进入北京，随后下令准许军队抢掠，冬宫内陈设文物遭到洗劫，无梁殿和多宝塔二处墙壁上嵌砌的琉璃小佛头也被砍下带走。随后，联军在冬宫里盘踞了一年，带走了所有能带走的文物。唯一庆幸的是，这次大部分建筑主体得以保留，二代香香阁逃过一劫。

1976 年，唐山丰南地区发生里氏 7.8 级地震，波及北京，冬宫震感较强，香香阁、德乐园、寿仁殿、乐乐堂、听莺馆等皆有损坏，宫墙倒塌 126 处、1008 延长米。经过整修后，冬宫依旧照常开放。

四

在我眼里，香香阁可爱又敦厚，是神的孩子。

初冬，我们小组要进行主要殿堂的轮岗分配。我和数学天才漠漠开玩笑，寒冬腊月的，万一给咱们一竿子支到香香阁，那每天不都得爬山吗？

我们还没笑完，就在接下来的宣布中听到了"香香阁：扈漠、杜梨"。

没想到笑了半天，要爬山的竟然会是我俩。从此我和漠漠约定："以后在宫里，咱可千万不能说任何关于工作的事儿了，这也太准了，谁受得了？！"

漠漠在一个多月以后就去了冬瓜门检票，躲过了"如果在寒冬，一个守阁人"的命运。

我和漠漠在德乐园的小侧室里，盼来了当时香香阁的总管——风掌门。风掌门的短发齐耳，烫的金黄慢慢褪去，小波浪卷儿在脸边游荡。她没有像其他殿堂的掌门那样热情客气，只用两只眼睛瞟了瞟我们，略带叹息道："走吧。"

风掌门是东北人，在如今遍布老北京人的冬宫里，她一口东北话很是稀罕。她早年是体工队的篮球运动员。如果正常发展下去，她应该去当篮球教练，而且她的做事风格也的确适合部队。

时局变化，她转业来了冬宫，给皇帝看大殿。她个儿很高，一头短发烫染适度，喜欢漂亮包包和美甲。风掌门家境不错，为人仗义，做事很严谨，喜欢亲力亲为，有时容易着急。还有两年，她就要退休了。

早些年，风掌门凭着极认真的工作态度，荣升为山下碧霄殿的掌门。碧霄殿，二宫门，金水桥到国华台，无一处草木不经她亲手照拂。岗位调动后，她去了碧霄殿之上的香香阁，主管香香阁、转轮藏和珍云阁。前几年，香香阁大修时，她们几个负责人顺着脚手架搭成的楼梯，登到41米高的阁顶，三人环抱，才能将将围住那颗圆润的金顶。人在金顶边，不过如一撇一捺。

　　风掌门告诉我，在上个世纪的传说中，一天夜里，香香阁的夜班师傅定点起来打更，看见一白胡子老头儿站在香香阁的金顶边，对他说："不许你再到这儿来了。"

　　他觉得莫名其妙，不知如何是好。

　　第二天他继续打更，白胡子老头儿又出现了。"你不许再来了。"

　　第三天，夜班师傅辞职回家，说什么也不再回来了。

　　我猜，那个白胡子老头儿是耶律楚材。

五

　　香香阁的办公室在转轮藏对面，走进去，是一条一人宽的走廊，左手边是个小矮冰箱，上面放了同事的摩托头盔。右侧小房属于风掌门，屋里有一张盖着玻璃板的木桌子，一把木椅子和一张陈旧的小床，夜班师傅有时住在这里。墙面上有乌涂涂的污渍，充满上世纪的余韵。

　　我们小组的其他人都在山下的主景区，掌门们交代两句就打发回家了。而风掌门带我们上了山，让我们在小黑本上写了整整一页注意事项。从告诉我们如何应对各类游客，到在大殿里该穿多厚的鞋。

　　风掌门一再强调："要记住，咱们是站立式服务，没事不要靠着柱子，也不要躲菩萨身后去。"

然后她又嘱咐我们千万不能招投诉："咱们就在阁里的窗口站着，游客也进不来，咱们不直接接触游客。如果这都能招投诉，那也挺能的。"

我俩哧哧地笑了。

风掌门问道："咱们香香阁每天都得爬山，干活儿啥的都需要体力，你们行不？"

我说："我可以，我常年健身跑步，我最爱爬山了。"

风掌门一脸吃惊，眉梢带着喜悦，她希望来人帮她在山上干点活儿，最好是男孩儿，毕竟爬山、清洁和搬东西都需要体力。

末了，风掌门又问我们是哪儿毕业的。我们自报家门，风掌门很是吃惊："你们知道来这儿是干什么的吗？咱就是服务员儿，就是服务员儿啊。你们读那么多书，那么高的学历，不都浪费了吗？"

漠漠回答："我们的旅行社倒闭了，找个单位稳定一些。"

我有点难为情："我写小说活不下去，五险一金交不起了。"

风掌门转身穿好大衣，拿起她的小饭盒，瞥我一眼，长叹一口气："可是，妹妹啊，写作哪儿有那么快啊，你得等啊！你们肯定受不了这儿的工作，这儿不适合你们这些有文化的，站殿容易把人给待废了。"

我们嘻嘻笑着："为人民服务。"

她重复了一遍这句话，缓缓地说："你们马上就知道什么叫为人民服务了。"

她在我们身后关上小门，跟夜班师傅打了招呼，我们便一同下山去了。

六

香香阁曾地处大报恩延寿寺的第四进，之下有一石砌高台，有 100 级八字磴道，修得极为陡峭，大概是工匠有意为之，意在突出求神拜佛和西天取经的艰辛。

每逢初一十五，大报恩延寿寺会供饼一次，用苏拉两名。苏拉是满语中对宫廷内务仆役的称呼。1757 年的五月初一，京内差遣了两个苏拉来冬宫送供饼，外加一个苏拉念经，四个苏拉送取铜、锡、瓷器等家伙什儿。

那一年，是苏拉给大报恩延寿寺供饼的开始，同时也是苏拉供饼最频繁的一年。过了那一年，苏拉就很少过来送饼，可能一年才几次。宫中颇阔，少人看管，自然偷窃频发。有个叫康宁的宫户偷了大报恩延寿寺的铜环，按实犯死罪例斩，锁送去刑部监候，秋后处决。乾隆时期的苛察很厉害，史书中多有佐证。

除了喇嘛们会偶尔过来，皇帝和皇太后很少登高，后世的官员也很少上来。1780 年，班禅额尔德尼就坐着插有绣龙旗的"喜龙"御舟，坐船过猺漪桥，前往大报恩延寿寺去烧香礼佛。

乾隆每次来，听听政，乘轿游览，去大报恩延寿寺拈香，去岛上的广润灵雨祠祈雨拈香，在知春湖上坐杉木船玩儿，似乎从没爬过香香阁。乾隆又曾对天下发誓，此生不在冬宫过夜。所以他都是上午在冬宫玩一阵儿，中午再坐着轿子去圆明园。去了圆明园，先喂金鱼池里的金鱼，再回九州清晏歇息用膳。

而嘉庆爱去广润灵雨祠拈香，还给龙神的"安佑普济"的神号下加了"沛泽广生"这四个字，并规定仿照致济黑龙潭和玉泉山的礼制，每年春秋都要来知春湖祭拜龙神，供奉同等规格的食物。

嘉庆二十一年（1816年）七月初七，嘉庆本来约了英吉利的使臣斯当冬和马礼逊见面，并精心为其安排好行程，什么七月初八去圆明园正大光明殿赐宴颁赏，再去同乐园用膳；七月初九来冬宫的寿桃山玩儿；七月十一日在太和门颁赏，赴礼部筵宴；七月十二日再派人将其送回英吉利。

不料，七月初七那天，俩使臣到了宫门，为了不向嘉庆下跪，都说自己病了难受，走不动路。嘉庆都快走到大殿了，听到这借口气不打一处来，立刻给他俩遣回了英吉利。随后，他给英王写信抱怨，朕可从来没见过这么没礼貌的人，您以后可别再派使者过来了！

后来，咸丰在位的时候，也因跪与不跪的问题多次拒绝了英国派使者的建议。

道光、咸丰也是例行公事，去龙神庙拈香，遣官祭安佑普济沛泽广生龙王之神。而慈禧在碧霄殿过万寿庆典，常驻在德乐园听戏，每次都要求光绪和官员们作陪。

因此，香香阁从古至今都堪称全冬宫最香的地方：风景好，领导少，天高任鸟飞。

七

不同于冬宫里任何一个殿堂和门区，香香阁作为全园的顶端，我们每天都要比其他人提前半小时到地铁站或停车场，从德乐园或北鸢门、北灵芝门三个方向冲上山。

刚上班没几天，我就在前山因为想抄近道而迷路了。清晨，大雾弥漫，经过管弦老年合唱团，洪亮的歌声逐渐变得缥缈，我也被歌声推得越来越远。山上信号奇差，导航在乱跑，眼前是乱石的尽头，再看看右手边成群的柏树和光秃秃的山石，想起风掌门的严格要求，不得不连滚带爬地翻上去。

刚翻过了一座山，又在岩石上狠磕了一下。想起之前那句"我最爱爬山了"，我觉得这是香香阁故意看我笑话。

我一瘸一拐地走到北小门，给香香阁的小参事凌凌打电话，让他开门。

弹跳的脚步声敲击着山石，小凌凌一溜烟从屋里跑出来，忙叫着梨姐，笑嘻嘻地开了门。

凌凌只有23岁，是殿堂区最小的员工。他从小就跳了级，19岁英语本科毕业，看到冬宫的招聘就来了。他是个漂亮男孩儿，眉似柳叶，眼如甜杏，鼻梁挺直，皮肤细腻，白得发光。他见人就笑眯眯的，干活认真靠谱，有种小葱刚从地里蹿出来的活泼。

几年前，凌凌还很瘦，白玉似的小人儿站在后山检票，有经过的小姑娘透过岗亭看见他，向他要微信。他刚好赶上交接班，立刻抱歉地摆摆手，头也不回地冲进休息室。好看的员工总会被人注意，但在宫里长得好看不是什么好事儿。凌凌绝不冒险，他对很多事都充满了谨慎，放在桌子上的水过了夜就绝对不喝。疫情期间，他除了吃饭喝水，总是戴着口罩。

一来冬宫，凌凌就被定在了香香阁。起初他很高兴，没有被定在最苦的冬瓜门，冬瓜门是冬宫的正门，一到节假日，客流量犹如洪水泄闸，压力也堪称全宫之首。

山下的外务府和德乐园里经过翻新装修，长方形的玻璃灯，白如新雪的墙壁和光洁的木头桌子给了他很多幻想，让他觉得香香阁的休息室也差不了。

一进门，凌凌的心就凉了半截，墙面涂着山水画般的污渍，墙角落款似的印着霉斑，他还以为墙至少都应该是雪白的。后来凌凌才知道，这两间休息室是由上个世纪的洗手间改建的，休息室自然也分了男左女右。

每次迎接检查，风掌门都会带着我们从香香阁干到休息室，把领导发的心灵宝典放在最高处，报纸抹布乱飞。可惜无论怎么擦，那两间小休息室还是黑的，为此，我们从未得到过表扬。

上个世纪，香香阁的休息室里连暖气都没有，靠生炉子取暖，每个员工每天上班都要拎两摞蜂窝煤上来，男员工两摞，女员工一摞。进入新时代，终于有了集中供暖，小屋里装了一长条扁暖气片，怕失火，温度调得也不热。下了岗，大家都围绕着它坐，恨不得揽入怀中。空调很少开，开了怕忘关，造成安全隐患。

　　休息室分两间，左侧的那间里有冰箱、饮水机和洗墩布的水池，里间是张被同事睡塌了的沙发，一张灰黄的床和一排柜子。右侧的休息室是我们常待的地方，两扇小小的横窗，露出后山的斜坡，时不时冒出一些猫猫头，喵呜喵呜地看着屋里的人吃午饭。

八

　　小船姐喜欢那些猫猫头，家里养不了，碗里的饭都给了它们。野猫都怕人，鼬哥招安了一只小猫，让摸让抱，给它买猫粮。

　　冬瓜门的小安姐自掏腰包，雇人去抓猫做绝育，她尽量给宫猫都做了绝育，做绝育对科学控制流浪猫的种群来说，是非常必要的，既能延长猫的寿命，提高猫的生活质量，也能减少很多流浪猫惨剧，对宫中鸟、鱼、鸭子和松鼠来说也是件好事。野猫是取之不尽的，平时的猫都缺吃少喝没人管，再生一窝小猫，天寒地冻，一只也活不了。小安姐是个热心肠，来过山上几次。

　　有只特别漂亮的小白猫绝育回来，发生意外死了，可能是野狗咬伤，也可能是其他问题。但香香阁的人们觉得是绝育的错，从此将小安姐彻底拒之门外。

　　小安姐又前去几次，做了几次工作，无功而返。

　　曾经有两只隼在香香阁的牌匾上做了窝，孵了六七只小隼，因喂食和排泄的原因，"争渡争渡"惊起一些投诉。无奈之下，经过请示，工作人员只好搬了梯子将鸟窝挪走，并送到了野生动物救助中心。

从此那两只隼，每日都飞来香香阁盘旋，一圈一圈地寻找它们的孩子。风掌门看了，委实于心不忍。过了一个月，隼们终于放弃了，再也没回来过。

我一直觉得，古建上最迷人的部分，不是那些精致的雕绘和五色的油彩，无论是旋子彩画、苏式彩画还是和玺彩画，都不及瓦檐上长出的野草、牌匾后的蝙蝠和筒瓦里的雨燕，后者才是古建活着的、呼吸的部分。总会有游客怪鸟粪沾污了红墙，有碍观瞻，拿皇家园林的帽子狠狠一扣，指点江山。可是经过技术人员化验，鸟粪对于古建并无半点腐蚀性。

当代的城市居民注定无法住进这深宫大院，但看见这些动植物还能陪着古建，就嫉妒起这些生命来，想拿些冠冕堂皇的借口来驱逐它们。古建永远比人要宽容很多、很多。就算是最破败的庙宇，也有小耗子的一席之地。

九

每天上早班，需要开阁门和开窗户，把高挑的顶门杠从门边窗桄处抱下来，方可打开门窗。阁门直对山门，山门宛若取景框。

有时大雾弥漫，一池三山迷失在云雾中，正是古代帝王所神往的蓬莱、方丈与瀛洲，乘云气，御飞龙，游乎四海之外。有时天光极好，湖水的颜色分了松绿、浅蓝和湛蓝三种颜色，伸手探去，仿若浸入一片柔软的凉玉，沁入心肌骨缝。

　　入冬后，湖水开始结冰，大块的寒冰结出不同的纹理，从高处看过去，成片的白冰截住未冻的湖水，有永昼极地的味道。随着风一日日寒吹，湖变得坚不可摧，仿佛一方巨兽进入冬眠。很快，便会有小人儿在湖面上走，测试冰的厚度，看看能不能开始滑冰。

　　疫情第二年，湖面都插起了小旗，试冰的小人儿走了好多天，盼呀盼，冰场也没能开放。

　　疫情第三年，冰场终于开了。骑冰车从鸭先知码头到西之堤，横跨知春湖面只需一眨眼。仰头看香香阁近在咫尺，当下便觉得自己仿佛来自安佑普济沛泽广生龙王之神的家族，可以像虾兵蟹将一样在湖面上横行霸道。

十

　　古建需防火，所有殿堂一律不许有空调、暖风、暖气等设施，故只能靠物理保暖，穿上单位发的大红棉袄、黑羽绒裤、厚底靴，抱着小热水袋过活。同事菲菲总觉得冷，甚至同时穿两件齐膝羽绒服，两层毛裤，戴两顶帽子和厚棉手套。她又瘦，远远看过去，像大棉袄自己在走路。

　　发工服的时候，大家都选比平常大几个尺码的，这样里面才好塞毛衣。可惜，到了我们那届，常穿的三合一防风衣只剩了尾货，给我们瘦子发的都是没人要的小号，里面塞件毛衣都紧绷。

羽绒裤虽然大了几号，但套上以后，膝盖打不了弯儿，像大清的僵尸。为了防滑，羽绒裤的下端还有健美裤似的脚蹬子，姿态别提多美了。大家品鉴道："也就咱冬宫能干出这种事儿！"

冬天的一些时候，我们站在大开的窗口边，寒潮过境那些天，睫毛都会结冰。大家在窗口边上侧着站，头微微倾斜，勉强让窗框顶顶风。为此风掌门鼓励大家聊天或者在阁里打扫卫生，这样就不会冻僵。如果两人在阁里互不交流，她还会问凌凌，同事之间是不是闹矛盾了。

正值购物节，我趁打折买了两麻袋暖宝宝和一麻袋暖鞋垫，当我幸福地塞进鞋里以后，才发现鞋垫根本不热，脚趾依然冻成冰豆儿。我看着这一麻袋鞋垫，陷入了沉思。至今，两年过去了，我也没用完这些暖宝宝和鞋垫。

看我背了两兜子不中用的鞋垫，小船姐又笑得不行："啊？怎么会？我买的鞋垫都烫脚，有时烫得受不了，只能背靠着窗台，把脚稍微立起来才行。"

小船姐非常爱笑，经常说着话就乐。参加全宫的讲解比赛，台下同事冲她挤眉弄眼，她扑哧笑出声，不得已下了台。我们只要一挨风掌门批评，菲菲便说："今儿又挨呲了吧，天天呲成大呲花。"仅仅"大呲花"这三个字就能让小船姐笑半个月。

小船姐从柜子里给我拿了两双鞋垫试试，烫倒是不烫，我总算是活下来了。

大家站岗都穿着松糕底的厚靴子，像唱戏的皂靴。她们说，如果长期在阴冷的环境下站岗，可能会影响女性的生育，体质差的女性，生理期都会被冻乱。

我想，假如我有天要离开冬宫，绝对是因为这儿太冷了。一个避暑的地儿，冬天来真是疯了。

十一

寿桃山上，唯有一个人不怕冷，那就是鼬哥。

在众人都开始裹紧棉袄时，鼬哥依旧穿着白衬衫，挽起袖子，在山上跑上跑下，仿佛夏天只为他一人而存在。他说自己扛冻，几乎没有穿过羽绒服。

他早先在北鸢门轮岗检票，北鸢门向北，检票亭在阴影的风口里。最冷的那些天，北风如刀，像切西瓜似的切倒一大片人，鼬哥只穿着白衬衫和长棉袄站在风口处，面不改色地迎接挑肥拣瘦的大爷大妈，那条长棉袄只有一层外皮儿，他把里面的瓤儿给卸了。

自此，他在北鸢门一战成名。

鼬哥大我3岁，整个人像行走的楷体，清瘦有力。一双猫头鹰似的大眼睛嵌在脸上，面容清秀，看起来仍是个日本漫画里的少年。他每天五点准时起床打羽毛球，打两个小时羽毛球，收拾妥当后直接穿工服来上班，中午固定吃一顿黄焖鸡米饭。下班后直接飞奔下山，开着那辆炫酷的"铸就你的梦"奔上四环，和妻子吃饭散步看电影，晚上十点准时入睡，过着很多人梦想的生活。

鼬哥看上去很安静，很少主动跟人说话。只要他一说话，就好像是拆开了一袋彩虹糖，不仅有丰富的视觉，还有不断变幻的想法。我问他："游客会找咱们吗？都会问什么？"

他说："放心吧，他们一定会找你的，而且会叫你'服务员'。"

风掌门说的居然是真的。

很巧的是，我和鼬哥的初中门对门，高中的名字也很像，甚至高考分数都差不多，上的都是外国语大学，都考了英语的专四和专八，都喜欢玩手办做模型，人生的梦想都是过上平静的生活，平时坚持运动和健身。他当过英语辅导班的老师，起初很认真地做辅导教材，后来发现培训机构太过压榨，索性考来了冬宫。而我是混遍了大小媒体，觉得实在没意思，也考来了冬宫。

我当他是香香阁里的另一个我，加强抗冻版的。

下岗后，鼬哥或窝在小沙发上倒头休息，或带着游戏机玩单机游戏。天气好的时候，他就拿一把小椅子坐在外面，对着满山的柏树吃饭。阳光极好，天也很蓝，等饭的喜鹊、上班的乌鸦、啾鸣的麻雀团和嚓嚓的柏树枝。他对着山，猫儿在不远处盯着他，馋得口水直流。

虽然站岗很无聊，但和外面的工作一比，他还是觉得很幸福。他只想在香香阁里度过一生，不参与这世上的任何纷争。

今年秋天，我回香香阁探亲，鼬哥笑眯眯地从菩萨旁边旋出来，对我说："我今年过敏得特别厉害，有点儿那个……"

"你哮喘了，是不是？"

"你怎么知道？我就是突发哮喘！"

"因为我也是突发哮喘！"

我们都在这一年捡了一只宫猫，也同样在秋季因各种综合原因突发哮喘。命运的齿轮也不知怎么，竟这样诡异的相似。

我们就像一颗花生里出现的两粒果仁儿，在宫中像三维弹球那样四处奔走。

十二

鼬哥和凌凌都是散淡的人，不受野心的折磨，就像香香阁上偶尔生发的野草。

每当上面想把凌凌和鼬哥借去机关，他俩都会立刻推辞："谢谢您的信任，我还是在基层再锻炼锻炼。"

实际上，鼬哥去过很多岗位借调，他不喜欢加班，也不喜欢写材料，还是觉得站岗最香。凌凌虽然年轻，但在风掌门和同事之间斡旋，总能将一碗水端平，游刃有余，滴水不漏。

凌凌曾经也报过全国导游考试。他跑了很多次手续，才将材料办齐送过去，对方却临时改口，说一定要冬宫的总管签字。他又跑回来，总管恰好不在，隔两天才能回来。

他彻底失去了那次机会，他再也不去考了。

说起这些，他还是笑眯眯的："凡事折我一次，我绝对不会去第二次。"

那时香香阁还要售票，他们得从冬瓜门拖板车，把票运到后山。门票像小砖头似的堆一车，几个男同事一起，连拉带拖地拽上山。票虽卖不了多少，每周还是得去拖。没有小骡子和小毛驴，他们只能过一个台阶，搬一个台阶，往往要一个多小时才能上山。

这对不爱运动的凌凌来说，简直是酷刑。

有段时间，主景区还有志愿讲解，每天半小时一次。无论寒暑，他们都要拿着大喇叭站到古建前喊一声："有要听免费讲解的游客吗？"

开始用喇叭，被大爷大妈投诉后，只能靠人力喊，打掉的牙往肚子里咽。有时凌凌一天需要讲很多遍，哪怕嗓子发炎都要讲。有一天，他发着高烧，还得站在阁前讲解，声音嘶哑，没有任何一个人来替他，有游客大喊："大点儿声！听不见！"

他感觉天旋地转。

好在电子化时代来临，志愿讲解终于取消了，得知这一切结束的那天，凌凌欢呼雀跃。

凌凌说，来宫里的第一年，他还会换衣服上下班。现在他索性穿着工服坐地铁，再也不讲究什么花里胡哨。他笑眯眯地评价自己："油腻得不行不行的。"

十三

现在回想起来，香香阁的冷是入了骨头的。早晨阳光只进来八九点的，千手观音的脸上稍稍有点儿光亮，转瞬即逝。这尊菩萨名为南无大悲观世音，铜胎鎏金，现在已经剥蚀得厉害。它诞生于明代万历二年（1574年），高5米，重万斤，有12面，36只眼，24只手臂，脚踩999朵莲花宝座，有极乐净土之意。

依照乾隆最初的摆放，初代香香阁里，有一尊千手千眼观音，跟承德普宁寺菩萨出自同一尊蜡样。当时香香阁中层未封，那尊千手千眼观音应高12米以上，有统领千佛众神之意。1860年，佛像焚于火海，往极乐去了。

而在二代香香阁的一层，慈禧安置了泥胎接引神阿弥陀佛和他的两位从神，阿难和迦叶。1900年，迦叶被联军推倒，两个士兵摸着阿弥陀佛两侧的袖子，拍了张照片。"文革"期间，阿弥陀佛身上贴满了大字条，正中央的是"对它判处死刑"，被推倒后不知所终。香香阁也在那时改了名叫"向阳阁"。

因着历史变迁，香香阁送走了很多佛爷。如今这座观世音菩萨是1989年人们从鼓楼的万寿弥陀寺里运过来的。万寿弥陀寺在鸦儿胡同小学里，"文革"时，鸦儿胡同小学教师陈长庚等人冒着生命危险将菩萨封在了弥陀寺的墙体里。

1989年9月15日，官方商量好了将观世音菩萨移运到香香阁的事宜。23日，菩萨从二环的大悲殿启程，4天后，它终于来到了西北郊的冬宫。当天夜里，300名职工用杉篙支搭马道，人们徒手接力，将菩萨从山脚下运上了香香阁。

2006年，冬宫又从弥陀寺里拿回了菩萨身体里装的佛藏28袋（箱），里面皆是明代佛经，还有铜镜等珍贵文物，也一并入了馆藏。如今菩萨的体内，已是"五蕴皆空"，不知这是不是阁里太冷的原因。

十四

我佛度众生，却独独忘了我。我在阁里很冷，我看菩萨更冷。有时我甚至怀疑，菩萨是否向我彰显了神迹。我绕着菩萨一圈一圈地走，地板上有历年走动磨白的痕迹，从窗口处慢慢踱步到菩萨身后的原色，光线越来越暗，我踏入了循环的一个圈。

我开始明白动物们在笼舍里的刻板行为，它们想逃出去，甚至不惜为此受伤，如果实在逃不出去，只能重复着同样的行为。它们一定还拥有很多想象，很多冲破高墙的想象。

前来拜佛的人倒是很多。从早年开始，大家都一直传这菩萨很灵，不停地往它身上扔钱，在布施箱里投钱。为了保护菩萨，现在不允许大家进阁投钱了。

香香阁内部还开放时，风掌门坚决不碰菩萨一分钱，同时严格要求下属不要动一分一厘。有些时候，香香阁里满地都是扔进来的零钱，人们只管扔，我们捡起那些有零有整的小钱卷儿，从须弥座边捡起叮叮当当的硬币上交。

有外省市来的拜佛小团，大多由一个中年妇女带领，整齐划一地祝祷。每人手里都有糖，许完愿后吃掉。领头的妇女硬要给菩萨供糖，风掌门就让我们把糖放在菩萨的抽屉里，如果有低血糖的游客，就拿出来给他们吃。

更多的游客，会直接将各种水果和零食铺在阁门前，小砂糖橘从袋子里滚出来，滚进了青石板的沟里，苹果和梨也不甘示弱，带着人们朴素的心愿，骨碌骨碌冲进阁里。

有天，一个戴墨镜的年轻姑娘打着伞，夹着一大束鲜花，拎着两兜子水果，气喘吁吁地爬上来，兴冲冲地来问我，才发现香香阁不接受供奉。

"啊！我还带了这么多水果，太沉了，我不想带下去了怎么办呀？"女孩无奈，有些局促，笑起来像风铃。

"您要不送给其他游客看看？"

女孩道了谢，连忙发起水果，还热情地塞给我几根香蕉。我把香蕉给了两位拿了橘子和苹果的老太太，老太太高兴地下山了。

等我再转了几圈回来，女孩已经拜完，将那一捧香水百合放在廊座上，下山去了。桃色的花瓣热烈盛放，它让这座阁再次香了起来。

十五

山顶没有洗手间，站岗一次一个半小时，只能找人短暂替岗，去半山腰的洗手间。这时，我就只能向嫣嫣姐求救了。不多时，我就能从阁子的窗口，看见嫣嫣从后山急匆匆地颠下来。

嫣嫣姐有一头黑亮的短发，在耳边荡来荡去，单眼皮大眼睛。她近视，有时看远处的物品就眯一下眼睛，动作慢悠悠的，有一种老北京人的沉稳和体面。她除了开车以外，坚决不戴眼镜。她觉得上班不值得她戴眼镜，她不想将这世界看得太清楚。

嫣嫣姐上班的时候，我习惯性地依赖她。她性格好，脾气顺，看见我们因各种事生气，总是眨着眼睛，劝我们别生气，说那人在欺负自己呢，好让我们宽心。

嫣嫣以前在冬瓜门做副掌门，一到旺季或节假日，整个广场就像一袋破了皮儿的黑芝麻，洋洋洒洒全是人。凌凌也补充道，每年十一，香香阁的景观也是颇为壮观，台阶就像长城一样，栽满了郁郁葱葱的人。

据嫣嫣说，疫情前的手撕票时代，他们和保安一起检票撕票，散客都是一人撕一张，碰上团体便撕一整本的票。一整本，50 张或 100 张，成本成本地撕。

有带散客的各路黑导游，利用年票带着游客多次硬闯，被抓住以后绝不认账，常常企图翻杆而逃。被烈日咬破的汤圆大巴里，黑芝麻馅汩汩地流出来，不断有人冲击闸杆、逃票或者装作听不懂："什么？要门票？不知道？啊？"

嫣嫣作为负责人之一，必须得能扛下各种事。门区总是不够人手，她只能早连晚，从早晨 6 点一直工作到晚上 7 点。这直接导致了她的身体机能失调，有时一下班就去医院连输三天液，有时甚至忍着剧痛站在门口检票或者调解纠纷。

最后，她的身体不能支持她的工作，她的工作也不能再支持她的身体。医生下了最后通牒，让她必须换工作环境。

经过一番艰难的申请，她来到香香阁，重新做回了普通员工。妈妈的心思都在家庭，她觉得能有个编制，将孩子平安带大，便很满足了。

我们一同站在窗前，我像上海半导体那样给她讲各种动植物故事、社会工作传奇和平常遇到的奇葩事儿，她恰到好处的捧哏总能激起我的抑扬顿挫。有次，我看着刚回北京的雨燕，跟她讲了很多看来的动植物冷门故事，把她逗得直拍手。

她说："你应该去动物园儿工作。"

我说："我今生的一个最大心愿就是去给大象叉干草。"

十六

下岗时被大爷大妈抓住，是件顶恐怖的事儿。有些大爷大妈非要进入不开放的区域，从后山下去。山阶陡峭，安全隐患极大，冬天下雪结冰，我们都在山石上摔过。三年前，疫情伊始，出于各种安全原因，后山封闭了。然而，至今仍有无数大爷大妈会来堵门、投诉和打电话，试图通过各种手段穿过去。

每当人们换岗回休息室时，总有概率被大爷大妈拽住，他们试图通过激烈的辩论，穿过那道小门。而此时正是我站了快两小时后，最想去洗手间的时候。女员工被大爷抓住的概率更高。有时碰见凌凌，他还能帮忙抵挡一下。

最严重的，当数遇到××协会那次。那天，我和妈妈站完最后一班岗，正准备松口气回家。突然就被一个穿军绿色冲锋衣，戴着眼镜的大叔拦住了。他们呼朋引伴，气势雄浑，质问为什么不给他们开后门，凭什么不让过？说他们是 ×× 协会的，这个处长那个主任的，试图以此来引起我们重视。

我的灵魂出窍，像看一出浮世绘。

我们作完解释后，对方根本不听，开始说自己年过五十，不想从前面下山。

随即，冲锋衣大叔在石台上开启疾走，不断挥舞着胳膊对我们指点江山："你们到底有没有领导？有没有管事的人了！我们可都是老北京！"

我从未遇到过这样的人，不知道该怎么办，尤其是不明白为什么有人会在这种当口儿说自己是老北京。

后来结实的售票小哥沉卿也遇到过很多次这样的事，早年间有很多想逃票的人，站在窗口跟他磨："我们老北京！从小儿就来！怎么现在还要票了？"

沉卿耐心地解答："老北京？就算是老外地也不行啊！没有票，无论您是老北京还是老外地都不让进啊，您说是不是？"

正值风掌门休假，主事者只有凌凌一人。我开始录音，怕矛盾激化，保留一切证据。

嫣嫣见状，赶紧给春和殿的凌凌打了电话，又跑下山去找他。

凌凌接到电话，正从春和殿往上跑。几个大叔呈围攻之势，见我形单影只地守在小绿门口，连正眼也不瞧一眼，像一只变幻的折纸老虎。"怎么你们领导还没来！耽误我们时间了知道吗？耽误我们时间你们赔得起吗？"

几个人开始叫骂，拍着大腿，此起彼伏。"冲锋衣"边笑边嚷："耽误时间赔钱！让他们给赔钱！赔三倍！再把我们八个人一起开小车儿送出去！"顺便回头关照："李主任呢？"

"李主任已经从前面下去了！"一大叔回复。我很感谢这位李主任。

凌凌皱着眉头，大步流星地来了，他果断地和他们交涉，又请示了半天，最终也不了了之。

我感到恐惧，这种恐惧最终吞噬了我，甚至贯穿了我去检票、查健康宝甚至接电话的所有时候。

每每看见站在东南西北四个检票口的大姐们，在岗亭里一站，那股无时不昭告天下"一夫当关，万夫莫开"的气势和威严时，我都由衷地感到敬佩。

我常常想，一个女孩儿要吵多少架才能变成一个掐着腰站在门口的大妈呢，我什么时候可以拥有那种神威呢？

十七

如果上晚班，最令人惆怅的事，莫过于清山。每当到了规定的关门时间，那些爱好摄影的人绝对不走，一定要寻找好最后的角度，拍上几十张在我们看来一模一样的照片。金光穿洞的时候，香香阁常常得持续性地加班。

姐姐们不理解："这金光穿洞到底怎么火起来的？"

"这一年四季不都穿呢吗？咱们不是天天看吗？"

"真不明白。真的，我不懂。"

香香阁不是最惨的，最惨的是山下的碧霄殿，碧霄殿的人必须得等所有的游客出来，关上大门才能离开，更别提金光穿洞的时候了。

无论怎么提醒，有些拍照的游客都不肯离去，像打游击似的在廊院里走，四处按着快门。有时我只能放着单位要求的学习强国，一圈一圈地转。

有时游客会想出各种古怪刁钻的话来骂我们。凌凌往往绷着脸，站在山门处，一声不吭。

碧霄殿提前半小时才止票，很多外地来的游客不知道几点关门，可能到达的时候，菩萨就关门睡了。如果没有按时为菩萨关门，属于违规。

有次，一位本地大姐爬上山后，发现大殿已经关了，她强烈要求必须开放，反正今天必须要看。凌凌只得一遍一遍地给她解释，古建关门后，要贴上封条，如无紧急情况，再开属于责任事故。那位游客不依不饶，一定让他赔钱，他便给游客赔了钱。

此时，关门时间已经过了半小时。游客要求加凌凌微信，说以后还来找他，这才下了山。

凌凌一直等着那游客再来，等了几年，游客也没再来。

乐乐姐住在香山，容貌古典，一看她，我就想起燕国人，一双飞曳的丹凤眼，鼻梁极高，细致又端正，行事比凌凌更为谨慎。她总会在晚班时按时关门，同时也让我严格执行这个标准，怕那类事故再度发生。"你的未来很美好，我不允许你遭遇这种事。"

我怕很多外地来的游客来晚了看不到菩萨，那岂不是等于白来。于是，我常常提前半小时下到山台处，一遍一遍地提醒他们，上上下下来回跑。最早下那台阶，我还得扶着墙小心翼翼，最后我就像学会了轻功，穿着沉重的羽绒服，端着小喇叭，下那山阶如履平地。

外地来的游客们都很配合，甚至可以说令人感动，他们往往听到关门的消息，一下来了兴致，前呼后拥地往上走。往往我回到山上，还能听见游客们的赞许之声。白天看菩萨，人们除了朝拜，也看不太懂，往往觉得兴味索然。快关门时看菩萨，越看越舍不得，香香阁的菩萨在入睡前，总能获得比平时更多的心意和热爱。

后来，大家都提前下到山台处提醒游客，这样就避免了很多问题。

夜班师傅是个精瘦的大爷，被晒成巧克力色，常年穿着红秋衣或红背心儿，外面套着一件有点年头儿的小黑夹克，白天必去香山跑一圈，再爬上寿桃山和我们一起清山。

凌凌说，早期的夜班师傅更逗，是个练家子，每天穿着绸缎裤儿，总夸是上好的料子。清山时，他对着知春湖，将腿一搭，一面压腿，一面清山，闻者无不称奇。

十八

休息室地处北面，小白炽灯泡摇摇晃晃，光线不充足，大家一下岗就想抱着暖气睡觉。我看着考博的复习资料，眼皮也经常打架。

忽然有一天，新的大领导来了。她是讲解员出身，受过铁与火的淬炼，多年前曾在香香阁提过蜂窝煤，颇有香香阁情怀，说当年只用了16天就背下了《寿桃山知春湖记》，20多年也未敢忘怀，对我们更是寄寓颇高，说自己以后会常来。"咱们同事是不是觉得，下岗后睡睡觉，刷刷视频，就可以了？咱们一定要有些上进心，比如可以背背石碑上的《寿桃山知春湖记》。"

大家面面相觑，转轮藏都没开，隔着外廊窗棂，连那块石碑上的大字儿都看不清，背这《寿桃山知春湖记》有何用啊。

风掌门让我赶紧做了《寿桃山知春湖记》的古文注疏和中文翻译，并带着大家从头到尾朗读一遍，有人抗拒，有人无奈。我用一个中午做出来，风掌门夸我厉害，我唯有苦笑。

在大领导的要求下，每个人都要考香香阁的讲解。我老笑场，胡乱发挥，每一遍背得都不一样，风掌门气不打一处来。临考前一天，我站在镜子前连续背了五遍，风掌门才让我下班。结果，一站在菩萨身边，凌凌和我的声音都像尖叫鸡。我只能摘了眼镜，怕同事们对我挤眉弄眼，目光放空背完，几乎笑场了两次。凌凌见状，背过身去对着窗外偷笑，大领导的镜片闪着寒光。

　　老同事们如八仙过海。菲菲虽然一字也没有背过，但她考古专业出身，对冬宫了如指掌，很多词看两眼就能背下来。她拉着大领导在缂丝图面前足足讲了半小时，大领导大吃一惊，佩服得五体投地。

　　大领导隔三岔五就来爬香香阁，就是乾隆也没来这么勤，简直是历史性的突破。

　　在我之后轮岗的小瞬荣幸地赶上了这个时期，隔着一整个知春湖，他一边蹲在地上刷地毯缝，一边对我发出哀咏："如果你以后做了领导，能不能不要老上香香阁，求求了，真的。"

十九

　　风掌门做事极为细致，虽然膝盖有旧伤，每天也必须从春和殿爬 100 级台阶上香香阁检查，风雨无阻。每次虽然只有一人，却有千军万马的气势。她上山以后，你是看不见她的。她先避开前窗的视线，在香香阁的回廊走上几圈，才从背后绕到窗前，吓你一跳。

　　她狡黠地盯着你，藏在口罩下的，是一副洞悉一切的微笑。她盘问几句，又轻哼几声，再交代一些她的要求。

　　风掌门每次开会都能开一个多小时，到点儿她也不让下班，继续举着小黑本儿念。哪怕都下到半山腰了，她也能一个电话给你拽回来。徐姐和乐乐姐就遇到过一次，半小时后才下班。

　　"到哪儿了？"风掌门问。

"下班了，后山上厕所呢。"

"来，回来吧，咱们交代一下会议要求。"

她俩灰头土脸地从厕所里出来，总结道："就不应该说自己在厕所！应该说已经下山了！"

有次，我和嫣嫣实在不想开那会，我俩准备一下班就跑。风掌门有时会从后山回来，因此我俩决定从前山的碧霄殿下去。

到了下班点儿，我们夹着小饭兜子，瞬间飞下了那100级悬阶。从山台到春和殿之间，还有最危险的转轮藏，风掌门可能会随时推开侧面那扇小门，对我们喊："别跑啦，开个会！"

我俩贴在山台边看了看，确定无危后，立刻像复仇的子弹，旋进了春和殿。正值周一，春和殿的正门没开，我们便从两侧罩廊的搓衣板儿路下山。山两边的两条登山步道大概是专门给苏拉们走的，凿得像搓衣板儿，我们都叫它"搓衣板儿路"。

我俩一前一后地飞快下山，脚步笃笃，廊间回声阵阵，那斜着的长廊极具镜头感。嫣嫣的蘑菇头在前方有规律地晃动，我俩彼此沉默，一言不发。我以为我俩正在拍《卧虎藏龙》，不由得扑哧笑出声来。

到了碧霄门，大门不开，我心都凉了。到底是老员工，嫣嫣不慌不忙地推开了远处的小门，招呼我出碧霄殿，并让师傅锁好了门。我俩快步走在知春湖边，心脏狂跳，感到湖水从未如此静谧美丽。

风掌门给嫣嫣打电话的时候，我俩已经快到紫薇馆了。

那是我最快乐的一天。

二十

每逢周一闭馆，风掌门必带我们大扫除。沙尘暴袭来前后，不仅要将周边院子冲洗一番，还要爬到二、三层打扫和除尘。有时还要把防尘的罩布抱到院子里，用高压水枪冲洗一遍，再拉着大家一起扫水，把整个庭院打扫得像乾隆刚建成似的。

香香阁内部的台阶陡峭狭窄，台阶快有小腿那么高，仅容前脚掌，幽深漆黑，还没有任何照明设施，独自走上去都会觉得心惊胆战，更何况拖着东西，从上往下俯瞰都眼晕。凌凌从台阶上摔下来过，他从不娇气，只是忍痛继续干活。

我们都害怕从台阶上滚下来，于是每当周一大扫除，嫣嫣便主动去香香阁二、三层，一手扶着拖把，一手抵着墙，在凌凌的手机打光下，一步一步地挪上去，就这时候她还是不戴眼镜。真不知道当年那些穿着长袍的喇嘛们是怎么上下的。

嫣嫣说起一次拍节目，节目组要登香香阁。有位明星刚蹬上几节楼梯就下来了，不知是害怕还是心情不好。两个摄影蹲在香香阁外面，一脸惆怅："这还怎么拍呀？"

对此我们表示理解，那黑得真有些恐怖。

二层只有一片落尘的防水布，罩着零星的家具。三层的顶层则画着敦煌的飞天，有升极乐净土之意。夏天，一只雨燕趁打扫闯了进去，赖在了阁顶层，不走了。人们冲它呼唤，又在下面挥了半天抹布，也无济于事。过了些时候，雨燕缓过来神，自己飞走了。

最早我觉得新鲜，喜欢在香香阁顶层掸尘。那时只觉得自由，那时刻的景致和心境，与在一层的菩萨面前受冻，全然不同。我拿着鸡毛掸子，蹬于亭台之上，扶栏眺望，延续冬宫小苏拉的往事。右手侧的建筑物上有千佛琉璃，浅黄、青瓜绿和柔紫，琉璃独有的温柔光芒和冰凉的触感，仿佛就在鼻尖。

我的身后便是转轮藏，在英法联军侵占时，转轮藏的建筑主体和那块乾隆手书的《寿桃山知春湖记》石碑一起逃过一劫。除了它是琉璃建筑之外，寿桃山的土方也阻隔了山火。

转轮藏旁大多是当年挖知春湖时扩出的土方堆叠，一摞一摞地成阶梯状放着，在真山上堆叠假山，渲染出佛寺本身的宏大气氛，做成盘曲的蹬道来逐步递进，来烘托出皇家的威严。这假山内藏有洞穴，连接这蜿蜒曲折的走道，将香香阁、转轮藏、珍云阁和无梁殿连通在一起，僧人和太监们在山间暗道行走，不至于惊动佛爷。

以前也有违规翻山的游客，翻过转轮藏的栏杆，企图攀上山石，爬上香香阁的山台外廊，甚至翻到后山，走向千佛琉璃大慧海。凌凌发现后，立刻开门劝返，把那些人轰进香香阁里。

在上方的石台上面有一座二层正殿，正殿上立着福禄寿三星，中间为老寿星，额头极寿桃，正应了寿桃山的美誉。这福禄寿本是道家的神仙，落于为帝后祈福的转轮藏之上，别有一番风味。冬天落了雪，三星身上便有掸不掉的积雪，神仙亦变得可爱起来。

据文物学家分析，这三位神仙是光绪年间重安的，2005 年大修缮，三星给送到了文物库房保存，现在在转轮藏上的是仿品。无论从哪个角度看，福禄寿三星都很小。凌凌却说："梨姐，你看福禄寿那三个小人儿，实际上它得有一米多高，老寿星比其他两位还高 15 厘米。"

　　一逢大展览，福禄寿三星准得被请出来，给大家拱拱手。这让我想到了燕郊的福禄寿大酒店，约 41.6 米高的三位福禄寿站了一排，进了吉尼斯世界纪录，是一种跨越 300 年的后现代审美碰撞。皇帝要福禄寿，民间也要福禄寿。

　　正殿两旁有以游廊相接的两座彩亭，彩亭分为上下两层，里面有木制彩油 4 层木塔贯穿其中，木塔上放着经书和佛像，中间有轴和机关，每次都需要太监下去推动机关，转动木塔就起到了诵经祈福的作用。帝后前来，只需用手轻轻一扶，就能得到神佛庇佑。正如我前面所说，帝后总有偷懒之道。万历身着青服，从大明门走到天坛去祈雨这种事，早已成了过往。

　　再望向遥远的知春湖，湖水被吹成一头柔软的水兽，鳞片泛起金色的光，冰凉的风，明耀的光，站在高处，阳光将身体蒸得暖洋洋的，和一层的昏暗阴冷形成鲜明的对比。我总想到"空中楼阁"这个词语，甚至觉得在这阁楼外可以再待一百年，静坐观山，读书打坐，喝咖啡喝茶。

　　但我只能拿着鸡毛掸子，站在那儿发呆。

二十一

一次傍晚，夕阳裹在云里，整片天阴了下去。风掌门忽然来了电话，她说在转轮藏，看见了游客故意贴在回廊外沿的透明金色贴纸，贴纸正迎着夕阳闪着金色的光。

那一刻我以为她成仙了。几十米的高度，她竟然能从半山腰看见那些透明贴纸。回廊外沿是封闭的，可以亲临山中，游客无法进入，有人会把手从窗棂里伸出去，乱扔垃圾或乱贴东西。

我进了后山，走到香香阁山台的外回廊，行走在悬空的回廊中，没了窗棂的遮挡，如武林高手，飞檐走壁。依据风掌门的指示，我沿着东西回廊各走了一圈，检查并清理了那些游客偷偷粘的贴纸和随手扔的垃圾，甚至还有一柄儿童小花伞。

当我走到山门边，游客们隔空投来了羡慕的目光。在他们眼里，我是飞檐走壁的大侠，脚下人流如织。

待我检查完所有外墙，高大的她站在转轮藏前，浓缩成一个小小的人儿。我觉得好笑，给她拍张照，冲她挥挥手，她也冲我挥挥手。

每年都要例行检修满山的锁头，前一天风掌门带着漠漠和菲菲去东侧的转轮藏，后一天风掌门带着我和凌凌、鼬哥去西侧的珍云阁。我们需要重新给每一只锁上油，包保鲜膜，以防锁头锈烂。

僻静的西边，珍云阁的楼梯下，风掌门手里握着一板圆形的老式钥匙板，上面长满了密密麻麻的钥匙，还有两三个银色的钥匙箱，箱子一打开，整整满满两面钥匙，每一把都有明确的标记。

风掌门招呼凌凌打开箱子，我仿佛看见了当年的大内总管，眼前欸啦啦一片都是宝殿的秘匙。她说，当年这些钥匙交给她时是一本乱账。她爬遍春和殿、转轮藏、珍云阁和香香阁的大殿小门，所有门都检查了一遍，给每把钥匙都找到了相应的锁孔，一一贴上了标签。

从前车马都很慢，一个人，能检查很多把锁。

打开门，眼前是坐落在汉白玉须弥座上的珍云阁，象征着须弥山，殿内供奉释迦牟尼佛，周围缭以回廊周匝。周围有东南西北四大配殿，象征着四大部洲。四隅位还有配亭，代表的是珍云阁上的佛、菩萨所居住的分位。

珍云阁是现世仅存的几座铜殿之一，高 7.55 米，重 207 吨，重檐歇山顶，其飞檐斗拱、柱枋门窗的精致程度，与木结构建筑不分上下。珍云阁整体用失蜡法、砂型和泥型铸成，大概是用蜂蜡雕出局部构件，再以耐火泥料包裹住其空芯，外部包裹上泥制外范，待定型后使其受热，内部的蜂蜡因此熔化，形成了空腔。此时，将高温的铜水浇进泥铸模型中，待冷却后，敲掉里外的泥壳，就可以得到精美的铜铸件，拼接完成即可。

每一座大铜宝殿面世时，都应是金光闪闪的，经过多年的风吹雨淋，现在已变成了蟹青冷古铜色。那种美似被冰冻，被凝固在了某个时空中，与周边的暖色琉璃一相照，像是突然的降临，外星的造物。珍云阁的四角悬挂着古老的风铃，风一吹过，满山都听得到那醉人的铃声。我爱站在山巅，听珍云阁唱歌。

每逢初一十五，喇嘛都在此为帝后念经祈福，在北面配殿五沧阁前的大石壁上，悬挂着密宗的一面"威德金刚护法变相"的巨幅绣相。英法联军火烧寿桃山时，大铜宝殿因为是铜的，大火烧不坏，才得以幸存。

八国联军来后，将铜殿内的佛像和其余铜制品再次洗劫一空，连十一扇铜窗也拆下来运走了，剩下的窗子不得已入了库。殿内就只剩了一张重2吨的铜铸供桌。日军侵华时因战争需要，开展了"金属品献纳"的活动，一切铜制品统统列在"金属类回收法"的清单之中，这张铜桌被拖走，运去了天津。1945年，日本投降时，这张铜铸供桌才回了家。

当时，日本人盯上的不止珍云阁，河北的承德避暑山庄珠源寺宗镜阁的铜殿，建于乾隆二十六年（1761年），三间四方，重檐歇山顶，斗拱上下檐都用五彩重昂，整体用铜207吨。日军用大锤砸，用炸药炸，把零件按大小装箱打包，装车后用苫布盖住，铜件大小不一，有长有短，秘密用火车运走，如今不知所终。

就这样，珍云阁变成了一座四面透风的亭子，里面孤独地放着一张供桌，不明真相的人们叫它"铜亭"。十一假期，我在香香阁巡视，偶然听到一位大爷向一群大妈炫耀，上个世纪，他们一行人故意把铜桌从珍云阁里抬了出来。工作人员看见，无力阻拦，也没敢说什么。

等他过段时间再回来看，铜桌子又回了家。

大妈道："那人家肯定得搬回去呀！"

大爷回："那也不知道他们怎么搬的！那个可沉了！反正我

们二十多个年轻小伙子才搬得动！”

大妈答：“那人家肯定也有办法呗！”

1993 年，美国工商保险公司董事长格林伯格花 51.5 万美元买了那十扇铜窗户，无偿送了回来。1996 年，法国又送回了一扇铜窗，至此完璧归珍云。

珍云阁上有“大光明藏”这四字匾额，硕大的蛛网已蔓生了半扇飞檐，在空中颤抖。珍云阁和转轮藏一样，都在修缮，不对外开放。这里没有人，只有偶尔经过的大白猫，凌凌管它叫老鳌拜。老鳌拜腮边的白毛向两边飞着，往山顶一卧，有戴翎子的气势。后山的几只野猫，各有自己的名字，看见陌生人便一骑绝尘。香香阁的人一唤，它们才出来。

老鳌拜走在凌空的假山石边，渐行渐远。鼬哥跟凌凌说：“我想来这儿站岗，这儿没有人，谁也不会来烦我。”

凌凌觉得这儿确实不错，但如果白天一个人待在这古旧的楼阁间，委实觉得有点儿瘆得慌，再加上打雷下雨就该吓坏了。

鼬哥很坚定：“我不害怕，我就想一个人待着，永远没人来打扰，多爽。”

穿过西侧的回廊，进了西配殿，攀上浮土沉积的扶梯，窗户皆用锁链锁着，透不过光，一股久败的沉木味儿，一片檀黄的阴霾。凌凌微笑地打量着这间二层小阁楼：“这儿打扫一下做办公室不错！鼬哥可以过来了。”

风掌门笑笑：“不可能的，孩子，别想了！以前这里倒是有夜班师傅看着门。”

我们从小屋折出去，从北面随山势往上走，有一长条山石铺出的叠落廊，能爬到五沧阁。五沧阁内是一间平平无奇的四方小屋，我刚觉得无聊，风掌门就开始解锁隐藏地图了："来，丫头开开眼，今天就给你们看看这个著名的悬崖高窗。"

说罢，她拧开窗户，检修完毕，推开那扇齐门高的小窗，蟹青色的珍云阁出现在眼前，脚下凌空，几层楼高的断崖，走出去就摔下山了。行到山穷处，坐看云起时。风掌门让鼬哥拽住她背后的衣服，她探出身去张望。随即我们一个拽一个，都探出身子去看了看。

南向的阳光洒进来，烘得很暖，风吹过来也柔软，抚摸我冰凉的脸。

二十二

风掌门虽然要求严格，但她体恤保安保洁，很少让那些大爷大妈们去危险的地方。

保洁师傅们来自第三方的合作公司，大多都是外地来务工的大爷大妈，工作极为认真负责。比如冬瓜门的洗手间，人流量很大，常年配备两名清洁工，一大爷一大妈，穿着发白的浅蓝保洁服，身形晃荡着，眼角的皱纹入木三分。每次去厕所，大爷大妈都神情严肃，手撑在池子上，看向洗手间外的世界，一边的杂物间，是他们的休息室。镜面和水池都一尘不染，一有人出来，他们便紧随打扫，间或二人有交谈，或去松树下走一走。墙面上贴着意见本，写着负责人和清洁工的名字。负责人的名字居然叫光绪，倒是很符合冬宫的角色。

香香阁后山的洗手间很窄，只有五六个小小的隔间，非常干净。保洁阿姨竟在一个厕所隔间里休憩。靠墙的地方堆着一系列清扫工具和卫生纸卷，旁边放着一把常见的栗色小圆凳，撑着四条细长的黑腿儿，她坐在上面吃饭休息和刷视频，偶尔给家里人打打电话。旁边格子间里传来流水声。这是我怎么也无法想象的。每次见我们，保洁阿姨都会笑笑，说天气好冷，问我们工作如何。

这洗手间里唯一的好处就是空调吹得很暖，冬天冻不着。

而香香阁的保洁要负责半个山，春和殿、珍云阁、转轮藏、香香阁和几间休息室，山上山下，从左到右，积雪落叶，这些活儿全都指着一个老大爷。有时夜班的看家狗馋得不行，会翻我们的垃圾桶，大爷上班后还要扫。有时垃圾桶没盖严，那狗将垃圾翻了一地，我上早班还以为遭贼了，赶紧挥起巨帚将其打扫干净。

香香阁的保洁师傅深藏不露，他年纪很大，头发花白，瘦小白净，衣服罩在他身上像个壳儿，他小小而有趣的灵魂躲在里面，平日温柔热情地跟大家打招呼，山上山下一肩挑。我在悬空巡检时，师傅还帮我拍照录像，调整角度。

疫情期间剪不了头发，他网购了电动推子，让乐乐姐帮忙理发。他还爱跑马拉松，经常去跑比赛，向乐乐姐打听："听说有个叫亚必士的鞋跑步很好是吗？我也要买一双。"

二十三

入了冬，风掌门想清空假山上的落叶，她不愿让大爷去爬转轮藏，怕他有什么闪失，便号召我、凌凌和鼬哥去打扫。假山上落了整整一个秋天的落叶，伏着最后的秋老虎。风掌门率先爬到一堆山石上，用柳树枝扎的大扫把将落叶都扫到山石下，漫天爆起落叶和尘埃。身后的古建在缤纷的落叶中影影绰绰，寒风也被这一树的武功击溃，旋成不同片的黄沙秋色。

等她把一高处的落叶扫掉，我们便钻进假山。凌凌和鼬哥上到山顶，把石台上的落叶扫下来，我再舞动这洪流般的落叶，让它们流淌至山边。树叶越扫越多，也不知黄袍怪到底使的是什么法，早知道我就不该洗头。四五个小时后，夕阳西下，我们清出了十几包落叶，几个人的肺都沉甸甸的，黄土埋了半截。我们灰头土脸地从转轮藏出来，风掌门给我们一人递了一罐饮料。

那天，风掌门非常开心，终于将落叶扫净，仿佛买斧破竹，清除了胸中块垒。我也很高兴，这比站殿有意思多了，整个人都盘活了。此次扫转轮藏的人，竟然都考过英语的专四专八，也不知是不是寿桃山想报八国联军的仇。

风掌门的较真儿碰上北京人的随意，自然发生过不少冲突，大家常常苦不堪言。碧霄殿出来的姐姐后来对我说："怎么样？跟着风姐，老得有活儿干吧？国华台的花儿总是搬来搬去。"

初春，又是一次大扫除，风掌门安排我和乐乐姐把嵌在后山砖缝里的碎叶扫干净，扫不干净不许下班。那一刻我希望我聋了。

我们拿着断了的扫把头，用扫把尖一点点把碎叶扫进山坡。老来吃剩饭的大喜鹊看了，嘎嘎笑着飞过，它并没有像灰姑娘的鸟儿那样，邀请众鹊一起帮我们扇一扇翅膀。

不久，鼬哥和凌凌再一次扫完转轮藏后上来，看见我俩正像斑鸠一样从地缝里找碎叶，几乎惊呆。鼬哥看了一会儿："我实在受不了了！你们真的太认真了！你们歇会儿，我来帮你们！"

话音未落，他挥起那扫把头，疯狂起舞，大片大片地将碎叶往山里扫。

虽然我们很感激，然而大部分碎叶还是落在了砖缝里。最终，我和乐乐姐还是像蚂蚁搬家似的扫完了，地面如虹吸般纯净。

小船儿姐她们上岗经过，笑眯眯地看热闹："怎么着？还不如站岗呢吧？"

"那你以为。"乐乐姐平静地说。

二十四

喝水在全冬宫都是一个问题，夏天没有冷水，冬天只有100度的水。山上只有那种老式热水器，近些年才换了全自动式的接引水。早年间，师傅们用脸盆接了自来水直接往里泼，那个盆可能还会用来洗脸。为此，凌凌每天从家里带两瓶水，坐一个多小时地铁，都舍不得喝。

　　山上吃午饭也困难，点外卖都要上下山去北鸢门拿，那边下山陡且快，来回只需 25 分钟，还得掐准骑手到来的点儿，不然要等很久。只有星星咖啡的速度超乎寻常，星星咖啡有两个骑手大姐，名字像侠客，骑车也如万箭齐发。刚下单没几分钟，她就能风驰电掣地将咖啡送到。

　　好几次我刚准备下山，大姐就已经到了，只能拜托她放在北鸢门的休息室，再硬着头皮去敲门。总麻烦人家不是办法，我只能再掐掐时间。于是下一次，我奔到山下，到了北鸢门的石狻猊那儿才下单。结果，那天我在北鸢门前等了半小时，大姐才"南征北战"过来。

　　要是休息时间短，可以直接去冬瓜门外的便利店买个玉米或关东煮，来回半小时。有一次买饭，顺便送资料到仁政殿。小灿刚好在仁政殿的休息室，见我来，让我吃了再上山。

　　知春湖在一边起伏，窗外的游人来来回回，我一边啃玉米，一边听他给我讲以前见过的案子。比如，一男子入室将女孩子杀死，放在滚筒洗衣机里，用快递车运到了荒郊抛尸，人们发现尸体的时候，已经过了很久。

　　有时他会去死刑现场，行刑后，书记员必须要确认犯人死亡，才能结案。他的老同事还经历过枪决现场，不过现在基本取消了枪决，大部分都是注射死刑。以前的工作压力大，经常要熬夜加班，小灿变得越来越内敛，聚会时他经常沉默，撬出几个故事不容易。

　　吃过饭我就上山了，休息十多分钟，继续上岗。

　　大部分时间里，我们都自己带饭。爸妈给我做好健身餐，小船姐只带几个饺子，乐乐姐每次都吃得很丰盛，风掌门的小饭盒里也是山珍海味。凌凌存了一些泡面，中午将就着吃，吃了几年油腻的泡面，原来的海瓜子脸变成了珍珠脸。

　　而鼬哥每天必带一份黄焖鸡上山当午餐，因此被誉为"全冬宫最爱黄焖鸡的男人"。每天他都吃着同样的午餐，还是过得有滋有味，就像在香香阁的生活，九九归一。"香香阁哪个男人不爱黄焖鸡呢？"

　　嫣嫣就不同了，她和爱人都在冬宫，因早起要照顾孩子，没时间做饭。两人也很少点外卖，有时候去父母家带点儿，经常要轮流下山，走路去几公里外的食堂打饭。这一来一去就是一个多小时，基本岗下就没了休息。这是最不划算的午饭，也是最划算的午饭。

　　我有时候站岗，经常看见她拎着打包的饭菜和馒头从碧霄殿爬上来，将头探出山门："今儿饭菜不错，可以带回去给孩子吃。"

二十五

　　那个春节假期，我们一天都没休息，连上很多天，鼬哥为了照顾我，特意和我换了个晚班。菲菲从二环艰难地开车过来，给我们带了一个旺旺春节大礼包，徐姐每次都会带来几包金鸽瓜子，嫣嫣从山姆买了牛奶钙片，乐乐姐和小船儿姐也带了点心和

零食，真是过年了。

我们坐在昏黄的小休息室里，不断地嗑着瓜子，我才知道金鸽瓜子居然这么好吃。碧霄殿和香香阁的疏导喇叭不断地喊："请游客戴好口罩，保持安全距离，注意脚下台阶，山门处请不要停留……"

全宫停休，宫内的停车场全炸了，一个停车的地儿都没有。大年初一，我从山上整整跑下去三趟，不停地给各个岗位的人挪车，创造了香香阁人的单日下山纪录。

很多游客为了拍照，不断跳上外延的悬壁，脚下便是陡峭的台阶。如果摔下去砸一片人，咕噜咕噜滚下去，后果不堪设想。我实在担心，不断跑到山门处，提醒大家注意安全。

不领情的大哥会说："这里哪儿有牌子，哪儿说不让站了？"

"我这不是来提醒您了吗？"我条件反射，脱口而出。

嫣嫣心疼我，说他们都是成年人了，应该要学会对自己负责，让我别太挂在心上。

我说："不行啊，我还是担心，能说一句就一句吧。"

那个春节，我为了攒点休息，连上了十六天班，每天拿着喇叭喊，几乎累得半死。

我在宫里干活尚且如此，那些抗疫的一线人员呢？应该比我还辛苦一万倍。在庙堂之中的人大概永远无法感受到那种心酸和美丽。

不料，刚过完年，我们就迎来了延时的噩耗，据说是一些游客嫌开门太晚，耽误晨练，又嫌关门早，耽误遛食儿。

　　坐在休息室里，大家都很沮丧。嫣嫣说："待遇也没说涨，工资也没说涨，这不能黑不提白不提的，就这么着了？"

　　我们越聊越不开心，抱怨声此起彼伏："这还怎么干啊，干不下去了！"

　　很快，嫣嫣又把双手相叠一拍，睁大眼睛，哭笑不得："还干不干了？还得干！咱还指着这个吃饭、养孩子呢。"

二十六

　　很快，香香阁被人盯上了，要求阁外必须有人巡视。我开始走更大的圈，绕着回廊走，一天下来能有三万多步。那时我想，只要我跑得够快，大爷大妈就追不上我。

　　山上冷，人们就像鸟儿一样，在能晒得到太阳的地方，背着风对着墙，挤挤挨挨地坐成一排，而阴影的另一侧空无一人。人真的是很有意思的生物，他们背着大包小包的食物，爬上寿桃山，进了香香阁，转一转就坐在回廊边，拿保温杯倒一杯热茶，拆一包玉米小香肠，有滋有味儿。

　　有人在寒冬投湖，湖的冰心便因此破碎几块。天渐渐暖了，湖边的巨冰会发出深邃的破裂声，春雷自冰下隆隆响起，水底绽放冰晶的烟花，鱼儿又游了上来。

　　守阁六个月后，我终于从香香阁离开了。香香阁有两只大猫的后腿不知被什么动物给咬掉了皮肉，鲜红的肉沾着泥点儿，颤颤地走过去，低头嚼着米饭。野猫们从不让人靠近，猫咪们忍着痛苦，一言不发地走在寿桃山上。

有只猫咪跟鼬哥很要好，有次死活缠着他，不让他去接岗。他只好打开柜子让猫咪住进去，很快，猫咪分娩，生了几只小猫。山上没什么条件，小猫体质也很差，大概是近亲结婚，一只也没活下来。

小瞬赶上了一年一度的换灭火器，山上四十多个灭火器，都要靠香香阁那几个人更换。他们从春和殿、转轮藏、珍云阁和香香阁搜集完毕，搬着灭火器爬上山，再拉着小车去冬瓜门进行替换。女员工每人搬四个，男员工搬得更多。

这对凌凌来说，又是一次酷刑。

二十七

几个月后，风掌门因为过于操心出了纰漏，被革职成了普通员工，此时，她还有两年就退休了。她再也不用气喘吁吁地爬上香香阁，为香香阁的风吹草动而担忧，心里总怕出事，为它夜不能寐。

她有时会想起老一辈人给她讲的白胡子老头儿，以此来安慰自己，觉得香香阁让她走，是为了保护她。

我逗她说，那个白胡子老头儿是耶律楚材。她一本正经地问我为什么，确定吗？

我笑嘻嘻地跟她说，当然啦，他就葬在这儿，还给她讲了讲寿桃山的前世今生。

她恍然大悟："所以说，我喜欢你们这些有文化的人，你看我又跟你们学到知识了。"

我想起她刚刚扫完落叶，气还没喘匀就对我说："丫头，所以你知道我这个掌门是怎么当的吧，就是干上来的呀！"

她还是部队出身的运动员，她也知道，孩子们早已不是这样想的了。

凌凌又重新站起了大殿，他很高兴自己不用再写材料了，但也会怀念风掌门的时代。

风掌门最后悔的事，是让凌凌干了那么多活儿，却没能把阁主的位子传给他，永成遗憾。

冬宫定岗后，部门拉壮丁考全宫景点的讲解，我也在其中滥竽充数。到了香香阁下的春和殿，我张口就来："拜佛时帝后会行至此处，出于劳累进行沐浴更衣。"

查讲解的老师们又好气又好笑："山上哪儿来的水，在大殿里能洗澡吗？"

我睁着眼狡辩："可是拜佛就要焚香沐浴更衣啊！"

讲解员老师们拂袖而去。

考核完，我再次回到香香阁，姐姐们在岗下绣花或种花儿，鼬哥照旧睡得迷迷瞪瞪，大家都处在一种迷蒙的幸福中。凌凌见我来了非常高兴，拿出一盒速食的兰州拉面，殷切地泡给我吃，一片冰心在玉壶。

后来我把复试考完，却因为政策原因没能上成。写了篇关于冬宫的小品文，文章莫名大火，虽然冲淡了些许心酸，到底意难平。我可以切肤地体会到，古代诗人们那失意的心情。我吃着爽滑的兰州拉面，跟乐乐姐说起此事，依旧感觉万箭穿心。

乐乐姐又流露出那种风萧萧兮易水寒的宿命感："小梨，你现在已经很好很好了，你的生活一切都很顺利，即使不读博，你也很优秀。为什么一定要读博士呢？"

我说："我放不下执念，三年的努力，哪吒都生出来了，我居然还没上岸。"

她说："现在都有人来香香阁问起你。我们打算把'云外天香'的牌匾换了，换成'杜梨故居'。"

我才稍微笑了笑。

她又说："小梨，命运给你什么你就要什么，可能是还没到时候，你先别强求，要知道你已经很厉害了。"说罢，她塞给我一块香山的冰箱贴，是圆灵应现殿的牌匾，沉甸甸的九龙金匾，珐琅蓝地儿，四个烫金大字：圆灵应现。

我也像风掌门那样安慰起自己来：云外天香，圆灵应现，原来是香香阁舍不得我走。

杜梨，莱斯特大学英语现代文学和创意写作硕士，青年作家、译者。作品见《人民文学》《西湖》《花城·2021年长篇专号春夏卷》等。获香港青年文学奖，"澎湃·镜相"非虚构奖，"钟山之星"文学奖，贺财霖科幻文学奖，老舍文学院一等奖学金。出版短篇小说集《致我们所钟意的黄油小饼干》，长篇《孤山骑士》，译有帕蒂·史密斯《奉献·白日梦》，菲利浦·肖特《宠物医生爆笑手记》第一、二部。

评论:

可见的风景

孙郁

北京的皇家园林，有许多神秘气，深解它们并不容易。读杜梨的《香看两不厌》，见到的是古都北郊奇特的一隅，作品将一个清寂的历史遗迹，连同那里的守门人，写得生气活现，有飘动起来的感觉。我由此知道青年一代的心绪，已经大不同于我们这些老人，他们在沧桑的路上，体验了别样的滋味。

这篇散文的内容有多重奇特性，一是故事的地点缠绕着数百年的风雨，帝王之音与国耻旧影相伴，让人浮想联翩的地方殊多；二是古路上走来的是一些现代感很强的青年，他们安于平凡，"是散淡的人，不受野心的折磨"，快意工作在一个神奇之所。不追求卓越的人却有了卓越之气，肃杀的冬天，冷风的日子，原也有诸多热流涌来。

过去的文人写老北京的园林、古建，把玩心态里，有一点古诗文的意境在。即便是"五四"新文人，文本里也有新旧间的映照，延伸的还是旧式的某些文气。但在杜梨这代人这里，底色虽相近，而凝视的对象却略有变化。没有遗老，没有士大夫，一色平民化身影，古老的香香阁里的形形色色的人，趣味不亚于凝固在时间深处的建筑。在伟岸的古物面前，一批新式青年内心的觉态，那么美地闪动在古老的空间里，让我们忽地感到，寻常人的精神原也并不低矮。帝王遗产的影子，曾遮蔽了多少灵动的人间图景。那些普通人的感觉与心境，才是这地方可关注的元素。作者在大的历史叙述的缝隙，认同的是另一种存在："古建上最迷人的部分，不是那些精致的雕绘和五色的油彩，无论是旋子彩画、苏式彩画还是和玺彩画，都不及瓦檐上长出的野草、牌匾后的蝙蝠和筒瓦里的雨燕，那才是古建活着的、呼吸的部分。"

如此记录着自己的经验，的确调子别致。阅读此文，句子洒脱而自然，纵横之笔连带出细微里的生命感觉，画面切割与变化里，看到的是新旧岁月的倒影。写散文的人，是很容易自恋的，但这篇作品，没有自以为是，通篇将自己变得很低，但却捕捉到了无数难忘的瞬间。不妨说，有些不被记录于史册的片段，比起皇家遗绪，读起来更有味道，《香看两不厌》的特别，大概在此。

是的，古老的香香阁，肃穆的寿桃山，永远定格在一个巨大的背景里，千手观音隐含的故事幽深而辽远，不是人人可以进入其间。但那些被吸引的凡人，却在此留下了各类趣闻。作品写出佛境与俗境两种天地的气味，前者被悬置在时光深处，多的是几许朦胧之色。后者光彩耀目，各种形姿也看出世态人心。与游客们不同，冬宫的守护者们，置身于神龛与世俗之间，所历所感，高贵处也不乏俗音的袭扰，由此也明白俗谛与真谛之间，有一层体验的过渡。风掌门、凌凌、鼬哥、嫣嫣等一批有活力的人，都是一个个丰富的世界，相看之间，与帝王遗绪，多少有些隔膜的吧。他们才是冬宫里可见的另一种风景。

想起来，在历史的围墙里的人，不是都能跨到这围墙之外的。

聪明的作家都是精神的突围者，可以飞翔在两个世界之间，由里看外，与由外看里，给我们的是不同的观感。也因此，心静的时候，我们面对这变与不变的世间，所思所感，总还是意味深长的。

文起京华

新北京作家群作品精选

《北京文学》编辑部 编选

下

北京联合出版公司
Beijing United Publishing Co.,Ltd.

编委会

主　任　韩子荣　马新明

副主任　赖洪波　田　鹏

编　委

师力斌　张颐雯　王虹艳　朱　玲　张　哲
丁莉娅　侯　磊

主　编　师力斌　张颐雯

目　录

野火烧不尽

刘汀

第一章　火：乌拉盖

一

几年后，当我重获自由，将会第一时间来到乌拉盖草原。

不出意外的话，那应该是一个初夏。我会站在逐渐茂盛的草场上，重新想象那场在回忆里始终未曾熄灭的大火。它把这片草原烧了一个巨大的窟窿。火焰升腾时，有只鹰一直在高空盘旋，发出嘎嘎的鸣叫，它锐利的眼睛清晰地看见，火圈的中央有一个人影，那是萨日朗，我的母亲；火圈的边缘则是两个人，那是我和父亲拉西。

母亲萨日朗看见身边的庄稼终于燃烧起来，连成片，她骨头里冰冷的疼痛瞬间消失，整个身心感觉到畅快。她已经很多年没有过这么舒服的时刻了。随即而来的是温暖，温度一点一点上升，她知道自己也渐渐烧着了，却并没有感到灼伤的痛。可能，她疼了太多年了，早已习惯了一切疼。她的骨头，她的内脏，都曾经整夜整夜冰块撞击一般地疼，那种疼才是最煎熬的。生病多年之后，她发明了一种和疼痛对抗的语言，把无意识的喊叫、咒骂和呻吟融为一体，像某个原始族群的祭歌，连她自己也听不懂。但是她同时发现，她的喊叫是一把锯子，在稀释自己的疼痛的同时，也在锯着拉西的骨头。他的表情无法形容，似乎是有人在他脑壳顶上砸一枚钉子，他却只能一声不吭。再后来，她就尽量不叫喊了，只剩下风吹草尖一样的呻吟。

但是今天无须忍着，她可以随心所欲地喊、骂。真舒服啊，她的咒骂犹如蒙古长调，随着火焰不断爆裂和升腾。在飘忽的火舌中，她看见火圈外拉西死死拉着我，但眼睛却盯着自己。他在看她，看燃烧的她。她很欣慰，这个陪伴了她大半生的男人拉西，是懂她的。当她下定决心时，他曾哀求要和她一起离开，但是她劝住了他。"达来不能在同一天失去父亲和母亲，留下的那个才最苦、最累。"他明白了。在这一刻，萨日朗觉得自己终于对他有了初恋般的爱，和他成了完完整整的一个人。他们一起生活了几十年，她亲近他、怜惜他、照顾他，跟他睡觉，给他煮茶煮肉，感情像秋天酸奶桶里的奶皮子，厚得不能再厚，但那都似乎不是爱，不是一个女人对一个男人最开始所该有的那种虚无缥缈的爱。

原来爱是死亡才能提炼出来的东西，就像火烧过之后留下的温热的灰。

毫无声息，一切都消失了，像是黑夜覆盖了草原，连那些高高矮矮的大针茅、羊草、糙隐子草、冷蒿、苜蓿，也和牛羊一起睡着了……

　　这是我此刻幻想中将来的回忆，这也是我曾亲眼所见的过去。

　　我就这样看着自己的母亲从一团火焰变成一团灰烬，火有终结一切的力量，或者，它有重新安排已经发生的一切的力量。我跪着。我应该一直在流泪，但是炽热的空气随即把眼泪烘干，我的脸像是烤完的红薯皮，又紧又皱，随时会裂开许多缝隙。

　　我旁边跪着父亲拉西。我已经很多年没有喊过他爸爸了，我只称呼他的名字拉西。我们像两截木头戳在土里。一开始，是他拉着我不让我去救母亲；现在，他放开了我，可是我已经站不起来。我浑身瘫软，双腿麻木。他应该也是。一缕火苗烧了我的眉毛和头发，焦煳味转瞬就被那种特殊的香气淹没，我像是浮在一池刚挤出来的牛奶中。香味是我的庄稼燃烧后散发出来的。然后，我在燃烧物最后的噼啪声里，听到了吟唱声。声音来自拉西的鼻腔，他用自己最擅长的呼麦送别妻子，曲调和天空中的烟一样高，一样轻，一样缥缈。

　　过了一会儿，拉西唱完了，挣扎着站起来。他找到一把铁锹，把土扬向几处试图蔓延的小火苗。空中有鹰隼盘旋不去，从它的视角，会看到一大片绿色的中间有一小块灰黑的土地。它感到惊讶。它还嗅到了烤熟的野物的香味，不知是偷跑进来的兔子还是老鼠。最后一天，我已经无暇去看护这片庄稼，那些早就蠢蠢欲动的小动物们，掏洞、咬断栅栏钻进来，疯狂地啃食籽实、花叶。它们很难把这些全部消化，有些动物吃完之后跑走了，把粪便排在草原的其他地方，其中的一些包裹着籽实。那些籽实，说不上在什么时候，又会重新发芽、抽枝、长叶、开花。

二

大火三天前，陈皮特打电话来，告诉我邮路通了，他联系上了可靠的买家，让我赶紧收割庄稼。他说，这是他最后一次帮我，从此我们彻底两清，无论从基因上还是从利益上。

白天的时候，我会绕着几亩庄稼走几圈，看着它们长得旺盛而茂密，正在结籽成熟。庄稼周围的各种药材，也在成长，只是我现在顾不得它们。我心里只有庄稼。我的鼻腔里充满庄稼的味道，那是一种生麻味，让人忍不住想打喷嚏。庄稼有一人多高，最高的两米多，但是都被我折断了，我怕它们太高引起注意。

"这的确是你最后的机会，达来。"陈皮特叼着一支粗大的雪茄说，"看在沐沐的分上，我最后一次帮你。我会帮你找到买家和邮路，但是我绝不参与这件事，我可不想吃牢饭。大尾羊的事，你也不要怪我黑，商场就是战场，资本天生就是贪婪的，我也是身不由己。"

"大尾羊"三个字令我恍惚，那曾经是我的骄傲和痛苦。因为它，我走上过人生的巅峰，高处不胜寒，然后一夜之间跌落谷底。没有人甘心平庸过一生，尤其是曾经风光过的人，所以我选择了铤而走险。我仍然笃信挺过最狂暴的风雪之后，就会迎来好天气。只是，我可能错看了风雪。

　　然后是两天前，拉西和母亲回到了乌拉盖。

　　那天中午，我还在宿醉中昏睡，梦见芝加哥的天空飘起了大雪。有时候，芝加哥和乌拉盖真的很像，冬天寒冷、多风，下雪时也是一样刮白毛风。但是那里没有草原，有很多森林，风里带着一丝腐植的味道。乌拉盖的风里则是干草味和牛羊粪味。所以我的梦是混杂的，既像是乌拉盖的冬天，又像是芝加哥的冬天。我在七月闷热的天气里瑟瑟发抖。

　　我睁开眼睛，看见母亲和拉西站在门口。拉西搀着母亲，她化疗造成的光头被阳光照得如同一枚剥了壳的鸡蛋。假发握在右手里，像是她进屋前故意摘下来的。他们如同两个电影中的外星人。

　　额吉，妈妈。我嘴里嘟囔了一声，以为还在梦中，好大的风雪啊，好亮的阳光啊。

　　我再次撑开眼睛，这回看清她另一只手里还拿着一根庄稼。

　　好吧，现在我不得不说说我的庄稼了。我的庄稼是一种不该被种下的植物，母亲手里握着的庄稼有一米长，枝叶灰绿，饱满的籽实垂着头，仿佛在替我感到羞耻。

　　我跳在地上，泥地的微凉让我哆嗦了一下。一切都可以摊开了，再没什么好隐瞒的。

　　这天下午，我和母亲、拉西三个人坐在那片庄稼地头，很久很久都没有说话。天边乌云在堆积，仿佛要来一场暴雨，但是雨始终没有到来，只来了凉爽的风。我们并没有因为沉默而感到尴尬，反而觉得特别和谐、特别舒服，仿佛是三个出去旅行的人，在一起欣赏怡人的美景。这是自我成年后，我们最像一家人的时刻。其间，母亲发出了一声呻吟，我知道她的骨头又开始疼了。拉西回到房间里，端来一碗水——那是一只铜碗，他一直随身携带，他说用铜碗喝水能减轻骨头疼——母亲掏出止疼药，先倒了两粒，停顿一下，又倒了两粒，就着水吞了下去。这药对她更多的是精神作用。

夕阳落得非常慢，几乎是卡在了乌拉盖草原的边沿上，仿佛是有意在等着听他们的故事。

母亲开始了她的讲述……

三

跟你说说我们的事儿吧，你听听，就知道一辈人有一辈人的苦，一辈人也有一辈人的甜。人啊，就像这草原上的草，年年长，年年死，年年死，年年长。看着好像都一样，但今年的草，毕竟不是去年的草了。我生病之后，这些事就老是在脑子里转悠，有时候清清楚楚，有时候又模模糊糊。人活的是什么呢？其实不是活快活，人是活苦的，然后那苦里头藏着一点儿蜜，这就够了。

大概四十年前吧。那时候，乌拉盖草原上的狼成了灾，几乎每天都有羊被狼掏走。那年，公社成立了打狼队，队长是武装部的一个人，叫布和。我爸爸，也就是你姥爷是副队长。说是打狼队，可是十几个人的队伍只有四五支土枪，剩下的就是蒙古刀甚至是棍子这些。

　　草原上大旱，不长草，这时候，那靠它活着的所有生灵都得遭殃。再加上快入秋时，蝗虫又来了，把仅有的那点草叶也给啃了个干净。乌拉盖前面的乃林坝上，本来有几棵大杨树，以前，夏天的时候满树叶子，密密匝匝，十几里地外都能看见。那年，蝗虫把树叶啃光了，树皮也啃光了，那些树就这么露着过了冬，冻死了一多半。

　　草原上没吃的，羊没吃的，兔子也没吃的，狼自然也没吃的，它们就从林子里钻出来。以前它们不太往乌拉盖这边来的，自从有了生产队，牧民们的草场固定下来，狼只要有吃的，是不会下山的。但现在不行了，山里没有任何猎物，它们饿得狠，集体钻出林子，到草原上来了。反正这一年，狼一群一群地往乌拉盖跑，大的小的，一个个瘦得像柴棒，龇着牙，眼睛凶得不能再凶。它们饿得胆子大，不但闯进了以前不怎么来的草库伦，甚至还借着一条水沟，从很远处挖了一个洞，直接通到了羊圈。一开始，放羊人发现每天少一只羊，可是羊圈门、围栏都好好的，也看不见狼爪印。那些羊仿佛被人家变戏法一样变没了。直到四天后，一个羊倌在羊圈的角落发现了几撮羊毛。这些羊毛不是正常掉的毛，而是被撕扯下来的毛，毛根是白的。接着，他又看见那儿的土跟别处的颜色也不太一样。因为干旱，因为羊每天都吃不饱，羊粪蛋很少，早都被蹄子踩碎了。羊粪末子是软软的，发黄，可是草原的泥土是黑褐色的。他扒拉了几下，发现下面竟然有个一尺宽的洞。

羊让狼掏走了，牧民们说，没想到这畜生这么精，竟然还学会了打洞。

生产队开会讨论这个事。有经验的牧民都清楚，这种年月里，狼直接到羊圈掏羊，就说明成灾了。而且很快，其他生产队和整个乌拉盖草原，都有了狼的踪影。于是就成立了打狼队。我爸爸也在打狼队里，他是草原的老猎手了，能在乱七八糟的印记里分辨狼爪印，能在几里地之外嗅到狼粪的味道。

那时候，我刚和拉西订婚，他是另一个生产队的，两家的草场离得远，我们也不常见面。那个夏天，他被他们生产队派到锡林浩特去卖牲口，他回来后不久，我们就结婚了。我们的婚姻是另一个故事啦，等你爸爸和你说吧。

打狼队的成果还挺显著的，半个多月的时间，他们一共打死了七只狼，还活捉了两只。打死的好办，直接剥皮拔牙就行了，活捉的怎么办呢？没法养着，也养不起，可不养着也不能放了，除非打死它们。唉，牧民们就是这样啊，如果跟狼争斗起来，手起刀落，眼睛都不眨一下，可是一旦活捉了狼，却又不忍心杀。尤其是我爸爸，他是个有经验的草原猎人，枪法准得不得了，就是他不主张直接杀了活捉的两只狼的。布和不在乎这个，按他的想法，这两只狼直接打死，皮子还能卖不少钱呢。其中一只狼的牙长得漂亮，拔下来做挂坠，威风得很。可是父亲拦住他说："猎手不杀俘虏的狼。"布和心里头不服，但碍于父亲的面子，也不好说什么，心里有自己的盘算。

有一天傍晚，爸爸又去看那两只狼。这段时间以来，他一直捡些死羊死牛的骨头和烂肉来喂它们，有时候没有肉，就只给它们点儿水。那两只狼跟草原上的牛羊一样瘦，但是它们的眼睛还是黑冷黑冷的，好像越是饥饿它们就越是凶狠。

这天，爸爸从生产队的大师傅那里，用半包烟叶换了一副死牛下水。那头牛因为没草吃，在山上吃了荆棘，刺破了肚子，死在了外面。等人找到的时候，内脏都快腐烂了，拖回来，把皮剥掉，好一点儿的肉大家分了，牛下水没人要。爸爸拎着来给两只狼吃。但是到了地方，却发现拴它们的绳子断了，狼没了踪影。爸爸大吃一惊，心里想，这俩家伙连这么粗的牛皮绳都能咬断？这时候，他感觉有人拍他的肩膀，正要回头，突然想起了什么，一动也不敢动。他猜得没错，拍他肩膀的不是人，而是一只狼，它把两只爪子从后背搭在爸爸的肩膀上，只要他一回头，它就会直接咬住他的脖子。老猎人自然知道这一点，所以他假装若无其事，没有回头，身体猛地向前一扑，两肩一痛，知道是被狼爪抓伤了。

但是他忘了还有一只狼。那只狼从前面跳出来，他被两只狼夹击了。爸爸摇动着手里的牛下水，意思是自己是来喂它们的，但那两只狼不为所动。这时，爸爸发现它们身上都流着血，好像受了伤。他搞不清是怎么回事。

两只狼越逼越近，爸爸觉得自己今天要死在这两只狼嘴下了。他没有特别害怕，作为一个草原猎手，这也算是死得其所。这两只狼被养这么多天，似乎失去了以往的耐心，前面的狼扑上来，父亲伸手撑住它的爪子，这时听到后面的狼低吼一声，准备发动进攻。突然，一把砍刀斜刺里飞过来，砍在前狼的腿杆上。挥刀的是布和。两只狼放弃父亲，开始围攻布和，后狼跳起来，咬住了布和拿刀的胳膊。爸爸想过去帮忙，但他的肩膀疼痛难忍，手臂几乎举不起来。他开始大声呼喊。

两只狼撕咬布和，他的脸被咬了一大道口子，肋部也给抓伤了。很快打狼队的其他人赶了过来，几声枪响，两只狼倒在了地上。众人再去看布和，发现他浑身都是伤口，尤其是腰肋那儿，血肉模糊，骨头上都能看见爪子印，好在没伤到内脏。有人跑回去，找了一张牛皮，把布和抬到牛皮上，四个人拽着牛皮的四个角，把他抬回了最近的蒙古包。爸爸看着那两只死狼，心里充满悔恨，如果不是他非要养着，就没有今天的事儿了。这时，他又看到了拴狼的绳子。他捡起来，感觉到不太对，绳子断掉的地方太整齐了，不像是咬断的，倒像是被刀割断的。他心里明白是怎么回事了。

无论如何，布和也是因为救父亲被咬伤的，我们不能不管他。

爸爸找了四轮车，把他送到苏木的卫生院去治疗。卫生院的条件有限，只能把伤口清理，打点儿消炎药，创口面积太大，他们缝合不了。父亲要送布和去市里的医院，但布和坚持不去，或许是他因为把绳子切断而惭愧。确实，那天是他用砍刀把绳子给砍断了，他想着，那两只狼会去羊圈里吃羊，到时候，他就名正言顺杀了它们。哪承想父亲刚好过去，两只狼不但没有去羊圈，还开始攻击人。

卫生院的医生只好勉强给他缝了伤口。他们从卫生院回到生产队，布和疼痛难忍，脾气暴躁。他躺在床上，大声咒骂，要么就声嘶力竭地喊疼。虽然打了消炎药，但是因为伤口缝合不整齐，还是有的地方发炎。老人们从草原上采了些草药，捣碎了糊在上面，炎症算是止住了，可是疼痛没法减轻。老人说，除了神仙草，没有什么能帮他止疼了。啥是神仙草？就是你种的这些庄稼呀。

那时候，这种东西早就被清理了，没人敢种，就算看见野生的，也是立刻把根刨出来，把籽实烧掉，防止它再长。乌拉盖人已经很久没见过这种东西了。爸爸从队里借了一匹最健壮的马，就往草原深处去了。夏天的时候，来往的人说过，在木伦河的源头木伦草原上，今年雨水多，草长得好。人们知道那里管得松，野生的神仙草也多，说不定能找到，爸爸想去试试。

四天之后，爸爸空手而归，整个草原都找不到一株神仙草。

这时候，拉西回来了，听说了这事，帮忙解决了这个问题。他带来了另一种止痛药，是大烟膏子，对，草原上不只长神仙草，还长大烟，但是极少极少。而且国家也不让种植这种东西，谁家有大烟膏子，被告发了，那可是要坐牢的。拉西的大烟膏子是萨仁妈妈给的，这块黑到发亮的大烟膏子，已经传了二三十年了。萨仁妈妈的爸爸，是一个行脚的蒙古大夫，这是他自己熬了当药用的。老人家一直贴身带着。拉西过去找萨仁妈妈，问她要那块大烟膏子。这事只有他们两个人知道。萨仁妈妈一开始不给他，他便说为了帮我，萨仁妈妈才点了头，把这块大烟膏子给了他。

我爸爸拿着这块大烟膏子，不敢告诉布和，每天用刀切下小小的一块，给他放在茶里喝下去。他开始不那么疼了，甚至跟我开起了玩笑："嗨，萨日朗，我救了你爸爸，你是不是应该以身相许嫁给我？"我不说话，抄起一截羊棒骨敲他的头。

他也不恼，只是央求我："再给我烧壶茶吧，快点儿啊，我浑身又开始疼了，只有喝了你熬的奶茶，我才不疼。"我告诉了爸爸，爸爸说："坏了，这小子可能有点上瘾了。"我们烧茶，但是不再放大烟膏子，他喝了之后身上还是疼，又开始鬼哭狼嚎。他的伤其实好得差不多了，他也明白自己喝的茶里肯定放了东西，便开始四处翻，想找到那块大烟膏子。他找不到，那个东西爸爸一直都揣在怀里。

有天夜里，我正睡着，突然感觉有什么东西在解我的袍子。我睁开眼，看见了布和。他两眼红红的，又雾蒙蒙的，像是中了魔。我大声叫喊，但是父亲没有任何动静。我心里想，他不会是把父亲打死了吧？原来这家伙半夜钻进我们的蒙古包，把父亲捆在床上，用羊毛袜子塞了他的嘴，从他怀里找到了大烟膏子，掰了一大块，用蜡烛火烤着全吸了进去。他吸多了，已经疯癫了。

等他从迷乱中清醒过来，才知道自己干了什么事。他扑通一声跪下，给我磕了两个头，说："萨日朗，我对不起你，我没想这样。"他就这样走出了蒙古包，我们从此以后再也没见过他，也没有任何消息。后来有人跟我说，他可能死在山林的狼窝里了。

我跟拉西坦白了这件事。我说，拉西，咱们的婚约得解除了，我啊，身子不纯了，像是牛奶里落进了羊粪球，怎么捡也捡不干净。我没法再遵守萨仁妈妈的约定嫁给你了。可是拉西不同意，他说："萨日朗，除非你现在要嫁给别人，那样我不拦着，如果不是，我就要娶你。在咱们草原上，还有比牛羊粪更干净的东西吗？它们可全都是青草变的啊。"

说完，他走出蒙古包，捡了一些干牛粪回来，开始鼓捣那只用泥巴搭起来的炉子。那会儿刮西南风，炉子不好烧，每次生炉子都要点半天，满蒙古包的浓烟。我俩就这样在这浓烟里，流着泪咳嗽着。后来，炉子终于着了。他又开始找砖茶、盐巴和炒米，烧了一大壶奶茶。

蒙古包里暖和起来，他倒了一碗茶递给我说："萨日朗，我要娶你。你的身子脏了，我帮你洗干净；你的心不全了，我给你补上。你有半颗心，而我的心……我的心……也许连半颗都不到。"

我知道，他想起了自己的出身，自己的往事。

四

拉西伸手握了握母亲的手，说："歇会儿吧，剩下的我来说。"

人生一世，草木一秋。

人和草木没什么区别，绿过了之后就黄，黄完了之后就枯。今年死了，明年还长出来，就算你不长出来，也有别的草长出来。从哪儿说起呢？不接你妈妈的话说那件事了，没什么可说的，我从认识你妈妈那天起，就下定了决心，这辈子不管什么时候，我都陪着她。除非她不要我了。为什么呢？这就说到几十年前，唉，我都快记不清了。你心里别嘀咕啦，你是我的儿子，亲生的，跟那个布和没有半点儿关系。

达来，陈皮特早就和你说过了我的身世了，因为这层关系，我最终还是没忍住，劝你帮他救了沐沐。唉，如果当时我没劝你，不给他你的地址，是不是也不会有现在的事了？可是，我怎么可能忍心沐沐就这么死了？

我不是蒙古族人，当然也不出生在乌拉盖。我是上海人。八九岁的时候，我被一列火车从上海拉到了内蒙古，然后分到了乌拉盖的萨仁妈妈家里。从那天起，我就再也没离开过乌拉盖，我从一个上海人，变成了一个蒙古族汉子。我一点儿都不觉得自己不幸，相反，我特别庆幸到了这里。

他们说那几年是最饿的几年，全国人民都吃不饱饭，连上海这样的大城市也是。我记不清到底是什么感觉了，唯一记得的却是一块梅菜烧肉。我就是因为一块梅菜烧肉来到这儿的。

那天早晨，天都没亮全呢，爸爸就把我叫起来，说带我去吃好吃的，还让我别吵醒妈妈。她那时正怀着孕，肚子里就是后来的陈皮特。我本来睡得迷迷糊糊，叫一听去吃好吃的，一下子就爬起来，不自觉地咽吐沫。

我以为他顶多带我去吃一碗汤泡饭，再好点儿是一两水煎包，没想到是一大块梅菜烧肉和一碗米饭。我到现在也没想明白，怎么就是一块，不是两块，也不是一盘？那块肉不太好，瘦的多，肥的少，肉皮上猪毛都没燎干净，梅菜好像也有点儿烧煳了。可是肉毕竟是肉，很大一块肉，那股味儿一进入鼻子，我的整个身体都激动得哆嗦起来。我心里隐隐地害怕，不明白爸爸为何单独叫我吃，没叫妈妈，也没叫爷爷奶奶。

爸爸端起那块肉，说："团团，吃吧，好吃的呀。"

我想吃又不敢吃。可那块肉碰到了我嘴边，我就再也忍不住了，一口咬住，几口就吞了下去。

吃完肉，爸爸带我走到大门外，说："儿子，爸得跟你说件事。"

我不敢答话，心里还在想着刚才吃下去的那块肉。现在，一说起这事，我嘴里好像还有一根猪毛，就卡在喉咙里，吐不出来也咽不下去。

"家里没有任何吃的东西了，你晓得吧？咱们家里人多呀，爷爷奶奶、外公外婆，六七口人。"他停顿了一下，继续说，"所以……爸爸送你去一个能吃饱饭，每天都喝牛奶、吃肉的地方去好吗？"

我心里想，天天喝牛奶、吃肉，只能是天堂了。

我"哇"的一声哭出来，大声喊："爸爸爸爸，不要把我卖了，我不吃饭了，从今往后我只喝水不吃饭了。"

说着，我就用手指抠喉咙，干呕了半天，想把刚才吃的肉吐出来。只返上一些胃酸，那块肉似乎已经被消化完了。

"傻孩子，说什么呢，你听到啥乱七八糟的了。不是卖你，怎么是卖你呢？团团啊，上海好多人家都吃不上饭，已经饿死好多人了，爸爸也是没办法，要不全家都得饿死呀。政府替我们想办法，要把没饭吃的小孩送到大草原上去，好多孩子想去都去不成啊。你晓得吧，大草原哎，你课文里背的天苍苍野茫茫，风吹草低见牛羊那里。那里有奶牛，可以喝牛奶，有成群的羊，可以吃羊肉。不是你一个，好多孩子一起去。将来如果好了，爸爸一定去找你呀。"

我脑子里浮现了那几句天苍苍野茫茫，但是不晓得大草原到底是哪里，心里头蒙蒙的。可是爸爸说的有肉吃、有奶喝让我的肚子咕噜咕噜叫，嘴里不断浸出口水。

爸爸就这么看着我，看了一会儿说："团团，你慢慢想，不急的，不急。我们走一走，一边走一边想。"

他抱住我，想把我抱起来，只是他也好久没有吃饱饭了，力气弱，一下没起来，第二下才把我抱起来。我的头伏在爸爸肩膀上，他走路一摇一晃，我很快感觉有点儿困，或许是胃里终于有点油水了，血液都赶过去吸收那块肉的营养，走着走着，就睡着了……

等我醒过来，已经在一个孤儿院里了，爸爸没了踪影。一大群哭着找父母的孩子，我也哭。一群保育员，每个都忙得不可开交，没人在乎一个小毛头。后来，我搞清楚了，这真的是要把我们送到大草原，不是卖掉吃肉的，心里的害怕减去了大半。我想起有一天晚上被尿憋醒，听见爸爸和妈妈说话。他们说家里没有米，也没有钱了，怎么办？爸爸说，要不流掉吧，现在大的都养不活，再生个小的怎么办？妈妈摸着肚子哭，哭了一阵，爸爸又安慰她：你不要哭了呀，哭对胎儿不好呀。他又哪里舍得。妈妈抽泣，爸爸叹息，就这样好久他们都没有睡。我尿急，心里想，你们快睡呀，睡着了我好去撒尿。可他们就不睡。过了很久，爸爸说了一句："要不，还是按之前商量的吧，大的走，小的养着。走了的能有个活路，留下的也能多点儿希望，日子总不会每年都坏的吧。"妈妈没有说话。后来我想起这个场景，才明白，妈妈的沉默是一种默认。那天晚上，我没去成厕所，尿在了床上，湿答答睡了半夜。第二天，他们看见被褥，破天荒没有骂我。

坐了两天一夜的绿皮火车，从南方到了北方。先被送到包头的育婴院里，在那儿待了半个月，然后就被送到乌拉盖草原。那里有一个公社临时建的保育院，原本是镇里的小学，正好是暑假。学生们快开学的时候，我们被牧民们领养回家。

从上火车开始，我就没再说过话，那些工作人员还以为我是个哑巴。我不说话，是因为知道我被爸爸妈妈丢掉了，虽然没有卖掉我，可是把我骗到了孤儿院，骗到了包头，骗到了草原上。因为不说话，我是最后一个被领走的。萨仁妈妈说："这个孩子没人要，我带走吧。"她把我带走了。当然，后来萨仁妈妈说，她带我走也不是看我哑巴不说话，而是知道我故意不说话的。"这个娃娃精明得很呢，"她后来一直说，"我喜欢聪明的孩子。"萨仁妈妈一辈子没有自己的孩子，她结过婚，也怀过孕，可是后来因为冬天去找走丢的牛，冻坏了身体，流产了，再后来丈夫得病去世，她就一个人生活。我到家里后，就我们两个人生活。

回到蒙古包里，她给我烧茶喝，还跟我说："你就叫拉西吧。我之前给孩子起的名字就是拉西。我知道你会说话的，你故意不说。"

我看着她，心里想，她怎么会知道我会说话？

她看出了我的心思，笑笑说："你白天不说话，可是晚上说梦话了啊。你说'爸爸，我再也不吃梅菜烧肉了'。梅菜烧肉，很难吃吗？"

我撇撇嘴，嗓子被那根猪毛弄得痒起来。

她又笑笑，说："我们这里没有梅菜烧肉，只有手把肉。"

那时候，我不会蒙古语，她的汉话也不灵，但是那些话的意思我都懂，能从她的表情和眼睛里看出来。

无论如何，我只是个孩子，一旦我感觉到人间的温暖，很快就活泼起来了。而且这里真能吃饱饭，可能大人也饿肚子，但我们小孩从来没饿到过。草原上有许多牛羊和小动物，它们都让我感到亲切和高兴。也许我天生就适合这里。我们一起来的那批孤儿，有的吃不了羊肉，有的喝不下刚挤出来的生牛奶，只有我，什么都能接受，而且我贪婪地吸收着肉和奶，很快就长膘了，身体渐渐壮实起来。几年后，我几乎就是一个标准的蒙古族小孩，跟其他孩子一起爬山坡，我总是第一个爬上去。我还第一个学会了骑马，十几岁的时候，就在苏木（相当于乡）举办的那达慕上拿过少年组的赛马冠军。

"你天生就是我的孩子，乌拉盖的孩子。"萨仁妈妈说。

这一切的变化，除了萨仁妈妈的照顾之外，最大的功臣就是萨日朗。那会儿我们两家一个生产队，离得近，后来牲口多了，人口也多了，草场不均衡，才分成了两个生产队。她比我大两岁，我来的时候，她几乎就是个草原上的小大人了，每天都帮着父母干活。萨日朗的父母都在生产队里挣工分，家里的事全是由萨日朗张罗的：收拾蒙古包，做饭煮茶，缝补袍子，给小羊羔喂奶。

我们俩熟悉起来，和当时乌拉盖草原上的一件大事有关。

我来之前那年，因为全国都没吃没喝，耕地面积有限，尤其是南方，总共就那么几亩地，人口增加了，又赶上连年的灾荒，到处都缺吃少喝。这时候，上面想起了内蒙古大草原，这里有广阔的土地，只要开垦出来，就是上好的良田。于是就有了大开荒、改牧为耕的政策。上面来了命令，下面就得执行，几个月后，乌拉盖就建了一个国有农场，几万亩草场变成了耕地。这里面，我们生产队的大部分草场都被占了，要改成农田，牧民们心里当然是不愿意的。对那些城里人来说，不喝奶死不了，不吃粮食肯定要饿死的，所以他们不会知道牧民们的难处。

我到的时候，正是第一年垦荒。春天，刮起了风，垦荒工人开着拖拉机，要把整片草原翻个底朝天。那些农垦工人欢呼着，他们看见肥壮的黑土地，本能地觉得开心，因为他们是农民，是种田的，可是牧民的感觉刚好相反，看着刚刚冒芽的草地被翻开，每个人心头都像被铁犁铧犁过一样疼。

这时候，萨仁妈妈从人群里走出来，站到了拖拉机前。

“你们不能这样。”萨仁妈妈说。

拖拉机怒吼几声，仿佛是在回答她。她毫不畏惧。

僵持了一会儿，苏木的负责人来了，跟萨仁妈妈说："姐啊，这是国家政策。现在全国人民都没饭吃，到处都是天灾，只有咱们草原上的土地比较多，国家为了养活大伙儿，征用一些草场，改为农田种粮食。"

萨仁妈妈说："书记你说的我知道，我还收养了一个上海来的娃娃，也是因为饥荒送来的。可是你把草场都变成农田，我们的牛羊没有吃的了，我拿啥养娃娃呀？"

周围的人听萨仁妈妈把他们心里话说出来了，也都开始帮腔，说乌拉盖草原本来就草场少牛羊多，前些年变成生产队之后，就没有人再像以前那样保护草场了，连轮牧也做不到，很多本来茂盛的草场，现在雨水好的年景牧草都长不到齐膝高。国营农场偏又选了仅剩的最后几块好场地，因为挨着木伦河，因为方便灌溉。

书记看人群有些激动，赶紧大声喊："大伙儿的担心我都知道，我会跟上面去反映，我会帮咱们嘎查争取，到年底的时候，多给一点儿补贴。"

接下来，他凑近了萨仁妈妈，小声说："姐，你如果再闹下去，我看你那个娃娃就养不住了，只能换到别人家里了。"

萨仁妈妈一愣，她没想到他会说这个话，会用拉西来威胁她。其实萨仁妈妈心里也知道，自己这样闹，闹不出啥结果，她一个妇女，哪能挡住一层一层下来的命令？但是她心里有怨气，只是想趁机发泄一下。萨仁妈妈听了书记的话，扭头看了我一眼，长叹一口气，拢了拢头发，弯腰捡起一块还带着草根的土坷垃，说了句："造孽啊，腾格里保佑。"

我站在人群里，因为听不懂蒙古族话，搞不清状况，只是想：这群人在吵什么呢？

第二天早晨，萨仁妈妈一起来就发现羊圈的木栅栏坏了一个口子，羊全跑了。她急坏了，赶紧喊我起来去找羊，我听不懂她的话，但看着羊圈的豁口和妈妈着急的样子，也能猜到是怎么回事。我撒开腿就跑，可是那么大的草原，我也不熟悉，哪里知道去哪儿找呢。我只好去我唯一知道的地方，就是国营农场。不知道为什么，我觉得那些羊就在那里。我跑了一会儿，跑不动了，刚歇脚喘口气，一个人追上了我，是萨日朗。

我见过她，刚到的那天，她就去过萨仁妈妈的蒙古包。她是去借针线的，说她妈妈要缝袍子。

"你妈妈这么早就给你准备嫁妆啦。"萨仁妈妈说。

"才不是。"她红着脸摆手否认，随后想起我根本听不懂她们说的什么，又咯咯笑起来。

我正在吃一块水果糖，那是从上海上火车时保育院的阿姨给我的，我一直留着，没吃。我把那块糖拿出来，咬下一块，没控制好力度，咬下来的是一大半。我虽然很心疼，但还是伸手递给她。

她有点儿不太相信地看着我。

"给你，可甜了。"我说。

她接过去，含进嘴里，糖刚一融化，她的眼睛就亮起来。

"我叫萨日朗。"她说。我没想到她会说一些汉话。

"我叫……"我一时竟想不起自己的名字了，后来我说出了"拉西"两个字。

萨日朗追上来，扯扯我的衣袖。

"我陪你去找。"她说。她的汉话说得不地道，不过我听懂了。

她的脸蛋红扑扑的，眼睛像木伦河里的清水，头发参差不齐，后来知道那是她爸爸用剪刀给她剪的。

我俩磕磕绊绊地走过拖拉机翻过的黑土地，沙土灌满了鞋窠，我们便脱掉鞋，光着脚走。

农场里已经围起了土墙，就是用泥巴和着草做的材料，墙还没干透，踩上去马上会塌下去一块。好在我们两个孩子比较轻，很容易就翻进了院子。那些工人正端着饭盒在食堂里吃饭，叫叫嚷嚷的。我们绕到十几台拖拉机旁边，那时候，我忘了自己来的目的，很想爬上拖拉机的驾驶楼去看看。

萨日朗使劲拉了拉我，说："我听见羊叫了。"

"真的？"我竖起耳朵，可是什么也没听见。

"你跟我走，这里绝对有羊。"

我们摸到了挨着简易厕所的一处，那里也是用土坯围成的，门口挡着一块大铁皮。透过缝隙往里面瞅，竟然真有一只羊。我认出了，那就是我家的羊，最肥的那只。那只羊的右耳朵靠下的位置上有一个三角形的豁口，那是我家羊的耳记。

我们把羊放出来，小心翼翼地赶着往外走。刚到院子中间，那只羊不合时宜地叫了一声，把工人们招来了。我们赶紧赶着羊跑，才出了院子，那只羊慌不择路地跑起来，而我在翻过的土地上跑得很慢。我的鞋子摔掉了，也顾不得硌脚，只能拼命跑，过了一会儿，听不见后面的人声，才敢回头。其实也没跑出去多远，我看见萨日朗被农垦工人抓住了，他们把她挂在了拖拉机上，她看上去像蚂蚱一样小。

那一刻，我又害怕又难过。我想：完了，萨日朗死了。

我一路哭着回去找萨仁妈妈，可是又说不清发生了什么。妈妈跟着我到了农场里，远远地就看见了被挂着的萨日朗。

萨日朗也看见了妈妈和我，拼命大喊："别过来，别过来！他们吃人啊。他们是吃人怪。"

妈妈走过去，那群工人抱着饭盒在那里吃挂面，头顶上就是萨日朗，她的袍子已经快被铁钩子抻破了。

萨日朗叽里咕噜说了一串话，应该是把我们发现羊在这里的情况告诉妈妈了。妈妈点点头。

妈妈要爬上拖拉机。她手刚搭上去的时候，一个农垦工人冲出来，想拉住她。妈妈回过身，手里多了一把明晃晃的蒙古刀，她轻声说："我这辈子杀过的羊，没有一千也有八百了，我能把你剔得一根肉丝都不剩。"妈妈说话声不大，轻轻的，甚至比风还轻，但是我明显看见那个人浑身哆嗦了一下，旁边的工人也都愣在那里。

妈妈把萨日朗从钩子上放下来，她们一起爬下拖拉机。

妈妈说："你们想吃肉跟我说，我杀羊。但是谁要再敢偷我的羊，我就挑了他的脚筋。我们乌拉盖人说话算话。"

那些人抱着铝饭盒，一动也不动，直到我们走出去很远了，他们还在那里站着。那天以后，我们再也没有丢过羊。

也是从那天起，我和萨日朗成了最好的朋友。萨日朗没事就往我家跑，一是来找我玩，二是她看中了妈妈的蒙古刀，或者说，她看中了妈妈杀羊的手艺，她想学。她觉得那天妈妈亮出刀子的一瞬间太帅了，就像传说里的英雄。妈妈收了这个徒弟。后来，你妈妈就成了乌拉盖草原最厉害的女屠宰手了。

第二年春天，垦过的草原没有长草，长出了一望无际比青草还要整齐的麦苗。大地不管这些呀，你种什么，它就长什么。青草还是麦苗，对它来说都一样。麦苗青青，远远看去也和草一样，但是这里没有杂草，没有野花，也没有小动物。清明刚过，一股浓浓的农药味就开始飘散，在挨着农场的操场上，小动物也几乎绝迹了。

牧民们在山包上放牧的时候，远远地看着那一大片一大片的麦苗长得一天比一天高，高过其他地方长短不一的草场，然后吐穗，然后在某个夏日变黄，变得金黄。草原上从来没有过这么大片这么纯粹而热烈的黄，好像是一块巨大的创可贴，贴在乌拉盖的伤口上。人们的眼神里，充满了好奇、迷惘，还有说不出的感觉。

那年秋天，农场丰收了，据说小麦产量破了纪录，而这也自然又被当成草原开荒必要性与合理性的证据。下一年，另外两块农场也在乌拉盖草原的其他地方建立起来。原先那些牛羊转场和勒勒车通行的便道上，时不时驶过一辆拖拉机、收割机，高大的轮胎在草地上轧出深深的两道沟。牧民们的勒勒车因为车辙更窄，经常一侧轮子陷在沟里，拉车的马和牛用尽浑身力气，也没办法把装满东西的车拉出来。大伙只好互相推车。

草场被占的苏木和合作社社员，分到了一些麦子，据说这是专门特批的福利。牧民们看着红褐色的麦粒不知所措，他们几乎没见过这种东西，炸果子做面食都是买现成的面粉，再说一年也吃不了几顿面。

这些麦子还得到镇子上的磨坊里磨成面才能吃，没有谁家会为了十几斤麦子跑一趟镇里的，除了萨仁妈妈。她的马背上不但装着我家的麦子，还有用羊毛和牛奶置换的其他人家的麦子，走四五十里路到镇上，磨成了面粉带回来。萨仁妈妈学着汉人的样子，给我擀面条、蒸馒头。我已经一年多没有吃过这样的食物啦，当雪白的馒头攥在我和萨日朗还有另一些孩子的手里时，我们疑心自己吞下去的是天上的云朵……

达来，今天说了好多话，好多过去的事，只是想让你知道，我和你妈妈是怎么活过来的，是怎么面对那些好的坏的、甜的苦的。你从小就不喜欢草原上的日子，长得也不像蒙古族汉子，咱俩刚好相反。一棵草，可能没机会选择在哪块土地上生根发芽，可是它能决定自己长成什么样。

你的这些庄稼，铲了吧，趁现在还来得及。你的日子还长，你才从土里长出地面，还有许许多多的日子等你去过呢。

我没回答他，我心里还存着奢望，我已经走到最后一步了，只要一迈腿，我就能重新活过来。

第二章　血：中国城

一

　　刚到芝加哥的时候，我觉得自己呼吸的每一口空气的含氧量都要更高些，那是从乱梦中醒来时的感觉。我离开乌拉盖草原的风沙和干燥，离开那里的暴风雪和牛羊膻味，离开记忆中黑白电影般的场景，到了西半球一个截然不同的城市。当我抬头望见碧蓝的天空和大片大片的白云时，会有几秒钟的恍惚，但很快就分辨出这里的天和云跟乌拉盖的不同，它们同样辽阔、洁白，乌拉盖的云朵似乎更低一些，仿佛被草原给吸附住了，而芝加哥天空高远，云朵像是从一个更高的地方垂下来的。

　　最开始，我会把这里的任何东西都和国内的进行比较，但是随着生活的深入，当我融入学校的节奏，尤其是日常交流没有大问题之后，很长一段时间都没再想起国内的人和事。拉西和母亲，草原和牛羊，小镇和高中，复读和落榜，大学和北京，这一切似乎都被彻底屏蔽掉了，似乎我是个突然间长大的孤儿，一眨眼就面对着一个新世界。我只是现在的我，此刻的我，每天徜徉在湖水边和校园林荫道的留学青年。我注意到了草坪，它们被修剪得整齐、低矮，每根草仿佛都很清楚自己的角色，绝不长高，而是嫩绿嫩绿的，显示着柔弱，像电视上美丽漂亮的模特，只是作为装饰而存在。乌拉盖的每一棵草都恨不得自己把周围全部营养吸收掉，能长多粗长多粗，能长多高长多高，然后被牲口吃掉，被风雪吹到不知何地。这两种草都掌握不了自己的命运。

三年级下半年，我认识了一个女孩，她叫艾丽。也是留学生，老家在中国的四川南部。他们全家都因为她的留学而移民到美国，住在堪萨斯城。缘分起始于一节文化课。我走进教室就看见了她，因为只有我和她两张亚洲面孔，这在当时的美国大学里不常见，所以我们不自觉地对视了一眼，仿佛由此认了同类。她穿着时尚，英文发音很标准，而且整节课都表现得很活泼，像一只布谷鸟，不断地咯咯咯咯叫着笑着。我想，她可能是那种ABC，跟在国内长大的年轻人是完全不同的状态。后来下课时，她主动走过来打招呼，说的竟然是一口川普，让我大为惊讶。

我说："你不是在这里出生的？"

"Of cause，"她说，"我是正儿八经的四川人。"她把标准的英语发音和拐弯的川普结合起来，有一种特别的效果。听她说话让人开心，似乎她独特的音调能把你周围所有的杂音都遮蔽掉，只留下她的嗓音和轻柔的呼吸声，还有清晰可辨的心跳。我从未有过这种感觉，后来，当我们恋爱后，她常常据此说我对她一见钟情。我找不到反驳的理由。

那节课老师布置了一项作业，他给每个学生发了一张画有芝加哥各种建筑的图片，让我们去找到那些建筑，了解它们的名字和历史，然后完成一个报告。我和艾丽很自然成了一组。拿到图片，她走了过来，扬了扬手说："一起吗？"我点点头。然后我们开始详细介绍了自己。得知我来自草原，她表现出巨大的好奇，开始追着问问题："草原上有厕所吗？你们多久洗一次澡？每顿饭都是吃肉？我可太喜欢吃羊肉啦，以后回国，你是不是应该请我吃最正宗的手把肉？"我见缝插针地回答着她连珠炮般的问题，感觉身体都变轻了，好像负担正被一点点卸掉。

我忍不住仔细端详她：脸很小，五官精致，下颌处带出薄薄的一层婴儿肥，皮肤白皙，笑起来的时候左脸颊有浅浅的酒窝。从侧面看的时候，我觉得她的眼睛有某种熟悉感，但当我正面对着她，熟悉感却消失了。她画了眉毛，不过我可以忽略掉眉笔的痕迹，在脑海中勾勒出眉毛的本来样子，像是蒙古语中的某个字。

她告诉我，芝加哥有一个中国城，那里像一个小小的国度，能找到几乎所有的中国元素。对，是元素，海外的中国城都是这样，贴满了各种中国式的标签，龙、汉字、中国结，像一个符号的集合。"那里甚至有两家火锅店，不，一家火锅店，一家涮羊肉。"她说。她指了指图片，继续说，"作业里就有一家，既然我们要去，不妨就找个晚饭的时间，可以趁机吃一顿火锅。"说到吃火锅，她第一次露出了笑容，两个浅浅的酒窝在她脸颊上显现。我点点头，说："好啊。"

她走在我左边，刚好把酒窝和一只似曾相识的眼睛显露，那一刻，我心里想，即便只是为了这个女孩，这次毫无目标的留学也是值得的。

二

我们第二天是分头去中国城的。碰头地点就是中国城入口处那个"天下为公"的大牌子下。我早到了二十分钟，因为路不熟，便早早出发。看见孙中山手书的几个字，我略有点儿恍惚，他的字体似曾相识，后来，我想起是在历史课本上看见过，"革命尚未成功，同志仍须努力"之类。

艾丽来了。看得出，她稍微打扮了一下，因为她嘴唇的颜色明显跟那天不同了，更红更润，甚至整个唇也更丰满了，有点像电影里那些美国女人。

"今天你真漂亮。"我由衷地夸了一句。

"嗨，"她说，"你不用刻意这么说，实事求是嘛。"

"真心话。"

"实事求是，你应该说我太漂亮了，哈哈。"

所以……看来我还需要一点儿时间适应她的说话方式和幽默感，赶紧掏出自己的那张画满建筑物的表格问："我们的第一站该怎么写？"

她打开包，也拿出那张表格，看了看，吐吐舌头说："其实我来这里只是为了吃火锅，中国城的历史信息我在图书馆就查到了，你抄一下。"

果然，表格上中国城那一栏已经被英文字母填满，我看了看，有些单词完全不认识。我就在"天下为公"的牌坊下开始抄，她离开了一会儿，回来时带了两杯咖啡。我心里想，既然去咖啡馆买咖啡，干吗不直接去那里抄呢？

抄完后，我们开始进中国城，沿着里面的街区走。那种奇怪的感觉又出现了，甚至有些强化，店铺的招牌都很老，而且都是繁体字，让我感觉这里像是国内的文化街，只为游客建的那种。中国城并不大，不用半个小时，我们就逛了一圈。一路上，我和艾丽彻底破除了刚认识时的那种尴尬，聊得越来越热络，主要是她说我听。我说过很喜欢她的川普，奇特的口音让所有话都平添了一种魅力。她讲起自己出国的经过。她说，她出来主要是为了摆脱母亲。她的母亲曾是一个政府部门的处级干部，一个管理者，在家里说一不二，而她和父亲就像她的两个下属。从小到大，她从没有过随意的时刻，甚至在幼儿园阶段，她跟着老师涂鸦的作品，母亲都要补上几笔，好让它符合她想象中的涂鸦。这令人窒息，不过，另一方面母亲对她又有着相当的放纵，比如，从来不阻止她看动画片，当然只能看她指定的英文原版动画。对孩子来说，只要能看动画就可以，管它原版不原版呢。她的确因此锻炼了较好的口语和听力。母亲在她几岁的时候就告诉她，将来一定要出国，一定要去国外生活，所以他们家的一切都围绕着这个目标来进行。大四那年，她终于拿到了芝加哥西北大学的录取通知书，本来想把国内的毕业证拿了再说，但是母亲等不及了，让她马上出去。她同意了，因为这样她就可以摆脱她的掌控，成为真正的自由人。她到了美国没有马上去学校，自己偷偷办了个半年休学，在各地疯玩了一圈。

可令艾丽没想到的是，半年后，父亲和母亲拎着包裹也来了，这个女人竟然辞掉公职，办了移民。他们在堪萨斯城定居了。

中午的时候，我们进了一家火锅店，名字叫羊羊羊。我几乎没怎么吃东西，因为我吃不了辣。艾丽没有点羊肉，她点了一堆鸭肠、毛肚什么的，还有就是鸭血，她一个人就吃了两份。店里没有鸳鸯锅，我吃得很少。不过我并不觉得饿，一是我不断地喝水，二是看艾丽吃本身也充满满足感。她一边调蘸料，一边跟我说葱姜蒜、小米椒、香菜、香油应该怎么放，每一种的顺序都不能错，错了味道就变了。还有那些食材，哪一种烫多长时间都有严格的标准。

我们两个顺理成章地——至于如何顺理成章，我其实讲不清楚，只是这件事发生得非常顺畅和自然，可能它只是偶然和幸运——成了情侣，第一次牵手，第一次接吻，直到第一次做爱，都几乎是按照剧本准时发生的。那种恋爱的愉悦感十分明显，或许过于明显了，有时我觉得我们像两个深深入戏的演员。

接下来的日子，我们很容易就进入了快车道，仿佛你在高速路口堵了半天，过了收费站，面前一下空旷起来，脚底下的油门不知不觉就踩到底。等你反应过来的时候，时速已经到了一百三，这时你不由自主地松脚，正是在降速的时候，你才感觉到汽车在轻微摇晃，不安感缓缓袭来。

我觉得自己结婚前的心理状态像是坐过山车：有点儿害怕，

但已经不可能再下去了，于是索性心一横，突然间，过山车加速、升高、坠降、翻滚。

关于结婚，我只给母亲打了个电话。电话打到苏木的政府办公室，他们托人给母亲捎信，让她三天后同一时间来接电话。我告诉母亲我要结婚了。母亲沉默，然后祝福了我。

"这样也好，"她说，"我们都为你开心。"她没提拉西的名字，但是这个我们就是她和拉西。二十天后，我收到了母亲寄来的一包东西，一件蒙古族姑娘出嫁时穿的袍子，一枚银镯子。我把礼物交给艾丽，她兴奋地穿上拍了个照，就脱下来放在衣柜里了。镯子她倒是一直戴在手上，直到出事的那天。

按照美国人的习惯，婚礼的流程很简单，注册登记，到教堂里举行仪式，完活。我们俩在芝加哥都没有太多朋友，也就是几个同学，我正在找工作，还没有所谓的同事。我们最熟的人其实是房东。恋爱半年左右，我们同居了，就到校外租了房子，离中国城不远。倒不是因为想家什么的，而是因为便宜，房东也是个华人，移民二代，在中国城里开了一家针灸馆，生意不错。我们租他的房子，源于有一次我头疼，到医院去，大夫开了一堆检查，脑CT之类的，我看着账单想，如果看病，就得跟父母要钱。我不希望自己再跟他们讨钱了。后来艾丽说，中国城有家针灸馆，挺管用的。她便带我去试了试，针灸了几次，头疼果然消失了。忘了是哪一次，我们可能谈起过要出来租房。我最后一回去针灸的时候，谭师傅说："你们一定要住学校附近吗？"那时候，我俩都开始做毕业论文，基本不上课了，所以住不住学校附近无所谓，便摇头否认。谭师傅带我们穿过针灸室，到了后堂，打开一个房门，说："你们看这间怎么样？是个两居室，大概有六十平左右，整个装饰和家具都很中式，橱柜的玻璃甚至漆着鸳鸯和松鹤图。"他说了一个房租价，比学校附近的房子便宜近一半。我和艾丽便租下了这个房子。

婚礼那天，我们把客人安排到中餐馆聚餐，就是那家羊羊羊。饭店也不大，只有两个包间，我们都订下了。两个包间并不挨着，隔着饭馆的大堂，所以我们敬酒的时候，要穿过麻麻辣辣的人群。但我挺喜欢那一刻的，餐馆里大部分都是中国人，吵吵闹闹，特别像是在国内。也不是想家，是为了平衡在教堂时的西式仪式，那种仪式太正式了，充满表演感。

艾丽的父母来了，他们住在费城。两个老人对我这个女婿不是很满意，尤其是她妈妈。他们觉得艾丽应该嫁给一个美国人，至少是一个华裔美国人，而不是一个中国人。岳父艾青山在国内是教物理的，到了美国成了蓝领，修理工，主要是帮社区修修各种电器什么的。工资不差，但是社会地位下降了好几个档次，好在在这里大家也不怎么接触，更不愿打听别人的私事，他也就无所谓了。岳母佘海燕整场板着脸，她可能在国内时习惯了这种表情。

给他们敬酒时，岳母眼皮低低的，一副不得不接受这场婚姻的样子。我能理解，所以也就不太在意。岳父的态度要好一些，至少在听说我家里有上千只羊之后，态度明显好了。我把羊的数量凭空夸张了一倍。说这个数字的时候，我心里鄙视了自己一下。

"你爸爸妈妈来不了，我们也就代替他们了。有长辈在，这个婚结得才算完整。"艾青山端着酒杯说。

"谢谢妈，谢谢爸，"我说，"我一定好好对待艾丽，请你们放心。"我说得特别顺嘴，我觉得这就是我的台词，没有任何心理障碍。

新婚之夜，我和艾丽都累瘫了，洗漱之后上床，拥抱了一下，又吻了一下。我们都在想，是不是应该按照剧本，做点新婚之夜该做的事情呢？两个人都很犹豫，正踌躇着，灯灭掉了。停电了，或者是保险丝跳闸了。我只好起身，走到前堂去，跟穿着大裤衩的谭师傅一起去接保险丝。谭师傅帮我扶着凳子，我站在上面，小心地把两根细细的铜线重新接好。

等我回到房间，艾丽已经睡着了，也可能是假装睡着了。透过微光，我又看见了她的侧脸、酒窝和闭着的眼睛。我轻轻吻了她的额头一下，心里想，这是我的妻子了。

三

转折发生在一年后，我们从芝加哥去堪萨斯的路上。

之前一周，艾丽接到岳父艾青山的电话，说她妈妈今年的生日准备好好办一下，七十大寿，人生七十古来稀。艾丽说，那你们来芝加哥吧，我和达来给你们摆酒。岳父说："不用你们张罗，你妈妈自己都策划好了，就在堪萨斯办。到时候你们过来就行了。"艾丽说："也好，毕竟你们那边熟人多。"接下来的几天，我俩跑了好几趟商场，给岳母佘海燕挑生日礼物，最后选中了一套旗袍，据说是纯手工缝制的。也不知为什么，那些在国内从来不穿旗袍的女人，到了国外之后都要买上几套，一旦有什么聚会，就穿着旗袍去参加。有点儿像东北的女人都要买一件貂一样。还选了两样首饰，一个金镯子，一副翡翠耳环。

从商场回去的路上，艾丽开车，我坐副驾驶。

"抱歉啊。"等一个红绿灯的时候，她突然说。

"什么？"我愣了下，"发生什么事了？"

"从结婚到现在，我还没有给你爸爸妈妈买过任何礼物，甚至都没有回国去看过他们。反而我爸妈每年生日都买了礼物。想想，是我做得不好。"

"不一样，他们在国内嘛。"我说。我其实从没想过这个问题。

"或者今年我们休一下假，一起回去。我一定都补回来。"

"再说吧。"我说，"他们都不是那么在意这些的人，不过你有这份心，我还是很感激。"

灯绿了，艾丽还没反应过来，后面的车轻轻嘀了一声。艾丽赶紧挂挡。

她开车技术比我好，所以一起出行的时候，大部分都是她开车。我不喜欢开车，主要是我不记道，很多经常走的路，也要靠导航才行。而那个导航的提示音又让人没来由地烦躁。艾丽不一样，几乎只走过一遍，她就能准确记得这条路，哪里转弯，哪里进环路或者出环路，她都清清楚楚。在她欢快活泼的外表里，装的是一个严谨的灵魂。

我开车容易走神，经常陷入对某些具体细节的回忆和幻想之中。有时候，在路上看到一棵树，看到了树上一片刚刚开始泛黄的叶子，我就会顺势想象那片叶子在秋天掉落，然后被一阵风不知道吹到哪里去。接着，猛然间发现就快撞到前车的尾灯了，紧急刹车，又差一点被后车追尾。

出事的那天也是如此。

突然，世界开始旋转，以一种非常不规则的弧线运动着。然后是各种急速的撞击声，疼痛是最后才到来的感觉，不是某一处的疼，而是浑身无处不疼。这时候，身体是不存在的，疼的就是你的全部神经、全部灵魂。

几分钟后，我从疼痛中缓过劲来，才清楚地意识到发生了什么。交通事故，车祸。对侧公路上偶尔有车飞速驶过，没有发现不远处一辆残破的车刚刚还旋转的轮胎已经停止转动，所有的玻璃都碎裂了，汽车碎片散落得到处都是。

我和艾丽都被甩出了车外，我记得我们都系了安全带，不知道怎么都被甩出来了。我喊了她一声，没有回应。我想，还有一种可能，就是我们都死了。

我终于可以动了，这时才发现，我的四肢、头部、躯干，没有任何残破，只有瘀青和红肿。不可思议。我站起身，甚至感到那疼痛并不存在。

我看见了艾丽，她伏在公路下的草坪上。我走过去，扳过她的身体，惊呆了。

艾丽的脖子被一根枯树枝戳了个大洞，正是颈动脉的地方，鲜血已经流到了后半程。

我愣了半天才开始呼唤她的名字："艾丽，艾丽！亲爱的，亲爱的！"

过了很久很久，她轻轻睁开了眼睛，看着我。

我听见了警车声。应该是有人发现了事故现场，报了警。

"一定，救救他。"她说出了一句话。

我没太听懂，她不是应该说"救救我"吗？"救救他"是什么意思？他是谁？

她用最后的一点儿力气，把手伸向上衣的口袋，但是，并没有掏出什么，那只手就垂了下去。手腕上的镯子也滑了下去。我把手伸进她的口袋，掏出了一张纸。那不是一般的白纸，而是医院做 B 超的玻璃纸，上面是一团黑影，下面有两行小字。我把那张纸举起来，对着月光最明亮的方向，这时，黑影显现为一个蜷缩的婴孩的形象，像一枚放大的蚕豆。

我恍然间明白了，艾丽怀孕了，但是她没告诉我。或许，她想在这次岳母的生日现场宣布的，那将是一个让所有人高兴和振奋的消息。有了下一代，岳母对我的不满就会彻底消除。

从这一刻起到陈皮特找到我，我没有再说过一句话。

四

当陈皮特出现在我面前，讲述我和他的渊源时，我的第一反应是笑。

我不能不笑，因为那就是一个笑话。他说他是我叔叔，亲叔叔，他已经找了我几十年了。他一贯善于夸张，不过我后来知道，他这句话基本属实。我不打算跟他相认，尤其是在这样一个悲伤的时刻。我觉得自己像是楚门，被强行拉出了摄影棚，仿佛活到现在，我才进入真实的生活里。

然后陈皮特说出了那句改变我整个人生的话："我能把你从这场车祸里救出来。"他解释说，救出来的意思是让我彻底摆脱因疲劳驾驶而导致另一个人死亡的罪名，甚至还能获得巨额保险赔偿，如果我买了保险的话。我抬起头看了他一眼，他知道我被说动了。

"你确定？"这是我一天一夜里说的第一句话。昨天晚上，当我看到艾丽脖子上汩汩流血的洞，便失去了说话的能力。这一天一夜里，任何进入我眼帘的东西，都带上了一层红色的滤镜，我知道那是艾丽的血。

那些警察询问我事情的经过，我始终缄口不言，通知艾丽父母，也是他们代办的。

"你们的女婿可能脑袋受了伤，或者吓傻了。"警察跟两位老人说。艾青山和佘海燕并不相信眼前的事实，他们觉得这是一场梦，或者是某种恶作剧。白发人送黑发人，一切成空。后来，老太太冲到我面前，撕扯着我的衣服和头发，哭喊着："你为什么还活着，你为什么不和艾丽一起死，你为什么不替她死！"我任由她撕扯。她的眼镜掉在地上，我一边护着脸，一边小心地不踩到眼镜。

一个月后，在保险公司的听证会上，陈皮特找的代理律师成功地帮我拿到了五十万美元的保险赔偿。陈皮特拯救我的第一个招数是，让我跟调查事故的警察说，那天是艾丽开的车，她的疲劳驾驶导致车祸，所以我不但不应该对她的死承担责任，反而是受害者。仅仅是因为偶然的幸运，我活了下来。

"必须说是艾丽开的车，"陈皮特说，"否则你将会面临更严重的指控。艾丽的父母和保险公司会认为你是为了高额保险刻意制造了这起交通事故，毕竟艾丽死了，而你几乎毫发未伤。"为了让一切更合理，陈皮特让我讲述了那天晚上的所有细节，然后，他以对我有利的方式重新叙述了一遍："我劝说艾丽第二天再走，艾丽坚持一定今晚赶回去。开到汽车旅馆，我累了，想休息几个小时，但艾丽说换她开，今晚必须赶到。然后就出事了。事故地点的道路塌陷，是这次意外的真正原因。"

我按照陈皮特教我的讲给警察、保险公司甚至新闻记者听，讲了几遍之后，连我自己都觉得真相就是如此，甚至，我还开始添加和补充细节。我讲述的时候，艾丽平时的神态、语气、动作都附着在这些她并未说过的话之上。我对充满真实细节的谎言信以为真，几度流出了眼泪。我说："我多么爱艾丽，如果我知道她怀孕了，我一定会劝住她的。"

但是，一切都晚了。

五

半年后，我和陈皮特一起回到了乌拉盖草原。

陈皮特找到我，主要并不是认亲的，他救我的根本原因是因为我能救他。他的小女儿沐沐，查出了白血病，需要骨髓移植。当他们家里所有人的配型都不成功时，他想起了拉西，这个许多年前被父亲抛弃的长子。

陈皮特动用了所有的人脉和资源，费尽心力，终于找到了拉西。第一次看见拉西，陈皮特以为自己找错了："眼前的这个人怎么可能是我的亲哥哥？"他们两个之间没有一点相似之处，不用说相貌，就算是一根头发都长得不一样。陈皮特的头发油光可鉴，鬓角修剪得整整齐齐，拉西的头发却是自来卷，黑白掺杂。但是，当陈皮特说出拉西离开上海时最后吃的那块梅菜烧肉时，他看见了拉西脸上肌肉的抖动，还有他眼睛里瞬间闪过的光，他知道这个人就是他的哥哥，陈润成。他原名陈润功，英文名皮特，后来便自称陈皮特，搞投资，搞外贸，搞期货。

陈皮特摆出自己的困难和条件：刚刚上初中的小女儿一直在美国读书，查出了白血病，急需骨髓移植，家里所有人配型都不成功，拉西成了她最后的希望。条件随拉西开，不管是钱还是什么，甚至他可以把已经瘫痪在床的父亲拉到乌拉盖这里，给拉西当面道歉。

"如果你需要我的命来换沐沐的命，也没问题。"陈皮特说。

拉西一句话都没说，转身走出蒙古包。很快，陈皮特听到了嘚嘚的马蹄声远去。后来母亲说，他在草原上逡巡了一整夜。

第二天，拉西坐陈皮特的车去了北京，陈皮特联系了一家私立医院，只要配型成功，就带他去美国做移植。很遗憾，拉西的配型依然失败。

陈皮特彻底绝望，他蹲在医院的门口欲哭无泪。拉西一直陪着他，直到夜幕降临。

看着满街的灯火，陈皮特说："哥，也许这是我的报应。"

拉西说："沐沐还有最后一线机会。"

那就是我。

这是陈皮特在美国找到我的前情。他为了打动我，准备了许多说辞，准备了一笔钱，他以为这一定是个艰难的过程。没想到，刚好赶上那场车祸。

他把我从那场车祸中救了出来，一切就都简单了，我没法不还这个人情。

我们去医院检查骨髓移植配型，结果完全吻合。我花了三个月的时间，按照医生的安排健身、补充必要的营养，做移植的准备。这期间，陈皮特跟我提了一个条件：永远不见沐沐，不告诉她骨髓是我的。

"我不希望她背上这个心理负担。"他说，"我只会告诉她，骨髓是医院从志愿者库里筛选出来的，她只是幸运。"

我想起了玻璃纸上的小豆子和公园里的大豆子，这一刻，我好奇自己和艾丽的孩子到底是女孩还是男孩。

我答应了陈皮特，其实，我也不想见到沐沐。我做这件事，既是还陈皮特人情，又是替拉西补足这份亲情，更像是用这种方式为自己赎罪。

手术成功，我和陈皮特一起回到了乌拉盖。

看见我们两个走进蒙古包，拉西知道，沐沐活下来了。他松了口气。

"艾丽呢？"母亲问。

"我们离婚了。"我说。我没有勇气把真相告诉母亲，只是掏出那枚镯子，递给她。

母亲的身体僵住了，半天才说："我给你们烧点儿茶。"

她没有接镯子，我只好放在旁边的桌子上。

母亲用炉钩子捅了捅炉子，里面的牛粪转瞬间被轻风吹得热烈燃烧，发红，然后最表面的一层彻底耗尽能量，变为灰烬。茶壶坐在炉子上，母亲打开壶盖，把碎砖茶倒进去，加了点盐。不一会儿，茶壶里的水就沸腾了。这期间，拉西和陈皮特走出了蒙古包。

"别怪你爸爸让他去找你，"母亲说，"你妹妹的病，他不可能坐视不管。"

"我知道。而且，陈皮特也帮了我忙。"

"一切都有因果，什么因就会结什么果。"母亲用手轻轻捶着左腿，又捶捶右腿。

"妈妈，我这次回来，就不走了。"

母亲抬头看着我，眼神里的疑问好像窥破了我的秘密。

"回来好，可你总不能回来放羊吧。"

"我投资赚到了一笔钱，我想去北京，创业。"

我这时候还不知道，一段全新的生活开始了，我更不知道的是，它藏着一个大大的圈套。

第三章　肉：天通苑

一

回国后，我和陈皮特的联系越来越深，后来我们一起开了一家叫大尾羊的火锅店。我的家在草原上，不缺好羊肉好牛肉，还有一个父亲的故交小满，帮我张罗后勤的事儿。那些年，正是涮羊肉开始在餐饮界火起来的时候，我们主打的清水涮，一开门便大获成功。

我们相信会成功，但成功的速度还是出乎我和陈皮特的预料。

随着店面的递增，我和陈皮特的分歧也越来越大。第一百家店面开张后，按他的说法，大尾羊进入了真正的快车道，窗口期只有半年到一年，如果一年内不实现加盟店翻两倍，则上市无望。我一直对他这种资本操作心怀戒备，只是有时候，做事情就像骑在一匹马上，有人在后面抽鞭子，你不知道鞭子是从哪儿来的，只是马儿越跑越快。这时，你发现面前有一条鸿沟，跳过去，那边是无尽的青草，鲜花遍地。跳不过去，可能粉身碎骨。你心怀犹豫，觉得没有必要跳，峡谷的这一边也能吃得饱。但是鞭子会继续抽下来，最主要的是，那匹马似乎有了自己的意志，它不想停下来，它只想跑得更快，跳得更高。

就在你犹豫的瞬间，它的蹄子已经腾空。这时，你忍不住回头看，就会发现，鞭子攥在你手里，而你的手却攥在陈皮特的手里。不到半年，大尾羊的加盟店就达到了惊人的两百家，据市场部调研，还有更多的打着大尾羊招牌的小店，根本无力去打假。我们很早就去工商局注册了大尾羊传统涮的商标，但是人家店大多叫"东盟大尾羊""锡盟大尾羊"，大尾羊是一个品种，不受版权保护，谁都可以用。我感觉自己和大尾羊都在腾云驾雾，但是在陈皮特看来这个速度还远远不够，他制定了一个"千羊大战"计划，准备一年内完成一千家加盟店。我和他的分歧就在于，他主张扩张加盟店，我只想推广直营店。两条线看似齐头并进，但并没有形成合力，加盟店的数量和规模变成 PPT 和年报上亮眼的数字，数字背后则是连我们自己内部都觉得胆战心惊的危机。我们都没有注意到网上对大尾羊传统涮的好评度越来越低，顾客的不满情绪日渐累积，单家店面的翻台率、营业额的下降，被数量更多的加盟店和直营店的营收掩盖了。而这些，不过是可以看见的表面的危机，真正的危机在草原深处，更是在人心深处。

开业第五年夏天，我回了一趟乌拉盖。

放暑假前，小满打电话，说他要来北京。我有点儿好奇，说："公司没什么事，正是夏季，羊长膘的时候，你跑来羊怎么办？"小满说，他来接他儿子冬至。冬至在北京读大学，暑假想自驾回去。小满打算把车开过来，冬至开回去，小满自己坐火车回去。我说："你可真宠儿子。这样，我很久没回去了，正想回乌拉盖转转，让冬至跟我走，他开车我还省事了。"小满想了想，说："行，我跟冬至说。"

小满早就不放羊了，自从大尾羊火爆开始，小满就成了我在草原的大总管。所有直营店的羊肉，都来自乌拉盖草原。小满有两个任务，一个是在我家的牧场上管理自己的牛羊，雇了羊倌专门放，他只负责日常管理。另一个就是帮我做采购。大尾羊传统涮每年要吃掉成千上万头牛羊，还有各种花椒、沙葱、沙棘等原材料，都需要他从乌拉盖和周边收购。

几天后，我开车到昌平，接上冬至。十九岁的少年，一米八的个子，胡茬已经日渐浓密，可能是为了让自己显得成熟点儿，他没有刮。但是，那张脸尤其是眼睛，仍然是少年人的天真和稚嫩，和浓密的胡茬对照起来，有一种奇特的动人之感。

我换到副驾驶，冬至上车，先在操控台的台面上支起一部手机。

"你要录像？"我问。

"对，来叔，我想拍点儿视频。我们的暑假作业：记录中国，记录家乡。"

看起来，他的驾驶经验并不丰富，安全带一分钟才系上，然后又详细地问了我挂挡、刹车之类的事。

"要不，还是我开？"

"不不，我开。我就是要好好体验一下真正的驾驶感觉，"冬至龇着牙说，"我拿了驾照还没怎么开过车呢。"

过了半个小时，他开得就很顺了，除了对真实路况的应对略显匆忙外，各种反应都很敏捷。聊了一下才知道，他的赛车游戏玩得好，甚至在整个北京高校圈都排得上名次。

"我其实更喜欢在游戏中开车，在游戏里，会有比现实世界更极端、更复杂的路况，虽然是假的，但只要投入进去，感觉上和真的也差不多。不过我们老师说，真实的经验也很重要。"冬至说。

"假的就是假的。"我补了一句。

"来叔，你这就落伍了。虚拟世界，懂吧，现在虚拟世界已经渗透到我们生活的方方面面了，所以我大学才选了动画与游戏设计专业。我将来的理想，就是设计一款以假乱真的游戏，只要技术支撑有力，这款游戏或者软件能让人过上比现实更完美的生活。"

"哈哈，理想很丰满。"我明白年轻人这种感觉，以为自己能改变世界，以为只要努力奋斗，一切都可按照想法实现。等他到了我这年纪，就会发现人只能活在自己的现实里，这个现实可能包括那些所谓的虚拟的部分——手机、电脑、聊天室、网络游戏，但是最终还是吃喝拉撒、生老病死，生物性才是人的本性。

要不然，大尾羊为什么会如此火爆？

他似乎看出了我的不以为然，笑笑说："你跟我爸的想法一样，你们这代人其实很保守，当然，这也不怪你们。你们太沉迷过去，根本不知道未来的世界会是什么样的。我想设计这样一种软件，其实有一个私心。我爷爷你知道吧，我小时候，他的腿受了伤，再也不能走路了，后来他就自己把自己饿死了，因为他失去的不是双腿，而是全世界。那时候我就想，如果有一种方法，能让他躺在家里就走遍全世界，能体验到各种各样的新东西，他一定不会选择死。你知道全国、全世界有多少瘫痪的人、行动不便的人？几百万啊，哪一个不希望自己过上正常的生活？哪怕每天只有几个小时能实现这种自由，对他们来说也是莫大的幸福。我的软件能帮助他们。还有那些病床上的老人，软件可以根据他们的资料、回忆、照片等，重构年轻时的世界，一切都栩栩如生，这对弥留之际的人来说，应该是最大的安慰吧？如果这个程序再高级一点儿，人们在现实生活之外，同步过一种理想的生活，你可以成为高富帅，你可以才华横溢，你可以是足球巨星，你可以每天只享受阳光海滩，你可以弥补一生中最遗憾的事，总之满足每个人心底真正的欲望，谁能不被吸引？"

他一口气说了几十公里，听得我有些目瞪口呆。我没想到，他还真不是说说而已，更没想到，自己已经离这个时代如此遥远了。

我伸手拍拍他的肩膀，说："有志气，等你将来设计成了，我一定给你投资。"

"一言为定，"冬至说，"不能反悔啊来叔。"

"驷马难追。"

二

把冬至送到镇子上，他要和高中同学聚会，我和小满先去疗养院看了看拉西和母亲，然后直接开车去乌拉盖。母亲的状态很不好，我们基本放弃了治疗，只是想尽各种办法帮她减少痛苦。我想让他们住在北京，或者去空气更好的海南，母亲不愿意去。她想待在随时能看见青草的地方。

我看着她被折磨得毫无精神的脸，心里想起冬至的话，我想，如果真有这样一种软件，让母亲在弥留之际得到快乐，我一定会毫不犹豫地使用它。多年来，拉西已经习惯了母亲的样子，他并非是不心疼，而是照顾病人的日常琐碎，耗尽了他的心力。这一刻，我对他的怨念几乎消失殆尽了，但是我仍然喊不出"爸爸"这个词。现在，隔膜我们的早已不再是那件事，而是时间。

去草原的路上，我感到眼前所见的景物有什么不对劲，但一时又辨别不出怎么不对劲。我差不多有两年没回来了，小满在这里帮我盯着，没出过任何问题，我非常放心。

车里有些闷，我摇下车窗，炙热但新鲜的空气立刻涌进来。我嗅到了尘埃的味道。

"今年雨水很少吗？感觉空气很干燥啊。"我说。

小满摇摇头，说："雨水还好，跟往年差不多，不过……"

"不过什么？"

"你好好看看车窗外，尤其是接近草原的地方，就会明白了。"

我们没再说话，任由汽车在铺满沙粒的公路上疾驰，这条路很快就到尽头，接下来便是一段土路。为了往草原运输各种材料，也为了把牛羊快速运出来，我们曾联合当地政府修整过这条路，修柏油路的成本太高，我们只是铺了砂石路。不过几年下来，砂石越来越少，这条路很快又变得坑坑洼洼。

我们开上土路后，也就等于开上了乌拉盖草原。这时，我终于明白小满话里的意思了。

已经是农历六月，草木生长最茂盛的季节。我仍然记得两年前到这里的情景：天苍苍，野茫茫，风吹草低见牛羊。但是眼前的乌拉盖草原上，青草低矮稀疏，像中年人的头发，那些以前遍地开放的野花，几百米都看不到一朵。车轮碾起的尘土，直接翻卷进车厢里，瞬间填满口腔鼻腔。接着，我看见了一群又一群的牛羊，每一群都数量庞大，像草原上的一处处皮癣。细看，就会发现牛羊都有些瘦，毛发干枯，它们看见汽车，会抬起头哞哞、咩咩叫，叫声像是在哀求什么。

我把车停下来。

两人都下了车，草原的景象比我在车上走马观花的浏览更具体，也更真切了。我脚下就有两个老鼠洞，一个地羊捣出来的土堆，放眼看去，这样的洞和土堆几十米就一小片，像是青年人脸上的痘痘。

小满忧心忡忡地跟我说："来哥，我必须提醒你，现在乌拉盖和周边的羊已经远远不能满足火锅店的需求了，今年秋天，我不得不去更远的几片草原上去收购大尾羊。"

"只要是大尾羊，都可以，现时不同往日了，企业要发展，规模要扩大，肯定不能被材料来源限制住。"我说。

"如果说，"小满继续道，"不仅限于乌拉盖附近的大尾羊，我们把收购面扩大，还能基本满足火锅店的需求的话……"他突然停下来。

我看看他，示意他继续说。

他揪断一根蒿草，拿到嘴边闻了闻，然后掰断一小截，叼在嘴上。

"你不吃羊肉，你不知道，我每天都吃羊肉，现在的大尾羊的味道，跟几年前已经很不一样了。"

"有什么不一样，都是一个品种，都是大致岁口的羊，都是一个产地。"

"羊不是那个羊，草更不是那个草了。这些年，因为火锅店跟牧民们签订了预购合同，有多少羊收购多少，牧民们几乎家家都疯狂增加羊群的数量。大尾羊几代之后，出肉率、肉的质量都会下降，必须挑选最优良的种羊专门进行改良，这样才能保证羊肉的质量。可是现在大家都忙着多养羊、快出栏，谁会花精力花钱花时间去培育良种？"

"这个我知道，你说的草不是那个草，又是什么意思？"

小满把那截草棍在嘴角边倒来倒去，像在吮吸一根没有糖的棒棒糖。

"草原就那么大，能长的草就那么多，虽说这些年管理水平比以前提高了不少，利用率也高了，可架不住羊群增长太快，乌拉盖和附近的草原，根本养不活那么多羊。草场得不到休息，牧草质量越来越差，很多干旱一点儿的地方，已经有了沙化迹象。再这么下去，将来有一天乌拉盖的牛羊将会无草可吃。如果冬天遇上极端天气，后果不堪设想。"

小满的话，让我脑海里立刻浮现出一片风沙，那只怀孕母羊的影子穿过我的身体，我感到一阵发凉。我应该出了一层冷汗，偶尔吹来一阵风，毛孔立刻感觉到凉，微微紧一下，全身就都缩小了一点儿。

三

我带着不安从草原回到北京，准备跟陈皮特来一次深入交流，鉴于当前的情况，我们必须停下脚步，重新梳理大尾羊的发展思路。我要旗帜鲜明地反对疯狂加盟和上市。

就在我跟他摊牌的第二天，羊血事件爆发了。

那份羊血的照片在微博上被转发了近100万次，连续三天在热搜榜的前三名里，相关的微博超话题目有十多个，关键词都是大尾羊、羊血、毒血。电视节目《生活导航》的一名女记者在节目里曝光，大尾羊传统涮三分之一的原材料都是假冒伪劣，尤其是号称用百分百鲜羊血做的羊血块，其实根本不是羊血，而是加了羊油的猪血、牛血，为了长时间保鲜，还加了有毒的化学物质。羊肉也不是大尾寒羊，草原土豆来源于山西，韭菜花也不是野生的，而是用普通韭菜做的。总之，大尾羊传统涮不但涉及虚假宣传，还有兜售假冒伪劣，罪大恶极。这个报道，把长久以来顾客积压的不满一下子挑破了，像一个肿胀到极限的脓疮，瞬间迸发出令人恶心的黏液。网友不会就事论事，更不会只局限在大尾羊的问题上，他们更不关心你是加盟店还是直营店，一夜之间，微博上开始了斗图大赛。成千上万的网友把自己在大尾羊传统涮拍摄的食品图片传到网上，那些图片都在证明菜品质量不合格。其实，这里面有相当的比例都不是大尾羊的，连加盟店的都不是。

接着，很多门店都出现一批聚集起来维权的人，明眼人一看就知道，这是竞争对手搞的小动作。但是这种商业暗战是没法说破的，各个店长只能想尽办法赔钱，息事宁人。大尾羊店面在大众点评上的评分，从 4.7 直线下降到了 3.9，差评已经覆盖了评论页。

危机显而易见，即便这时候，我仍然觉得大尾羊可以挺过这个难关。的确，自从第一家店开业至今，大尾羊活得太顺了，顺得我有些心慌，我一直在等着一场困难。不经历类似的艰难时刻，企业不可能实现真正的大发展。危险从来都是和机会相伴相生的。

面对这次危机，陈皮特的应对方式是：卖掉大尾羊。我当然不会同意。

"我们开店，不就是为了赚钱吗？现在卖掉，我们两个人都能拿到一大笔钱，实现财务自由。"陈皮特永远叼着他的雪茄说。

"你不是还在计划上市吗？怎么突然又要卖掉了？"我问他。

"此一时彼一时，"陈皮特说，"不管是上市还是卖掉，我的目的都是钱，资本的本性就是快速升值，没有其他。我们得学鲨鱼，哪里有血腥就往哪里游，而不是自己变成别人嘴里的肉。"

我知道那家想要收购我们企业的，是做川味火锅烤鱼的，它们的口碑一直不太好，但背后是一家实力雄厚的资本。

"他们的出价也太低了，还完银行的贷款，我们根本拿不到那么多钱。而且，他们收购大尾羊之后，就不会再保留这个品牌，他们是想借我们店的数量去融资，用我们的血去续他们的命。"

陈皮特没有继续劝，他只是抽雪茄，透过烟雾看着我。他的眼神随着烟头的火星闪烁，嘴角的笑意让我琢磨不透。

接着，就是那通来自美国的电话了。

电话是一位自称是佘海燕的律师打来的，他说："达来先生，请您马上飞来堪萨斯。"

我一头雾水，问："你是谁？我为什么要去堪萨斯？"

律师说："您已故的妻子艾丽的父母，他们找到一些艾丽的遗物，需要亲手交给你。"

我心里有些犹疑：怎么会在艾丽去世这么久之后突然找到她的东西，到底是什么东西，一定要亲手给我？

律师说："您到了就知道了，我现在不方便透露。"

去，还是不去？这是一个问题。事情涉及艾丽，我不得不跟陈皮特说了这件事。

"我陪你去，"陈皮特说，"不会有任何意外的。"他这么说，让我心里有些感动，我想，他是为了让我放心，在我去美国的这段时间，他不会偷偷把大尾羊卖掉。

"好，"我说，"等处理完这件事，我们再来给大尾羊一个最终的决定。"

四

我并没有见到佘海燕，也没有见到艾青山。我听说艾青山前年老年痴呆了。我每年分四个季度给他们打生活费，雷打不动。难道他们嫌钱少，想涨一点钱？

我和陈皮特见到了自称叫罗斯的律师，他是一个标准的华裔美国人，只说英语。

罗斯开门见山：两个选择，一、把艾丽车祸去世时我拿到的所有保险金及其衍生品还给他的委托人，也就是佘海燕和艾青山；二、准备坐牢。

我听了愕然，几乎要笑出来。

我看看陈皮特。陈皮特又在点他的雪茄，那根雪茄已经抽了一半，他先用雪茄钳把燃烧过的部分切掉，然后把火焰对准新鲜的切口，烟丝瞬间发出轻微的噼噼啪啪声，隐隐的火星烧起来，一股轻烟随之腾起。

他吸着烟，仿佛没有看到我的目光。

我忽然间明白了，他要么被艾丽的父母收买了，要么是因为担心我在调查中说谎的事败露牵连到他而故意不说话。他在等着看我怎么回答。等到这一切尘埃落定，我再回溯这一刻的情景时，才发现自己的幼稚和浅薄，才明白这个圈套抛出得有多早。

一时间，我不知该如何是好，主要是我判断不出他们到底掌握了什么证据。我只能先硬着头皮说："我不明白你的意思，艾丽去世后，这些年我每年都给两位老人支付生活费，从道义上说，我没有任何对不起他们。"

罗斯律师说："达来先生，道义是道义，法律是法律，再者说，您觉得自己到底是在道义上站得住，还是在法律上站得住？"

我心里咯噔一下，感觉脖颈一凉，仿佛被什么东西戳了一个艾丽一样的洞，全身的热量都从洞里往外散。

"那就让法律说话吧！"我大声喊，"我也会找律师的，我会找最好的律师的，你们不可能打赢官司。"

罗斯律师轻巧地吹了吹微微遮住眼睛的头发，扭头对陈皮特说："我想，你还是跟他聊聊比较好，保险公司一旦启动调查，就很难停下来了，那对任何人都没有好处。"

他站起身，拽了下西装的袖子，又按了按陈皮特的肩膀，离开了。

我和陈皮特沉默了很长时间，我心里在等他开口说第一句话，我想看看他到底会怎么选择。他也在等我，他觉得不用他劝说，我就会妥协。

他把大半根雪茄抽完，我则喝了三杯美式。我清楚地感觉到自己的心跳在加快，但判断不出是咖啡喝多的缘故，还是在跟陈皮特的较劲中渐渐失去耐心导致的。我其实知道，我终究耗不过他，在这场漫长的审判中，我才是那个真正有罪的人，他不过是帮闲和看客。真的启动法律调查，他大可以说自己是被我的假证据蒙蔽，只是出于亲缘关系帮我而已。

陈皮特说："我打听过了，这些年里佘海燕一点儿都没闲着，一直没放弃自己调查艾丽车祸的事儿，还找过私人侦探。他们采访了你和艾丽在美国认识的所有人……包括我。我想，他们应该是掌握了足够的证据，能证明那天是你开车而不是艾丽。你要知道，如果证实了是你开车，保险公司就有理由怀疑你故意杀害艾丽骗保。就算最后调查的结论是车祸纯属意外，你依然摆脱不了作伪证的罪名而入狱。"

"他们不就是想要钱吗？多少钱我都给。"我忍不住喊道。

佘海燕肯定是想要钱，如果他们想要正义，肯定就直接报警了，不会找一个律师来跟我谈。万事有价就好，有价就总能谈得拢。

所以我和陈皮特最后商定的结果是，他替我去跟佘海燕那边商定具体数额，只要我给够钱，他们会出一个签字摁手印的谅解书及不再追究此事的声明，彻底了结这件事。

"看在沐沐的分上，我会尽力争取的。"陈皮特说。

"不管看在谁的分上，"我说，"他们也别把我逼急了，大不了鱼死网破。"这话说得心虚得很。

最后的谈判，佘海燕和艾青山都到了，而且地点选在芝加哥的中国城。后来我才知道，他们在我回国后就搬到了芝加哥，方便调查我们的情况。

再次回到中国城，那种怪异的熟悉感瞬间又出现了。这里几乎没有任何变化，我们常去的那些店铺仍然开着，既没有变新，也没有变旧，中国城仿佛一处时间飞地。

我们坐在一家茶餐厅的小包间里，墙上贴着年画，还供着观音菩萨，香炉里香雾缭绕。一张能坐八个人的圆桌，我和陈皮特、针灸师傅、艾青山两口子和他们的律师，坐成一个括号的形状。针灸师傅和陈皮特是第三方见证人。

陈皮特主持谈判，其实已经无所谓谈判，条件之前经过几轮拉扯已经确定：我把自己所持有的大尾羊全部股份转让给艾青山，他们出具谅解书和说明。也就是说，我因为艾丽拿到的那笔钱及其衍生的一切，都必须还给她的父母。一开始我觉得自己太亏了，后来又觉得这样刚刚好，哪儿来的还哪儿去。无论如何，这些年来我一直在背负着这件事，负罪感从来没有真正消散过。

还给他们，我就可以过新生活了。

一式两份，签字，摁手印，结束。

佘海燕仔细地把那张纸叠好，装进随身夹着的黑色皮包里，顺手从皮包里掏出一张手帕，给不断流口水的老伴擦嘴。

她全程只讲了一句话：我都是为了艾丽。

在回国的飞机上，我从迷迷糊糊的梦中突然醒过来，然后开始梳理整件事，才明白这一切背后真正的操盘手是陈皮特。佘海燕拿到我的股份，又不可能回中国去经营，只会把它卖给陈皮特。换句话说，陈皮特用一个很低的价格就把我的股份买回去了。或者，从他帮我拿到那笔钱开始，他和他背后的资本就已经在下这步棋了，那些疯狂扩张的加盟店，那场毒羊血事件，这次美国之行，一切的一切都在陈皮特的计划之中。

第四章　药：乌拉盖

一

　　终于熄灭了，母亲点燃的这场火虽然猛烈，但范围有限，只烧掉了我的庄稼和那些不成器的药材。围绕着整片种植园的防火沟起了作用，它们既是用来防火的，又是用来蓄水的，夏天的时候，雨水存在里面，我们就不用去木伦河里拉水灌溉了。或许，正是这条头尾相衔的沟渠，让母亲下定了焚毁庄稼的决心，她不会冒引起草原大火的危险。

　　等热量稍微消退，我和拉西冲进了火场。萨口朗，我的母亲，已经消失了，只剩下一些难以分辨的半透明的晶石。母亲不是高僧，当然不会有舍利，那是她这些年吃的、注射的各种药物在骨头里的残留。吃药的人没有了，药竟然还在。偶尔会发现几根弯曲、焦黑的东西，那是我种的草药的根，并没有被彻底烧尽。我想，在泥土更深一点的地方，一定还留着更多的药根。

我和拉西把这些晶石捡起来，捧在手心里。它们五颜六色，像小孩子玩的彩色玻璃球，还在发烫，仿佛母亲留下的最后暖意。拉西嘴里念念有词，像是在絮叨什么，又像是在低声唱什么，我听不懂。我只能感觉到他是悲伤的。这时候，我心里又惭愧又羡慕，我想起艾丽死的时候，我痛苦，可似乎并不悲伤。这之前，我以为它们是一回事。不是，绝对不是，悲伤的人是幸福的，他甚至可以唱出来。

这时，消防车的声音从远处传来，其中还掺杂着警笛声，它们都很尖利，却又不同。那些晶石的热量消失了，开始变得很凉，像正在融化的冰块。我有一种把它们吞下去的冲动。我把晶石都递给拉西。

我不再恐惧也不再难过，我终于等来了十年前就应该戴上的那副手铐，只是，十年前是美国警察的，现在是中国警察的。

二

那天，和佘海燕他们签完字后，我和陈皮特走出茶餐厅。街上没什么人，天气阴着，要下雨的样子。我想回忆芝加哥生活的一些片段，却发现脑海里混沌一片，想不起一件清晰的事儿。只有艾丽的面孔和笑声飞速闪过，像即将到来的闪电一样。芝加哥和乌拉盖终究不一样，森林和湖水的湿气充盈在每个地方，沁入人的口鼻和肺泡，有一种清爽的凉意。

我不知自己接下来该去哪里，只好跟着陈皮特走。他把我带到了一家酒吧的小包房。

我们坐下后，陈皮特掏出一张卡抛给我，说："这里有五十万，算是沐沐回报给你的。这样，咱们彻底两清了，就算没清，也是我欠你的，不是沐沐。"

我惨然一笑，说："皮特，老陈，叔叔，你也不要把我看得太轻。"

"拿着吧，"他说，"没必要逞强。好多事坏就坏在逞强上，人应该学会示弱，示弱才是本事，就像水一样，看似柔弱，却无坚不摧。老子曰：'天下之至柔，驰骋天下之至坚。'"

可能他说得有道理，也可能我并没有自己以为的有自尊，我的手伸了过去，把那张卡揣起来。

我们开始喝酒，一杯接一杯地喝酒。我醉得很快，没法不醉，我在首都机场登机来美国的时候，哪里会想到自己一夜之间回到了原点。不过这一刻，我心里又悲伤又轻松，仿佛背着一百斤金子跋山涉水，走了这么多年，累得筋疲力尽，终于走到了目的地，负担卸下去了，金子也卸下去了。我只剩下一段疯狂而孤独的旅程。

后来，似乎是痛苦占据了上风，我变得极度狂躁，不断地哀号着。我借着这件事的终结，借着酒劲，要把几十年的生活之火一股脑喷射出来。是的，我想用我自身的火把自己烧个干干净净，我以为酒精能实现这些。

就在我的号叫声里，那只风雪中的母羊从火中走来了。

它大腹便便，就快要生产了。那个冬天的早晨，乌拉盖的天空终于露出了青白的蓝天，风和雪都止息，草原显现出不真实的安静。一切都像是被冻住了，或者被吓住了，连最轻的枯草叶也一动不动，牲口圈里的牛马羊像木雕一样。

一声羊叫把我们从冰冷的梦中惊醒。我是第一个听到的，并不真切，接着又听到第二声。没错，我分辨出就是那只最大的母羊的，我的伙伴，我的朋友。它和其他羊一样，在乌拉盖这场几十年不遇的大风雪中走失。拉西和母亲出去找了几天，只找回了一多半，还有一部分不知冻死在什么地方。这只怀孕的羊没有回来，我们都以为它肯定死了，我已经明里暗里哭过好几回。

它刚出生的时候，我经常抱着它在草原上跑。我们被一个土坑绊倒，它便撒开蹄子自己跑走，我爬起来又去捉它。我把它抱到木伦河边，给它洗澡，挑最好的牧草和野花喂它。它的母亲在生它时难产而死，是拉西把它破腹取出来的。也许，它把照顾它的我认作母亲，至少是亲人了。在长大之前，它都跟我睡在一起，我喜欢它毛茸茸的身体的温度。

它长成了大羊，成了一个羊妈妈，比我更成熟。它不再需要我的陪伴，我却仍然需要它。我只能每天清晨和傍晚看看它、摸摸它，它会舔舔我用盐水涂抹过的手，然后带着自己的孩子和羊群一起走向草原深处。

这一年已经是它第三次怀羊羔。

等我和母亲穿好袍子、靴子，推开几乎被冻住的蒙古包的门，一眼就看见果真是它。它全身的毛上挂着冰霜，四条腿如四根麻秆，支撑着硕大的肚子，那只大尾巴上的冰霜尤其多，像一把冰锤。

我跑过去抱住它的脖子，它已经毫无力气，被我一把掼倒了。它张嘴，但没有叫出声来。

我们把它拖进蒙古包，点燃炉子，给它烤火。

它慢慢缓了过来，开始低声咩咩叫，仿佛在和我们说它如何艰难地躲过风雪，如何找回了家。它侧卧着，后腿撇着，露出了屁股。

很快，拉西拖着一尼龙袋干牛粪进来，牛粪上也残留着雪。

我问他："爸爸，它是不是快生了？"

拉西放下手里的东西，蹲下身，掀起那只羊湿淋淋的大尾巴看了一眼它的后身，唉了一声。

我听出了这声"唉"里的失望情绪，心里着急，赶忙接着问："爸爸是不是？是不是？"

拉西跟母亲对望了一眼，说："没想到传得这么快啊，它也没躲过。"

母亲说："已经是第十个了，今年真是个灾年啊。"

他们在说什么？什么传得快？什么第十个？

父亲开始往外拖这只羊，我要上去拦他，母亲一把揪住我："别碰它。"

我奋力挣扎，大声喊："你要干吗，爸爸你要干吗？还我羊，还我羊。"

我挣不脱母亲铁钳一样的手，眼看着拉西把那只羊拖走了，地上留下一道水印，我甚至分不清那是霜雪融化的水，还是它已经破裂的羊水。从拉西的动作和母亲的神情中，加上以往的经验，我能判断出他要做什么。我见过许多次，但这一次不同，因为这一次的羊不同。

后来，我还是从母亲的手里挣脱出来，也或许是她见我如此执拗，不想再拦着了。又或者，她觉得真相更能劝阻我。

当我冲进羊圈，刚好看到拉西把刀子捅进它的脖子，血汩汩地流出来，很快就把羊圈里厚厚的一层羊粪末子浸湿，那些黄褐色的粉末变成了黑褐色。我奋力扑过去，还没摸到那只羊，拉西飞来一脚，把我踹出了几米远。

"你再过来，我踢断你的腿！"他喊道。

我的确被他踢得胯骨剧痛，一时竟站不起来了，只能在嘴里咒骂和呼喊，内容不堪入耳。

后来，我眼睁睁看着拉西把那只羊剥皮，甚至开膛破肚，取出它腹中早就被冻死的羊羔，丢在母羊的血泊里。拉西把整只羊剁成块，用一口大锅煮了很久很久。之后，羊圈里的羊粪，他也彻底清理了一遍。

那天晚上，附近好几个邻居来吃羊肉、喝马奶酒。拉西递给我一块羊骨头，我摔在地上，我是怎么也不可能吃这只羊的肉的。我发现母亲也没有吃，她整晚都坐在炉子边上，不断地往炉子里加牛粪砖，蒙古包热得像夏天。拉西他们边喝边唱，我轻微而断断续续的啜泣，像是在给他们伴奏。喝醉的拉西吟唱起呼

麦，犹如一群蜜蜂集体发出鸣叫，它们的针全都刺进了我心里。

母亲下午跟我说，拉西之所以要杀掉那只羊，是因为它被传染了布病。这个病的全称是布鲁氏杆菌病，不但羊会传给羊，而且还会传染给人。得了布病，公羊会失去生育力，母羊会流产。人得了布病也一样，全身发软，毫无力气。最近乌拉盖草原上布病成灾，很多羊都得病流产了，再加上大风雪，今年羊的数量减少了三分之一。所以拉西必须杀掉它，以防它传给其他羊和人。高温烹煮可以杀死这种病菌，所以他们把羊肉煮了吃掉。

我理解了拉西为什么要杀那只羊，但是我无法原谅拉西吃掉那只羊。他把我的童年一起杀死，他把我对草原唯一的依恋吃掉了。从那天开始，我不再吃羊肉，我厌恶乌拉盖草原上的一切，我满心只想着离开，离得越远越好。

三

我在北京逡巡了一个月。其间，我和小满见了一次面，还一起去学校看了冬至。回国后，大尾羊的事儿不用我管，人家也不用我管，可是小满我不能不给个交代。我让他来北京，首先盯着大尾羊接手的人，把小满所有的账都给清了，我知道，以后陈皮特也不会再用他，也用不着他了。

这些杂事都办完，我和小满说，去看看冬至吧。

冬至已经大三了，正面临着继续读书还是出来工作的选择。那次我们一起开车回去，他拍了一路，后来剪了一个视频，发在网上小火了一把。我以为他会趁热打铁，以后就往影视或新媒体方向发展，不承想这小子就是玩票，他仍然念念不忘自己的那个想法。

在学校食堂的二层，冬至顶着一头五颜六色的头发跟他爸说："我的未来不设限，我必须要做出人们从没想过的东西。"

小满说："你可以不设限，但你的肚子有要求，你得养活你自己。"

"放心吧爸，我毕了业肯定不会再找你要一分钱的。"

我插话说："年轻人的事情我们管不了，我看冬至这孩子挺好的，有想法，将来没准会做成什么大事。"

饭没吃几口，冬至就被同学叫去，说是在国贸那边有个什么活动，需要现场跟拍一下。冬至扒拉两口饭，扬了扬手机："你们看，这不饭钱来了。"他放下筷子飞奔而去。

只剩下我跟小满两个人。小满到窗口问有酒吗？师傅说我们这是食堂，没有酒，要喝你得自己到外面商店买。

小满回来说："咱们换地方吧，这食堂吃着没劲。我好久没吃湘菜了，我想吃点辣的东西。"

在学校附近一家湘菜馆，喝了二两酒之后，小满说："达来哥，你想好接下来干啥了吗？"

我摇摇头。

他继续道："你别有心理负担，收羊这个活儿，我本来也不打算干了。之前咱们聊过，乌拉盖草原已经不堪重负了，养不了那么多羊了，上面的政策越来越清楚，退牧还草，其实，我早就盘算着改行。"

"改行？你不会又回去种田吧？"我说。

"那不会，"他摆摆手说，"我已经种不了庄稼了，腰腿都不行了。不过，我想干的事儿，也是种植。我正想和你商量呢。"

我没搭话，抬头看着他，等他揭开谜底。

"我想种中草药。我调研过了，现在中草药的价格连年上涨，尤其是咱们草原上的，质量好，销售渠道非常明确、畅通，利润很高。以前，每年到夏天，我们村里人都会到山上去挖药卖钱。这些年在草原上，我发现草原上的药比我们那儿的山地长得好多了。"

"好主意啊。"我说。

"你……要不要和我一起？"他问。

"我？我一根草药都不认得。"

"你不用认得，我认得就行了呗。咱俩合伙，你出地，我出人力。"

"我没懂。"

小满被小炒黄牛肉辣得吸溜嘴，赶紧喝了口茶，接着说："我的意思是，这个草药还只能在乌拉盖草原上种，我们家那几亩地不说条件不行，也种不了多点儿。我觉得你们家的草场，完全可以变成一个中等规模的中草药种植园。"

这的确出乎我的预料，但是我的心一下子就被拨动了。好像我正饿着，就有人喂到嘴里一个肉包子。

四

我把家里的草场，跟邻居家置换了一块，中草药种植园便集中到了当年农垦的地方。我们选择这里，一是这儿草场平坦，离木伦河近，方便灌溉；另一个就是当年的农场留下的房子，还有几间能住人，也有一些简单的生活设施。

整个秋冬，我和小满开着拖拉机，把圈定的种植园翻了一遍，然后用铁爬犁把大块的石头和杂物耙出去，再拉着一个大木排，把整块地耙平整。因为曾经农垦过，所以这块草场比其他地方平整得多。木伦河虽然近，但在秋冬时水量很小，根本没法流到地里。我们便用四轮车拉水，一寸一寸地把整片地浇透，让每一粒土都吃饱水，也方便那些草根和被风吹来的各种草在温度上升时能够沤烂，成为上好的肥料。

那是我一生最宁静的日子。每天清晨，小满不用闹钟就会准时醒来，等他洗漱完，烧好了热水，太阳刚好从远处的小山坡跳上地面。他的身体似乎联通着大地的作息，日出晚，他就醒得晚；日出早，他就醒得早。他说这是种了半辈子田、放了半辈子羊养成的习惯。他活动的声音会让我从深层睡眠回到浅层睡眠，我能听见细微的动静，但是不会彻底醒来，而是在半梦半醒中重温许多往事。乌拉盖的童年，小镇上蒙汉双语学校的青少年时期，还有北京的大雪和芝加哥的留学生活，认识艾丽之后的恋爱、结婚直至悲剧收场，许多早已忘却、模糊的细节在这时变得异常清晰，连身边人的神态都看得一清二楚。那个混沌的记忆，被一点一点地剥离出来。只是我从未梦见或想起过开大尾羊传统涮的岁月，仿佛它本身就是更深的一场梦，梦无法在梦里现身。

某一天，拉西独自一人过来，带了一条牛腿和一个口袋。

我和小满在种植园干活，他支起架子，把牛腿烤了。入夜的时候，天有些凉了，我们就着火堆吃牛肉喝酒。拉西打开那条口袋，倒出一大堆黑乎乎的东西。

"这是什么？"我问。

"药。"他说。

"这是乌拉盖草原上长的草药吧？"小满捡起一根说，"这个我认识，防风，这么粗啊。"

那根防风有小孩的手臂粗，近两尺长，已经干裂。

拉西就着月光，把那堆药按种类分成十几堆：蒙古黄芪、甘草、桔梗、苦参、防风、牛膝、板蓝根、膜荚黄芪、土木香、红花……

他一边分一边介绍说："这个黄芩到处都能长，草地上、山坡上；桔梗主要在不干不湿的草场，成片成片地长，要多浇水；防风不喜欢湿，所以在土坡上多，这玩意儿几乎是直直地往地里钻，不好挖，必须挖个大坑才能把整根拔出来，否则容易断；甘草也不好挖，你如果能找到木伦河支流的干河滩，黄土的，岸边经常就有，顺着河岸往河床下扯，连着黄土就扯下来，最长能到四五米……这个……这个也是药，不过不能种。"他把几棵干爽的带着叶子的植物放到一边。

我明白拉西的意思了，他把乌拉盖草原大面积生长过的草药都找来了，他其实是想告诉我们，这地方的水土适合哪些药材。他有心了，我记下他的情，但是我不想说出来，便端起酒杯，主动跟他碰杯。

他也伸过酒杯来，就在两个杯子即将碰到的瞬间，他的手缩了回去，杯中酒一饮而尽。

"吃肉，肉好了。"拉西抽出别在腰里的刀，开始在那牛腿上片肉。

牛肉焦香，散发着诱人的热气，和口腔里残留的酒交融在一起，让人心里生出满足感。

我和拉西之间的隔阂，就这样在一杯又一杯的酒中渐渐消除。不过，我想我可能一辈子都不会喊他爸爸，这不涉及原谅不原谅或者理解不理解，只是因为在我的前半生和他的后半生里，一种最重要的东西已经错过，无须去强行追回。

那天晚上，就在即将睡着的时候，我猛地睁开眼，问小满："小满，拉西最后拿的那种药是什么？"

小满没搭腔。我知道他没睡着，他每天都睡得比我晚，因为他打呼噜。他害怕自己睡着呼噜声大我就睡不着了，所以总是在我睡了之后才睡。

"你别装了，到底是什么？"

"就一种药，止疼的。"小满说。

"名字呢？"

他又沉默起来。

我脑子里浮现出那几棵植物的样子，突然，它的叶子在回忆中清晰起来，我想我见过，尽管它们因为脱水而变得干且蜷曲。

"神仙草，又叫大麻。"小满在我即将想起的前一秒说出了它的名字。

"对，没错，就是它。没想到这里还能种这个啊，你知道这玩意儿在国外有多值钱吗？"

"种这个是违法的。"小满说。

"那拉西的哪儿来的？"

"他……我估计是牧民放羊的时候在哪儿遇见的野生的，随手扯了几棵。这玩意儿止疼特别好，很多生病的人，把它卷在烟里抽下去，就忘记疼了。"

很快，小满打起了呼噜，可能是睡着了，也可能是怕我继续追问不合时宜的问题假装睡着了。

我躺下，没有盖被子，我的身体比刚才燥热许多。

一个多月后，等周围草场上的草半尺高，整个乌拉盖都绿起来，我们开始栽种。品种就在拉西提供的里面选了十种，每种十畦，正好一百畦。药种是小满远赴喀喇沁旗买来的，他收购羊肉和草原特产的那些年里，东奔西跑，认识了很多人。其中之一就是个药材贩子，他帮小满介绍了喀喇沁旗，还承诺种植成功，他一定会来收购。

种草药不像种庄稼，春耕秋收，一岁一季，它是个更漫长的过程。夏天的时候，我们的药畦里郁郁葱葱，每一种都长出了枝叶，在足够的水和肥料的滋养下，那些枝叶不比草原上野生的药材枝叶瘦小，甚至更肥壮宽大，让人看了心生欢喜。我常常徘徊在种植园里，一会儿摸摸芍药，一会儿摸摸防风，这让我想起母亲一头接一头摸家里牲口的样子。我发现自己明白了她的感觉和心情。

三伏天，我和小满正在拎着水桶一棵一棵地给药材浇水，拉西和母亲搭了一辆车来了。

母亲蹒跚地走下车，看着我们满园子长势凶猛的药材，长长地叹了口气。

"妈妈，你看我们的药长得多好啊。"我兴奋地说道。

拉西弯下腰，拔出一根防风，递给妈妈。

"唉，草地不是庄稼地，药材也不是庄稼呀。"她感慨说。

妈妈把那棵防风给我们看。防风地上部分的枝叶很大，可是地下的根须细得像根胡子，细细小小。我和小满愣在那里。

"这个药材第一年只有这么细，三年五年也粗不了，"拉西说，"还有就是，你得看它是不是往深里长。如果一个劲往地下长，也不行，将来药虽然长，可是太细，一挖就断了。一点不往深里长，也不行，得是匀称地长。"

我们的心瞬间一凉，各自又拔了几根其他药材，都不怎样，最粗的一棵也就小拇指般粗细，才几厘米长。

我和小满都把这件事想简单了，我们天真地认为，只要土地肥沃、照料周到，我们就能像种玉米和麦子一样种出黄芩、防风、玉竹、牛膝。药一棵棵长出来了，可它们治不了自己的虚弱病。

现在，我和小满骑虎难下，不知道该继续还是该停止。如果继续种下去，没人敢保证两年后这批药材能够成材，卖个好价钱；如果拔掉，再重新栽种，一切都要重来一遍。到这时候，我们才细细地算了一笔账：草场是自家的，虽然没用额外支出，但也是投入。我们平整土地、买药种、肥料花了一大笔钱，这钱主要是小满出的。再往后想，我们还有好多情况没做准备，比如，就算药材长得不错，如果遇到极寒天气该怎么办？如何保证这些药材不被冻死？小满去村子里供销社的药材收购点打听，发现价钱几天一变，有时候某种药材突然不收了，白送人家都不要。

小满开始打退堂鼓，我看出了他的犹豫。我心里想，种草药的主意虽然是小满提的，但真正急迫的是我。开大尾羊的这些年，小满帮了我太多，我知道他很大一部分是看在拉西和母亲的分上帮的，我不想让他吃亏。

有天晚上，小满又在园子里逡巡，这里拔一棵出来看看，那里薅一棵出来看看，满脸愁容。我走过去，递给他一支点着的烟，开门见山地说："小满，你退出吧，我把你之前投的钱都退给你。"

他愣在那儿，表情讪讪的，一种心思被看穿的窘迫。

"你别多想，你有你的难处，你有老婆孩子要养活，我就一个人。还有就是，我相信乌拉盖坑不了我。"

最后，小满只拿了他投入的一少半的钱，十万左右的样子，退出了种植园。现在这个种植园完全属于我一个人了，我不想就这样放弃。我心里清楚，如果这件事做不成，那就彻底完了。把这些药材拔了重新种，时间等不及，资金更不允许，与其如此，倒不如就接着种，两年三年，什么时候成材什么时候挖出来卖。就算长不成又粗又大的药材，能卖回个成本也行。

第二年，我又拔出那些药材，发现它们长大了不少。老天不亡我，乌拉盖不亡我啊。我兴奋地拿着一把药材去给母亲报喜，母亲拍着我的背说："达来，达来，好孩子。"

但是这世界上的事情，好和坏总是相跟着来的。就在我以为那些药材能顺利地长成材的时候，几乎一夜之间，附近很多地方都建起了中药种植园。政府明确了大力发展蒙医蒙药、中医中药之后，人们便一窝蜂地开始种药。小满认识的那个药贩子来了一次，看了看我的药材，开了个价儿。我听了，直接把他赶出了屋子。

那天晚上，我坐在药畦里，闻着它们叶子的味道，心中涌起难以言喻的酸涩。我的头开始疼起来，我知道那是神经痛。这个毛病是母亲去年拔出那根细弱的防风时落下的，这之后，每隔一段时间就会疼一次。我从镇子上买了索米痛片，先是吃一片，然后是两片，疼虽然减弱了，可索米痛片特别刺激胃。我的胃又开始难受起来。

时间一久，吃两片药也没什么效果了。我守着十几种药，可是没有一种能治我的头疼。我踉踉跄跄地进到屋里，在水缸里舀了半瓢水，咕咚咕咚喝下去。喝水不解决任何问题，我只是想做点儿什么来假装忘记头疼。我脑袋里应该有一个石匠，他在一凿子一凿子地刻我的墓碑。我开始整理旁边堆杂物的几间屋子，每次头疼的时候，我都这么干。它和喝水是一个作用。

我发现了一个口袋，那里面是十几种干瘪的药材，揉搓一下，几乎变成粉末了。然后，我看见了那几棵神仙草，记起这是拉西那一次拿来的。

我觉得自己有救了。我把那几棵植物小心翼翼地扯出来，随手一碾，叶子就成了细微的小碎片。我找到一盒烟，抽出一支，把里面的烟丝倒出来，混上一撮，又卷成烟卷，点着了，狠狠地吸起来。

那支烟吸到一半，疼痛消失了。这么说并不准确，疼痛并没有消失，但是它不再令人难以忍受，反而变成了一种享受。头依然能感觉到疼，但这疼被麻醉的神经幻化成某种神圣的仪式，我觉得是母亲身上的疼转移到了我身上，而她则通体舒泰。我躺在地上痉挛着、嘶喊着、呻吟着。

疼痛消失后头脑无比澄明，一些毫不相干的事情瞬间建立了联系，陈皮特的脸便从一根巨大的雪茄之后浮现出来。想起他，是因为前段时间我收到了一条短信。短信是沐沐发来的：达来哥哥，我是沐沐。我终于知道了自己的命是你救的，可我还从没见过你，更没有跟你当面说声谢谢。爸爸一直瞒着你捐献骨髓这件事，只告诉我是医院的筛选配型。我后来偶然才得知真相，也才了解到我们之间的关系。我想见见你，真的很想见见。你能给我回消息吗？

我没有回信息，我还记得自己答应陈皮特的事，我不想食言。这一切都是我和陈皮特的事，与她无关。而且，我害怕见到沐沐。

所以，刻意不联系几年之后，我再次拨通了陈皮特的电话。

五

我没想到，陈皮特会因为这件事来一趟乌拉盖。

我猜想，他来这里可能主要是为了沐沐。我不知道这个有着相同基因的妹妹是怎么跟她父亲闹的，陈皮特同意来这里，还同意让她和我视频一下。他特意叮嘱我，不要告诉拉西他过来。很好理解，如果被拉西知道我找他来的目的，杀了他都有可能。

陈皮特用他的手机给沐沐拨了视频，镜头里，沐沐正在学校的体育馆打网球。她穿着运动短裙，戴着网球帽，用镜头把整个球场拍给我。

"达来哥，你比我想象的……要老一点儿。"她说。

"你比我想象的小一点儿，"我说，"我从没想过自己会有一个妹妹。"

我们没有聊任何有关骨髓的事，基本都是她在说，说她的学校、同学、老师，说她将来想回中国生活，说她最喜欢吃的美食。我嗯嗯哈哈地答应着。她不太会说中文，勉强说几句，卡壳的时候就转成英语。

后来，她问我："爸爸说你在种药材，能给我看看吗？我很好奇。"

我把镜头对准那些防风、芍药、桔梗，一样一样跟她说这个是什么药，主要治疗什么；那个是什么药，主要治疗什么。

"很神奇啊，"她说，"中医真的很神奇啊。我前一段打球肩周受伤，医院的大夫让我做手术，我吓死了，后来去唐人街的医馆做针灸，竟然真的好了。不过西医也很厉害，要不然我们也不会认识吧。"

这是她唯一一次提骨髓移植的事儿。

"等我毕业回国，我一定会去找你玩的。"沐沐最后说，"我在网上搜索过，乌拉盖草原的大尾羊特别鲜美，我要回去吃一整只。哈哈。"

关掉视频，我看见陈皮特正盯着我。

"你的雪茄呢？"我说。

"戒了，"他说，"肺部有阴影，医生不让抽了。"

"人人都是病人，人人都需要吃药。"我说。

他不抽烟了，但是仍然随身带着打火机。现在，他的手在不停地开关打火机，微小的火苗燃烧一会儿，然后被熄灭，又被打着燃烧一会儿，又被熄灭。他空闲的时候不断重复这个动作，直到这个打火机耗尽燃料，他再换上新的。

他就这么玩着火，听我说完了找他的真正目的。

接下来，是很长很长的沉默。终于，他开口了："达来，基于我们之间的过去，我实在无法相信这不是一个圈套。"

"当然，我明白。所以我从来没说我原谅了你做的事，我依然觉得你欠我一个人情，大大的人情，我现在只想讨回来。我知道你有办法。"

陈皮特玩废了两个打火机，房间里充满轻微的煤气味儿，如果再浓一点，或许整个屋子都能点着。

"你想清楚，这件事一旦败露，神仙也救不了你。"他说。

我从衣服口袋里掏出一个塑料袋，那里面是上次我找到的植物碎叶子的剩余。我卷烟，点着，递给他一支。

他没有接，我就这样举着这支烟。很快，燃烧的烟雾弥散在四周，盖过了打火机的煤气味。他的鼻翼不自觉地耸动了一下，喉结也上下滑动。我知道，他的身体拒绝不了这种味道。

他接过烟，深吸一口。这时候，他站在了自己肺部的阴影之下。

"我只负责帮你找渠道，其他的一切靠你自己。而且，我不保证一定成功。出了事，我也不会认。"陈皮特说。

我点点头。

于是，在下一年春天，我瞒着所有人种下了那片特殊的庄稼，我种下了前半生的最后一味药。

六

那些祛风解表、除湿止痛的防风，那些泻火解毒、止血安胎的黄芩，那些养血敛阴、平抑肝阳的芍药，那些宣肺利咽、祛痰排脓的桔梗……与我的庄稼一起，与我的母亲一起，在这场大火中消失了。

大火熄灭，烟雾散尽，它们仿佛都不曾来过。

我穿着囚服，每天按照监狱的作息起床、劳动、听宣讲、睡觉，像一枚指针，走得准确而机械。我已从痛苦中平静下来，好像那些被烧毁的药都吸进了我的肺里，治疗了我的心。我被判了三年有期徒刑，母亲用她的残命换了我一条命，如果不是她那把大火，我可能会被判十年。

被警察带走前，拉西跟我说："你妈妈说，你可以把一切推到她身上。"

是的，我有机会再一次逃脱审判和罪责，我可以说那些庄稼是母亲种的，她已经畏罪自杀。

这一次我不会这么选了，我在法庭上承认了自己非法种植的事。不过因为那场大火，法院没法准确确定种植的数量，所以只是以估量的数量量刑。我觉得自己不仅仅是在接受这一次的惩罚，也是在接受艾丽那件事的惩罚。

一开始的几个月，我拒绝任何人的探视，包括拉西、小满。我不想见任何人，直到我感觉自己跟过去彻底切割为止。八个月左右，我觉得差不多了，开始期待着有人来看我。但是拉西和小满都不再出现，我不知道他们是被什么事绊住了，还是也失去了见我的心情。

就在这时，一天上午，狱警敲着我房间的铁栅栏说："达来，有人来看你。"

十分意外，我入狱后第一次见的人竟然是沐沐和冬至。沐沐得知了那场大火和我坐牢的事情，不顾陈皮特的反对，毅然回到国内。她找到了小满，然后认识了冬至。她让冬至带她来看我。这两个孩子瞒着他们的父亲，偷偷跑到了这里。

　　隔着铁栏杆，我看见沐沐涂着烟熏妆，头发染成了金色；冬至长高了些，比以前成熟了不少，目光更加笃定的样子。

　　"达来哥，你好像瘦了不少。"沐沐说，"那年跟你视频的时候，好像还挺胖的。"

　　"作息规律，饮食健康，生活简朴。"我说，"我简直不是在坐牢，而是在某个健康训练营。"

　　"哈哈，没想到你还挺幽默，是不是冬至？"沐沐看看我后扭头对冬至说。

　　"你一个老外，还听得懂中国的幽默。"冬至调侃沐沐。

　　"嗨嗨嗨，怎么说话呢？"沐沐不干了，"别以为我不清楚，达来是我哥哥，可是你叔叔，这么说，你应该喊我沐沐姑姑。"

　　冬至没想到她把关系捋得这么清楚，哼了一声："甭想占我便宜，我比你大一岁，我是你哥。叫哥哥，快。"

　　看着他们斗嘴，我突然觉得很开心。母亲去世，拉西老了，小满也快老了，但是总有人正年轻。这时候，我想起了那首诗：离离原上草，一岁一枯荣。野火烧不尽，春风吹又生。总有草在生长，总有人正年轻。

　　他们离开前，我提了一个请求，我希望他们在明年春天去乌拉盖草原看看，然后告诉我那里怎么样了。我开始无比想念那个地方，童年时厌恶的一切，都从蛰伏的基因里蠢蠢欲动，苏醒过来了。我想把春天刚冒芽的青草咬在嘴里，我想闻闻满羊圈的羊粪味，我想揪住大尾羊肥硕的尾巴听它咩咩叫，我甚至想尝尝羊肉的味道。

冬至和沐沐答应了我的请求。

"保证完成任务。"沐沐说，还敬了个礼。

冬至则打了个 OK 的手势。

第二年的五月份，小满来看我，给我带来沐沐写的信，还有几张照片：

达来哥哥：

你这段时间好吗？真抱歉呀，我没法和冬至再去看你了。我的签证到期了，必须回一趟美国，而且我把冬至也拐到美国去了。不过你不用担心，我们还会一起回来的，我准备回去办长期签证。他跟我说了他要做的事情，我觉得很有意思，非常有意思，所以，我想和他一起来做。

对了，说说你拜托我们的事儿吧，春天快过去的时候，我们去了乌拉盖草原。我们从来没忘记过。

我们到了那里，你的父亲，也是我的拉西伯伯接待了我们。他说，今年的雨水好，草长得也好。拉西伯伯从邻居家里借了两匹马给我和冬至，我们骑着马，在草原上四处闲逛。青草已经长到和我的靴子一般高了，我还看到一种野花。冬至说，这种紫色花瓣、黄色花蕊的花叫耗子花。他跟我解释了半天，我才弄明白，耗子就是老鼠，我还以为他说的是号子。我记得有一种花的中文名字叫喇叭花。耗子花、喇叭花，这些花的名字真有意思。冬至还说，耗子花是草原上最早开花的，而且它还是一种草药，据说它的功效是泻水逐饮，祛痰止咳，解毒杀虫。

冬至说，如果是夏天来，草原上最耀眼的花是萨日朗花（我没记错的话，伯娘的名字就是这种花，对吗？）。我想我今年一定能看到萨日朗花的，那时候，我肯定、必须、一定再来乌拉盖。

我们去了你家里的那片草场，就是你们种药材的地方，那里也长满了草，而且长得比别的地方还要高呢。我很好奇，这里不是刚刚被大火烧过吗？冬至说，正是因为被大火烧过，草木灰都变成了肥料。冬天的时候，大风把其他地方的草籽吹来了，春天的时候，种子有了，草当然就会长出来，肥料有了，当然就长得高。这个家伙好像懂得很多草原上的事，我甚至有点佩服他了（这句是被迫写的）。

我的中文叙述能力太有限，没法把所有感受都写下来，这封信是我口述，冬至代笔的。我们拍了一些照片，你看起来会更直观一些。话说现在都是数码拍照，为了洗这些照片，我们可是跑了好几个地方。

达来哥哥，一想到我身体里流淌的血液，是你的骨髓制造的，我就有奇特的感觉，好像我不是自己在活，我还替你在活。而之所以能如此，是因为我们有相同的基因，所以有相同基因的人，其实既是一个人，也是一群人。是不是？我是这么想的。

　　嗯，好了，就说这么多。等夏天，我会带着一大把萨日朗花来看你。

　　　　　　　　　　　　　　　沐沐（冬至代书）

　　我从信封里掏出几张照片，有花有草，有全景有特写。我看到了曾经的种植园，重新变成了一片草场，和无边无际的乌拉盖草原连接在一起，仿佛从未被垦殖过，从未被焚烧过。从小山头远望过去，天苍苍，野茫茫，你根本不会知道哪片草下发生过什么故事，这些谁也阻挡不了的生长的力量，会把一切都变成泥土的一部分、花草的一部分。

　　一张耗子花的特写照片抓住了我的目光，吸引我的不是花，是花下面一株小到几乎看不见的植物。它才冒芽，刚刚长出两片幼叶，但是它的形状和叶脉，我太熟悉了。那是我曾栽种过的庄稼。

　　眼泪突然袭来，我感觉自己的胸口是决堤的大坝，身体进入汛期，有无尽的江河水汹涌而出。这一刻，我接受了，我是乌拉盖草原的孩子，我是它的一棵草，不论我好还是坏，乌拉盖都会给我一寸生长之地。

　　刘汀，小说家，诗人。出版有长篇小说《布克村信札》《青春简史：一代人的爱与梦》，小说集《所有的风只向她们吹》《中国奇谭》《人生最焦虑的就是吃些什么》，散文集《浮生》

《老家》《暖暖：父与女的故事》，诗集《我为这人间操碎了心》等。曾获百花文学奖、十月文学奖、丁玲文学奖、陈子昂诗歌奖等多种奖项。

评论:

爱与记忆的火

刘大先

刘汀有一个诨名"村长",不知道是怎么得来的,我认识他很多年,也没有求证过。也许跟他的个性有关,他是一个厚朴之人;当然更可能是因为他确实有着村长般的恋地情结,这一点在读过他的《老家》和《布克村信札》之后,多少会获得一点感觉。但是,这些不重要,重要的是在村长这个形象背后那种扎根在现代大地中的生命力。他操持过现代文学的各种文体,从诗歌到小说,从散文到评论,甚至还干过编剧,每一种他似乎都能得心应手,并且产量颇丰。这也确证了他不受拘束的旺盛精力,并不能为他憨厚的外表所遮掩——事实上大学时候他也颇有长发青年的摇滚范儿。

《野火烧不尽》充分地显示出了这种生命力:它的情节涵盖了上海孩童的迁徙,草原牧民的生活,海外的留学与婚姻,国内的商战与角逐,时间绵延了从1960年到当下半个世纪有余的历史变迁,地域则横跨内蒙古乌拉盖草原、北京和芝加哥,叙述者达来的声音之外,还穿插了父亲拉西和母亲萨日朗的回忆。如此驳杂的题材与内容,被他强有力地统摄在一起,生生让中篇小说具有了长篇小说的气象与格局。如果让我给这篇小说找一个精练的线索,那就是起于死,终于生,归于爱。

小说起笔于对一场火的回忆,母亲萨日朗在种植园自焚,一方面是为了了结自身长期病痛所带来的苦楚和对家人的拖累,另一方面也是为了终结儿子达来种植"大麻"的罪愆，因而也是一种救赎。火是燃烧，是变化、毁灭与生成，小说用闲笔提到小行星撞地球之后，万物焚毁，而后又涅槃重生。火摧毁了潮湿、浑浊、杂乱、滞重，带来光明、清爽、洁净和轻盈，它打破了混沌，终结了含混，开启了新的可能性。在这里，火成为一种同时包含着死与生的象征，它是流变中的统一，将对立因素统一在一起的则是如同烈焰一样灼热的爱。"爱是死亡才能提炼出来的东西，就像火烧过之后留下的温热的灰。"

这种赫拉克利特式的观念，让《野火烧不尽》具有了哲性气质，就像加斯东·巴什拉在《火的精神分析》中写道的："爱、死和火凝为一体。瞬间在火焰中心，以它的牺牲为我们提供了永恒的榜样。完全的、不留痕迹的死亡是一种保证，我们整个地奔向另一个世界。丧失一切以赢得一切。火的教诲十分清楚：'当你或是巧取或是豪夺，或是通过爱得到一切之后，你应当放弃一切，并且自取消亡。'"只是在小说中，达来通过艾丽的爱得到的一切，本来应该由他来承受消亡，却由母亲的牺牲替代了。刘汀并没有奔向某种决绝的毁灭，而是留下了绵延的生命痕迹，这里显示出了他在哲性气质里的现实主义。

如果我们不将现实主义做教条化的理解，那么刘汀一向是现实主义的，尽管他在技巧上不乏先锋小说的影响——力图从芜杂的历史与生活中萃取出某个理念的用心，毫无疑问充满了现实主义的顽强。这突出地体现在《野火烧不尽》的结构之中，无论是萨日朗和拉西的回忆，还是达来对艾丽的回忆，都试图聚合在达来的整个记忆当中，套用"叙事圈套"之说，这是一个"记忆圈套"。由于小说高度凝练与汇聚的情节，牵涉众多人物所可以关联的观念无法进行高概念的归纳，那么记忆这种主观性的选择就变得非常重要——如果我们注意到整个小说都笼罩在达来的第一人称叙述之中，对这一点就会有更清晰的认知。

　　阿甘本注意到，在梵文之中，表示记忆的词，同时也指爱。"你爱某个人是因为你记得他/她，反之亦然，你记得某个人是因为你爱他/她。我们通过铭记来爱，我们也通过爱来铭记，最终，我们爱上了记忆——也就是爱本身——并记住了爱——也就是记忆本身。所以，爱意味着忘不了，意味着心头抹不掉一张面孔、一个姿势、一道光芒。但爱也意味着，我们其实再也拥有不了一段它的记忆，因为爱超越了记忆，不可追忆地、即刻地到场。"

　　这种爱与记忆的一体让看似纷繁的事物变得明晰起来。萨日朗和拉西回忆的是 1959 年到 1961 年间上海三千孤儿入内蒙古的往事，这个题材已经得到详尽的书写，从电视剧《国家孩子》《静静的艾敏河》到电影《海的尽头是草原》，从马利的报告文学《三千孤儿和草原母亲》到郭雪波的长篇小说《摇篮旁的额吉》，似乎已经难以翻新出奇，但刘汀采取了举重若轻的方式，让这一历史事件具有了鲜明的内核。芝加哥中国城的记忆同样将海外生涯化繁为简地纳入爱之中，而从天通苑开始的大尾羊涮锅生意则源于爱的遗产——一方面来自幼时对大尾羊的怜爱情感，另一方面来自艾丽的意外死亡所获得的启动资金，它们都通过死亡赋予了达来此后的"生"意。

　　我们当然可以就芝加哥的车祸骗保和大尾羊连锁店的做大，作社会学意义上的分析，里面充满了人性的复杂、生态的危机、资本的扩展、时代的转型等诸如此类的议题。但它们只是小说所衍生出来的附加值，我想说的是，所有这一切由爱与死所生发出来的人、事、物和行为，就如同那原初的大火所赋予草原的生机，蓬蓬勃勃生长起来如同植物，它们可能是滋养牛羊的牧草，也可能是毒害人类的罂粟，在那种细大不捐中显示出天地的不仁与无私。

　　于此，我们也才能理解为什么小说的结尾，狱中的达来看到堂妹寄来的照片上，"曾经的种植园，重新变成了一片草场，和无边无际的乌拉盖草原连接在一起，仿佛从未被垦殖过，从未被焚烧过。从小山头远望过去，天苍苍，野茫茫，你根本不会知道哪片草下发生过什么故事，这些谁也阻挡不了的生长的力量，会把一切都变成泥土的一部分、花草的一部分"。而那些花草中也藏着一株"大麻"的幼苗。这个时候，他接受了一切："我是乌拉盖草原的孩子，我是它的一棵草，不论我好还是坏，乌拉盖都会给我一寸生长之地。"草原孕育生，也蕴藏着死，繁衍着牛羊，也生长着毒草，给善良的人以栖息之地，也给邪恶的人以藏身之所，凡生命尽予收容。那场爱与记忆的火，通向生命力与生命意志，是真正意义上的野火烧不尽，春风吹又生。

忍住

郑在欢

大概七八年前，我还很喜欢回家过年。其实我既不喜欢回家也不喜欢过年。不喜欢回家，是因为家里条件太差，洗个澡都没热水，也没有暖气。在我们家，冬天几乎所有人都在抖腿、跺脚、晃膀子，还有人三不五时就得搓搓手。为了搞点热量在身上，就老得动，不自知地老动，一天下来是很累的。说到这我都想玩个谐音梗，怪不得劳动叫劳动，可不就是老动着嘛。这就是尴尬的中原地带，不南不北，不冷不热，永远处于世界的中间状态。大概祖先们就是被这种感觉给骗了，或者想要骗过这种感觉，以为动一动就能混过去，导致我们一动就动到了现在。像劳动者一样地老动，才能规避冷和热，可这就苦了身体。回家几天就开始腰酸背痛，逐渐变脏，无比地怀念热水，也就不想用凉水洗手。手因为怕冷总插在兜里，频繁地插兜招来灰尘，灰尘藏在指甲里，指甲脏，以致不敢轻易挖鼻孔，于是鼻子也脏。这样的脏好像回到小时候，我明明好不容易才混到北京当个文明人，所以明白了吧，我为什么不喜欢在冬天回家。可过年总在冬天，当然，不仅仅是因为冬天，最主要的还是爸妈。众所周知，过年的爸妈最喜欢拿孩子"厮杀"，好不容易回到了家，本想做几天掌上的娇花，怎料会成为他们手里的"刀叉"。他们最擅长的就是拿着我们跟人比比画画，你说最后受伤的会是谁呢——韵压多了，不太正经，讲故事太过卖弄多半会招致反感，甚至不可信，除非你是街上信口开河的小贩（换算到现在差不多就是网络直播间里肆意抛洒魅力的主播们）。所以我还是老实说吧，我应该也说清楚了，为什么不喜欢过年和回家。

可在七八年前，我还很喜欢回家过年。那时候也有冬天，那时候也有爸妈，这是世界顽强的真理，谁也逃不脱。那时候喜欢的，是重逢，童年故友一相逢，便胜却人间无数。我们总算长大了，又不算太大，一回到家，很容易像小时候那样玩到一起，不同的是，我们总算挣到了钱。花钱的项目似乎亘古不变，吃饭打牌，喝酒唱歌，只有我们是新的，我们总算可以和父辈们一样，不用躲起来干这些事了。这些令人痛恨的消遣，长时间被父辈掌握，我们只能眼睁睁看着，他们醉倒路旁，他们拍桌子骂娘，他们一掷千金，他们输得精光。我们只能缩在母亲怀里看着，要是母亲和父亲打起来，就躲在门后看。都怪我们太小了，小得像见不得光的老鼠，只能藏着自己，不知道老鼠长大了敢不敢上街，反正我们一长大，街上就全是我们了。

忘了是七八年前的哪一年，回家的时候，发生了一件事，这么多年一直没能忘掉，每到春节临近就会窜出来一下，提醒我那个乌烟瘴气的年要回来了。这也是我不愿意回家的原因，我开始受不了乌烟瘴气了。深夜打牌的屋子里，我突然觉得冷，一直冷到大腿根，屋里的烟雾让我流泪，桌上的钞票让我难过，空气中全是狰狞的脸，每一声叫牌都像兽吼。我突然恐惧，并厌恶，从那以后就不喜欢回家了。当然，也没什么能把我拽回家，我们年龄慢慢大了，结了婚了，孩子都能上学了。背负了责任，玩起来就没那么痛快了，或者说不再是为玩而玩，桌上的钱变得更加重要，人也就更狰狞。我不想和他们玩了。我很少再有怀念的人。我找不到回家的动力了。可年关将近，还是免不了想想回家的事，想想那件决心忘记却准时回窜的事，想了几天之后，有人把我拉到一个群里，群里有二十多人，七嘴八舌聊得正欢。我本只是习惯性地应付，可随着热情的高涨，还是想回家了。当然，我本来就要回家，在这个能回的年，只是这次群聊让我更向往了些。

李园：@马峰 你认识我吧？

浩创科技：热闹得很呐。

马峰：咋不认识。

李园：都等着回去聚聚呢。

我：太热闹。

我：今年回！

浩创科技：再等几天就回去了。

李园：回来好。

我：想你们。

浩创科技：你回去了吗？

李园：@huanny 今年回来吗？

我：回。

大迪：@huanny 你怎么回？搭个顺风车。

我：高铁，15号。

大迪：17号（抠鼻表情）。

我：太晚。

我：早点。

李园：是啊。

李园：早点。

大迪：不耽误赢你们钱（笑哭表情）。

李园：@huanny 啥时候回来？

我：15号。

李园：小不点是不是剑锋？

李园：好。

李园：到时候来俺家。

我：嗯嗯。

大迪：半日闲是剑锋。

李园：哦，小不点是不是胖磊磊？

大迪：嗯。

李园：他好像也在郑州这儿。

马峰：今年放开了是不是都要回家（龇牙笑表情）。

李园：回家了都来俺家，来喝酒。

李园：@马峰 应该是能回去的都会回去。

马峰：俺也想回去过年，刚出来一个多月（捂脸哭表情）。

李园：好吧，有钱没钱回家过年。

李园：知足常乐发个言。

李园：@马峰 你又去迪拜了吗？

李园：马跃回家过年吗？

半日闲：（一张火车座椅靠背照片）

半日闲：回家的路上。

我是雷锋：我过年不回去啊。

马峰：没在迪拜，在非洲。

我是雷锋：剑锋也算在外地打工回家过年了。

李园：@我是雷锋 你看多热闹，回来吧。

李园：@半日闲 明天到吗？

我是雷锋：太冷了，到哪儿都堵还是平时回吧。

半日闲：晚上到马上下火车。

我：@马峰 回来。

李园：我就这两天回去，都来俺家聚聚。

知足常乐：（浴室储物柜照片）

知足常乐：洗澡呢（偷笑表情）。

马峰：我试试能不能请三天假，也回去过个年。

李园：能回来就回来吧，有钱没钱回家过年。

李园：@知足常乐 聊得火热你都不出来说话。

在路上：今年放烟花应该不管了吧。

我拍了拍"在路上"。

在路上：@huanny 啥时候回？

我：15 号，农村放烟花还管吗？

马超：管，现在鞭炮烟花都不让卖。

在路上：去瓦店买啊。

我：净扯淡。

马超：乡里事多。

李园：到过年就没人管了。

李园：大家都放，就管不过来了。

在路上：@huanny 瓦店也不远，回来带你去。

我：我是说不让放烟花不扯淡吗，农村。

马超：农村也环保了。

在路上：说不让放，但也管不住，放的人太多了。

在路上：元旦的时候在广场放的人很多，没法管。

在路上：@ 大迪 今年回不？

"huanny"邀请"马宏"加入群聊。

大迪：@ 在路上 回。

大迪：@ 小不点 在哪儿呢？

李园：@ 我是雷锋 回来吧！热闹。

我是雷锋：明年回，今年仓库发货走不开。

李园：@ 我是雷锋 好吧。

李园：建伟呢？

大迪：在，他不说话。

大迪：新娘子，害羞。

李园：好吧。

李园：不管咋样聊聊天嘛。

李园：有钱没钱回家过年，我就是没钱的那个。

李园：咋没动静了？

李园：聊天嘛。

我：这个群建得好。

我：每年一聚。

我：三年一聚也没关系。

李园：嗯，聚聚就好。

群里的二十多人，全是男人，全是差不多年纪的人。我们的村子大，同龄人多，小时候都是分区玩的。前庄的，后庄的，西头的，东头的。我所在的位置应该是前庄，那是对于后庄来说，其实也不算很前，对于典型的前庄来说。对于东头的我也不是西头，对于西头的我也不是东头，我从小就处在这么一个尴尬的中间地带，但我们又没有中庄这个说法。庄不是国，不用特意强调它的中。可能那些前庄、后庄、东头、西头就是我们命名的呢，我没有想过。只有很后庄的人才会叫我前庄的，大部分时间我都在定义别人的位置，所以也不知道自己是什么。我活在中心里，一般也只跟中心的孩子玩。大了些以后，活动范围也大了些，才开始跟别处的人玩起来。再大些，庄子也装不下我们的时候，我们就上了街。那时候，位置已经不重要了。现在人人都有了手机，手机里的人天南海北，只有回到家才能还原到原来的位置。人在手机里乱糟糟的，或许有必要简单介绍一下主要的几位。

李园：我的本家哥哥，这些年一直在郑州，不知道做什么。妻子是云南的，已出走，留有一女，应该十二三岁了。

马峰：我发小，之前在迪拜卖手机，现在在埃塞俄比亚，不知道干吗。

马超：我发小，开网店的，生意做得不错。

我是雷锋：本名马跃，开网店的，生意做得很大，从他开的车可以看出，一辆玛莎拉蒂。

大迪：本名王兵，后庄的，在北京政协当保安。

半日闲：本名张剑锋，开网店的，跟着马跃干。

在路上：本名张熙，我发小，之前在街上卖手机，后来跟着马跃开网店，现在不知道还在不在。他是东头的，东头和后庄的大多姓张，前庄和西头的大多姓马，我们姓李的被包在中间，尴尬且被动。王兵算个例外，他是少数几家姓王的，虽然我们村就叫大王庄。

我想起来的那件事，就是张熙的事。我和张熙不是一片儿的，上到五六年级才熟起来，农村的小学，上到五六年级就没什么人了，只能合班上课。五年级刚开始的时候，我们的友谊进入了蜜月期。之前我最好的玩伴是马超和马宏，后来马超去县里上了文武学校，马宏因为个子大去打工了，一下子痛失两个挚友，我正失落，张熙来了。张熙家算是干部家庭，他爸爸是收电费的，他爷爷是乡里少有的文人，会画画，会写毛笔字。张熙家的中堂就出自他的手笔，画的是猛虎下山，猛虎和青山画满了白墙，极其壮观，还有一副对联，我忘了内容。在张熙家玩的时候，我总盯着虎眼看，觉得这两只虎不定在哪座山上真的存在。张熙几个叔伯家的中堂也是他爷爷画的，也都是老虎，有下山虎有上山虎，有一只的也有两只的。我知道下山虎一只的多，可张熙爷爷会画两只，为什么就不知道了。我总盯着左边的那只看，我觉得左边那只是我，因为张熙总坐在右边。

张熙跟我熟起来的第一件事，是他瞒着我组织几个要好的同学给我买生日礼物，每人送了一幅挂画给我，画上是卡通的小人和明亮的风景，另附一两个漂亮的句子。我第一次收到礼物，也第一次感到励志与伤情：书山有路勤为径，学海无涯苦作舟；海到无边天作岸，山至绝顶我为峰；青春恰似短暂美梦，当你醒来它已无踪；青春是风，没有固定的形状……对仗工整的句子写在印刷精美的画上，煞有介事，令人肃穆。我们刚长成个少年，刚接触青春这个说法，那几句稍显活泼的青春箴言让我狠狠爱上了忧伤的感觉。张熙此举是为我，却让我伤心了，一幅画两块五毛钱，对我不是一笔小数，他们说买就买，买来就只为送我，更有一个富裕的女生别出心裁地斥巨资十六块买了一个八音盒。那天放学，我坐在没有开灯的屋子里听着八音盒里的致爱丽丝，看着画上的字，狠狠地伤起心来，为我的贫穷和自卑，为我的狭隘和无知，也为盒子里的音乐和画上的字。送礼物的包括张熙在内有两男三女，他们将成为我的好友，可我还是伤心，伤心于张熙能想到送礼物那么新潮的事情，伤心于他们瞒着我密谋时的快乐，伤心于第一次知道挂画和音乐盒这种东西，伤心于音乐之美与文字之哀，伤心，盖过了我的骄傲。

然后我们就熟悉起来了，上学喊着一起去，放学等着一起回，星期天上街闲游，田野里追逐打闹，课堂上乱传纸条，写点我爱你你爱谁之类的傻话。没事我就去他家，躺在客厅的凉席上看电视，盯着左边的虎。他父亲辞了电工的工作，带着母亲南下捞金，他一个人住，家里很自由，却很少招呼别人。他只和我玩。后来我继母也去了广州，家里只剩我和弟弟，张熙执意来陪我睡一宿。我们俩挤在那张单人竹床上，聊到半夜才睡。第二天，他到处跟人说我那床被子硬得像砖头，语带怜惜与不忿。我知道他是为我打抱不平，可我还是伤心了，为习以为常的生活成为同情的对象，为他不问我的感受就宣扬我的痛苦。我想说我并不苦啊，或者说我并不想说我的苦。经过张熙的宣传，大家都知道了，以前只是村里人知道，现在扩大到了学校，我不好意思再招猫逗狗给同学取外号了，一个被同情的人是没有资格淘气的。我有点生他气，气他毁灭了我的淘气。

可我们还是越来越好了。六年级，我们对青春的认识又进了一步，开始试着打扮自己，并在纸条上把喜欢升级为爱。我留了长发，急需啫喱水，张熙家有，那救了我的命。张熙头发没我留得长，但个头长得比我高，我们迷恋长发的时候，他已经剪了一个利落的毛碎，啫喱一打，头发根根立起，像海胆。当然我们还不知道什么是海胆，我们说那是毛蛋头，可张熙的头不是毛蛋，而是海胆，那是一种我们不知道的高端。他的父亲可能在南方捞到了金，他的零用钱陡然增多，在外面玩的时候，他会买冰棍和汽水。他可能觉得每一次都买两根冰棍和两瓶汽水有点多了，他会扭扭捏捏地给我五毛钱，于是我也能买一根冰棍，他有洁癖，所以我不能跟他同喝一瓶汽水。我能理解他的扭捏，他在替我不好意思，这种给予类似施舍，而之前明明是他在巴结着我玩。我也觉得这是施舍，可我还是要了。我知道事情起了变化，曾经我仰赖老师的倚重和班长的身份出尽风头，讨尽女生的喜欢，现在不是这样了，现在钱和帅占了上风。我甘拜下风，但还保留了一点瘦骆驼的余晖，我们还是朋友，甚至还有真情，虽然这份真情让他每次出门都会损失五毛钱。

　　六年级时学校还发生了一件大事，三个时髦的女孩从天而降，震裂了我们古板的大地。她们是三姐妹，是从新疆回来的，是我们村的，是后庄的，是后庄为数不多几家姓王的。她们从我们只在天气预报里听说过的乌鲁木齐回来，带着满满的异乡风情和大世界见闻，无情地碾碎了板结在我们身上的土。通过她们，我才知道我们村有很多王姓人家在新疆承包棉花地、种葡萄、当兵或贩卖土特产。这可能就是王姓少的原因吧，他们去了更广袤的世界，把并不是很大的大王庄让给了我们。现在一个姓王的荣归故里，虽然只有一个，但已具备正本清源的能力。这家的男主人叫王孩，女主人已经无人提及，据说正是因为女主人过世，这位悲伤的王孩才放弃广袤的新疆，带着三个女儿回到家乡。三个女孩里最大的那个叫王丽，也是公认最漂亮的，已经上中学，我们接触不多。第二个叫王萍，其实也漂亮，只是老年人不这么认为，因为她的脸和眼睛不够大，王萍正上六年级，来到了我们班，这就是我们觉得事情够大的地方，她的时尚气息与外乡作风，让我们不能视而不见。第三个叫王丽萍，是最不漂亮的一个，她还小，上三年级，举止也像小男孩，所以没人把她当回事。王丽萍总是狗皮膏药一样黏在王萍屁股后面，我们对她还算熟悉，只是觉得她烦，等到我们开始喜欢王萍，她的伶牙俐齿和死皮赖脸才成为真正的麻烦。

那段时间我们的主要话题就是她们。据说王丽在中学玩得很疯，已经开始交男朋友，这不失为一种启发，我们那时候只是热衷表达爱意，以为表达完了也就完了，完全不知道还要给对方一个名分来确定一种关系。王丽的名声走到了我们前面，并远远超出了我们的理解，很快就有人说她不止一个男朋友。花哨的传闻满天飞，让我们开始接触一些新东西。后来我从张熙那里得到证实，王丽确实在被好几个人追，或者说王丽在考察那好几个人，那几个爱的新手可能也很迷茫，处在一种是或不是的叠加状态里。可外面的人不管，外面的人就说是。说这话的时候张熙正在给我们下面，他下的面很好吃，用酱油和虾皮做汤，放青菜和炒好的肉丝。除了在他这儿，我没有吃过这样的面，鲜，也香。他说是从一个电视剧里学的，南方人都这么吃。这几年他一个人过，有充足的生活费和零花钱，也练就了一手绝佳的厨艺。他用的酱油，都是玻璃瓶的，在此之前，装在玻璃瓶里的我只见过农药和酒。我问他怎么知道这些，他说他认识其中一个追求者，那个人我也认识，叫小龙，是曾经的小学霸王，后来升到中学，也是霸王，只是不是最大的那个了，所以才要跟人争吧。小龙打过我，他肯定忘了，那是我三年级的时候，他五年级。有一天我在地上玩玻璃球，被一个扔沙包的踩了一脚，我张口就是一句骂，抬起头就开始冒汗了。小龙当然不会放过我，众目睽睽之下踢了我好几脚才作罢。那时我已经是班长了，必然有些面子问题，在小龙眼里当然不值一提。为此我一直记恨他，并敬而远之。张熙说的认识跟我说的认识肯定不是一回事，他跟小龙玩得很好，毕竟他也需要吃饭。小龙家是开饭店的，开在公路边，解决过路司机的食宿问题。张熙懒得做饭会骑车去小龙家的饭店吃。张熙知道小龙打过我，可他跟小龙的友谊已经掩饰不住了，他也不在乎了，毕竟小龙是远近闻名的学校霸王，而我只是一个越来越不值钱的好学生。我也觉得他应该跟小龙好好处，这样我离真正认识小龙就等于只差一个人了。他有些意外，并有些动情地说，李青，我们永远是好朋友，不会变。我也动情了，那天的面只吃了一碗。

　　我如愿以偿地认识了小龙，在一个月大如斗的晚上。没有路灯的农村，我们想出来玩就只能等月圆，月亮越圆，出来的孩子越多。吃过晚饭，我们蹦蹦跳跳地唱着歌呼朋引伴，那首歌是这样唱的：都来玩都来玩，门前有个大花坛，我把花坛踢烂了，你家的尿罐子漏电了。为什么这么唱没人知道？可能只是小孩子的无聊暗号吧，唱着这个歌满庄子走一遭，能出来的就都出来了。见小龙的时代没什么人唱歌了，我们有了录音机，挎在腰上放：谁把月缺变成月圆。听着这样的歌，走起路都变得时尚很多。小龙是街上的，他带着几个人在村口的桥头和我们碰面，手里拿着一个摩托罗拉翻盖手机，放着周杰伦的《我的地盘》，比我们时尚多了。张熙跟他介绍了我，李青，他最好的朋友。小龙嗯了一声，问张熙，怎么样，答应了吗？张熙摇摇头，小龙开始用手机发短信。那天我们在桥上听了一遍又一遍的《我的地盘》，最后每个人说话都嘚儿嘚儿的。月亮越来越亮，我们也有点着急回家了。小龙对着手机又抠又骂，烦躁不堪，最后他让周杰伦闭了嘴，把手机插进兜说，算了，直接找她去。张熙当然劝不住他，我们一行人浩浩荡荡跟着，也不知道干吗去。

　　在那所全村最漂亮的房子前，我们停下脚步，每个人都变得鬼鬼祟祟的。这房子太新，比所有目之所及之物都新，皎洁的月光下站在那么新的建筑前，我们都有些怵。小龙打了最后一个没人接的电话，开始狂叫王丽的名字。他短促的叫声一声接一声，院里亮了灯，像被他震亮的。王孩开门出来，我们吓得四散。小龙岿然不动。我们见王孩没什么动作，又怯怯地上前。王孩让小龙滚，小龙让王丽出来。我第一次见一个少年这么跟大人说话，全无惧色，理所当然，还有一点咄咄逼人的坚定。王孩问小龙王丽怎么他了，小龙说王丽骗了他。王孩问骗了他什么，小龙说不出来，又倒回去说你让王丽出来。两人说了几圈车轱辘话，王丽萍从大门内探出头，拿着矿灯照过来，把小龙框在光圈之内。她的伶牙俐齿派上了用场，质问小龙为什么不请自来，为什么死乞白赖，为什么没有礼貌，为什么缠着王丽。小龙立在光圈里，放下挡住眼睛的手，直视那明亮的光——作答。最后的一句是：因为爱。他几乎是喊出来的，或许他就是喊给王丽听的。王丽萍站在亮光后的黑暗里又问："什么是爱，你知道什么是爱吗？"小龙说："爱就是我想和她在一起，爱就是我想娶她，爱就是无时无刻不想她，爱就是……"王孩锁上大门，光亮消失了。我们重新沐浴在月光下，都觉得有点刺激。张熙拽了拽小龙，说走吧。小龙不理，继续喊王丽的名字。院子里传出来的声音却是王丽萍的，她也是用力喊的："要是真爱就飞进来啊！"小龙开始爬那堵全村最高的墙，我记得墙上还有玻璃碴。墙面太光，小龙爬不上去，就叫他的手下。那几个人拼死拼活也只是把他举上半空，他又叫我们。我们屁颠屁颠跑过去，七手八脚把他往上抬。不断有人倒下，有人乱叫，有人踩到别的人。院子里那一小片天舞着矿灯的光，好像我们是中了光的邪。人太多了，人挤人，可人又不能接人，只是徒劳地挤来挤去。大家都累坏了，地上哀号一片。小龙最后一次掉下来，稳住自己想了想办法。他找了些矮壮的蹲在下面，又找了些清瘦的爬到上面，他一个人颤颤巍巍站在顶端。我在第二层比较边缘的位置，小龙没有直接踩在我身上，可能只是站上去的时候扶了我的肩膀，那已经让我很激动了。我们缓慢站起，小龙缓慢升空，他的脸又被矿灯的光框住。里面说："你还真会飞啊。"小龙不说话，扒着墙头往里进，碎玻璃让他叫出声来。他脱掉外套垫在下面往上爬。里面又说："你还真飞啊，你都淌血了，不疼吗？"小龙说："不是你让我飞吗，我飞给你看。"里面说："让你飞你就飞啊，你是不是傻？"小龙说："我傻不傻碍你什么事，你是谁？"我们都有点坚持不住了，虽然他没有踩在我身上，我还是嗅到了危险。王孩出来了，他抄一把铁锹飞奔而来，吓得我们四分五裂。小龙掉下来，我闻到了血腥味。我们没头苍蝇似的掉头狂奔，记忆中最后的动静是从墙内传来的，那个讨人厌的声音还在不管不顾地喊："我是王丽萍！"

　　小龙最终也没追上王丽，张熙倒是追起了王萍。王丽只在学校待了一年，第二年就辍学去了新疆。小龙着实难过了一段时间才盯上别的女孩。王丽走后，王萍成了最耀眼的那个，按理说是轮不到张熙的，可张熙有小龙。大概是因为王丽，也可能是因为张熙，小龙没有染指王萍，反倒很照顾她。在小龙的庇佑下，张熙追得很起劲，也很顺利，因为没人跟他抢。王萍当然是抢手的，正是王萍的抢手才让我明白了王丽的抢手，以及小龙作为一代霸王的软弱与癫狂。我梦到过她，当年少的肢体冒犯到某个清晨，我突然明白了很多，并加倍地难过。我知道自己出局了，进入中学，学习就更不值钱了，而我连学习也丢了。我成了一个甘居末流的混混，唯一的用途就是靠着作文还行帮人写写情书。张熙是有些傲骨的，毕竟也算生于书香门第，他不会让我帮忙，而是把写好的念给我听，再让我跟他一起修改。这样他全程参与，就不会产生代写的感觉。我知道他的敏感，为了保住和他的亲密，我只能极力帮忙又不让他感觉到我在帮忙，当然，更不能让他感觉到我的眼红与心痛。我做得还不错，这也是整个学生生涯中最让我骄傲的事，论煽情，没人比得过我。有时候只是改几个句子，张熙就念出了哭腔，趁他还没感觉出我的功劳，赶紧夸奖他的深情，只有把所有情感集于他一身才能阻止他释放敏感。我会陪着他哭，他再敏感也不可能分辨是哪种哭的哭。好多个青春期的夜，我们就这样炮制一封又一封的情书，他也给我泡了一包又一包的面，遗憾的是，全都泡汤了。见这招不灵，张熙走上了小龙的老路，没事就去王萍家门口晃。我跟着去过几次，并有幸聆听了小龙的高见："要追就光明正大地追，大张旗鼓地追，越难追的越喜欢被追，有人追她们可骄傲了，知不知道？当然前提是你得有让她们骄傲的资本，穿上你最时尚的衣服，带上你最有面子的哥们儿，天天在她门前晃，就不信她不心动。"大概是病急乱投医，张熙采纳了小龙的建议并忽略了他的失败。那段时间，在张熙的带领下，我们都时尚了起来。我只有一套勉强跟得上大家的牛仔裤褂，很快就洗掉了色，也就不太好意思跟着去晃了。好在我及时辍了学，在外出打工的前一天，我去了最后一次。那天王萍没有露脸，王丽萍一如既往拦在门前，她长大了些，不那么像男孩了，甚至也有了些漂亮的苗头，但一说话还是让人难以招架。她说："追追追，狗撵兔子吗就知道追。她要去新疆了，你们还追吗？"

不光是张熙，我们都伤心了。第二天我就走了，两个月后，王萍去了新疆，半年后是张熙，他去了广州。甫一长大，我们便飞速分离，一旦分离，就成了截然不同的人。张熙成了广州的电工；小龙做了北京的司机；王萍在新疆，卖葡萄干；王丽已经嫁人，是葡萄园园主；我在河北的车间，日日守着一台油腻的机器，造出千篇一律的商品。分别后想再见，就只能等过年了，新疆太远，王丽和王萍不轻易回来。王丽萍还在家上学，她们的父亲起过誓再也不回那个伤心地，虽然他的女儿还是一长大就往那里去。过年的几天实在短暂，也就够聊聊过去一年的转变，几乎每一年我们都在变，从广州到深圳，从河北到江南，从电工到店员，从厂工到门卫，我们变得可太快了。从地标到身份再到身价，从没钱到有钱再到没钱，从有家到无家再到有家，我们习惯了变化。候鸟必须迁徙才能存活，我们也是。据说没有一只候鸟会飞直线，我们不光不飞直线，连季节和方向都不管，我们只是飞而已。唯一让我惊讶的一次变化，是张熙的婚礼，他的新娘不是王萍，而是王丽萍。

可我们都变了，我们习惯了变化，也掌握了分寸。我至今都没问过张熙到底有没有追上过王萍，又怎么追上了王丽萍。他们结婚，我参加，这才是我的本分。

婚礼上，我追着张熙走进没人的房间，塞给他五百块钱。他还是那么敏感，推辞一次就收下了，这个度刚刚好，同时传达了客气与不见外。我道了声贺就去外面喝酒了。那是第一次参加一个好朋友的婚礼，我很开心，整个婚礼都很开心。王丽萍穿着西式婚纱跟着张熙来到院子里敬酒，院子太脏，她太洁白。我想起了那晚的月亮，那天的她举着刺眼的矿灯明明很讨嫌，我脑中泛起的画面却美得近乎伤感。原来记忆真能篡改啊，我眼睁睁看她走到我的面前篡改她的过去，她脸上已经没了半分男孩气，她是一个十足的女人了，她像姐姐们一样担得起"漂亮"二字。由于再没有见过她的姐姐，她在我眼里成了最大的那个。她的漂亮也失去了参照，怎么拿穿着婚纱的她去跟那两个十七岁的女孩比呢，也很难拿她去跟那个十四岁的假小子比。她在自己的婚礼上变成了一个如假包换的新人。我们这桌全是年轻人，看到她跟张熙，大家言语轻佻地开玩笑，但没一个人提王萍，或王丽，好像她们只是旧时残影，已经被新鲜的王丽萍悉数收归体内。我们桌上还有一个旧人，无比地耀眼又阴影巨大——小龙。他的嘴多贱啊，他可是追过王丽的，可他也没提。他手边放着一把奥迪车钥匙，他已经从司机升级为车主，并有了自己的沙石场。听说他婚结得也好，妻子是镇上某领导的女儿。他坐在这里，给这场婚礼挣足了面子，也隔空印证了他的高论：就是要光明正大，就是要大张旗鼓。喧天的锣鼓声中他一开口整张桌子都安静了，就连锣鼓声也弱了。他跟新人碰了杯，说："我可是媒人，你们最少喝三杯。"那一刻我都有些恍惚，不知眼前的新娘是王丽萍还是王萍，还是说王萍改叫王丽萍了，或者干脆从一开始王丽萍就是王萍……与此同时，我也感受到了张熙的敏感，他踟蹰片刻才举杯。王丽萍已经喝完了，微笑着等他。三杯，他喝得很慢，他的敏感不能允许的慢。这期间我一直避免和他对上眼，我也知道他绝不会和我对上眼，我把目光放心地放在王丽萍身上，我还是想认出她来。

婚后，张熙和小龙在街上开了一家手机专卖店，叫"龙腾通讯"。张熙在深圳的华强北干过，这样一个人回到镇上卖手机无异于马云留洋回来干淘宝，更何况他还赶上了风口。那两年几乎人手一部手机，孩子们聚在一起玩的不再是沙包和玻璃球，而是一块块亮晶晶的屏幕。刚开始大家还开玩笑，说："为啥两个人开店招牌上只写一个人的名字？"张熙总自嘲："谁叫咱的名字不够响亮呢。"有些有点文化的会继续把玩笑开下去："怎么会，叫'康熙通讯'不更牛。"有一次张熙烦了："牛你妈啊，康熙

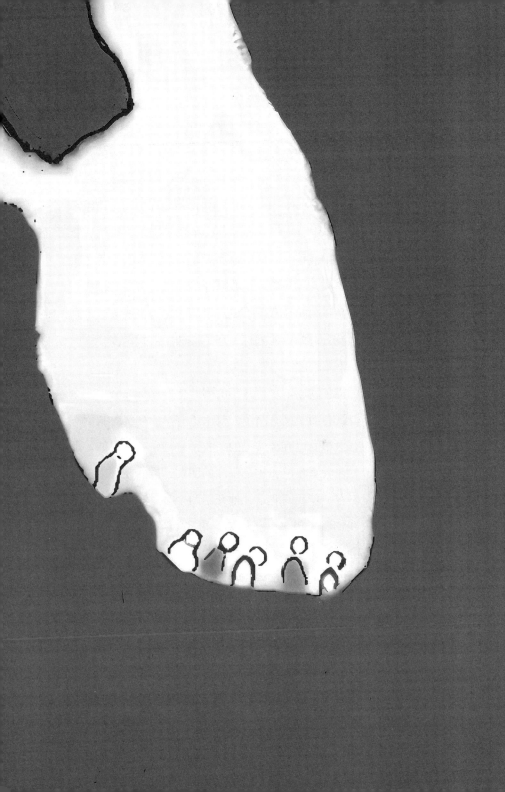

是什么年代的人，他用过手机吗？"张熙没怎么骂过人，那一次他用了小龙的口气，效果很好，对方立刻闭了嘴。骂完人的张熙也脸红了，他一向是注重文明的，毕竟也算生于书香门第。我不知道他是羞于骂人还是羞于用了小龙的方式，我也没问过他跟小龙是怎么合伙的，小龙是出了钱还是仅仅提供了保护。街上一直有小龙家的产业，从最早的龙凤浴池和天龙酒家，再到小龙亲手经营的龙翔沙石场和龙飞网吧，现在是龙腾通讯，带上龙，在这条街上就好使。在张熙的经营下手机店里的"龙"很快盖过了别的"龙"，也就没人再揶揄他是打工仔了。两年后我回去，张熙的手边也多了一串车钥匙。

　　那时候农村买车的还不多，开车的因此格外珍稀，有一两个有车的朋友显得既有面子又有路子，仅次于有车的翔实。我们一伙人出去坑，有坐车的也有骑摩托的，我一直是坐在车里的，那让我更有面子。在大家眼里我还是张熙的朋友，虽然在我眼里他是小龙的朋友。有一年我回北京，他开了两个小时车把我送到高铁站。一路上我们聊了很多，我也想了很多。"李青，我们永远是好朋友，不会变。"想到这句，我的嘴里泛起了他做的面条的味道。当然这种面后来我也常做，在能买得起玻璃瓶装的酱油之后，但那一刻，我知道我的嘴里正咂摸着他做的面，那是最初的味道。在心里面，我默默把他还原成最好的朋友，并恍然觉得好像真的什么都没有变，我感觉到的变，可能只是我的心在变。下车后，我扭扭捏捏地递给他两包烟，客气地说："辛苦了，回去的路上抽。"他还是只推辞一次就收下了。我提着行李走进车站，真正地难过起来，看来还是变了，至少是我变了。

我第一次思考起了友情，从驻马店到北京，我思考了一千五百多里。下车后，我承认了自己的敏感。我决定降低自己的敏感，就从不去关注别人的敏感开始，若再有人逼我的朋友喝酒，我会坚定地看过去，让我的朋友看到理解与支持，而不是根本没有的嘲笑与幸灾乐祸。若再有人让我帮忙写情书，我就不遗余力地写，拿出我写小说的劲头，就算被退稿也不伤心，就算不得赏识也不绝望——做就不问前程，这是伤心绝望之余我用来对待自己的办法，为什么就不能来对待朋友呢？

太能了。

然后就是第二年回家发生的那件七八年前的事。在凌晨一点的一家宾馆，我看到王丽萍从小龙的房间出来，我回到自己屋，把一袋槟榔扔到麻将桌上，瘫进了椅子。等着的三个人把槟榔嚼进嘴里，各配了一根烟，空气里充满让人恶心的甜腻味道，我也嚼了一颗，心脏像火烧一样难受。马宏喷着混合了香精的烟气催我抓牌，我差一点要吐。我吐了槟榔，又吐了一口腥甜的黑水，说不玩了。他们瞪着不可思议的眼睛，问为啥。我说累了。他们扫兴之余打起斗地主，很快又兴致勃勃。我想回家了，可我得等他们的车。我靠床上给张熙发信息，问他在哪儿。等回复的空当，我让自己过了一遍刚刚的事，看到王丽萍的时候我以为紧接着就会看到张熙，我笑着迎上去，玩笑话都滑到嘴边了，小龙露了头。虽然没怎么跟他说过话，但这个寸头我可太熟悉了，从小他就是这么短的头发，那时候我们还叫这个劳改头，后来才知道这也是一种时尚。虽然长大很久了，但我对这一头圆寸还是有点条件反射的恐惧，幸亏走廊够长，足够我刷开房门。脚步声迫近，因为太慌张我不能确定是一个人还是两个人，因为太恐惧我也没有回头确认一下是不是那两人。

张熙一直没回消息。他一向有度，这个点不是在玩，应该就是睡了，不像我们，会为了玩专门跑到县城开一间房。那阵子手机店不是很景气了，龙腾通讯又改卖大宗电器，也还是半死不活的。倒是小龙依然生龙活虎，街上又多了几块带"龙"字的招牌，大家不得不服气小龙的布局广泛。张熙习惯了老板的派头，还不太能忍受生意的惨淡，这让他整个人看起来多少有些别扭。我又注意到了他的敏感，即使我一再降低自己的，我真心想跟他走近一点，可我们的敏感却总在制造距离。现在他可能摊上了一件倒霉事，我为他不忿的同时竟然产生了一丝亲近，更恶心了。斗地主制造的声音和气味源源不绝，我在这个房间待不下去了。

我在走廊里打给张熙。他接了，带着被吵醒的恍惚。我问他："在哪儿？"他说："在家。"我问他："王丽萍呢？"他说："你问她干吗？"我说："没事，就随口一问。"他说："你有事吗？"我说："没啥事，就是在城里吃烧烤，想问问你来不。"他亲昵地骂了句："我操咋这么有瘾呢，大半夜的吃烧烤。"我笑了，说："不是因为你白天忙嘛。"他也笑笑，说："外面太冷了不想起来，你们吃吧。"挂了电话，我竟感觉不错。我很少跟人打电话，更不会大半夜跟人打电话，这么唐突的一通电话，让我找到了一些老朋友的感觉，或许就是应该少点分寸，虽然我因为分寸掐了话头。

第二天，天黑我才见到张熙。白天他要看店，我也在到处乱窜，好不容易回来几天，我都是尽量把能串的门串遍。在农村，串门是一种零成本社交，可能都称不上社交，顶多算撩闲。只要没有太凶的狗，就可以随便挑一扇门走进去闲聊。在门和门的空当，我也没闲着，前夜的事催着我思考：该不该告诉张熙？我们是朋友，按理说朋友应该帮朋友，可告诉他算帮忙吗？我不能确定，越想越觉得不算。我决定绕开这个问题，仅思考告诉这一个根本动作：告，告知；诉，诉说。对于这件事，我好像没什么好诉说的，那就只剩告知了。一个人知道一件事就应该告知一个人吗？我串了一天门，说了一天话，好像也是诉说多过告知，很多时候会绕过告知去诉说，更多时候连诉说都想绕过，只是评说。像个记者一样求诸百家，引人诉说，暗戳戳记在小本本上，在心里评说，或写进小说。肯定不只是因为我写小说，如今的大家似乎都更愿意倾听而不是诉说，更少告解。只有这样才稳当，只有这样才安全。我串的那些门也不外如此，男人们的交谈既没有告知也没有诉说，除了几句钱难赚啊世道艰之类的公共控告，剩下的都是干巴巴的信息交换，北京工资怎么样，上海呢，广州、深圳呢，广州到家几小时，得加多少油，北京呢，海南、长沙呢……我不爱跟男人聊天。女人们会多说点，有些甚至称得上滔滔不绝，但大多是伪装成诉说的炫耀，或抱怨，零星的信息夹杂在充沛的情绪里，让听者很容易迷失。只有说起别人家的闲话才会有海量的信息涌现出来，充斥着告知乃至宣扬，充斥着诉说以及评说，可那又当不得真了，那样的诉说差不多相当于小说。我是个写小说的，我当然明白小说里的说和生活里的说是两码事，所以我决定不说。吃过晚饭，我们在张熙家门外慢慢聚拢，在黑夜里或站或坐抽着烟，明明灭灭的烟头后面站着面目不详的人，得凑近了才能相认。张熙家门口有灯，灯下被一帮蹭 Wi-Fi 的小孩占据，我们只能站到黑影里去。看着这些明亮的孩子，不得不承认世道变了，想当年我们在玩什么，现如今他们在玩什么，他们注定会像我们淘汰父辈一样淘汰我们。我们当年雄赳赳气昂昂的父亲们都臊眉搭眼地隐入了夜色，村口这片名利的焦土已经没了他们的位置。我们接管了这里。我们一个一个地到来，凑齐了一桌就挤着灯下的孩子往院里进，又一桌进去，黑影里只剩下我和张熙了。他从小板凳上递过来一根烟，我弯腰接住，顺势在他对面坐下。打火机一亮，我看到了他，他还是帅，只是脸上布满痘坑，我早就习惯了这张脸，但印象中他还是小时候的白净透亮。我走的时候他还没长痘，再见面就是这样了，也就一两年时间，青春在他脸上完成了循环。烟抽了大概五六口，我们谁都没说话，我都有点后悔没跟着进去了。我不是怕沉默，只是怕我们之间的沉默，我也算个能说会道的，可只剩我们两个的时候却很难找到开口的时机，越去找，就越难开口。这让我气馁又懊恼，好像我被他压住了，好像我的敏感捉不到他的敏感，或者他的敏感总先于我。一根烟快要抽完的时候，还是他开了口。

　　"咋样，准备啥时候结婚？"

　　"结不起啊。"

"咋会，不还是那个吗？"

"是。"

我能感觉到他的没话找话，但他找到的话还是让我心头一热，以他的聪慧不会不知道聊这些有多讨厌，他冒着被讨厌的风险，想要像个哥们儿一样表达关心。我有点后悔了，我的回答太简短，他第一句还有点局促，第二句已经在后退了，为了留住他，我猝不及防地展露了自己的疑惑和脆弱。

"其实也不是钱的事，可能就是还没准备好吧，怎么面对一个家庭，结了婚要怎么过，有了孩子怎么过，我完全想象不出来。"

"你可能就是想太多了。"他笑笑，"你读书人嘛，想的肯定比我们多，其实我都没想过，日子轮到头上该咋过还咋过，可能都没有该不该，日子咋来就咋过呗。"

"'日子咋来就咋过'，这话好，就像那句英语，Let It Be，这也是首歌，甲壳虫的，很出名。"

"要不说你有文化呢，又是英语又是虫的。"

"Let It Be，顺其自然的意思，甲壳虫是个乐队，英国的，我给你听听，这歌可好听了。"

"甲壳虫"从手机里传出来，我们坐在暗影里听着。前面不远就是那座桥，我们在这里玩的时候，附近还没有房子，桥上也没有高架，如今高架上车来车往，张熙家的门前坐满小孩，只是没人再到桥上来了。大概听了三四句，张熙说好听，就是听不懂。我滑动屏幕，给他念歌词的翻译：当我发现自己深陷困境，玛利亚来到我身边——玛利亚就是圣母，耶稣的妈——玛利亚来到我身边，说着智慧的话语，顺其自然，在我最黑暗的时刻，她就站在我面前——她就是玛利亚——玛利亚说着智慧的话语，顺其自然，顺其自然，顺其自然，Let It Be。

"Let It Be，"他重复道，"顺其自然，这话挺酷的。"

"是吧，是挺酷，不过也是一种勇敢，我就是缺点勇敢，所以结不了婚。"

"结婚是要有点勇敢。"他说，"男的勇敢，女的也得勇敢。"

"是吧，王丽萍勇敢吗？"

"你还不知道她，从小就勇敢。"

"那可太勇敢了。"

"我们都笑了。"

"咋样，你的婚姻生活？"

"就那样吧。"

"就那样你还让我结婚。"

"不都得成个家嘛，啥日子不都有好有坏。"

"你们会吵架吗？"

"吵，哪有不吵的。"

"吵得过吗？王丽萍的嘴可不是一般的厉害啊。"

"唉，吵不过就认怂呗。"

他这一声叹息让空气沉默了，不是尴尬的沉默，是话到了头的沉默，这是一种好沉默，是没必要打破的沉默，这样的沉默就该让它默默地散掉，可我却脑袋一抽，说了句没头没脑的话：

"女人就得管管，不然就不老实。"

我严肃得有点恶狠狠了，他含糊地应了一声，没再说别的。这次是突兀的沉默，我很快就后悔了，很久以后也还是后悔。我怎么会说这么一句话呢？这句话蛮横的丈夫说过，凶恶的婆婆说过，好事的七大姑八大姨说过，强迫女人裹小脚的士大夫说过，我为什么要说呢？我有什么立场说呢？当然，我只是想要提醒我的朋友，可这句话也太落后了、太反智了，是我不能容忍的落后与反智。我想再说点什么补救一下，可能想到的无一不指向败漏，我感觉自己随时会说出来，之所以没说只是还没找到时机。在这突兀的沉默里我如坐针毡，我恨死了自己，恨死了敏感，恨死了分寸和时机，也恨死了张熙。最后还是他率先站了起来，我跟着站起来，我们挤着玩手机的孩子走进院子，正碰上抱着孩子的王丽萍往外走，她亲热地打招呼，我却心虚了。

我们推门进屋，加入牌局。浓烟在屋顶汇聚，又有人嚼起槟榔，有人拍桌子骂娘，有人喜笑颜开，有人黯然神伤……这间密闭的屋子要素太多，空气太浑浊，我能捕捉的太过有限。后半夜小龙来了，屋里的喧嚣被推向新的高潮，照例玩斗牛，他和张熙坐庄，他负责发牌，张熙负责码注，连王丽萍都抱着孩子在后面加油打气。没有一个人因为王丽萍和孩子的到来停止抽烟和嚼槟榔，没有一个人不在癫狂和拍桌子骂娘。王丽萍抱着孩子沐浴在口水和烟雾里，像极了玛利亚抱着耶稣行走在沙漠里，他们的美和脆弱似乎只能献祭给这污浊的天地。那天因为有小龙我们玩到很晚，就是在那一天，我突然觉得冷，一直冷到大腿根，就是从那天以后，我不喜欢回家了。

现在时间过去了七八年，我又回到了家，老实说，头几天我是喜欢的。大家客气了很多，连打牌都谦让起来。第一天李园就做了饭，他从回到家几乎天天做饭，天天叫人去吃。他在郑州开过烩面馆，手艺还可以。吃完饭，我们顺势在他家打牌，人多了他就站起来，而不是像从前那样只要有人他就奉陪到底。李园家在村子中间，和我家挨着，这几年人们喜欢沿着公路建房，中间这一带破败了，矮小的瓦房被气派的楼房团团围住，成了村中村。他家的房子那么破旧，也不在村口，大家却都愿意来。没想到我们还没老就不愿意去村口了，孩子们也不去了，宽带很普遍了，不必再去张熙家蹭。张熙也不卖手机了，前几年听说他跟小龙闹掰了，带"龙"字的招牌也不能再用了。街上也没几块带"龙"字的招牌了，手机那么普及，龙飞网吧早没了，新建的楼房都有热水器，龙凤浴池也倒了，连锁酒店开到镇上，天龙酒家也关了。小龙还开着那台奥迪，可街上已不乏奔驰宝马了。这两年大家都跟着马跃干网店，小龙和张熙也入了局，听说干得都一般。回家两天，我还没去过村口，还没见过张熙，所以还不太知道详情。第三天，在李园家打牌的时候，张熙打来电话，问我在哪儿？我说在李园家，他说好，我就过来。过一会儿他又打来，问我怎么走。我捏着电话走到院子里，详细地告诉他。等他进来，我挤挤身边的人，给他腾出一个位置。没几个来回我们就碰上了，那一把我是个"枪金"，是顶大的牌，这么大的牌遇到他，我还有点可惜，问他开不开？他说你下钱嘛。我有点生气，较上了劲，心想现在大家都那么和气了，我们这关系有必要较真吗？我手握大牌，当然不怕他。我们就你来我往地扔钱，越扔我越气，越气就越上头，直到手里的钱都快扔完了，我才有点心慌。他是有度的人，不至于这么诈我。牌亮出来，他是一个豹子，而且是他开的牌。他一边收钱一边说："我以为你啥牌呢，死活不开。"我说："一开始我就要开的啊，你不愿意嘛。"他说："我那么大牌肯定不能那么早开，这牌你输这么多，也不亏吧。"我说："不亏。"说是那么说，心里还是不痛快了，我深知不能表现出来，可却很难再把说话的声音调高，也很难再先于大家笑出来，就是大家笑，我也跟不上了。我又想走了。我深知不该生他的气，他一点错都没有，曾经我也是那么较真，我也一度以为尊重游戏才是对的。如今我们吃了李园的饭，跟他一样变得柔和了，可凭什么要求没有吃过这碗饭的人也这样呢？在心里，我依然觉得张熙才是对的，虽然还是气他，虽然还是没法改变已经变了的心情。

后来，张熙的手机来了电话，屏幕上显示的名字是萍儿，张熙从没有这么叫过王丽萍，却给她备注了这么一个甜蜜的称呼。我不可避免地想到了那间凌晨一点的宾馆，但也只是想一下而已。张熙对着电话说了句话就挂了，打完那把就坚定地走了，估摸着他走远了，我也走了。走在已经结冰的泥地上，我又一次感到了冷，又有点不喜欢回家了，但愿只是因为输的缘故。

郑在欢，1990年生于河南驻马店。出版有《今夜通宵杀敌》《团圆总在离散前》《驻马店伤心故事集》等小说作品。

评论：

"街上已全没有我们"

——评郑在欢《忍住Ⅲ》

李壮

　　遵从我一向的德行，进入正题以前先扯点起兴的闲篇。顶好还能是讲个故事。

　　那就讲个故事吧——反正郑在欢的小说也向来是东拉西扯撂下些故事，但又似乎并不离题。郑在欢在这篇《忍住Ⅲ》里写到了一个发小聊天群。从形式结构上讲，《忍住Ⅲ》这个混合着怀念、犹疑与淡淡疏离感（乃至惶惑感）的故事，最早便是从群聊引出的。现实中，我也有这么一个聊天群，里面是我们玩得好的几位高中同学。平时群里偶尔聊聊天扯扯淡，每到了估摸该集体回青岛老家的时候，就在群里呼朋引伴地约出来聚一聚。后来工作都忙了起来，更兼几年间疫情阻隔，渐渐地难以聚到一起了。忽然一日，一人在群内连发了几段视频，前后并无上下文。点开来看，是他出生不久的儿子。我心中隐约"咣"的一声，仿佛悬着的靴子落地，似有失落，却也释然：终于啊，我的发小群里出现了第一个晒娃的男人。

　　我们就这么读着写着，终于把发小都写出孩子来了。

　　这种"终于"甚至"终究"的感觉也构成了《忍住Ⅲ》最直观的情绪层。在此意义上，故事由一个发小微信群入手开腔，是颇为精妙的。微信群是一种极富当下标志，也十分微妙的空间。"人在场又不在场"，是这个空间的特性。人被简化为高度替代性的符号（头像和微信名），同时交流的点对点效果被极大地虚化，看似热闹的对话变成了一大堆零散并置的话语构件，交流这种"行为"被分解为"听"和"说"两种各自独立的"动作"——每个人都可以说，但其他人未必听。例如主人公回乡的日期在短时间内便不得不重复了三次，李园那句"有钱没钱回家过年"被他反复强调却一直没人接茬。

此中有一种直观的、可视化的隔膜感。由此引出了主人公对回家过年的恐惧，那是"人回来了又回不来"。这种隔膜感在过去是没有的。我想，这正是郑在欢用了超过一半篇幅去回溯相关人物少年前史的原因。在那个少年世界里，人都是坦荡荡甚至莽兮兮的，为了一个女孩子可以爬碎玻璃墙头、挨大人铁锹，说出"爱"字都丝毫不觉得困难。这同一批人，却在多少年后变得吞吞吐吐、恍恍惚惚。这种变化显然不是"物是人非"这种陈词套语所能涵盖的，它更偏精神化，关乎自我意识、身份认同、"成长"或"衰变"——郑在欢在小说里一再提及并展开关于"敏感"的讨论，我想正与此有关。

此类话题往往抽象，好在故事里与此直接关联的因由很具体：主人公无意中发现，一个朋友睡了另一个朋友的老婆，这位老婆同时也是我们共同的朋友。在都市的故事语境里，这类情节常常会着床于"爱情的再现"或"人生的重启"，但在郑在欢笔下的村子里，这似乎就仅仅是"闲来偷情"：主人公一再纠结是否要说出此事，直到多年之后，他发现说出或忍住本不重要，一切都运转如常，仿佛没有事发生过——简直就像打牌一样自然寻常。

这便不得不提小说里另一种重要空间：牌桌，或者说是打牌的屋子。郑在欢笔下的回乡之旅，实际上就从微信群这样的虚拟空间转入了打牌屋这样的实体空间。有趣的是，在这样的实体空间内，不真实、不在场的感觉反而更加强烈了：

"浓烟在屋顶汇聚，又有人嚼起槟榔，有人拍桌子骂娘，有人喜笑颜开，有人黯然神伤……这间密闭的屋子要素太多，空气太浑浊，我能捕捉的太过有限。"在这里，每个人的形象也像微信群里的句子一样悬置、隐退了，只剩下一大堆零散并置的话语构件。烟雾与叫嚷齐飞，四下密闭、耳目不清，真实又迷幻。我们的主人公与所有人聚在一处，同时孤身一人。

时间感在牌桌上丧失、混淆了。这显然同这篇小说内蕴的主题有关。进而，牌桌也担负着更具体的结构装置功能：借用雅各布森的理论，在《忍住‖‖》里，牌桌是"转喻"，是毗邻性、推演性的。因为在安放牌桌的房间隔壁，便是小龙和王丽萍偷情的房间（这是故事重要的情节节点）；同时，它也是"隐喻"，是相似性、替代性的，因为"子辈"几乎是在同一张椅子上替换了"父辈"，"中年"几乎是垂直空降地替换了"少年"——打牌是为了杀死剩余时间，却也反过来如尸体腐烂一般滋养了时间浑噩轮回的根系。

小说开篇便讲，"这些令人痛恨的消遣，长时间被父辈掌握，我们只能眼睁睁看着……都怪我们太小了，小得像见不得光的老鼠，只能藏着自己，不知道老鼠长大了敢不敢上街，反正我们一长大，街上就全是我们了"。到小说结尾，"我们"当然长大了。而且，已经是太大了。然而，长大的真正结果，并不是"街上就全是我们了"，而是"街上全没有我们了"。街上全都是父亲，全都是祖先。

"……我不想和他们玩了。我很少再有怀念的人。我找不到回家的动力了。"

这种意识，沉浸在原生时空之内的人是很难产生的。恰恰是曾在其内、后来逃出其外、如今又临时性回返的人（例如主人公"我"）才能在一瞬间获得。小说里的"我"多次提及自己生活在北京。这当然不是可有可无的。小说根本的情感结构，其对时间、空间和人的观看及理解方式，无疑只有在"北京"的隐藏基点上才能更有效地实现——它们来自逃逸出故乡结界后的"现代城市话语结构"。相对于《驻马店伤心故事集》里的许多小说，《忍住ⅠⅠⅠ》对故乡故友的书写显得更加复杂含混，其中有中年世界对少年世界的侵入，也有他乡视角对故乡视角的介入——这不仅是就情节而言，亦指向语气、腔调和节奏感。我想，至少在这一文本内，郑在欢这位"驻马店作家"实际已转变为"新北京作家"。因此，《北京文学》将这篇小说放置在"新北京作家群"名下，是合适、准确的。甚至，这样的文本还应当放得更多。这不仅仅是因为，离乡来京的"新北京人"正在成为北京作家的重要部分甚至主体，更是因为，此种"自京回望"的情感姿态和经验结构，在今天正变得越发重要、越发有代表性——文学中的"北京"（或"上海"，或"广州"），当然不该窄化为一种题材、一些意象、一串地名或者方言词汇，而应当是一种视角、一种前提、一种潜意识。

呼
吸
——

蒋
在

一

打开门以前，她贴在门上听了很久是否有脚步声经过，虽然这么晚了，不会有人出门，但是万一呢？

如果她打开门，她的不安、狼狈、肿胀，都会从这些缝隙里流出来，流进过道里，所有邻居都会看到、摸到、闻到。可是如果不开门，不去清理门口被他撕碎的对联，明天早上大家出门看见，都会好奇他们家昨晚究竟发生了什么可怕的事。

张森是知道她害怕又羞耻于这些事的，这也是在他们结婚后好几年，张森才摸索出的她的软肋。她越怕别人知道，张森的声音就会越大。她会开始哭闹，苦苦哀求让他小声一点，即使发火也小声一点，不要让别人听见，不要让别人知道自己的家长里短，不然这相当于在别人面前衣不蔽体。

就像她看见微信视频号里讲的那样，那个访谈里某著名导演夸自己的妻子识大体，她只要没想和这人分开，她就会把一切错误归结为对方的淘气，并且从不埋怨，也不指责。她不知道这是不是真的，但是如果一个女人能够做到这样，那她需要花多长的时间去接纳这背后的伤害呢？

最开始她不明白，后来结了婚，慢慢才知道大多数女人，都会对自己家的事情闭口不提，为了维护整个家的体面和自尊，牙齿打掉了要往肚子里咽，不要把自家的事抖出去拿给别人当饭桌上的谈资和笑话。

这些类似于：你知道吗？你难道不知道吗？我听说……就像一个个发射出去的火簇，迅速点燃可以被点燃的物体。大家隔得太近了，一双双瞪大了的眼睛，伸得长长的耳朵，都在每一个缝隙里藏着，像蜗牛的触角忽远忽近，探究着别人家门后的那个秘密。

"每个人都会有缺点，要学会看见别人的长处。"她母亲总是这样说。

张森从没有过不清不楚的男女关系，也不把外面的情绪带回家，不向她主动发难，所以他不生气的时候堪称完美。

其实多数时间里先发怒的是她，她带有女性天生爱抱怨、爱挑刺的特点，让张森在和她的相处里小心翼翼，以退为进，但毕竟这样的生活是不健康的，张森需要发泄出来，如果他不发泄出来会憋出病的，他们的婚姻也会迅速地坏掉。

所以最后张森才没有控制住，才会对她动手，如果她不去惹他，他就不可能这样失控，他从来没有在外面失态过，哪怕对打扫卫生的阿姨、快递员都是客客气气的。除了爱动手之外，他其实做得都挺好的。真的。

再说了，谁家不打架呢？谁家都会打架，男人打女人，女人打男人，还有的是双方互殴。各种各样的情况都有，各种各样的情况都不让人意外，只是没有人提罢了。她这样安慰自己。

家暴只有一次和无数次。她清楚这一点。但这件事不是这么简单。她也有错，这次是她先抱怨他为什么又去打得州扑克打到凌晨四点才回家，是她不停地挨个打他朋友的电话找他回家，他平时上班压力这么大，难道不能和朋友去放松一下吗？他又没有去做任何违法的事情。

"你要知道，你再这样无理取闹会把我逼疯，我一定会把你杀掉。"他大声地威胁她，"这一点你一定要让你父母知道，我警告过你。不要说我没有说过。"

怎么可能？她从不相信他会动手杀了她，就像过去她从不相信他会对她动手一样。如果你爱一个人怎么会舍得对她动手呢？

后来她也意识到，这件事和爱不爱之间没有冲突。她回忆起冲突过程的时候，感觉到心跳加速，好像在观看别人的梦境似的。只是这种乍一看对的逻辑，再细想根本不可理喻。

那为什么她能够坦然地接受这一点呢？她在想是不是因为自己的家庭，生长的环境，从小对她的打骂、暴力，让她麻木，接受了这些事，让她知道这些在亲人、爱人之间是可以被原谅的。伤害就是缝制在爱之中的，不然她没有办法理解为什么明明说的是爱，但为什么她却总是这样遍体鳞伤。

她记得父母打斗的场面。那天她背着书包放学回来，他们在她回来之前就已经摔碎好几个碗了。她的出现，并没有让她父母之间的互相谩骂与羞辱暂停。然后，她记得她坐在沙发上，母亲突然冲进了厨房，只听见"咚咚咚"的好几声，声音变得越来越清脆，当她进去看的时候，她看到母亲拿着擀面杖，一个盛放酸汤的坛子被一棒一棒地敲碎，里面红色的糟辣椒顺着瓦罐流出来，流到地板上，黏黏糊糊的。

那是母亲最爱吃的奶奶做的酸汤，好像是因为回家过年的事俩人吵起来的吧，敲碎那个就意味着母亲想要和父亲家彻底决裂。母亲说："我背不动了，你们全都在我的背上，压得我喘不过气。"

她尖叫，大哭，父母让她闭嘴，不许哭，不要影响了他们在这件事上的专注。然后他们又扭打在了一起，爸爸的裤腿上还沾了红色的酸汤，把深蓝色的裤子染成了更深的颜色。接着母亲拿起一把橘黄色手柄的水果刀，刺向正要开门准备离开家的父亲的背部。

她记得那把刀，记得那把刀的印象比记得她父亲背上的那个伤口的印象还要深。

那把水果刀曾放置在煤气灶旁边，因为太过于接近煤气灶，橘黄色的塑料手柄开始熔化，然后边缘变成了一条黑色的线。发现时已经太晚了，上面有一些熔掉的气泡，像某个人的脸，去戳的时候，却硬硬的，没有办法戳破，或是捏回原来大致的形状了。她曾经还用这把水果刀切苹果时切到过食指，血从手指上顺畅地滑下来，根本看不到伤口的大小，她胆怯地去找父母，希望他们不要生气，她用刀切到了手指。

那天中午，她的父母很温柔，没有对她偷偷用刀的事情进行责备。伤口并不大，用碘伏消毒和进行简单的创可贴包扎后，父母将她抱到了他们的床上，她躺在爸爸妈妈中间，她的父母温柔地彼此交谈着，她觉得安稳又舒心。

然后日子周而复始，父母和好，然后再打起来，她在这样的日子里早已形成习惯，想着总会好的。

事实证明的确是这样，他们依然在一起，没有说过分开。所以她或许天然地认为，这件事、这些暴力行为是可以在时间里被原谅和谅解的，应该这样做的，每一对夫妻都是这样过来的，关起门来，他们每一对都打架，但是日子还是能坚持过下去，只要其中某一个人没有做出什么触及底线、伤天害理的事情，日子就能继续过下去。

二

她遇见他的时候，她刚刚结束了一段九年零两个月的爱情长跑。那年她三十四岁了。正处于晚婚的年龄。

张森就这样出现在了她的世界里，在秋天的一个下午来到了他们家。张森曾是母亲的学生，他前一天来电话问是否可以来家里看望老师。

本来还有一个学生要一起来的，结果那天那个学生的父亲脑梗住院，身边离不开人，所以只有张森来了。

她仍然记得那是个周六，她正好在家。母亲那个中午出乎意料地没有睡午觉，她平时是雷打不动地按时按点上床的，她在卧室穿了又脱，脱了又穿，选来选去终于换上了一条她平日里舍不得穿的山羊绒的灰色连衣裙，还擦了粉底，像是要迎接什么重要的客人。现在家里静悄悄的，父母都退休了，没有人前来打扰，任何一个人的拜访都成为父母一天之中最重要的事。她挺嗤之以鼻的，父母如今对别人这种形式的看重，显得过分的感恩戴德了。

张森提着一个长方形的矮口花篮进门。他那天穿了一件军绿色的帽衫，双侧有两个格纹的尼龙材质的口袋，里面装着他刚买的一包红塔山和打火机。

"哪里弄来的这么好看的花？"母亲一边领他进门，一边叫她出来跟客人打个招呼。她看见母亲眼睛里亮亮的，不仅仅是因为见到这篮花，应该还因为见到多年未见的、这么高大英俊的张森。

侍弄花篮的时候，她闻到他身上的烟味。她想估计是他进门时，就在楼下抽了一支烟才上来，在他抽烟的位置，是否能看到她阳台上放着的那几盆茂盛的天堂鸟？就像她的盛开一样：无人观赏，然后就要枯萎凋敝了。

她从不反感烟味，甚至她喜欢他身上的烟味，越靠近，这种味道就显得越明晰，她也能感觉到张森高大宽阔的身体和她靠得更近了。

张森把那株缺水的花束轻轻地取了出来。"花要这样斜着剪掉根部才能更好地吸水。"他的表达是那么自然，仿佛他们认识很久了，这些话也像是他精挑细选的，知道她的处境，专程来告诉她这些话的。他拿起桌上的剪刀，对着垃圾桶把花的根部剪掉，又把一些枝叶轻轻地撕去。他纤细好看的手指在绿色枝条的衬托下，显得鲜活而充满魅力。

"这是什么花？"

"我手上这个蓝色的大花叫大飞燕。"张森小心翼翼地把花束重新插回花篮的泡沫里，又继续用手指点着每一种花，"这个白色的花是重瓣小手球，紫色的这个叫翠珠……"

她仔细地听着，心里仿佛有一花园的花正在盛开，草地里掩埋着的喷淋系统在枝叶上一点点均匀地挥洒着。阳光普照，树的影子在日照下形成一个个网，随着阳光的移动，那些影子也在逐渐地消失和坍塌。

是张森的出现解救了她，把她从那段失败的、气喘吁吁、筋疲力尽的九年爱情长跑里拖拽出来，让她在所有的亲友面前又重新抬起了头，就像那株花一样，重新吸收了养分，然后抬起头来，向阳生长着。虽然没有说过，但她始终感激张森这一点：他是如何救自己于水火之中，是他的出现重新点亮了曾经暗淡的一切。

他们结婚后，母亲常说："张森和你爸年轻的时候很像。你爸年轻的时候也对我这么好。"

她没有见过父亲对母亲无微不至的样子，她想象不出父亲会和母亲轻言细语地说着什么话，她没有听过父亲任何充满温情的表达。

"冬天，我的脚容易凉，你爸就会把双手搓热了再给我焐脚。"母亲回忆起这些的时候表情平淡，好像每一个阶段的变化都是自然而然的事情。她接着说道："就像张森现在对你一样，给你买花，给你做饭，照顾你。你能想象你爸年轻的时候也做这些的吧？"

不，她想象不到。但她知道她父母是相爱的，这一点毋庸置疑。不然为什么他们打了、闹了这么多年还是在一起生活。打打闹闹，他们一辈子也就这么过来了，他们也还好好的，还有了她这样一个女儿，共同把她抚养成人。

他们打架的事情家里人都知道，但却没有人出面制止过，哪怕说那么一句。任何人，他们即使目睹了这些事的发生，也都会选择避而不谈、视而不见，选择当什么事情都没有发生过那样。这毕竟是他们自己家的事。只要他们自己能接受，谁又能说什么？包括她自己，作为女儿，她也从未制止过他们之间的争执。

所以她也自然而然地觉得这是每一个人家都在经历的事情，每一段婚姻都是这么过来的。谁家不吵架？没有不吵架不打架的夫妻，只要有个度，不下狠手，出了人命，不做什么超出底线的事情，有什么是不可以原谅的呢？

她的父母有没有想过他们的女儿也会和他们栽一样的跟头？这是预料之中的事情吗？还是说他们想到了，但是他们没有说。

三

一般是发生在深夜，凌晨两三点，甚至有时候到凌晨四五点，伴随着巨大的轰隆声，他们家东西被打碎、踢飞，垃圾桶、衣服、椅子都凌乱地倒在地上，碎屑满天飞，她买的菠萝从破碎的塑料盒里滚到地上，里面的液体黏糊糊地滴落在木地板上。她听见她上衣的布料被撕开的声音，很轻，她意识不到衣服究竟从哪里开始裂开了。除了这些撞击声，还有她叫的几声"救命"，好像都被那扇赭红色的大门挡住了。也幸好挡住了。

她记得有一天晚上，在物业群里看到有个业主大约在十点多时间，有没有人听到一个女的在喊救命？这样的讨论让她有点触目惊心，她在想会不会在某一个晚上也在某一个群里有人在讨论他们家的事情。但那天的喊声不是从她家传出来的，那天晚上他们稀松平常地度过了。

晚饭过后，他们两人就一直趴在客厅的地上，拼上一次全被她倒进垃圾桶的拼图，那一次不同的部件被甩飞，好几片同样的蓝色方块掉进了沙发缝里，之后她捡起来时，隐隐约约看到拼图上出现的部件是一艘木船的前端。

这一次张森还是买来一盒一样的，猫咪逛庙会主题的，一共有 2000 块拼图，比上次的还要大，还要好。

"你把这些带有平整边缘的方块先找出来，我们把这个拼图的轮廓部分先拼好。"张森在拼图堆里一点一点地寻找着，并把他找到的部分递给她。那并不难找，只要找出有一边是平整的即可。

　　她用手指在这些碎块里拨弄，一点点地找出代表着夜空的深蓝色。天空中展开的烟花部分最难拼，涂了亮粉的烟花挥洒在天空中星星点点，从不同的方向看，能看到不同的颜色。她负责把相似的颜色归类，放进四个羊毛毡做成的小盒子里。

　　她趴在地上把没有办法判断的部分，猫咪脸的不同部位，带有文字的方块通通都分了出来，留给他做判断。在他们的关系里，他们就是这样相处的，好像天生权利就向他的那边倾斜，她也享受这样的主导关系。

　　他总是能快速、耐心地把缺失的小方块找到。这是她喜欢他的原因之一。很多生活里的琐事，他都能像这样一件一件地解决掉，只是时间的长短问题罢了。每当这个时候，她就会觉得他们的生活充满希望，她喜欢这样和他趴在地上，趴在地上望着他的侧脸，望着他专注的样子，她希望就和他这样一直在一起，不管做什么，在一起才是最重要的。

　　人说破镜不能重圆，可是他们的感情应该不是一面镜子，不然他们都摔坏好几次了，怎么还在一起呢？他们的感情应该是拼图，摔破了再拼好，用胶水粘起来就行了。那之后，她每次都会想起微信群里那个女人喊救命的声音。

　　虽然她极力控制自己不要去想，不要做这种错误、无意义的联想，或者心理暗示。但她还是忍不住地想知道，这个女人叫喊的声音是什么样的呢？是不是和她的声音差不多？尖厉？歇斯底里？恐惧？这栋楼不同的房屋的门后，还有多少人正发出这种声音呢？是不是大家都没有说，这种事情其实再正常不过了。

她的声音通常卡在喉咙里，沙哑地、断断续续地往外冒，他掐住她的脖子，声音窒息在了颈部的骨骼里。声音的传播速度在不同的介质中是不同的。所有的声音都聚拢来，在耳膜旁一直嗡嗡作响。

她在他的眼睛里看到了冷漠与陌生。她把他想象成一种动物，压在她身上一拳一拳地打她的时候，她感觉他的后背正在长出黑绒毛——是某种兽性把他吞噬了，隔一段时间兽性又会把他吐出来，让他恢复成平时温柔的模样，他会好的。然后，她会继续原谅他。

他放开了手。离开时，他把赭红色的铁门"砰"的一声关上了，这声巨响，应该震碎了邻居不敢出来只敢贴在自家门上倾听的耳朵吧。或者大家都在卧室里，根本没有听到她的尖叫和一声声喊出的"救命"。"嘶啦！嘶啦！"两副对联被撕了下来。她站起来，想靠在门上听，但她左边的大腿酸胀，走路的那块肌肉拉扯得说不出的生疼。

迷迷糊糊醒来时已是凌晨六点，鼻子因为哭过两边都堵住了，整晚只能靠嘴呼吸，舌头的极度干燥让她从湿润的梦中醒来，接着才是身体上的各种不适和酸痛。

从床上坐起来，不去镜子里看，她都知道眼睛肿成什么样了，好在现在还有时间在出门前冰敷眼睛，几小时后，眼睛就能恢复成让人看不出哭过的模样。她不用去检查脸，他打人时从不打脸。想到这儿她还挺庆幸的，不会让她出门让人看出她被打了而感到羞愧难当。

他对她说过："我不是真打你，要真打你，我一脚下去，就能把你踢死。你说对不对？"甚至有时候，每次结束他都要她承认他没有打过她。

"是，是。你只是出于自卫。你只是听不得我的尖叫。你以为我要过来推你，或者抓你的脸，这才把你惹急了的。你已经很克制了。是，是。"

窗外没有鸟鸣。干枯的树枝在寒风中晃动着。枯叶挂在树枝上，一阵大风，呼呼地吹过，像是透过窗沿的缝隙都涌了进来。她感觉到有些冷。

四

"他不动手打我的时候，都挺好的。只要不发火，他堪称完美。"

她在饭桌上听到这句话时，几乎都快呛了出来，放下喝汤的碗，她认真地打量着说话的女孩，心里默默地想象她俩之间的相似之处。心理学上有一个词，"低自尊"。她不喜欢这个词，它和不自重、不自爱、卑微、伤痛、缺陷联系在了一起，这些词单一、匮乏，哪里能形容得出她们在爱里经受的折磨、付出以及牺牲，甚至还有可能充满着某种病态的愉悦感？

斯德哥尔摩综合征不就是形容她们这种无法摆脱困境的人吗？被害者与加害者产生了情感，甚至还帮助加害者的心理现象就是这样产生的。在这些复杂的、出人意料的心理下，她们已经越陷越深，到了无法自拔也无法自知的程度了。只能在这个泥沼里无限盘旋。

有没有一种可能，她就是爱上了这种痛苦本身？她也思考过，甚至还和张森讨论过。

张森说："这么一说，你好像是有点自毁倾向。"

关于自毁倾向，她去微信文章里查过，这不是那么简单的一件事。不是一个人站在楼顶往下俯瞰，就会有欲望想要往下跳。这不单单是跳或者死亡的问题，这还涉及"飞翔"以及"诱导"甚至"心理暗示"。总之不能一言以蔽之。

她不觉得她有自毁倾向，也并不迷恋痛苦，她不是斯德哥尔摩综合征患者，张森也不是加害者，他怎么可能是加害者呢？是他把她从那样的泥潭里拖拽出来，是他在那样的场景下，在大家嘲讽她被抛弃的情况下，娶了她，让一切都平息了下来。所以这样看来她更不是受害者。他们都没有错，他们只是生气了、吵架了罢了。

她又向饭桌上说话的女孩看去，仔仔细细地从头看到脚，在她的身上寻找着她们之间相似的蛛丝马迹，女孩仍然没有任何感情的流露，沉浸在自我的表达之中，就像在说别人的故事，明显刚刚那句"他不打我时都挺好的"才是第一句开场白。然后她看见女孩吃饭的碗边的豁口。她对着女孩的碗指了指："给你换个碗吧。"

女孩把手上还没有抽完的烟架在烟灰缸上，举起来看了看碗边的豁口："不碍事，这么小个地方，换一边吃就行了。不用麻烦。"说完，女孩用右手将左手的翡翠手镯从手臂移动到手腕处，端起茶杯喝了一口，笑着说："但我有的时候也还手，抓他、挠他、掐他，就是我打不过他罢了。"

不知从什么时候开始，她的微信收藏里就开始充斥着那些可怕的社会新闻，比如硅谷的高才生如何一拳一拳地打死了他的妻子，那个香港的妻子如何被丈夫杀死分尸，又或者著名的王卫列邮轮杀妻案、杭州来女士失踪案，等等。她发现慢慢的有关的后续报道会逐步减少，然后人们的关注又会被引向其他地方，没有人再关注这个女人是如何被打死的，没有人在意这个女人死前的那几天都经历了什么，以及他们的感情到底是如何进行到这一步的。

她已经不再害怕这些社会新闻了，死亡，尸体，好像都不再是简简单单的几个可怕冰冷的字眼，她有时候会在深夜想起这些受害者，她们围绕在她的身边，并与她一起轻轻地啜泣。

她渐渐发现，她越痴迷于研究这些新闻，这些新闻就越容易推送到她的面前，她在网络里的人物画像是怎么样的呢？凶手、中年女性、分尸、作案心理、仇恨……是这样吗？

她关注了好几个讲杀人案的公众号，看文章如何分析作案人的心理，以及施害的过程等。白天，她沉浸在这些新闻的字里行间，在细节描述里寻找她与她们之间的相似之处。只有有类似经历的人，才会追踪这些新闻事件吧。就像孩子被拐卖过的家长，才会对人贩子有最深切的痛恨，从而付出一生的时间去让这些人贩子最终受到法律的制裁。

她试图想象这些当事人在发生那些暴力事件之前经历了什么。是不是和她有着差不多的经历。即使她不相信张森会真的把她怎么样。张森不敢的，他心里还是有数的。

饭桌上女孩在形容这件事的时候，像一个旁观者，丝毫没有愤怒，也没有不甘和委屈。她看见这个女孩白净的双臂，女孩的右手正伸向旋转桌上的一盘菜，她拿起碗里的勺，包房里的主灯正好照在她细嫩的手臂和纤细的手指上，没有一点淤青的痕迹，应该距离她说的那件事有一段时间了吧。她在想会不会曾经这双手也是和她的一样肿胀，她的关节是不是也无法动弹，淤青在时间里从青色变成黑色然后转为青黄？

饭桌上的人都没有认真听女孩说话，把面前的菜夹到碗里以后，才一边吃一边慢慢吞吞地回应女孩："这种男的就应该远离他。"

她认真地盯着女孩看，从手臂看到脸上，没有一点受伤的痕迹。她不敢显得过于专注，让人看出端倪。那一刻，这个女孩像是从她身上分化出来的一个部分，在说她自己的故事。她伸出手停住了旋转桌，帮女孩夹了一块糖醋排骨放进碗里，然后问："所以最后你离开他了吗？"

"没有呀。"女孩笑盈盈地把两手合上又摊开，表示自己也很无奈，那串翡翠镯子在手腕上晃动着，泛着轻盈的绿光。

"不离开总有她自己的原因和理由。"

五

暴力。施暴者与受害者。

这不是她第一次有这种经历了。是在小学吧，在那里她第一次经历了人性中最恶毒的部分。三年级的时候，教育局来他们小学进行例行检查，调查老师是否有体罚学生的情况。

那天，她匆匆忙忙地跑下楼准备去做课间操，双脚在长长的楼梯上反复交替着，像个蹦跶着的小鹿。从四楼下到一楼得需要六分钟，她跑下去的时候还特意看了一下左手的电子表，他们这个班因为老在课间操时迟到，经常会被留下来罚站。她不想成为那个害大家罚站的原因。

有几个穿着蓝背心的陌生人站在二楼的过道上，他们不像是这里的老师，她看到有几个认识的同学走进了电脑室里。那几个大人向她走了过来，问她愿不愿意做一个调查问卷，只需要十五分钟。虽然是问，但是他们根本没有听她解释，如果不去做课间操班主任会罚她的站，就把她推进了屋里。

问话开始了。先是几个高年级的同学回答说没有。所有人都摇摇头，似乎好像早就商量好了似的，但就是没和她商量，她是被临时带进去的。

"怎么没有？我们班就有。"

那几个人看向她，像是终于找到了说真话的那个人，对她十分感兴趣，甚至一个老师对另一个老师说："快拿笔记下来。"

本子被翻开了，那根手指在本子中线部分反复来回地按压。

老师们做好了做记录的准备，就等着她开口了。他们对她说："你站起来说，大胆地说，我们不会告诉你的老师。"

她犹豫又紧张，但她毕竟只是希望老师不要再这样对他们了。

"我们数学老师会拿尺子抽我们的手心，她还打过一个女孩的耳光，没做完习题要去后面罚站，有时候要蹲一节课的马步。"

她发现有同学转过来，惊异地看着她，好像要看清她的脸，记住她的名字，夸奖着她的勇敢。

"继续说下去，具体怎么体罚你们的？"

她发现其他人都没有开口，数学老师教的不止他们班，数学老师教的几个高年级的学姐也在这间教室里。

她身边的人都不知道这些事，或者他们知道，但却没有说。毕竟这个世界上没有不透风的墙。他们知道后会不会看不起她？可是她才是受害者啊，是这样没错，但是为什么她能容忍一个人三番五次地动手，她的尊严是不是相比某些其他她想要得到的东西更不值一提呢？那些东西究竟是什么呢？换作是别人，她也会这样问吧。但是她安慰自己，对方一定有说不出口的原因。一定是这样。

"做一个类似于人物画像的东西，总之把自我试图用言语描绘出来。"心理咨询师建议她把能想到的词都写下来。甚至可能的话，她可以往下推进一步："尽量去做到回忆整场事件发生的过程，或者说暴力是如何发生的，然后写下你当时心里的恐惧，还有愤怒。"

　　心理咨询师姓云，云朵的云。云老师看起来朴素、友善，让人容易接近。

　　"我应该和你母亲差不多大年纪。"云老师其实比她母亲小了七岁，但是看起来的确和母亲年纪差不多大。最开始她以为云老师的头发真的那么黑，后来几次她发现云老师的发梢都是银白色，才知道她是多么频繁地染发，试图盖住她的衰老。

　　"我很少告诉别人我的真实年龄，人老了，就让人缺乏信任，觉得你和这个社会脱节了。"但云老师似乎不介意她知道这一点。好像在告诉她，每个人都有他们想要隐藏的秘密。

　　她之前接触过好几个心理咨询师，有的问题问得太过咄咄逼人，经常让她重复描述一些令她痛苦的回忆，仅仅是因为对方不记得或者没有听清楚。有的打扮得太花枝招展，穿着带有明显logo的名牌，让人感到距离感，还有的会不停地检查墙上的挂钟，看看时间超过没有，然后打断她说话，告诉她接下去还有咨询。最开始她以为真的是这样，后来才发现，只是咨询师严格把控时间罢了，多一分钟都不想在她身上耗时费神。

　　但是云老师不一样，她的性格真的就像云朵一样，轻轻慢慢的，不疾不徐的，给她时间慢慢讲完，有的时候甚至时间超过了，也不会打断她。慢慢地，这几年她对云老师产生了别样的依赖，云老师扮演着她另一个母亲的角色。她不知道云老师是不是刻意这么做，甚至享受着这种来访人对她的依赖和信任。

　　把自己在家庭里受到的暴力写下来。她没有办法做到。之前那一次警察对她的围观，对她造成的伤害，她怎么也抹不掉。她仍然会在梦中梦见那个辅警和张森一起追着她跑，还对着她喊："你活该被家暴死！"她会在梦里跑得气喘吁吁，发现无处可藏，他们追上了她，把她抓了起来。推到地上，她额头的碎发因为和地面摩擦好几下，全部脱落了，然后她会在梦中哭泣着醒来，发现刚刚不过是噩梦一场。

那天晚上来了两个女警，两个女警把她带到了女厕所里，其中有一位是他们的文职人员，没有穿警服，是便衣，她坚持让他们换一个人来，她不想一个陌生的女人，一个没有权利在这里围观她伤口的人出现在这里。

两名女警关上门，年纪大一些的女警让她脱下外裤进行拍照检查，那些打量，还有照相机的按键声让她觉得羞耻。她们似乎和她年纪差不了太多，但是她在她们的眼神里没有看到一丝惊恐或者是同情，甚至她们的眼睛里还透露出对这些伤口的习以为常，她的伤口并不算严重，她们见的严重得多的多了去了，她这个算什么，小巫见大巫，夫妻之间的小打小闹罢了。

她甚至觉得自己不该来这个地方，她这么轻的伤，占用了公共资源是另一回事，最重要的是，她为什么要让这群外人参与到她的婚姻当中来，为什么要把自己的伤口剥开来给大家看，让大家耻笑、指责、唏嘘呢？把这些事讲出来，对她，对她的家庭，对张森，都是一种背叛。

六

　　"这让你想起了什么？让你想起了童年的某段经历？"云老师用引导的手势示意她往那个方面想，并让她接着想下去。

　　"让我想起了母亲和我之间的关系？"她试探性地问道，她在对方一闪而过的目光中捕捉到了这就是对方想听到的答案。

　　可是真正的答案不是这样的，实际答案要比这个复杂得多，甚至不是那么简单轻易地可以被描述出来的。不仅仅是她和母亲的关系，还有她小时候和同学的关系，和老师的关系，和她家那些盘根错节的亲戚关系，她和她表哥的那些事，哪一条不在影响着她呢？

　　她习惯用笔写下来，手里的汗浸湿了那张白色的纸，底下桌布的颜色露了出来。她从小就是这样，需要另一只手里攥着一张纸，一边写，一边用另一只手擦，直到那张纸全部湿掉，然后再换一张纸，如果没有纸，她每写一会儿，手就必须要在裤子上来回摩擦，直到干一些了，才能继续握住笔。

　　小时候弹钢琴，她手上的汗会留在钢琴的黑白键上，每次钢琴老师都会用小方巾擦一擦，然后再让她接着弹。她从钢琴老师的眼睛里看到嫌弃、不满。还有她几乎从不跟人牵手，"湿漉漉""湿答答"，以及那些用来表达恶心的语气词，她都逐渐习惯了，甚至小姨牵她的手的时候，都会在两只手中间隔着一张纸。

　　她习惯了嫌弃，看不起。家里人，外面的人都说她脏，问她："是不是没有爸爸妈妈管？所以才穿得这么烂？为什么不给你洗脸？为什么你嘴角都起壳发炎了也没有人给你擦擦，带你去看一下？"没有任何询问，就擅自拿出自家小孩不要的衣服给她套上，然后拿着她的衣服扔到地上，缩近鼻子和眼睛的距离，用嫌弃怀疑的口吻问她："你到底是有多久没洗澡了？"

只有张森从来没有嫌弃过她。张森知道她手心爱出汗，但是从来没有放开过她的手，也没有在裤腿上擦干手上沾满的黏腻的汗渍。有时候她手心里的汗会顺着胳膊淌下去，张森从没有问过她："这是为什么？是不是有什么遗传病？别人有没有说过她的手黏黏糊糊的？"他让她觉得所有人的手心都是这样流汗的，这是再平常不过的事情了，她不用感到不好意思。

他们刚在一起的时候，张森告诉她："那天陪你去雍和宫，我们敬完香，你在香炉前，突然跪了下来，四方祭拜，那一瞬间，我看着你瘦弱的身体伏在地上，觉得你有很重很重的心事，跟信仰无关，单纯是那些事太重了。我心疼得很，后来跟你坐在石阶上，聊起去西藏的时候，那种感觉更加明显了，当时我心里有个声音告诉自己，不该那么重的，要是我能分担一些就好了。"

从那一刻起，她就暗下决心，她要和张森在一起，一辈子都在一起。

紧张的时候手里也会流汗，是从什么时候开始的？是在姥姥姥爷家客厅里焦虑地等待母亲打来电话的时候？还是小时候因为没有家长管，被小混混软禁在空房间里好几个小时的时候？

　　她忽然想了起来，比以往都要更加明晰，更加愤怒和觉得不可原谅，那个不愿提起的伤痛，那个在家里传开了，却又没有再继续蔓延给她一个交代，以及没有后续的道歉的一次猥亵。就是这些时候吧，手心、手指上的汗多得可以滴下来，可以浸湿一张纸时，那个手朝她伸了过来，但她没有办法动弹，停留在原地的躯体化反应中，她表哥装作从来没有发生过这样的事情。

　　这些不了了之的伤痛都是她一个人在承担，或许就是从那时候开始吧，她学会了承担别人犯下的错，学会了及时原谅，学会了不要吭声，像在一个空旷广场里，站在中心的舞者，像个陀螺一样不停地旋转，她只能在那个暴力的中心，一刻不停歇地吸纳一次次力对她进行的捶打，然后继续旋转下去。因为说到底，没有人会站出来帮她的，上学时被霸凌没有人站出来，家里遇到表哥对她的猥亵，还是没有人站出来，甚至她的父母都一声不吭，让事情就这样过去了。空空荡荡的，一直是她自己啊，站出来说这些事，让她变得像个小丑。

　　"不被爱和被抛弃"，笔停在了黑色的线条里。这两个词的反义词成了她对爱情和婚姻的向往与要求。但不知怎的，她还是在经历着力的捶打，好像这些事，不论她做什么，都不会真正地离她远去，所以这一切，她想都是她的错，这是她必须得经历的一切。

　　她以为自己会在面前的这个本子上写很多很多的词，甚至句子，来描述她这些年的不被理解与压抑，但就是这两个词，是她前半段生命的全部了。是啊，如果她是被爱、被呵护的话，那些事情怎么会发生在她身上呢？为什么没有人站出来为她说话，保护她，而是看着这一切发生的时候无动于衷呢？为什么长跑了九年的感情却迎来了背叛？那些付出全都被黑洞吸走了吗？要承认自己不被爱是很难的。所以只有让她感受到被爱的时刻，她才会一股脑地栽进去。所以即使张森发火又怎么样呢？他毕竟是爱她的，他们这样吵过之后又会和好，他又会起来给她做早饭，又会给她买礼物，又会带她出去旅行。他们又会和好如初，直到下一次事情的发生。

七

事情就像风扬起尘土一样，呼啦啦地，当天下午数学老师就知道了。数学老师姓韩，她以前一直觉得姓韩的人都是韩国人，和她小时候看的韩剧里的角色一样，一般都是好人姓韩，然后她第一次知道，坏人也可以姓韩。韩老师一上午都没有出现，下午第二节课时，她来了，新烫了发，应该是前不久刚做的造型，上面还停留着啫喱水凝固的形状，但她看起来憔悴极了，那些头发好像一丛一丛的草堆落在了她的头上。

她拿着三角尺、圆规还有班上的作业本缓慢地走上了讲台。

她叹了一口气，有气无力地把手搭在讲台两边。"今天我没力气讲课，我们上自习。"她只有在非常不高兴的时候，才会说方言，不然平时她都会注意自己的形象和学校对老师们的要求，全讲普通话。

　　她让数学课代表把她抱进来的作业分发下去，她从门后边拉出一张椅子，看起来很虚弱，站都站不稳似的，这是每一次她要批评人前所呈现出的开缘，虽然微弱但是她在蓄能，好像在续那块血槽，等待着突然爆发。

　　"我真的没有想到，你们班有的同学会那样形容我。"她没有看任何人，眼光继续落在讲台的粉笔灰上，然后轻轻抬起手，用手指把桌上的灰搓在一起，又用手指揉了揉，把灰揉掉："我那样对你们，难道不是为了你们好？可是你们班有的同学就是不领情。"数学老师的眼泪掉了下来。

　　她慢慢趴了下来，侥幸地想或许数学老师只是知道是他们班的同学说的，但不知道具体是谁。可是班上有的同学已经开始回过头用眼睛瞪她了。她摇摇头回应着他们的目光，用口型说："不是我。"

　　"就这样吧，这节课我们自习。我也太难过了，讲不了课。"她以为这件事就平息了。数学老师不知道到底是谁告发的，他们或许怀疑她，但是也不敢完全确定，这件事虽然这样，但是就这么结束了。

　　她加速的心跳正在悄悄地变平缓，她看见韩老师翻开教案，从里面拿出一个作业本，这时她听到了她的名字。

　　"你把作业拿下去吧。以后我都不敢帮你改作业了，不然我都不知道你要怎么害我。"

　　这就是噩梦的开始。

　　东西不翼而飞，先从书本，接着到文具盒里的铅笔、水性笔，还有橡皮，后来慢慢地见她没有反抗，事情开始变得更加严重。板凳上开始出现无数的脚印，她从上面的黑迹上看到有的是男生运动鞋的那种脚印，有的小巧一些，应该是一些女同学的。

她知道，背后的那个施暴者不会让自己的脚印出现在上面，她目睹过班上的一位女生被折磨，那个女孩没有什么错，不过是有些口吃，以及她的名字，叫谢漫娴，她就成了被攻击的对象：她的名字听起来像癫痫，她是疯子，成绩不好，家里没有人管。这几项符合了一个完美受害人的标签。

常常是下午上课之前，有的时候他们会先到教室，开始怂恿其他人对谢漫娴的桌椅进行踩踏，最开始只是板凳，后面才是桌子，留下黑黑的脚印。她哭着叫嚷问："谁干的？到底谁干的？"可这样只会招来大家的嘲笑，久而久之，她学会了沉默，这样才不至于激起这些同学在这件事上的兴趣。

直到他们把目标转移到了她身上，谢漫娴才得到了片刻的喘息。

八

主诉：多处外伤，5 个小时

现病史：5 小时前患者被人打伤左顶部，右侧锁骨附近区域，左腰部，双肱骨段区域，双下肢多处疼痛，病程中伴呕吐。

既往史：平时身体健康状况良好。否认结核、传染性肝炎、血吸虫病、伤寒等传染病史。

体格检查：神清，双瞳孔 3mm 直径，等大等圆，光反射敏感，左侧顶部压痛，左下颌、右侧颧骨部稍瘀肿，颈部活动无疼痛受限，胸廓无挤压痛及压痛，心肺可，腹平软，无压痛反跳痛，肾区叩痛阴性，骨盆挤压分离试验阴性，右侧腕部瘀肿，双侧肱骨区域多处瘀肿，皮肤擦伤，双侧小腿多处瘀肿，压痛，部分皮肤擦伤。

处理：1.CT 平扫头颅＋胸部＋上腹部＋下腹部＋盆腔

2.X 线检查右肩关节＋左肱骨＋右肱骨＋右腕关节＋左胫腓骨＋右胫腓骨

"试图描述一下你当时的感受。"云老师坐在对面的长条沙发上，她的长裙正好盖到脚踝处，紫罗兰色的裙子，上面还有细小白色的碎花。云老师轻轻地拉了一下上身的米色针织衫，肩膀处有两个拱起来的皱褶。估计是云老师晒衣服时衣架凸起的边缘的痕迹吧，风让这些东西变得干燥而明晰，让人一眼就看出来，怎么藏都藏不住。

她会回想起他们吵架的细节，有意思的是，每次她都会感觉到记忆的模糊，到底是因为这件事吵起来的还是因为那件事呢？是因为她这句话惹怒了他，还是因为那句话触动到了另外的什么？云老师鼓励她去这样回顾，并且让她在事件升级之前就要学会停止。她真的不知道从哪个点能够察觉到事件的转向。

她坐在侧边的单人沙发上。面前的玻璃桌上放着一盒刚开封的抽纸，她抽了两张握在手里，擦了擦手心里的汗。玻璃茶几上还有几个无法擦去的杯子边缘的印记，她注意到面前的水杯换成了一次性的纸杯，下面还有一个用木塞材质做的杯垫，桌上还有好几个颜色、大小、材质不同的杯垫，有黄色硅胶做的小小花瓣形状的，她上次来的时候就注意到了，这次还新增了两个纹路对称的波希米亚风格的杯垫。

"我想要离开他，我没有办法再忍受这样的生活。我觉得他根本不爱我。"她意识到她说出这样的话是多么地无力，因为类似的话，她不止说过一遍。

"你这是有情绪了，你想想他真的不爱你了吗？"云老师拂过左边的刘海，将手靠在膝盖处撑住下巴离她近一些地望着她。

"他又动手了，比前几次都要狠，我只是没有想过他这次会动手打我的头。"她不敢直视云老师的眼睛，"他像这样，一拳一拳地捶打我的头部。"她把两个拳头举起来，试图描述出当时的场景，然后感觉到自己的拳头相比起他的手来说是那么瘦弱，那么小。哪里会是他的对手。

她眼神放空，眼睛一眨不眨地盯着墙上的挂钟："这不是他第一次打我了。但这次他打了我的头，打我的太阳穴，我第一次主观意志地感觉他想打死我。"她眼睛依旧没有聚焦，尽量去克制住自己的情绪。说完，她都觉得自己可笑，以前他掐她脖子、踢她大腿的时候不算吗？都是他的反抗和自卫？

"但我还是无法做到离开他。至少现在做不到。我试过。"在说出最后这句话的时候，她的眼泪终于还是流了下来。

"你这几次做得很好，你要学会接纳自己，无论是痛苦、悲伤，还是羞耻。"云老师望着她，好像在等她体会这句话的深意。

"你还在上颂钵课吗？或者做冥想？这对你来说会很有帮助的。"什么形式上的帮助，云老师没有说，锻炼她的忍耐力和抗击打的能力吗？

"从您上次说了之后，我还是每周去一次。"云老师点了点头，给予她肯定，按这样的模式持续下去，云老师没有说达到什么样的效果之后她就不用再练习了。

"我不敢和任何人说起这些事，这太丢脸，太没骨气了。"她极力克制住眼泪，看着眼前这个其实她并不了解的女人。即便她坚持每两周来见一次云老师，这样已经持续一年多了。她甚至没有问过她是不是真有云这个姓氏，但她不用对这种一无所知的关系感到抱歉，因为她们应该这个样子，就像其他的事情一样，应该这个样子。

"感情的事无所谓骨气，但我知道为爱情伤心难过是很美好的。"云老师站起来打开窗，让窗子边小小的缝隙里透一点风进来。或许是楼层太高了，北京的风从缝隙里进来的时候有阵阵呼啸声，屋里没贴牢的海报的下面两个角轻轻飘了起来。她坐的位置看不见楼下，只能看到左边对面的大楼里养的绿植，她仿佛听到对面房间里键盘的敲击声以及空调机箱的嗡嗡作响。

云老师关上窗，把海报的角摁压回去粘上。"这个下面好像没有胶了。"云老师转过头来笑了笑，"需要一块新的胶团才能重新贴上。"

有时候，她不知道这些咨询师的话是不是有更深层的意思。但她总会多想，每一句是不是有着某种意味深长的暗示。

九

"我们需要为注意力设置一个锚点，让自己进入平静而专注的状态，而呼吸就是最重要的锚点。我们不需要刻意去找寻它。它无时无刻不在伴随着我们。你可以去感受呼吸的节奏，气息流动的过程，每一次吸气和呼气的不同。感知呼吸给鼻腔温度所带来的变化。观察你的肩膀、胸部或是腹部在呼吸中的上下起伏，不管这些感受是明显的还是细微的，重要的是让自己持续专注在呼吸上。"

"平躺下来，闭上眼睛，放松肩膀。呼吸的第一步是觉察当下，你可以留意一下此时此刻脑海中有哪些想法和念头。我们大脑中的想法就像马路上来往的车流，穿行而过。我们需要做的，就是像旁观者一样，看着它们来来去去。现在观察一下，我们此刻的心情、情绪，身体又有什么样的感觉，是放松的还是哪里有一些紧绷？同样地，我们只是去观察这些情绪和感受，但不需要改变或者压抑它们。"

　　她感觉到颂钵课的老师在向她靠近，她手里的那个钵的声音反复地在房间里回响着，她能听到她身体里的骨头和肌肤与这个钵体的共振，尤其是那个钵举在她身体正上方时，她感觉到她口腔的上膛部分也在震动。

　　要去医院的那天早上，她早早地就醒了。那是北京少有的几场连续的鹅毛大雪。雪厚厚的，铺满了地面，路上狗的粪便在洁白的雪上留下很深的棕黄印记。两只穿着背心的狗和它们的主人一样都瘸着腿，还有那只十二岁后腿高度截瘫的狗，那个独身的女人正把这只刚解完小便的狗抱回她手推的那辆婴儿车内。继续在雪地上缓慢地前行着。

　　她站在窗边，看着这一切。窗户上还贴着过年的窗花，一圈一圈的红色剪纸对称又好看，花瓣中间夹着大大的"福"字。她呆望着冬天里呈现的一切凋零的景象，眼睛的眨动开始变得缓慢，她感受到有些血脉相通的管道正在关闭，心里的委屈一下子涌了上来。

　　之前她已经为此哭过好几次了。那是他们刚结婚的第二年。她怀了孕，这件事带给两家人的惊喜是不言而喻的，接着就被查出来宫外孕，切掉了一边的输卵管，只剩下了另一边。怀孕的概率少了百分之五十。

　　这对任何没有做过母亲的女人来说都是痛苦的。休养，辞职，又备孕整整一年，所有该注意的都注意了。但 B 超查出来未看到宫腔内有孕囊，提示宫外孕，需要立即进行手术。之前做的宫外孕保守治疗，今年是开窗取胚，但检测出来左侧的输卵管粘连。所以最后只能双侧输卵管切除。这让她彻底失去了自然怀孕的希望。并且医院生殖医学的主任说她的身体情况实在不宜再怀孕。

"你已经三十七了，马上三十八。按道理来说已经属于高龄产妇。你还有巧克力囊肿，两边输卵管都做了切除，宫腔内还有炎症。"

在靠近医院的那段路上，因为人来人往的原因，雪变得肮脏、稀碎而拥挤，人声鼎沸的街道打破了冬日的宁静。她想象血肉相连的告别，她轻轻地摸着自己的小腹，她不知道这样的隆起是不是孩子的一呼一吸。她感觉到她的呼吸和孩子的心跳在逐渐变得同步。然后这个微弱的呼吸就要被拿走了，她会像一个被取出核的软壳一样，在很短的时间内缺水，然后萎缩。

她轻轻地啜泣，告诉那个没有降临，甚至永远没有机会降临，以及不知道将要发生什么的孩子，外面下雪了，这是你看到的第一场大雪，这是北京的大雪啊，孩子，这是妈妈和你共同看到的唯一的一场雪。

灿烂的阳光下，她第一次感受到这种来自光的冰冷、残酷，而不是温暖或者给予人希望的那种感受。向外望去，人来人往，有的患者提着那个带有医院字样的塑料袋，里面和她一样装着她们身体里不能说的秘密。

她看到街边有一家烧饼店，旁边是一间花店，花摆在橱窗边上，好让来往的行人都能看到它们新鲜、茂盛的生命力。老板站在里面，干净利索的短发，她的丈夫正抱着一个装满了水的红桶用背部顶开店铺的拉门。她把喷壶装满了水，喷洒着插在花篮里的鲜花。远远地，她认出银莲、大飞燕和蓝星花，真好啊，她认出来，那些花有的曾是张森那天下午带进家里教她辨认过的花，是他风尘仆仆从远处提来的，注入的新鲜。

而花店的旁边，街道的拐角处，虽然狭窄，但她还是看到了，简陋的几个大字，"瑞夫祥寿衣棺材"，那些高高挂起来的黑白色的东西，就像是另一个世界的入口。

她想，小小的未成形的孩子应该用一个小棺材就能装得下吧。这个孩子必须埋在某处，哪怕没有仪式，让她能够每年来祭拜她未出世的孩子，不至于让这个小孩变成没有人在意的孤魂野鬼。话到口边，她的话终于变成了埋怨，继而声音像窝在沙发里慢回弹的海绵，一下全部宣泄出来："你为什么闭口不提我们的孩子？你为什么当他不存在？"说完她站在街边放声大哭，一拳一拳地捶打在他的胳膊上，她这时候需要的不是答案，所以他只能抱住她。

"你一次都没有哭过，是不是对你来说这一点也不重要？"

怎么不重要呢？她知道这个孩子对她、对他来说都是极为重要的。这是他们的第二个孩子，仍然是宫外孕。

这是最后一次了。他们永远不会再有孩子了。她的情况不适合怀孕了，他或许会再有孩子吧，但是她的机会永永远远地失去了。

换上病号服，脱了内衣，她被分配到一间房内等待护士来叫她去手术室。那间房里有刚刚做完手术推进来打点滴的女人。

她转过背，背对着女人，把自己的衣服一件件脱下。好在屋内还有暖气，北京那时候还没有停止供暖。她把衣服一件件地褪下搭在暖气片上，然后换上蓝色条纹的病号服，又把褪下来的衣服整齐地装进她早就备好的布袋里，放在病床旁边的椅子上。

"你这是第一次吧？"女人开口问她。

"第二次了。你呢？"她问。

"我这是第三个孩子了，意外怀孕，不想生了，得拿掉。"女人把一只手枕在脑袋下面，她看起来皮实，恢复得很好，这个手术丝毫没有影响到她，不过是一个小手术。

护士走了进来，拿着手写板，先是进门看了看打点滴女人的状态，又捏了捏她的输液管，用一只手将滴管上端的输液管折叠，直到滴管管壁贴紧了，才放开双手，检查液体点滴的下落是否顺利。

护士转过身来，检查她粉色手环上的名字，并从推车里取出写有她名字的药盘，递给她一粒白色的药片，让她吃下。"如果想要呕吐，或者下体有流血反应都是正常现象。"

她手里握着这片圆形的药片。想到真正的开始不是躺上病床的那一刻，而是从这片药片开始的，吞下去就意味着一切都结束了。对于何时开台，她一直以为是进了那扇手术室的大门，或是进行麻醉的那个锋利的针打进皮肤的那一刻，或是她微弱的声音告诉他们她还想再试一试。

可是不是她想的那样，改变就是从那片药开始的。

十

她坐在角落里的单人沙发上。以前云老师养的那一大盆金钱树占去了大部分空间，让整个房间显得局促，树死了，搬出去了，原来那棵树和这个房间都没有她原来想象的那么大。

"你的语气听起来明显比之前松快了许多。是发生什么事了吗？"云老师注意到她的头发剪短了，并染成了棕黄色。

"还是上次那个人。我们又见面了。"她长长地舒了一口气，幸好心理咨询师不会作出任何道德审判。再说了，不是因为张森打她，之后才发生这些事的吗？道德也应该有先后顺序吧。

"就是这样，我们又见面了。完全没有想到。"

"然后呢？"云老师好像一点也不意外这件事的发生，就像第一次她说起这件事的时候，云老师就断定过他们不会就这么无声无息地断掉。

"你猜到了我们可能会再见面对吗？你早就猜到了我会这样做？"她突然觉得面前的这个咨询师有了性别，甚至还带着谴责她的意味。

"感情总需要找到出口，我不做任何判定。"

她遇见了一个人，或者说她又重新遇见了这个人。

在那次家暴警察介入之后，他们分居了很长一段时间。张森觉得她竟然要把他往死里逼，虽然报警人是邻居，但是是她最后要和警察交涉，同意去做伤情鉴定。

"这都是你主观意志决定的，你就是想要害死我，是吧？"

那句"是吧？"，让她一时间无法否认，是啊，她那次伤得太严重了。她的喊声应该是穿透了那扇赭红色的大门，那天应该是晚上八点左右，很多邻居都没有睡。是对门的邻居报的警。

邻居是一对法国夫妻，会说中文。警察来了以后，那个法国女人用中文简单地描述了当时的场景，但避免和她产生任何眼神接触。

她们不算朋友，连熟人都不算。只是刚搬过来的时候，他们送了自己烘烤的饼干，并用"法国航空"的塑料袋包着。她猜想他们如果不是使馆的人，就是法国航空外派到北京来的高管。后来可能是因为他们经常听见里面的打斗，对他们家敬而远之，再也没有往来过。

她住在使馆区，所以她住的这栋楼里有许许多多来自各个国家的人，有段时间出现了一群德国人，因为中国宝马的总部就在他们这栋楼的前面。有时候她会想，幸好她住在使馆区，不然可能不会有人报警，因为中国人不喜欢掺和别人的家事；有时候，她又觉得他们外国人真是喜欢多管闲事，如果不是因为这次报警，她和张森也不可能分居，闹得里里外外尽人皆知。

在她和张森分居的那段时间里，她和一个叫孟遥的男人保持着若即若离的关系，孟遥是英国人，妻子是人大附中的那类让人羡慕的北京土著，然后考上了耶鲁的博士，接着也不知为什么就辍学了，博士文凭也没有拿到就回国了。这个妻子轻描淡写了一句"现在这样的生活不适合我"，就放弃一切回国。她有时候想，挺羡慕他们的任性的，可能只有这类从小养尊处优的人才有资格谈喜欢和不喜欢。

　　她和孟遥谁也不想把这层关系捅破，哪怕他们基本上已经住在一起生活了。直到张森突然回来，说想再给他们的感情一次机会。她就又回到了张森身边。

　　他们总是这样，给对方无数的最后一次机会，每次都会原谅，然后她和孟遥在某个平常的一天就断掉了联系。她甚至没有拿走自己在孟遥家里挂着的几件衣服，孟遥也没有问过为什么，好像这一切发生得都很自然，又或者他还有别的女人打发时间，她想应该是这样。虽然想到这里，她还是不由自主地难过，但这样的关系理应如此，没有不可替代性，谁都可以，这才是能够维持关系的本质。不用发问，也不用解释。本来他们就是这样的关系，没有任何拉扯，想在一起就在一起，不想在一起就分开。任何一方都可以随时退出或是随时加入。

<h1 style="text-align:center">十一</h1>

　　事情并不像她想的那么复杂。

　　孟遥坐在咖啡厅中间那张长方形桌旁。他好像已经等待她很久了，他拿着手机在搜索着什么，看样子不像是在打字，而是在浏览什么新闻，他的手滑动得很快，看得出在那大段大段的文字里没有他正在寻找的东西。

　　她拉开对面的那张椅子，背对着吧台坐了下来。她能感受到背后的凝视和打量，那些服务员还有那个看起来像是正在交代问题的经理，全都因为她的到来而停止了交谈。她迅速地了解到他或许是这里的常客，他们在她的正后方猜测着两人的关系，或许孟遥每次都会带不同的女人来，她只是其中的一个。

这家咖啡厅就在他们家的楼下。她从来没有进过这里面，这家店为了招揽楼上的顾客，给这个小区的居民打八五折的会员价。

此刻店里没什么人，工业风格的装修，看起来唐突也不精致，一家卖咖啡的店还做简餐和调酒，酒也应该不怎么样。

她想或许他们不应该约在这里见面。倒不是因为这里环境不好，只是这儿离家太近了，一不小心就会被发现和诟病的，如果碰上什么邻居，大家都会心照不宣地把这些八卦渐渐在各种即时拉的小群里传开。

"以后不会再来这里了，如果还要见面的话。"

"你等我很久了吗？"

听见她说话，他把手机合上，然后微笑，那种笑容中显示出了他在其间等待的不耐烦，还有点戏谑的意味，像是在问她："你以为呢？"

她以为他会取下眼镜来看她。但她突然回忆起那是另一个人，那个在她生命里存在了九年然后背叛她的人。那个人是她的初恋，他们差点订了婚，那个人曾在她生命里扮演过重要角色，他离开了，消失了，她从没有想过这个人会在后面的人生中变得不再重要，那个名字也失去了它原本在她世界里的魔法。生活就是这样，让很多重要的东西变得不再重要。

"等了一会儿，我以为我们约的六点半。"他又笑了一下，显然再次见到她这件事，消解了他刚刚等待的烦躁。

她又仔细地看了看他，发现他说话的时候，会在结尾处做出一些奇怪甚至夸张的动作，但在低下头的瞬间，她又看到他高耸的鼻梁，蓝色瞳孔的深邃。一个男人，往往需要从年少时就认识他，才能够想象得到他原来究竟是什么样子。

孟遥是个例外，你能够想象得到他在大学里可能并不是那么地受欢迎，虽然他的打扮显得很正统，就像电视剧里看到的那些英国绅士，但还是会有感觉不太对劲的地方，比如他的尖头皮鞋，显得过分招摇，但这并不妨碍对他诱惑力的判断，异国风情，陌生，冰冷，迷人的口音。他的这种长相可能只吸引某一小部分人，比如她。

她突然发现孟遥身上有那个人的影子，那个和她在一起九年的人。但再仔细看看，又觉得不像了，是不是因为他们都是犹太人？

她想，如果是现在这个年龄的她，去处理当年二十几岁的事情，她肯定要游刃有余得多，她肯定更能看清当时的情况，绝不可能把自己置于当年那种尴尬被动的境地。可是那些都过去了，好在那些都过去了。

"如果你想的话，我们也可以用英文交流。"他看了看后面的人，他似乎意识到了她在介意后面那群人的看法，毕竟这就在他们住的楼下，这隔得太近了，被发现和被传播是几分钟内就可以完成的事情。

他越是这么说，她越想表现得他们之间并不存在什么见不得人的事情，纵然有，那也是过去的事情了。现在他们只是在见面，在正常地交流聊天。他们有一段时间没有见面了。

"你是不是又和他和好了？"孟遥的目光中流露出，好像这是他好几个月以来一直思索的事。

"的确是这样，他回来了。"她没有否认，也没有对这句话感到羞愧，她极力表现出事情不是他所想象的那个样子。

她很想告诉他更多的信息，比如他回来以后，事情没有改变，他还是会动手打她，她甚至想把袖子撸起来给他看看，前几天才发生的一切，那衣服布料下面所遮蔽的一切——淤青、抓痕、肿胀、伤口，以及一呼一吸就会紧紧压迫得疼的受伤的肋骨。

这些她没有办法告诉父母和朋友的事情，她是可以告诉孟遥的。毕竟他们有过肌肤之亲。她觉得孟遥能够理解她所经历的一切。再说了，孟遥的处境也很相似，即使他没有在肉体上受到伤害，但是这么多年，他妻子所表现出的冷漠，对他和儿子的那种不闻不问，拒绝发生关系时的严厉，让他这些年所受的创伤一定不比她少。他们俩没有离婚，但是她却拒绝和他说话，更不用说别的事情了。

"就这么说吧，事情并不像你想的那么好。"最后她克制住了，还是没有说。她想这样的关系，不该将脆弱丑陋的那一面再剥离开来，哪怕它就近在咫尺，也不该提起，因为这太沉重了。纵然有再多的一地鸡毛，这不属于这一段关系中的灰尘，就不要再带进来了。

十二

碰到他是一个偶然，他们已经很久没有联系了。从张森回来之后，她就把孟遥的微信设置成了仅聊天，不让他看到任何她发的与张森有关的朋友圈。

甚至有一段时间，她觉得自己打心底里对不起张森，是她把他们的感情撕了一道没有办法缝合的裂缝，但是好在张森不知道，也没有察觉到。她不知道是张森知道，但是故意回避了这件事，又或者他的注意力不在她身上，或者更糟糕的是，他赌她没有胆子敢这么做。

但她的确这么做了，他们感情的危机好像第一次来到，是她把这个危险带到他们中间的，如果她珍惜这段婚姻，珍惜这段他们一路走来惺惺相惜的关系的话，她就应该把这些通通无声无息地打扫清理干净，像从来没有人踏过的房间一样。

那天她和张森一起走进单元楼，正好碰见从电梯里面出来的孟遥。她根本没有想到时隔这么久之后，他们还会见面。之前孟遥住在隔壁栋，他们若不是说好见面，能碰见对方的概率太小了。但现在孟遥告诉她，他搬进了这栋楼，那情况就不一样了。

在未来的某一天，孟遥会发现她在说谎，她其实结婚了，而且时间还不算短，她有一个丈夫，而丈夫和她此刻就住在楼下，他们是真真正正的邻居。然后更糟的事情就会出现。她不敢继续往下想，她现在要做的就是结束和他之间的拉扯，或者，找方法继续下去，让张森不可能发现这一切。

张森没有看出她的慌乱，事后也没有问起这个外国人是谁。对张森来说她再正常不过了。她性格外向，认识楼里面的邻居，还经常去邻居家里打牌掼蛋，家里也有一堆和邻居以物易物的家电厨具。所以张森以为这不过是其中的一个，又或者张森根本没有怀疑到这个外国人身上来，一个外国人哪里敢在中国轻易造次呢？

孟遥也没有意识到张森的存在。不知怎的，那个时段同时进楼里的住户很多，所以孟遥甚至没有注意到她和张森是一同进入大门的。这样的场景，她显然是意外又慌乱的，三个人就这样见了面。好在两人彼此都没有发现对方的存在，或者觉得不过是陌生人罢了。他们哪里想得到他们曾拥有同一个女人。

服务员端上了燕麦拿铁，她用小勺轻轻地搅动着。

"那天看见你太匆忙，也太吃惊，都没来得及和你多说会儿话，我急着赶回家，那天有个电话会议。"

孟遥摇了摇头，表示他并不介意："我一开始都没有注意到你。直到你喊我的名字。"那这样说来他更不可能注意到张森。听到这里她紧张的情绪好不容易放松了下来。

他的名字是孟遥，这样的中文名字一听就知道是某个中国人给他取的，或许是他的第一任女友，或许是他的妻子，这种名字应该是一个女人的审美。好多外国人刻意用自己的英文姓做他们的名字，还有专门的名字生成软件，有一次她还遇到了一个叫魏康林的外国人，但没有人告诉他这是一个胃药的品牌。就像很多中国人给自己取名 Candy，也没有人会告诉她，这其实是脱衣舞女郎才会用的名字。

"我完全没有想到会在我们这栋楼里遇见你，所以看到你的时候非常惊讶。你不是住在隔壁栋吗？怎么搬到这里来了？"

"隔壁栋租的是一个两室一厅，租金太贵了，朱利安跟他母亲去海淀住了，他在那里上小学。周末我会接他过来一起住。"

朱利安，他的儿子。第一次见到他儿子的时候，她完全改变了她对混血的看法。因为他儿子看起来的确结合了两个种族的特征，但结合得非常奇怪，比如他的眼睛很小，眼距却很近，就好像一张在仓促中随意粘贴的贴画，并挂在了墙上。

"你的儿子朱利安怎么样了？"

"他很好，现在周一到周五他就在海淀上学，一个私立学校。你懂的，北京，小学一年级。"他又点了点头。好像这些词语在他口中被切碎，每一个词都可以单独成为一个意味深长的菜。

她不懂，她没有孩子，身边的朋友也没有这么大年龄的孩子。

她记得第一次见到朱利安的时候，那个孩子才五岁。那应该是九月的某一天晚上，初秋的夜晚褪去了白天的燥热，带有寒意的凉风吹拂着裤脚。

那天晚上她和张森刚吵完架，是在外面发生争执的，因为什么事她已经不记得了，她只记得那天的装扮，上面穿着白色带着流苏的背心，下面穿着聚酯纤维的铅灰色的长裤，她的裤子上还粘了一个别人吃的口香糖，用纸都没办法弄下来，看起来特别明显。

　　他们应该是刚看完电影回来，然后就大吵了一架，他推了她一把，碍于在外面，两人都没有动起手来。他叫出了那句让人难以释怀的话："我是不是给你脸了？！"这句话不知怎的，比他骂得更加难听的其他的话要更加刺痛她。而且那还是在外面，这句话引来不少路人转过头来看她，而不是他。他们肯定觉得这样的一个女人到底是怎么咽下这些话的呢？

　　她坐在家楼下的长椅上哭了一会儿，然后去便利店买了包烟，又回到刚刚待过的长椅上，撕开包装，抽了起来。每次买烟都要买新的打火机，因为她根本不抽烟。她想起家里无数被搁置落灰的打火机，其实都只用过一次。

　　不知道是在哪里看到的话，说人在伤心难过的时候，之所以会抽烟或者喝酒，甚至自残，是因为要重新获取某种掌控感，让这个主体意识到：这些，现在此刻我经历的痛苦和感受，都是因我而起。

　　尼古丁像是微弱的酒精，会让她感觉到头脑获得的片刻的镇静和舒缓。她一根接着一根地抽了起来，即使她根本毫无烟瘾。

　　她的生活是什么时候变成这个样子的。是和他结了婚之后还是什么时候？她没有办法锁定某个时间节点，她甚至没有办法回忆起他们之间的暴力事件是因为哪一次开启的，这种暴力行为是伤害身体在先还是伤害精神在先？后来，她的思绪又飘到了那段九年的恋情里，那是她第一次出国，那个人带她去了自己的家乡西雅图。在公园里，他让她脱掉鞋子，带着她光着脚踩在柔软的泥土上，那些松软潮湿的泥土里藏着一些掉落的树枝的枝丫，还有一些尖锐的石粒也混杂在土里，她继续往前走，然后她逐渐感觉到脚下的泥土在渐渐变得干燥，然后泥土的触感越变越少，接着是更干燥的物体，是那种云杉，带有菱形截面的针叶落叶。她向更远处看去，在十米外的马路对面，有一片茂密的山毛榉林，兰玲草如地毯般覆盖在地上。

十三

有一个小男孩朝她走来，她意识到这是一个外国孩子，当他走近了她，抬起了头，她才发现这是一个混血儿，眼睛很小，还是棕黄色的，如果不仔细看的话，甚至会把他和纯正的中国人混淆，或者觉得他是某个稀有的少数民族。

"烟。"小男孩用中文说。她一动不动地坐在那里看着这个小男孩，然后对他吐了一口烟说："对，烟。"

她有点戏谑地看着这个小男孩，如果他主动靠近危险的事情，那就是他在自找麻烦。

小男孩的爸爸提着小男孩的书包跟在后面，在她面前停了下来："你自己在这里抽烟？"

她对这种突然闯入的打扰并不介意，也没有觉得她刚刚对未成年人摆出的姿态有任何不妥，她其实希望这个时候能有一个陌生人听她说话，坐下来，听她把刚刚发生的一切说出来，然后乞求对方教她如何摆脱这段不健康的关系。

她从椅子旁边拿起烟盒问他："你要一根吗？"

爸爸依然微笑着，指了指小男孩示意她，他因为孩子的缘故不能抽烟。她把手上的烟藏在了身后，后来从她背后冒出来的那股烟让小男孩在空气中摆了摆手，打散面前烟雾。

"不好意思，不好意思，我不抽了，不抽了。"她把烟头掐灭，站了起来。

小男孩看起来并不怕她。而且情况正好相反，小男孩对她表示出天然的亲近感，这让男孩的父亲也即刻判断面前的这个女人，对他们的家庭来说是安全的。

她起初感到欣慰，甚至在想是不是这个小男孩留意到自己其实是一个喜欢小孩的妈妈，只是她不能再生育罢了，而这不是她自己选择的，是自然决定的。她对孩子表现出的那些恶意，都是出于嫉妒，或是保护自己。她有时在外面吃饭时，会在孩子父母看不到的瞬间，对他们做鬼脸或者吓唬他们，把他们吓哭，让这些父母不得不停止吃饭将孩子抱出去哄。这些孩子，没有一个讲得出为什么，他们只能哭。和她现在的情况一样。

啼哭。从医院出来那一刻开始，从那个漫长的一个月的恢复期，她能够自如地下床了开始，她决定要对所有的孩子都表现出冷漠的样子，她决定不再喜欢小孩，因为她不会生，她不可能喜欢任何人的孩子，除了自己的，她讨厌所有的孩子。

但面前的朱利安不同，朱利安好像对她表示出的恶意不以为意，这让她有些后悔在朱利安这样懂事的孩子面前呈现出的一种不屑，对孩子冷漠，充满敌意的模样。

　　然后，她又似乎恍然大悟，她不知道，眼前这位孩子的父亲是否常常用这一招来吸引年轻女性，她想起曾经有一个朋友去找另一个朋友借狗，只是因为那个朋友想追求的女孩想养一只巨型贵宾犬。

　　很多父亲在找女朋友的时候，都会刻意隐瞒自己曾经的婚姻或是小孩。但是眼前的这位男士不同，他一上来就不避讳自己孩子的样子，甚至凸显出父亲的角色，更进一步的是，这个小孩甚至有可能在他无数次的捕猎中扮演着诱饵。只要第一次见面，没有排斥他的小孩，那么后面的事情就会变得顺理成章。

　　至少，对她来说，对她这样的处境来说，一个单身父亲带着一个小孩，这件事悄悄地打开了她心里的某个地方。让那股暖流顺着淌了进去。他们后面又单独见了几次面，在张森和她吵架或者张森不在家的时候，他们就会在附近约会，她会在张森到家或是打电话之前结束一切，然后回到家中当作一切都没有发生。她也可以在和张森发生争吵、发生打斗之后，心情更加平稳地去孟遥家里，躺在孟遥家的床上，然后她发现孟遥家和他们家是同一个户型，从卧室的窗户看出去，他们的窗户都正对着同一家私人会所的露台，上面堆放着好多落了灰堆砌起来的藤椅。孟遥家的楼层很高，这些藤椅看上去就像乐高里玩具的部件。

　　最开始是报复，她在他打她的时候还不了手，那她就用他最害怕的事情惩罚他，她可以用出轨、不忠来进行恶毒的报复。后来她发现事情不完全是这样，她发现孟遥和她一样，要的不仅仅是性，还有陪伴和爱。

　　她发现孟遥和她在同一处境，他只身来到中国，结果被遗弃到了隔壁的这栋楼里。一个人喝酒，一个人吃饭，他妻子对他进行的语言羞辱和精神虐待，等同于她所经历的一切。他们理应惺惺相惜，他们都是可怜人，纵使孟遥不知道她的处境，但这不妨碍她理解两人相似的婚姻关系。

　　他说他们已经很多年没有发生过性关系了。"她不让，她说她累了。又或者她外面有人，我不知道，也不清楚。"说这些的时候，她能明显感受到他的失落、受伤的自尊。他开始觉得他没有魅力了，可是最后他调整过来了，意识到这并不是他自身的问题，而是对方的错，虽然他在里面努力挣扎。她又什么时候能够意识到，对方也有错呢？

　　"我认识你们那楼的人，哦，不，现在是我们这栋楼的人，一对法国航空的夫妇。"

　　她惊异地问："你怎么会认识他们？"

　　"当你有小孩之后，你就会非常容易地认识其他小孩的父母，如果他们在一起玩的话，父母之间就会成为朋友。很自然而然的事情呀。"他接着说道，"但是我们还没有熟到互相邀请对方来家里玩的程度。你也认识他们吗？"

　　"不，我不认识。"

　　她太惊异了，因为这对法国航空的夫妇正是上次报警的邻居。他们还有两个孩子。门对面很久都没有动静了，她以为他们搬走了，但就在前一天，她看见那个法国女人抱着一个刚出生不久的女婴出来散步，那个女婴看起来就像还没有满月的孩子，那个法国母亲甚至都没有包好她的额头。现在这个女人生完孩子回来了。现在他们有三个孩子。

十四

先是性欲的减退，她尽量让这件事看起来并不那么容易让人发现。

三十岁之后，她发现她的月经量开始减少，青少年时期那种喷涌而出的感觉，她再也没有体会过了。日子开始缩短，也不再容易让自己变得不堪了——不小心沾在裤子上的血迹、超出卫生巾范围的渲染，这些都没有了。

它逐渐学会了和自己友善地相处，不制造太多的不适和麻烦。那几日，夜晚躺着的时候，伴着他厚重的呼吸声，她感到自己的子宫正在萎缩，正在变得干涸和枯竭。然而这一切她都没有办法诉说，她感到难以启齿，这些将她定义为女人的东西。

事情虽然比她想象中的发酵得慢，但是张森还是知道了。是不是对面的那对法国夫妇呢？是他们主动告诉张森的，还是张森去问的？他们告诉张森的目的是什么呢？他们是怎么攀谈起来的？有没有可能是法国航空的这对夫妻实在看不下去了，找了一个只有张森在家的时刻，把这一切都告诉了他？有没有给张森说"你打得对，她做这种事情，你应该打她"？

没有必要了，追问下去没有任何意义。事情已经发生了，张森已经知道了。本以为迎来的又是张森的拳打脚踢，可是他没有，他比任何时候都温和，但是她知道这意味着更强的风暴在后面，而不是张森突然意识到他错了。她以前真的以为某一天张森会改过自新，觉得自己这样打她不好，早晚会出问题的，而且如果某次下手重了，她死了，那他岂不是要坐牢？张森一直很平静，像是在酝酿着什么事情。这让她想起小时候父母从不在外面发火，他们在她犯错的时候都会压抑着怒火，然后挤出一个冰冷友善的微笑并说道："我们回家再说。"

"是你的朋友吗？"张森在问这句话的时候，刻意着重了"朋友"两个字，他没有说异性朋友，或是说得更难听一点，搞破鞋。好像他希望他们的感情就真的仅仅止于朋友关系。

还没等她说话，他又说了："我们出去旅游吧？我们很久都没出去旅游了。去你想去的地方。好不好？"

又是这招，每次他们的感情快要破裂的时候，他都会提出一起去旅行，去修补这段破碎的婚姻关系。出去旅游，转换心情，最重要的是与他们熟悉的环境隔绝，让他们在特定的时间段里只有彼此可以依赖，每次这种方法都能奏效，让他们的感情迅速破冰，重新开始。还有他末尾说的那句，"好不好"，每次他问出口的时候，她都感觉到那么庞大的张森已经开始在哀求她了。

他又能有什么错呢？张森没有出轨，没有一事无成，没有干什么伤天害理的事，他只不过是容易冲动，而且她也曾抓伤过他的双手，不是吗？而且经过这件事，张森也受到了他该受到的惩罚。他现在从一个男人变成了一个可怜的男人，他在尽力维护他们的婚姻，在避免谈论他们之间发生过的事，就像她从不谈论他曾对她做过的一切。

她打开床侧边的抽屉，里面放着各种各样的资料夹、票据，如果有人看到这些东西的话，会立即知道她所有的秘密，所有的日期，所有的信息，让她无处可藏。

那个文件夹是黄色的哑光封皮的，上面画着不同的星象，她在上面看到了白羊座、天秤座还有摩羯座的星象，黄粉色的微珠光在灯光下浮动。这个档案袋里装着她所有的医疗票据。她在每一层里都贴上了名字，分别是：安定医院、北医六院、中日友好医院、安贞医院、望京中医院。

文件夹没有拿稳，票据从文件夹里掉落出来，哗啦一下，那些大大小小的纸张、发票一下凌乱地散落了一地，有的还轻飘飘地掉进了桌子、沙发缝里。那些白花花的纸，全部稀里哗啦地落在地上，厚厚地堆积在一起，她立马蹲下身去捡，好像上面的文字、图像翻了过来，就会被人看到，她得赶紧把这些资料背过去，装进去，整整齐齐地放在文件夹里，只有她才能打开、收集、检索。那一摞关于手术的信息，她单独用了一个麻布袋装起来才放进资料夹中，包得严严实实，如果不一层一层地拆封，根本看不见里面的任何记录。

"重复你在屏幕上看到的话，除此之外什么都不要说，明白了吗？"她点了点头，医生拿过她的检查单勾勾画画。

然后医生把单子还给她，让她坐在对面的椅子上。"等待十秒就开始测试。你准备好了就说'准备好了'。"

"准备好了。"这是最后一项测试了，她想。近红外脑功能成像的检查是否真的可以辅助医生诊断，还有那张心境障碍的问卷，它们真的有效吗？

屏幕上亮起了一些字，最开始她以为屏幕上会出现画或是形状让她形容出来，但是都没有。就像体检时做的色盲测试一样。

"红绿灯。"屏幕上出现的字停在了那里，她不知道后面会不会出现她不认识，或者不知道读音的字，没办法念出来的话，怎么做测试呢？

"停车场。"屏幕闪了两下。好像因为她声音的颤动而颤动。

"紫色。"

"手指。"

"婴儿。"她说这两个字的时候，心里的某个地方触动了一下。

　　波谱描述：

　　额叶的脑血流量明显减弱，积分值很小。任务开始后，波谱迅速上升至高峰，但峰值很低，斜率偏大，重心靠前。波谱达到高峰后缓缓下降，任务结束后形成一条直线。

　　双侧颞叶的脑血流量尚可，积分值偏大。人物开始后，波谱迅速上升至高峰，斜率大，重心靠前。波谱达到高峰后缓缓下降至基线水平，任务结束后形成一条直线。

临床印象：额叶抑郁状态的可能性大，颞叶波谱基本正常。

思瑞康 25，口服，100mg/1 次 / 晚（8p.m.），25mg×20 片 / 盒 /6

左洛复，口服，100mg/2 次 / 日（8a.m.–8p.m.），50mg×14 片 / 盒 /8

劳拉西泮，口服，0.5mg/1 次 / 日（8a.m.），0.5mg×20 片 / 瓶 /1

"等你不舒服的时候，可以附加一片劳拉西泮，不好的话最多吃两片。有患者告诉我，吃了这药之后，会感到前所未有的舒服，且注意力集中。"医生在右下角快速地签了自己的名字，然后按动了桌上的键，她听到外面的广播响起："请 328 号患者到第四诊室就诊。"

十五

夜晚回家的路上，她在她家楼下见到一只晕厥过去的麻雀，它躺在水里奄奄一息，她看不出它是受伤了，还是撞到了玻璃上给撞晕了。总之它躺在一摊水里，是雨水，还是它身体里流出来的水分呢？

最开始她以为它死了，直到她蹲下身去看的时候发现鸟的脚还在动，碰它小小的身体的时候，她感觉麻雀这颗小小的心脏跳动个不停，而且随着一呼一吸，她和麻雀的呼吸变得同步起来。她先是把几张餐巾纸拿出来垫在石礅上，然后把麻雀拿到上面放着吸水。

"我们不能带它回家。"张森似乎在她的眼睛里捕捉到了她的想法，"它万一有病怎么办？即使没病，带回家后，它如果到处飞，家里地上、桌上、床上全是鸟屎，抓都抓不到它，你想过没有？"

"可是放在这里会被流浪猫吃掉，那只小三花你是知道的吧？它们专门抓鸟。"她让张森回家找了一个外卖的塑料饭盒，垫上一些纸，把鸟放到更高的地方。

"等它好了，它还能找到回来的路吗？或者飞到我的窗前？"

"你知道吧？麻雀是最笨的鸟，基本上没有记忆，不懂感恩，就更别说懂回来是什么意思了。"张森的口吻冷静又带着某种轻蔑，就好像是在说她一样，打了就忘。

"你放到灯的上面，那里有灯发出的微热。"她帮他扶着下方的椅子，让他能够更稳当地把鸟放在猫找不到的高处，那里还能避雨，是最安全的地方。那里光的热度足以把它翅膀上的水分烤干。他们站在下面往上看，看这个饭盒能保持多久，会不会因为自重太轻被风吹倒，从下面往上看，根本看不见塑料盒里面的麻雀。这样猫也看不到了吧。

她翻来覆去一夜没睡，心里记挂着那只受伤的麻雀，或许它真的能活蹦乱跳起来，就像她小的时候，她母亲总是形容她的眼睛水灵灵的，一眨一眨的，就像麻雀的眼睛，乖巧，可爱。

六点，她看了看表，继续再躺一会儿。迷迷糊糊中她又看了看表，六点三十五分，她一直没有彻底睡着。她打算起来穿上衣服去看看昨天晚上他们救的那只鸟。

张森还在呼呼大睡，每次他在睡觉的时候，她就没办法拉开衣柜找衣服，不能开灯，也不能拉一点窗帘，这些光线都会让张森从梦里醒来，然后心情烦躁。所以她每个晚上都要提前准备好第二天要穿的衣服。

清晨的时间，没有什么人用电梯。另外两个电梯，一个停在三楼，一个停在十七楼，只有最右边的那个电梯带着箭头，她看着那个数字在慢慢变小，电梯在降落，然后"叮"的一声，停在了她的楼层。

里面是那个那天她在楼上看到的跛脚的单身女人，女人带着两只跛脚的狗出门，她仔细地盯着这两只狗，她发现这两只都不是品种狗，而是收养的流浪狗。

两只狗都穿着带有反光条的胸背，她看到其中一只狗的胸背的颈围很大，大到像是穿着其他大型犬的胸背。

她又抬起头来看了看跛脚的女人，女人也笑着看了看她。她看到这个妇女的脸浮肿得厉害，是刚做完什么医美，打完肉毒素造成的？还是昨晚喝水喝多了，属于浮肿体质？直到她看见这个女人的左眼角处的淤青。

"或许是撞到的吧。"她想。

"你们家那只在婴儿车里的狗怎么没出来？"跛脚的女人并不惊讶这样的问话，院子里所有人都认识她，也都听说过她家的事，八卦总是会传得很远。

"它刚做完手术，在家休息呢，后腿又骨折了。"

骨折，听到"骨折"这两个字的时候，她不自然地想到是不是和人一样，被打了才会骨折。但是这个女人总是独来独往，应该没有成家，或是即使成了家，也离了，所以才一口气收养了三只狗，人的命运就跟他们养的狗似的，这个女人应该是想给这些可怜的流浪狗一个家。

"年纪太大了，就老骨折，跟人一样。要吃软骨素。"

电梯到了，她撑住电梯门让跛脚的女人先走。她点了点头说了声谢谢。

她跟在她的后面，看着她的背影，她想到底是狗狗先跛了脚，还是她先跛了脚？还是说她只收养腿脚不便的狗？

物业经理站在门口，看见她们出来拿着对讲机迎了上来，指挥她们从另一个门出去。"前门的玻璃碎了，不方便走了。"经理用身体拦住了她们。

"是有人跳楼了吧？"跛脚的大姐似乎在她的一生中见过太多这样的场面。她一下子就能反应过来究竟是怎么回事，物业经理究竟想要掩盖什么。

女人站在那里望了望，她也随着女人的目光望去。发现年前放的那几盆硕大的金刚橡皮树正好把现场遮住了。她只看到碎了一地的玻璃碴。

女人并不真的好奇外面发生了什么事。不像她那样。女人转过背，又一瘸一拐地走了，边走边自顾自地说道："那我今天就去车库里遛狗吧。"

消息在物业群里传得很快：韩国人。三十二岁。早上。从十三楼跳下来。窗子没办法打开，把身体硬塞出去的。下了大决心。心理有问题。四个方位，一定要选择入门处。脸朝下，左臂与身体分离与他的身体有大约三米远。

关掉消息，退出群聊。很奇怪，她不确定她是否曾在楼道里碰见过这个韩国人，或许吧。她还想起了前段时间在昌平看到的一棵硕大的橡树，它周围牢牢地围了一圈金属支撑物，甚至有一部分金属都深深地扎进了树干里，树皮露出稚嫩的里肉，颜色慢慢沉淀下来，已经无法恢复成原来的颜色。你能看见时间在伤口上留下的印记，在树上都没有办法抹去。那些三角的支撑杆，都是用来维护这些硕大的橡树的外观的，为了保持它们的挺拔。对了，还有昨晚他们救的那只麻雀，它是不是已经飞走了？

她看见餐桌上放的粉色郁金香还有那瓶未开封的劳拉西泮。她深呼了一口气。她说，呼吸。

蒋在，小说见于《人民文学》《十月》《当代》《钟山》等。出版小说《街区那头》《飞往温哥华》，诗集《又一个春天》。曾获"山花文学双年奖"新人奖、"《钟山》之星"文学奖、西湖·中国新锐文学奖等，牛津大学罗德学者提名。北京老舍文学院合同制作家。

评论:

被击打的身体与被击打的时间
——评蒋在《呼吸》
李壮

在最直接的故事情节层面,《呼吸》可被视作一位都市大龄青年女性的"受难史"。小时候被表哥猥亵、缺少父母陪伴、被小混混霸凌、在学校因说真话受到歧视排挤、因为爱出汗被周围人嫌弃、九年爱情长跑被男友背叛、结婚后长期遭遇家暴、想要孩子却失去生育能力、陷入一场看不到未来的出轨事件最终被丈夫发现、出现心理问题和抑郁症倾向……在小说里,这些花样迭出的苦难创痛聚合在主人公"她"的身上,但占据的戏份和篇幅是不一样的。心理问题是作为某种结构性的线索存在的,家暴(家庭关系创伤)、失去生育能力(身体功能创伤)、出轨(情感体验创伤)在小说的不同段落内担纲主要内容,过往的痛苦记忆则更多被作为人物小传背景出现,被一笔带过。

这些创伤性的遭际以一种"共同作用"的"集成式"形态,被聚合在了一起,小说的情节与人物的情感世界,随之呈现出既创痛酷烈又纠缠不清的混沌状态——它微妙、精准地指向了当下都市生活个体中,一种富有代表性的精神症候和生存际遇。但《呼吸》并不是传统意义上的问题小说,它的指向不是"判断性"的而是"分析性"的,其价值姿态不是控诉而是沉思。这是一种高明且高级的写法。进而,一个有趣且重要的问题便是,我们究竟该如何看待这些被"集成"的苦痛创伤，如何看待这些创伤的肉身承担者（也即是人格化的呈现者）"她"？

当然可以从女性主义的角度来解读——主人公是女性，以上创伤也大都具有鲜明的性别色彩。但这种解读免不了要向外部研究和文化分析铺展，暂先"存目"不谈。就文本内部而言，我所感兴趣的是主人公身上"命运悲剧"与"性格悲剧"的复杂交织。从"命运"方面看，父母的关系带使"她"对婚姻生活的想象多少有些扭曲，童年时的遭遇具有偶发和无法抗拒的成分，遇到背叛自己的男友和家暴自己的丈夫也首先是一种"遇人不淑"的心态。但更值得玩味的是其性格上的缺口。对"被爱"的强烈渴望和对"被抛弃"的极度恐惧，多少扭曲了她的性情，也桎梏着她的勇气：追求改变自然是很难的，甚至暴露自己生活中的不堪也令她恐惧，一种并不理想却大致稳固的关系最终滋养出了"斯德哥尔摩综合征"式的纠结状态。相应地，"棱角"与"懦弱"在她的身上奇怪地混合着：一个细节是，主人公初遇出轨对象孟遥时，先是挑衅性地对着孟遥的儿子喷烟，而当孟遥真的上前搭话（距离拉近＋产生实质性社交关系）以后，她却又迅速地收起了香烟甚至试图道歉。这种"内在虚弱的犀利""难以坚持的叛逆"，与她在各类生活关系中纠缠陷落的处境有直接关联，甚至互为因果。生活外在的不可知与人物内在的不可控，最终共同造成了苦难的"虹吸效应"。

而在"故事"（"讲什么"）的层面之外，《呼吸》更值得分析的地方，其实在于"叙事"（"怎么讲"）。这种"创伤集合体"式的故事框架，一旦处理不好，很容易变成流水账或展览台。《呼吸》在此的处理则十分巧妙。从"故事"到"叙事"、从"内容"到"形式",我们看到了一种几乎被外在化了的"力的传导":生活和他者施加给"她"的暴力打击,被小说作者传导到了叙事的形式层面,其效果便是,叙事时间的形式完整性被击碎了,时间被切片、重组,甚至出现了某种有意为之的模糊和错乱。

这种感觉有点像拼图。而在小说里,出现了"拼图"意象的一处段落恰恰很适合作为例证。那是一段关于家暴的书写。原本"她"与丈夫张森正在一起玩拼图,这时现实时间忽然转入了心理时间,主人公开始从"拼图的破碎与拼接"联想到感情生活的处境,随后仿佛是经历了短暂的失忆,时间再切回到现实的时候,画面已经变成了"她的声音通常卡在喉咙里,沙哑地、断断续续地往外冒,他掐住她的脖子……她在他的眼睛里看到了冷漠与陌生……他放开了手……'嘶啦!嘶啦!'两副对联被撕了下来"。柔情蜜意忽然变成了拳脚相加,回忆性的概括("通常"怎样怎样)与现在进行时态的具体描写完全混合在了一起。冲突的具体缘由和完整经过都被略去了,剩下的只有点状、片状的场景与印象(相类似的还有小说中"检测报告"等各类异质性文本的直接嵌入),内心的恐惧和知觉的痛楚支配并覆盖了时间的表面,令时间变得不再均质,康德和牛顿意义上的时空结构变成了弗洛伊德式和柏格森式的……并且,这处情节在小说的中段将时间呼应回了小说的开头:在开头处,主人公正在纠结着要不要开门处理那副被撕碎了的对联。

在故事层面上被侵入和扭曲的身体,在叙事层面上呈现为被侵入和扭曲的时间。这种侵入扭曲带来的动能，塑造了一种充满不稳定感的"叙事地壳"。在小说推进的过程中，大量的事件和信息被加入进来，它们像稻米落在米筛上一样，落下又被颠起，向不可预知的方向和位置（过去／未来、前段／后段）飞去、引发一系列新的碰撞。这种叙述形态，与人物自身的内心状态、生命遭际之间，是相互匹配、彼此互文的。

由表及里的不稳定感和动荡感，既是《呼吸》的形式，也是《呼吸》的内容。对此，作者其实在题目里就已经作出了暗示。小说的题目是《呼吸》，而小说里写到"呼吸"的句子如下："我们需要为注意力设置一个锚点，让自己进入平静而专注的状态，而呼吸就是最重要的锚点。"实际上锚点是不存在的，或者至少说，至今没有被"她"找到，平静和专注因而不可奢求。但蒋在当然找到了自己的锚点，这锚点就是"锚点难寻"本身。在蒋在此前的《小茉莉》《飞往温哥华》《再来一次》《遗产》等小说中，那种漂浮混沌、难以扎根锚定的艰难状态和复杂关系，总是担纲着故事的内在主轴——它们有时发生在一种文化与另一种文化之间，有时则发生在一颗心与另一颗心之间。而如今在《呼吸》中，我们又看到了"锚点"背后更切身的当下日常生活关切。

终极范特西

孟小书

一

　　晚上七点五十分，博奇架好两部手机。一部在脸的正前方，另一部架在电脑桌子上以方便和粉丝们互动。两部手机的美颜模式都已开到最大化，美颜灯也在面部前45度角的位置调试妥当，一切都已准备就绪，离开播还有三分钟，她双手从后面向前捋了一下粉色假发。八点，直播准时开始，粉丝们已经开始在评论区内疯狂刷屏。屏幕上一下出现了张可爱的二次元系的粉色头发大眼美少女。对这张脸，她既熟悉又陌生。此刻的美少女，她的名字叫Leila。

　　"Hello，宝宝们，晚上好。"

　　评论区留言：好喜欢Leila的新发色。Leila的新造型太可爱了。

　　"真的吗，你们喜欢就太好了。这是我新染的头发，还有点不太适应。"Leila在视频里左右调试自己的脸部位置，自如地与粉丝们互动着。她一边摆弄着头发，一边又摆弄一下旁边的音响。在评论区内刷屏的粉丝，有一半Leila都记得，他们是她的铁杆粉丝。LeiLa 又说："你们知道我今天是谁吗？"

中野三玖、喜多……网友们纷纷打着名字，猜测着这粉色头发的二次元日漫人物究竟是谁。

Leila 很开心，这是她最近一直在追的一部日漫。Leila 说："没错，是喜多！我要给第一位猜出来的宝宝送上今天的第一首歌。你想听什么歌呢？"之后那位网友却再也没有说过话，看来是换了频道。粉丝们继续刷屏，说着自己想要听的歌。这时，突然有人留言说："Leila 今天可以给我们跳一支舞吗？不要总是唱歌了。"于是网友们纷纷开始起哄："是呀，从来没有见过 Leila 站起来。""该不会是个瘸子吧？"看到"瘸子"两个字，Leila 的脸顿时感到一阵刺痛，鼻尖微微冒出了混着粉底液的汗珠。这位率先起哄的网友，Leila 从没见过，看来今天是有人专门来砸场子的。这时，后台经纪人第一时间发来了一条带有命令口吻的信息：赶紧唱一首歌缓和气氛！

正当 Leila 情绪即将失控时，有一个叫 K 的网友突然跳了出来，说："可以唱一首《范特西》吗？"K 是谁？《范特西》是 Leila 最喜欢的歌，也是最擅长的歌。有一次，她记得在直播间说过，她喜欢里面的歌词：

> 范特西今夜启程
> 与凛冽的冬日相持
> 我手中有一座岛屿
> 金色岛屿洒满余晖

我朝着岛屿方向

一直游

范特西是金色的

是我对未来的终极幻想

这首歌的发行时间是 2000 年，世纪交接，那时的她对新世纪还有许多期许。二十多年过去，那些期许都被时间一点点碾轧得稀碎，碎到已经连她自己都不记得了。只有这首歌，偶尔还牵连着一些她过去那些残破的梦，比如再学两种乐器，比如当一个唱作人，比如周游世界。

Leila 立即顺势回应道："《范特西》，好，今天就唱这一首。"

"谁要听这歌！而且是这么老的歌。"留言的人还是那带头起哄的。

网友们起初的相互争吵，瞬间演变成了疯狂的辱骂。眼前的局面，让 Leila 的情绪终于失控了。也许是因为这首《范特西》让她想起了曾经的自己，使得眼下这一头粉色假发的面孔变得既陌生，又恐怖。她不计后果地退出了直播间，关上音响，拔掉所有电源。狭小的房间里一片寂静，只剩下白炽灯和耳鸣交织在一起的白噪音。没错，只要断电，一切皆为虚妄。她一把拽下了粉色假发，扔在旁边已经堆得满满的脏衣筐里。

她闭上眼睛，向后仰倒在椅子上，双手用力按压着耳朵。耳鸣是她一贯的毛病，长时间佩戴耳机，再加上神经衰弱而导致的失眠，使她无法摆脱这种低频的噪声。她又搓了搓脸，回头望了一下窗外的风景。窗外没什么风景，无非是高耸的楼群和点点路灯。狭小的房间里被她布置得琳琅满目，墙上挂着一幅两千块的红发喜多拼图和一些画着喜多的小幅油画。她的床是用两张床垫拼凑起来的，被子上印的是喜多的巨型卡通形象。床尾上方的墙上，挂了一幅颇有欧洲文艺复兴时期味道的古典风景油画，那是一条静静流淌的河，河面倒映着两岸郁郁葱葱的植物，一幅静谧而祥和的景象。床旁边就是她的电脑桌，以及高低不一的架子，这些架子是用来架手机、话筒和灯光设备的。直播设备占据了大半个房间，从床走到门口需要侧身绕过它们。整个房间，只有一巴掌大小的镜子，甚至无法照全一整张脸。她讨厌镜子，讨厌镜子里的自己。只有视频里的她，才是真实的她。

手机在桌子上振动了一下，又是经纪人发来的信息。大概意思是这次直播需要扣一万块钱，因为违反了公司规定，引发了评论区内的争吵。

"一万？公司疯了吧。"Leila 把手机扣在桌子上，没有回复，心烦意乱地把自己挪到了床上。按习惯，每次直播结束她都会看看后台的私信情况，翻翻网友们对她的评价。她很在意粉丝们的评价。但今天她什么也不想看，像是掉进了《范特西》的时光旋涡里，越陷越深。中关村步行街上的盗版磁带店，那家美国加州牛肉拉面的快餐店，没有一件产品是韩国制造的韩国城，文具店里循环播放着的《流星花园》主题曲，当然还有《范特西》。放学后，中关村步行街就是他们的据点，骑着车疯狂地往牛肉面快餐店里飞奔，要占四张桌子，他们十来个人要坐一起。Leila 那时候不叫 Leila，叫博奇。她喜欢画画，还和当时要好的一个男同学约定，以后一起去法国留学学艺术。那时候，巴黎就是他们的最终梦想，最终范特西。这一年他们初三，她还是有着一双美腿的阳光女孩。后来，博奇考上了美院附中，但那位男同学直接去了巴黎，慢慢地他们就断了联系。博奇上了美院附中后，发现自己其实没那么喜欢画画，老师说她天赋也有限。她在陷入了好一阵的郁闷后，觉得学个吉他，以后当民谣歌手应该也不错。

总之，一首《范特西》让她回忆起了很多曾经的事。她转念又一想，那个网名叫 K 的人，或许应该和自己年龄相仿，或许他就是那位男同学也说不定。不知不觉，她昏昏沉沉地睡着了，她梦见了那个初中男同学，在梦里他叫 K，他一直背对着自己，冲着一面墙在画画。

Leila 醒来时已经是第二天早上了，脑子里还在延续梦中的情节，有点分不清时间和地点。她打开手机，后台成千的私信充斥着语言的暴力。有人说她是瘸子，有人说她其实是个中年妇女，说什么的都有，但在众多私信中，她突然发现了 K。

K：你还好吗？

此刻的 Leila 不太好。她随手点开了 K 的主页，是一个喜欢旅行和健身的男人，长年处于在外漂泊的状态。第一张照片是他和一辆房车、远山的合影，房车旁边是一条清澈的河流，还有一套户外桌椅。照片备注是：终于有时间把这些年的照片整理一下了。但令 Leila 有些不解的是，这些照片为什么都是在同一天发布的。当然，这只是她的一个闪念。他没有一张脸部特写照片，只有几张轮廓模糊的侧脸照。但能隐约看出来，他是一个瘦脸、鼻子高高的男人。Leila 对他没什么幻想，只是有点好奇 K 的真实身份。

Leila 想了想还是给他回了信：没事，都是正常现象。

今天雾霾，外面看不出是阴天还是晴天。她萎靡地躺在床上不想起来，闭上眼，天旋地转。感觉身体轻飘飘的，不是自己的。

二

闷热的夜晚，张存良躺在宝哥上铺来回翻身睡不着。宝哥踹了一下铁梯子说："烦死了，睡不着就滚出去。"张存良一下就消停了，后来开始没完没了地吸鼻子。宝哥用脚敲了敲他的床板："喂，没事吧你？"张存良没吭声，把脸藏进了被子里，鼻涕和眼泪全部蹭在了上面。三天前，后脑勺挨的那一棒子还隐隐作痛，恶心和眩晕感偶有发作，他一度怀疑自己得了脑震荡。他甚至有点记不起来自己是怎么来到这儿的，只是一睁眼睛，就躺在了一个办公室的沙发上。在几次的威逼利诱、拳打脚踢之后，他不再挣扎了，准确地说，他是被强制关押在了这里。

宿舍其他"狗友"都已睡着，阿水的呼噜声最响，他来这里已经六年了，并且业绩不错，老板很欣赏他，听说马上就要升级为合伙人，也就是说马上就能获得自由了。张存良在这三天里，仍在反复合计着逃跑计划。但重要的是，他始终没能看全这里地形的全貌，更不知道自己身处何处。以他现有所知，去猜测——这是一间废弃的厂房。防备森严堪比监狱。按照宝哥的说法，离开这里有两个方法，一个是再抓个人来做"交替"，另一个就是升级为合伙人。宝哥说等待警方救援的可能性几乎为零，但也不是完全没可能。最有希望、可操作性最强的就是再骗一个人过来做"交替"。张存良不知道去哪里还能再骗一个人过来，也不知道怎么才能提高业务水平，这个比等待警方救援的希望还要渺茫。唯一的希望就是逃，但逃是要付出生命代价的，很大概率会被站岗的守卫当场击毙。宝哥也曾警告过他，想逃出去，那就是在自寻死路，没有人能成功地逃出去，被抓回来的人，不是被打死，就是被折磨得自杀了。但张存良不信，无论如何，他都决定要拼死一搏，他首要的任务就是要确定自己的位置。从孔大的呼噜声能听出来，他睡得很踏实，不像别的"狗友"那样，有的失眠辗转反侧，有的安静地平躺在床上瞪着天花板，也有像宝哥那种，即便能很快入睡也要夜里醒几回上厕所。寝室里只有阿水一个人的呼噜声，听上去睡得很沉。

张存良静静地平躺着，听宝哥的喘气声逐渐平稳，小心起了身。他慢慢爬下梯子，和寝室的守卫说了一声"去厕所"，守卫又低声说："不要打歪心思。"两人像是对了一句暗号，之后张存良穿过长长的走廊去了洗手间。这条通往洗手间的走廊能让他得到短暂的自由，这条走廊狭窄，没有守卫。走廊外就是郁郁葱葱的棕榈树、椰子树、霸王棕。夜里，它们变成了一片黑漆漆的剪影。

宝哥说他也不知道这是哪里，只是曾在走廊上随手给张存良指了一下，那边过去就是湄公河。张存良站在走廊上，手扶着栏杆眺望着远方，想象着那不知方向的湄公河，想象着它汹涌澎湃地汇入大海的那一瞬间。他双手紧握了一下栏杆，栏杆的粗细程度正好与手掌的最大握力吻合。他一边搓握着栏杆，一边将目光收回，向下望了望：如果跳下去之后，能幸运地摔在灌木丛里没有摔伤，那就可以使劲跑，跑过这一片空旷的院子，跑到那堵围墙前，如果没有被岗楼的守卫发现，就可以爬出去了。那么，墙边上还得准备一个梯子……张存良越想越绝望，除非能有一个不惜生命代价的人愿意帮他，一个人不够，可能要两个。他叹了口气，不敢在此停留过久，速速回到了寝室。守卫一下拉住了他。

"你去哪里了？"

"洗手间。"

"洗手间？需要这么久吗？"守卫瞪着他，用力将他的手抓起来，闻了一下，发现有栏杆的铁锈味，"再让我发现，我就送你去'狗头'那里。"

黑暗中，守卫的眼睛闪闪发亮，从这双眼睛里，张存良看到了无尽的深渊和死亡。

他回到床上，又闻了闻自己的手，他什么也闻不到。守卫是什么意思，他怎么知道我没有上厕所，他怎么知道我那一丝的想法，他怎么什么都知道。

宝哥睡觉轻，有点动静就会醒。张存良回到床上时，宝哥已经醒了，刚才守卫对张存良讲的话，他听得一清二楚，觉得上铺这孩子太傻了。

正当张存良颇感睡意时，一声惨叫从门外传来，那声音听上去很遥远，却很清晰，像是穿越了很多墙壁才传达过来。那是一个男人的声音，不知他犯了什么错。男人又叫了一声，这叫声一定是从地狱里发出的。男人停止了哀号，余音还在空气中、墙壁间来回游荡。接下来，夜晚再次恢复了寂静。他紧紧闭上眼睛，裹着被子，身体突然一阵痉挛。这是他小时候落下的毛病，每当紧张时身体就会痉挛，像浑身绑满了绷带，使他一动也不能动。

张存良一夜没怎么睡着，昨天夜里守卫对他的警告以及那男人的哀号，像是给他宣判了死刑。他的眼眶周围一圈黑，拖着疲惫的身躯走到了洗漱间，从洗漱间又走到了食堂，之后坐到了工位上。宝哥的工位在他旁边，是"狗头"安排的，负责当他的师傅，教他所有关于业务上的事。张存良抻着脖子，对着亮得刺眼的屏幕发着呆。

"喂！"宝哥递给他一部手机，说，"这个手机是用来聊天的，所有内容都会被监控。"说完后，又递给他一袋槟榔，张存良是东北人，以前没见过这玩意儿："这啥呀？"

"这都不知道？提神用的。"宝哥左边腮帮子鼓起了一个大包，牙齿上红了一片，看着挺吓人。宝哥勾搭的对象上线了，手指在键盘上飞舞着，脸上却一点表情也没有。

"这是你的'猪仔'？"张存良歪着脖子看着宝哥的屏幕问他。

"对，养得已经差不多了。"

"长得还挺好看的，御姐型。"

"好看有什么用，有钱才是真的。"

"那她有钱吗？"

"目前看应该还行。"

"你咋知道的？"

"之前给我转过几万块钱。"

"这么多！"

"这算什么。"

宝哥的手指突然停住了，用一张血淋淋的大嘴对张存良说："像咱们这种不懂电脑，又没有什么特殊技能的人，每天和姑娘们聊聊就好，聊进去你就会发现，聊天有的时候很有意思，比那些金融组的程序员要幸福得多。"张存良半信半疑，宝哥说的没准是真的，但他现在真的没什么心情和姑娘"认真"聊天，昨夜那在走廊中回旋游荡的声音，仍在他的心里不断盘旋，他终于忍不住问：

"宝哥，昨晚你听到有人惨叫吗？"

宝哥嚼着槟榔，装出一副满不在乎的表情说："好好干，不要总想跟你没关系的事。"宝哥又说："第一天给你的手册有没有仔细看？"

张存良摇摇头。

"你要仔细看。"说着，宝哥从工位里拿出了一本已经翻得卷边的手册："手册就是秘籍，里面会告诉你，怎么样开始聊天的第一句话。对了，咱们每天是有业绩要求的，要聊到一百句话。七天后就要开始'开单'。否则下一个惨叫的人就是你。"

张存良似懂非懂，接过这本快被翻烂了的"秘籍"。里面有详细的分析讲解，例如御女攻略、白领攻略、白富美攻略，等等。当张存良看到"傻白甜"攻略时，觉得这简直既荒唐又可笑。宝哥却一脸严肃、语重心长地告诉他："好好学，你也行。你打开和'猪仔'的聊天记录，我看看。"

张存良有点不好意思，对于勾搭女孩这件事，他一点经验也没有，别说主动勾搭，平时连多看一眼的勇气都没有。张存良慢吞吞地打开了对话框，准备给宝哥看时，又用双手遮挡："你还是别看了。"宝哥用力一推，之后笑得前仰后合。

"你说你是不是傻，上来就管人家叫'小姐姐'。这种搭讪早就过时了，鬼才愿意搭理你。"

"我看人家也和我聊了几句。"张存良越说越没底气。

"你再看看你的账号里，什么都没有，一看就是骗子，而且还是手段很低劣的那种骗子。"

宝哥在手机上点开了一个自己的社交媒体账号，里面的男人阳光健美，热爱运动，是一个有爱心的大男孩。宝哥沾沾自喜道："瞧见没，这个男人就是我。"张存良又看了眼宝哥，一双夹脚拖鞋，手脚指甲都很长，再配上黑色跨栏背心和彩色短裤，地道的一个油腻中年男人，关键是还满嘴通红，一张血盆大口。张存良心里不禁一惊。

"这些照片的主人知道吗？"

　　宝哥拍了一下张存良的脑瓜子："别问这么缺心眼的问题。人设很重要，你要先在媒体账号上建立你的人设，而且几个大平台，都要这么做，要统一。所以第一件事，你要找到一个目标，把他的照片挪过来。对了，一定不能找网红，太容易被识破了。你把自己想象成他，如果你是一个那样性格和有那样身份的人，你会怎么说话，你怎么和女孩子聊天。他就是你，你就是他。你睡觉、吃饭都要把自己想象成那个人的样子。所以，不要照镜子。对了，你还要起一个网名。"

　　张存良在手机上翻了翻，终于发现了一个目标，这个男人看不出他的具体职业，或许也没什么正经职业，发布的照片有的是在家里抱着把吉他，有的是开着房车四处旅游，也有的是在健身房健身。他是什么职业并不重要，重要的是他长得还不错，甚至和张存良居然还有几分相似，开着房车旅行，这是他大学毕业那一年最想干的事。他给宝哥看了眼男人的照片后，宝哥也认为不错，觉得和张存良有点神似。

　　宝哥说："以后你就是他了，像他这么酷的男人，应该配一个酷点的网名，就叫 K 怎么样？我以前看过一部侦探小说，里面的凶手就叫 K，感觉特别酷。"

　　张存良觉得挺好，说："行，以后我就叫 K 了。"

　　宝哥对张存良的态度很满意，张存良拿起了桌子上那包槟榔，取出一颗放到了嘴里，学着宝哥的样子，使劲嚼着。张存良觉得槟榔的味道挺好，有股清香味，但吞咽几下后，他的心脏就开始"咚咚"地猛烈跳动。这是他第一次吃槟榔，他双手捂着心脏，感觉快要死了。宝哥说："慢慢习惯就好了，它就是提神的，没什么别的东西，放心。"张存良发现，想要迅速上手，看来首先要学会的就是吃槟榔。大约二十分钟后，心脏终于慢慢恢复了正常，脑子里像是有盏上千瓦的灯泡在发光。他打开网页，以K的身份重新"营业"。

宝哥突然转过身来说："只要你认真干活，那钱是赚不完的。不要总想着逃跑，你根本就逃不出去。昨天夜里的惨叫，我猜那人八成就是潜逃未遂。就算你幸运，逃出去了，那之后呢，你能干吗？一年挣的钱都不如这里一天挣的。"说完，又拍了拍他桌子上的手册："我看你是聪明人，才告诉你这些的。好好学，我看好你。"

说完，宝哥又开始飞快地打字，目不转睛地盯着电脑。他又扫视了一圈工友们，脑子里不断出现昨晚的那声惨叫，宝哥说的或许是对的。一百句的聊天记录，他必须要完成它。他又思考了一下，决定将目标对象锁定在网红群体，在他有限的认知里，网红赚钱快，她们的钱，说白了也是从网友那里骗来的，大家互相骗一骗，也不会有什么心理负担。他打开了最近流量最高的一个直播软件，开始搜索目标"猪仔"。张存良翻看着正在直播的女孩们，寻找目标。与其说是在寻找"猪仔"，他更觉得自己是在狩猎。他在暗中观察，要仔细嗅出她们的味道，嗅出她们之间哪一个才是他真正的猎物，不知不觉中，他突然感到了一丝成为猎人的快感。

他觉得直播带货的女生说话思路清晰、反应快，估计不好下手。直播旅游的大多也是穷游，骗也骗不到多少钱，还有直播弹钢琴和吃饭的，他都觉得意思不大。后来，直到晚上，他终于翻到一个粉色头发的女孩，女孩的样貌让人猜不出年龄，是一张永远都让你记不住的脸。十分钟过去了，女孩除了说些无关紧要的话之外，一首歌也没唱。但不知为什么，K 就是喜欢看她。

三

Leila 的朋友们，准确说是她曾经的那些朋友们，得知她被经纪公司签约后，都纷纷表示祝贺，说当网红挺好，轻松自由。可 Leila 自己知道，那神经高度紧绷的三个小时，是会把人掏空的。随着 Leila 的网红事业越来越红火，身价越来越高，身边的朋友也都莫名地自动消失了。可 Leila 并不在意，谁跟钱过不去？最关键的是，她喜欢网上的虚拟人设和虚拟世界，尤其是朋友。虚拟朋友最好，省事，不用见面。喜欢谁就聊着，聊烦了直接拉黑。现实世界是另一回事，就复杂多了，曾经一起长大的那些朋友不也都各散天涯了，况且谁愿意和一个有残缺的人交朋友呢？

Leila 今年 35 岁，至于男朋友，那种活生生的男朋友，有肉身的男朋友，她曾经想过，在她还是一个活蹦乱跳、四处游走的阳光美少女时。但现在，她彻底放弃了，没人能看得上她，想想此刻的肉身，连她自己都觉得恶心，就更别提男人了。但虚拟世界不一样，这里的世界是属于她的，她是女神，她是粉丝们的终极幻想。有太多为了能和 Leila 说上一句话给她疯狂刷礼物的人。

Leila 躺在床上，翻看 K 的照片，那些云雾缭绕的雪山冰川、广袤平原上奔跑的动物和郁郁葱葱神秘的雨林，都是 Leila 曾经幻想过的。她想去很多地方，甚至环游世界。可现在，她寸步难行。最艰难和最绝望的日子她是怎么熬过来的，连她自己都觉得十分恍惚，母亲日夜的陪伴和心理咨询师的耐心疏导，都无济于事。只有接通电源，打开电脑，进入那个迷离玄幻的虚拟世界，才能找到一点点慰藉，在那里有着像灯塔一般的指引，指引着她往更明亮的地方去。

事故发生在一年前的冬天，她去参加哈尔滨的网红大会，在大会上她认识了一个同是北京的女孩——豹豹。这是她们第一次来哈尔滨，并且两人一见如故。她们相约大会结束后，一起去看冰灯，顺便还能做一场直播秀。第二天晚上，俩人一进到冰灯博览会中，就眼花缭乱了，她们纷纷拿出手机，准备工作。Leila 买了一根一米长的糖葫芦，小心翼翼地在手里举着，对着手机跟粉丝们说，她终于买到了传说中的一米糖葫芦，但它实在是太长了，胳膊怎么举着都吃不到第一颗山楂。看到她那搞笑的样子，网友们纷纷给她点赞。她和豹豹一边走，一边滔滔不绝地对着手机挤眉弄眼。而放眼望去，整个博览会里，到处都是这样的人。一个小时后，由于气温太低，手机很快就没电了，而她们也已经无心再直播，关了手机准备尽情地玩。她们去了一座巨型冰屋，冰屋外面连接着一个冰滑梯，排队的人很多，都冻得瑟瑟发抖。她们决定无论排多久的队，都要玩一圈。轮到她们的时候，Leila 想和豹豹一起滑下来，管理人员也同意了，但在滑梯上，豹豹一个趔趄扑倒在了 Leila 的身上，Leila 顺着滑梯翻滚而下，豹豹压在 Leila 的腿上，她们一直滑到了地面上，Leila 惊叫着自己不能动了，豹豹倒是没什么事。管理人员赶紧叫来医护人员，把她们拉到了急救室。急救室里还躺着几个人，有头上包着纱布的，也有摔伤的，看来发生意外的大有人在。Leila 的膝盖疼痛难忍，医护人员看了一下，初步判断是骨折了。

　　结果不出意外，左小腿胫骨骨折加上膝盖骨折，而医生在检查 Leila 的身体状况时发现她因严重缺钙和营养不良，导致了骨质疏松。当 Leila 的母亲询问医生她是否能恢复正常时，医生犹豫了，说："幸运的话不耽误走路。"母亲当场晕在了父亲的身边。豹豹也是眼前一黑。父亲一下抱住母亲，大声叫了她几次，父亲把母亲搀扶到另一张病床上，小跑着去叫护士。父亲和母亲已经很久没有这么亲近过了。Leila 躺在病床上，下半身已经失去了知觉，脑袋也还有些发木，那是麻醉剂还没有完全消散的缘故。她异常平静，医生刚刚宣布的结果，她像是什么都没听见一样，看着晕头转向的父亲，另一张床上平躺着的母亲，和马上要开始哭泣的豹豹，她觉得像是在看一场滑稽的默剧。

　　Leila 反应过来时，是当天的夜里。今后的日子像是浮萍，晃晃荡荡的、轻飘飘的。她想象过很多画面，坐在轮椅上的、一瘸一拐的、孤老终身慢慢凋零地死去的，但唯独没有想象过她将会戴着一顶粉色假发，以一张自己认不出的面孔给粉丝、网友们唱歌，这副面孔可以是任何一个她，但绝不是此刻的这个她。

在之后的两个星期中，豹豹一直在医院陪护着 Leila。她心存愧疚，觉得这辈子都无法补偿 Leila。父亲和母亲早就被 Leila 劝回家了，只是偶尔一起过来给她送一些营养品和衣物。Leila 隐约感觉到，父母的关系好像因为这次的事故变得亲密了一些。

如果不是豹豹的陪伴，具体点说，如果不是豹豹怂恿她继续搞直播，Leila 恐怕已经从这个世界上消失了……不管当时在冰滑梯上是谁的过错，她已经释怀了。

浏览完 K 的所有照片后，Leila 又点开了网友们的站内留言，她逐一浏览，期待着有 K 的信息，果然 K 的名字出现了。

"《范特西》是我最喜欢的歌，真希望可以听你唱一遍。"

四

他们把这里叫作"科技园区"，园区内有餐厅、服装店和便利店，如果每天完成要求的业绩，"员工"是可以在规定的时间内下来自由活动的。园区很大，大得像一座城，有数不尽的写字楼。这里的人不知道园区的大门在哪儿，也无从知道自己身处何方。高墙上布满高压铁丝网，防止"员工"逃离。"员工们"也会三三两两到外面吃饭喝酒逛街，流行乐和霓虹灯把这里勾勒成了一幅其乐融融的假象。当然，以 K 目前的业绩还没有体会到这样的场景。

晚上八点，宝哥问他今天业绩怎么样。K 摇摇头说，还没达标，但他有信心今晚会完成。宝哥拍了拍他的肩，回了宿舍。楼道内，还能隐约听见飞速击打键盘的声音，看来有些人还在为了业绩工作。

K 打开直播软件，准时等候着 Leila 的出现。今晚的 Leila 显得朴素一些，穿了一件黑色 T 恤，头发也是黑色的。她在镜头前调试了一下位置后，打开了麦。K 的思绪荡漾着，他真的很想听她唱那首歌，他也不知道自己在期待着什么。

"宝宝们，昨天真的很抱歉，我不应该情绪失控突然离开直播间。对不起，让你们失望了。"

K 看到评论区的留言开始刷屏，粉丝们都很支持她，纷纷责备昨天故意捣乱的那些人。

"今天的第一首歌是《心愿》。"Leila 说罢，便拿起吉他，唱了起来。K 有点失落，为什么不唱《范特西》？她明明回复了我的信息。她的嗓音真好听，清澈，像山间的小溪，很甘甜，像晨间的露水。K 闭上眼睛，这天籁般的声音把他带回了遥远的故乡。那是一个有青山和碧水的地方，有蓝天、有白鹭，也有自由。歌曲结束，K 擦了擦眼睛，屏幕有点模糊了，他已经迫不及待地要听下一首了。评论区内很多人在点歌，Leila 和粉丝们互动着，自说自话。她说今天自己哪里也没去，中午把昨天剩下的麻辣香锅和米饭炒了一下，居然比昨天还好吃。说着，自己笑了一下。K 细细地看着她，观察她，她绝对不是 K 会喜欢的类型，她的五官每个都很漂亮，只是组合在这张脸上，就觉得哪里不太对劲。总之，就是不难看，但也找不到她脸的特点，一闭眼睛就会立刻忘记她的样子，她的脸仿佛就是一个符号、一个象征，而不是一个人。任何人都可以是她，她也可以是任何人。唯独嗓音，是那么特别。

"我看到很多宝宝想听《梦》，但这首歌我从没唱过。"她抱着吉他，试弹了几个和弦，又说："哪位宝宝可以帮我找一下歌词呢？"之后歌词出现在了屏幕左下角。她的眼睛很大，向下看时睫毛会遮住半只眼睛，显得很可爱，又有点傻。K 盯着她，想，能行吗这姑娘？

Leila 说话的声音很普通，可以说是和她的脸一样，寡淡得像清水煮白菜。但闭上眼睛听她唱歌，她的样貌似乎就能清晰地浮现在眼前。每次唱歌结束，她都会说一些和唱歌无关，也基本和留言无关的话题，她说自己很会做饭，喜欢吃茄子配米饭，不喜欢面条。她最讨厌鱼，做完整个房间都是腥乎乎的味道。

"我也是呀！最讨厌鱼。"K 想着，母亲每次做完鱼，不管怎么清洗厨房都是腥的，手上、衣服上、头发上，哪哪儿都是。

"好了，今天最后一首歌是《范特西》，送给一位……朋友。"

晚上接近十点，神经高度紧绷的一天让 K 有点恍惚了。当他听见《范特西》的时候，眼睛一下亮了起来，嘴角不由得向上扬起：

今夜启程与凛冽的冬日相持
我的后腰口袋有一座岛屿

金色岛屿洒满余晖

这到底是真是假

那是我对你的范特西

对你的终极幻想

K 戴着耳机，双手交叉抱在头上，上半身靠在椅子上。他随着旋律哼着调，他总觉得这首歌的歌名应该是另外一个。这首歌很熟悉，熟悉到他可以一起跟着唱。

"晚安了宝宝们。" Leila 的脸从屏幕上消失了。K 还沉醉于这首歌的余音时，突然想到了今天的业绩。他立刻给 Leila 发去了私信："今天的歌真好听，是我上中学时最喜欢的歌。"

他终于对 Leila 撒了第一个谎，又说："我可以加你的微信吗？"

没想到 Leila 真的回复了信息，信息是一串数字和字母的组合。

K 像是刚刚击毙一头猛兽般，肾上腺素迅速飙升，让他脸颊微微泛起了潮红，心脏的跳动让他手指发抖，在等待 Leila 通过他的好友验证时，他的眼睛目不转睛地盯着屏幕，像是要钻进手机一般。

"加了！" K 几乎叫了出来，第一句话该和她说什么呢？他慌张地翻出了"秘籍"手册，找到打招呼那一篇章，他后悔自己为什么没有提前做好准备。他迅速浏览了一遍，不是土味情话，就是假装加错好友，要么就是连他都不想回应的开场白。他把

"秘籍"扔回了宝哥的桌上，想着，就靠这些"秘籍"，能被钓上来的"猪仔"也真够没脑子的。正在他犹豫的时候，Leila 突然给他发了信息："你也是上初中的时候听到这首歌的吗？"

K 想都没想，回答："是呀，每次听都能把我带回从前。"

Leila："你是在哪里上的初中？"

K："我在北京上的，你呢？"

Leila："你在哪个区？"

K："我在海淀，你呢？"

Leila："这么巧，我也是！"

K 心中一惊，没想到这开场来得如此顺利。也不得不佩服宝哥的业务水平。幸亏他在这之前把 Leila 所有的背景都调查得一清二楚。

K 抱着手机，回到了宿舍，他忽然领略到了宝哥的话：和女孩子们聊天真挺有趣的。他不知道和 Leila 聊了多少，但早已超过了今天要求的业绩。

五

Leila 在这种虚幻的甜蜜中赤裸地旋转着、眩晕着，她喜欢这种甜蜜的虚无，像某种变形，像癌细胞般滋生蔓延，让她毫无防备地深陷其中。她要把这一切分享给她最好的朋友，豹豹。此时豹豹已经不再做博主，她一口气将全部账号都注销了，彻底从网络上消失了。她的消失没有引起任何人的注意，就像被风吹走的一粒尘。豹豹收到 Leila 的信息时，正带客户在天通苑看房子，一个小时后才给 Leila 回了电话。豹豹从黑漆漆的单元楼走了出来，深深呼出一口气。这个客户马上就要签单了，她催 Leila 长话短说。自从豹豹做了房产经纪人，就很少再和 Leila 通电话了，她们听到彼此的声音都有些陌生。Leila 劝豹豹，现在网络仍是大趋势，干得辛苦，就再回来直播。豹豹确实考虑过换一个行业，销售新能源汽车，或是自学一个配音、建模，但从没想过要回去。她已经受够了那个看不见也摸不到的世界，她觉得那不是真正的自己。电话即将要挂断的时候，Leila 终于说到了主题——她恋爱了。当 Leila 说出"恋爱"两个字的时候，自己都难以置信，她原来恋爱了。

豹豹一惊："你们怎么认识的？"

Leila 吞吞吐吐地说："是在我的直播间里。"

豹豹："该不会是骗子吧？你要小心哦。"

Leila："怎么会，他也在海淀上学，学校跟我们一街之隔。他们学校的足球队很有名。"

豹豹："他是做什么的？有正经工作吗？"

Leila："当然有，他在一个科技公司里，就是大厂。他还跟我说，他有五险一金，这人真有意思。他是东北人，但小学就到北京读书去了。"

豹豹："科技公司？那就是码农呗，码农每天都忙死了，怎么还会有时间刷你的抖音？反正你要多个心眼。"

Leila 自顾自说着很多有关 K 的事情，短短两天，她已经基本掌握了 K 的所有信息。豹豹说她真的应该到外面走一走，等签完这一单，她就会有一笔可观的收入，到时她要带 Leila 去旅行，去看看外面的世界，看看真正的人。Leila 浑然不屑，外面的世界她一点都不感兴趣，甚至她一步都不想离开自己的房间。豹豹挂电话前说，等自己签完这一单就来找她。

　　Leila 的心被 K 充盈得满满的，无论是做饭、洗澡、化妆，还是整理房间弹吉他，她的心里总是装着这个阳光健硕的男人。K 告诉 Leila，此刻他在呼伦贝尔草原上自驾，他喜欢独自上路，更自由，更随心所欲。他给她发了很多草原的照片，说这里的牧民很纯朴，空气很清新，草原与天交汇在一起，望不到边际。K 还说以后想带她一起去旅行，想和她一起躺在草甸上看云彩。Leila 躺在床上闭着眼睛，她似乎可以嗅到那股淡淡的青草味，但她讨厌大自然，更不会躺在草甸上，以及绝对不会与 K 相见。

　　傍晚，K 又给她传来一个视频，这是他眼前的风景，视频摇摇晃晃，显然他是一边开车一边录下的。Leila 让他小心开车，等停下来的时候再拍。第二个视频又传了过来，Leila 依然欣喜地迅速打开，眼前是连绵的山丘，他颠簸地在草原上疾驰着，有风和音乐的声音。显然，他已经驶入了一片没有公路的地界。突然间，画面猛烈地摇晃了一下，伴随着"啊！"的一声，视频结束了。Leila 立即发信息："你没事吧？"K 没回她的信息。Leila 有点着急了，又说："人呢？你不要吓我呀。"K 依旧没有动静。Leila 拿着电话不知所措，反复看着刚刚的视频，推测他应该是出了什么事，难不成是翻车了吧？她看着 K 的头像，几次想给他打个语音电话，但还是没有勇气拨出去，他们还只是打字聊天的关系。半个小时过去了，K 终于回了信息，果然，K 翻车了。他用语音发去了消息，说自己眼睛有点花了，居然没有看清前面的地貌，翻在了沟里面。这是 Leila 第一次听见 K 的声音，虽然在北京上了那么多年的学，但还是隐不去淡淡的东北口音，他的声音很好听，她忍不住又听了一遍。Leila 想了下，还是选择了打字回复："你受伤了吗？" K 继续用语音说："只是胳膊擦破了点皮，腰也扭了一下，其他都还好。我已经呼叫了救援，但不知道他们多久才能到，这个地方放眼望去，一个人也没有。不过，你别担心，办法总是会有的。" Leila 说："你倒是挺乐观，万一等到晚上都没有人来怎么办？" K 说："我车里面有露营的帐篷和睡袋，旅途就是这样，会发生各种意想不到的事，往往这些事才能被记住，它们都是最珍贵的记忆。这里很美，你要是在我身边该多好。" K 拍了一张草原上的晚霞，那热烈的橘粉色是 Leila 最喜爱的颜色。她把自己从椅子上挪到窗边，拉开纱帘，灰蒙蒙的天空半悬着一个橘色太阳。她想象着此刻的 K，想象着那一片晚霞。

　　K 又发来了信息，说附近的牧民可以援救，但需要三万块钱的费用。救援大队人手不足，要后天才能赶过来。他手上没有这么多现金，银行转账也要明天才能到账，他问 Leila 可否微信支付，先借他三万，明天再还给她。Leila 突然犹豫了，她突然想起了豹豹的话：该不会是骗子吧？Leila 仔细翻看着聊天记录，翻车前一刻的视频和他说的所有话，综合分析应该不是个骗子。

正当 Leila 犹豫之际，K 又发来了信息，Leila 突然有点紧张，他说："对不起，是我太唐突了，可一时真的也想不到可以信赖的人。你不用管我了，我再想想别的办法。"Leila 想都没想，给 K 一下转了五万块钱，在确定付钱之前，突然有一个防诈信息提醒，Leila 看都没看，输入密码，转了过去。K 答应她，明天一定会原数奉还，他又发来牧民拖车的视频。转账成功后，K 在 Leila 心里的分量又加重了些。金钱上的关系似乎给他们之间镀了一层膜，一种说不清的情绪萦绕在 Leila 心里，她希望 K 今晚可以平安度过，希望牧民可以帮他把车修好，她希望这一切都是真的。然而，豹豹的话总会时不时冒出来，这像是一种冥冥的警告。

晚上八点，Leila 准时坐在手机前，准备直播。她有点心烦意乱，她知道今晚 K 是不会听她唱歌的。

六

"我好！我很好！努力会更好！"宝哥、K 以及和他们一组的其他十个"狗友"对着"狗头"喊完口号后，原地解散，坐回自己的工位上。每天，他们都会分成小组喊口号，口号声震耳欲聋，空旷的办公室很难看得见尽头，回音击打在墙壁上，来来回回地冲进 K 的耳朵里。努力真的会更好吗？

K："宝哥，我做好这一单，就能放我走吗？"

宝哥四下里看看说："别做梦了，赚不够二百万，就别想出去。"

K 瞪大了眼睛，一副难以置信的表情，他想，Leila 这个傻姑娘，怎么可能会有这么多钱。

K 又说："那你说我该怎么办，二百万，打死我，我也完成不了。宝哥，我想走，想出去，我想爸妈，还有我妹妹。"说到家里人的时候，K 突然鼻尖一酸。

宝哥："赚不到二百万，也没关系，抓一个'交替'过来，你也能走。"K 又糊涂了，问："'交替'？你的意思是让我再骗一个人过来？"

宝哥点点头："脑袋也没有那么笨嘛。"

K 欲言又止，宝哥本来正和他的"猪仔"聊得起劲，可见 K 这副死样子，暂停了聊天。他拍了拍 K 的腿："难道就你有家人吗？在这里的人谁不想走。但你越想走，你就越走不成，这话你信不信？我不是要吓唬你，我是把你当兄弟才说的。在这里，死个人太正常了，完不成业绩的，想要逃跑的，偷着给外面的人发信息被抓的，但你看，警察有来过吗？不要总想着跑，唯一离开这里的方法就是要把业务做好。"宝哥缩着脖子，K 竖起耳朵，揪心地听着。宝哥像是在说一个不可告人的惊天机密一样："实话告诉你，你来的这个地方就是个监狱。有人曾经从十楼跳下去，摔死的、摔残的、摔成植物人的都有。也有跳下去没什么事的，但都是跑到围栏边就被击毙了。摔死的或是直接击毙的倒是好说，直接死了。摔残的下场可就没那么好运气了，活活被关了三个月，其间有被打死的，也有饿死的。'狗头'就是要警告我们不要逃跑，都是徒劳。"

宝哥把身体重新直立在电脑前，他盯着电脑页面上"猪仔"给他的留言，无动于衷，他呆坐着，也不再继续嚼槟榔，腮帮子一边鼓出来的大包看上去很滑稽。K看着宝哥，不知道他在想什么，人好像飘到另一个地方去了。宝哥自从说完这番话，整个人的精神状态都不对了，他没再和K说过一句话，中午饭也没吃，除了面无表情地对着"猪仔"聊天，完成业绩，就没再做任何事情了。宝哥心中有着无尽的苦闷，那种苦闷对曾经的K来说是那么的遥远，他无法想象宝哥都经历了什么。但此刻，他看着颓废、一言不发的宝哥，似乎又有些明白了。他真的不知道吗？他一定是知道的。

K没有告诉宝哥他已经成功开单了五万块钱，"狗头"对此也没有任何表示，三天只开单了五万，对公司来讲效率太慢了。五万块钱是直接转到公司账上，他想钱一到账，就立即把Leila删掉。可Leila的信息不停发来，她对K的担心是发自内心的。K看着"删除"键，看了很久，最终还是没忍心把她删掉。他想，或许她还有值得利用的地方，或许能帮自己逃离此地，她是他的唯一希望，只是需要一个时机。想要继续和她保持联系，就必须还给她这五万块钱，或是编造更多的谎话和故事。K集中精力，像是被催眠一样，思索着如何凑到这五万，没准她真的就是自己唯一的希望，与此同时，K的心里还在盘算着更大的事情。

傍晚时分，阳光正好透过窗户，打在K的脸上。每天，只有这个时候，他才能感受到阳光。他突然从工位上站起来，走到办公室的守卫面前说，自己有很重要的事情要和"狗头"说。守卫上下打量他："有什么事晚上再说，现在不行。"K又说："真的是很重要的事，现在不说，会影响公司利润。"守卫笑了一下："好，我就看看你在耍什么把戏。"守卫走在他的身后，寸步不离地跟着他。"狗头"的办公室在B座，"狗友"们的办公区在A座，他们需要穿过一条长长的走廊，走廊架在两栋楼之间，走过去，以每步迈八十厘米的距离匀速前进，大概需要三分钟。这是K来到这儿以后，第一次走在这条走廊上。在这三分钟里，K迅速将周围的环境横扫一圈。从这条走廊上，他可以看见在这座园区内，有数不清的高楼，那些高楼都是做什么的？难道也是和这里一样？在左手边，是园区内的商业街，霓虹灯和小餐馆的招牌尚未点亮，看上去还没有营业。路上有守卫拿着长杆枪在巡视，他们三三两两，有说有笑。从这个位置，他看不见园区的大门，也看不见高耸的围墙，只有从宿舍外的走廊，才能隐约看到围墙。围墙，那是离外面最近的地方。他在心里再一次打消了从这里跑出去的念头。在走进B座的前一秒，他看见了远方有一片郁郁葱葱的椰子树或是棕榈树。他喜欢椰子树，也喜欢体形巨大的旅人蕉，这些热带植物总能让他心潮澎湃。

　　这是K第一次见"狗头"，他正对着电脑上的一串数字仔细地看，守卫把K带到他的办公室后，就守在了门外。K不知所措，"狗头"也没理会他，他就一直站在那里，用眼睛扫着周围。但这里实在朴素得有点简陋，墙上的风扇不停转动着，来回吹着热风。K不知道此刻是否要咳嗽一下，提醒他。但屋子里很安静，他一定知道这里还站着一个人。K反复斟酌了几次，还是决定站着继续等待。过了很久，K有点站不住了，他擦了擦额头上的汗。这时"狗头"突然把身体转了过来说："什么事？"

"狗头"噘腮、高颧骨、吊眼、塌鼻，皮肤很黑，从样貌上辨别应该是南方人。他穿着一件棕黄色的花衬衫，一条肥大的短裤和夹脚拖鞋。K突然不知道从何开口，一时哑住了。

"我……想跟您说一件事。"K的双手背在身后，两只手相互攥成了一个拳头。"狗头"仔细盯着他。

"我昨天开了一个单，五万块。"K的声音越来越小。

"我看到了。然后呢？""狗头"有点不耐烦了。

"我想，这五万块钱能不能立即还给那个女孩。"

"什么？""狗头"以为自己听错了。

"您听我把话说完。我的意思是，我和那个女孩说的是'借'，我答应明天就要还给她钱，我想要赢得她的信任，这样我才能把她骗来做'交替'。"

"五万块钱，她就能信你？是你蠢，还是我蠢？"

"我保证，她一定会来的。"

"如果来不了，我就把你卖掉。"

"如果，我把她骗来做'交替'，你会放了我吗？"

"那要看她能给我带来什么。"

"她是网红，唱歌的网红。她的无脑粉丝很多，我想，让她去骗几个人都不是问题。"

"狗头"拉起他的一只胳膊，说："怎么说是'骗'呢？我们不是'骗'，他们才是。我们只是把他们'骗'走的拿过来而已。拿过来孝敬我们的家人，这样不好吗？"

K用力点了一下头，"狗头"拍了拍他的后背说："我答应你，'交替'骗回来，我就让你回家。"

"那这五万块钱……"

"阿水！"狗头叫了一声后，门立刻被推开，原来那守卫叫阿水。

"你去给他工作账号转五万，现在就去。""狗头"说话间，一直盯着K，而K一直盯着脚面。

"狗头"又说："这钱会转入一个公共账号里冻结，你跟她说，一个星期银行才会解冻，到时钱就会入账。"

"这是什么意思？"

"意思就是说，给你一个星期的时间，你要把她弄过来，钱就会划入你的账户，要是她不能来，我就会把你卖掉。"

K不敢抬头看他，也不敢再说一句话。

阿水将K带了出去，K轻轻关上门，又随着阿水从B座穿梭回A座。在过廊桥时，K不再把目光投向热带植被，他眼睛直勾勾地盯着那堵高高的围墙。

回到工位，K瘫坐在椅子上，脸颊火辣辣的，看着屏幕上Leila给他的留言，一时不知怎么回复。刚刚那像是一场死里逃生的挣扎，向"狗头"给出的所有承诺，全是他的想象。他盯着Leila的头像和名字，脑袋发木。"狗头"说的"把你卖掉"，是要卖去哪里？无限的恐惧在眼前逐渐蔓延开来，他侧头看了看正在工作的宝哥，宝哥的脸看起来似乎比以往都要温暖，宝哥或许就是他最后的希望。

Leila 的信息再次传来："你到底跑去哪里了？为什么这么长时间也不回信息，借我的五万块钱今天可以还吗？"

K 又翻了翻前面的七条信息，态度从关心到担忧，又变成焦急，现在又来催还钱，果然 K 还没有得到 Leila 的全部信任，或许还了这五万，她就会彻底地听从于他，或许她就会来这里找他，或许他就能逃出这里。K 将手指用力甩了甩，放回键盘上："亲爱的，实在抱歉，车子早上修好了就一直在路上，直到这会儿才有信号，我这就把钱转给你。"

Leila："你安全了就好，钱不用这么着急给我。你安全到家再还我也不迟。"

K 不知道该怎么做才能得到一个人的全部信任，只有时间才能将一个人的本性全部展示出来，就像是狩猎，静静地等候，让猎物体会到十足的安全感后，再给以致命一击，彻底将其击毙。或者，他们彼此要共同经历几次大的事件或磨难，但他没有时间，更没有机会与她一起经历什么。到底该怎么做呢？

K 被夜幕紧紧包裹着，逃出去的希望飘忽不定。他敲了敲宝哥的床板，宝哥也还没睡着。

"什么事？"宝哥翻了个身，床吱吱扭扭地响动着。

"宝哥，今天我去见了'狗头'，他说抓不来'交替'，我就要被卖掉。被卖掉是什么意思，会被卖到哪里去？"

"你对'狗头'说了什么，他为什么会这样说？"

"就是我现在聊的那个女孩，我也是被逼急了，不然也不会跟'狗头'说要把她骗来做'交替'的。你先告诉我，会被卖到哪里去？"

"芭林园区。只要到了那里，就一点机会也没有了。"

夜很静、很黑，从宝哥和 K 的床铺上看不到窗户，也见不到一点亮光。他们像是被扔进了无尽黑暗中。

"在芭林园区的人，都是死人。"宝哥突然又说，"抓'交替'，把身边的人骗来……如果你想当一个坏人，你可以是很坏很坏的。在这儿，你可以看到人性最坏的一面。"

K："家里人知道你在做什么吗？"

宝哥："父母肯定是不知道，但现在妹妹可能已经猜到了。"

K："你是怎么来这里的。也是被人打晕了送到这里的吗？"

宝哥："不，我是自愿的。"

K："自愿的？那你现在一点也不后悔？你真不再试试了吗？到了外面，你就是自由的。你也有家人，他们也会想你的。"

宝哥站了起来准备去厕所，显然已经不想再跟 K 继续这种无谓的聊天了："自由能给你饭吃吗？"

K 心里沉沉的，他有想念的家人，未来还在远处对他挥手。

宝哥悄声又说："告诉过你了，你这个年轻人的想法很危险。干得越好离自由就越近。"

七

　　宝哥还叫郑宝林的时候，在文昌的椰林地里收椰子，地里不忙的时候就会开着他那辆新买的电动车跑"滴滴"，有时也去给开椰子摊的妹妹帮帮忙。家中两位老人没什么大毛病，他们唯一的希望就是想在闭眼前，看见郑宝林结婚。这年他38岁了，自从离婚后就没再找过什么人，他讨厌那种一地鸡毛的日子，怪没意思的。日子过得不咸不淡，郑宝林总觉得人生不该就这样，浑身的气力不知该挥向哪里，当然他的心也在远方，可是远方又在哪里呢？

　　对宝哥来说，文昌很小，小到几乎所有街坊他都认得。谁家有什么事，也都会迅速飞到宝哥和他妹妹的耳朵里。最近，宝哥和妹妹总是会听到有人去了更远的南方做生意或打工，一个月挣的钱，比他们一年甚至两年挣的都要多。宝哥和妹妹起初不信，但后来，发现邻居家的生活状况确实有所好转。他们先是衣着变了，紧接着连车也换了，后来他们就离开了文昌。妹妹猜测，应该是赚了钱，搬家了。妹妹说，她不想再摆椰子摊了，趁着还年轻，也想去外面看看。宝哥知道妹妹的意思，说："如果有门道了，还是我去那边打工。你在这边的椰子摊虽说挣得不多，但起码也是个营生。家里不用你养，踏踏实实找个人结婚，不要像我一样，结了又离的。折腾到了快四十，最终还是一事无成。妹，还是我去打工。"

　　那个地方在哪里呢？宝哥问到了街坊，街坊说他儿子好像提过那个地方在越金，越金的一个科技园区，说是坐船就能到，具体的他也不知道了。宝哥说："那要怎么联系上对方呢？"街坊摇摇头，只说是朋友介绍过去的。宝哥还是一头雾水，妹妹给宝哥提议："不然先去越金，之后再找工作就会简单些，去到那边的人好像都发家致富了。"宝哥觉得有道理，立即订了一张去越金的机票。

越金，这个对中国免签的地方实在是太美了，连椰子树也显得熠熠生辉。宝哥刚刚抵达的前两天心情愉悦，想着要是能在这里扎下根来就好了，可以把妹妹接来，之后再把父母接来。这里的女孩子也漂亮，分不出是哪里的人，很多像是混血儿。后来，他就真的爱上了一个混血儿。

晚风从海边红树林间拂过，湿湿的咸咸的，有树木的甘甜，也有爱丽丝头发的香气。爱丽丝的身份始终让宝哥觉得是个谜。爱丽丝本人就是个谜，越金和美国的混血，还是越金和法国的混血？他也搞不清楚，总之，她有一半的血确实是来自越金。爱丽丝真美，宝哥时常会一直盯着她看，他从没见过如此动人的姑娘，连她的呼吸都是香甜的。这是他第一次陷入爱情的困顿中。

爱丽丝的长发被晚风吹到了郑宝林的脸上脖子上，痒痒的、软软的。爱丽丝说："每个人来这里都有一个发财梦，你来这里也是为了来寻它的，是不是？"

郑宝林笑了笑："是呀，这样的人，你见过很多吧？他们都发财了吗？"

"很大一部分都发财了。少一部分人，运气不好，就灰溜溜地又回去了。"

"我想，我是运气好的人，运气好，才会遇到你。"

爱丽丝靠在郑宝林的肩头："我帮你实现愿望好不好？"

郑宝林的眼睛亮了起来："你要怎么帮我？"

"我认识一个朋友，他在这里的一家科技公司上班，也像你一样来寻梦的。"

"那他成功了吗？"

"当然，半年就发家了。"

"那是什么公司？我这样没有技术的人也可以去吗？"

"他们门槛很低的，我这个朋友也是刚开始什么都不会，但后来很快就上手了。具体的事情，你可以和他聊一聊。"

郑宝林看着远处若隐若现的亮光，那应该是对岸的灯塔在发光，他紧紧搂住了爱丽丝。郑宝林想：对，就是科技公司，他们都是在这里的科技公司发家的。无论怎样，都要试一下，我郑宝林总算要有出头之日了。爸妈、妹，你们等着我。

郑宝林进入公司的第一件事，就是上交护照和手机，说是为了他的人身安全考虑。当然，没有手机，他就没办法和爱丽丝以及家人取得联系了。当"面试"一轮过后，像郑宝林这种没有任何技术的人，被分配到了杀猪盘的恋爱组。这时他才知道自己被骗了。经过一个月暗无天日的"工作"，身体和心理上的双重捆绑后，他居然得到了第一笔丰厚的工资。"狗头"说，这钱他可以自己存下，也可以交给他们寄回家。郑宝林想都没想，自己留了日常开销后，全部寄回了家中。他低头盯着手里仅存的钞票，想着爸妈和妹妹应该很高兴吧……他又抬头看了看周围的"狗友"，不知道爱丽丝现在在哪里，不知道应该感谢她还是应该恨她。电脑屏幕上跳出来一条条信息，是那些他正在聊天的姐姐妹妹发来的，她们像一根根细针扎在头皮上，让他浑身发麻。

　　月底，按照这里的规定，在守卫的监督下，是可以给家里打电话报平安的，是妹妹接听的电话，她高兴得哭了出来，喊着问他这些天都跑去哪里了，怎么一直不跟家里联系，一连串的问题，让郑宝林不知道从哪儿开始回答，他也没有回答的权利。他只是说："我挺好的，这边工作已经稳定下来，每个月都会给家里寄钱。"电话那头，又换成了母亲的声音，母亲耳朵不好，拿到了郑宝林寄回去的钱后，妹妹立即给她配了助听器，她现在可以听电话了，但说话还是会扯着嗓子喊，时不时父亲的声音也会隐约出现，他们现在都过得很好。母亲又喊着问："你现在在哪里工作呀？邻居家又在问，如果合适你把他也介绍过去。"郑宝林看了一眼"狗头"，"狗头"在手机上给他打了几个字："科技公司"。郑宝林看着手机跟母亲说："是在一家科技公司。"母亲又问了些什么，郑宝林没听清，守卫指了指时间，示意他马上要结束通话了，郑宝林说他下次再打来电话，之后便挂断了。

　　郑宝林舒了口气，他知道家里人过得很好就足够了，守卫拍了拍他的肩说："看你家里人现在过得多开心，干得好年底还会有分成，你干得越好，他们就越开心。"守卫突然蹲在他面前说："你妈妈刚刚是不是问你，邻居家的也想到你这里来工作？"郑宝林点点头。守卫又说："你和那家人熟吗？"郑宝林点点头说："从小一起长大。"守卫又说："你要是能把他介绍过来，你年底的分红知道有多少吗？"郑宝林摇摇头。守卫比了一个"五"，郑宝林不明白什么意思，守卫说："起码五十万。"

郑宝林和那邻居家的孩子从小都在这条街上长大，他管那家孩子的父亲叫北叔，他们两个小孩无数次躺在椰子林里，望着忽明忽暗的天空畅想着不着边际的未来，相互安慰着彼此不那么精彩的人生，咒骂那些已经发达的街坊。五十万，是他种一辈子椰子也赚不来的钱。

这天晚上，夜空中突然放起了烟花，所有人都赶紧跑到窗户边上，抬头望着远处璀璨的烟花，外面传来了阵阵欢呼，"狗友"们说："瞧他们组的业绩又破亿了。"另一"狗友"说："那他们组年底能有多少分红？平均下来每人一百万是有的。"郑宝林的脑袋一阵发木："一百万，一百万……我要挣够一百万。"烟火把他的脸照映得一会儿是红色，一会儿是黄色。

郑宝林彻夜未眠，这些残酷的现实让他陷入了一片混沌中，然而就在这片混沌中他突然看清了一件事——人性的恶是永无止境的，正如此刻的他。他又想着：爱丽丝，当初的我值多少钱？当他认清这件事后，他终于作出了决定，然后在凌晨时分沉沉地睡去了。

过了几天，郑宝林向"狗头"承诺，一定会把朋友骗来当"交替"。"狗头"也向他承诺，事成后五十万会立即转给他的家人。但同时，郑宝林也提出了一个条件，就是不要把他们分到一组，如果有可能尽量让他们永远都不要见面。"狗头"问："你朋友是否有技术？"郑宝林摇摇头。"那么就给他放到别的公司去。"郑宝林很惊讶，说："这里还有别的公司？""狗头"笑笑说："这里是一个科技王国，有成百上千的公司，是你永远也想不到的。是不是很有趣？"郑宝林的鼻尖瞬间起了一层汗珠。郑宝林弱弱地问："这个王国里，都是干这种事情的？""狗头"说："就是普通科技公司，创意产业园区，不要想太多。"

令郑宝林没想到的是，他的朋友小北来得如此之快，听"狗头"说，小北三天就到了岗位，但家里却迟迟没有收到那五十万，原因是小北在第四天的时候就死了。郑宝林知道消息的时候，眼前一片漆黑，双耳顿时"嗡"的一下，什么也听不见了。这次的突发性失聪几乎持续了两个星期，而在这两个星期之内，小北的死也被传得沸沸扬扬。在这无声的世界中，除了耳朵持续发出的轰鸣以外，他几乎听不到什么声音。无尽的痛苦和悲伤使他第一次想到了死。死了就能彻底摆脱一切了吗？他怕他会死不瞑目。

郑宝林不知道这两个星期是怎么熬过来的，也不知听力是从哪一刻起开始慢慢恢复的，也许是从爱丽丝突然闪现在他眼前的那一刻。他们的再次相遇或许多少还残存着一些温情。那是在郑宝林所属的公司创收破亿的夜晚，按照惯例，公司要大放烟花，以示庆祝。公司老板将大摆流水席，请公司全体员工共进晚餐。当郑宝林双目凝视获奖员工手上的那一百万奖金钞票塑料牌时，眼前突然出现了一个既陌生又熟悉的面庞，那是爱丽丝，她在人群中依然那么瞩目动人。郑宝林一下冲到了她身边，拉着她的双手："爱丽丝？"爱丽丝嘴巴动了动，似乎在说"好久不见"或是"你还好吗"。

郑宝林嘴巴张了张，又闭上了，爱丽丝好像又说了一句什么，他什么都听不见，周围的嘈杂，耳朵的轰鸣，让他不知所措。郑宝林一下流出了眼泪，将爱丽丝抱住了，说："我知道你也是被骗来的，也是迫不得已！"话音刚落，又是一阵鞭炮声，人们欢呼着，为这漫天的金灿灿的钞票而欢呼。他不知道爱丽丝是否听见了他的话，也不知道爱丽丝是否如实回答了他的问题，他们这一次相遇像梦一样，如此虚幻而抽象，爱丽丝在说什么，他怎么也猜不到，但一切都已经不重要了。小北的死他要负责，他要为北叔一家负责，也要为父母和妹妹负责。他重整旗鼓，为这一切还债。

后来，郑宝林曾在园区内又见过一次爱丽丝，那时他的耳朵已经完全恢复了，人们又纷纷站在园区内的街道、小广场、餐厅前仰头看着漫天的烟花，郑宝林就在人群中看见了爱丽丝。她依旧那么美丽、那么瞩目。他立刻走过去，有很多话想要问她，或是质问她，思念、愤怒、疑惑，种种思绪迎面而来，当他走到她身后时，又迟疑了。

"爱丽丝？"郑宝林叫了她。

爱丽丝回过头来，好像知道他就在她后面一样，并没有显出多么惊讶的表情。两人望着彼此，郑宝林一时不知该说什么。爱丽丝突然上前拥抱住了郑宝林，在他耳边说："穿一件白衬衫，手里拿一片椰树叶，想办法去越金火车站，你就能回家。有人在监视我，不能多说。"说罢，她给了郑宝林一个飞吻，便匆匆离去了。这也是郑宝林最后一次见到她。

八

"到家了吗？一切都好吗？"晚上直播结束后，Leila 给 K 发去了信息。Leila 自从催 K 还那笔五万块钱，并且收到银行的转账信息后，心中对他就一直怀有愧疚，甚至让她感到自己亏欠了 K 什么。虽然信息显示是一个星期后才能到账，但足以让 K 得到她的全部信任。由此，Leila 对 K 的牵挂更胜于从前，当初真不该用那样的态度催他还钱。没过一会儿，K 回复了："刚刚到家。太累了，看来真是上年纪了，以前就算开十个小时车，也不会感到一丝压力。"

"我也这么觉得，现在每场直播结束后，感觉人都要被掏空了。躺在床上一点都不想动。以前从没想过说话、唱歌竟会这么消耗体力。"

"你要是觉得累，就不要再继续做直播了。"

"那我靠什么赚钱养活自己。"

"你来找我吧，我们一起生活。"

Leila 盯着"我们一起生活"几个字很久，鼻尖有点发酸，又说："就是随便说说，我怎么可能会累呢，我是活在视频里的人，可是有人设的。"Leila 又发去了一个搞怪的表情。

"我不是很明白你的意思。"

"说白了，没了这个人设，我整个人也就不复存在了。说得更明确一点吧，我只有在网上，在这个虚拟世界里，才叫 Leila，才是你正在聊天的这个人。"

"我不管那么多，不管是虚拟还是现实，我都喜欢。我有正经工作，还有五险一金。"

"五险一金？"Leila 笑得在床上翻来覆去，这冒着傻气的朴实让她觉得这个人实在太可爱了。这与那个驾着房车在沙漠、平原上拉烟疾驰的阳光男人，判若两人。她无法将这两种分裂的形象黏合在一起。到底哪个才是真正的他？

"那你是做什么工作的？可以让你有这么多悠闲的时间在外面流浪？"

"我有一家自己的公司，是做金融方面的，所以时间比较自由。你有喜欢去的地方吗？"

Leila 曾经向往过非洲，那片陌生的土地像是富有魔法般，深深地吸引着她。Leila 说："非洲是一个神奇的地方，那里有看不到边际的草原和在草原上奔跑的动物，还有古老的原始民族身上斑斓的涂鸦和从来没有听过的乐器，我曾经真的很向往那里。"K 说："那我们可以一起去，听说非洲有特别奇特的棱皮龟；去看泡在珊瑚礁里的河马，听说海浪可以冲去它们身上的寄生虫；还有在非洲的西海岸有一个叫作卢安果的国家公园。"Leila 说："你听说的可真不少……"之后，K 又给 Leila 发了很多条信息，可 Leila 已经沉沉地睡去了。K 伸了个懒腰，关上电脑，脑子里全是非洲平原的画面。他确实向往那里，也确实和朋友们商量过要去那里的事情。那些"听说"过的事，都是他以前从纪录片和网上看到的。非洲，对于他们来说，是那么遥远、那么陌生。

Leila 已经习惯每天早上一睁眼就看见来自 K 的信息，那就像是清晨来自身边情人的第一个吻一样的抚慰。K 最后一条留言是"我想要过一种自由的生活，与别人无关的生活，在我们都自由的时候"。Leila 本想按照每天惯例，先阅读 K 的信息，之后再叫一份连同早餐和午餐的外卖，但她被这段文字疑惑住了。"自由"，一个多么简单而又肆意的词语，她环顾四周，自从意外发生以来，她就更加笃定只有那个虚拟世界才是她真正得以自由的地方。她无法再感受这个世界的美好及善意，她甚至感到自己是受其所压，才如此孤独。事发突然，都是命运，如果她还是曾经那个她，还有一双让别人羡慕的修长的腿，她当然要继续探索这个未知的世界，然而，注定无法如愿。一夜之间的残疾，让她至今也无法接受，更不能让 K 知道，她只愿意成为 Leila。

这时，豹豹给她发来了信息："最近怎么样？和网上的那个男人断了联系吗？一直都很挂念你，最近手头的事情刚刚忙完。我想告诉你一件事，我要结婚了，下个星期就准备离开北京去湘西。"Leila 看着信息，这太不可思议了！

"你要结婚了？"Leila 立即拨去了电话。

"嗯……"

"什么时候谈的男朋友，怎么都不和我说一声？"

"也是挺突然的，在一起刚一个月。我们也是刚刚做的决定。"

"那为什么要离开北京，去湘西？"

"嗯……待够了，想换个地方，去小城市，过节奏慢一点的生活。"

"你想清楚了吗？"

"当然。"豹豹的回答简短而肯定。Leila 心中万般的不解，此刻也有了答案。她一时不知再说些什么，两人在电话里沉默了片刻。豹豹又说：

"你怎么样？还和那个男人联系吗？"

"嗯……他也想带我走。但我走不出去。"

"限制你的，只有你自己。换个工作，不要再做主播了，没有意思的。"

"我这个样子，不知道能做什么。"

"就算在田里种地，也好过现在。"

Leila 又一次沉默了，真像豹豹说的那样吗？K 真的能带我走吗？挂断电话后，豹豹又发来了信息："关上电脑，拉开窗帘，看看窗外，看看那活生生的人吧。当整个生活都建立在谎言上，就很难再看清现实了。"

她摩挲着自己的双腿，突然一股暖流贯穿全身。她从床上坐起来，用力将重心放到了左腿上。她左手扶着床边的桌子，慢慢站立起来。这次，她决定不用拐杖，看看是否能挪到洗手间。她一步步，从床边挪到了桌前。右腿的肌肉萎缩，令她几乎感觉不到它的存在。她一度认为，这是一条近乎消失的腿。但这次不同，这股暖流让她感到了微妙的变化，那是一种无力般的瘙痒，只要右手指甲用力嵌进皮肤里，还是会感到一丝的疼痛。她继续向前挪动着，洗手间的门就在那里，她想着，是不是只要够到那门，就可以和K去远方？她擦了擦鼻尖上的汗，又觉得那一闪念的想法有些可笑。她靠在房门的门框上，觉得自己一步也动弹不得了，回头看看床，是那么的遥远，往前看看洗手间的门，似乎和床是相同的距离。她靠在门上想着K，左手捶了捶腿，又一步步地向前挪。这一次的重新出发，让她速度提高了一些，也放松了许多。终于，当她鼓气勇气面对着洗手间的镜子时，她仔细地端详着自己，眉毛、眼睛、鼻子的高度和脸颊的轮廓，也还算好，化化妆，可能和视频中的自己相差不大。她好久没这样端详过自己了，看着镜子中的自己感觉有点陌生、有点诡异。她又想：K面对这样一张脸，会有什么反应？

Leila的手机响了，准是K发来的信息。她迫不及待，比过来时，又提高了点速度，身体也更放松自如了些。她突然想，不用拐杖，也是可以行动的。如果每天坚持练习，萎缩的肌肉是不是就能逐渐恢复，之后就能彻底摆脱拐杖了？她要立即上网查查专业的信息。Leila又想：难道我的生活真的是建立在谎言之上吗？也不完全是吧，豹豹太独断了，难道我的收入，那进账的现金都是谎言吗？这是一份工作，而且是一份收入可观的工作！只是，我需要面对现实中的我，一个活生生的我，而不是这份工作。没有这份工作，还能靠什么养活自己？

她终于回到了桌子前，一下坐到了椅子上，她用尽了全身的力气，喘着粗气，双手揉搓大腿。手机又一次响了，是 K。他给她分享了一条视频，视频中是一对情侣或夫妻在满是热带植物的山间，做饭、看书、散步。环境惬意，看样子应该是南方的某个地方。

"这是哪里？"Leila 给 K 回了信息。

"越金。"

"好远的地方。"

"那里很美，生活多惬意。"

Leila 将视频反复看了几次，幻想着种种可能性。假如和 K 能这样生活在一起，也未尝不可，在一个僻静的村庄里，开始全新的生活。

"你愿意过来找我吗？" K 又给 Leila 发来了信息。

"你已经在越金了？"

"刚刚过来，一看到这么美的景色，就立刻想到了你。你能在这里，一切就完美了。看，这里的热带植物多么灿烂壮美，这里的植物似乎都被放大了很多倍。" K 又发了几张植物的照片，以及他的一张"自拍照"。

Leila 心动了，但右腿怎么办呢？K 一定不会接受这样的自己。

九

"宝哥，睡了吗？" K 在黑夜中，把眼睛睁得大大的，盯着天花板。

"快了。"

"宝哥，你来这里多久了？你真的就这么认命，不想出去了？"

"我都忘记我来这里多久了。"宝哥叹了口气，K 这个问题，把刚要睡着的宝哥一下弄醒了。他翻了个身，搓了搓脸，更精神了一点："不是认命，是没地方可去。你说我出去能干吗？还不是给人打工。在这里只要听话，就是安全的。有吃有喝，年底还有奖金，每年给家里寄回去的钱也不少。父母现在过得比以前好很多。说实话，我不觉得出去会比现在好过。更重要的是，我要在这里把债还清。"宝哥用脚顶了顶 K 的床板，又说："你说人活着到底什么是最重要的？"

K 想都没想，脱口而出："自由，以前不知道自由有多可贵，但现在哪怕在路边饿死，我都想要出去。"

宝哥笑了："那是你从来没体会到穷是什么滋味。"

K 突然感到一阵茫然和惶恐，是呀，他所活过的半生中，到底什么对他是重要的，什么都是那么平淡无奇，什么都是那么顺理成章，没有大风大浪的生活，让他变得日渐麻木，像个傻子一样过着每日重复的生活。

"你想要自由，出去你能做什么？给人家继续打工，你就是自由的吗？告诉你一个真理，这是我来这里后才悟出来的，一般人我不告诉。"K 竖起了耳朵仔细听。

宝哥说："这个世界就是一个狩猎场，我们出生在这个狩猎场的那一刻，就不是自由的，没有人是自由的。"K 不知道宝哥为什么这样说，但仔细想想，好似又有些道理。

K 不说话，沉默了。之后不久，床下就响起了宝哥轻微的鼾声。

第二天，K 收到了 Leila 的信息，她说她想通了，越金的确是一个很美的地方。她厌倦了城市每天重复的生活，也厌倦了视频中的自己，她想踏踏实实，过一种双脚落地、真实的生活。之后，Leila 又传来一首她唱的《范特西》。

K 的鼻子酸了，双手放在键盘上，一时敲不出字来。他能感受到 Leila 的真心，有那么一刻，他真的想变成自己所塑造出来的这个男人，他那么阳光、自由，真情实意地爱着这个女孩。K 甚至有那么一瞬间，也真的爱上了 Leila。他深深吸了一口气，又将目光慢慢放置在每个工友的身上。现实的残酷，让他瞬间收回了眼泪。

"我会在这里一直等你。"K 回复道。

"不用太久，我们就会相见。"

K 突然转过头，看着宝哥说："宝哥，你说，如果这个女孩真的来了，我应该怎么办呢？"

"会有人和你一起去，到时你指认出哪个是她就行了。"

"那她会不会有危险？"

宝哥把脸转了过来，盯着 K 的眼睛，他们四目相对，宝哥的眼睛里突然出现了很多血丝，褐色的瞳孔逐渐在扩散："说了后续的事情你就不要再管了。而且，她会不会有危险，和你也没有关系了。还有，你要记住你们的关系和你的任务，你不是那个男人。"宝哥显然已经不耐烦了。

K 又发去了信息："已经迫不及待想见你。"

Leila 说："无论真实的我是什么样子，你都会像现在一样对我吗？"

K 说："当然。"

Leila："假如我和视频上的判若两人，或是一个残疾人呢？"

K 恍然一惊，他的确没有意识到，除了他自己是虚构出来的以外，Leila 的背后或许也另有其人。她难道是个残疾人吗？她当然有可能是一个残疾人，或是一个男人也说不定。眼前的Leila 一下子变得陌生了。但他转念又一想：那又怎样呢？我要时刻记住我们之间的关系。在他意识到这一点后，突然感到有所释怀。猎物已临近，只要屏住呼吸，举枪瞄准，现在只差扣动扳机的那一刻。

K 翻开自己的"秘籍"手册，手册上写道，在"猪仔"马上上钩的时候，就要开始讲土味情话，因为此刻的"猪仔"们已经完全陷入了陶醉模式，土味情话会让人显得对感情更加朴实。K 继续参考了些例句，觉得都不太适合自己的人设。绞尽脑汁，自行发挥编了句："无论你真实的样了是什么，我永远都不会改变。"他久久地盯着这行字，又觉得平淡无奇，因为当 Leila 的幻象完全破灭时，他的词汇就变得像干枯的河流，再也想不出更好的语句来应付她了。

"明天，明天就过来好吗？"K说。

"明天？需要准备的东西太多了，况且，我也很久没有出过门了，需要慢慢适应太阳。"Leila说。

"你不需要准备任何东西，这里什么都很充足。只要你肯迈出家门，那么就没什么事能成为你的阻碍。"

"好，就明天。"

K双手捋了一下头发，盯着屏幕说："成了，宝哥。"

"什么成了？"

"她答应要来了，她答应了！"K有点激动，又说："下一步应该怎么办？"

"跟'狗头'说一下，他们会派人跟你过去。她什么时候来？确认好了吗？"

"她说明天就来，应该不会有问题的。"

窗外，突然又响起一阵烟花声，紧接着是欢呼与喝彩。看来，又有人业绩破了亿。工友们瞬间凑到了窗子前，向外望去。只有宝哥和K坐在工位上。K突然说：

"宝哥，你和那么多女孩都聊过天，就从来没有动过真情吗？"

宝哥摇摇头："没有。"

"你可真是铁石心肠。"

"就是'真情'才把我骗过来的。对兄弟也好，对女人也好。翻翻这本手册，上面写得很清楚，'真情'就是最大的凶手。"

K有点迟疑了，仔细回想自己是否对Leila动过真感情。那些虚构出来的美好景象，他确实陶醉其中过。

宝哥突然又问："你出去后，最想做的事是什么？"

"当然是回家。"

"回家后呢？"

"回家后，让我做什么都行。"

这时，K 收到了一条信息，是 Leila 发来的，她说已经订好机票，随身只带了几件换洗衣物，其他一切她都不需要。之后她又向 K 确认了到达后的事情。

K 向宝哥展示了信息内容，宝哥拍了拍 K 的肩膀，突然对他有点恋恋不舍："祝你好运吧，兄弟，希望你一切都好。"

宝哥满脸惆怅地望着窗外时不时变幻的颜色，说到"心动"，他突然想起了一个人。

烟火结束，守卫催促大家迅速回到工位，夜间考核即将开始。每人需递交自己当日的聊天记录，合格者即可洗漱睡觉。守卫在核查 K 时，他突然说那女孩明天会来。守卫看了他一眼，示意跟他去找"狗头"。与此同时，K 见到今晚又来了两位新工友，他们面色惨白，脸上还有淤青和新鲜的血口子。那副可怜的样子像极了当初的自己。

夜晚，风里充满了植被的气息。他再次走过连接两栋楼的过道。他迅速向远方扫了一眼，心潮澎湃，明天他就能获得自由了，脚步也显得轻盈了许多，也不再惧怕"狗头"那张消瘦的长脸。当"狗头"问他：

"'交替'来了之后，有什么打算？继续留在这里还是要走？”

K毫不犹豫地说：“我要走。”

“没问题，想走我们不拦着，付了三十万，你想去哪里都可以。”

“什么？不是说好骗来‘交替’你们就放我走吗？”

“你以为在这里是白吃白住的吗？”

“这是什么意思？”

“餐费、住宿费、水电费、卫生管理费、技术培训费、生活管理费，等等，加起来三十万。”“狗头”戳了戳K的脑袋：“明天守卫跟你一起去见那个女孩，把她带过来，不要有什么差池，否则你们一起去芭林园区。听懂了吗？”说罢，守卫将K从“狗头”的办公室带了出来。K像丢了魂一样，瘫软地回了宿舍。天旋地转，去哪里弄到三十万？

“怎么样？明天就要走了，开心吧？”宝哥躺在床上说。

K一下从上铺跳了下来，趴在宝哥身边，把头埋在他的被子里：“完了，全完了。我这辈子是要死在这里了。宝哥，你救救我。”

宝哥被他吓了一跳，坐起身来：“你安静点，不要吵到守卫，否则到时候咱俩都得受罚。”K这才慢慢抬起了头：“‘狗头’说我要给他三十万，才能放我出去。宝哥，打死我也拿不出这么多钱呀。你帮帮我好不好？”

“你要我怎么帮你，我也拿不出这么多钱来。看来这里又有了新规矩。”宝哥压低声音在他耳边说。他拍了拍K的后背，继续说："兄弟，别着急，办法总会有的。说不定那女孩能给你三十万呢？"

"那我还是人吗？我宁愿去死。"

"就只差最后一步，想想你家人。"

K突然间抑制住了自己激动的情绪："我已经没有回头路了，已经没有家人了……"说完，他爬回了自己床上。宝哥不明白他是什么意思，但有种预感，明天会出事。

十

第二天，宝哥清晨四点就醒了，他仔细听着上铺K的动静，呼吸平稳，应该还未醒来。如果事情顺利，这应该是K和他最后一次在同一个床位了。自打宝哥来了这里后，来去的人数不胜数。有的人被调去另一个科技园，有的人被卖掉，大多数人是不知去向。这里的规矩是不准打听他人的去向，否则会受到处罚。那些曾经睡在K的床位上的人，宝哥从来都没留意过，他心里只想着努力赚钱，等债还清了，就按照爱丽丝给他的指引，回家去。但K与他们不太一样，K比他们都要傻一些、单纯些，更重要的是，他让宝哥想当一回好人。

这一夜，K彻夜未眠。一方面是想着能见到真实的Leila，而另一方面，这或许也是他这一生的最后一天了。他决定，远远地见过Leila后大喊"快跑"！之后他就扑到守卫和"狗头"的身上，让他们当场将自己击毙。如果在闹市区，这将成为一起事件，他希望可以用自己的死引起警方的注意。这是他的计划。

五点了，K 在上铺翻了个身，宝哥猜想他可能快要醒来了。这时，守卫还在昏睡中，鼾声四起。这时，宝哥起了身，拍了拍 K 的脸。

"醒醒。"

K 睁开眼睛，其实，他一直都是清醒的。

"我现在说的话，你要记牢。"宝哥一边观察着周围，一边轻声对 K 说："今天，你给那女孩留言，把见面地址改成越金火车站旁边的'越金米粉店'，你穿一件白色衬衫，手里拿一片椰子树的树叶。守卫通常都会在接到人后，去这里吃碗粉。到时候你就点一碗牛筋米粉不加牛筋，之后会有人帮你逃离的。"

"那个女孩怎么办？"

"你先逃出去再说。"宝哥说完，又躺了回去，内心感到一阵前所未有的平静。

K 反复猜想着，不知是真是假，但他决定无论如何也要试试，这是他唯一的机会了。

早上八点，当 K 穿着一件白色衬衫坐回到工位时，突然听见楼的外面发出了几声惨叫。有的工友四处张望，之后窸窸窣窣地开始议论，说看来又有人想要逃出去了。宝哥依旧淡定地敲键盘，他突然对 K 说，今天他要开单了。随后又往嘴里塞了一颗槟榔，起劲地嚼着。他扬扬得意的脸上，幸福感溢于言表。K 看着宝哥的脸，很想问问凌晨的那席话到底是什么意思，他好似做梦般。然而 K 什么都没问。Leila 给他发来了信息，说自己已经搭上了前往机场的出租车，她有点激动，有点忐忑。K 让她到了越金机场后，打车到火车站等他，因为今天突然有事情，不能接机，希望 Leila 能体谅一下。Leila 说，她今天穿了一件红色的 POLO 衫和一条宽松牛仔裤。随后，又是一声惨叫。守卫大喝了一声："赶紧干活！"K 望着屏幕，两眼发直，脑子里上演着一幕幕不久后可能会在"越金米粉店"里发生的事。有太多种未知的可能性，但无论如何，是生是死，这里——这个地狱般的科技园区都会是他停留的最后一天。

Leila 又发来了信息，说她马上就要起飞了。K 看着墙上的时钟，还有四个小时……这时，守卫把 K 叫了出去，说是要准备一下，立即出发。出发前，K 和宝哥久久拥抱在一起，K 在宝哥耳边说："我想救你出去，假如成功，我就要报警。"宝哥轻轻拍了下 K 的后脑勺："别傻了，我不需要。"

K 已经很久没有见过这么多真实的人群了，他被刺眼的阳光晃得睁不开眼。由于一路是被蒙着黑色头套过来的，他辨别不出任何方向，只是感觉经过了一段很漫长的颠簸路面，又疾驰过了一段平稳的道路后，城市嘈杂的声音开始渐渐袭来。当他下车，抬头看见了"越金火车站"几个字后，才知道自己已经到了目的地。在守卫的监视下，K 给 Leila 发了一条信息，问她是否到达。Leila 过了很久才回复，说飞机晚点了，可能要傍晚才能到。守卫看了下时间，此刻是下午两点。另一个守卫建议不如先去"越金米粉店"吃碗粉，在那里等。K 突然说，他是北方人，从来没见过椰子树，能不能让他去街边捡一片椰子树树叶。两个守卫说，北方人就是没见识。他们带着他捡了一片椰子树树叶，然后走进了"越金米粉店"。

守卫分别点了一碗牛杂米粉和牛肉米粉后，K 按照宝哥的吩咐，先是在胸前将树叶晃了晃，又说："我要一碗牛筋米粉，不加牛筋。"K 的声音越来越小，小到没有人能听到他在说什么，而显然，米粉店的老板已经有所察觉。老板看着 K，又观察着他身边的两个男人，立即从前台走来，老板一口南方口音，问道："您刚刚点了什么？"K 指了指菜单上的牛筋米粉，又道："不加牛筋。"两个守卫笑他是傻子，还不如点一碗清汤米粉来得便宜。老板回到后厨不久，端出了给守卫的两碗米粉。守卫饿得狼吞虎咽，突然间又从后厨走出两人，一人一棒将守卫打昏了过去。老板抓着 K 从后厨跑了出去，K 刚要跑的时候突然又冲回守卫身边，迅速翻出手机，装进兜里，和老板上了一辆面包车。K 惊魂未定，心脏快要从嘴巴里跳脱而出。老板说：

"你是郑宝林？"

K 惊慌地看着老板摇摇头："我是郑宝林的朋友。"

老板脸色突然暗淡下来，又说："那郑宝林还在里面？"

K 点了点头。

"是郑宝林让你来这里的？"

"是，是他让我来的。说你可以送我回家。"K 抓着老板的衣服问："我现在安全了吗？"

"安全了，不管你是谁，我的任务已经完成了。"

K 兜里的手机振动了下，是 Leila，她说："已经到达了火车站，你在哪里？"

K突然紧紧攥住老板的胳膊说："老板，你是好人。在我走之前我想去火车站见一个人。"

"你疯了吗？"

"无论如何，我都要看她一眼，在车里远远地看看就好。"老板的胳膊被K抓得生疼，他不耐烦地甩开了他的手，吩咐司机在火车站周围迅速转一圈。

张存良在这一天的傍晚，在人群中远远地就看见了一个穿着红色POLO衫的女孩，左手挂着拐。他望着她，那女孩其实也挺好看的，只是和视频中的脸不太一样。她时不时地把挡在脸上的头发，用那没有挂拐的手别到耳后。这天，阳光很好，正如张存良之前所设想的那样。摇摇欲坠的夕阳在她的正面，洒满了余晖。

孟小书，1987年出生于北京。著有作品集《满月》《业余玩家》《午后两点半》，儿童文学长篇小说《浪尖上的大鱼》等。曾获第六届"西湖·中国新锐文学奖"、第二届"《钟山》之星"文学奖、山花文学双年奖、十月文学奖、丁玲文学奖等。现为杂志编辑。

评论：

是否相信一念之善

石一枫

先说个题材相近的电影：《孤注一掷》。这片子去年票房非常好，很大的原因是"缅北""杀猪盘""噶腰子"这一类既耸人听闻，又与当下人们的生活、尤其是网络生活息息相关的现实背景吸引了观众的眼球。一部商业电影也能体现现实主义原则在创作中仍未失效，这值得我们很多写小说的人反思。当然商业电影也有商业片的通病，比如往往将故事的动因归结为偶然的、尤其是男女情感层面的人物关系。在《孤注一掷》中，诈骗集团的覆灭最终取决于黑帮打手对网络赌场的荷官心生爱慕。看到这个情节，我感到这样的设置多少显得轻率，并且似乎是一种"无法之法"——总得让恶势力露个破绽吧，否则对于犯罪集团之严密之残暴的渲染，正义的一方还没地儿下嘴了。也让人不禁怀疑，假如那位坏了事的打手"意志比较坚定"，没那么怜香惜玉，那么电影的结局是不是就该坏人皆大欢喜了？

当然对于我的上述看法，也应该做个反思。既然环境是一个恶的环境，那么环境中的人也应该是纯然的恶人，或者说恶得尽职尽责，恶得高度理性——假如这也是一种对生活、对世界的认识，那么这种认识且不说它是否偏激，但从取消了变数，也就是人的丰富性这点而言，是否也是一种"乏味的成熟"呢？

由此又有一个反其道行之的想法，假如一部作品只写恶的环境中的善，假的环境中的真，那么它又应该面貌如何？而从这个角度来说，我和孟小书算是想到一块儿去了，她的新作《终极范特西》恰好就是这样一篇小说。小说的背景环境和《孤注一掷》异曲同工甚至更加广泛，除了我们耳熟而不能详的网络诈骗团伙内部，还有我们眼熟而不能详的大大小小的网红的盈利渠道与生存空间。小说中的人物身份涉及了"杀猪盘"的操盘手、诈骗集团的小头目、半红不红的网红，等等。这些都是以前从未存在，近年来突然曝光在社会聚焦下的全新的事物。在这儿还得补充一句，关注并表现类似的新事物，也是孟小书小说的一个重要特征，她总能通过类似的新人群捕捉到新生态，从而呈现一个全新的城市生活切面。只不过这种敏锐性上的优势也会给孟小书带来新的挑战：新的职业生态——姑且把诈骗也算一个职业的话——是否仅仅提供了某种戏剧性的故事因素，从而使小说流于一次奇观式的浏览？或者作者又能从满眼惊奇的"新"的要素中发现某种恒定的、稳固的对世界的认识，去帮助我们消化并勉强适应扑面而来的"新"？这或许也是一个称职的作家所需要做到的。

　　同样没有让我们的预期落空，孟小书在这方面保持着一以贯之的风格，但又有着出人意料的设计。在《终极范特西》中，她塑造了形形色色的"职业新人"，然而在他们光怪陆离的外衣背后，仍是大多数人可以理解的，甚至是这个时代大多数人眼中自己的模样：因为敏感而饱受伤害，虽然无奈但不失善良。无论是"杀猪盘"的操盘手K或张存良，还是拖着一条伤腿的网红Leila或博奇，乃至于诈骗团伙的宝哥或郑宝林，无不是被生活所欺骗的人，他们因此自以为可以欺骗别人，然而当欺骗的击鼓传花真的到了他们手上，即将落到下一个人头上的时候，却又不约而同地悬崖勒马。这种人物在关键时刻的内心选择如果是孤例，我们还可以将其归结为某种偶然，或者是某一个人物的特殊性。然而当所有人物像汇聚效应一样形成了共鸣，那么就必须体会到作者的某种相信了——孟小书相信人的一念之善，之所以只是一念之善，是因为环境不允许它永久存在，也因此极其稀缺，但不用担心，它必然出现，因为那是作者对世界的理解方式。也正是因为一念之善的存在，小说在经历了前半部分的谍影重重、扑朔迷离之后，在结尾处显现出一缕出其不意的柔情。

曾经有评论家总结 20 世纪 90 年代王朔等人的写作，认为他们在无可相信之后只能相信爱情。殊不知，被建构的爱情却要负担起支撑整个世界的重任，这本身就是一种悲情——在论及张爱玲时还有一种类似的说法，叫作"看破后的执迷"，当然最典型的例子就是《倾城之恋》。而孟小书笔下的 K、Leila 和宝哥虽然也总以"真爱"互相发问，但又让人不禁怀疑，他们所依靠的仍然是男女之情意义上的爱情吗？或者那就是陌生人之间的一点慰藉、信任乃至于拯救的勇气——而这又可以笼统地归结为善？从这个角度来看，孟小书是个近乎执拗的作家，她的小说里总有人希望生活不像它所"应该"的那样坚硬、残酷，唯一的原则就是毫无原则，而由此可见，孟小书已经是一个形成了相对牢固的价值观的作家了。很多时候，价值观无所谓对错，只有所谓有无，它的存在与否，也正是作家是否成熟的标志。

理论与观察

新北京作家群写作：空间、视野和问题

杨庆祥

一、作为文化空间的北京

在北京最近举行的一次作品研讨会上，我们讨论了一部以颐和园为书写背景的作品，这个时候我发现了一个稍微有点"尴尬"的现实——那就是我居然从来没有去过颐和园。然后再一细想，我也没有去过香山、天坛、地坛，更不要说远郊的潭柘寺、青龙峡、十渡，等等。我已经在北京生活了整整 20 年，但足迹所到之处，却也不过三环到四环之间的那一小块学习生活的区域。这是我个人的习性使然，还是大都市的通病？或许两种原因都有。但这并不影响我对颐和园、地坛这些文化地标的了解甚至侃侃而谈，艾柯曾经不无揶揄地说："很多书我们不必去读，因为有不同世代的人帮我们读过了。"这句话在我这里也可以这么说，"有很多风景并不需要去看，因为已经有很多人帮我去看过了"。我想即使是身处边陲的人，也对天安门、故宫等地方如数家珍，这来自宣传、教育和阅读。一个从来没有去过巴黎的人，因为阅读了波德莱尔的诗歌以及本雅明对这些诗歌的经典阐释，他对巴黎就不会陌生；如果他又读了巴尔扎克的小说和大卫·哈维的《巴黎城记》，那他对巴黎的历史也会相当精通；如果碰巧他又看了伍迪·艾伦的《午夜巴黎》，说不定他就会疯狂地爱上巴黎。青山七惠的《一个人的巴黎》写的就是这样的故事：一个清洁工阿姨从来没有去过法国，但是她每天念念不忘的是，"如果我是一个巴黎人就好了，如果我是一个巴黎人，我就不会这么无趣了"。

对我来说，北京也是如此。即使我不生活在北京——比如20多年以前，那时候离北京可谓路途迢迢，那是绿皮火车的时代，从我的家乡去一趟北京走48小时以上——但北京却是很熟悉的一种记忆。那是因为读了曹雪芹的《红楼梦》和纳兰性德的词，这两位拥有传奇经历的作家虽然不一定书写北京，但是却生活在北京；然后又有郁达夫《故都的秋》和老舍的《茶馆》，前者有浓郁的对"故国"的乡愁——在某种意义上和日本学者青木正儿"对中国的乡愁"有着精神的互文；后者将北京的市民生活置于历史变动之中，在变与不变中呈现着历史的忧虑。转眼到了史铁生的《我与地坛》，个人生命的痛切思考借助哲理完成了升华，与此同时，则是王朔和王小波，这两者请容许我卖个关子，留在后文再说。在大众文化层面，1990年代的《甲方乙方》《北京人在纽约》，后来的《北京爱情故事》开启了一种对北京、北京人、北京生活的想象。相对于经典文学作品，它们具有更强烈的冲击力，至少对于1990年代的我来说，北京不仅仅意味着远方和世界，同时更意味着爱情、成长和对齐自己在社会中的位置的想象。

　　这些暗示了北京作为一个地理空间的复杂性。在历史上，自元明以来，北京长期作为幅员辽阔的帝国的政治中心，从权力的角度来说，它切切关注的，是一种以中心为原点的分层管理机制，帝国的大脑们在此统筹规划、发号施令。作为一种逻辑或者宿命论意义上的反噬，它也不得不接受各种边地势力的挑战，这些挑战既有可能来自更北方的游牧民族，也有可能来自南方的"蛮夷"，有时候，这种反噬直接来自中心的内部。这样的悲剧和闹剧在历史中反复上演，以至于北京不得不一直在景观化的意义上强调其作为政治空间的唯一真理性。也就是说，虽然历史一再证明政治空间是一个相对脆弱的自我认定，文化空间才有可能获得更长久的生命力，但因为政治总是在现实的层面保持其强力，所以它一再压抑其文化空间的面向和肌理，使得关于北京的记忆和书写总是要不断地辩驳其自身。换句话说，政治空间所具有的景观性和假面性会使我们认识并记忆一个常规意义上的北京，而那个具体的、此时此刻的、关乎当下生存的存在论意义上的北京往往需要借助更自觉的书写和阅读才有可能被记忆，并真正成为标志北京的文化符码。正如波德莱尔、巴尔扎克之于巴黎；菲茨杰拉德、怀特、耶茨之于纽约；村上春树之于东京；帕慕克之于伊斯坦布尔——这正是 21 世纪的北京书写需要完成的课题。如果这一课题能够借助新北京作家群的写作得以完成，那或许能够实践我几年前的一个小小预言："19 世纪的世界文学之都是巴黎；20 世纪的世界文学之都是纽约；21 世纪的世界文学之都则是北京。"

二、新北京作家群写作的问题意识和视野

在讨论新北京作家群写作的问题意识和视野之前，首先需要对新北京作家群做一个稍微严格一点的界定。目前对新北京作家群的认定基于两点区别，第一点是区别于"旧北京作家群"，这里面临的问题是所谓的"旧北京作家群"也是一个宽泛且模糊的指认，一些批评家的文章将这一群体上溯到了民国时期的"京派"，并根据时间顺序将老舍、邓友梅、刘心武、叶广芩、王小波、史铁生、刘恒等都囊括在内。新北京作家群则指的是一批出生于 20 世纪 70 年代、80 年代甚至是 90 年代这三个代际的作家群体。第二点是，在谈到"旧北京作家群"的时候，往往会强调"出生在北京的作家以北京话写北京发生的故事"这一点，而对新北京作家群的写作则没有这么严格的要求。从《北京文学》"新北京作家群"专栏发表的作品来看，既有出生于北京的作家，也有出生于外地的作家；语言上会偶有北京方言，但大多是一种标准的普通话写作；内容上既写在北京发生的故事，也写在外地发生的但与北京有一定联系的故事。

仅仅上述两点并不能凸显新北京作家群写作的特质和核心要义，在我看来，更重要的是新的时间意识，以及由这一时间意识所催生的新历史意识。具体来说就是，自 20 世纪 90 年代以来，北京的加速发展产生了全新的景观和现实，静态的空间被动态的空间代替，流动性的人口和资本使得"一切坚固的东西烟消云散"，政治、资本和文化在这一大体量的空间里反复搏杀，并

形成了一种"互相保证的摧毁"式的平衡。如果说新北京作家群写作的问题意识是什么，这就是新北京作家群的问题意识，也就是，作为北京加速现代化历史进程的同时代人对之进行同时性的书写和记录，并在书写和记录的过程中建构新的现实感、历史意识和价值观念。这就是我个人对新北京作家群写作的界定。

　　基于以上的界定以及这些年的作品阅读，我以为新北京作家群的写作，在较为宽泛的意义上呈现出四个方面的视野，这些视野既指题材、主题的选择，也包含着美学和风格的倾向。

　　第一是文化视野。这里的文化是相对狭义的概念，特指基于地方性的北京文化。在20世纪90年代以来的加速发展中，作为地方性文化的北京文化在整体上是被压抑甚至被删除的，或者最多被"驱逐"到民俗的位置——这与北京的城市扩张基于同样的现代想象：一切非现代的东西只能作为可有可无的点缀。但正是在这一物质意义上被冷落和放逐的地方性文化中，作家们发现了历史传承的坚固和文化新生的可能。可以放在这个范畴内讨论的作家作品有宁肯的《北京：城与年》、祝勇的故宫系列、侯磊的《北京烟树》、杜梨的《春祺夏安》等，这些作品要么以北京的文化地标书写北京的流变，要么深入寻常巷陌，在街谈巷议中窥见世情人心。除此之外，还有诸如凸凹笔下的京西，周诠笔下的延庆，从地理上丰富了北京文化的板块。文化在这些新北京作家群的写作中具有结构性的作用，他们以此平衡现代化带来的冲击，并思考传统与现代之间的辩证关联。从文学血缘上看，以文化为落脚点的新北京作家群的写作与旧北京作家群渊源最深，

"京味"虽然已经有了不同的表达形式，但在内在的质地上，依然是文化的忧思。在旧北京作家群的写作里，一直有"旗人"和"奇人"两个传统，因为有了这两个人物系列，文化书写变得立体且形象，但是在新北京作家群的写作中，这样的人物已经从现实和想象中消失，这容易使文化书写变得平面。对新北京作家群的写作来说，如何继承"旗人"和"奇人"的写人传统，将文化变迁中的人物予以个性化塑形，是面临的重要难题。

第二是世界视野。如果说文化视野更多的是从时间轴的角度考量，那么世界视野更多的就是从空间轴的角度考量。如果要在世界视野前面加一个限定词的话，完整的表述就是"流动性的世界视野"。正是流动性，从内在到外在深刻地决定着 21 世纪北京的世界性。在这个意义上，也可以说世界性等于流动性。我们可以从几个方面来理解这种流动性，从外在来看，流动性表现为人口、物流和资本的快速迁徙、聚集和离散，巨量的人口流入、资本的膨胀以及高速的现实空间和虚拟空间的信息传递，是 21 世纪北京的现实景观。从内在来看，经济、政治等看不见的手改变了旧有的秩序和规则，价值观、亲密关系、人和他者的链接方式都发生了根本性的改变。流动的世界性不仅仅意味着从中国的乡村和外省向北京流动，也意味着以北京或中国为枢纽，向全世界出发。这里面需要提到的作家作品是徐则臣的《耶路撒冷》《玛雅人面具》，石一枫的《地球之眼》《漂洋过海来送你》，刘汀的《野火烧不尽》，周婉京的《取出疯石》，蒋在的《飞往温哥华》，等等。这些作品中的人物在世界地理空间里流动和迁徙，既有一种"向世界去"的热情和生命力，同时也因为其"无根性"而产生身份迷失和精神焦虑，在"出发"和"归来"、"聚集"和"离散"的纠葛缠绕中，一代人的生活史和精神史被呈现出来。但是在我个人看来，这其中的有些作品还过于拘泥于传统的现实主义书写方式，去"中心化"不够，这使得世界视野中还缺失最关键的"多元文化图景"和"世界人"——而不仅仅是北京人或者中国人。流动性本来是现代性的一面，在如鲍曼这样的后现代主义者看来，它在一定时候会凝固甚至模具化，所以需要不断对之进行"再熔"。新北京作家群的写作如果想要在世界视野上有进一步的突破，就需要将既有的边界打破，在混杂甚至泥沙俱下的状态中开启更有力量的流动性。

第三是当下视野。本雅明在《历史哲学论纲》里分析历史唯物主义的时候，特别强调"当下"所具有的决定性作用，并以为历史唯物主义就是建立在"当下"基础上的辩证哲学。没有当下，就没有历史；没有当下，也就没有一切空间的延展。在讨论新北京作家群的时候，无论是上文提到的文化视野和世界视野，还是下文即将分析的未来视野，都建立在当下视野的地基之上。在这个意义上，当下视野是最重要的内核，也是带有起源性的原发动力。正是被当下——具体来说是20世纪90年代以来北京乃至中国高度变化的现实——卷入其中，新北京作家群的写作才找到了其切身感、在场感和肉体经验。这其中既有波德莱尔式的震惊体验，也有巴尔扎克式的审视和反观，有时候也带有那么一点点布尔乔亚式的沉溺。所有新北京作家群的写作当然都立足于当下视野，但是我们依然可以指认出那些将"当下性"置于最重心位置的作家作品，如格非的《隐身衣》、邱华栋的《北京传》、蒋一谈的《鲁迅的胡子》、程青的《盛宴》、张悦然的《家》、笛安的《景恒街》、马小淘的《毛坯夫妻》、文珍的《安翔路情事》、孙睿的《抠绿大师》、小珂的《万水之源》、辽京的《晚婚》、李唐的《矮门》、古宇的《人间世》、孟小书的《业余玩家》、李晓晨的《去岛屿》、陈小手的《帘后》等等。这些写作都带有直接性、即时性，与现实生活甚至是具体的新闻事件构成同步。其中尤其值得注意的是很多作品的主题都与住房问题有关，简陋狭小的个人居住空间与宽敞明亮富丽堂皇的公共空间形成了鲜明的对比，这是时代对个人的挤压，也是宏大命题对日常生命的侵占。作家们在此触碰到了21世纪中国的政治经济学命题，与经典的巴尔扎克、左拉、茅盾、夏衍们遥相呼应，但由于种种外在内在的限制，这些命题并不能得到充分的展开和深入，这也使得这些写作不得不是小资产阶级式的——虽然带有一些批判性。

　　第四是未来视野。如果说历史构成一种重负，而"此时此刻此处"的当下构成了一种限制，那么，未来学就成为摆脱重负和限制的一种方法论和价值观。大都市暗含了一种无限发展的未来许诺，不过，这种许诺不完全是乌托邦式的，也有可能是恶托邦式的，既有可能是新世界，也有可能是老废墟。新科技、新建筑、新能源、新的信息传输、新的医疗手段，如此等等让北京这样的大都市充满了科幻感和魔法传奇，北京提供了一种新的想象方式，这一方式指向未来——"他时他刻他处"。韩松的《地铁》，李宏伟的《国王与抒情诗》，郝景芳的《北京折叠》，顾适的《莫比乌斯时空》是此类作品的代表。这类作品大都可以归入"科幻"这一文学类型，但实际上，又绝非单一的文学类型可以予以概括。这些作品的创意和"点子"固然与"科幻"密切相关，但是又非止步于对技术的简单摹写或对未来的乐观展望，而是在未来学视野中嵌入人文学的忧思，从而构成了一种我称之为"科幻现实主义"的书写风格，以科幻的方式，言现实之所不能言，以未来反观当下和历史，从而为新北京作家群的书写提供了独特的坐标。

三、结语：解构与建构

最近几年，当代文学写作的地域性/地方性倾向又开始重现，但是与20世纪50年代基于主流文学对地方性的收编改造不同，这一次对地域性/地方性的关注更强调的是其自主性。在这其中，我近几年参与倡导的"新南方写作"尤其具有典型性。如果将"新南方写作"与新北京作家群写作并置讨论，就会发现一个很有意思的现象。无论是讨论文学的南方性或者新南方的自主性，北方都是一个无法回避的存在，也就是说无论对南北的关系如何理解，这一关系似乎就是一种天然的属性，对南方的理解、想象、叙述、建构，都离不开来自北方的"目光"。最近出版的印度尼西亚作家普拉姆迪亚的《万国之子》中，叙述者以沉痛的语气告诫："我们只是想告诉你：北方并不神秘莫测。但有一点应该提醒你：要永远警惕地注视北方。"在我看来，这正是南方自我更新的动力，我所提倡的"新南方写作"正是基于这种"永远的警惕"。

但就身处北方中心的新北京作家群的写作而言，这里的问题是，它看起来似乎并不需要一个他者就可以完成其自洽——这是北京无论作为一个文化地理空间，还是作为政治地理空间最意味深长之处，北京就是这么自洽且自信地占据着中心，并发挥着主导及分配的文化政治功能。卡尔维诺也许是最早意识到这一问题的作家，在《看不见的城市》里，马可·波罗的叙述与忽必烈大帝的想象之间构成了对峙，通过对无数看不见的城市的描述和建构，马可·波罗瓦解了忽必烈对于不可动摇的"中心"的自我认定。这正是卡尔维诺的高明之处，以后现代的不确定完成了对前现代"单一性野蛮"的反讽和解构。

我想说的是，新北京作家群的写作如果固守"中心"的幻觉，无法通过他者来激活文化对话、对峙的势能，则其写作大概率只能原地转圈甚至画地为牢。在寻找和突破上，有三位北京作家值得我们注意，其中两位是我开篇就提到的王小波和王朔，前者立足于常识的书写和确认，以智性和逻辑为其写作方法；后者立足于市民情状，以颠覆嘲笑正统为其鹄的。两人的风格迥异，但在刺破"中心幻觉"，解构"单一叙事"方面异曲同工。在王朔最近出版的《起初·纪年》里，虽然征用的是历史题材，但价值观念直指当下，以重构历史的方式激活了文化的张力。另外一位作家是张承志，自20世纪90年代以来，他在不同的文化中寻找体察，最终选择了极其边缘和小众的异端来确立其发言的位置和承担的使命。这三位作家（也许还有我遗漏的）提供了经典的范例：只有在解构中才能建构，只有通过不停地否定并与中心保持足够的距离，才能真正成就有个性的写作。在我看来，新北京作家群写作更应该在这个层面上来处理北京、北京文化、北京和他者、历史、当下和未来的关系，在否定之否定的辩证法中建构新一代写作的气象和格局。

杨庆祥，诗人、批评家。现为中国人民大学文学院教授、博士生导师。出版多部著作和诗集，作品被翻译成英、日、俄、韩等多种文字。

"新北京作家群"：总体性消失之后的文学图景——

徐刚

"大北京"文学：一幅流动的地形图

今天的北京文学，或者我们更愿意称之为"大北京"文学，就像是一幅流动的地形图。老辈人常说，北京城是"漂来的"。这里的"漂"字，显然暗指京杭大运河。事实上，皇城高度依赖大运河沟通南北。在姚雪垠的长篇小说《李自成》里，闯王的人马"陕军东征"，出潼关，破山西，剑指京城时，曾有谋士献计，只需截断大运河，京城便可不攻自破。这便充分显现出大运河的重要性，大运河沟通南北，既有物资的交通往来，更有人才的自由流动。

确实如此，流动性早已成了北京城市活力的重要源泉。一直以来，无数"外省青年"因为各种原因来到北京，"成为"北京作家，是这座城市文学生产的主要方式。流动性的背后，显然涉及北京作为八方人才汇聚之地所具有的天然吸附效应。似乎从元代开始，这座城市就受益于文学人才的迁徙与流动，他们通过自己的创作不断塑造城市的形象，诠释城市的意义。比如"北漂大都"的关汉卿，连同他的"玉京书会"与"燕赵才人"，就是这种迁徙者与城市之间相互塑造的产物。明清以降，从龚自珍、曹雪芹，到梁启超、鲁迅，甚至张恨水，流连于此的"外省青年"，他们的墨迹文采、思想亮光，长久铭刻在城市的文学记忆之中。

20 世纪 20 年代，随着现代大学体制的建立、新文化运动的蓬勃发展，北京成为知识分子聚集地，一座名闻中外的文化城。这里特别值得注意的是，新文化运动中的知识分子，他们绝大多数都不是北京本地人。出生于北京的现代作家其实很少，除了老舍、萧乾等人之外，大部分都来自全国各地。当时的王鲁彦、台静农、彭家煌、许杰等，人虽居住在北京，但小说却取材于各自的家乡，这种描写乡土抒发乡愁的文学作品被鲁迅称为"侨寓文学"。

1949 年之后，新生的人民政权陆续从全国各地调集大批文艺工作者进京。他们从天南海北来到崭新的北京城，这让北京得以在极短的时间里聚集起一批具有重要影响的作家。一时间，北京的与非北京的作家都聚集于此，他们以不同的方式，共同塑造着北京文学的辉煌历史。

正是基于这种文化的、政治的区位优势，以及建立在流动性基础上的人才吸附效应，北京文学轻而易举地在全国文学版图中获得了不言而喻的重要地位。对此，孙郁教授曾言，"现在了解半个世纪的中国文学史，北京的人文地图占了半壁江山。重要的文学作品、文学批评、文学理论思潮，都出现在这里"。[①] 这样的说法并不夸张。纵观北京文坛，单就小说创作来看，就能找到为数众多的开风气之先的大师级人物。"人民艺术家"老舍自不待言，而《艳阳天》和《金光大道》的作者浩然，虽因时代的转折而逐渐被人淡忘，但对其文学成就的重新评价早已为学界所重视。除此，从王蒙、刘心武、邓友梅，到汪曾祺、林斤澜、陈建功，从张洁、张承志、史铁生，再到莫言、刘庆邦、刘震云，这些无疑都是当代文坛的重要人物。甚至连潮流之外的王朔、王小波，也因其拥趸无数，而被视为"另类"的文学大师。世易时移，"北京作家群"一直在扩大。在霍达、张洁、张承志、史铁生、刘恒、徐小斌、周晓枫、石一枫之外，更多的"外省青年"以各自不同的方式加入，从莫言、刘庆邦、刘震云、阎连科，到张柠、格非、李敬泽、李洱、徐坤，再到更年轻的徐则臣、马小淘、文珍、笛安……即便是居无定所的"北漂一族"，也为了他们绮丽的文学梦想而不断向北京靠拢。北京最吸引人的个性就在于这种包容一切的襟怀和海纳百川的气度。

七十多年来，北京文学见证了一个从传统老北京过渡到红色革命语境，再到不断探索的现代化时期，直至今天全球化真正开启的多元时代的宏伟发展过程。在这漫长的历史进程中，北京文学始终以其海纳百川的气度铸就着文学的辉煌。纵观今天整个"大北京"地区，在相当长一段时间里，其作家队伍主要由三部分构成：北京文联作协成员、居京自由作家以及中央国家机关在京机构的相关作家，这也几乎奠定了今天北京文学人才队伍的基本格局。最近，在讨论"新北京作家群"时，张颐雯又从这三部分作家中更为细致地划分出三类人群。第一类是从小在北京长大的作家，比如石一枫、孙睿、杜梨、古宇、常小琥、李唐等；第二类是来到北京求学并留在北京工作的作家，比如张天翼、刘汀、西元、马小淘、文珍等；第三类则是已经在北京生活多年，写作生涯可能开始于北京，但作品并不主要书写北京，而是用新的视角回望故乡的作家，比如阿乙、郑在欢等。这种细致的区别不仅显示了北京文学"五方杂处"的包容性，同时也深刻体现出今天北京文学格局的重要变化。

　　这种变化在于，无论如何划分，北京本土作家的比重都在不断下降。一个最直观的后果就是，过去我们所津津乐道的"京味"文学，如今早已不再是一个不言自明的概念。也就是说，假如我们依然把以地域性或地方文化为标记的所谓"京味"，视为北京文学传统中一个至关重要的元素，那么对于以无数外来者为主要标志的"新北京作家群"来说，这个被不断提及的文学传统可能早已蜕变为不堪承受的重任。这也就像顾建平在谈论"新北京作家群"的写作方式时所说的，"新北京作家群跟传统的北京作家群不同，在语言表达上基本抛弃了原来的京味写作，即使像孙睿这样从小在北京长大的作家，也不是京味写作，而是融合了口语、部分书面语、网络流行语的杂糅语言"②。这些显著的变化，不得不让我们重新审视过往讨论北京文学时总会不由自主提到的"京味"概念。

"京味"的内涵、意义及其限度

倘若要对当代北京文学的发展与变迁做更透彻的讨论，那么对于"京味"这个最具辨识度的地域文化概念的详尽论述就必不可少。作为 20 世纪 80 年代建构起来的一个极具标志性的文化概念，"京味"几乎是与彼时蔚为大观的"津味"，崛起于三湘四水的"湘味"，弥漫于苏州小巷的"苏味"，以及更多具有地域风情意味的"汉味""川味""陕味"等一同出现的。由此看来，从地域文化的角度切入北京人引以为豪的所谓"京味文学"，便成为我们讨论这个概念当仁不让的重要前提。

概括来看，人们曾热烈讨论的所谓"京味"，其实主要指的是体现在文学及影视作品中的围绕北京具体展开的一系列"地方性"的文化特色。早在 20 世纪八九十年代，甘海岚主编的《北京文学地域特色研究》一书便将这种"地方性"特色概括为"北京作家、作品所反映的北京地域自然环境、风俗民情、价值取向、思维特点、行为方式、心理特点、生活习惯、语言风格等方面"③。若论及这种"地方性"的历史渊源，又与"五方杂处"的北京之千百年来的民族融合有着莫大关联。根据研究者的考察，正是努尔哈赤和他的后人们造就了现代称之为"京味"的北京文明，其中包括民俗与风情，性格与气质，心理与语言方式，以及认知态度与内心规范等一整套"文化模式"。作为一种文学风格，"京味"的源头最早可以追溯到曹雪芹的《红楼梦》，而真正将其发扬光大的无疑是作为旗人后裔的老舍。作为一种被后世更多生活在北京的作家所继承的文学传统，"京味"主要体现在以下几个方面：

其一，故都景象与市井风光。譬如自老舍以来，北京文学中最常出现的小胡同和大杂院，构成了这座文明古都百年来最为经典的城市景观，这也是北京最为显眼的外部标志之一。在老舍的作品中，写到北京的地方名称数以百计，一会儿西四牌楼，一会儿护国寺，每个地方都被赋予了特殊情感，因此显得亲切自然，令人心驰神往。自老舍以来，北京的故都景象与市井风光不断成为邓友梅、汪曾祺、陈建功、刘心武，以及更年轻的叶广芩等作家笔下的重要内容，这几乎形成了一种写作传统。

其二，民风民俗及乡土人情。作为地域文化的重要内容，北京本地的民风民俗及乡土人情，往往成为"京味"的重要内容。这方面主要包括一些岁时节令和地方风俗等，邓友梅笔下的市井生活，就被称为"民俗文学"，而《城南旧事》里的旧年风物，更是令人心动的人文景观，这些都被视作北京文明古都最深厚、最耀眼的文化底色。

其三，各式各样的"京味"人物。那些广泛存在于北京作家们笔下，深深浸泡在"北京文明"中的各色人物，永远是"京味"的核心所在。这包括陈建功《找乐》里的李忠祥，邓友梅笔下的那五，以及汪曾祺《云致秋行状》等小说里的各式人物。他们几十年坎坷生涯中那些荒唐、可笑又可悲的故事，为我们揭示了生活的某种真谛。

其四，京腔京调与京韵京声等语言元素。方言土语永远居于小说等文学作品中最显要的层面，也是地域文化最直接的呈现方式，这里突显出的是北京方言的重要意义。从老舍到刘心武，从邓友梅到汪曾祺，他们的小说语言总会在亲切中带有一丝幽默与温情。而在离经叛道的王朔那里，所谓的"京片子"，依然是小说里极有魅力的元素。这一点甚至在更年轻的石一枫这里依然有所体现。无论如何，方言永远是北京作家值得重视的小说元素。

其五，一种独属于北京的文化性格。市井风光也好，乡土人情也罢，以及无论是京味人物还是京韵京腔，这些都属于外在的文化元素，"京味"的精神内核最终还应该指向一种更为内在的文化品格。比如一直以来，写作者不断建构的温和典雅、讲究礼数的老北京人的文化性格。也是在这个意义上，赵园在《北京：城与人》中只是将北京方言视作"北京文化、北京人文化性格的构成材料"④。

时至今日，作为文学风格的"京味"，一直是人们谈论北京文学时的重要参照。这得益于它早已超越了地域文学的局限，而具有更加深远的文化意涵。这包括作家对北京特有风韵、特定人文景观的展示，以及在其中注入的人文情怀与文化趣味。然而，围绕北京的风土习俗和人情世故，用北京话写北京人、北京事和北京情的所谓"京味"，其实是个相对模糊又带有不确定性、变异性和灵活性的概念，因此它不可避免地会在历史中发生显著变化。越来越多的研究者倾向于认为，所谓的"京味"不应该局限在狭隘的"旧城圈"，而应该从进化发展的角度充分理解它的包容性和延展性。也就是说，任何现代的"城市人"都不应该由单纯的土著居民构成，对于日渐庞大的北京城来说更是如此。因此，摆在我们面前的将是一个成分更加复杂的北京，其"旧城圈"的天地无疑会随着城市的演进而越来越小，北京人的心灵情感和价值观也将面临极为深刻的调整。如此一来，"京味文学"的变化就不可避免。

事实上，那种旧有的，某种程度上可以说是市镇文化表征形式的"京味"，在 20 世纪 80 年代迎来了它最后的辉煌之后便急速衰落了。现在看来，"京味文学"难以为继的两个根本原因在于：一是社会生活的变迁。在新的现代化浪潮的冲击之下，随着传统"京味"所赖以承载的社会生活的渐趋消失，北京人身上留存的所谓"京味"正逐渐"融合于时代的潮流中，而愈显淡漠了"。二是作家队伍的重组。如今，更多的"新北京人"已然成为北京文学的主流，他们并不承担守望复兴"京味文学"的历史责任。在崭新的北京和"新北京人"的文学视野中，"京味"不再是北京作家必须面对的问题。

其实早在 20 世纪"京味小说"的热潮期时，这种兴盛中的危机以及面对危机的变化迹象就已经开始显现。当时陈建功、邓友梅、汪曾祺等人的创作，已然显出后继乏人的窘境。对他们来说，向前追溯，老舍当然是"京味"难以逾越的高峰，如人所说的，"老舍之后，不会再有第二个老舍"。向后看去，一批更加具有现代城市意识的作家开始对"旧城圈"形成巨大冲击。这里最具冲击力的无疑是王朔。现在看来，正是从军区大院走出来的王朔，给人带来了耳目一新的感觉，以至于一度被人称为"新京味"的代表。说这是"京味"，是因为王朔笔下的故事仍然发生在北京，小说中的人物都出生成长在北京，说的是地道的京腔京调，接触的也都是关于北京的一切。然而，纵观《顽主》《橡皮人》《玩的就是心跳》等作品，"新京味"之"新"终究体现在大城市中青年人非传统的生活方式和观念上，并且摆脱了以往"京味小说"的结构程式和审美规范。在王朔这里，"大院"风格的年轻主人公，毕竟不同于温和典雅、讲究礼数的老北京人，他们身上更多体现出一种时代的焦躁与冲动。这既是"京味文学"的延续，更是一种全新的发展。因此，传统意义上的"京味小说"在经历它自身的灿烂辉煌之后，终于出现了面貌不同的"新京味"，它也因与刻意追求纯正优美的传统"京味"背道而驰而显得意义非凡。这种突如其来且具有必然性的巨大变化，无疑给"京味文学"研究者带来了新的课题。尽管这里的"京味"并不等于"痞味"、调侃语，以及极具消解意义的脏话、黑话等，但不可否认的是，传统美学意义上温柔敦厚的"京味"已然开始消亡。

20世纪90年代以后，传统意义上的"京味"作家群已经趋于解体。一些并不追求地域特色的北京作家开始走上前台，比如徐坤、邱华栋等新一代北京作家，他们更加关注的是作为都市文化的北京，观察和描述的也是处于迅速都市化进程中的北京人。他们的作品越来越受到重视，越来越受到欢迎，这也意味着"京味文学"事实上的转型正在显著发生。由此从侧面说明，一个都市化的北京，正在消解它自身独特的地域标记。所以对于创作来说，一方面固然要考虑有意识地突破"老舍模式"，对北京的地域特色进行更深入的挖掘；另一方面，也要考虑在新的北京都市景观面前，如何表现北京人的文化心态与文化选择，以此为"京味"风格与叙述方式找到新的支点。

新世纪以来，更多的外来作家正在不断丰富北京文学的形式与韵味，"京味"也在历史的流转中不断塑造自身。格非、徐则臣等人会尝试以北京作为写作对象并各有侧重，但他们的小说并不会太在意作为一个北京人究竟意味着什么，因此也对描写北京市民社会的世相心态，以及有关北京人完美的俗世人格的刻画没有太大兴趣。在年轻一代的北京作家中，土生土长的北京人并不多见。环顾今天的北京文学圈，当更多的作者属于"新移民"一代时，流连传统"京味"无疑显得不切实际。某种程度上，这是一群没有历史包袱的"新人"，他们对于"京味"文学传统相对陌生，也并不感兴趣，更不负有一种道义上的责任。在为数不多的本土作者中，青年作家侯磊的创作虽多涉北京史地民俗，但在他那里，"老北京"终究是个遥不可及的神话。而出身大院的石一枫，虽颇能体现出王朔小说的某种神韵，但也仅止于语言的模仿。他的《地球之眼》《世间已无陈金芳》《借命而生》等经典作品，更像是新的都市传奇，从"地方性"文化的角度看，并没有体现出明显的北京印记。

如此看来，"京味"似乎终将变成一个供人凭吊和缅怀的对象。尽管我们也能从叶广芩等作家笔下看到老北京的"老汤原汁"，但不可否认，今天我们所谈论的"京味"，更像是一种已然消逝的"博物馆文化"。这是一个一切坚固的东西都已烟消云散的北京文学，但与此同时，这才是真正意义上的现代北京文学。

"新北京作家群"究竟"新"在哪里？

尽管目前，在官方宣传话语及文学史纵深的研究维度里，"京味"依然是一个极为重要的文学概念，但如前文所言，今时今日，倘若要为"新北京作家群"找到某种明确的价值指向，那么过往文学讨论中那个津津乐道的概念，或许早已不再是必不可少的核心元素了。在新的历史形势下，我们必须呼唤一种新的"京味"，或者说它终将以全新的面貌出现。这也就像人们提到的，唯有让胡同、四合院与国家大剧院、鸟巢等北京新地标并立并存、交相辉映，才能体现出北京作为历史文化名城和国际化大都市的双重魅力。也就是说，既要接续传统，也要面向未来，守正创新方可重新焕发活力，这或许才是新的"京味文学"的题中之义。所以今天，倘若要追问"新北京作家群"究竟"新"在哪里，我觉得大致有以下几个方面的内容值得讨论：

其一，新的小说语言与文学风格。对于五方杂处的"新北京作家群"来说，首先必须体现出新的小说语言与文学风格。最近，居京近二十年的江西作家阿乙出版了他的最新长篇《未婚妻》。这是一部以"追忆似水年华"的方式写作的自传体长篇小说，或者可以称为阿乙版的"追忆似水年华"。从这部小说可以看出，这些年阿乙的文学风格有了很大变化。他逐渐从过去极端、阴郁、残忍，乃至绝望的文学风格中走出，悄然化身为如今从容的、娓娓道来的追忆者。他从加缪的坚定支持者，转变为普鲁斯特的迷恋者。《未婚妻》最有意思的地方在于，它提供了一种新的小说语言。在这部小说中，阿乙以注释的方式有意拼接《追忆似水年华》中的句子，或是在《尤利西斯》里摘录与小说场景"完全一致的感慨"。甚至不止这两部作品，还包括福克纳的《押沙龙，押沙龙！》，波德莱尔《巴黎的忧郁》，以及欧·亨利的重要小说等，《未婚妻》总能将名著中的语句，灵活应用到小说的具体场景之中。甚至不仅是小说，还包括特里尔的《毛泽东的后半生》，抑或是煞有介事引入的社会学等方面的各种研究论文。因此一方面，小说的叙述语言夹杂着"西方正典"式的文学语言，或是严谨高端的学术论文语言，从而体现出语言的严肃性、经典性和正统性。但另一方面，小说人物的对话语言，则是略显土气的江西方言，甚至不乏粗鄙的俚语俗语。于是我们看到，小说一方面深情吟诵着但丁《神曲·天堂》中的美妙诗句，"像在火光中我们看见了火星，像在合奏中我们辨别了声音"⑤。另一方面，小说人物又极为粗鄙地把诸如"戳它姨的瘪"之类的脏话"挂在嘴上"。通过这样的方式，小说极为惊人地体现出语言的多样性与混杂性。语言的并置中包含着微妙的反讽意味，这种方式让整部小说呈现出一种"戏仿"的游戏性，这也正是小说文体方面的重要贡献。由此，小说通过追逐一种新的小说语言，不经意间建构了一种新的文学风格。

　　其二，新的都市景观与城市地标。纵观前文所讨论的传统北京文学，其都市景观往往是比较单调的，胡同和四合院几乎构成了"京味文学"的主要载体。这便犹如电影《城南旧事》带领我们所领略的传统北平的独有味道：穿过悠长的胡同，耳畔回响的是此起彼伏的叫卖声，街角的剃头挑子嗡嗡作响，捏面人儿的手艺人专心致志，卖糖葫芦的高声吆喝，胡同口有人在汲水喂骆驼……在此，蜿蜒的长城，威严的故宫，以及行走在黄土路上的骆驼，成为观众对于老北平挥之不去的记忆。此后如王朔小说及更多影视作品所呈现的军区大院，以及90年代邱华栋笔下的中粮大厦、凯宾斯基饭店及亮马河等，构成了上个世纪末北京城市景观的主要元素。或许恰恰是因为没有历史包袱，今天的"新北京作家群"能够不断为北京文学贡献新的都市景观与城市地标。这里的新地标，可以是徐则臣笔下的运河，石一枫笔下的麦子店，也可以是笛安笔下的景恒街。在《漂洋过海来送你》中，我们看到一个全球化的新北京，小说将美国纽约和阿尔巴尼亚都放在想象北京的地理坐标之中。同样是石一枫，他的《入魂枪》展现的是一个关于电脑游戏的新北京，中关村与海龙大厦所携带的二十年来电脑游戏的发展史，也被铭刻到北京的城市图景之中。而新作《逍遥仙儿》更是将小说放置在人们热议的北京大力整治课外补习班的社会背景中。同时，这也是作者着力创作的一部关于"回天"题材的小说。既然涉及回龙观与天通苑这一新的城市景观，就必然包含因拆迁而来的暴富，以及以新旧北京人为中心展开的文化观念的冲突。就像小说中的王大莲和她父亲"道爷"

那样，家里的房子以"扇"来计算，而小说里以苏雅纹和王大莲为代表的新旧北京人，他们关于中产阶级的文化品位的认同与冲突，既让我们看到了今天所流行的价值认同的虚假和脆弱，也为我们呈现了石一枫小说所惯于捕捉的人性光泽。

其三，新的人文地理与城市空间。在"新北京作家群"的观念视域里，还涉及如何重新理解北京的人文地理意涵和城市空间意义等诸多重要命题。"新锐北京作家"陈福民的《北纬四十度》试图在更宏阔的地理空间里书写北京及其中国的意义。作为一个文明型国家，不同民族的冲突与融合，正是中华民族在几千年的历史中得以凝聚和塑造的重要基础。由此来看，民族冲突与融合的前沿阵地——"北纬四十度"地理带——就显得极为重要了。在陈福民这里，"北纬四十度"首先当然是一个地理概念。作为北方游牧民族与南方定居民族的大致分界线，它圈定了文明演进过程中的不同族群，以及伴随而来的截然相异的生活方式，也当然意味着文明之间的区隔、竞争和融合。然而，这个"北纬四十度"的概念，又并不局限于一时一地。作为相对稳定的地理坐标，它注定要面对不同历史时空的人与事。从赵武灵王的"胡服骑射"，到明英宗的"土木堡之变"，如果说北纬四十度地理带是一道稳定的纬线，那么千百年来朝代更迭中的漫长历史则是更加分明的经线。全书正是以此为坐标，通过这个跨界性的文化概念，呈现和展开了一幅"参与性"的千古江山图。因此这不仅是一个地理概念，也是一个历史文化概念。《北纬四十度》一书正是围绕相关人物集中表现和探究了民族冲突与融合等方面的历史关切。这里尤其值得重视的是全书的压卷之作《遥想右北平》，文章聚焦右北平这个"伟大的地名"，以略显散漫的"思古之幽情"，抒发着历史探寻者的笔迹与心迹，甚至也囊括了作者个人化的关乎故乡、关乎精神乐土的玄思与慨叹，这便在纵向的历史时空中，为书写长城及北京的独特人文地理意义开辟了空间。在人文地理之外，城市空间也是极为重要的文化元素。在列斐伏尔的《空间的生产》中，空间从来都不是纯粹空洞的，而是包含着某种深切的政治和社会意味的，即空间是社会行为的内在要素。因此，空间背后包含着一种权力关系，而"新北京作家群"必须争夺属于自己的城市空间。

　　其四，新的生活经验与城市情感。不断变动的新北京，总会呼唤新的文学，进而积极捕捉新的生活经验，这些新的生活经验又会凝聚起新的城市情感。以《草样年华》成名的孙睿，在最近的作品中不断聚焦新的行业经验。他的《抠绿大师》及其续篇《抠绿大师Ⅱ·陨石》，便为我们展现了影视从业者卑微的行业生活。而以"狗仔队"的不法勾当为中心的《发明家》，不禁让人想起杰克·吉伦哈尔主演的电影《夜行者》，它们讲述的都是媒介时代被隐匿的"真相"，而这背后也包含着作者对世界、对人性本身的深入理解。古宇的《人间世》瞄准的是招聘市场隐秘的行业"内幕"，而杜梨的《春看两不厌》则从工作人员的角度，展现了一个独特的颐和园，这些都是令人颇感新奇的北京经验。当然，更多的写作者会通过这些独特的生活经验，不断提炼新的城市情感。在此，马小淘的《春天果然短暂》、张天翼的《雕塑》、马亿的《莫兰迪展》、李唐的《矮门》，以及陈小手的《帘后》等作品，都给人留下了深刻印象。这里特别有意思的是刘汀的《野火烧不尽》，小说将家乡内蒙古，将乌拉盖草原与北京、芝加哥的故事放在同一历史时空来讲述，试图由此触摸现代人迁徙流动中的心灵成长轨迹。同样，郑在欢的《忍住Ⅲ》，在北京与家乡驻马店之间时时返顾，于时空交错之中思考所谓"友情"的确切意涵。这里特别值得注意的是乔叶刚刚荣获第十一届茅盾文学奖的长篇小说《宝水》。小说令人印象最深的地方在于，它展现出"新的题材""新的写法"与"新的人物"等不凡面貌。然而，最为重要的还是新的经验与城市情感。面对新时代"山乡巨变"的新现实，对于小说中的"我"地青萍这样的知识分子来说，重新"下乡"的经验无疑是极为重要的。这位城市生活的失败者，不仅被宝水村治愈了失眠这个文明的病症，也终于在它将来的更大发展中找到了自己的位置。尤其在她与宝水村之间，长久的相处令她早已建构起以情感为中介的"深入生活"的新态势。相比较而言，那些积极下乡的青年学生，虽然改造村庄的愿望无比强烈，但终究怀着一种不自知的傲慢，而"我"的知识立场显然更加超然，体现出站在乡土社会本身来思考问题的从容与宽厚。

结语：总体性消失之后的文学图景

今天，当无数北京作家在不断创造新的小说语言与文学风格，新的都市景观与城市地标，新的人文地理与城市空间，以及新的生活经验与城市情感时，我们可以看到，"新北京作家群"之"新"其实是相对容易捕捉和定义的。对于如今的北京文学来说，在成功超克"京味"这个略显沉重的历史负担之后，新的文学创作势必更加从容，也更加自由。在"大北京"文学的号召之下，其文学形态也更加丰富，更加多样化，这毋宁说正是现代意义的北京文学带给我们的"馈赠"。因此，倘若要认真追问"新北京作家群"究竟"新"在哪里，其实是可以从很多层面来讨论的。比如在《文艺报》组织的关于这一论题的同题问答中，杜梨就将此概括为"新题材、新气象、新风貌、新批评"⑥。饶是如此，这里更加值得追问的或许是，"北京"在哪里？"新北京"中的"北京"究竟应该如何定义？这也就像"新南方写作"中的"南方"，"新东北作家群"中的"东北"一样，恐怕并不是一两句话就能讲得清楚的。

　　最近两年，受北京市文联的委托，笔者有幸参与了《北京文艺发展报告》的撰写工作，主要负责其中的《文学篇》，从而有机会从总体上概括一年来北京地区的文学发展状况。在撰写报告的过程中，笔者的一个切身感受在于，整个北京地区的文学现象极为丰富，有着大量鲜活的创作实例，成就极为惊人。但遗憾的是，它们大都呈现为一种分散、孤立的状况，很难从中总结出某些共同的特征来。总的来看，今天的北京文学面临的突出问题在于，它更像是一个巨大的"文学拼盘"。它固然是开放的、包容的，是丰富多样的，但同时，它又是无比驳杂的，略显破碎的，缺乏必要的总体性。

　　问题或许在于，如何重塑北京文学的总体性？是的，这里提到了总体性，一个已然陌生却仍显必要的词语。事实上如前文所言，过去我们谈论北京文学，总会不由自主地想起"京味"这个概念。在很长一段时间里，人们毫不犹豫地用"京味"来定义北京文学。甚至在某种程度上，"京味"构成了言说北京文学时代总体性的重要元素。然而如今，随着社会生活的急速变化，当红极一时的"京味"已然为人所淡忘，甚至早已是明日黄花时，面对日益丰富的文学现状，我们又失去了指认和概括这种时代总体的能力。在北京文学的版图上，当那些"新时代、新北京、新经验、新故事"纷纷以文学的形式呈现出来的时候，我们已然很难辨认出其中包含的"北京的特色"。这时候，我们或许又开始怀念"京味"，留恋过去那种虽略显老旧，但终究稳固的时代总体性。

　　今天的"新北京作家群"，固然让读者看到了更加广阔的文学世界，他们也在用自己的方式重新定义现实、感受现实，重新表述北京和中国。或者用刘恒的话说，"各路勇士们"都在"提供进取心和创造性的证明"⑦。然而，当更多的北京作家开始抛弃"京味"这个历史的包袱，甚至不再对复兴文学传统、赓续京华文脉承担道义上的责任时，我们显然需要重新找到一种认识新北京文学，定义时代总体性的新元素。今天的"新北京作家群"，呈现的其实是一幅总体性消失之后的文学图景。一方面，北京文学的传统早已淡漠；另一方面，它的"当代性"显现得又并不充分。这就像青年作家李唐所坦言的："北京作为国际都市，它的现代性却并未真正在当今文学中呈现出来。"⑧由此，我们似乎处于一种尴尬的"中间状态"。那么对于今天的北京文学来说，究竟应该如何呈现一种崭新的"当代性"？或许，我们不能将传统与当代作简单的对立。这里的"当代性"并不是完全剔除了"传统"的"当代"，换言之，我们需要在"传统"与"当代"之间建构一种"连续性"的桥梁。因此一方面，北京文学深情呼唤一种全新的写作形态，去不断诠释这独一无二的"当代"；另一方面，基于传统的向心力，它也祈求在写作中获得一种归属感和凝聚力，进而重新建构一种共同体意识。这或许才是"新北京作家群"理应努力的前进方向。

注：

① 孙郁主编：《新中国北京文艺 60 年：1949 —2009》（文学卷），中国文联出版社 2010 年。

② 路艳霞：《"新北京作家群"集结，书写当代鲜活北京故事》，北京日报客户端 2023 年 7 月 7 日。

③ 甘海岚主编：《北京文学地域特色研究》，北京燕山出版社 1990 年。

④ 赵园：《北京：城与人》，北京大学出版社 2002 年。

⑤ 阿乙：《未婚妻》，人民文学出版社 2022 年。

⑥ 行超：《"把眼睛好好睁大了细看，历史就在我们笔下"——关于"新北京作家群"的同题问答》，《文艺报》2023 年 8 月

21 日，第 2 版。

⑦ 刘恒：《缓慢而必要的进步》（"新北京作家群"开栏导言），
《北京文学》2023 年第 1 期。

⑧ 路艳霞：《"新北京作家群"集结，书写当代鲜活北京故事》，
北京日报客户端 2023 年 7 月 7 日。

徐刚，1981 年生于湖北，北京大学文学博士，现为中国社会科学院文学研究所副研究员，兼任中国现代文学馆特邀研究员，中国当代文学研究会理事、常务副秘书长，北京文联签约评论家。近年来主要从事中国当代文学史及理论批评研究，著有《中国当代文学的城市叙述 1949 —1966》《小说如何切入现实》《虚构的仪式：同时代文学片论》等多部学术专著。

同代人沙龙："新北京作家群写作"的多重指向——

杨庆祥、师力斌等

杨庆祥（中国人民大学文学院教授）：

今天是联合文学课堂的重启，也是同代人文学沙龙的第一次活动，同代人文学沙龙是联合文学课堂的升级版、高阶版，以后就第二期、第三期、第四期一直往下做，一切都是新的开始。今天来的朋友一部分是我们以前联合文学课的常驻嘉宾，以后欢迎常来同代人沙龙。时间过得特别快，已经有了很多变化，联合文学课的参与者主要是 70 后和 80 后，但是你看今天有很多是 90后，我这一次就先开个场，以后的活动你们就轮流做主持人了。

《北京文学》一直在力推"新北京作家群"这样一个重要的文学写作群体，跟"新南方写作"遥相呼应，正好可以以此为题来做一次活动。我先简单把情况介绍一下，然后学术主持交给天成。

赵天成（中央民族大学青年教师）：

同代人文学沙龙第一期，讨论的是一个非常重要、非常有意义的话题。跟以前大多数的联合文学课还不一样，今天是一次专题讨论，一起来讨论一个概念。我认为这个概念里面还有很多内容是可以展开的，比如说"新""北京""北京作家""新北京作家"，每一个词语其实都有很多可以讨论的空间。今天到场的嘉宾，有这个概念的提出者，有像徐刚老师、杨庆祥老师这样给新北京作家做过整体论述的，也有像侯磊、婉京这种"原教旨主义"的北京作家，既是旧的、传统的北京作家，也是"新北京作家"，还有很多我们的"同代人"。所以我们是不是也可以把新北京作家理解为一个同代人的北京作家，理解成一个共同生活在今天这个时代的北京作家，就此进行相关的研究、相关的讨论。

师力斌（《北京文学》执行主编）：

非常荣幸能跟庆祥老师合办这个栏目，第一期有象征意义。阵容这么庞大。一个特别好的平台，我们编辑部想来听听各位的高见，以便做得更好。

栏目连续推了 12 篇文章、12 位作家。2024 年我们又推了 2 位作家。"新北京作家群"最大的两个疑点就是，第一，到底"新"在哪儿？跟"老北京""旧北京""京味""京派"这种百年历史上的北京作家有什么样的区别？第二，北京作家到底是哪些人？是生在北京的作家，像侯磊这样土生土长的、所谓"原教旨主义"的北京作家，还是说外来的像郑在欢、张天翼，并不是在北京出生，但是也在北京创作的作家；还是说不管出身何处，只要是写北京，或者说背景或眼光、视野是北京的，就算新北京作家？对这两个疑问，我们一方面内心很惶恐，我们考虑得周详不周详？另一方面我们也很自得，给批评家提出了难题。这个栏目不是水过地皮湿，也不是一蹴而就，它是一个持续的、相当长时段的、比较宏大的选题，会不断有新作品、新作家，对"新北京作家群"这个栏目进行补充、演绎甚至是更新。原来想象的"新北京作家群"的象和内涵，可能会不断地发生变动，这也是我们乐于看到的，这正表明了栏目的活力和包容性。

截至 2024 年 2 月，在发了这 14 位作家的作品以后，我对"新北京作家群"有了一个大致的判断。它确实是新的故事，这些作品和原来老舍、沈从文、汪曾祺，旧北京、京派、京味儿，包括王小波、王朔等很多在北京写作的作家相比，故事都是不一样的。像孙睿的《发明家》写明星的私生活，古宇的《人间世》写大厂企业在高校毕业生招聘中的"断子绝孙"计划，刘汀的《野火烧不尽》写那种跨国的、跨文化的、跨地域空间的大开大合的人生经验，跟以前完全不一样；张天翼的《雕像》写雕像修复师，陈小手的《帘后》写开发廊的母亲的奇异恋情，常小琥的《中间人》写深度调查记者斗智斗勇的人生历险，涉及了许多案件，包括一些社会影响较大的案件。这些作品都能给我们一种全新的经验、全新的故事，这是我觉得栏目开办以来给我们提供的一些新东西。

我自己有一些不满足的地方，两位批评家杨庆祥和徐刚，在两篇宏论里面都提到了。杨庆祥从时间和空间上进行了探讨，包括历史的维度，全球视域，著名作家与城市的这种互动关系，政治空间和文化空间的相互搏杀、相互消长的博弈。徐刚则探讨北京大文学总体性消失之后，到底什么是新的文学？"京味文学"

有没有效果？在新的写作脉络里面它发挥什么样的作用？我觉得这些探讨特别好。徐刚还提出新的语言风格、新的景观、新的地域、新的地标，有很多新的提法，这都是我关注的。但是我个人在想一个问题，就是为什么我们大家对"新北京作家群"有一个总体的担心？在文学史的角度上，我们到底是否在审美的意义上，或者在文学经典的意义上，能够出现像老舍，或者是像沈从文，或者是像我们理解的，哪怕是新京味作家的这种作品，有一种霸权性的、能让我们体验到当代北京的审美层面，无论是时间上、空间上，还是历史经验、当代意识和价值观。古代历史上，写长安或者洛阳这种古都的作品里面，有一些成功的经验可以借鉴。比如说卢照邻的《长安古意》、杜甫的《丽人行》，"三月三日天气新，长安水边多丽人"，这些作品都有一个特点，就是将都城人格化，作为一个整体来观照，拎出特点来加以审美化，从建筑、服饰、美食、交通、山川、物产等方面观察。我最有感触的就是杜牧《过华清宫绝句》中的"长安回望绣成堆，山顶千门次第开"，"次第开"是物质层面的描述，"绣成堆"就在审美意义上给我们一种大都市的总体性描述。像孟郊《登科后》"春风得意马蹄疾，一日看尽长安花"，李白《子夜吴歌·秋歌》中的"长安一片月，万户捣衣声"，贾岛《忆江上吴处士》中的"秋风生渭水，落叶满长安"，都是这种审美意义上的总体性描述。正是由于历代以来类似的审美性叙事的不断累积，才诞生了我们所熟悉的那个著名的文化能指"长安"，它已经不是单纯的地理概念，而是容纳了大量的历史记忆和文化情感。城市审美化叙事的传统再往前推，像东汉班固的《两都赋》，洛阳和长安两个都城，有大量的审美观照，他也是在政治空间的层面上来叙述的，他的写法给我们一种对于都市经验的审美意义上的参照。我们后代写都城，包括邱华栋写《北京传》，怎么从一个宏大的角度来观察一个都市？空间上、审美上、文化上、价值观上，尤其是政治和历史，这些系统性的观察，如何上升到一个审美层面？解决了这些问题，新北京叙事立得住的可能性才会大。新的北京叙事在文化、地理、时间、空间这些方面，和旧北京叙事的对话，在什么样的意义上能够达成，有没有这样的作家和作品？可能政治历史也好，时间空间也好，最终还是得在审美的意义上达到一个这样的写作水平，尤其是经典性的写作。今天特别想听诸位批评家的高见，给我们以指点。

张颐雯（《北京文学》副主编）：

师老师说得很全面了，我就从我工作过程中发现的一些问题、一些想法出发跟大家交流，希望大家出主意想办法，从学理的角度对"新北京作家群"进行梳理和阐释。我们做这个栏目是因为在编辑过程中，发现了一批在北京生活、在北京写作的中青年作家。我们在一个很长的时段关注他们写作的过程，追踪了他们写作的发展，到现在认为这批作家应该可以集体亮相了，就开办了这样一个栏目。

当时我们给了他们一个粗浅的定义，他们中既有在北京用北京话写作，结合北京传统和城市生活的新京味作家，比如说我们的同事侯磊，比如说石一枫和孙睿，还有一些可能大家不太熟悉的作家，例如毛建军，他是一位医院的退休工人，他的作品书写老北京城南故事，我们把他们作为一大类。第二类是以北京作为精神背景，能够融汇多种文学经验的新北京的书写者，这个代表人我想到的是徐则臣老师，他的《跑步穿过中关村》，他后来的《耶路撒冷》《北上》都属于这类，他作为一个新北京的书写者，是很有代表性的人物。包括文珍，包括今天到这儿的刘汀老师，到北京求学留在这里的，都是新北京的代表。另外，我还想到阿乙和郑在欢，他们长期在北京生活，但是写作的主要对象是他们的故乡，他们从北京这个视角去打量他们的故乡。这批作家应该是"新北京作家群"的第三类。

　　我们希望涵盖更多的在北京写作的作家，发现他们作品的意义，他们的作品和北京的深刻关系，和中国文学史、北京文学史的深刻关系。在这样的基础上，我们做了这个栏目。在编辑阅读这些作品的过程中，有几个特征越来越突出。一是文化上的特征，北京的京味作家和历史传承与今天的现代大都市融合。二是全球化的特质，比如刘汀老师在我刊发表的《野火烧不尽》。特别是徐则臣老师，他这两年写了一批具有全球化视野的短篇小说，运用了大量的海外经验，我们杂志发表的《玛雅人面具》，用一种回归中国传统的方式讲中国人在拉美。他最新的作品《手稿、猴子，或行李箱奇谭》，讲一个中国人在印度新德里的故事。徐则臣老师在这几年的转型中，特别突出的就是全球化的特征，包括他的长篇《北上》，也有很多涉及中外交流的问题。再有就是反映当下生活。比如师老师提到的孙睿，他的小说《发明家》第一次出现了"狗仔队"这样的职业。另外一篇，古宇的《人间世》，写的是北京的互联网大厂里面的人事斗争，个人如何与一个巨大的资本世界抗衡，也是一个非常具有当下性的作品。

我个人认为还有一些潜在的特点。一是现实主义成为期刊写作的主流。我们也有一些先锋作品和架空作品，但是现实主义的作品占了绝大多数，当代的中青年作家更热衷于用现实主义的方式来表现今天的生活。同时那些先锋写作或者架空的写作，还没有看到出现更新的超越于之前写作的新元素。二是在当下的写作中，家国责任、主流价值观正在回到文学作品当中。从20世纪80年代一直到先锋小说，到后来的韩东、朱文再到王朔，他们的姿态其实是一个解构的姿态，而这一波作家更多地在生活的困境中努力寻找价值。比如《发明家》中主人公最终回到家乡，要寻找人生的价值。包括我们最近要发表的关于深度调查记者的故事。这个记者也是在中国社会的最前线、最基层，努力寻求解决办法，寻求社会进步的人物。

这里再提出我的问题。第一个问题是如何界定"新北京作家群"，像乔叶这样的作家，她是很晚才来到了北京，但是她的代表作《宝水》是在北京出版的，她在我们的作家群中是一个什么样的位置？包括邱华栋老师，早已成名，但新近又写出了《北京传》。他们这样的作家如何去归类？

第二个问题是，我们发表了14篇作品，没有一篇跟北京的乡村有关，以前的北京乡村作家，有浩然、刘绍棠，有很多知名的分量很重的作家，但是在今天的北京作家里面，我们找不到一个代表作家和代表作品。应该如何思考这个问题？

第三个问题是，北京底层生活其实也是被严重忽略的，因为我们一直在强调我们的都市化和全球化，真正的话语权是被新北京人把握的，这是个事实。这里的底层不是指范雨素这样的已成名的外来作家，而是底层的北京人、南城老北京人，他们数量庞大，但是在今天的文学作品中基本是消失的。

第四个问题是，杨庆祥、徐刚老师谈到当下写作的全球化问题，那么，北京作家如何在这个问题上区别于其他地域的作家？北京作家跟南方作家，跟浙派作家，和广东、东北作家有不同吗？北京与其他地区的问题是否趋同？当下性作为一个重要特质，在当下面临的问题上，北京和中国其他地方有非常大的重合。可否找到北京与其他地域之间的差异？这是我在具体阅读作品过程中产生的困惑。也希望大家在之后的讨论中能够给我们提供更多的理论资源。

杨庆祥：

刚才张老师说到北京底层，只提到了南城。北城、西城没有底层吗？

张颐雯：

有，但是南城是最经典的，最有代表性的。旧时代卖鱼的、杀猪的、拉车的都是南城人，西城、北城更多的是外来者，比如考进京城当官的，到现在依然有这个倾向。相关的书写我们是找不到的，沉默的大多数吧。常小琥算一个，他的作品部分涉及了这个问题，但是这一类作品中优秀的确实很少，这很值得思考。

侯磊（青年作家、《北京文学》编辑）：

就 2023 年"新北京作家群"的稿子来看，散文只有一篇——杜梨的《香看两不厌》，写作者在颐和园上班的过程中，与颐和园相关的故事和情感。我在想，未来"新北京作家群"的散文和非虚构方面要有怎样的写作和发展方向？往后要怎么写？我所对标的、所想到的一个作家，是本雅明。

本雅明是一位"新巴黎作家群"中的作家。雨果、巴尔扎克可能是属于"老巴黎作家群"的。先对他进行"降维阅读"——不想他的作品里面有什么哲学、思想性，先把他当一个散文家，就钻他的文本。他每一篇怎么写？他先写什么、再写什么？第一感觉是：本雅明特别具有马克思主义视角。但他从来没用马克思主义的那些词语，他自己创立了一个话语体系，包含了好多"文科生的黑话"，比如"巴黎拱廊""游手好闲的人""孤独者""迷宫"，等等。这些都是他提出来，或者说他在前人的基础上找的词。比如他的《波德莱尔笔下的第二帝国的巴黎》：

就像给读者搭建迷宫，然后带着读者在迷宫中游走，营造完这个庞大的迷宫以后，他又能走回去——在纸上带着读者漫游，然后又扣回去。这是文本内部打开的问题。

　　还有本雅明真正写巴黎这个城市，他没有直接写巴黎，而是通过找关键词的方式找细节。找到一个关键词以后，再找前人的作品或者一些文化现象寻求支撑，如当时的博览会，当时巴黎的市政建设，等等。我们不是说要像他一样写作，而是打开思维，在笔下打开一座城市。你进入一个城市、一个作品，写新北京，不是刻意来写的，而是看你正好能跟这个城市的哪些方面对上话。这一点一旦打开了，写北京就可能是千变万化的，哪里都可以写，不用纠结于文体、主旨、方向，等等。这是本雅明写作的高明之处。

　　巴黎和北京有一个比较明确的城市建设、城市变化的时间点。我们现在看到的巴黎不是古代的巴黎，而是19世纪的巴黎。在拿破仑三世的统治下，授权给奥斯曼男爵，对巴黎城市建设集中进行了大拆迁，修建了巴黎歌剧院，修建了许多新的公园、教堂、广场，还修了一个埃菲尔铁塔。把15世纪的房子拆了一大半，改建成现在以凯旋门为中心的城市格局，拓展了城市的公共空间，这些公共空间是现代都市的概念。当时的文化人都反对建埃菲尔铁塔，比如莫泊桑、小仲马等。莫泊桑经常跑到埃菲尔铁塔底下喝咖啡，说这样我就看不见它。北京也有比较明确的拆迁经历和环路的扩充——二环、三环、四环一圈圈地扩充，将南城大量的老房子改成现代化的楼房小区，把经济中心放到东三环，把教育的中心放到了西三环、西四环，在北边建设高科技园区，在东边的通州区建城市副中心……可见巴黎、北京都有比较明确的拆迁过程，以及城市经济中心的位移和变化。同样，巴黎、北京都是移民城市，都有一代代的移民在此生活，并且都是很多革命性的历史事件的发生地。所以我选本雅明和他的文章作为一个例子。他的作品容易进入，且里面藏着东西。

说回到"新北京作家群"，比如周晓枫老师对于女性内在的开掘。她写女性的身体，写自己个人意识的成长，甚至写成长中遇到的骚扰，写养宠物时与动物的关系……作品非常犀利，敢于开掘。还有宁肯老师有一个同题文体上的试验。他多年前写了本附有大量摄影照片的散文叫《北京：城与年》，现在新出了一本叫《城与年》的小说，其中部分题材以前写成散文，现在用小说的文体重新创作，这是一个长达数年的文体试验。他们二位都是"新散文运动"中的重要作家。所以说，"新北京作家群"未来的散文创作任重道远，希望在发掘"新北京作家群"散文的过程中，能够发现更多的新人，在散文创作上能有一些更好的推进。

赵天成：

三位老师的意见都非常精彩。师老师提到了两点，我认为非常重要。第一点是"新北京作家群"这个概念，实际上有非常大的包容性、丰富性，也就是还有很多的可能性。第二点是，从师老师的发言当中我们发现，任何一个像"新北京作家"这样的概念或者命名，它和作品之间都是互相充实、互相建构的，二者是缺一不可的。如果只有概念，没有一些有重量、有分量的作品支撑，这个概念最终是落不实的，所以最后师老师还是把问题的重点落实到文学的"经典""审美"这个层面。这也给我们提供了一个共同的课题：如何用我们的写作来给"新北京作家"提供更多扎实的内容，即可以在文学史、历史的层面经受时间检验的那些东西。

张颐雯老师的重要文章里面，提出了一个对新北京作家的分类——虽然是初步的，但其实非常清晰。三种类型包括新京味作家，以北京作为精神背景的作家，还有在北京写故乡的作家。其实这个分类里面有中国文学、世界文学当中的一些基本问题。比如说在北京写故乡——徐刚老师的文章里面好像也提到了，就是鲁迅命名的"乡土文学"和"侨寓文学"相互之间的关系。而以北京作为精神背景，就正好与刚才提到的张老师的文章题目有关——《北京的巴尔扎克们》。北京和巴黎在我们今天的讨论当中，其实有很多相似性——不一定是绝对意义上的相似，而是一种互相参照的相似。侯磊提到了一些可以参照的角度，比如它们都有拆迁，都有重建，都有城市中心的迁移。我觉得，我们首先能够想到的北京和巴黎的相似性，还是它们在文化、政治空间当中的那种分量。很多写巴黎的书，比如《旧制度与大革命》，奥祖夫的《小说鉴史》，都谈到了巴黎和法国、巴黎和外省之间的关系。他们说在法国，尤其是在政治和文化的意义上，所有的思想动力都来自巴黎，所有外省人都得先看看巴黎人在干什么，然后再跟着去模仿。这是巴黎的形象，和北京不完全一致，但是我们可以看到很多可供讨论的关联性。

侯磊老师主要是从散文的角度来谈，其实他本身就是一个非常重要的写北京的散文家。他前几年出版的《北京烟树》，我给一些圈外的北京朋友看过，他们都觉得很亲切。里面很多内容写了北新桥一带，那就是他长大的地方。书里面对于北京的风土人情，对于北京的城市空间分布，南城、北城及其变迁，写得都非常充分，是由亲身经历总结出来的体验。我觉得侯磊作出了一个非常重要的贡献，就是他说本雅明是"新巴黎作家群"的重要一员。从这里我们可以看到，不仅北京和巴黎之间是可以比照的，"新北京"和"新巴黎"之间也存在某种参照关系。我觉得更重要的是，侯磊虽然是在谈散文，但是他把本雅明当成他讨论的对象，实际上扩充了散文的概念，把所有的哲学、思想写作都归于他所说的那种散文写作。这实际上弥合了我们今天的沙龙中间一个看不见的界限——写作者和评论者的界限。原先在他发言之前，我还觉得我是一个评论者，新北京作家的评论者。但当他提出本雅明也是一个写作者时，我发现我们其实都是写作者，都是以各种方式的写作来参与到新北京作家的写作当中，我们只不过是不同形式的书写者。

　　张颐雯老师提出了四个非常好的问题。这四个问题是关于如何界定"新北京作家群"的，我总结大概是这样：第一是作家群体内部的中心和边缘的问题。有一些像乔叶、邱华栋这样比较难以界定的作家，我们怎么来处理？第二是城市与乡村的问题。虽然北京今天看起来是一个大都市，但是在中国现当代文学的意义上，尤其是现代文学的意义上，它其实是乡土精神的寄托——尤其是在鲁迅界定的"乡土文学"到"京派"的概念之间。第三是底层和精英之间的关系，以及老北京人和新北京人这两个文化群体之间的关系。第四是全球化和地域性的关系。具体来说，就是如何提供具有具体的地域性的全球化内容。所以，接下来我们就交给两个作家——刘汀和周婉京。他们两个的写作都在关于新北京的空间意义上提出了很多思考。

刘汀（青年作家）：

今天的作家代表侯磊、婉京和我，他俩都是老北京，只有我是后来到北京的，像是一个"被收养的孩子"，我被放在新北京作家群里，既开心又忐忑。今天只想谈几点想法，第一个是现在我们对于时间的期待或者认识，已经逐渐地淡化、消失，并转移到空间上来了。最重要的一个问题是，我们对于未来的想象已经基本终结，我们的未来已经"不存在"了，它已经成为现在，或者未来已经被空间化了，我们对未来的想象已经从对时间的想象变成对空间的想象。从整个世界格局上来说，前些年有关全球化的地球村认识，也正在被新的地缘政治代替。回到文学层面，这几年从新东北、新南方、新浙派到咱们这个新北京作家群，大家对于地方性的强调，我个人认为也是这个大背景下的一个反应，所以《北京文学》做这个工作，从编辑的角度来说，我觉得也是特别必要的，而且应该是有效的一个工作。

第二个是对于"新北京作家群"概念的一点认识。它可能有三个特点。第一个就是它的及地性或者在地性。它就是跟北京这个地方有关的，刚才张颐雯老师的文章里面提到过，一部分作家跟北京的关系就是一个在地性、及地性的关系，他们在此处，在北京。第二个，我觉得从时间上来讲就是一个共时性，是"同时"存在于这里的那部分作家，我们在此地共享同一个时间。第三个，我特别想提到的就是它应该具有流动性或者开放性，这是基于前两点来说的，比如哪一天我不在这儿生活了，我就不应该是"新北京作家群"了。就是你不能说这个人因为在这儿生活、在这儿写，他是"新北京作家群"的作家，之后这个人就永远是"新北京作家群"的作家，我觉得我们的概念一定要有流动性。因为在定义"新北京作家群"的时候，它就面临着这样的局限，所以我觉得流动性可以纳入各位批评家对于"新北京作家群"的考量的可能性里面来。它和原来不一样，原来可能是以某种文学风格命名的，你走到哪里都是这种风格，但如果以地域性来命名，又不是依附于真正的地域身份的话，就应该具有流动性。

所以，我又想到一个方式，就是我们在讨论"新北京作家群"的时候，可以有意识地换一个角度——新北京作品群。甚至说我们从作品的角度和作家的角度互证的时候，才可能找到代表作家，或者师主编刚才期待的代表性作品。不管哪个文学命名，如果没有代表性的作家和作品，那这个命名都可能被质疑。

最后我想说的就是，作为写作者，作为作家，被杂志放在"新北京作家群"里，我必须得很坦诚地表明我的立场和观点——这也是我刚才为什么说要具有流动性的原因之一，就是完全从写作的角度来说，我的立场和观点就是"渣男三原则"：不拒绝，不主动，不负责。不拒绝，是因为我觉得写作者不可能自我命名，命名都是外来的，当你被一个名签标上的时候，证明你的作品里可能包含这些特点，如果你做出一种坚决否认的姿态，其实也是一个自我否认，我觉得是没必要的，是很小家子气的。不主动，就是我不会过于去自称是一个"新北京作家群"作家，或者我一定要写什么样的作品。不负责，就是我肯定不会以"北京"作为自己的写作目标或者可能性，我的写作一定还是基于我个人对于整个世界的认知和理解。刚才师主编也说了，就是要写得更开放、更开阔、更有世界感。整体来说，我对于这个概念和咱们讨论的话题就是有这些浅显的认知。然后我跟大家一样，不管作为读者、编辑还是一个从业者，我都期待着哪天横空出世一部有关当代北京的真正的经典作品。类似于《繁花》，现在王家卫的电视剧一出来，不管评价如何，上海在一个时段内都会显出清晰面目，我觉得北京可能也需要这样一部作品，我们当然期待《北京文学》培养出这样的作家作品。

周婉京（青年作家）：

我就以正在创作的小说《福禄寿》为例，谈一谈看法，小说讲的是一个 1927 年的北京故事，跟空间性很有关系。

结构上来讲，北京是一环套一环的，这是当下的北京的情况，但在过去来讲呢，人物都在四合院里，所以我今天早上特意把它做了一张图打印出来。

《福禄寿》会以中国的空间来讲中国的故事。6 个人物也会带我们去看看北京的空间关系，包括四合院、胡同以及更大的空间——四九城。

　　这个城市规划真的很奇怪，必须得有个中轴线，也必须得有一个四平八稳的长安街在这儿织着。有一句北京话叫"你怎么找不着北"，但是在北京如果你是个找不着北的人，你真的挺有点不着四六的。在过去，老北京是四九城的关系，四城是内城。四城之后有九个城门楼子，比如说老舍先生写的正阳门，这是其中一个门，就是现在我们知道的前门。

　　我这儿有一张 1936 年的北京地图，提供一种关于北京的空间感觉：

　　一、关于结构

　　看一下这张地图——护城河；四城，也就是天安门、地安门、东安门、西安门；九城，当初的城门楼子还没拆，像是我们说的前三门——顺治门、前门、哈德门都非常清楚。后来我才知道，西单之所以叫"西单"，是因为它是单个牌坊，而西四呢有四个牌坊，所以它叫"西四"。

　　这是我的这个小说里边大的格局空间，然后小的格局空间是刚才给大家看的那个四合院。这两个空间是相互嵌套的。

　　我写的其实就是一个历史的瞬间，一个历史的失落、震荡、慌乱的时刻。一个旗人家庭在一个四合院的结构当中，既经历着外部的政治性的变动，同时也经历着家里各人心里的落差。

　　二、关于方法

　　北京春天的沙尘暴，这个所谓的"地气"。同时呢，北京也有另一种气，那就是"王气"。北京是一个政治化的空间，于是乎，"王气"和"地气"如何在《福禄寿》这个中篇小说当中同时处理，是一个十分棘手的问题。我现在的一个方法是塑造"大姑奶奶"这类既有满族勋贵气质的女性形象，同时让她有接地气的苦难史，来接通了一下两种气。还有一个是写了一个坏人，一个投机倒把的"打鼓过行"的混子。我也想试试，看看能不能把这个"王气"和"地气"中间接通一下。

三、关于语言

第三点就是北京的语言有官话、有土话，北京每个城和城之间是不一样的，就是城区之间是有黑话的。然后另外一个语言就是京戏的语言。

我觉得如果要写当代的北京，必须得先从旧的文化和旧的东西里去提炼一个新的方法。能够激活当代北京的一种书写，就是它肯定是从以前的一个建构，到再解构，之后再重新重构的这样三层过程。

还有一个问题，法国哲学家保罗·维利里奥讲过，"其实现代性的问题从来都没有消失。只不过是当代生活'加速'了现代的风景，让这些问题变模糊了，但它从来没有消失"。所以我回到 1927 年的北京，我希望让问题重新浮现，这样我就能够去摘取或者提炼一些东西。

我想引用纳博科夫评论托马斯·曼的一句话，说他是个小作家，但他老想写大故事，写得还挺差。这句话其实是一句褒奖。因为在纳博科夫那里，"写得差"永远比"平庸"要好。我的理想也是要拒绝平庸。我希望用这种既接王气又接地气的方式把我的北京性带出来，写我的祖辈经历过的北京，同时尽我所能去远离平庸。

赵天成：

刘汀老师讲到时间和空间，很重要的一点就是为什么从时间向空间转换，因为未来性被空间化，时间被悬置。那么在这个意义上，我们实际上也是一种权宜，在目前的条件下我们只能来进行空间的讨论。而婉京把这个问题变得非常具体生动。婉京、侯磊都说自己是旧北京作家，我觉得应该叫老北京作家，从老北京作家到新北京作家。婉京结合自己正在创作的一个新作，谈到里面的空间性。其实婉京身上的地方性特别亲切，而且特别有特点，一个就是方向感特别强：东南西北，四合院里面的东南西北，四九城里面的东西南北，整个城市的东南西北。还有跟这个方向感相关的，她说空间是时间的 duration，也就是和空间的方向感相伴随的，时间的速度感，对于时间的速度感的敏锐性。还有一个是对这个"气"：上面的王气，下面的地气，地上的土气。今天北京比较多见的是雾霾，但是北京以前雾霾很少，沙尘暴很多。鲁迅写《野草》，有一篇最后就是"灰土，灰土，灰土……"，"灰土"就是刮了沙尘暴。这些气卷在一起，同时又与速度感和方向感合在一起，所以我也是非常期待婉京的大作。

徐刚（中国社会科学院文学研究所副研究员）：

周婉京刚才说了一点，我觉得非常重要，就是说咱们今天讨论所谓的"新北京作家群"的"新"，它其实不应该脱离过去的传统，应该是从传统中破茧而出。我觉得这个非常重要，我不知道力斌主编有没有把他们的稿子赶紧预定，这个不能错失。就是如果说咱们北京要产生自己的这个《繁花》，当然我个人觉得《繁花》也不是什么了不得的作品。如果说有这个作品，那这个作品它应该长成什么模样？我觉得大概可能会长成刚才婉京老师谈的这样。

杨庆祥：

如果写成一个中篇就有点可惜了，因为感觉现在是一个长篇的架构。

徐刚：

对，可以往长篇上去做这样的一个架构，所以我刚才听得特别激动，加上确实也是第一次见婉京老师，但是因为时间关系，我想跳脱开我谈谈几个小的话题。最近陆续参加各种活动，经常有关于比如说新东北写作、东北文艺复兴，还有新南方写作、新北京写作的讨论，然后会不断地有一些讥讽的声音，就说这是新的地方的割据；然后就有朋友说他要把东部五省联合起来搞一个"新东方文学"。所以这里面就会有一个很有意思的问题，就是说东北人在谈论新东北写作，南方人在谈论新南方写作，然后我们这一帮新北京人在讨论新北京写作，这会有一种瓜田李下的嫌疑，就是说你要为这个所谓的地方性写作的一种狭隘的地方性来辩护。

我看到黄平兄和唐诗人的一个对话，《"地方"不是终点，而是道路》，我觉得写得非常好。黄平是新东北写作的一个辩护者，他里面谈到一个观点，他要阐明自己不是在为一种狭隘的地方性做辩护，那他所说的新东北写作其实是什么呢？是一种为普通人尊严而写作的写作方式。所以他说，我说的这个东北文艺复兴，不是说我要为所谓东北的地方文艺做一个复兴、做一个辩护、做一个召唤，而是要为为普通人尊严而写作的这种写作方式做辩护。

所以今天我们在讨论这个"新北京作家群"的时候，我们究竟在谈论什么东西？我们刚才讨论了很多，我们永远在做加法。这个作家可能是新北京，另外一个作家可能也是。但是这里面新北京究竟是什么？我们在谈论这个东西的时候，我们究竟在谈论什么？

其实刚才颐雯老师谈到新北京写作的各种层次，作为乡村的北京，然后作为平民的北京，另外一个是作为全球化时代的北京，它有不同的层次。另外一个，其实刚才侯磊兄突然提示我，我们永远在讨论小说北京或者是北京的小说，那么侯磊提示我们，它可能还有一种散文的北京。我刚才看见庆祥的这本新书，它前面的有很多是诗歌，那我们知道庆祥老师写了很多，比如《我选择哭泣和爱你》，那么是不是有一种这个诗歌的北京？刚才颐雯老师说范雨素，那么有没有非虚构的北京？所以北京也有不同的体裁，不同的层次。

但其实我在《"新北京作家群"：总体性消失后的文学图景》

里面谈到了一个问题，就是说过去的这样一个所谓的"京味儿"传统，今天已经消失了，因为承载"京味儿"的社会生活已经消失了，我们今天很少再去讨论所谓的胡同和四合院。另外一个就是作家队伍的消失，我们今天看到除了侯磊老师和婉京老师，很难看到一个土生土长的北京人，对所谓的"京味儿"的传统承担一种道义上的责任。所以这样一个东西它其实已经消失了。

我们今天要讨论所谓的"新北京"，其实它的"新"是很好梳理的，我在文章里面梳理了四个层次。但是它有没有一种总体性？因为传统其实是一个很有意思的东西，它有双面性，它是一柄双刃剑。传统一方面对我们来说是一个沉重的包袱，我们作为年轻的一代人，要甩掉这个包袱，只有甩掉这个包袱之后，我们的创作才会更加自由，我们才会有更多新的东西出来，这是一个层面。但另外一个方面，你会发现传统它又是一个特别温暖的、具有向心力的、有一种召唤力的力量。所以我们今天把这个"京味儿"的传统成功地甩掉之后，你会发现又缺乏一种新的具有感召力、具有向心力的东西来承载我们。如果说"新北京作家群"是一面旗帜的话，那这面旗帜究竟意味着什么？我们今天恰恰缺乏这样一个东西，我觉得这样的东西需要我们通过创作和评论共同来完成。

刚才婉京老师谈得非常好，是不是有这样一个东西，它其实是新和旧的结合？这样一个新的东西从旧的废墟上重新建构起来，或者是重新又破茧而出。这个东西它目前到底长什么样子，我们可能还想象不出来；但是需要我们通过创作和评论去不断地建构，建构所谓的"新北京作家群"的新的传统。这不是自然的传统，而是被建构起来的，这个建构的工作，就是交给我们在座的人去完成的。所以我从这样一个意义上来理解"新北京作家群"，理解它的"新"和它的总体性。

樊迎春（北京大学文学讲习所青年教师）：

我觉得这一群体首先应该捕捉的是真正的大时代的问题。杨老师在他的文章中说，"新北京作家群"应该"作为北京加速现代化历史进程的同时代人对之进行同时性的书写和记录，并在书写和记录的过程中建构新的现实感、历史意识和价值观念"。我在这里也想回应一下这个问题，我恰恰觉得北京可能已经不处于"加速现代化历史进程"阶段，而处于"后现代化历史进程"阶级，这是经济不再那么快速发展的北京，这是后疫情时代的北京，这是被新媒体新媒介全面席卷的北京，这是大多数人都在默认一种犬儒生活的北京，而在这样的北京进行写作的作家写出的故事，可能才是真正的"同时代人"进行的"同时代性"的书写和记录。

我一直对资深作家盘踞文坛多年专写大历史的现状表示忧虑。读今天我们最新的期刊时，我总是在寻找，到底有谁在书写我们身处的时代？到底有谁在认真捕捉我们当下真切的感受？到底有谁在处理我们这个时代的伤痕？当然，作品的创作、修改、发表周期等原因，使得文学创作一定是具有延时性的，但我常常听到的观点是当下发生的热点事件，明年再写出来就过时了，我一直觉得这是非常糟糕的观点，真正好的作品，真正被把握的那些问题与感受，那些关切我们精神困境的东西应该是永恒的，那些无法被写进新闻联播，无法被写进历史教科书，甚至无法被写进我们的公众号、短视频的东西，应该得到文学化的处理。"新北京作家群"首先应该担负这样的责任，在所谓的我们这个时代的地理与精神空间的"中心"真正形塑我们这个时代的现实感、我们的认知与情感结构。换句话说，"新北京作家群"最应该推进真正的"文学的历史化"与"历史化的文学"。

第二点是我们始终不能回避的地域问题。刚才很多老师也提到"外省人"（provincial）的概念，这一概念最早出现于曾是欧洲中心的法国巴黎。恩格斯曾直接指出巴黎人只对巴黎的事物感兴趣，认为巴黎是世界的中心。巴黎将巴黎之外的所有地方称为"外省"。我们今天虽然不会说北京和外省，但我们都知道我们心中有一个北京和其他省市的天然划分，师力斌老师提出审美意义上的"新北京作家群"的创作，张颐雯老师提出"北京的巴尔扎克们"，那么真正具有北京地域特征，或者说，具有"北京性"的文学应该是什么样子的呢？我觉得应该对北京进行"去中心化"与"中心化"的双重建构。我说的"去中心化"是指将北京"地方化"，北京由于其地理与政治特征似乎天然不是个"地方"，但北京应该有"地方"的意识，尤其是当下新南方、新东北、新浙派"虎视眈眈"，虽然这些命名都有待商榷，但"地方们"are watching you。他们在批评的视域内释放互相警惕的信号。另一方面，将北京"中心化"是指将前面所说的当下的情感、情绪、问题、症候中心化，诗词中的长安绝非李白、杜甫两个人的功劳，北京/北平也不是沈从文、郁达夫、老舍、林斤澜几个人的建构，所谓的"北京性"应该是"新北京作家群"无形之中在美学上共同的风格建构。我相信没有一个作家会在写作开始时提醒自己，我要写一个具有北京性的作品，但"北京性"应该是存在的，或者说正是一种在"去中心化"和"中心化"之间不断纠结辩驳前进的别扭，有最厚重的历史和最先锋的现实，有最古老的讲究和最同质化的当下，没有白纸黑字的说明，却是融于作家一字一句的创作中的。

北京有后海、什刹海、积水潭等与水有关地名的命名，这是历史原因形成的，但我恰恰觉得这应该是"新北京作家群"可以继承的遗产，就像济慈的墓志铭写的，"此地长眠者，声名水上书"。"新北京作家群"的地域性美学应该像水溶于水，无声、清澈；也应该像水承载一切，包容、流动。

韩欣桐（中国人民大学文学院博士生）：

"新北京作家群"的一个最大贡献就是重构了"北京"的形象。"旧北京"有两个特征：第一，先天具有中心的意味，是创造某种范式的起点；第二，"旧北京"还是国人迁移想象的终点。

"新北京作家群"栏目，突破了以上两点。"新北京"不再是空间想象的终点，也不再以某种规训者的形象出现，相反它是作为人口流动的"中转站"形象存在，变成了连接中国城乡想象与世界经验的"桥梁"。

　　那么这种囊括了各种地域文化的北京还是北京吗？齐格蒙特·鲍曼所说的现代性的"液化"力量作用在城市文化里，它将旧有的结构、格局、模式进行了某种重新铸造，而融化了不同地域文化的北京，在某种意义上便也没有了确切的边界，成为世界文化的一部分。《巴黎城记》的作者大卫·哈维说，在新巴黎，居民丧失了归属感，群体意识解体，多元、流动、零碎成为新的人文特征。但是巴黎却并没有消失，相反它的影响越来越大，巴黎失去了它的居民，但世界上所有居民都变成了巴黎人。我想正是因为在对新巴黎进行表现的过程中，进行了大卫·哈维所说的"创造性的破坏"。巴黎是这样，北京也如此，新北京作家们是需要写出这种"创造"与"破坏"并存的时代特征的。

靳庭月（中国人民大学文学院博士生）：

　　有必要重复一下本雅明的名言："使都市人着迷的与其说是一见钟情，不如说是在最后一瞥中产生的爱。"那种匆匆一瞥的心动、交臂而过的分离、转瞬即逝的消隐，尤其有条件在大城市里发生。就像张天翼的《雕像》里，女主人公第一次在博物馆遇到坐轮椅的少年，在犹豫的时候，少年消失在电梯口，使她念念不忘并且后悔当时没有追上去。马亿的《莫兰迪展》也可以看作对"最后一瞥"式关系的再书写，"匆匆一瞥"中包含着偶然性，一些偶然性可能引发故事；另一些偶然性——事故、意外——又会中断故事或者改变故事的走向。"城市是激活偶然性的场所"，像孙睿的《发明家》、凸凹的《丘山》、徐则臣的《蒙面》都可以视作通过偶然性和不确定性，将个体经历与外部世界相互编织。

周梦真（中国人民大学文学院博士生）：

"新北京作家群"概念本身是一种连接，关涉城市和居住者、书写者。在传统北京作家笔下，北京是田园式的城市，是乡村的延伸、集镇的扩大。或许这是传统北京作家群有很多外地人的原因之一。而当北京成为现代化城市，褪去乡镇残留的同时，一定程度上失去了它的文化同化力。传统北京具有这样的同化力，让潜入者渐次产生归属感。老舍的《正红旗下》里写到的出生在胶东的王掌柜就是这样一个人，刚一入京时，对旗人看不惯，甚至有些反感，"可是，到了三十岁，他自己也玩上了百灵，而且和他们交换养鸟的经验"。我觉得传统北京作家和新北京作家群之间最显著的差异的形成，在于北京文化同化力的消失。

印筱萌（中国人民大学文学院博士生）：

我觉得《北京文学》设置"新北京作家群"这个专栏是一种询唤，主体正处在生成之中，通过写作与评论，关于"新北京作家群"的想象才逐渐被勾勒。

李唐的《矮门》最符合我对"新北京作家群"的预期。父子两代人对"私人空间"的矛盾意见，也暗示了从集体化时代的北京到现代都市北京，以及人的价值观念的转变。

"新北京作家群"所蕴含的现实主义底色，让我想起"附近的消失"这个说法，附近的消失或许反映着生活的具体性与复杂性的消失。"新北京文学"之所以尤其标举现实主义，固然是一种文学描绘时代的责任，然而这座城的丰富性又何尝不是对作家的诱惑与召唤？这个概念的提出也是在提示北京作家，"附近"有着极其丰富的文学资源，历史的"层累"依然正在被北京这座城市持续地见证，于是"新北京作家群"的"新"也就成了一个动词，成了对北京之具体与丰富的觉察和体认。

赵天成：

　　刚才几位都提到现代性问题，现代性、现代气息、现代气质这些问题，跟刚才颐雯老师说到的全球化问题是有相似之处的，我们如何在新北京作家的讨论当中赋予其具体性——具体的历史内容，具体的时间和空间内容。继续援引本雅明和鲍曼的说法来讨论，是不是已经不够了？比如迎春谈到，我们今天在谈北京的现代性的时候，是不是可以和经济下行的趋势结合来谈？如果今天大家坐出租车，很多司机都会聊到现在的经济形势，这些是不是也应该纳入我们今天关于现代性的讨论以及实践中？下面我们交给"新北京作家"的一个重要发言人，也是"同代人"的元老，若谷。

陈若谷（山东大学文学院青年教师）：

　　我想要与此前老师们交流的疑问产生对话性。经典化的需求，希望以审美性把作品本身长久地留在文学史里，美是制霸性的，高于一切历史内容。这会不会有矛盾呢？审美新奇感来源于陌生性，内容也需要满足陌生原则，刘汀写新北京人回到内蒙古，去上海，又去美国，这样的故事确实体现出新的经验，但它在当下已经具备普遍性。突然想到两个词语，一个是"审美经验"，一个是"美学传统"。审美经验不仅是新生活，还要经过人心，康德说人心是一个主动的器官，它可以把客观存在转化成一种观念，投射到自己的心灵里。可是心灵本来就浸润在某种传统之中，所以我们要做到让自己这一代产生的审美经验与美学传统相呼应。

张颐雯老师刚才说到收稿的困惑。我觉得编辑做到这个份儿上真的太尽责了。目前稿源没有关于北京农村的，没有像刘绍棠那种泥气息、土滋味的文学作品。可能是有相应生活经验的群体逐渐在消失，也可能随着社会生活的变动，人们不再将乡土生活视为审美的经验，放弃了此部分生活的审美性观照。

B站上许多年轻人，不乏高学历的，远程解决工作问题或者运营自媒体，又想降低成本的，许多都生活在郊区甚至村里。他们的表达富有文化意涵，没准再过几年，我们这一代人考虑切换生存模式，寻求向外的出口之时，也会拿起笔。

今天作为作家的侯磊老师和婉京老师在场。他们对于以技术为代表的外在生活的描写及其和自己身体内在感受的耦合，是很成功的文学表达。这类作品的精神特质就是从容散淡、自立自强，以至于经验不必区分新的旧的，只要和美学传统产生了呼应，就可能是美的。所以我特别期待看到婉京老师的新作和侯磊老师那些有北京底色的作品，这类作品的风格可能实现在区域文学表达风潮中，是北京文学差异化突破的优势。

钟宜峰（中国人民大学文学院博士生）：

我想提出一个分类，标准是作家笔下的人物阶层：第一是北京的中产阶层。比如高级知识分子、艺术家、企业高管、创意总监，等等。像石一枫的《逍遥仙儿》、古宇的《人间世》、马亿的《莫兰迪展》，写的都是这群人的故事。第二是北京的小市民、学生和底层的北漂一族。像茍志和的非虚构作品《异乡人》写北漂一族的辛酸底色。最后一种更有知识分子色彩，写北京的"奇人"或者北京的历史、风物。比如杜梨写的在颐和园上班的年轻知识分子，比如祝勇的故宫。

从老舍到王朔，其实揭示出了一个我们心知肚明的特点，北京确实有先天的优越感，对阶层更加敏感，这些都不可能不体现在小说当中。这种内外之隔可能更多是由北漂的异乡人们确认的，因为他们在生活的拷打面前会更清楚地意识到自己的处境，并为理解北京提供重要的参照。

李玉新（中国人民大学文学院博士生）：

"新北京作家群"的命名，注重的是对于当下写作的实际效用。它不是或者说不仅是去建构一个新鲜的事物，不是或不仅是去攀附现代文学的精彩历史，而是靠这样一个命名，观察北京文学写作的面貌，刺激正在书写北京百态的作家。这个命名提供了一种历史意识，提供了一种现实责任感。"新北京"最需要的不是"总体性"，而是开放、流动、多元的活力。这个专栏里的作品大都现实性非常强，但同时也有张天翼《雕像》那样安吉拉·卡特式的神话重写。

在对"新北京作家群"命名的实用性和去"总体性"的理解之下，我觉得对于非理性社会竞争和北京本地人的这种描写，是最"新"的，也是最"北京"的。

高翔（中国人民大学文学院博士生）：

读孙睿的《发明家》，让我想到 20 年前读过的一些作品，一本是孙睿的长篇小说《草样年华》，另一本是郭敬明的《梦里花落知多少》。他们对于北京的想象，对于文本意义上文化背景的传承，都有一种乐观的、幽默的、无所畏惧的情绪。这种感受是与北京这座城市绑定的。前些年，北京文学中有一支很重要的作品脉络，被称为新伤痕。而这种伤痕情绪的文本，已经很难与 20 年前，人们对于北京所持有的那种幽默相一致了。这么看来，《北京文学》所创制的"新北京作家群"栏目，以一种开放性的态度来召唤作家作品，与我们对北京想象的多元、丰富恰好对应。我同意刘汀老师所说的，这一群体应该保持一种"流动性"。我也同师老师一样，期待能够有某种霸权美学风格的作品出现在《北京文学》上，并且引领其后的潮流。

温雅红（中国作家协会博士后研究人员）：

我博士阶段的研究话题就是"京派"，历史上的"京派"有非常严密的阵地。但"京派"成员并不都是北京人，大多数是南方人来北京，在学院中谋生。后面的"京味"文学，是一种代表市民生活的、老北京的文化趣味。

其实"新北京作家群"中有一支充满生命力量，充满了流动性的、底层的青年，可以称为"北漂青年"。他们写出了北京另外一种面向，如毛建军的《味道》写新旧国家转型中的从北平到北京的故事；孙睿的《发明家》写外省青年来京当狗仔，回到故乡，又回北京的经历；古宇的《人间世》写大厂求职者的现状。

与其说是给"北京文学"一个特别严密的概念，不如说是用一种他们的审美特质或者是精神内质来概括他们。

赵天成：

好。我们线上还有朋友，有请在长沙的启民。

刘启民（湖南省社科院文学所青年学者）：

"新北京作家群"的"新"的特质到底在哪里？阅读《北京文学》的作品，一个强烈的感受，就是北京当下写作的丰富性，以及背后展现的广博气度。丰富性指的是作家提供的现实观察的场域，包括美学经验的丰富、多样，北京城各色的人所辐射出来的文化想象和文化视野的丰富和包容。他们其实生活在完全不同的文化时间里面。比如说第一重的文化视野，背后展现的是满族人的文化，时间大概有 500 年。第二重视野，全球性的现代视野，指向的是一个未来时空。

那种追求纯粹时间性的写作，已经遇到了瓶颈。在我看来，北京其实是多重时间维度压缩下的独特的空间，收容多重文化时间想象的地方。多重的时间，展现出来的是一种雍容、涵容、广阔的文学气度。大家提到的那种总体性未来或许就在于多重视野的融合，最终形成一种总体现的写作。可能在 21 世纪的北京，会有这样的"文明新形态"作品。

赵天成：

我常常想："北京文学"的核心特质是什么？我们怎么来概括它？我跟徐刚老师看法是一样的，我觉得用"京味儿"是不够的，偏狭，而且不够准确。我个人的概括："北京文学"是一种精神性的文学。近几十年来，北京作家中非常有意味的、共性的，而且在全国文学版图上具有影响力的，或者用刚才师力斌老师的话来说，真正经典的、有审美意义的，是 20 世纪 80 年代出来的那一批人，在小说层面有阿城、张承志、史铁生、王朔。如果把文体的限定打开一点，还有北岛、王小波等。这些人身上的共同性，就是现世——现世的生活，无法完全满足他们的欲望。最终，这些人都用各自的方式走向一个精神性的维度。比如说，阿城走向了原始的艺术、走向了艺术起源的问题，张承志走向了宗教，史铁生走向了哲学，王朔可能走向了虚无，北岛和王小波也有他们自己的走向。我也常在想：为什么他们后来都会有这样的转变？我想起陈春成的《竹峰寺》，我不是很喜欢这个小说，但是里面有一句话，我记得很清楚："人不能在外面看着天慢慢变黑。"小说里说，如果你在外面看着天慢慢变黑，就会感受到一种非常巨大的消沉的力量。这个力量会吞没你，让你觉得现世生活中发生的一切都是无关紧要的。用小说里的话说，叫"心野掉了"，以后你就很难再回到真实的人世间，再难努力去做一个世俗的成功者。

我就在想：为什么北京的作家容易偏离现世？我觉得现世欲望的满足，大体上有两个主要的方向。一个是空间的移动，比如刚才有人谈到了《人生》中高加林进城的故事，其实也就是于连的故事。从外省到巴黎，为了这样一种空间的移动，可能就要花费半生或一生的时间，用个人奋斗来填满你的生活。但是北京的作家，很少有这种空间移动的经验和书写。婉京的作品中写了空间的移动，但不是这样的具有明确方向的移动形式。除了空间移动，另外一种满足现世欲望的方式，就是日常生活，比如说吃和穿。刚才很多老师谈到《繁花》，我其实挺喜欢《繁花》的小说，也看过话剧。电视剧我还没来得及一集一集地追，但是第一集我看了。《繁花》里面的气象是怎么出来的？它其实是一顿一顿的饭、一道一道的菜吃出来的。电视剧的第一集里，有一个变身的过程，就是阿宝变身成了宝总。这种变身是怎么完成的？是爷叔用考究的西装，一件一件给他穿起来的。《繁华》里的这些，可以看成一种吃、穿代表的日常生活空间。但是北京的文化空间，是不讲究吃、穿的。北京的本地食物是非常贫瘠的。用本地菜请客，一般都会问别人"好吃吗"。在北京请客，往往要问"能吃吗"。麻豆腐能吃吗？豆汁儿能吃吗？就像这样，北京对于吃和穿，都不太讲究。

当然，虽然说北京文学是一种精神性的文学，但是也不是不接地气的，也会写到吃、喝，比如侯磊、婉京都会写一些。2015年我给"同代人"公众号写的第一篇评论，就是评论常小琥的

《收山》。《收山》里面写烤鸭师傅、写烤鸭、写一道道菜，但是你会感觉，他写的不是吃穿本身。即使写的是吃喝，也是写一种技艺、一种气质、一种规矩，归根结底还是在精神性的层面。反过来说，我觉得最重要的是，北京文学实际上提供了一个中国文学，甚至中国文化中都很稀缺的精神性的维度，一种世俗之上的超越性，以及一种或者具体或者含混的宗教感。除了我提到的几位以外，刚才大家提到的那些现当代文学中的北京作家身上，或多或少都有这种东西。我是觉得中国人的生活、中国人的视野，有的时候太现实了、太具体了，而我说北京文学是一种精神性的文学，意义就在于它提供了一种非常稀缺的精神维度。

北京文学是一种精神性的文学，新北京文学也应该是一种精神性的文学，而且我想补充的是，北京文学和新北京文学都是一种接地气的精神性的文学。"精神性"和"接地气"之间，就是一种常与变、老与新的关系。精神性是一个传统，一个不变的框架，但框架里面还应当有地气。这个地气就是具体的、鲜活的历史内容和生活内容，它是常新的、益增的。当然这种地气，也是杨老师所说的北京政治空间和文化空间反复辩驳以后的结果，最终是王气和地气混杂在一起的大故事。

杨庆祥：

大家的发言都很精彩，每一位参会的人都特别认真，都说真话，互相之间多有启发，这个蛮重要。以前联合文学课堂 36 期基本上是讨论单个作家作品，同代人沙龙我们会有一些调整，可以讨论一些重要的潮流、现象和问题。

第一个我想说的是，我感觉事情正在发生变化。我在 2017 年写过一首诗，我刚才还翻了一下，叫《我在北京的清晨独自醒来》，然后第二首紧接着就是《我回家的时候你不在》，写的都跟北京有关。当然还有一首《我选择哭泣和爱你》，那就是直接以北京为对象的。这个变化其实在 2017 年，如果我们足够敏感，应该就能感受得到。但实际上 2019 年疫情的到来才使得变化成为每个人可感的现实——那样一种乐观的、进化论的时间想象终结了。我们试图重新来启动这样一种非常乐观的现代性的想象，一种时间想象，但我们没有办法重启它。你会发现我们现在正处在一种冗长的历史时间里面，所以我觉得这种时间的终结跟全球政治经济形势的变化是有很大关系的，它波及我们每一个个体。我是在这个意义上来回应地方性的重现。它不是发现，因为地方性一直就是一个非常古老的话题。但是为什么在 2020 年，新东北、新南方、新北京、新浙派，不管是严肃的还是调侃的，也可以叫新东方、新南方、新北方、新西部，开始涌现？地方为什么这个时候突然重现，被重新赋予意义和价值？就是因为我们是活在这样一个时间里面，在一个庸常的、冗余的时间里面，我们在这个时间里面找不到有价值的东西了，那这个时候我们要转过头去寻找地方性。地方性意味着一种空间，它不是一个具体的区域，也不是一个具体的地理方位，它是一种新的想象和一种规划。所以这种地方性的重现有几个层次：一是要回到地方，回到一个具体的地方；二是它最终的目的不是固守那个地方，而是要开启一个新世界的大门；三是要重新塑造或者是重建一种新的空间的秩序。在这个意义上，我觉得目前所讨论的地方性书写，更多的是寻找一种新的空间感。大的方面是要开启一个新的世界；小的方面是每一个个体要寻找一个更能够安置我们生命的、让我们能够觉得有一点点安慰的小空间。我觉得这种空间感是非常重要的。如果我们没有自觉地意识到这个问题，就不是一个合格的写作者。

第二是具体落实到"新北京作家群写作"。新北京作家群写作，是一个非常有层次的概念。它是蕴含了多种层次或多种维度的一个命名、一个概念、一个想象。以后我们的讨论会越来越丰富，至少目前我能看出来有以下几种层次：首先由一个杂志和批评家提出的命名。"新北京作家群"主要是由《北京文学》的力斌、颐雯等人首先提出来的一个分类命名。大家注意刚才钟宜峰谈到了分类，分类极其重要。分类和编目意味着一种新的规划方式。所以我觉得力斌和颐雯还可以继续往前走，就是说在这个分类框架中把"新北京作家群写作"往前推进。目前为止作为一个杂志的命名策划，它已经显形了，它已经立住了，它已经变成一个话题了。比如说"新南方写作"，不管你是反对还是否认，它已经留下了痕迹。有时候我会想到尼采说的那句话"你飞得越高，你在别人眼里越渺小"。但是没有问题，要继续勇往直前。我觉得目前对这个概念不要作太严格的限制，那是后面的研究者或者史料工作者关心的事，他们要在大学谋取教职，就要来做这些归整辨析的工作，那是他们的事情，跟我们没有关系，跟一个在历史现场的起舞者没有关系，因为史料乱七八糟的，你留下得越多越具有可读性。所以不要有太严格的定义，留下空间，甚至留下很多自相矛盾的东西，让后来者去讨论。其次，"新北京作家群写作"对写作者来说是一种方法论。刚才婉京结合作品谈得特别具体，这个方法论就是作为一种写作或者思考的方法学，是非常重要的。新南方、新北京、新东北都可以从方法论的角度去讨论它。这个方法论不仅仅是视角、题材、人物、语言（比如说方言）。北京是一种怎样的世界观和认识论？上海是一种怎样的世界观和认识论？为什么上海每每出一个作品，大家都觉得它的可见度很高？因为上海的世界观和方法论特别清晰。当然，这也导致了这些作品的格局相对小。但北京怎么在既保持自己开阔视野的同时，也能够找到一个自己的世界观和认识论？我觉得每个作家的世界观和认识论都不一样。如果我在一个作家的作品里面看不到作家的世界观和认识论，在某种意义上讲，这个作家他只能说算是一个作家，他绝对不是一个优秀的作家。我们能够在陀思妥耶夫斯基、托尔斯泰、卡夫卡等人作品中看到他们的世界观、方法论和认知论。但是你会发现，中国的作家特别喜欢用一个东西来为自己认识能力的薄弱辩护：我写的是生活。我看了一下《北京文学》刊发的很多作品，世界观和认识论还是缺乏的。我目前还没有读到一部作品能够写出对北京热爱又幻灭的感觉。徐皓峰的《诗眼倦天涯》有这种感觉，但处理的是过去的北京，这是我很喜欢的一部作品。最后我想说的一个层次是"新北京作家群写作"的文化政治。如果没有一种自觉的文化政治的投射，意义可能不大。这个文化政治的投射是什么？就是永远地去中心化、永远地去权威化、永远地坚持作为一个活生生的生命的存在。作家有时候写着写着就把自己写忘了，包括我们很多人生活着生活着，也就把自己生活忘了，就真的觉得自己坐在那里挺像那么回事儿的。我在关于新北京作家群的文章里也谈到了，就是南方对北方永远的警惕，但实际上不仅仅是南方对北方永远的警惕，而是说我们永远对那种单一、野蛮式叙述的警惕，我们讲新南方、新东北、新北京，其实是一种文化的游击战。在这个意义上我要特别感谢力斌，借助《北京文学》，为我们找到了这样一个话题。可能只是一个引子，但是通过这个引子，我们能够找到一条道路、一个方法、一种象征。

关于北京的讲述——《北京文学》编辑手记——

师力斌

编辑的幸福就是发现好作者，编发好文章。好作者好文章，一方面延续了过去的文学传统和文学经验，比如，不断让人体会类似于汉赋、唐诗宋词、元杂剧、明清小说以及西方古典现代经典带来的阅读快感，另一方面又有对既有经验的超越，产生新的启发。好作者好作品一定包含这样的因素：抵触似曾相识的操作，呈现某种新鲜样貌。学我者生，似我者亡，唯有超越新创，才是文艺的不二法门。正如文学史上鲁迅杂文奇峰突起，小说突然杀出了金庸和刘慈欣，文学的意外总有一种新奇力量；也如目前，小说界发现了范雨素，散文中看到了张颂文。

名家新作如阆苑仙葩，一直是《北京文学》园地中的珍品。开年第一期，我们一次性推出冯骥才先生《俗世奇人新篇》18个短篇，再现冯先生描绘津门传奇的不凡笔力，为其名篇《俗世奇人》再添新光，配以冯先生的18幅亲笔插图，图文并茂，赏心悦目，使《北京文学》新设立的"名家开篇"栏目的亮相非常漂亮。该栏目计划年内推出一系列名家新作，以飨亲爱的读者朋友。

"新北京作家群"是《北京文学》的全新栏目，聚焦近年来活跃在北京的作家。他们或写北京，或有新京味，或以北京为精神背景，风格多样，来路不同，但都致力于北京经验、北京故事的呈现和讲述，正在为北京的文学书写注入新生机，在原来的京味作家园地之外开拓了新版图。对他们的创作进行及时跟踪和系统梳理，观察他们在文学史中的位置，适逢其时。目前已推出孙睿的中篇《发明家》、古宇的中篇《人间世》、杜梨的长篇散文《香看两不厌》。第 4 期将发表张天翼的中篇新作《雕像》。开年第一期，刘恒先生应邀为该栏目撰写了精彩导言《缓慢而必要的进步》。导言以谨慎、严格而不乏信心的语调，向中国小说界的各路勇士们发出了竞赛邀请。这个栏目既是擂台、舞台，也是试验场。不急于得到结论，多提供实验依据。从已经发表的作品来看，都有出人意料之处，饱含对时代和社会观察的勇气、睿智和深度。他们的力度尚待被感知，他们的价值还在发酵。孙睿的《发明家》涉足人们早有耳闻却又不明就里的狗仔队题材，于揭秘阴暗中发现明亮的底色。古宇的《人间世》瞄准就业市场颇为风行的"断子绝孙"式招聘计划，深度关怀高校毕业生面临的巨大就业压力。杜梨的《香看两不厌》以园林工作人员而非游客的视角，从内向外展现不一样的颐和园。几部作品都讲述了不一样的北京，初现新北京作家群新鲜而活泼的样貌。此前，他们都是各自为政，相安无事，此后，也依然是各自为政，相安无事，但这一群体的整体面貌或可稍稍清晰起来，与老北京作家的联系和分野或可稍稍清晰起来，新北京文学书写的轮廓或可稍稍清晰起来。文学史上不乏知名的群体，像竹林七贤、江西诗派、桐城派、创造社、白洋淀诗群、京派作家等，为人熟知，我们无意攀附，也不追求标新立异举旗树帜，只想从一个比私人化写作稍宽阔的视角来观察北京文学写作的样貌，提供单人独篇无法呈现的图景。为此，编辑部同仁做了长时间的精心准备。我们深知，文学说到底是作家自己的事业，是一项孤独的事业。电影越热闹越好，文学越孤独越好。精品电影可以打造，好的文学却无须折腾。我们渴望优秀的北京作家朋友们参与支持这个新生栏目。

加大评论力度。今年，《北京文学》除了为名家新作、实力派作家力作、新人处女作配发评论外，专为"新北京作家群"发表的作品组织了较大规模的评论，除每期在本刊发表一篇评论外，还邀请作者撰写另两篇评论，分别在各大重要媒体进行推介。文学需要读者，更需要知音读者和专业鉴赏。截至目前，先后邀请肖克凡、张莉、石一枫、刘复生、李浩、房伟、顾建平、敬文东、孙郁、刘大先、苏童、李唐、黄德海、岳雯、西川、何平等知名作家、批评家为我们的重点作品撰写了评论。

《北京文学》作为首都的文学重镇，立足北京，面向全国，大力关注新时代新北京，努力聚焦新事物新经验，探索讲好新北京故事的方式。

师力斌，笔名晋力，诗人，评论家，《北京文学》执行主编。1993年开始发表诗歌，曾获全国首届新田园诗大赛、巨龙杯首届高校诗歌大赛、第三届名广杯诗歌大奖等奖项。作品入选《诗歌北大》《中国当代实力诗人作品展》《中国诗歌民刊年选》《当代新现实主义诗歌年选》等多种选本。著有《逐鹿春晚——当代中国大众文化和领导权问题》《杜甫与新诗》，编有《北漂诗篇》七卷（与安琪合编）。

北京的巴尔扎克们——北京作家及"新北京作家群"栏目浅谈

张颐雯

从 2023 年第一期开始，《北京文学》推出新的栏目"新北京作家群"，到第四期已经发表了孙睿的中篇小说《发明家》、古宇的中篇小说《人间世》、杜梨的非虚构散文《香看两不厌》和张天翼的中篇小说《雕像》四部作品，之后还会推出一系列北京作家的新作力作。

作为原创文学期刊的编辑，特别是地处北京，能接触到一大批当下最有创作活力的作家作品，不仅是名家名作，更是多种层次、不同类型的作品的第一阅读者和发现者。开办这个栏目源于编辑部在编辑工作中发现了一批在北京成长起来的作家。他们中既有用北京话写作，书写北京文化传统和城市生活的新京味作家；也有以北京作为精神背景，能够融汇多种文学经验的新北京的书写者；还有已在北京生活多年，用新的视角关注自我，回望和书写故乡的作家。这些新作品、新作家，带给了我们对当下文学创作的一些思考。他们作品风格的不同，认知方式的改变，题材的拓展，技术语言的调整，都呈现着各自创作的思路和脉络。这些看似细微的变化背后，有着作家本人在写作中长期探索的成绩，也有着这个巨变时代在作家身上不可避免的投射。我们有责任将这些作品和作家挖掘出来，也有必要将这些不应被忽视的新的创作特点展示出来。

以下谈谈我个人对当下北京作家的认识，以及对"新北京作家群"这个栏目的理解。

一

文学创作反映时代发展和文化变迁，与社会生活的关系最为深刻和复杂。新时期以来，文学作品的风格和趋势几经转变：从提倡人性解放，对宏大叙事的消解，对西方写作理念和技术的学习，到回归现实主义，关注底层，讲好一个故事，再到将小说技术与现实生活深度融合，对社会转变的新的发现与思考。而北京作为文化最发达、社会变迁最为迅猛的地方，汇聚了大量写作形态各异但都卓有成就的作家，这些作家以不同风格的作品体现了时代演进中北京的不同侧面。回顾北京写作，有从老舍开始的京味文学传统，延续到新时期的邓友梅、陈建功、赵大年的写作，以及叶广芩、刘恒的部分作品，直到今天石一枫的某些小说。更有一类作家是成长于北京，北京是他们写作的物质和文化土壤。从汪曾祺、阿城到史铁生、莫言、格非、余华、刘恒、陈染等，还有独树帜的王小波，以及当下一批活跃的实力作家邱华栋、徐坤、李洱、徐则臣等，他们受到现代小说的影响更深，对于新北京的体会，融汇了大量西方文学的经验。当代作家中传统的京味写作已显式微，但出现了深植于北京地域又超越传统北京语言的王朔等具有开拓性的作家，创造出新的表述方式，影响了许多中青年作家的写作风格甚至生活方式。

一个时期的文学叙事与当时的社会历史经验有着深广的联系。回到今天，世界风云变幻，经济的转型已经开始，北京作为首都展现着新的面貌。通过对人的当下境遇与未来状况的认识和表达，更多北京作家的作品带领读者理解北京、理解在北京生活的人。无论采用什么样的题材和手法，这些作品都在呼应着这个时代。在看似千变万化的文学形态里，流派与风格应运而生，北京作家作品的发展是清晰可感的。

二

先让我们来梳理一下已经在这个栏目发表的四篇作品。

2023 年第 1 期的开栏作品是孙睿的中篇小说《发明家》。这是一个青年记者从家乡起步来到北京，遇到了来自祖国各地的老大、鞠连生、老歌唱家、徐老师诸多人等，经历了京城狗仔泥沙俱下且波澜壮阔的生活，成为狗仔或被狗仔追逐的对象，最终回到家乡寻找意义的故事。北京是全国人民的北京，是一个功能性的都市，这里的矛盾和纠葛也是具有共性和普遍性的。小说中狗仔的职业生活对于现在的文学作品来说几乎是陌生的，是新的"职业"、新的生存方式。灰色的职业和生存方式构成了北京这个城市动荡不安且不灭的欲望，这是新北京与旧北京的截然不同之处。孙睿作为一个北京人，却很难从他小说的语言和细节中辨析出传统北京人的特有腔调。在这样的环境里，他写出的京漂狗仔与非本地作家塑造的人物毫无违和。如果一定要说与非本地作家之间的差异，更多的则是气息上的。作者用非常传统的叙事方式讲了一个可以称之为"新"的故事，这个故事里却有北京作家所特有的温和的甚至温暖的态度，对时代的反省永远留有余地，如石一枫所说，"孙睿笔下的灰色，显然还是那种明亮的灰色，类似于北京秋天里的阴天，底子总是明亮"。当然，我们还可以从他的其他小说中看到北京几十年的变化和在北京长大的孩子的特征，消失的动物园批发市场和天外天市场只在他的小说中还留有遗迹，这些消失不久但我们已经忘记的地方可以证明他是一个老北京人而非新北京人，也为这座城市的过往留下一个记忆。

　　第 2 期发表的是古宇的小说《人间世》。故事的现实核心是近年出现的大公司招聘的"断子绝孙"计划，公司试用远超需求数量的实习生并提高淘汰率，通过恶性竞争使对手公司无人可用，而置大学毕业生的未来工作于不顾。新的公司竞争模式突破了我们曾经的道德约束，坦然地将利益放到了所有日常规范的前面，这种过去年代并不习以为常、更为直接和赤裸的手段现在已变得习焉不察。大量的管理学术语和女性视角并没有让人感到这是一篇肤浅的女性职场小说，相反，它揭示了资本时代光鲜美好的外表下资本逐利的内在本质，人成为工具的某种必然性。当然，小说中女主的觉醒和反抗有其更为深刻的价值和意义，彰显着人的自由的价值。小说没有美化或者丑化其中的各种人物，而让他们去行动，非常合理地行动。这更让我们深感所谓"现代"、所谓"制度"的荒谬性。人类制定的一切看似正确、先进的规则，最终仍然要依凭人的道德力量和情感力量来维护。"人间世"一词来源于《庄子》，是古人对世界认识的结晶，在跨越千年之后，庄子来到今天，用他的智慧呼应我们当下走在前面的这些"大厂"办公室里的悲喜，这是 21 世纪的现实主义。

杜梨的长篇散文《香看两不厌》发表在第 3 期，讲述在颐和园香香阁的工作和生活，这也是北京独有的故事。颐和园作为皇家园林，至今仍然是古老而永恒的存在。但它也是作者的工作单位而非游览的景点，无法被远远观望。在作者的笔下，它落入人间，成为"可爱又敦厚，是神的孩子"。皇城北京与现代人的日常交汇于此，古老背景下充盈着现实的气息，大家在乾隆、嘉庆和慈禧曾经听政和游览的地方"为人民服务"，包括卖票、讲解、值夜班，如此等等。古往今来在这里生活过的人，无论是谁，都如文中所说"命运给你什么你就要什么"。文章里有北京人特有的平静和幽默。风云变幻的时代，我们如何去成长，去生活，去面对这个千年古都的今天？这是我们一同需要思考的。

最新一期的杂志发表了张天翼的小说《雕像》。这篇小说不同于我们经常见到的那种常规的、拟真的作品。它熟练地挪用希腊神话经典，将人类现实与神话世界并置，小说看似凌空蹈虚、架空于现实，却又用似幻似真、天马行空的文字将我们带入另一种现实之中。"与狮鹫搏斗的青年"与这个世界格格不入却又那么熟悉和美好，他神话般的情感在人类社会竟得以圆满。张天翼在网络作家时代的曾用名是纳兰妙殊，这名字更像能够写出这篇小说的人，在这么多的作家里面，今天的她难以被归类。

　　以上作品只是这一栏目的开始，已经呈现出某些写作的特质，其中，与当代生活现实强相关的作品比重较大。最能够触碰我们的那些故事，城市发展中的那些新的事物，日常生活中特别细微但尚未被归类的新变化，在文学理论里往往还没有被理论化，却被作家最早发现和展示出来。这里面有来自生活的无意识的创作，也有作家更为理性的关注、思考和分析。这里的社会关注清晰地指向现实问题，展现的是这个时代人的生活、情感和道德的大转折。同时，那些有新的切入点和个人特质，难以被简单归类的作品仍在出现，并呈现出新的个性面目。面对生活，面对文学实践，作家们也在重新定义现实、感受现实，用自己的方式书写现实中国。狗仔与明星的恶斗、大厂精英的现实纠缠、颐和园里普通员工的日常闲话、架空的情感世界，这些是生动的新鲜的，也是厚重的复杂的，体现着这个城市的特色与时代精神，是当下中国文学的一种重要面向。

三

　　海纳百川的古都北京，有着深邃而厚重的文化，所谓北京作家，意义宽泛，概念庞杂。而今天，因缘际会于这个大都市的北京作家里，早已成名的自不待言，已经发表大量优质作品、在专业文学界内部被广为认可的中青年作家也越来越有力量。设置"新北京作家群"栏目，正是因为在这几年的阅读工作中，看到了很多正在稳步发展、逐渐成熟的新的北京作家。他们的名字可能尚未被街谈巷议，年龄、职业差异也很大，写作风格各异，有对前人的继承与学习，也有在不断变化的环境中的新发现与新开拓，但他们都在用不同的方式发现属于这个时代的特征，让读者看到属于他们的一种现实。其中有从小在北京长大的所谓老北京人的杜梨、孙睿、凸凹、常小琥、李唐等；有来北京求学后留在这里的张天翼、刘汀、西元、马小淘、文珍等；还有身份并非户籍意义上的北京人，但长期生活在北京，既写发生在北京的故事，也写从首都回望家乡的作品的阿乙、郑在欢等；也有《北京文学》从自然来稿中发现的从事写作多年、已经退休的文学拾贝计划上榜作家毛建军。他们的年龄、身份、背景千差万别，今天的文学成就也各有不同，但都才华出众且作品相当成熟，他们已经写出的作品和正在写的作品都是在用不同的方式为我们这个时代塑形。

除了已经在我们这个栏目发表过的作品外，其他人的作品也可圈可点。常小琥的写作丰富扎实，特别有传统北京人的风韵，又不失当代思维，将不同行业、不同时代风貌，特别是不同人的性格写得到位，他笔下的时代错位者与失败者尤其闪亮；刘汀小说里有"80后"作家并不多见的普通人的故事，有难得的传统叙事，社会变迁在每个人身上留下的痕迹令人难忘；西元的军事题材写出了当代军旅作家对军事与军人的认识，既有对中国人民解放军历史的深刻回望，也有对当代军队新生活的新描述；马小淘的作品并不多，但每一篇都有着充沛的才华，她自己的语言风格和当代生活交融在一起，成为一个独特的存在；阿乙早已成名，但他独特的写作风格和经历让我依然把他列入其中；郑在欢京漂多年，与很多注重向内探求的青年作家不同，他从小城出发，来到北京，去往世界，重新回顾家乡，小说里有着更多对广阔世界的认识，他眼中的家乡已经不再是他出走之前的家乡了……这些中青年作家并非我们常说的京味作家，传统的京味随着老北京的被消化被覆盖而不可避免地淡化了，这些来自各地的作家成为新北京的塑造者，也是北京语言的改造者。

　　有实力的中青年作家值得关注，但作品本身的水准和潜力更应该被注重。在这些年轻的作家之外，曾在《北京文学》发表处女作的毛建军是一位医院退休工人，他的小说温暖、真切，饱含生活气息，现实主义传统和老北京特色在他这里得到了传承，北京平民的生活底色更是在中青年作家里难以见到的。他的写作并没有沉醉于老北京特色语言之中，但那种可能正在消失，或者说正在逐渐退出主流生活的北京气息、北京的平民性，在他的笔下被留了下来。在他的小说中甚至可以看到老舍先生笔下人物后代们生活的影子，这是当代北京的来处之一。

四

　　《北京文学》主编刘恒在"新北京作家群"栏目的开栏导言中写道："小说在残酷的信息爆炸的竞争环境中逐渐丧失了生存技能。"但他也写道："有些小说仍旧攀在树上自娱自乐，另有一些小说已经斗胆落地并走了出去，且走得很远很远了。"

那些"已经斗胆落地并走了出去，且走得很远很远了"的作品，能够被大家读到并且留下来，最为重要的当然是过硬的作品质量，同时要有对时代和社会高度的敏感，此外还需要有人进行认真细致地阐释分析，能够把握创作水准、风格、趋势以推广作品。《北京文学》邀请了张莉、石一枫、刘复生、李浩、房伟、顾建平、孙郁、岳雯、郭艳、任玉翀等批评家、作家和编辑写作评论文章，对作品进行深入分析和阐释。这些文章分别发表在刊物、文化类报纸和多个新媒体，通过不同渠道宣传推广，让读者有更多的机会阅读文学作品。理论能够服务于创作，而面对不同的创作实践所提供的阅读体验，理论更有发现新事物、新信息，引导创作方向的作用。在这个日新月异的新时代，他们的作品提供的信息也能够为我们今天的文学批评提供某种资源和养分，丰富现代化过程中的中国文学。

非常喜爱恩格斯评价巴尔扎克的一句话，他是这样说的："巴尔扎克的作品汇集了法国社会的全部历史，我从这里，甚至在经济细节方面所学到的东西，也要比从当时所有职业的历史学家、经济学家和统计学家那里学到的全部东西还要多。"作家是一个时代的人的生活最贴近的描述者，我们通过巴尔扎克理解那个时代的伟大城市巴黎，进而理解工业革命和整个欧洲。今天，希望这些北京作家，能够和二百年前的巴尔扎克一样，通过书写北京这座城市和与它相关的一切，让读者真正理解今天的中国和世界。

　　张颐雯，北京文学期刊中心副主任，《北京文学》副主编、编审，评论家。曾获"全国文学报刊联盟奖"骨干编辑奖，《小说月报》百花奖责任编辑奖，著有评论随笔集《现在开始回忆》。

跋

　　"新北京作家群"栏目是《北京文学》的一片新天地，是首都文学的一片新天地。世上幸福的事，种地就是其一，种瓜得瓜，种豆得豆，付出劳动后，看着真真切切的果实长出来，神奇变得可见，梦想如约而至。做编辑也像种地，好稿子一篇篇编发出来，抵达读者手中，就像编辑部种的瓜豆抵达读者手中，切实可见的劳动成果及其分享令人开心。两年来，我们相继推出了20位作家的20部作品，每部作品配发评论，在《北京文学》《文艺报》《新京报》书评周刊网络版等媒体发布。从策划到组稿到推出，每一步都带着渴盼、兴奋。栏目以崭新的阵容和锐不可当的力度，获得了各方面关注。"新北京作家群"已经成为首都文学的重要现象，成为当下文坛绕不开的话题。

　　早在1985年，汪曾祺先生就提出"北京作家群"的概念，他在《北京文学》1985年第6期《祝愿》一文中说，"北京文学的兴旺和北京作家群的形成是分不开的，北京作家群，现在大家都已经说得很顺口了，最初提出，大家还有点含含糊糊，怵怵惕惕，怕这和宗派、'小圈子'扯在一起。这种顾虑逐渐消除了。北京的作家有相当雄厚的实力，这是事实"。

编辑前辈的祝福声犹在耳，于我们是鼓励，是责任，也是动力。"新北京作家群"的"新"令人欣喜。新经验，新气质，新叙述，新想象。马小淘的"犀利少女"风格，孙睿的深扎体验，西元的严酷军旅叙事，张天翼的跨文化想象，杜梨的北京视角，刘汀的全球空间大挪移，郑在欢"自京回望"的视角，常小琥的媒体人关怀，孟小书的"杀猪盘"揭秘，蒋在的新家庭叙事，徐则臣的"到世界去"，杂花生树，色彩斑斓，摇曳生姿，无一不显示北京文学的创作活力。但愿这些作品能使读者朋友们窥见北京文学的新样貌，洞悉当代文学的新动向。

文学界的众多师友给予了关注。孟繁华、孙郁、刘复生、石一枫、李蔚超、刘大先、崔庆蕾、李壮等十几位批评家应邀写评。李蔚超为了给徐则臣的短篇《紫晶洞》写评，将其发表在各大刊物的"到世界去"系列作品全部读完，方才动笔。由杨庆祥提议，中国人民大学文学院"同代人"文学沙龙和《北京文学》编辑部联合举办了有 20 多位作家、批评家参加的对话研讨。为此，本书收录了相关评介和理论文章，以请方家指正。此外，要特别致谢，北京文艺评论家协会先后两次与编辑部联合举办了专题研讨会。北京市文联党组领导更是给予了全方位的大力支持。

"新北京作家群"栏目推出两年来，得到诸多媒体的关注推介，在此一并致谢。《文艺报》、《北京日报》、《北京青年报》、中国作协《作家通讯》、学习强国等 10 余家报刊媒体都给予了大篇幅报道，上海《文学报》微信公号在一周文艺要闻中推介。第八届北京文学论坛第二场圆桌对谈以"新北京作家群"为重点话题。今日头条的北京文化论坛中推出关于"新北京作家群"的视频。《新华文摘》2024 年第 4 期转载杨庆祥、徐刚分析"新北京作家群"的两篇理论文章。

这本精选集的面世，使一个历史行进中的栏目拔地而起。在我们眼中，这正是高楼大厦。

《北京文学》编辑部

2024 年 9 月 30 日

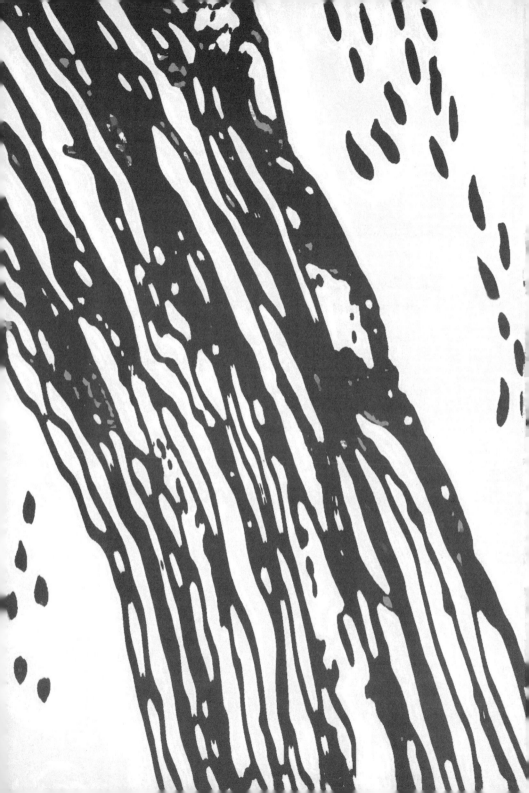